KB211934

도로변 십자가

ROADSIDE CROSSES

도로변 십자가 모중석스릴러클럽 031

1판 1쇄 발행 2012년 7월 20일 **1판 2쇄 발행** 2022년 5월 26일

지은이 제프리 디버
옮긴이 최필원
펴낸이 고세규
발행처 김영사
주소 경기도 파주시 문발로 197(문발동) 우편번호 10881
등록 1979년 5월 17일(제406-2003-036호)
구입 문의 전화 031)955-3100 **팩스** 031)955-3111
편집부 전화 02)3668-3290 **팩스** 02)745-4827 **전자우편** literature@gimmyoung.com
비채 카페 cafe.naver.com/vichebooks **인스타그램** @drviche **카카오톡** @비채책
트위터 @vichebook **페이스북** facebook.com/vichebook
ISBN 978-89-94343-67-9 03840 책값은 뒤표지에 있습니다.

이 책의 한국어판 저작권은 EYA(Eric Yang Agency)를 통해 Curtis Brown Group Limited와의
독점 계약으로 도서출판 비채에 있습니다. 저작권법에 의하여 한국 내에서 보호를 받는
저작물이므로 무단전재와 복제를 금합니다.

비채는 김영사의 문학 브랜드입니다.

도로변 십자가

제프리 디버 장편소설

최필원 옮김

비채

Roadside Crosses

차례
/

MONDAY

월요일

1

이상한데.

빳빳하게 각을 낸 모자 아래로 노란 머리가 살짝 드러난, 캘리포니아 고속도로 순찰대 소속 젊은 경관의 눈이 가늘어졌다. 1번 고속도로 남행 차선을 따라 몬터레이로 향하던 그는 크라운 빅토리아 순찰차의 앞유리를 유심히 내다보았다. 오른쪽으로는 모래언덕, 왼쪽으로는 수수한 상점들이 보였다.

뭔가 이상해. 대체 뭐지?

오후 5시. 그는 순찰을 마치고 집으로 향하면서도 연신 도로 곳곳을 살폈다. 이곳 주州 경찰관들은 특별한 경우가 아니면 동업자끼리의 예의에 따라 딱지를 떼지 않았다. 그건 카운티 보안관보들이 할 일이었다. 하지만 그는 가끔 심기가 불편할 때마다 독일이나 이탈리아제 차를 붙잡아 괜한 화풀이를 하곤 했다. 아무튼 그는 귀가를 위해 주로 이용하는 이 구간을 누구보다 잘 알고 있었다.

저기…… 저것 말이야. 400미터쯤 앞에 화려한 색을 띠는 무언가가 보였다. 그것은 몬터레이 베이의 멋진 풍경을 가로막은 도로변의 모래언덕에 놓여 있었다.

저게 뭐지?

그는 규정에 따라 경광등을 켜고 오른쪽 갓길에 차를 세웠다. 포드의 보닛은 도로가 뻗어 있는 왼쪽을 향하게 해놓았다. 그래야 추돌사고가 나도 차가 그를 덮치지 않고 도로 쪽으로 떠밀릴 테니까. 갓길의 모래바닥에는 십자가 하나가 꽂혀 있었다. 도로변 기념비. 높이가 45센티미터 정도인 십자가는 누군가가 나뭇가지 두 개를 주워와, 어둠 속에서 꽃집 주인들이 쓰는 철사로 대충 묶어 만든 것 같아 보였다. 십자가 아래에는 짙은 빨간색 장미 몇 송이가 놓여 있었다. 십자가에 걸어놓은, 판지로 만든 동그란 판에는 사고 날짜가 파란색 잉크로 적혀 있었다. 하지만 이름은 보이지 않았다.

교통사고 피해자들을 위해 도로변에 기념비를 세우는 건 위험한 일이다. 십자가를 세우거나 꽃이나 봉제인형 따위를 놓아두려 왔다가 차에 치여 부상을 당하거나 사망하는 사고가 종종 발생하기 때문이다.

대부분의 기념비들은 보는 이들의 마음을 짠하게 했지만 이것은 섬뜩한 느낌을 주었다.

더 이상한 건 이 지점에서 발생한 교통사고가 그의 기억에 없었다는 사실이었다. 이곳은 캘리포니아 1번 고속도로에서 가장 안전한 구간이다. 카멜 남부에서 사고가 발생하면 도로는 장애물 코스로 변한다. 몇 주 전, 통탄스러운 교통사고가 발생했던 곳처럼. 그 사고로 졸업파티에서 돌아오던 두 여학생이 목숨을 잃었다. 하지만 세 개의 차선이 직선으로 뻗은 이 구간은 달랐다. 대학교와 상업지구로 유명한 포트 오드를 지나면서 완만한 굽이가 몇 차례 나올 뿐 이 구간 어느 지점도 위험하지 않았다.

경관은 십자가를 뽑아놓아야 할지 잠시 고민하다가 그냥 놔두기로 했다. 괜히 뽑았다가는 추모객들이 돌아와 새 십자가를 꽂아놓을 게 뻔했다. 그러다가 사고를 당할 수도 있었고. 그냥 놔두는 게 상책이었다. 그는 내일 출근해 경사에게 이곳에서 사건이 있었는지 물어보기로 했다. 그는 차로 돌아가서 벗어 쥔 모자를 조수석에 던져놓고 짧게 깎은 머리를 살살 문질렀다. 다시 도로로 올라온 그는 더 이상 도로변의 십자가에 대해 고민하지 않았다. 그의 머릿속은 이미 아내의 저녁 메뉴에 대한 궁금증으로 가득 차 있었다. 식사 후에 아이들을 데리고 수영장에 가야 할지도 고민해야 했고.

형이 언제 온다고 했지? 그가 손목시계의 날짜를 확인했다. 그의 미간이 찌푸려졌다. 정말? 그의 휴대폰도 오늘이 6월 25일임을 확인시켜 주었다.

순간 뇌리를 스치는 생각이 있었다. 도로변에 십자가를 꽂아놓은 누군가가 착각한 것이다. 판자 원판圓板에 투박하게 적혀 있던 날짜는 분명 6월 26일 화요일이었다. 내일.

어쩌면 비탄에 빠진 추모객이 날짜를 잘못 적어놓았는지도 몰랐다.

그의 머릿속에서 으스스한 십자가는 다시 희미해져 갔다. 경관은 정신을 바짝 차리고 고속도로를 달려 집으로 향했다.

TUESDAY
화요일

2

유령이 발산하는 창백한 초록색 불빛이 그녀의 손이 닿을 듯 말 듯한 곳에서 춤을 추고 있었다.

한 번만 만져볼 수 있다면.

그 유령에 손이 닿기만 해도 그녀는 살 수 있을 것이다.

어두운 차 트렁크 안을 둥둥 떠다니는 불빛은 강력 접착테이프로 꽁꽁 묶인 발 위에서 그녀를 조롱했다. 그녀의 손 또한 테이프로 묶인 상태였다.

유령······.

그녀의 입도 테이프로 봉해져 있었다. 그녀는 코로 퀴퀴한 공기를 들이마시며 그나마 캠리의 트렁크가 큰 편이라 다행이라고 애써 스스로를 위로했다.

움푹 팬 곳을 지났는지 차가 심하게 요동쳤다. 그녀가 들리지 않는 외마디 비명을 빽 질렀다.

불빛은 가끔 다른 힌트도 제공해주었다. 속도를 줄일 때마다 들어오는 미등의 빨간 불빛. 그리고 깜빡이는 방향 지시등. 밖에서는 다른 조명이 새어 들어오지 못했다. 새벽 1시쯤 된 것 같았다.

발광성 유령은 연신 좌우로 몸을 흔들어댔다. 비상 트렁크 릴리즈 장치였다. 야광 레버에는 차에서 탈출하는 남자의 코믹한 이미지가 그려져 있었다.

하지만 안타깝게도 그녀의 발은 레버에 미치지 못했다.

태미 포스터는 가까스로 울음을 그쳤다. 흐느낌은 그녀가 클럽의 어두운 주차장에서 불시의 습격을 받은 직후부터 시작됐다. 뒤에서 덮친 습격자는 테이프로 그녀의 입을 봉해놓고 두 팔을 등 뒤로 묶었다. 그런 다음 그녀를 트렁크에 밀어넣고 테이프로 발을 묶어놓았다.

공황상태에 빠진 열일곱 살 소녀는 생각했다. 그는 내게 모습을 보이지 않고 있어. 다행이야. 그는 날 죽이려는 게 아니라고.

그냥 내게 겁을 주려는 것뿐이야.

그녀는 트렁크 안을 빠르게 훑다가 천장에 대롱대롱 매달린 유령을 발견했다. 묶인 발로 당겨보려 했지만 레버는 신발 사이에서 자꾸 미끄러졌다. 축구 팀과 치어리더 팀에서 맹활약 중인 태미는 남다른 운동신경의 소유자였다. 하지만 애매한 자세 탓에 발을 몇 초 이상 들고 있을 수 없었다.

유령은 계속 그녀를 조롱했다.

차는 계속 달려나갔다. 시간이 흐를수록 절망은 점점 커져만 갔다. 태미 포스터는 다시 울음을 터뜨렸다.

안 돼. 안 돼! 코가 막힐 거야. 그럼 질식할 거고.

그녀는 가까스로 울음을 참아냈다.

자정 전까지는 집에 돌아가야 했다. 어머니는 보나마나 술에 취한 채긴 소파에 누워 남자친구 욕을 해대고 있겠지.

여동생은 인터넷을 하거나 전화기를 붙들고 있을 테고. 보나마나.

덜컹.

아까와 같은 소리. 뒷좌석에 실린 뭔가가 부딪치며 내는 금속성 소리였다.

그녀는 예전에 봤던 공포영화를 떠올렸다. 역겨울 정도로 아주 잔인했던 영화. 고문, 살인. 그것도 연장으로.

그런 생각은 하지 마. 태미는 다시 유령처럼 떠다니는 초록색의 트렁크 릴리즈 레버에 집중했다.

또 다른 소리가 들려왔다. 바다.

잠시 후, 습격자가 차를 세우고 시동을 껐다.

미등도 꺼졌다.

그가 운전석에서 몸을 뒤척이자 차가 살짝 흔들렸다. 뭘 하는 거지? 어디선가 꺽꺽거리는 바다표범 소리가 들렸다. 그들은 해변에 도착해 있었다. 아무도 없는 한밤중의 해변에.

차 문 하나가 열렸다 닫혔다. 그리고 이내 두 번째 문이 열렸다. 뒷좌석에서 다시 금속성 소리가 들렸다.

고문…… 연장.

두 번째 문이 거칠게 닫혔다.

태미 포스터는 무너져내리고 말았다. 그녀는 격하게 흐느끼며 쾨쾨한 공기를 힘겹게 들이마셨다.

"안 돼요. 제발, 제발!"

그녀는 소리쳤다. 하지만 처절한 절규는 테이프에 막혀 신음으로만 흘러나올 뿐이었다.

태미는 트렁크가 열리기를 기다리며 자신이 알고 있는 모든 기도문을 차례로 읊어나갔다.

부서지는 파도. 꺽꺽대는 바다표범.

그녀는 죽은 목숨이었다.

"엄마."

하지만…… 아무 일도 벌어지지 않았다.

트렁크는 열리지 않았고, 차 문도 다시 열리지 않았으며, 다가오는 발소리도 없었다. 그렇게 3분이 지나자 흐느낌이 멎었다. 뛰는 가슴도 조금 진정됐다.

5분이 흘렀지만 그는 트렁크를 열지 않았다.

10분.

태미가 피식 웃었다.

역시. 습격자는 그녀를 죽이거나 강간할 마음이 없었던 것이다. 이 모든 건 그저 장난일 뿐이었다. 그녀를 겁주기 위해 누군가가 꾸민 장난.

차가 다시 흔들리자 테이프로 덮인 태미의 입꼬리가 살짝 올라갔다. 하지만 미소는 이내 사라졌다. 캠리가 또 요동쳤기 때문이다. 처음보다 훨씬 강하게. 파도 소리가 더 크게 들려왔다. 그녀는 두려움에 몸서리쳤다. 태미는 차의 앞부분을 때린 것의 정체가 파도였다는 걸 깨달았다.

맙소사, 안 돼! 습격자가 차를 해변에 세워두고 가버린 거야. 만조가 시작될 때에 맞춰서!

차의 타이어는 젖은 모래에 깊숙이 파묻힌 상태였다.

안 돼! 그녀가 가장 두려워하는 것이 바로 익사였다. 게다가 이렇게 좁고, 사방이 막힌 공간에 갇혀 있는 건…… 상상조차 할 수 없는 일이었다. 태미는 트렁크 뚜껑을 힘껏 걷어차기 시작했다.

하지만 그 소리를 들어줄 사람은 아무도 없었다.

물은 계속해서 도요타의 차체를 거칠게 후려쳤다.

유령…….

어떻게 해서든지 트렁크 릴리즈 레버를 잡아당기는 수밖에 없었다. 태미는 두 발을 들어보았다. 그녀의 머리가 바닥 카펫에 짓눌려졌다. 마침내 두 발로 야광 레버를 잡았다. 이제는 내리기만 하면 됐다. 그녀의 복부 근육이 가볍게 경련을 일으켰다.

지금이야!

태미의 다리에 쥐가 오르기 시작했다. 그녀는 발로 잡은 유령을 조심스레 내렸다.

찰칵.

됐어! 해냈어!

하지만 기쁨도 잠시, 태미의 입에서는 이내 공포의 신음이 터져 나왔다. 레버가 뚜껑에서 뽑혔지만 트렁크는 열리지 않았다. 그녀는 바닥을 뒹굴고 있는 초록색 유령을 응시했다. 습격자가 줄을 끊어놓은 거야! 날 트렁크에 가두자마자 줄을 끊어버린 거라고. 걸쇠 케이블에서 끊어진 릴리즈 코드는 작은 구멍 밖으로 대롱대롱 매달려 있었다.

그녀는 완전히 갇혀버린 것이다.

제발, 누구라도. 태미는 기도하기 시작했다. 신에게, 우연히라도 주변을 지날지 모르는 사람에게, 기적적으로 자신에게 자비를 베풀어줄지도 모르는 납치범에게.

하지만 그녀의 기도에 답을 준 것은 트렁크 안으로 새어 들어오는 바닷물의 꼴꼴거리는 소리뿐이었다.

페닌슐라 가든 호텔은 68번 고속도로 근처 한적한 곳에 있었다. 30킬로미터에 달하는 고속도로는 '몬터레이 카운티의 많은 얼굴'이라는 제목의 축소 입체모형이라고 봐도 무방했다. 미국의 샐러드 접시라 불리는 샐리나스에서부터 시작된 구불구불한 도로는 하늘목장, 라구나 세카 경주 트랙, 사무실용 건물단지, 그리고 먼지투성이 몬터레이를 지나 소나무와 독미나리로 가득 찬 퍼시픽 그로브까지 이어졌다. 고속도로는 부자들의 동네로 유명한 전설의 27.3킬로미터 드라이브를 처음부터 끝까지 달려보려는 운전자들로 항상 넘쳐났다.

"나쁘지 않은데."

마이클 오닐이 차에서 내리며 캐트린 댄스에게 말했다.

댄스의 눈이 스페인 아르데코* 양식으로 지은 메인 오두막과 대여섯 채의 주변 건물들을 회색 안경테 너머로 빠르게 훑었다. 여기저기 닳아

해지고, 먼지로 덮이긴 했지만 호텔은 여전히 세련되어 보였다.

"아주 좋네요. 마음에 들어요."

태평양을 배경으로 우뚝 선 호텔을 눈으로 훑으면서도 동작학 전문가 댄스는 오닐의 머릿속을 읽어보려 애썼다. 몬터레이 카운티 보안관 사무실 수사본부의 수석 부보안관은 분석이 까다로운 상대였다. 사십대의 그는 단단한 체구에 희끗희끗한 머리를 가지고 있었다. 명랑태평한 사람이지만 낯선 이들 앞에서는 입을 잘 열지 않았다. 제스처도 잘 쓰지 않았고, 표정에도 별 변화가 없었다. 동작학적으로 파악할 수 있는 부분이 거의 없다는 뜻이다.

아무튼 오닐은 이곳을 찾은 목적을 잊었는지 별로 긴장하고 있는 것 같지 않았다.

바짝 긴장하고 있는 그녀와 달리.

삼십대의 캐트린 댄스는 늘씬했다. 오늘 그녀는 짙은 금발머리를 뒤로 모아 한 가닥으로 땋아놓았다. 솜털 같은 끝부분에는 밝은 파란색 리본이 묶여 있었다. 아침에 딸이 직접 골라 조심스레 묶어준 리본이었다. 댄스는 긴 검정 주름치마에 검은색 재킷, 하얀색 블라우스 차림이었다. 발에는 지난 몇 개월간 고민하다가 세일 때 간신히 구입한 검은색 앵클부츠를 신었다. 힐의 높이는 5센티미터가 넘었다.

오닐은 사복 차림이었다. 치노** 바지와 연한 청색 셔츠, 넥타이는 매지 않았다. 짙은 파란색 재킷에는 격자무늬가 희미하게 들어가 있었다.

문지기는 쾌활해 보이는 라틴계 남자였다. 두 사람을 훑는 그의 눈빛은 이렇게 말하고 있었다. 두 분 아주 잘 어울리십니다.

"어서 오십시오. 좋은 시간 되시길 바랍니다."

문지기가 문을 열어주었다.

---

* 1920~30년대에 유행한 장식미술의 한 양식으로, 기하학적 무늬와 강렬한 색채가 특징
** 제1차 세계대전 당시 미 육군이 작업복으로 썼던 카키색의 면바지

댄스는 오닐을 돌아보며 미소 지었다. 그들은 산뜻하게 꾸민 로비를 가로질러 프런트데스크로 향했다.

두 사람은 방을 찾아 호텔의 메인 건물 구석구석을 살폈다.
"이런 날이 올 줄 몰랐는데."
오닐이 그녀에게 말했다.
댄스가 피식 웃었다. 그녀의 시선이 가끔 문과 창문 쪽으로 돌아갔다. 잠재의식에서부터 탈출의 기회를 노리고 있다는, 한마디로 스트레스를 받고 있다는 동작학적 반응이었다.
"저기 봐요."
그녀가 또 다른 수영장을 가리키며 말했다. 메인 건물에만 네 개의 수영장이 마련돼 있었다.
"성인들을 위한 디즈니랜드 같은데. 여기서 묵는 록 뮤지션들이 꽤 된다고 들었어."
"정말요?"
그녀가 미간을 찌푸렸다.
"왜 그래?"
"소문 하나로 호들갑 떨고 싶진 않아요. 술에 취해 텔레비전과 가구를 창밖으로 내던진다는 얘기는 별로 재미없잖아요."
"여긴 카멜이야. 여기서 할 수 있는 가장 거친 일은 기껏해야 재활용품을 쓰레기통에 던져넣는 것 정도라고."
오닐이 말했다.
댄스는 받아칠 말을 떠올리려다가 그만두기로 했다. 농담을 나눌수록 점점 더 불안해질 뿐이었다.
그녀는 뾰족한 잎으로 덮인 야자나무 앞에 멈춰 섰다.
"우리가 어디쯤 와 있죠?"

부보안관은 손에 쥔 메모지를 들여다보며 뒤편의 한 건물을 가리켰다.

"저기."

오닐과 댄스는 문 앞에 섰다. 그가 긴 숨을 내쉬며 눈썹을 추켜세웠다.

"다 온 것 같은데."

댄스가 웃음을 터뜨렸다.

"꼭 십대 시절로 돌아간 것 같은 기분이에요."

부보안관이 문을 두드렸다.

잠시 후, 문이 열렸다. 오십대로 보이는 빼빼 마른 남자가 문틈으로 모습을 드러냈다. 그는 짙은색 바지와 흰색 셔츠, 줄무늬 넥타이 차림이었다.

"마이클, 캐트린. 시간에 딱 맞춰왔군요. 들어와요."

로스앤젤레스 카운티 지방검사, 어니스트 세이볼드는 고개를 끄덕여 들어오라고 신호했다. 방 안에 놓인 다리 세 개짜리 음성 구술기 옆에는 법원 속기사가 앉아 있었다. 또 다른 젊은 여자가 일어나 그들을 맞았다. 세이볼드는 그녀를 로스앤젤레스에서 온 검사보라고 소개했다.

이달 초, 댄스와 오닐은 몬터레이에서 한 사건을 맡아 수사했다. 유죄 판결을 받은 컬트 리더이자 살인범 다니엘 펠이 교도소를 탈출해 몬터레이 반도에서 추가 범행을 벌였던 것이다. 수사과정에서 댄스와 그녀의 동료 수사관들이 철석같이 믿었던 FBI 요원이 그들의 동지가 아니었다는 사실이 밝혀졌고, 그로 인해 또 한 건의 살인사건이 발생하고 말았다.

댄스는 끝까지 범인을 쫓고 싶었다. 하지만 그러기에는 막대한 영향력을 지닌 기관의 압력이 너무 컸다. 몬터레이의 검사가 사건에서 손을 뗀 후에도 그녀와 오닐은 조용히 수사를 이어나갔고, 결국 그 요원이 로스앤젤레스에서도 살인을 저지른 적이 있었다는 사실을 알아냈다. 댄스의 친구이자, 그녀가 소속된 캘리포니아 연방수사국과 자주 일해온 세이볼드 지방검사는 기꺼이 이 사건을 로스앤젤레스로 가져가주었다.

댄스와 오닐을 비롯한 여러 증인들이 몬터레이 지역에 살고 있었기 때문에 진술을 받기 위해서는 세이볼드가 직접 출장을 오는 수밖에 없었다. 그들의 은밀한 모임은 범인의 인맥과 평판 때문이었다. 굉장히 민감한 문제라 당분간 그들은 살인자의 본명도 쓰지 않기로 했다. 재판 이름도 '국민 대 J. 도 The People vs. J. Doe' 라고 붙였다.

두 사람이 자리를 잡고 앉자, 세이볼드가 입을 열었다.

"문제가 좀 생긴 것 같습니다."

댄스는 뭔가 잘못될 것 같았고, 이 사건이 궤도를 탈선할지 모른다는 불안감이 찾아들었다.

검사가 설명을 이어나갔다.

"피고 측이 기소면제를 조건으로 한 기각동의서를 제출했습니다. 그게 먹힐 가능성이 어느 정도인지는 우리도 모릅니다. 심리는 모레 시작됩니다."

댄스가 눈을 질끈 감았다.

"맙소사."

그녀 옆에서 오닐이 씩씩거렸다.

지금껏 얼마나 고생했는데…….

그가 풀려나면…… 그가 풀려나면 내가 지는 거야. 댄스는 생각했다. 그녀의 턱이 바르르 떨렸다.

세이볼드가 말했다.

"우리 팀이 대응 방안을 놓고 고민 중입니다. 검찰에서 가장 유능한 친구들입니다."

"어떻게 해서든 붙잡아둬야 해요, 어니스트. 그가 풀려나면 난 끝장이에요."

댄스가 말했다.

"모두가 그를 원하고 있어요, 캐트린. 최선을 다해보겠습니다."

그가 풀려나면…….

"우리가 이길 걸 확신하고 진행했으면 합니다."

세이볼드는 자신감 넘치는 얼굴로 말했다. 댄스의 마음이 조금 풀렸다. 심문이 시작됐고, 세이볼드는 사건에 대한 수십 가지 질문을 던졌다. 질문 대부분은 댄스와 오닐이 목격한 상황과 사건의 증거에 집중됐다.

세이볼드는 노련한 검사였다. 한 시간에 걸친 심문이 끝나자, 강단 있는 그가 등받이에 몸을 붙이며 이 정도면 됐다고 했다. 그는 증언을 약속한 몬터레이 지역의 경찰관을 기다리겠다고 했다.

댄스와 오닐은 검사에게 고맙다고 인사했고, 그는 기소면제 심리의 결과가 나오는 대로 연락하겠다고 약속했다.

두 사람은 로비로 나왔다. 오닐이 걸음을 멈추고 인상을 찌푸렸다.

"왜 그러죠?"

그녀가 물었다.

"농땡이나 쳐볼까?"

"그게 무슨 소리예요?"

오닐이 턱으로 한쪽 구석에 자리한 정원 레스토랑을 가리켰다. 협곡 밑으로 바다가 내려다보이는 전망이 매혹적인 곳이었다.

"시간이 좀 남잖아. 마지막으로 하얀 제복 차림의 웨이터가 가져온 에그 베네딕트*를 먹어본 게 언제였지?"

"올해가 몇 년도죠?"

댄스가 물었다.

오닐이 미소 지었다.

"들어가자고. 많이 늦진 않을 거야."

* 데친 달걀을 햄과 함께 구운 영국 머핀에 올린 후 네덜란드 소스를 가미한 요리

그녀는 손목시계를 흘끔 들여다보았다.

"글쎄요."

캐트린 댄스는 학창 시절에도 농땡이를 쳐본 적이 없었다. 이제는 CBI* 고참 요원이 됐으니 그럴 일이 더 없어졌고.

그녀는 속으로 물었다. 왜 망설이는 거야? 마이클과 함께하는 시간을 좋아하잖아. 그와 한가하게 시간을 보내본 기억도 없고.

"좋아요."

그녀는 십대로 돌아간 기분이었다.

그들은 언덕이 내려다보이는 테라스의 가장자리에 놓인 긴 의자에 나란히 앉았다. 햇볕이 기분 좋은 6월의 화창한 아침이었다.

적당히 풀을 먹인 흰색 셔츠 차림의 웨이터가 메뉴를 내려놓고 커피를 따라주었다. 댄스의 눈이 메뉴의 미모사**에 고정됐다. 이건 좀 곤란하겠지. 댄스는 생각했다. 그녀가 오닐을 흘끔 돌아보았다. 그도 같은 것에 눈독을 들이고 있었다.

두 사람은 동시에 웃음을 터뜨렸다.

"대배심이나 재판을 위해 로스앤젤레스로 가게 되면 그땐 샴페인을 터뜨리자고."

그가 말했다.

"좋죠."

그때 오닐의 휴대폰이 울렸다. 그는 발신자를 확인했다. 댄스는 오닐의 몸짓 언어가 바뀌고 있다는 사실을 대번에 알아차렸다. 어깨가 살짝 올라갔고, 벌어졌던 두 팔은 안으로 모아졌으며, 초점을 찾은 눈은 번뜩였다.

* 캘리포니아 연방수사국(California Bureau of Investigation), 캘리포니아에 위치한 수사국으로 BII로도 알려져 있다. 주로 최신 범죄유형 및 범죄행동을 분석한다.
** 샴페인과 오렌지주스를 섞은 칵테일

그가 밝은 목소리로 응답하기도 전에 댄스는 누구의 전화인지 알 수 있었다.

"안녕."

사진작가인 오닐의 아내, 앤이었다. 갑작스러운 출장에 남편의 일정이 궁금해진 모양이었다.

오닐이 전화를 끊었다. 두 사람은 한동안 침묵을 지키며 메뉴를 훑었다.

"이걸로 하겠어. 에그 베네딕트."

그가 말했다.

댄스도 같은 걸로 주문하기로 하고 웨이터를 찾아 고개를 들었다. 그때 그녀의 휴대폰이 진동했다. 그녀는 문자 메시지를 확인하며 미간을 찌푸렸다. 다시 메시지를 확인하는 그녀의 몸에 변화가 찾아들었다. 심박수가 빨라졌고, 어깨가 살짝 올라갔으며, 발로 바닥을 토닥거렸다.

댄스는 한숨을 내쉬었다. 정중하게 손짓해 웨이터를 부르려던 제스처도 계산서를 가져오라는 제스처로 바뀌었다.

3

캘리포니아 연방수사국의 서중앙 지역본부는 별 특징 없는 현대식 건물에 위치했다. 외관으로는 인접한 보험회사, 소프트웨어 컨설팅회사 건물과 큰 차이가 없었다. 언덕 뒤로 몸을 숨긴 그곳 건물들은 캘리포니아 중부 해안의 여러 초목들로 꾸며져 있었다.

댄스와 오닐은 호텔을 출발한 지 10분 만에 페닌슐라 가든 인근의 본부에 도착했다. 신호등과 일단정지 표지를 무시하고 달려온 덕분이었다.

차에서 내린 댄스는 숄더백을 어깨에 메고 두툼한 컴퓨터 가방을 챙겨 들었다. 그녀의 딸은 '부록'이라는 뜻을 배우고 나서부터 컴퓨터 가방을 '엄마 숄더백의 부록'이라고 불렀다. 그녀와 오닐은 건물로 들어섰다.

그들은 댄스의 팀이 모여 있는 곳으로 향했다. 댄스의 사무실은 CBI에서 '걸스 윙Girl's Wing' 또는 'GW'로 알려진 구역에 있었다. 그곳은 댄스와 동료 요원 코니 라미레즈, 행정보좌관 메리엘렌 크레스바크, 마지막으로 CBI의 태엽과도 같은 사무장 그레이스 유안만의 공간이었다. 그곳의 별칭은 불운한 전직 CBI 요원의 유감스러운 의견에서 비롯된 것이었다. 어느 날 본부를 둘러보던 그가 잘난 척하며 별 뜻 없이 툭 던진 이름이 지금껏 직원들에 의해 불리고 있었다.

GW의 모든 직원은 아직까지도 그 남성 요원이 댄스와 라미레즈가 사무실과 서류가방, 차에 몰래 숨겨놓은 여성 위생용품들을 전부 찾아냈을

지를 두고 논쟁을 벌였다.

메리엘렌이 댄스와 오닐을 맞아주었다. 언제나 쾌활한 그녀는 CBI에 없어서는 안 될 인물이었다. 그녀는 짙은 마스카라를 칠한 속눈썹 한 번 깜빡이지 않고 가정주부와 행정보좌관의 두 역할을 완벽히 소화해내는 슈퍼우먼이었다. 또한 댄스가 알고 있는 최고의 제빵사이기도 했다.

"좋은 아침이에요, 메리엘렌."

"안녕, 캐트린. 원하는 만큼 가져가요."

댄스는 책상 위 유리병에 가득 담긴 초콜릿칩 쿠키를 내려다보았다. 하지만 손을 뻗지는 않았다. 메리엘렌의 쿠키는 성경에서 죄악이라 부를 만큼 중독성이 강했다. 오닐은 쿠키의 유혹을 뿌리치지 못했다.

"몇 주 만에 아침다운 아침을 먹는군요."

에그 베네딕트……

메리엘렌이 만족스럽다는 듯 미소를 지었다.

"찰스에게 다시 연락해 메시지를 또 남겨놓았어요."

그녀가 한숨을 내쉬었다.

"응답을 하지 않네요. 티제이와 레이가 안에서 기다리고 있어요. 아, 오닐 부보안관님, MCSO*에서도 한 분이 오셨어요."

"고마워요."

댄스는 자신의 사무실로 들어갔다. 강단 있는 젊은 요원, 티제이 스캔론이 댄스의 의자를 차지하고 있었다. 그녀가 들어서자 빨강머리 요원이 벌떡 일어났다.

"어서 오세요, 보스. 오디션은 잘 보고 오셨나요?"

티제이는 증언조사를 얘기하는 것이었다.

"내가 스타였어."

---

* Monterey County Sheriff's Office, 몬터레이 카운티 보안관 사무실

그녀는 기소면제 심리라는 나쁜 소식을 들려주었다.

젊은 요원의 얼굴이 일그러졌다. 그 역시 범인을 알고 있었고, 댄스만큼이나 유죄판결을 원했다.

티제이는 유능한 요원이었다. 그리고 관례적인 접근과 태도로 유명한 법집행 기관에서 가장 자유분방한 요원이기도 했다. 오늘 그는 청바지, 폴로 셔츠, 격자무늬 스포츠 코트 차림이었다. 댄스의 아버지 벽장에서도 유사한 무늬의 색 바랜 셔츠를 여럿 볼 수 있었다. 티제이는 넥타이가 하나뿐이었는데, 그조차도 기괴한 제리 가르시아 모델이었다. 티제이는 1960년대의 향수에 병적으로 집착했다. 지금도 그의 사무실에서는 라바 램프* 두 개가 신나게 보글거렸다.

댄스와 티제이는 몇 살밖에 차이가 나지 않았지만 세대차이는 작지 않았다. 그럼에도 두 사람은 궁합이 잘 맞는 멘토, 멘티 관계였다. CBI는 요원들에게 팀워크의 중요성을 강조했지만 티제이는 홀로 움직이는 걸 좋아했다. 하지만 댄스가 요청할 때면 언제든 군말 없이 파트너가 돼주었다. 댄스의 원래 파트너는 범인 인도를 위해 멕시코로 내려가 있었다.

CBI에 새로 들어온, 말수 적은 레이 카라네오는 티제이 스캔론과 정반대였다. 이십대 후반인 그는 짙은색 피부에 사려 깊어 보이는 얼굴을 가졌다. 호리호리한 체구의 카라네오는 오늘 회색 양복에 흰색 셔츠를 입었다. 실제 나이보다 성숙한 그는 병든 어머니를 위해 아내와 이곳으로 오기 전에 네바다 리노에서 경관으로 활동했다. 카라네오는 엄지와 검지 사이 작은 흉터가 난 손으로 커피 컵을 쥐고 있었다. 몇 년 전까지만 해도 그 자리에는 갱단 문신이 새겨져 있었다. 그는 CBI에서 가장 조용하고, 집중력 있는 젊은 요원이었다. 갱단 출신이기 때문인지는 모르겠지만.

---

* 유색 액체가 들어 있는 장식용 전기 램프

몬터레이 카운티 보안관 사무실에서 온 경관의 머리는 군인처럼 짧았다. 그는 간단하게 자신을 소개한 다음 사건 내용을 들려주었다. 새벽에 한 십대 소녀가 알바라도 인근 몬터레이 다운타운의 어느 주차장에서 납치됐다. 소녀 태미 포스터는 온몸이 꽁꽁 묶인 채 자신의 차 트렁크에 갇혔다. 범인은 그녀를 싣고 만조에 맞춰 차를 해변에 세워놓고 도망쳤다.

댄스는 비좁고, 사방이 꽉 막힌 공간에 갇혀 차가운 물에 서서히 잠겨가는 기분이 어떨지 상상하며 몸을 떨었다.

"태미의 차가 확실해?"

오닐이 물었다. 의자에 앉은 그는 뒷다리로 중심을 잡은 채 몸을 앞뒤로 흔들고 있었다. 댄스가 아들에게 절대 하지 말라고 당부했던 행동이었다(그녀는 아들 웨스가 오닐로부터 그런 행동을 배웠을지 모른다고 의심했다). 오닐의 체중에 눌린 의자 다리가 삐걱 소리를 냈다.

"그렇습니다, 부보안관님."

"어느 해변이지?"

"하이랜즈 남쪽 해변입니다."

"인적이 끊겼을 때였겠지?"

"네, 아무도 없었습니다. 물론 목격자도 없고요."

"태미가 납치된 클럽 주차장에서도 목격자가 없었나요?"

댄스가 물었다.

"네. 그리고 주차장엔 보안 카메라도 없었습니다."

댄스와 오닐은 잠시 생각에 잠겼다. 그녀가 다시 입을 열었다.

"그럼 범인은 태미를 버리고 온 곳 근처에 미리 차를 준비해뒀겠군요. 아니면 공범자가 있었든지."

"사건현장 모래밭에 고속도로 쪽으로 향하는 발자국이 남아 있었습니다. 물이 닿지 않은 곳에 말이죠. 하지만 모래가 푸석푸석해 밑창무늬나 크기를 가늠할 수는 없었습니다. 분명한 건 한 사람의 발자국만 남아 있었다는 사실입니다."

"범인을 태우러 온 차의 흔적은 없었고? 근처 덤불 속에 누군가가 숨어 있었던 흔적은?"

오닐이 물었다.

"없었습니다. 갓길에서 자전거 바퀴자국을 찾긴 했는데, 그날 밤에 남겨졌는지 일주일 전에 남겨졌는지 확인할 길이 없습니다. 접지면이 일치하는 바퀴를 찾는 건 불가능합니다. 자전거 바퀴의 데이터베이스 자체가 없으니까요."

경관이 댄스를 돌아보며 말했다.

하긴 매일 수백 명의 사람들이 자전거를 타고 그 지역을 지나다닐 테니까.

"범행 동기는요?"

"강도사건도 아니고, 성폭행이 있었던 것도 아닙니다. 특별한 이유 없이 그냥 태미를 천천히 죽이고 싶었던 것 같습니다."

댄스가 한숨을 길게 내쉬었다.

"용의자는 없나요?"

"없습니다."

댄스의 시선이 티제이에게 돌아갔다.

"내가 연락했을 때 들려준 얘기 있었지? 이상한 일이 있었다고. 새로 들어온 소식은 없어?"

"오, 도로변 십자가 말씀이죠?"

잠시도 가만히 있지 못하는 젊은 요원이 말했다.

관할구가 넓은 캘리포니아 연방수사국은 오직 조직폭력, 테러리즘의 위협, 심각한 비리, 경제사범과 같은 중범죄만을 맡아 수사한다. 암흑가의 살인사건이 매주 발생하는 지역에서 평범한 살인사건은 별로 주목받지 못한다.

하지만 태미 포스터 사건은 달랐다.

태미가 납치되기 전날, 고속도로 순찰대 경관이 1번 고속도로변에 기념비처럼 꽂혀 있는 십자가를 발견했다. 십자가에는 다음 날의 날짜가 적혀 있었고.

현장에서 얼마 떨어지지 않은 곳에서 사건 소식을 전해 들은 경관은 범인이 범행을 예고하기 위해 십자가를 꽂아놓았는지도 모른다고 생각했고, 그곳으로 돌아가 십자가를 수거해왔다. 몬터레이 카운티 보안관 사무실의 현장감식반은 태미가 갇혀 있던 트렁크 안에서 장미꽃잎의 일부를 찾아냈다. 그 꽃잎은 십자가 아래 놓여 있던 장미 다발에서 나온 것으로 확인됐다.

표면적으로는 범인이 특별한 동기 없이 무작위로 표적을 골라 범행을 저지른 것처럼 보였지만, 댄스는 범인이 추가 범행을 염두에 두고 있을 가능성에 무게를 두었다.

오닐이 물었다.

"십자가를 증거로 쓸 순 없고?"

그의 부하 대원이 얼굴을 찌푸렸다.

"고속도로 순찰대 경관이 십자가와 꽃다발을 순찰차 트렁크에 아무렇게나 던져놓았답니다."

"오염됐단 말인가?"

"그렇습니다. 피터 베닝턴이 최선을 다해봤지만 아무것도 건지지 못했습니다."

피터 베닝턴은 몬터레이 카운티 과학수사대의 근면한 책임자였다.

"예비 결과일 뿐이지만 경관의 지문 말고는 찾아낸 게 없다고 하네요. 모래와 흙 외엔 다른 흔적도 없다고 하고요. 십자가는 나뭇가지와 꽃집에서 쓰는 철사로 만든 겁니다. 날짜가 적힌 원판은 판지를 오려 만든 거고요. 쉽게 구할 수 있는 일반 펜으로 적어놓은 거랍니다. 글자는 블록체였습니다. 용의자로부터 샘플을 얻어내지 못하면 더 이상의 진전을 기대할 수 없을 겁니다. 자, 여기 십자가 사진이 있습니다. 섬뜩하죠? 꼭 〈블레어 윗치〉에서 본 것 같지 않습니까?"

"좋은 영화죠."

티제이가 말했다.

댄스는 그게 티제이의 진지한 의견인지 궁금했다.

그들은 사진을 들여다보았다. 경관의 말대로 섬뜩했다. 나뭇가지는 비비 꼬인 검은 뼈 같아 보였다.

법의학자가 아무것도 밝혀내지 못했다고? 댄스에게는 뉴욕에서 법의학 컨설턴트로 활동 중인 링컨 라임이라는 친구가 있었다. 그녀는 얼마 전 그와 함께 작업했다. 비록 사지마비 환자지만 링컨 라임은 미국 최고의 범죄현장 전문가로 인정받고 있었다. 그가 현장분석을 맡았다면 도움이 될 만한 단서를 어렵지 않게 찾아내지 않았을까? 당연하지. 하지만 경찰 업무의 가장 보편적 규칙은 바로 이것이었다. 주어진 조건에서 최선을 다하기.

사진을 들여다보던 댄스의 눈에 거슬리는 게 있었다.

"장미."

오닐은 이내 그녀가 무엇을 짚어냈는지 알아차렸다.

"줄기가 같은 길이로 잘라져 있군."

"맞아요. 누군가의 마당에서 꺾어온 게 아니라 가게에서 사왔다는 뜻이겠죠."

"하지만 보스, 페닌슐라에서 장미를 살 수 있는 곳은 수천 군데도 넘을 텐데요."

티제이가 말했다.

"이게 우릴 범인의 문간으로 이끌어줄 거라는 얘기가 아니야. 그저 쓸 만한 단서가 될 수도 있을 거라는 얘기라고. 속단은 금물이야. 어쩌면 범인이 꽃을 훔쳐왔을 수도 있으니까."

갑자기 심통이 난 댄스가 말했다.

"알겠습니다, 보스."

"십자가는 정확히 어디 있었지?"

"1번 고속도로변에요. 정박지 남쪽."

티제이가 벽에 붙은 댄스의 지도를 손으로 짚으며 말했다.

"십자가를 놓고 가는 걸 목격한 사람은 없었고요?"

댄스가 경관에게 물었다.

"CHP*에 의하면 목격자는 없었습니다. 그 구간엔 카메라도 설치되어 있지 않고요. 그래도 계속 찾아보고 있습니다."

"상점들은?"

오닐이 물었다. 댄스도 같은 질문을 던지려 준비하고 있던 참이었다.

"상점이요?"

오닐이 지도를 들여다보았다.

"고속도로 동쪽. 저기 스트립몰** 말이야. 거기엔 보안 카메라가 있을 텐데. 어쩌면 그중 하나가 그 지점을 향하고 있는지도 모르고. 차의 제조사와 모델만 알아내도 큰 수확일 거야."

"티제이, 그걸 알아봐줘."

댄스가 말했다.

"알겠습니다, 보스. 그 몰 안에 제가 좋아하는 자바 하우스가 있어요."

"다행이네."

댄스의 사무실 문간에 그림자가 드리워졌다.

"아, 회의 중이었군."

* California Highway Patrol, 캘리포니아 고속도로 순찰대
** 번화가에 상점과 식당들이 일렬로 늘어서 있는 곳

최근에 CBI 지국장으로 임명된 찰스 오버비가 사무실로 들어왔다. 오십대 중반인 그는 까무잡잡했다. 서양배 모양의 체구에도 일주일에 몇 번씩 골프와 테니스를 즐기는 스포츠맨이었다. 물론 둘 다 썩 잘한다고는 할 수 없었지만.

"그것도 모르고 지금껏 내 사무실에서 기다렸잖아."

댄스는 슬쩍 손목시계를 들여다보는 티제이를 못 본 척했다. 그녀는 오버비가 몇 분 전에도 자신의 사무실에 들이닥쳤었다는 걸 눈치로 알았다.

"지국장님, 좋은 아침입니다. 제가 깜빡 잊고 회의 장소를 보고드리지 않았던 것 같네요. 죄송합니다."

댄스가 말했다.

"어서 와요, 마이클."

오버비는 티제이에게도 고개를 끄덕여 아는 척했다. 그는 항상 젊은 요원의 튀는 옷차림을 못마땅해했다.

댄스는 오버비에게 지금의 회의에 대해 보고했었다. 페닌슐라 가든 호텔을 출발하면서 댄스는 그에게 음성 메시지를 남겨놓았다. 물론 로스앤젤레스에서 있을 기소면제 심리에 대한 소식도 전했고. 메리엘렌 역시 회의에 대해 그에게 보고했다. 하지만 CBI 지국장은 답이 없었다. 댄스는 다시 연락해서 보고하지 않았다. 어차피 그는 전략회의에 관심이 없는 사람이었으니까. 오버비가 이 회의에 참석하지 않기로 결정했다 해도 그녀는 전혀 놀라지 않았을 것이다. 그는 전체적인 상황에 집착하는 타입이었다. '전체적인 상황'은 그가 요즘 입버릇처럼 나불거리는 표현이었다. 언젠가 티제이는 그를 찰스 오버뷰*라고 부른 적이 있었다. 그때 댄스는 배가 아파올 정도로 웃느라 정신이 없었다.

"그 트렁크 속 여자 사건 말이야. 벌써부터 기자들이 연락을 해오고 있

* Overview. 개요

어. 계속 시간을 끌면 기자들이 짜증을 낼 거야. 브리핑부터 해봐."

아, 기자들. 오버비가 이 회의에 지대한 관심을 보이는 이유였다.

댄스는 지금까지 밝혀낸 사실들과 앞으로의 계획을 들려주었다.

"놈이 다시 범행을 저지를까? 앵커들은 그럴 거라고 하던데."

"그들의 추측일 뿐입니다."

댄스가 조심스레 바로잡았다.

"범인이 태미 포스터를 표적으로 삼은 이유를 모르니 추가 범행 가능성은 예상할 수 없겠죠."

오닐이 말했다.

"십자가가 그 사건과 관련이 있긴 합니까? 범인이 메시지를 남긴 게 맞아요?"

"꽃이 법의학적으로 일치합니다. 범인의 메시지로 봐야겠죠."

"젠장. 샘의 여름 사건처럼 크게 터지지 않길 바랐는데."

"샘의…… 뭐라고요, 지국장님?"

댄스가 물었다.

"뉴욕을 떠들썩하게 만들었던 사건 있잖아. 메모를 남겨놓고 사람들을 쏴 죽인."

오버비가 말했다.

"오, 영화로도 나왔었죠. 스파이크 리. 거기 나오는 킬러가 샘의 아들이었죠."

티제이는 대중문화의 사서나 다름없었다.

"나도 알아. 그냥 말장난이었을 뿐이야. 아들과 여름."

"어쨌든 증거는 찾지 못했습니다. 증거는커녕 단서 하나 없습니다."

오버비가 고개를 끄덕였다. 그는 부정적인 보고 내용을 좋아하지 않았다. 언론에도, 새크라멘토 본부에 있는 상관들에게도 좋을 게 없기 때문이었다. 수사에 진전이 없으면 오버비는 불안해했고, 그런 그의 모습은 요원들까지 불안하게 만들었다. 전임 지국장 스탠 피시번은 예상치 못한 건강상의 문제로 은퇴해야 했다. 그에 이어 오버비가 지국장에 임명됐을 때 요원들은 크게 실망했다. 피시번은 항상 요원들의 편에 섰고, 물심양면으로 요원들을 지원했다. 오버비는 전혀 다른 스타일이었다. 아니, 정반대 스타일이었다.

"법무장관님이 전화를 주셨어."

그들의 궁극적인 상관.

"새크라멘토까지 들썩이고 있다고. CNN도 취재에 열을 내고. 조만간 장관님께 브리핑해드려야 하는데 큰일이군. 단서 하나 찾질 못했으니."

"곧 소득이 있겠죠."

"장난일 가능성은 얼마나 되지? 남학생 사교클럽이나 여학생 클럽의 짓궂은 신고식이었는지도 모르잖아. 자네들도 대학 시절 안 그랬어?"

댄스와 오닐은 학생클럽에 들어가본 적이 없었다. 티제이는 분명 아니었을 테고, 투잡을 뛰며 야간대학에서 형사행정학을 공부한 레이 카라네오 역시 학생클럽 근처도 가보지 못했을 것이다.

"누군가의 장난으로 보기엔 좀 잔인하지 않습니까?"

오닐이 말했다.

"하지만 일단 가능한 시나리오 중 하나로는 남겨놓겠습니다. 처음부터 공황상태에 빠지면 좋을 게 없으니까요. 당장 연쇄범행으로 단정 지을 이유도 없고, 십자가에 대해 언급할 필요도 없습니다. 몇 주 전 터졌던 펠 사건의 여파도 아직 가시지 않았으니까요."

오닐은 눈을 깜빡였다.

"그건 그렇고, 증언 녹취는 어떻게 됐지?"

오버비가 물었다.

"조금 지체될 것 같습니다."

정말 음성 메시지를 확인조차 안 한 거야? 댄스는 생각했다.

"잘됐군."

"잘됐다고요?"

댄스는 여전히 기소면제 심리에 대해 단단히 화가 나 있었다.

오버비가 눈을 깜빡였다.

"덕분에 자네가 도로변 십자가 사건에 집중할 수 있게 됐잖아."

그녀는 갑자기 옛 보스가 그리워졌다. 향수는 달콤한 고통이다.

"다음 단계는 뭐지?"

오버비가 물었다.

"티제이가 십자가가 놓인 지점에서 얼마 떨어지지 않은 상점과 자동차 딜러의 보안 카메라를 살펴보기로 했습니다."

댄스는 카라네오를 돌아보았다.

"레이, 태미가 납치된 주차장을 살펴봐주겠어?"

"알겠습니다."

"마이클, MCSO에선 요즘 무슨 사건을 수사하고 있습니까?"

오버비가 물었다.

"암흑가 살인사건과 컨테이너 사건을 수사 중입니다."

"오, 그 사건 말이군요."

페닌슐라는 테러 위협에 거의 영향을 받지 않는 지역이었다. 이곳에는 큰 항구가 없었다. 그저 작은 부두만 여럿 있을 뿐이었다. 게다가 철통같은 보안을 자랑하는 공항은 테러리스트들의 표적이 되기에는 너무 작았다. 하지만 한 달쯤 전, 인도네시아에서 밀반입된 컨테이너가 오클랜드로 들어온 사건이 있었다. 문제의 컨테이너는 트럭에 실려 로스앤젤레스가 있는 남쪽으로 운송됐다. 보도에 의하면, 컨테이너의 내용물은 샐리나스에서 다른 트럭으로 옮겨졌다고 한다.

그 내용물은 밀수품일 가능성이 컸다. 마약, 무기…… 또 다른 신뢰할 만한 정보에 의하면, 미국으로 밀입국하려는 사람들일 수도 있었다. 인도네시아는 세계에서 이슬람교도의 수가 가장 많은 나라다. 위험한 극단주의 테러조직도 여럿이고. 국토안보국은 당연히 그 사건에 깊은 우려를 표명했다.

"하지만 하루 이틀은 붙잡아놓을 수 있습니다."

오닐이 덧붙였다.

"잘됐군요."

오버비가 말했다. 그는 도로변 십자가 사건을 위한 특별수사대가 대충 꾸려졌다는 사실에 마음을 놓았다. 수사에 진전이 없을 때마다 그는 위험부담을 나누려 노력했다. 나중에 영광을 나누는 한이 있더라도.

댄스는 다시 오닐과 한 팀으로 일하게 됐다는 게 만족스러울 뿐이었다.

오닐이 말했다.

"피터 베닝턴으로부터 최종 보고서를 받아올게요."

오닐은 과학수사보다는 전통적인 수사방식에 익숙한 수사관이었다. 조사, 탐문, 그리고 현장분석. 아주 가끔 박치기를 쓸 때도 있었다. 아무튼 베테랑답게 노련함이 가장 큰 무기였다. 그는 몬터레이 카운티 보안관 사무실 역사상 최고의 체포기록과 유죄판결기록을 자랑했다.

댄스는 손목시계를 들여다보았다.

"전 목격자를 만나볼게요."

오버비는 잠시 침묵을 지켰다.

"목격자? 목격자가 있다는 얘긴 못 들었는데."

댄스는 그 정보 또한 음성 메시지로 남겨놓았다는 설명을 굳이 하지 않았다.

"네, 목격자가 있습니다."

그녀는 숄더백을 어깨에 걸치고 유유히 사무실을 빠져나갔다.

4

"아, 너무 안쓰러워요."

여자가 말했다.

방금 70달러를 내고 연료통을 가득 채운 포드 SUV의 운전석에 앉아 있는 여자의 남편이 아내를 돌아보았다. 그는 심통이 나 있었다. 말도 안 되는 휘발유값 때문이기도 했지만, 방금 페블 비치 골프코스의 감질나는 풍경이 차창 밖으로 스쳐 지나갔기 때문이다. 아내가 허락한다 해도 그는 한가로이 골프를 즐길 형편이 못됐다.

이런 상황에서 안쓰러운 이야기가 귀에 들어올 리 없었다.

"뭐가?"

결혼 25년차의 남자가 날카롭게 말했다.

그녀는 남편의 말투에 전혀 신경 쓰지 않았다.

"저기요."

그녀는 앞유리 밖으로 숲을 가로질러 나온 텅 빈 고속도로를 응시했다. 그녀의 손가락은 특별히 무언가를 가리키고 있지는 않았다. 남자는 점점 더 짜증이 났다.

"무슨 일이 있었을까요?"

그가 한마디 쏘아붙이려는 찰나 아내가 얘기하는 것이 눈에 들어왔다.

순간 그는 죄책감에 휩싸였다.

30미터쯤 앞, 모래로 덮인 도로변에 교통사고 현장에서나 볼 수 있는 기념비가 놓여 있었다. 대충 만든 십자가와 진홍색 장미꽃 한 다발.

"안쓰럽군."

자신의 아이들을 생각하며 남자가 말했다. 아직도 그는 두 십대 아들이 핸들을 잡을 때마다 가슴을 졸였다. 아들들이 사고를 당했으면 어땠을까? 상상만으로도 끔찍했다. 그는 방금 무뚝뚝하게 내뱉은 대꾸가 후회됐다.

그가 고개를 저으며 아내의 불안한 얼굴을 돌아보았다. 부부는 어설프게 만들어놓은 십자가를 지나쳐 달렸다. 그녀가 속삭였다.

"세상에. 오늘 발생한 사건이에요."

"그래?"

"네. 오늘 날짜가 적혀 있어요."

그는 몸을 바르르 떨며 누군가가 산책코스로 추천해준 인근 해변을 향해 계속 달려나갔다.

"좀 이상한데."

"뭐가요?"

"이 구간 제한속도가 55킬로미터잖아. 사망자가 생길 만한 사고가 있을 곳이 아닌데."

아내가 어깨를 으쓱했다.

"보나마나 애들이 술 마시고 차를 몰다가 사고를 당한 거겠죠."

그는 산란해진 마음을 가다듬었다. 휴가가 아니었다면 지금쯤 포틀랜드에서 계산기를 두드려대며, 다음 팀 단합대회 때 레오가 또 무슨 일로 사람을 당황하게 만들지 궁금해하고 있었겠지. 캘리포니아의 가장 아름다운 곳에서 남은 닷새를 어떻게 보낼지에만 집중하자고. 앞으로 백만 년 동안은 페블 비치 근처에도 얼씬 못하게 될 테니까 그냥 이 순간을 즐기기만 해. 그는 속으로 말했다.

그는 아내의 무릎에 한 손을 얹은 채 해변을 향해 차를 몰았다. 아침을 잿빛으로 물들인 안개는 더 이상 그를 거슬리게 하지 못했다.

68번 루트, 홀먼 고속도로를 달려나가면서 캐트린 댄스는 아이들에게 전화를 걸었다. 두 아이를 각자의 캠프장으로 데려가는 일은 댄스의 아버지 스튜어트가 맡기로 했다. 호텔 미팅을 위해 일찍 집을 나서야 했던 댄스는 어젯밤 열두 살 웨스와 열 살 매기를 부모님께 부탁해놓았다.

"엄마! 오늘 밤에 로지스에서 저녁 먹어도 돼요?"

매기가 물었다.

"생각 좀 해보자. 엄마가 큰 사건을 맡았거든."

"어젯밤에 할머니랑 스파게티 면을 만들었어요. 밀가루랑 달걀이랑 물을 넣어서요. 할아버지가 제로에서 시작한다고 했는데, '제로에서 시작한다'는 게 무슨 뜻이에요?"

"만들어진 걸 사오지 않고, 모든 재료를 직접 준비해 처음부터 만든다는 얘기야."

"치, 나도 안다고요. '제로'가 뭔지 모른다는 얘기였어요."

"'치'는 빼고 얘기해. 그리고 엄마도 그게 무슨 뜻인지 모르겠어. 나중에 같이 찾아보자."

"좋아요."

"이따 보자. 사랑해. 오빠 좀 바꿔줘."

"안녕, 엄마."

웨스는 오늘 테니스를 치러 가기로 한 얘기를 장황하게 들려주었다.

웨스는 서서히 청소년기로 접어드는 중이었다. 어떨 때는 한없이 귀여운 아들이었다가도 또 어떨 때는 거리감이 느껴지는 십대 아이다운 모습을 보였다. 웨스의 아버지는 2년 전에 세상을 떠났다. 웨스는 이제야 비로소 비탄의 그림자에서 완전히 벗어나온 것 같았다. 그에 반해 어린 매기의 회복력은 놀라울 정도였다.

"마이클 아저씨가 주말에 배 타고 나가신대요?"

"그래."

"야호!"

오늘은 토요일에 웨스와 낚시하기로 약속을 해놓은 상태였다. 마이클의 어린 아들 타일러도 함께 가기로 했지만, 아내 앤은 뱃놀이를 별로 좋아하지 않았다. 댄스도 뱃멀미가 심해 함께 즐길 수 없었다.

댄스는 아버지에게 아이들을 봐줘서 고맙다고 한 다음 새로 맡은 사건으로 한동안 바빠지게 될 것 같다고 귀띔해주었다. 스튜어트 댄스는 완벽한 할아버지였다. 해양생물학자인 그는 반半 은퇴상태라 시간이 많았고, 무엇보다 아이들과 함께하는 시간을 좋아했다. 아이들을 위해서라면 귀찮은 기사 노릇도 마다하지 않았다. 오늘 스튜어트는 몬터레이 베이 수족관에서 중요한 미팅이 있었다. 하지만 댄스에게는 캠프장에서 아이들을 데려와 할머니에게 잘 맡겨놓을 테니 아무 걱정 말라고 했다. 퇴근길에 데려가기만 하면 된다고.

댄스는 매일 사랑하는 가족이 가까이 있다는 사실을 감사히 생각했다. 그녀는 이런 주변의 지원 없이 힘겹게 아이들을 키우는 미혼모들에 대한 연민을 금할 수 없었다.

그녀는 신호등에서 속도를 줄이고 몬터레이 베이 병원 주차장으로 들어갔다. 파란색 바리케이드 너머로 몰려든 시위자들이 보였다.

군중은 어제보다 많아진 것 같았다.

어제는 그제보다 많았고.

몬터레이 베이 병원은 유명한 시설이었다. 이 지역 병원 중 최고라 해도 과언이 아니었다. 특히 소나무숲으로 에워싸인 목가적인 환경이 좋은 평가를 받았다. 댄스에게는 아주 익숙한 곳이었다. 그녀는 이곳에서 두 아이를 낳았고, 그녀의 아버지가 대수술을 받고 회복한 곳도 바로 여기였다. 그뿐 아니라 그녀가 남편의 시신을 처음 확인한 곳도 이 병원 영안실이었다.

게다가 댄스는 얼마 전 이곳에서 습격을 받았다. 지금 한쪽에서 벌어지고 있는 시위도 그 사건으로부터 비롯된 것이었다.

다니엘 펠의 감시를 위해 댄스는 몬터레이 카운티 보안관 사무실의 젊은 형사를 샐리나스의 카운티 법원청사로 보냈었다. 다니엘 펠은 탈출했고, 그 과정에서 후안 밀라 형사가 심한 화상을 입어 이곳 집중치료실로 긴급 후송됐다. 모두에게 힘든 시간이었다. 혼란스럽고 슬픈 그의 가족들에게도, 마이클 오닐에게도, MCSO의 동료 수사관들에게도, 그리고 댄스에게도.

댄스가 후안의 상태를 확인하려고 병원에 왔을 때, 그의 흥분한 형 훌리오가 그녀를 폭행한 사건이 있었다. 훌리오는 댄스가 의식이 완전하지 않은 상태의 동생에게 진술을 받으러 왔다면서 분개했다. 댄스는 그 일로 적지 않은 충격을 받았지만 훌리오를 고소하지 않기로 했다.

후안은 이 병원으로 후송된 지 며칠 만에 숨지고 말았다. 처음에는 심각한 전신 화상이 사인인 듯했다. 하지만 얼마 지나지 않아 누군가가 그의 죽음을 도왔다는 사실이 밝혀졌다. 안락사.

댄스는 깊은 슬픔을 느꼈다. 하지만 후안의 부상은 회복이 불가능할 만큼 심각했다. 집중치료가 끝난 후에도 평생을 극심한 고통 속에서 살 수밖에 없었다. 이 병원에서 간호사로 일하는 댄스의 어머니 이디 또한 후안 때문에 큰 곤란을 겪어야 했다. 댄스는 주방에서 먼 산을 바라보던 어머니를 떠올렸다. 그녀의 어머니는 무엇이 그토록 마음을 심란하게 하는지 털어놓았다. 이디가 의식이 오락가락하는 후안의 상태를 살피러 병실로 들어갔을 때, 그는 애원하는 눈빛으로 그녀를 올려다보았다.

그리고 속삭였다.

"죽여주세요."

짐작건대 후안은 병실로 들어온 모든 이에게 그렇게 애원했을 것이다. 그리고 누군가가 그의 소원을 들어주었다.

정맥주사용 점적기點滴器에 약물을 넣어 후안의 목숨을 끊어놓은 사람의 정체는 끝내 밝혀지지 않았다. 그의 죽음은 몬터레이 카운티 보안관 사무실이 맡아 수사 중이었다. 하지만 형사들은 수사에 열의를 쏟지 않았다. 안락사가 아니었어도 환자가 한두 달을 넘기지 못했을 거라는 의사들의 설명 때문이었다. 후안 밀라의 죽음은 명백히 인도적 행위였다. 비록 범죄이긴 했지만.

하지만 그 사건은 생명옹호론자들에게 유명한 쟁점이 돼버렸다. 주차장 밖에 모여든 시위자들은 십자가, 예수, 그리고 혼수상태에 빠진 플로리다의 테리 샤이보의 포스터를 들고 있었다. 샤이보는 죽을 권리를 인정해달라며 미국 의회를 어수선하게 만들었던 장본인이었다.

몬터레이 베이 병원을 향해 내걸린 플래카드는 안락사와 낙태의 공포를 경고하고 있었다. 그들 대부분은 피닉스에 근거지를 둔 라이프 퍼스트Life First 멤버들이었다. 그들은 젊은 형사가 숨진 지 며칠 지나지 않아 이곳으로 몰려왔다.

댄스는 그들이 병원 밖에서 죽음을 항의하는 역설적인 상황을 어떻게 생각하고 있을지 궁금했다. 왠지 그들에게 유머감각이라고는 손톱만큼도 없을 것 같았다.

댄스는 정문 밖에 서 있는 경비실 책임자에게 인사했다. 그는 키가 큰 흑인이었다.

"좋은 아침이에요, 헨리. 오늘도 시끄럽군요."

"어서 오십시오, 댄스 요원님."

전직 형사인 헨리 바스콤은 직함을 붙여 부르기를 좋아했다. 그가 능글맞게 웃으며 턱으로 시위대를 가리켰다.

"토끼떼 같죠?"

"주모자가 누구죠?"

시위대 중앙에는 빼빼 마른 대머리 남자가 서 있었다. 그의 뾰족한 턱 밑으로 붉은 살이 늘어졌다. 그는 성직복 차림이었다.

"저 사람이 주모자입니다. 목사예요. R. 사무엘 피스크 목사. 굉장히 유명한 사람입니다. 애리조나에서 여기까지 온 거예요."

바스콤이 말했다.

"R. 사무엘 피스크. 아주 목사다운 이름이네요."

목사 옆에는 빨간 곱슬머리를 가진 건장한 남자가 서 있었다. 짙은색 양복을 걸친 그는 경호원인 듯했다.

"생명은 성스럽다!"

누군가가 한 방송국 트럭을 향해 소리쳤다.

"성스럽다!"

군중도 따라 소리쳤다.

"살인자들!"

피스크가 소리쳤다. 빼빼 마른 체구와 어울리지 않게 낭랑한 음성이었다.

자신을 겨냥한 비난이 아니었음에도 댄스는 집중치료실에서의 일을 떠올리며 몸을 떨었다. 마이클 오닐과 또 다른 수사관이 달려들어 저지하지 않았다면 댄스는 흥분한 홀리오에게 제압당해 큰 부상을 입었을 것이다.

"살인자들!"

시위대는 구호를 반복해 외치기 시작했다.

"살인자들! 살인자들!"

몇 시간 후면 그들의 목은 심하게 쉬어버릴 게 분명했다.

"행운을 빌어요."

그녀가 경비실 책임자에게 말했다. 바스콤은 눈을 굴리는 것으로 대꾸를 대신했다.

안으로 들어선 댄스가 잠시 주변을 살폈다. 어머니가 보이지 않자 그녀는 안내데스크 직원에게 도로변 십자가 사건 목격자의 병실 위치를 물었다.

댄스가 열린 문간으로 들어서자 침대에 누워 있던 금발의 십대 소녀가 쳐다보았다.

"안녕, 태미. 캐트린 댄스라고 해. 잠깐 들어가도 될까?"

그녀가 미소를 지으며 말했다.

5

태미 포스터를 트렁크에 가둬두고 사라진 범인은 오판을 했다.

차를 해안에서 훨씬 더 떨어진 곳에 세워두었더라면 밀려든 바닷물이 차 전체를 삼켜버렸을 것이다. 불쌍한 소녀는 끔찍하게 죽음을 맞았을 테고. 하지만 차는 해안에서 얼마 떨어지지 않은 느슨한 모래에 파묻혀 있었다. 스며들어온 물은 트렁크 안을 15센티미터 정도밖에 채우지 못했다.

새벽 4시경, 공항으로 향하던 항공사 직원이 먼발치에서 반짝이는 차의 일부를 발견했다. 그의 신고로 출동한 구조대는 의식이 반쯤 남아 있는 태미를 트렁크에서 꺼내 저체온증이 더 심해지기 전에 서둘러 병원으로 후송했다.

"몸은 좀 어때?"

댄스가 물었다.

"괜찮아요."

태미는 탄탄한 몸매에 예쁘장했지만 조금 창백해 보였다. 그녀는 말처럼 긴 얼굴에 완벽하게 염색한 금발머리를 가졌다. 성형한 티가 나는 앙증맞은 코도 인상적이었다. 태미가 작은 메이크업 가방을 흘끔 쳐다보았다. 댄스는 태미가 민낯으로는 절대 외출하지 않는 타입일 거라고 생각했다.

댄스가 배지를 꺼내 보였다.

태미가 배지를 슬쩍 쳐다보았다.

"예상보다 양호해 보이네."

"너무 추웠어요. 지금껏 그토록 추위에 떨어본 적은 없었어요. 아직까지도 충격이 가시지 않아요."

"아무래도 그렇겠지."

태미의 시선이 텔레비전 화면 쪽으로 돌아갔다. 연속극이 방영 중이었다. 댄스와 매기도 심심할 때 가끔 보는 드라마였다. 몇 달 만에 봐도 줄거리를 완벽하게 파악할 수 있는 신기한 드라마.

댄스는 의자에 앉아 테이블에 놓인 풍선과 꽃을 돌아보았다. 본능적으로 그녀의 눈은 빨간 장미나 종교적 선물, 십자가가 그려진 카드가 없는지 빠르게 살폈다. 그런 건 보이지 않았다.

"병원엔 언제까지 있을 거니?"

"아마 오늘 퇴원할 수 있을 거예요. 어쩌면 내일일 수도 있고."

"여기 의사들은 어때? 미남들이야?"

태미가 피식 웃었다.

"어느 학교에 다니지?"

"로버트 루이스 스티븐슨."

"졸업반?"

"네. 가을에 졸업반으로 올라가요."

소녀의 긴장을 풀어주기 위해 댄스는 잡담으로 인터뷰를 시작했다. 여름학교에는 다니는지, 어느 대학에 진학하고 싶은지, 가족, 스포츠, 그런 질문들.

"방학 계획은 짰어?"

"다음 주에 엄마랑 동생이랑 나랑 셋이서 할머니를 만나러 플로리다로 갈 거예요."

태미의 음성에서 분노가 살짝 묻어나왔다. 플로리다 가족여행이 죽기보다 싫다는 듯.

"태미, 우린 네게 이런 짓을 한 사람을 꼭 잡고 싶어."

"개자식."

댄스가 이해한다는 듯 눈썹을 살짝 추켜세웠다.

"어떻게 된 일인지 들려줄래?"

태미는 자정 직전에 클럽을 나왔다고 했다. 주차장으로 들어섰을 때, 누군가가 소리 없이 다가와 덮쳤다. 범인은 태미의 입과 손과 발을 테이프로 꽁꽁 묶은 다음 트렁크에 가두고 해변으로 차를 몰았다.

"그는 날 거기 버려두고 사라졌어요."

소녀의 눈은 초점을 잃은 상태였다. 어머니를 닮아 천성적으로 공감적이해에 능한 댄스는 소녀의 공포를 온몸으로 흡수했다.

"아는 사람에게 당한 거니?"

태미가 고개를 저었다.

"하지만 어떻게 된 일인지는 알아요."

"응?"

"갱."

"갱단 멤버였어?"

"네. 아마 모르는 사람은 없을 걸요. 갱단에 들어가려면 누군가를 죽여야 해요. 라틴계 갱단에 들어가려면 백인 여자를 죽여야 하고요. 그게 규칙이에요."

"범인이 라틴계였어?"

"네, 그랬던 것 같아요. 얼굴은 자세히 보지 못했지만 손은 똑똑히 봤어요. 짙은색 피부였어요. 흑인은 아니었고요. 아무튼 백인이 아닌 것만은 분명해요."

"체구는 컸어?"

"키는 별로 안 컸어요. 170센티미터도 안 됐거든요. 하지만 굉장히 억 셌어요. 아, 그리고 문득 떠오른 사실이 있어요. 어젯밤엔 한 사람이었다 고 했는데, 오늘 아침에 생각해보니 두 명이었던 것 같아요."

"두 명을 봤다고?"

"누군가가 가까운 곳에서 지켜보는 것 같은 느낌이 들었어요."

"여자는 아니었고?"

"오, 네. 여자였는지도 몰라요. 공황상태였기 때문에 제대로 확인할 길 은 없었지만요."

"누군가가 널 만졌어?"

"아뇨. 그런 식으로 만지진 않았어요. 그냥 테이프로 묶어 트렁크에 던 져넣었을 뿐이죠."

태미의 눈이 분노로 번뜩였다.

"해변으로 향하는 길은 어땠어?"

"기억나지 않아요. 겁에 질려 덜덜 떨었던 기억 외에는. 차 안에서 뭔 가가 철거덕거리긴 했어요."

"트렁크 안에서가 아니고?"

"네. 금속성 물체였던 것 같아요. 그는 날 트렁크에 가두고 나서 그걸 차에 실었어요. 난 그게 〈쏘우〉 시리즈 중 하나에서 봤던 도구일지 모른 다고 생각했어요. 고문도구 말이에요."

자전거였을 거야. 해변에 나 있었다는 자전거 바퀴자국을 떠올리며 댄 스는 생각했다. 어쩌면 범인은 도주를 위해 자전거를 싣고 갔는지도 몰 랐다. 댄스가 그랬을 가능성을 들려주자 태미는 아니라고 잘라 말했다. 뒷좌석에는 절대 자전거가 실릴 수 없다면서. 소녀가 진지한 얼굴로 덧 붙였다.

"자전거 소리 같진 않았어요."

"좋아, 태미."

댄스는 안경을 고쳐 쓰고 소녀를 계속 응시했다. 소녀는 꽃과 카드와 동물인형들을 쳐다보고 있었다. 소녀가 덧붙였다.

"사람들이 보내온 것들을 봐요. 저기 저 곰인형, 정말 귀엽지 않아요?"

"그래, 귀엽네. 아무튼 넌 범인이 라틴계 갱단 멤버들인 것 같다 이거지?"

"네. 하지만…… 이젠 다 지난 일인 걸요 뭐."

"지난 일?"

"이렇게 살아 있잖아요. 그냥 살짝 젖기만 했을 뿐이에요."

태미는 댄스의 눈을 피한 채 웃음을 터뜨렸다.

"그 갱단은 겁을 잔뜩 집어먹었을 거예요. 뉴스에서 하루 종일 보도해대고 있으니. 아마 지금쯤 멀리 달아나버렸을 걸요. 적어도 이 도시에선 찾지 못할 거예요."

갱단마다 입단의식이 있다는 건 사실이었다. 몇몇 갱단은 살인을 조건으로 내걸기도 했다. 하지만 갱단의 주 표적은 다른 인종이 아닌, 라이벌 갱단 멤버나 정보원들이었다. 게다가 태미에게 가한 짓은 너무 치밀하게 계산된 것이었다. 갱들은 무조건 비즈니스를 우선으로 했다. 시간이 돈이라 과외활동에 공을 들이는 경우는 드물었다.

댄스는 태미가 자신을 습격한 인물이 라틴계 비행청소년 집단이 아니라는 사실을 알고 있다는 걸 눈치챘다. 범인이 둘이었다는 주장도 믿지 않았다.

태미가 범인에 대해 털어놓지 않는 사실이 분명 있었다.

이제는 진실을 캐낼 시간이었다.

인터뷰와 심문에서의 동작학적 분석은 기선을 다져놓는 과정이다. 기선은 상대가 진실을 얘기할 때 보이는 태도들의 목록이다. 손을 어디에 두는지, 시선이 어디로 향하는지, 얼마나 자주 마른침을 삼키고 헛기침을 하는지, 말이 항상 '음'으로 시작되지는 않는지, 발로 바닥을 두드리지는 않는지, 몸을 웅크리거나 앞으로 기울이지는 않는지, 답변하기 전에 머뭇거림이 있는지.

신뢰할 만한 기선이 마련되면 동작학 전문가는 상대가 거짓 답변을 내놓을 이유가 있을 만한 질문을 던져놓고 상대의 반응이 기선을 벗어나는지 지켜본다. 사람이 거짓말을 하면 그에 따른 스트레스와 불안감을 완화시키기 위해 기선을 벗어나는 제스처나 말투를 쓰게 된다. 댄스가 가장 좋아하는 인용문은 '동작학'이라는 표현을 백 년이나 앞서 사용했던 찰스 다윈이 했던 말이다.

"억제된 감정은 거의 언제나 몸짓으로 드러난다."

습격자의 정체가 화제로 떠오르는 순간 소녀의 몸짓 언어는 기선으로부터 확실히 벗어났다. 태미는 허리를 부자연스럽게 틀고 발을 까딱였다. 팔과 손은 제어가 수월하지만 나머지 부위는 쉽지 않다. 특히 발가락과 발은 더 그렇다.

댄스는 또 다른 변화도 눈여겨보았다. 살짝 바뀐 음성, 연신 머리를 쓸어넘기는 손가락, 그리고 입과 코를 만지작거리는 전형적인 블로킹 제스처. 또한 태미는 불필요한 여담이 많았다. 횡설수설했고, 진술을 지나치게 일반화시켰다("아마 모르는 사람은 없을 걸요."). 거짓말을 하는 이들에게서 공통적으로 발견되는 점이었다.

소녀가 중요한 정보를 털어놓지 않았다고 확신한 캐트린 댄스는 분석 모드로 돌입했다. 상대로 하여금 진실을 털어놓도록 만드는 방법은 총 네 단계로 구성된다. 첫째, 사건에서 인터뷰 대상의 역할은? 이 사건에서 태미는 피해자였고, 목격자였다. 다른 사건에 연루되지도 않았고, 자신의 납치를 꾸미지도 않았다.

둘째, 거짓말을 할 수밖에 없는 이유는? 불쌍한 태미는 범인들로부터 보복을 당할까 무척 두려워하고 있었다. 이게 가장 일반적인 이유였다. 만약 태미가 자신의 범행을 감추기 위해 거짓말을 한 거라면 문제는 훨씬 복잡해질 것이다.

세 번째 질문. 인터뷰 대상의 성격유형은? 댄스는 그 답에 따라 인터뷰 접근방식을 결정했다. 공격적으로 나갈지, 부드럽게 나갈지. 문제 해결을 우선으로 할지, 정서적 안정을 주는 걸 우선으로 할지. 상냥하게 대할지, 무심하게 대할지. 댄스는 인터뷰 대상들을 마이어스-브릭스 성격 유형 검사결과에 따라 분류했다. 이 검사는 상대가 내성적인지 아니면 외향적인지를 확인시켜줄 뿐만 아니라, 생각하는지 아니면 느끼는지, 감각으로 분별하는지 아니면 직관에 의해 인식하는지 알려준다.

외향적인 사람과 내향적인 사람의 차이는 바로 태도에 있다. 일부터 벌이고 결과를 걱정하는 것은 외향적인 사람의 방식이다. 일을 벌이기 전에 숙고하는 것은 내향적인 사람의 방식이고. 정보수집의 방법에는 두 가지가 있다. 오감을 믿고 정보를 확인하거나(감각), 예감에 의존하거나(직관). 의사결정 방법도 두 가지다. 객관적이고 논리적인 분석을 앞세우거나(생각), 감정 이입을 통해 선택하거나(느낌).

태미는 예쁘장했다. 탄탄한 몸매만 봐도 남학생들 사이에서 꽤 인기가 있을 것 같았다. 하지만 미래에 대한 불안감과 불안정한 가정생활은 소녀를 한없이 내향적인 사람으로 만들어놓았다. 직관력과 감정이 풍부한. 한마디로 직설적 접근은 위험하다는 뜻이었다. 섣불리 접근했다가는 묵묵부답의 높은 벽에 부딪칠 수도 있었다. 냉혹한 질문이 심각한 정신적 외상을 초래할 수도 있었고.

마지막으로 심문자가 반드시 물어야 할 네 번째 질문은 바로 이것이다. 인터뷰 대상은 과연 어떤 타입의 거짓말쟁이인가?

세상에는 여러 타입의 거짓말쟁이가 있다. '조종자', 또는 '마키아벨리주의자(무자비함에 대한 책을 써낸 이탈리아 정치사상가의 이름을 따서).' 그들은 거짓말의 문제점을 전혀 모르는 사람들로, 자신들이 세워놓은 목표를 달성하기 위해 사기를 도구로 이용한다. 사랑이나 사업이나 정치나 범죄를 위해. 그야말로 사기의 달인들이다. 다른 타입도 있다. '사회적 거짓말쟁이'들은 분위기의 흥을 돋우기 위해 거짓말을 한다. 그리고 '불안정한 적응자'들은 좋은 인상을 남기기 위해 거짓말을 한다. 상황의 지배를 위해 거짓말을 하는 '배우'들도 있다.

태미는 적응자와 배우를 섞어놓은 타입이었다. 불안감이 그녀로 하여금 연약한 자아를 북돋우기 위해 거짓말을 하도록 유도하고 있었다. 태미는 목표 달성을 위해서라면 어떤 거짓말도 서슴지 않을 타입이었다.

동작학적 분석은 바로 이 네 가지 질문에 대한 답을 준다. 나머지 과정은 간단하다. 인터뷰 대상에게 쉴 새 없이 질문을 던지면서 어떤 질문이 거짓말의 지표인 스트레스 반응을 유발시키는지 지켜보기만 하면 된다. 그게 확인되면 같은 질문이나 관련 질문들을 반복적으로 던지면서 상대가 점점 높아져 가는 스트레스 수준을 어떻게 다스리는지 관찰한다. 신경질을 내는지, 부정을 하는지, 우울해 하는지, 아니면 곤란한 상황을 면하기 위해 협상을 시도하는지. 심문자는 상대의 반응에 따라 진실을 뽑아내기 위한 도구를 정하게 된다. 지금 댄스가 하는 것처럼.

댄스는 몸을 앞으로 살짝 기울인 상태였다. '접근 범위'에 근접했지만 그것을 침범하지는 않았다. 태미와의 거리는 90센티미터 정도였다. 살짝 불편하지만 위협적으로 느껴지지 않는 거리. 댄스는 희미한 미소를 지우지 않았다. 회색테 안경도 상대의 기를 누를 필요가 있을 때마다 걸치는 검은테 '맹수 안경'으로 바꿔 쓰지 않았다.

"협조해줘서 고마워, 태미. 큰 도움이 됐어."

소녀가 미소를 지었다. 하지만 태미의 시선은 여전히 문에 고정되어 있었다. 댄스는 생각했다. 죄책감.

"참, 깜빡 잊을 뻔했네. 현장감식 보고서를 받은 게 있어. 그 왜 〈CSI〉 같은 거 있지?"

댄스가 말했다.

"네. 즐겨 보는 프로그램이에요."

"어떤 걸 좋아하지?"

"오리지널 시리즈요. 라스베이거스."

"나도 그게 최고라는 소릴 들었어."

댄스는 〈CSI〉를 한 번도 본 적 없었다.

"뭐 아무튼, 현장에서 채취된 증거를 보면 용의자가 두 명 이상일 것 같진 않아. 주차장에서도 그렇고, 해변에서도 그렇고."

"오, 글쎄요. 아까 얘기한 대로예요. 그냥 느낌에 그런 것 같았어요."

"그리고 네가 들었다는 그 철커덕 소리 있지? 우린 다른 차의 타이어 자국을 찾지 못했어. 범인이 어떻게 현장을 떠났는지 궁금하지 않아? 아까 자전거 얘기가 나왔었지? 넌 차 안에서 들려온 게 자전거 소리가 아니라고 했는데, 그래도 가능성은 있지 않을까?"

"자전거였을 가능성 말이에요?"

질문을 질문으로 답하는 건 거짓말의 지표다. 심문자가 던진 질문의 의도를 파악하고, 적당한 거짓 대답을 떠올릴 시간을 벌기 위함이다.

"그럴 가능성은 없어요. 뒷좌석에 자전거를 싣는 일 자체가 불가능하잖아요."

태미의 부정은 너무 빠르고 단호했다. 태미 역시 자전거를 의심했지만 어떤 이유에서인지 그 가능성을 인정하지 않으려 하고 있었다.

댄스가 한쪽 눈썹을 추켜세웠다.

"글쎄. 우리 이웃집 차도 캠리거든. 전혀 작지 않아."

소녀는 눈을 깜빡였다. 댄스가 자신의 차를 알고 있다는 사실에 놀란 것이다. 요원이 뒷조사를 해두었다는 사실은 태미를 불편하게 만들기에 충분했다. 태미는 창밖을 내다보았다. 불편한 불안감으로부터 벗어나보려는 잠재의식적인 노력이었다. 댄스는 무언가를 짚어냈다. 댄스의 맥박이 강렬해졌다.

"그런가요?"

태미가 말했다.

"자전거를 싣고 갔을 가능성은 있다고 봐야지. 그게 사실이라면 범인은 네 또래거나 너보다 어리다고 봐야 하고. 나이 든 사람들도 자전거를 타고 다니지만 십대들만큼은 아니잖아. 혹시 너랑 같은 학교에 다니는 학생이 아닐까?"

"우리 학교 학생이요? 말도 안 돼요. 내가 아는 애들 중엔 이런 일을 벌일 만한 사람이 없어요."

"누군가로부터 협박을 받아본 적은 없어? 스티븐슨 고등학교에서 누군가와 싸운 적은 없고?"

"나 때문에 치어리더 팀에서 떨어진 브리애나 크렌쇼가 속 쓰려 한 적은 있어요. 하지만 내가 짝사랑했던 데이비 윌콕스와 사귀는 걸로 복수했죠."

피식 웃었다.

댄스도 미소를 지었다.

"보나마나 갱단 멤버가 맞을 거예요."

태미의 눈이 살짝 커졌다.

"잠깐만요. 갑자기 기억나는 게 있어요. 그는 누군가에게 전화를 걸었어요. 보스에게 보고한 거겠죠. 휴대폰으로 통화하는 소리를 들었어요. '엘라 에스타 엔 엘 코체.'"

그녀는 차에 있습니다. 댄스는 머릿속으로 번역했다. 그녀가 태미에게 물었다.

"그게 무슨 뜻인지 아니?"

"'그녀를 차에 태웠어.' 뭐 이런 거 아닌가요?"

"스페인어를 배우고 있니?"

"네."

소녀가 숨 가쁘게 대답했다. 태미의 음성이 조금 높아졌다. 태미는 댄스와 눈을 맞춘 채 머리를 쓸어넘긴 다음 입술을 매만졌다.

스페인어 인용구는 거짓말이 확실했다.

"범인이 그냥 비행청소년인 척했던 건 아닐까? 자신의 정체를 감추기 위해서 말이야. 그건 널 습격해야 할 또 다른 이유가 있었을 거라는 뜻이고."

"또 다른 이유라뇨?"

"그 답을 찾는 데 네가 도와주길 바라고 있어. 그를 보진 못했니?"

"못 봤어요. 끝까지 내 뒤에 서 있었거든요. 주차장은 어두웠고요. 왜 조명이 없는지 모르겠어요. 클럽을 상대로 소송이라도 걸어야 할까요. 아버지가 샌머테이오에서 변호사를 하시거든요."

성난 연기는 댄스의 질문을 피해보기 위해서였다. 태미가 무언가를 보았던 게 틀림없었다.

"범인이 다가올 때 유리창으로 반사된 모습을 보거나 하진 못했어?"

소녀는 고개를 저었다. 하지만 댄스는 집요하게 물고 늘어졌다.

"흘끔이라도 볼 기회가 있었을 거야. 기억을 더듬어봐. 여긴 밤에 좀 쌀쌀하잖아. 범인도 셔츠만 걸치고 있진 않았을 거라고. 재킷을 입고 있었니? 가죽? 아니면 천으로 된 거? 스웨터는? 트레이닝복이나 후드 티셔츠는 아니었어?"

태미가 고개를 저었지만 부정의 태도는 제각각이었다.

댄스는 소녀의 시선이 테이블 위 꽃다발로 돌아가는 모습을 지켜보았다. 꽃다발 옆에는 문병카드가 놓여 있었다. 요, 아가씨, 빨리 털고 일어나! 사랑하는 J, P, 그리고 비스티 걸.

캐트린 댄스는 숙련된 법집행관이었다. 꼼꼼하고 끈질긴 수사방식이야말로 댄스의 성공 비결이었다. 하지만 가끔 그녀의 머리가 묘한 재주를 부릴 때도 있었다. 불충분한 사실과 느낌만으로 예기치 못한 마법 같은 성과를 올릴 때.

*A*에서 *B*에서 *X*로…….

바로 지금이 그랬다. 불안한 눈빛으로 꽃다발을 응시하는 태미의 모습을 보는 순간 마법은 다시 댄스에게로 찾아들었다.

댄스는 한번 운에 맡겨보기로 했다.

"태미, 널 습격한 자가 도로변에 십자가를 두고 갔어. 그걸로 무슨 메시지를 전하려고 했던 것 같아."

소녀의 눈이 휘둥그레졌다.

걸려들었어. 댄스는 생각했다. 소녀는 십자가에 대해 알고 있었다.

댄스는 계속해서 임시변통으로 마련한 대본을 따라나갔다.

"그리고 그런 메시지는 피해자를 잘 아는 범인이 아니라면 남겨둘 수 없어."

"난…… 난 그가 스페인어를 쓰는 소리를 똑똑히 들었어요."

댄스는 거짓말이라는 걸 알고 있었다. 태미 같은 성격유형을 대할 때는 반드시 탈출구를 만들어놓아야 한다. 그렇지 않으면 협조를 이끌어내기 굉장히 힘들어진다. 댄스가 다정하게 말했다.

"오, 못 믿겠다는 게 아니야. 단지 그가 정체를 숨기기 위해 일부러 그랬다고 추측할 뿐이라고. 널 속이려고 말이야."

태미는 무척 비참해 보였다. 불쌍한 아이.

대체 누가 태미에게 이토록 겁을 주었을까?

"태미, 다시 얘기하지만 우리가 널 보호해줄 거야. 범인이 누구든 두 번 다시 네게 접근하지 못할 거야. 네 병실 밖에도 경관을 세워놓을 거고, 범인을 잡을 때까지 너희 집에도 사람을 세워둘 거야."

소녀가 안도의 눈빛을 내비쳤다.

"막 떠오른 생각인데, 스토커에게 괴롭힘을 당해본 적은 없었어? 너처럼 예쁜 아이들은 충분히 그럴 수 있을 텐데. 항상 경계하며 지내야 할 테고."

소녀의 얼굴에 수줍은 미소가 떠올랐다. 댄스의 칭찬에 긴장이 풀려버린 것이다.

"누군가로부터 괴롭힘을 당해본 적 있니?"

어린 환자는 망설였다.

다 됐어. 거의 다 됐어.

하지만 태미는 뒤로 물러섰다.

"아뇨."

댄스도 페이스를 맞추었다.

"가족 중 누군가와 문제가 있진 않았고?"

충분히 가능성 있는 일이었다. 댄스는 이미 소녀의 배경을 조사해놓은 상태였다. 소녀의 부모는 격렬한 법정 공방 끝에 이혼했다. 오빠는 독립했고, 삼촌은 가정폭력 전과가 있었다.

하지만 태미는 친척이 저지른 범행이라고 믿는 것 같지 않았다.

댄스는 계속 낚시를 이어나갔다.

"이메일로 연락하는 사람들과 문제가 생긴 적은 없었어? 온라인에서 알고 지내는 사람들과 말이야. 페이스북이나 마이스페이스 같은 데서. 요즘 그런 일이 흔히 벌어지잖아."

"아뇨. 난 인터넷을 잘 안 해요."

태미가 손톱을 맞부딪쳐 거슬리는 소리를 냈다. 두 손을 꽉 움켜잡고 비트는 반응과도 다르지 않았다.

"너무 몰아붙여서 미안해, 태미. 그래도 이런 일이 두 번 다시 생기지 않도록 막으려면 어쩔 수 없어."

그때 댄스의 시선을 잡아끄는 무언가가 있었다. 소녀의 눈에 담긴 인식 반응. 살짝 들린 눈썹과 눈꺼풀. 태미는 같은 일이 또 벌어질까 두려워한다. 하지만 태미는 이미 경찰의 보호를 받고 있다. 아마도 태미의 반응은 습격자가 다른 이들을 표적으로 삼을 수도 있다는 걸 암시하는 것이리라.

소녀가 마른침을 삼켰다. 태미는 스트레스 반응의 부정 단계에 들어서 있었다. 그만큼 많이 움츠리고 있다는 뜻이고, 경계 수준이 높아졌다는 의미였다.

"내가 모르는 사람이었어요. 하느님께 맹세해요."

'맹세한다'는 건 자신이 거짓말을 하고 있다고 절규하는 것과 다르지 않았다. 나는 거짓말을 하고 있어요! 진실을 말하고 싶지만 너무 무서워요!

"좋아, 태미. 널 믿어."

"너무 피곤해요. 엄마가 오실 때까지 좀 쉬고 싶어요."

댄스는 미소 지었다.

"그렇게 해, 태미."

그녀가 일어서며 태미에게 명함을 건넸다.

"뭔가 떠오르는 게 있으면 연락 줘."

"도움이 못 돼드려 죄송해요."

소녀는 눈을 내리깔았다. 진심 어린 후회. 댄스는 소녀가 과거에도 종종 삐죽 내민 입술과 가식적인 자기비하를 무기로 썼을 거라 생각했다. 그 기술에 약간의 애교를 섞으면 아버지를 비롯한 모든 남자들은 속수무책일 수밖에 없었겠지. 하지만 여자들에게는 절대 먹히지 않는다.

그럼에도 댄스는 모른 척 받아주기로 했다.

"아니야. 큰 도움이 됐어. 아직도 충격이 가시지 않았을 텐데, 좀 쉬도록 해. 누워서 시트콤이라도 보고 있으면 기분이 좀 나아질 거야."

댄스는 턱으로 텔레비전을 가리켰다.

병실을 나오면서 댄스는 생각했다. 몇 시간만 더 주어졌더라면 아이로부터 진실을 뽑아낼 수 있었을 텐데. 확신할 수는 없지만. 태미는 분명히 겁에 질려 있었어. 아무리 재능 있는 심문자라도 가끔은 빈손으로 만족해야 할 때가 있잖아.

다행히 캐트린 댄스는 당장 필요한 모든 정보를 뽑아냈다고 믿었다.

*A*에서 *B*에서 *X*로······.

6

병원 로비에서 댄스는 공중전화로 태미 포스터의 병실을 지켜줄 경관을 요청했다. 병원 내에서는 휴대폰을 쓸 수 없었다. 그런 다음, 그녀는 접수 카운터로 다가가 어머니를 호출했다.

3분 후, 평소와 같은 심장병동 간호사실이 아니라 집중치료실에서 나온 이디 댄스가 딸에게 다가왔다.

"안녕, 엄마."

"케이티."

짧은 회색머리에 둥근 안경을 쓴 땅딸막한 여자가 말했다. 이디는 전복 껍데기와 옥으로 직접 만든 펜던트를 목에 걸고 있었다.

"사건에 대해선 들었어. 여자아이를 트렁크에 가둬두고 도망쳤다지? 그 앤 지금 위에서 치료를 받고 있어."

"알아요. 막 만나보고 나오는 길이에요."

"괜찮을 거야. 의사들도 그렇게 얘기했고. 오늘 아침 미팅은 어땠니?"

댄스의 얼굴이 일그러졌다.

"차질이 좀 생겼어요. 피고 측이 기소면제 심리를 신청했어요."

"별로 놀랄 일은 아니잖니."

그녀의 어머니가 냉담하게 말했다. 이디 댄스는 주저 없이 자신의 의견을 내놓는 타입이었다. 이디도 용의자를 만난 적이 있었다. 나중에 용의자가 저지른 일들에 대해 듣고 나서는 몹시 분노했다. 항상 차분한 모습으로 옅은 미소를 흘리는 그녀에게서 분노의 빛을 감지하는 일은 어렵지 않았다. 절대 언성을 높이는 법이 없는 이디였지만 차가운 눈빛은 어떻게 해도 감춰지지 않았다.

댄스는 어렸을 때 이미 어머니를 통해 사람이 눈빛만으로 상대를 제압할 수 있다는 사실을 알게 됐다.

"하지만 어니스트 세이볼드는 불도그보다 터프해요."

"마이클은 어때?"

이디 댄스는 항상 오닐을 좋아했다.

"잘 있어요. 이번 사건을 같이 맡게 됐어요."

그녀는 어머니에게 도로변 십자가에 대해 들려주었다.

"맙소사, 케이티! 누군가가 죽기 전에 십자가를 메시지로 놓아두고 가 버린다고?"

댄스는 고개를 끄덕였다. 그녀 어머니의 시선은 자꾸만 유리창 밖으로 돌아갔다. 이디의 얼굴에 짙은 그림자가 드리워졌다.

"정말 할 일 없는 사람들이야. 저 목사란 사람은 얼마 전에 황당한 연설을 하더라고. 지옥불이 어쩌고 하면서 말이야. 얼굴은 증오로 가득 차서는. 정말 봐줄 수가 없을 정도였어."

"후안의 부모님은 보셨어요?"

이디 댄스는 화상 입은 형사의 가족을 위로하는 일에 각별히 신경을 써왔다. 특히 환자의 어머니를. 이디는 후안 밀라에게 회복 가능성이 없다는 사실을 진작 알았다. 그럼에도 충격으로 혼란스러워 하는 부부에게 희망을 주기 위해 애썼다. 이디는 딸에게 후안 어머니의 감정적 고통은 그녀 아들의 육체적 고통만큼이나 극심하다고 설명했었다.

"아니, 아직 안 오셨어. 훌리오만 봤어. 오늘 아침 일찍 왔더라고."

"훌리오가요? 왜요?"

"동생의 유품을 챙기러 왔는지도 모르지. 나도 모르겠어."

이디가 말끝을 흐렸다.

"그냥 후안이 누워 있었던 침대를 멍하니 쳐다보고만 있더라고."

"심리는 아직 없었고요?"

"윤리위원회가 조사 중이야. 경찰 몇 명이 들락거리기도 했고, 카운티 보안관 사무실에서도 사람을 보냈었어. 하지만 보고서의 사진을 본 사람들은 하나같이 후안이 그렇게 숨진 게 오히려 다행이라는 반응이야."

"훌리오가 오늘 아무 얘기 안 하던가요?"

"나뿐 아니라 누구와도 얘길 하지 않았어. 솔직히 접근하기 좀 두렵긴 해. 그가 네게 한 짓이 자꾸 떠올라서 말이야."

"일시적으로 이성을 잃었을 뿐이에요."

"그것도 내 딸을 덮친 핑계가 될 순 없어."

이디가 미소를 지으며 말했다. 그녀의 시선이 다시 밖의 시위자들에게로 돌아갔다. 이디의 얼굴이 어두워졌다.

"이만 돌아가야겠어."

"나중에 아빠가 웨스와 매기를 이곳으로 데려와주실 수 있나요? 오늘 수족관에서 미팅이 있으시다던데. 제가 와서 애들을 데려갈게요."

"그렇게 해. 애들은 놀이실에 데려다놓을게."

이디 댄스는 마지막으로 밖을 내다보았다. 그녀의 얼굴은 여전히 분노와 근심으로 가득 차 있었다. 표정은 이렇게 말하고 있었다. 여기서 우리일을 방해하는 게 당신들 일인가요?

댄스는 병원을 나서며 R. 사무엘 피스크 목사와 그의 경호원을 흘끔 돌아보았다. 그들은 몇몇 시위자들과 손을 잡고 고개를 숙인 채 기도 중이었다.

"태미의 컴퓨터."

댄스가 마이클 오닐에게 말했다.

그가 한쪽 눈썹을 추켜세웠다.

"거기에 답이 있을 거예요. 누가 태미 포스터를 습격했는지에 대한 답말이에요."

두 사람은 메이시스 백화점의 야외 광장인 델 몬트 센터의 홀 푸드 밖에 앉아 커피를 홀짝이고 있었다. 댄스는 이곳에서만 쉰 켤레가 넘는 구두를 샀다. 구두는 그녀의 안정제나 다름없었다. 부끄러운 얘기지만 지난 몇 년간 이곳 세일을 놓쳐본 적이 없었다.

"온라인 스토커?"

오닐이 물었다. 두 사람이 먹고 나온 음식은 향긋한 네덜란드 소스*와 파슬리 장식을 곁들인 수란이 아닌, 저지방 크림치즈를 바른 건포도 베이글이었다.

"그럴 가능성도 있어요. 아니면 옛 남자친구나 소셜네트워크 사이트에서 만난 누군가로부터 협박을 받았는지도 모르고요. 하지만 중요한 건 태미가 범인의 정체를 알고 있다는 사실이에요. 개인적으로 친분이 있는지는 모르지만, 아마 같은 학교에 다니는 누군가일 거예요. 스티븐슨 고등학교."

"끝까지 입을 열지 않았어?"

"네. 계속 라틴계 비행청소년들이라고만 주장하더군요."

오닐이 웃음을 터뜨렸다. 허위로 보험금을 청구하는 이들 중 대부분은 '마스크를 쓴 라틴계 남자에게 보석가게를 털렸다'든지, '마스크를 쓴 흑인 남자 두 명이 총을 겨누고 롤렉스 시계를 빼앗아갔다'는 식의 주장을 펼친다.

"확실하진 않지만 내 생각엔 범인이 스웨트셔츠나 후드를 걸치고 있었

---

* 버터, 달걀 노른자, 식초로 만든 소스

을 것 같아요. 내가 그걸 언급했을 때, 태미가 또 다른 부정의 반응을 보였거든요."

"태미의 컴퓨터를 살펴보고 싶다 이거지?"

오닐이 묵직한 서류가방을 테이블에 올려놓고, 출력한 문서를 꺼내 빠르게 훑어나갔다.

"좋은 소식이야. 컴퓨터는 우리가 증거물로 압수해놨어. 노트북이군. 태미의 차 뒷좌석에서 발견했어."

"하지만 태평양 바닷물에서 신나게 수영을 즐겼겠죠?"

"'해수에 의해 심각한 손상을 입음', 이렇게 돼 있는데."

댄스의 몸에서 기운이 쫙 빠져나갔다.

"새크라멘토나 FBI 새너제이 지국으로 보내야 할지도 모르겠군요. 결과를 받는 데 몇 주 걸릴 텐데."

두 사람은 한동안 기둥에 걸어놓은 화초로 날아든 용감한 벌새들을 지켜보았다. 오닐이 입을 열었다.

"그곳 지국에 있는 친구랑 얘길 해봤어. 얼마 전에 사이버범죄에 대한 강연을 들었다더군. 발표자들 중 하나가 이 지역 사람이었다나. 산타크루스의 교수래."

"캘리포니아 대학 말인가요?"

"맞아."

댄스의 모교였다.

"꽤 능력 있는 사람이라고 하더군. 컴퓨터 관련해서 도움이 필요하면 언제든 연락하라고 했다나 봐."

"그 사람 배경은요?"

"실리콘밸리 출신이라는 것 외엔 아는 게 없어."

"마음은 편하겠군요. 학교에선 거품이 꺼질 일은 없을 테니까요."

"그 친구를 한번 알아볼까?"

"그래주시면 고맙죠."

오닐이 서류가방에서 명함을 꺼냈다. 가방은 그의 보트만큼이나 깔끔하게 정리돼 있었다. 오닐은 명함에 적힌 번호로 전화를 걸었다. 그리고 3분 동안 친구와 통화했다. FBI 역시 이번 사건에 지대한 관심을 보이고 있었다. 오닐은 이름 하나를 받아 적은 다음 요원에게 고맙다고 말했다. 그가 전화를 끊고 댄스에게 메모지를 건넸다. *조나단 볼링 박사.* 그 밑에는 전화번호가 적혀 있었다.

"뭐 손해 볼 건 없겠죠. 노트북은 누가 가지고 있죠?"

"우리 증거물 로커에 보관돼 있어. 전화해서 꺼내놓으라고 할게."

댄스가 휴대폰을 꺼내 볼링에게 전화를 걸었다. 자동응답기가 나와서 메시지를 남겨놓았다.

그녀는 계속해서 오닐에게 태미에 대해 들려주었다. 소녀의 감정적 반응 대부분은 범인이 또다시 습격해올지 모른다는 공포로부터 비롯된 것이라고.

"우리가 걱정하는 것과 다르지 않군."

오닐이 두툼한 손으로 희끗희끗한 머리를 쓸어넘기며 말했다.

"그뿐 아니라 죄책감의 신호도 살짝 내보였어요."

"자신에게도 그 사건에 대한 책임이 어느 정도 있기 때문에?"

"그런 것 같아요. 일단 태미 컴퓨터를 살펴봐야 확인이 될 거예요."

댄스가 손목시계를 들여다보았다. 조나단 볼링이 3분째 연락이 없다는 사실에 짜증이 났다. 그게 터무니없는 억지라는 걸 알면서도.

그녀가 오닐에게 물었다.

"채취한 증거에서 더 찾아낸 건 없으시고요?"

"없어."

그는 피터 베닝턴의 현장감식 보고서 내용을 들려주었다. 십자가를 만든 나무는 오크나무였다. 오크나무는 페닌슐라에만 수백만 그루가 있을 터였다. 가지 두 개를 동여 묶은 초록색 꽃집 철사는 너무 흔해 추적이 불가능했다. 판지는 수천 곳의 상점에서 파는 싸구려 노트 패드에서 오려낸 것이었다. 잉크도 추적이 불가능했다. 장미는 말할 것도 없고.

댄스는 자전거에 대한 이론도 들려주었지만, 오닐은 이미 한발 앞서나가 있었다. 그는 소녀가 납치된 주차장과 범인이 차를 두고 도망친 해변을 다시 살펴본 결과, 추가로 자전거 바퀴자국을 발견할 수 있었다고 덧붙였다. 선명하지는 않지만 남겨진 지 얼마 되지 않은 것으로 봐서 범인의 자전거가 틀림없을 거라고도 했다. 추적이 불가능하다는 사실이 유감스러울 뿐이었다.

그때 댄스의 휴대폰이 울렸다. 그녀의 아이들이 장난으로 설정해놓은 워너브라더스의 〈루니툰즈〉 테마곡이었다. 오닐이 미소를 지었다.

댄스는 발신자를 확인했다. *J. 볼링*. 그녀가 한쪽 눈썹을 추켜세웠다. 드디어.

7

집 뒤편에서 들려온 딱 소리가 오래 묵은 공포를 깨웠다.

그녀는 누군가가 자신을 지켜보고 있는 것 같은 기분을 느꼈다.

쇼핑몰이나 해변에서 받는 시선의 느낌과는 달랐다. 그녀는 아이들이나 변태들의 곁눈질을 두려워하지 않았다(아이들의 시선에는 으쓱해졌고, 변태들의 시선에는 짜증이 났다). 켈리 모건을 두렵게 하는 것은 그녀의 침실 창밖에서 자신을 지켜보고 있는 무언가였다.

딱⋯⋯.

두 번째 소리. 침실 책상에 앉은 켈리의 몸이 바르르 떨렸다. 피부가 따끔거릴 정도였다. 컴퓨터 키보드를 두드리던 손가락은 바짝 얼어붙었다. 밖을 내다봐. 아니야. 그러지 마.

빌어먹을. 넌 열일곱 살이나 먹었잖아. 애같이 왜 이래?

켈리는 용기를 내서 창밖으로 시선을 돌려보았다. 초록색과 갈색을 띤 숲과 바위, 그리고 모래 위로 회색 하늘이 펼쳐져 있었다. 사람은 보이지 않았다.

기분 나쁜 그 무엇도 보이지 않았다.

아무것도 아니야.

날씬한 체구와 숱 많은 흑갈색 머리를 가진 켈리는 오는 가을에 고등학교 졸업반으로 올라갈 예정이었다. 운전면허증이 있었고, 매버릭 비치에서 서핑을 즐겼다. 열여덟 번째 생일 때는 남자친구와 스카이다이빙을 할 작정이었다.

켈리 모건은 쉽게 겁을 먹는 타입이 아니었다.

하지만 두려워하는 게 딱 하나 있었다.

창문.

켈리는 어릴 적부터 창문에 대한 공포에 시달렸다. 아홉 살인가, 열 살이었을 때도 그녀는 지금 집에 살았다. 비싼 홈 디자인 잡지들을 꼼꼼히 훑던 켈리의 어머니는 현대식으로 지은 집의 매끈한 선이 망가진다며 집의 모든 커튼을 떼어버렸다. 대수로운 일은 아니었다. 문제는 켈리가 텔레비전에서 무시무시한 설인과 괴물들을 너무 많이 봤다는 것이었다. 컴퓨터 그래픽으로 만든 괴물들이 오두막 창문 안을 들여다보며 침실의 사람들을 기겁하게 만드는 장면들.

허접한 컴퓨터 그래픽이었고, 실제로 그런 것들이 존재한다고 믿지는 않았지만 두려움은 사그라지지 않았다. 문제의 텔레비전 쇼는 그렇게 진한 공포를 아로새겼다. 그 후로 켈리는 잠자리에 들 때마다 담요 속에 몸을 꽁꽁 숨겨놓는 습관을 갖게 됐다. 아무리 더워도 담요 밖으로 절대 얼굴을 내놓지 않았다. 언제 무엇이 창문을 넘어 들어올지 몰랐기 때문이었다.

유령, 좀비, 흡혈귀, 늑대인간이 실재하지 않는다는 건 켈리도 알고 있었다. 하지만 스테파니 메이어의 《트와일라잇》을 읽고 나니 잠잠했던 공포가 다시 엄습해왔다.

스티븐 킹? 그 작가 책은 꿈도 꾸지 못한다.

더 이상 부모님의 괴상한 결정에 따르지 않아도 될 나이가 됐을 때 켈리는 홈 디포에서 커튼을 사와 직접 자신의 침실 창문에 걸어놓았다. 어머니의 취향 따위는 전혀 중요하지 않았다. 날이 저물면 켈리는 가장 먼저 커튼부터 드리웠다. 하지만 아직 해가 지지 않은 지금은 커튼이 활짝 걷혀 있었다. 희미한 빛과 서늘한 여름 바람이 기분 좋게 스며들어 왔다.

또 한 번, 딱 소리가 들려왔다. 아까보다 가까운 곳에서.

머릿속에 각인된 텔레비전 쇼의 빌어먹을 괴물 이미지와 혈관에 주입된 공포는 아무리 세월이 흘러도 흐려지지 않았다. 창밖에서 안을 들여다보는 섬뜩한 설인들. 켈리 모건은 속이 울렁거리기 시작했다. 액상 다이어트를 포기하고 일반 음식으로 돌아왔을 때의 기분과도 다르지 않았다.

딱…….

켈리는 용기를 내어 다시 돌아보았다.

텅 빈 창문이 아가리를 떡 벌리고 있었다.

이제 그만!

그녀는 모니터로 시선을 돌리고, 아우어월드Our World 소셜네트워크 사이트에 올라온 댓글을 훑어나갔다. 어젯밤 습격을 받고 죽을 뻔한 스티븐슨 고등학교의 태미라는 학생에 대한 글이었다. 세상에. 사람을 트렁크에 가둬놓고 도망쳐버렸다니. 사람들은 태미가 강간이나 추행을 당했을 거라고 입을 모았다.

올라온 포스트들 대부분은 동정적인 내용이었다. 하지만 가끔 짓궂고 잔인한 내용도 보였다. 그럴 때마다 켈리는 화가 치밀어올랐다. 켈리는 그런 포스트 하나를 찾아 읽어 내려갔다.

태미가 무사하니 그건 다행이지. 하지만 이 말 한마디는 해야겠어. 난 그게 자업자득이었다고 생각해. 누가 80년대 창녀처럼 하고 돌아다니랬나 뭐? 눈을 아이라이너로 떡칠해놓은 것도 그렇고, 대체 그런 옷은 다 어디서 사오는 거지? 그런 차림으로 다니면 남자들이 어떻게 나올지 몰랐나?

—AnonGurl

켈리는 곧바로 댓글을 달았다.

오, 맙소사. 어떻게 그런 소릴 할 수 있지? 하마터면 죽을 뻔했던 아이라고. 그리고 태미가 강간을 당하고 싶어서 일부러 그런 차림으로 다녔다고? 제정신으로 하는 소리야? 제발 부끄러운 줄 알아!!!

—BellaKelley

켈리는 상대가 어떤 댓글을 달아놓을까 궁금했다.

켈리가 모니터 앞으로 몸을 기울이려는데, 밖에서 다시 딱 소리가 들려왔다.

"더는 못 참아."

켈리는 큰 소리로 말했다. 벌떡 일어난 켈리는 창가로 가지 않았다. 대신 침실을 나와 주방으로 들어갔다. 주방 창문을 통해 밖을 내다보았다. 아무것도 보이지 않았다. 아닌가? 집 뒤편 덤불 너머로 보이는 협곡에 드리워진 그림자일 뿐인가?

집에는 켈리뿐이었다. 부모님은 일터에 있었고, 동생은 훈련장에 나가 있었다.

켈리는 불안한 기색을 지우지 못한 채 피식 웃었다. 밖에 나가 육중한 변태에 맞서는 것도 무서웠지만 그보다 더 섬뜩한 것은 창문을 통해 그를 내다보는 것이었다. 켈리는 자석 식칼꽂이를 흘끔 돌아보았다. 칼날은 굉장히 날카로웠다. 켈리는 잠시 고민에 빠졌지만 결국 무기를 뽑아들지 않았다. 대신 꺼내 든 아이폰을 귀에 댄 채 밖으로 걸어나갔다.

"안녕, 지니. 그래, 밖에서 무슨 소리가 들려서 말이야. 나가서 뭔지 확인해보려고."

친구와 통화하는 척하는 것이었지만 그, 또는 그것은 이 사실을 알 리 없을 터이다.

"아니, 끊지 않을래. 누가 언제 날 덮칠지 모르니까."

켈리가 큰 소리로 말했다.

켈리는 문을 열고 옆뜰로 나갔다. 그리고 모퉁이를 돌아 뒤뜰로 들어 갔다. 걸음을 멈추고 주위를 살폈지만 아무도 보이지 않았다. 우거진 덤 불 너머로는 카운티 소유지로 이어지는 가파른 비탈이 자리했다. 잡목림 으로 채워진 얕은 협곡에는 조깅코스가 마련돼 있었다.

"요즘 어때? 응…… 정말? 잘됐네. 아주 잘됐어."

좋아. 여기서 더 오버하면 안 돼. 연기가 어설퍼져. 켈리는 생각했다.

켈리는 덤불 속으로 들어가 협곡을 내려다보았다. 누군가가 그쪽으로 도망치는 모습을 본 것 같았기 때문이다.

멀리 떨어지지 않은 곳에서 트레이닝복 차림의 소년이 자전거를 타고 가는 모습이 보였다. 퍼시픽 그로브와 몬터레이 사이의 지름길이었다. 소년이 왼쪽으로 방향을 틀어 언덕 뒤로 사라졌다.

켈리는 휴대폰을 귀에서 뗐다. 돌아서서 집으로 돌아가려는데, 화단에 서 거슬리는 무언가가 눈에 들어왔다. 빨간색의 작은 점. 켈리는 그 앞으 로 다가가 꽃잎을 집어들었다. 장미. 켈리는 초승달 모양의 꽃잎을 떨어 뜨렸다.

그러고는 집으로 들어갔다.

켈리가 멈춰 서서 뒤를 돌아보았다. 아무도 없었다. 동물도 보이지 않 았고, 설인이나 늑대인간도 없었다.

안으로 들어서는 순간 숨이 턱 막혔다.

3미터쯤 앞에서 사람의 검은 윤곽이 다가오고 있었다. 거실의 역광 조 명 때문에 얼굴은 잘 보이지 않았다.

"누구……?"

형체가 멈춰 섰다. 그리고 피식 웃었다.

"맙소사, 켈리 누나. 유령이라도 봤어? 그 꼴 하고는…… 휴대폰 줘

봐. 사진 찍어놔야겠어."

동생 리키가 아이폰을 향해 손을 뻗었다.

"꺼져!"

일그러진 얼굴의 켈리가 뒤로 물러나며 말했다.

"오늘 훈련 있다고 했잖아?"

"트레이닝복 가지러 왔어. 참, 트렁크에 갇혀 죽을 뻔한 여자애 얘기 들었어? 스티븐슨에 다닌다던데."

"들었어. 언젠가 본 적도 있고. 태미 포스터."

"예뻐?"

흐느적거리는 열여섯 살 리키가 냉장고에서 에너지 드링크를 꺼냈다. 헝클어진 머리는 누나와 같은 갈색이었다.

"리키, 그 역겨운 걸 어떻게 마셔?"

"맛만 좋은데. 그래서 예쁘다는 거야, 못생겼다는 거야?"

켈리는 동생을 혐오했다.

"나갈 때 문 걸어 잠그는 거 잊지 마."

리키가 과장되게 얼굴을 일그러뜨렸다.

"왜? 누가 누나를 추행하고 싶어하겠어?"

"그냥 시키는 대로 해!"

"알았어."

켈리가 동생을 쏘아보았다. 물론 리키는 언제나처럼 무시해버렸고.

켈리는 방으로 돌아와 컴퓨터 앞에 앉았다. 예상대로 AnonGurl이 태미 포스터를 옹호한 켈리를 공격하는 댓글을 달았다.

좋아. 이젠 아주 끝장을 내주지. 땅을 치고 후회하게 만들어줄 거야.

켈리 모건은 의기양양하게 키보드를 두드리기 시작했다.

조나단 볼링 교수는 사십대로 보였다. 댄스보다 몇 센티미터 큰 그는 운동을 싫어하고 정크푸드를 사랑할 것만 같은 체구를 가졌다. 곧은 갈색머리는 댄스와 비슷했지만 왠지 보름에 한 번씩 세이프웨이*에서 클레롤 샴푸를 사올 타입 같아 보이지는 않았다.

"와우."

댄스의 안내를 받으며 캘리포니아 연방수사국 로비를 지나 그녀의 사무실로 들어온 볼링이 말했다.

"상상했던 것과는 많이 다르군요. 〈CSI〉에서 봤던 거랑은 아주 딴판입니다."

이 우주에서 그 드라마를 보지 못한 사람이 과연 있을까?

볼링의 한쪽 손목에는 타이맥스 디지털시계가, 또 다른 손목에는 무언가를 지지한다는 의미의 팔찌를 두르고 있었다(댄스는 자신의 아이들을 떠올렸다. 아이들도 항상 의미를 알 수 없는 각양각색의 팔찌를 차고 다녔다). 청바지와 검은색 폴로 셔츠 차림의 볼링은 공영 라디오를 연상시키는 단정한 모습이었다. 갈색 눈은 흔들림이 없었고, 입가에는 항상 미소를 머금었다.

마음만 먹는다면 자신이 가르치는 대학원생들까지도 충분히 유혹할 수 있을 것 같았다.

댄스가 물었다.

"법집행 기관 사무실에 와보신 적 있나요?"

"물론이죠."

볼링이 말했다. 그의 헛기침이 묘한 동작학적 신호를 내보였다. 그는 이내 미소를 지었다.

"하지만 그들이 공소를 철회했습니다. 지미 호파**의 시신이 발견되지 않았으니 절 어떻게 잡아넣을 수 있었겠습니까?"

* 미국의 슈퍼마켓 체인업체
** 1975년에 실종된 미국의 막강한 노동운동 지도자

볼링의 농담에 댄스가 웃음을 터뜨렸다. 오, 불쌍한 학생들. 조심들 해야 할 거야.

"경찰수사에 도움을 주신 적은 있으시죠?"

"법집행 기관과 경비회사들로부터 협조 요청은 받은 적 있습니다. 하지만 실제로 도움을 준 적은 없었습니다. 지금이 처음이죠. 이게 제 처녀항해인 셈입니다. 실망시켜드리지 않도록 노력하겠습니다."

두 사람은 낡은 커피 테이블을 사이에 두고 마주앉았다.

볼링이 말했다.

"기쁜 마음으로 도와드리겠지만 제가 뭘 어떻게 도와드릴 수 있을지 모르겠네요."

창문으로 새어 들어온 햇살이 볼링의 가죽 구두 위로 쏟아졌다. 발을 내려다보던 그는 자신이 양말을 짝짝이로 신었다는 사실을 깨달았다. 한쪽은 검은색, 나머지 한쪽은 짙은 감색이었다. 볼링이 피식 웃었다. 예전 같았으면 그를 독신으로 넘겨짚었을 댄스였지만, 맞벌이 부부가 많아진 요즘 이런 패션 실수는 섣불리 인정할 수 없는 단서였다.

"하드웨어와 소프트웨어 쪽으론 도움이 돼드릴 수 있겠지만 진지한 기술적 조언을 하기에는 너무 늦었습니다. 제가 인도 출신도 아니고요."

볼링은 스탠퍼드 대학에서 문학과 공학 학위를 땄고, 빈둥거리며 세계 곳곳을 들쑤시고 다니다가 실리콘밸리에서 자리를 잡고 몇몇 컴퓨터회사의 시스템 디자인을 맡았다고 했다.

"흥미로운 나날들이었죠."

볼링이 말했다. 하지만 그는 그곳 사람들의 탐욕에 질려버렸다고 덧붙였다.

"오일 러시와도 다르지 않았습니다. 모두가 컴퓨터를 이용해 부자가 될 생각만 하고 있었어요. 사람들의 요구가 무엇인지, 그것을 얻기 위해 컴퓨터가 어떤 도움을 줄 수 있는지 고민해야 할 때 말입니다."

볼링은 고개를 저었다.

"그런 그들을 지켜보며 환멸을 느꼈습니다. 그래서 주식만 조금 챙기고 사표를 냈죠. 그 후로 다시 방황했습니다. 그러다 산타크루스로 오게 됐고, 여기서 교수로 채용됐습니다. 전 이 일이 너무 좋습니다. 10년째 해오고 있지만 아직도 이 일이 마음에 쏙 들어요."

댄스도 기자로 활동하다가 그가 가르치는 대학으로 돌아가 커뮤니케이션과 심리학을 공부한 사연을 들려주었다. 두 사람이 학교에서 보낸 시간이 살짝 겹치기는 했지만 둘 다 아는 사람은 없었다.

대학에서 볼링은 여러 교과를 가르쳤다. 그중에는 과학을 다룬 문학도 있었고, '컴퓨터와 사회'라는 교과도 있었다. 대학원에서는 굉장히 따분한 기술 교과를 가르치고 있다고 덧붙였다.

"수학으로 볼 수도, 공학으로 볼 수도 있는 학문이죠."

또한 그는 여러 기업들을 상대로 컨설팅 업무를 봐준다고 했다.

댄스는 그동안 여러 분야의 전문가들을 인터뷰해왔다. 그들 대부분은 전공 관련 이야기가 나올 때면 뚜렷한 스트레스 반응을 보였다. 일이 주는 극심한 부담 때문이기도 했고, 일에 대한 암울한 감정 때문이기도 했다. 볼링 역시 실리콘밸리 시절 이야기를 들려줄 때 그런 반응을 보였다. 하지만 강단에서의 즐거운 경험을 털어놓고 있는 지금 그에게서는 어떠한 스트레스 반응도 감지할 수 없었다.

볼링은 계속해서 자신의 기술적 재능에 대해 겸손한 모습을 보였는데, 댄스는 그 부분이 조금 아쉬웠다. 그는 똑똑했고, 무엇보다 즉석에서 협조 요청에 응할 만큼 의욕에 차 있었다. 당연히 도움은 되겠지만 태미 포스터의 컴퓨터를 들여다보기 위해서는 이론보다 실기에 능통한 사람이 절실히 필요했다. 댄스는 그가 적절한 기술자를 추천해주기를 바랐다.

메리엘렌 크레스바크가 커피와 쿠키가 담긴 쟁반을 들고 나타났다. 갈색머리와 새빨간 케블러* 손톱으로 무장한 그녀는 매력적인 컨트리 가수를 연상시켰다.

"경비실에서 연락이 왔어요. 마이클의 사무실에서 컴퓨터를 가져왔다는데요."

"잘됐네요. 미안한데 그것 좀 받아와줄래요?"

메리엘렌이 잠시 머뭇거렸다. 댄스는 그녀가 볼링에게 관심을 보인다는 사실을 대번에 눈치챘다. 언제부터인가 그녀의 비서는 댄스에게 새 남편을 찾아주기 위해 노골적으로 나서고 있었다. 볼링의 왼손에 반지가 끼워져 있지 않음을 확인한 그녀가 댄스를 돌아보며 한쪽 눈썹을 추켜세웠다. 댄스가 못마땅한 눈빛을 내보였지만 메리엘렌은 못 본 척했다.

볼링이 고맙다고 인사를 한 다음 커피에 설탕을 세 스푼 탔다. 그리고 쿠키 두 개를 단숨에 해치웠다.

"맛있는데요. 아니, 그 이상이에요."

"그녀가 직접 구운 거예요."

"정말입니까? 직접 쿠키를 구워 먹는 사람이 정말 있다고요? 전 키블러 쿠키인 줄 알았습니다."

댄스도 커피를 곁들여 쿠키 반쪽을 먹었다. 마이클 오닐과 오전 내내 커피를 들이켰음에도.

"어떻게 된 일인지 들려드릴게요."

그녀는 볼링에게 태미 포스터 습격사건에 대해 들려주었다.

"그래서 그 아이의 노트북을 살펴볼 필요가 있게 된 거예요."

볼링이 이해한다는 듯 고개를 끄덕였다.

"아, 태평양에서 헤엄치다 온 그 컴퓨터 말씀이군요."

"토스트가 돼버렸을 거예요."

---

* 타이어나 다른 고무제품의 강도를 높이는 데 쓰이는 인조물질

"오트밀이 됐다는 게 더 적절한 표현일 겁니다. 아무래도 물에 젖었을 테니까요. 굳이 아침 메뉴에 비유한다면 말이죠."

그때 젊은 MCSO 경관이 커다란 종이봉투를 들고 댄스의 사무실로 들어왔다. 잘생긴 그는 의욕에 찬 모습이었다. 실은 잘생겼다기보다 귀엽다는 게 더 적절한 표현일 것 같았다. 파란 눈의 경관은 경례를 붙여야 할지를 잠시 망설이는 듯했다.

"댄스 요원님?"

"네."

"데이비드 라인홀드입니다. 보안관 사무실 현장감식반 소속입니다."

댄스는 고개를 끄덕였다.

"반가워요. 여기까지 가져오게 해서 미안해요."

"별말씀을요. 제가 할 수 있는 건 뭐라도 해야죠."

그와 볼링이 악수했다. 호리호리한 경관은 완벽하게 다린 제복 차림이었다. 라인홀드가 댄스에게 종이봉투를 건넸다.

"비닐봉지에 넣으면 통풍이 안 돼서 종이봉투에 넣어왔습니다. 그래야 물기를 최대한 빼낼 수 있을 테니까요."

"감사합니다."

볼링이 말했다.

"그리고 배터리는 뺐습니다."

젊은 경관이 말했다. 그가 잘 봉한 금속 튜브를 들어 보였다.

"리튬 이온 전지입니다. 물이 들어가면 폭발할 수도 있거든요."

볼링이 고개를 끄덕였다.

"잘하셨습니다."

댄스는 그게 왜 잘한 일인지 이해하지 못했다. 그녀가 미간을 찌푸리자 볼링은 물에 닿으면 폭발하는 특정 리튬 전지가 있다고 설명했다.

"컴퓨터 마니아인가요?"

볼링이 라인홀드에게 물었다.

"아닙니다. 그냥 주워들은 얘깁니다."

라인홀드가 댄스에게 서명할 문서를 건네며 종이봉투에 붙은 연계관리 인증카드를 가리켰다.

"더 필요하신 게 있으면 언제든 연락주세요."

그가 명함을 꺼내 건넸다.

댄스가 고맙다고 하자 라인홀드는 사무실을 나갔다.

그녀는 종이봉투 안에서 태미의 노트북을 꺼냈다. 핑크색이었다.

"이런 색도 있었군요."

볼링이 고개를 저으며 말했다. 그는 노트북 밑면을 살펴보았다.

댄스가 물었다.

"여기 담긴 파일들을 살펴보는 걸 도와줄 만한 사람이 있을까요?"

"물론이죠. 제가 도와드릴 수 있습니다."

"오, 실기까지 능하신 줄은 몰랐어요."

"이 작업은 기술적으로 까다로운 게 아닙니다. 요즘 기준으로 보면 말이죠."

볼링이 미소를 지었다.

"자동차 타이어를 교체하는 정도의 작업일 뿐입니다. 도구 몇 가지만 있으면 돼요."

"여긴 연구실이 없어요. 필요하신 게 뭔지는 모르겠지만 아마 없을 거예요."

"그런가요? 아까 보니 구두 수집이 취미이신 것 같던데요."

댄스의 벽장 문은 열려 있었다. 볼링이 사무실로 들어서면서 그 안을 살짝 들여다본 모양이었다. 벽장 속 바닥에는 열 켤레 남짓 되는 구두가 가지런히 놓여 있었다. 퇴근 후에 집에 들르지 않고 밤의 유흥을 즐기러 나갈 때를 대비해 가져다놓은 것들이었다. 그녀가 피식 웃었다.

딱 걸렸군.

볼링이 말했다.

"기본적인 미용용품은 없나요?"

"미용용품?"

"헤어드라이어가 필요합니다."

댄스가 싱긋 웃었다.

"애석하게도 제 미용용품은 집에 있어요."

"그럼 나가서 사와야겠군요."

8

존 볼링에게 필요한 건 헤어드라이어뿐만이 아니었다.

그들은 콘에어 헤어드라이어, 미니어처 공구, 인클로저라는 금속 상자를 구입했다. 가로 8센티미터, 세로 13센티미터의 인클로저에는 USB 케이블이 붙어 있었다.

필요한 도구들은 이제 댄스의 CBI 사무실 테이블에 놓여 있었다.

볼링은 태미 포스터의 노트북을 유심히 살펴보았다.

"뜯어봐도 되나요? 그래도 되는 증거입니까?"

"이미 지문 채취가 끝난 상태예요. 태미의 지문만 나왔다더군요. 마음껏 뜯어보셔도 돼요. 어차피 그 앤 용의자도 아니니까요. 인터뷰 때 거짓말을 했으니 노트북을 뜯어봤다고 불평하진 못할 거예요."

"핑크색이군요."

볼링이 다시 말했다. 마치 노트북 색으로 적절치 않다는 듯이.

볼링은 노트북을 뒤집어놓고 작은 필립스 드라이버로 밑면 패널을 뜯어냈다. 그런 다음 금속과 플라스틱으로 된 작은 직사각형의 부품을 꺼냈다.

"하드 드라이브입니다. 내년엔 이조차도 너무 크다고 여겨질 겁니다. 이제부터는 중앙처리 장치에 플래시 메모리가 쓰이게 될 테니까요. 하드 드라이브 같은 가동부는 더 이상 쓰이지 않을 겁니다."

볼링이 설명했다. 살짝 흥분한 그는 이런 강의가 지금 상황에서 별 도움이 되지 않는다는 사실을 곧 깨닫고 입을 닫았다. 그는 꺼낸 하드 드라이브를 유심히 살폈다. 볼링은 콘택트렌즈를 끼고 있는 것 같지 않았다. 소녀 시절부터 안경을 낀 댄스는 그의 시력이 부러웠다.

교수가 드라이브를 귀로 가져가 살짝 흔들었다.

"다행입니다."

볼링은 드라이브를 테이블에 내려놓았다.

"다행이라고요?"

그가 미소를 지으며 헤어드라이어를 꺼내 하드 드라이브에 따뜻한 바람을 쏘이기 시작했다.

"오래 걸리진 않을 겁니다. 젖은 것 같진 않지만 그래도 혹시 모르니까요. 전기와 물은 상극이거든요."

그는 놀고 있는 손으로 커피를 집어들었다.

"우리 교수들은 민간 부문을 무척 부러워합니다. '민간 부문'은 라틴어로 '실질적으로 돈을 번다'는 뜻이죠."

볼링이 턱으로 컵을 가리켰다.

"스타벅스를 예로 들어볼까요? 커피를 프랜차이즈화 시킨다는 건 꽤 그럴듯한 아이디어였습니다. 전 또 다른 사례를 찾아보았죠. 하지만 떠오르는 건 '하우스 오브 피클'이나 '저키 월드' 같은 곳들뿐이더군요. 프랜차이즈화 하기엔 음료만 한 게 없지만, 쓸 만한 건 이미 다 나와버리지 않았습니까."

"밀크 바*도 있잖아요. 이름은 '엘시즈'라고 짓고."

댄스가 말했다.

볼링의 눈이 번뜩였다.

---

* 우유, 아이스크림 등을 파는 가게

"'저스트 어나더 플레이스Just Another Place', 이건 어떻습니까?"

"그건 좀 별로인데요."

두 사람이 웃음을 터뜨렸다.

하드 드라이브 말리기가 끝나자, 볼링은 그것을 인클로저에 넣고 USB 케이블을 자신의 노트북에 꽂았다. 그의 노트북은 컴퓨터다운 수수한 회색이었다.

"지금 뭘 하고 계신 거죠?"

키보드를 두드리는 볼링의 손가락을 지켜보며 그녀가 말했다. 키보드의 글자 몇몇은 완전히 지워진 상태였다. 그의 눈은 키보드에 가 있지 않았다.

"물이 노트북 안에서 합선을 일으켰을 수도 있습니다. 하지만 하드 드라이브의 내부는 아무 이상 없을 겁니다. 전 지금 이걸 인식 가능한 드라이브로 바꿔놓는 작업을 하고 있습니다."

몇 분 후, 볼링이 고개를 들고 미소를 지었다.

"역시. 예상대로 아무 이상 없습니다."

댄스가 의자를 끌고 그의 앞으로 다가가 앉았다.

그녀는 모니터를 들여다보았다. 윈도우 익스플로러에 '로컬 디스크 (G)'가 떠올라 있었다. 태미의 하드 드라이브를 인식했다는 뜻이다.

"모든 게 여기 담겨 있을 겁니다. 이메일, 그 아이가 둘러본 웹사이트들, 즐겨 찾는 곳, 채팅기록. 삭제된 데이터까지 확인할 수 있습니다. 암호화되지도 않았고, 패스워드로 보호되지도 않았어요. 한마디로 부모가 아이에게 별 관심이 없었다는 뜻이죠. 아이들을 유심히 지켜보는 부모가 있다면 아이들은 프라이버시를 지키기 위해 온갖 수단과 방법을 총동원합니다. 물론 전 그런 것들을 어렵지 않게 깨버릴 수 있고요."

볼링이 자신의 노트북에서 디스크를 뽑아 케이블과 함께 그녀에게 넘겼다.

"다 됐습니다. 이걸 컴퓨터에 연결하시면 안에 담긴 내용을 다 확인할 수 있습니다."

볼링이 어깨를 으쓱했다.

"비록 짧았지만 즐거웠습니다."

캐트린 댄스는 전통음악을 다루는, 집에서 제작한 웹사이트를 친한 친구와 함께 운영하고 있었다. 기술적으로 굉장히 복잡한 사이트였지만 댄스는 하드웨어와 소프트웨어에 대해 아는 게 거의 없었다. 사이트의 기술적인 부분은 댄스 친구의 남편이 맡아 처리해주었다. 그녀가 볼링에게 말했다.

"바쁘지 않으시다면 검색 좀 도와주시겠어요?"

볼링이 잠시 망설였다.

"볼일이 있으시다면……."

"얼마나 걸리는 작업입니까? 금요일 밤에 나파에서 가족 모임이 있습니다."

"오, 그렇게 오래 걸리진 않을 거예요. 몇 시간이면 충분합니다. 오늘 안에 끝낼 수 있어요."

그의 눈이 번뜩였다.

"그렇다면 기꺼이 도와드리죠. 퍼즐은 제게 있어 꽤 중요한 식품군입니다. 구체적으로 뭘 찾으시는 겁니까?"

"태미를 습격한 범인의 정체를 확인시켜줄 수 있는 단서."

"아, 그러니까 《다 빈치 코드》 같은 거군요."

"그 정도로 복잡하진 않을 거예요. 파문의 가능성은 조금 있지만요. 아이가 위협을 느꼈을 만한 메시지를 찾아봤으면 해요. 논쟁, 싸움, 스토커에 대한 의견들. 채팅기록은 전부 확인할 수 있나요?"

"전체는 아니고 일부만 볼 수 있을 겁니다. 하지만 그것만으로도 전체 내용을 충분히 복원할 수 있죠."

볼링이 드라이브를 다시 자신의 노트북에 연결하고 몸을 앞으로 기울였다.

"그리고 소셜네트워크 사이트도 살펴봐야 해요. 도로변 기념비나 십자가에 대한 단서가 있을지도 몰라요."

댄스가 말했다.

"기념비?"

"저흰 범인이 범행을 예고하기 위해 도로변에 십자가를 세워놓았다고 생각해요."

"끔찍하군요."

교수의 손가락이 키보드를 두드리기 시작했다. 타자를 치며 그가 물었다.

"아이의 컴퓨터에 답이 있을 거라 확신하는 이유가 뭐죠?"

댄스는 태미 포스터와의 인터뷰에 대해 들려주었다.

"태미의 몸짓 언어만 보고 그 모든 걸 알아내셨다고요?"

"네."

댄스는 인간의 세 가지 소통 방법에 대해 설명해주었다. 첫 번째, 말의 내용을 통하는 방법. 우리가 무슨 말을 하는지.

"말 자체의 의미 말이에요. 하지만 내용은 믿기도 쉽지 않고 누구나 날조가 가능하죠. 서로 메시지를 전하는 데 있어 아주 작은 부분만을 차지한다는 얘기예요. 두 번째와 세 번째는 훨씬 중요해요. 언어적 특질. 우리가 어떻게 말을 하는지. 음조나 말의 빠르기, 머뭇거림, '음'을 연발하며 뜸들이기, 뭐 그런 것들 말이죠. 그리고 세 번째, 동작학. 우리 몸의 행동을 살펴보는 거예요. 제스처, 시선의 위치, 호흡, 자세, 매너리즘. 심문자가 가장 관심을 두는 게 바로 마지막 두 가지예요. 몸은 말보다 훨씬 많은 걸 들려주거든요."

그는 미소를 짓고 있었다. 댄스가 한쪽 눈썹을 추켜세웠다.

볼링이 설명했다.

"자신의 직업에 대해 설명할 땐 꽤 열정적이시군요."

"아까 교수님도 플래시 메모리에 대해 설명할 때 그러셨어요."

그가 고개를 끄덕였다.

"그래요. 컴퓨터는 경이로운 기계입니다. 이런 핑크색 노트북도 마찬가지고요."

볼링은 계속해서 태미의 컴퓨터를 속속들이 뒤져나갔다. 그가 부드러운 음성으로 말했다.

"역시 십대 소녀다운 수다가 대부분이네요. 남자친구, 패션, 화장, 파티, 학교, 영화와 음악…… 협박 메시지는 없는 것 같습니다."

그는 쉴 새 없이 스크롤을 내렸다.

"지난 보름간 아이가 주고받은 이메일에도 특별히 문제될 내용은 보이지 않습니다. 필요하다면 조금 오래된 것들까지 훑어봐야겠죠. 태미는 거의 모든 소셜네트워크 사이트에 가입했습니다. 페이스북, 마이스페이스, 아우어월드, 세컨드 라이프*."

오프라인이었지만 볼링은 태미가 최근에 접속했던 페이지들을 어려움 없이 살펴보았다.

"잠깐…… 잠깐만요…… 여기 좀 봐요."

볼링이 진지해진 얼굴로 몸을 앞으로 기울였다.

"뭔데요?"

"태미가 익사할 뻔했다고 하셨죠?"

"네."

"몇 주 전에 태미는 친구 몇 명과 아우어월드에서 자신들이 가장 두려워하는 것에 대해 수다를 떨었습니다. 그때 태미는 익사가 가장 두렵다

* 린든 랩이 개발한 인터넷에서의 가상세계

고 했고요."

댄스의 입이 꽉 다물어졌다.

"범인이 그걸 보고 범행 방법을 결정한 모양이군요."

"우린 온라인에서 개인정보를 너무 많이 풀어놓고 있습니다. 지나치다 싶을 정도로 말입니다. 혹시 '이스크리비셔니스트escribitionist'라는 표현을 들어보신 적 있습니까?"

볼링이 놀랄 만큼 진지한 음성으로 말했다.

"아뇨."

"자신에 대한 블로그를 운영하는 사람들을 의미합니다."

그가 씩 웃어 보였다.

"적절한 표현이죠? 그뿐 아니라 '두스dooce'라는 것도 있습니다."

"그것도 처음 들어보는데요."

"동사입니다. '나 오늘 두스당했어.' 이렇게 쓸 수 있겠죠. 블로그에 올린 글 때문에 해고당했다는 뜻입니다. 자신이나 보스, 직장에 대한 이야기를 블로그에 올렸다가 잘리는 경우에 쓰는 표현이에요. 유타의 어느 여자가 처음 만들어 쓴 표현입니다. 고용주에 대한 얘길 올렸다가 해고당했거든요. '두스'는 '듀드dude'의 철자를 잘못 표기한 겁니다. 오, 그리고 '프리 두싱Pre-doocing'이라는 것도 있습니다."

"그건 또 뭐죠?"

"면접을 보러 가면 면접관이 이렇게 묻습니다. '블로그에 전 직장 보스에 대해 글을 올린 적 있습니까?' 물론 면접관은 그 답을 알고 있는 상태입니다. 그저 입사 지원자들이 정직한지 확인하려는 것뿐이죠. 만약 부정적인 글을 올린 적 있다면 회사에선 절대 뽑아주지 않습니다."

지나치게 넘쳐나는 정보가 문제야. 정보가⋯⋯.

볼링은 계속해서 빠르게 키보드를 두드렸다. 잠시 후, 그가 다시 입을 열었다.

"아, 뭔가 걸린 것 같군요."

"뭐죠?"

"태미가 며칠 전에 올린 글입니다. 그 애의 아이디는 TamF1399입니다."

볼링이 노트북을 댄스 쪽으로 돌려주었다.

ㄴ, 칠턴에게 댓글, TamF1399 작성

[운전자]는 이상해요. 아니, 위험해요. 언젠가 치어리더 연습을 마치고 들어오니 우리 로커룸 밖을 서성이고 있더라고요. 안을 훔쳐보며 휴대폰으로 촬영을 하려는 것 같았어요. 난 그에게 뭘 하고 있느냐고 따져 물었고, 그는 날 죽일 것처럼 노려봤어요. 완전 사이코예요. 우리랑 같이 [삭제]에 다니는 어떤 아이는 [운전자]가 자기 가슴을 마구 주물러댔다고 했어요. 하지만 그 앤 아무에게도 그 얘길 하지 않았어요. 보복이 두렵기도 했고, 그가 홧김에 사람들에게 총을 난사해댈 수도 있으니까요. 버지니아 공대 사건처럼.

볼링이 덧붙였다.

"흥미로운 건 태미가 '도로변 십자가'라는 블로그에 이 글을 올렸다는 사실이에요."

댄스의 심장 박동이 빨라졌다. 그녀가 물었다.

"저 '운전자'라는 사람이 누구죠?"

"모르겠어요. 모든 포스트에서 이름이 삭제됐어요."

"이게 블로그에 올려졌다는 거죠?"

"네."

볼링이 피식 웃었다.

"버섯."

"네?"

"블로그는 인터넷의 버섯이나 다름없습니다. 사방으로 퍼져 나가고 있어요. 몇 년 전, 실리콘밸리의 모든 이는 닷컴 세상의 다음 히트상품 이 무엇일지 궁금해 했었죠. 알고 보니 그건 획기적인 새 타입의 하드웨 어나 소프트웨어가 아니라 온라인 콘텐츠였습니다. 게임, 소셜네트워 크…… 그리고 블로그. 그런 것들을 공부하지 않고는 컴퓨터 관련 글을 쓸 수 없는 시대가 온 겁니다. 태미가 글을 올린 곳은 〈칠턴 리포트〉라는 사이트입니다."

댄스는 어깨를 으쓱했다.

"처음 들어보는데요."

"전 들어본 적 있습니다. 지역 사이트지만 블로거들에겐 잘 알려진 곳 이죠. 캘리포니아에 기반을 두고 있는 맷 드러지라고 보시면 될 겁니다. 〈드러지 리포트〉*보단 스케일이 작긴 하지만요. 제임스 칠턴이란 사람도 아주 괴짜입니다."

볼링은 모니터를 들여다보았다.

"한번 접속해 읽어볼까요?"

댄스가 책상에서 자신의 노트북을 가져왔다.

"사이트 주소가 어떻게 되죠?"

볼링이 주소를 읽어주었다.

Http://www.thechiltonreport.com

교수가 의자를 테이블 앞으로 더 가까이 끌어왔다. 두 사람은 함께 홈 페이지를 훑어나가기 시작했다.

---

* 1995년 맷 드러지가 혼자 창간해 운영하고 있는 인터넷 신문으로 선정적인 특종을 터뜨려 화제가 되고 있다.

댄스는 웃음을 터뜨렸다.

"바람직한going right? 교묘한데요. 도덕적 다수에 보수주의자이기까지 하군요."

볼링이 고개를 저었다.

"제가 알기로는 아주 꽉 막힌 사람입니다."

그녀가 한쪽 눈썹을 추켜세웠다.

"칠턴은 자신이 원하는 쟁점만을 늘어놓습니다. 좌파보다는 우파에 가깝지만 자신의 도덕이나 판단이나 지능의 기준에서 조금이라도 벗어난 사람이 있으면 예외를 두지 않고 맹렬히 공격해요. 그건 이 블로그의 여러 기능 중 하나입니다. 논란을 부추기는 것. 언제나 논란은 잘 팔리거든요."

그 밑에는 독자들에게 띄우는 인사말이 올라와 있었다.

독자들에게

구독자도, 팬도, 인터넷을 떠돌다가 우연히 이곳을 찾게 된 분들도 모두 환영합니다.

정치적, 그리고 사회적 이슈에 대한 여러분의 입장이 어떻든 상관없습니다. 그저 제 반추를 담은 글들이 여러분으로 하여금 질문을 던지고, 의심을 품고, 더 알기를 바라도록 만들어주기를 희망할 뿐입니다.

바로 그것이 저널리즘의 역할이니까요.

제임스 칠턴

그 밑에는 '강령'을 소개했다.

우리의 강령

우리는 외부와 단절된 상태에서 판단을 내릴 수 없습니다. 기업이, 정부가, 부패한 정치인과 범죄자와 타락한 사람들이 자신들의 꿍꿍이속을 솔직하게 털어놓을까요? 당연히 아닙니다. 속임수와 탐욕의 그림자에 빛을 비추는 것이야말로 〈리포트〉의 임무라 할 수 있습니다. 여러분이 긴급한 이슈들에 대해 올바른 판단을 내릴 수 있도록 정확한 사실을 신속히 전해드릴 것을 약속합니다.

한쪽에는 칠턴에 대한 간략한 소개글과 개인적 소식이 올라와 있었다. 댄스는 리스트를 훑기 시작했다.

내부 소식

이겨라, 우리 팀!

이번 주말 경기에서 승리를 거둔 저희 큰 아이 팀의 시즌 성적이 4승 0패로 좋아졌습니다! 잘한다, 제이호크스! 부모님들, 제 말씀을 들어보세요. 자제 분들께 야구와 미식축구 대신 축구를 시켜보세요. 축구는 세상에서 가장 안전하고, 건강에 좋은 팀 스포츠입니다(아이들의 스포츠 외상에 대한 4월 12일자 〈칠턴 리포트〉를 참조하세요). 그건 그렇고, '축구'를 외국에서처럼 '풋볼'이라고 부르면 안 됩니다. 미국에서는 미국식으로 불러야죠!

애국자

어제 저희 작은 아이가 데이 캠프* 리사이틀에서 〈아름다운 미국〉을 불러 관객들을 사로잡았습니다. 그것도 독창으로요! 그 모습을 지켜본 아버지는 아들이 얼마나 자랑스러웠는지 모른답니다.

의견 부탁드립니다

패트리샤와 저, 저희 부부가 결혼 19주년을 맞게 됐습니다. 선물을 준비할까 하는데 아이디어가 필요합니다(제 사리사욕 때문에 아내 컴퓨터를 초고속 광케이블로 업그레이드하기로 결심했답니다!). 여성 독자 여러분, 아이디어를 보내주세요. 하지만 티파니는 절대 안 됩니다.

세계로 뻗어 나갑니다!

기쁜 소식입니다. 〈리포트〉가 세계 곳곳에서 극찬받고 있습니다. 수천 곳의 블로그와 웹사이트와 전자 게시판을 연결해주는 새 RSS(저흰 이걸 '정말 간단한 신디케이트 조직Really Simple Syndication'이라고 부른답니다) 피드에서 우리 사이

---

* 주간에만 하는 어린이를 위한 캠프

트를 선두적인 블로그 중 하나로 선정했습니다. 이 영광을 〈리포트〉의 모든 독자
분들께 돌립니다.

환영

오늘 저를 미소 짓게 한 소식이 있었습니다. 〈리포트〉의 오랜 독자 분들은 이
변변치 않은 리포터의 친구 도널드 호큰에게 지난 몇 년간 쏟아졌던 열렬한 찬사
들을 기억하실 겁니다. 저흰 이 미쳐버린 컴퓨터 세상의 개척자들이었습니다. 도
널드는 페닌슐라를 탈출해 샌디에이고의 초원으로 떠나버렸었죠. 하지만 그가
아내 릴리, 그리고 멋진 두 아이들과 고향으로 돌아온답니다. 귀향을 환영해, 도
널드!

영웅들

몬터레이 카운티의 용감한 소방관 여러분께 경의를 표합니다. 지난주 화요일에
패트리샤와 저는 다운타운의 알바라도 가를 걷고 있었습니다. 어딘가에서 갑자기
살려달라는 외침이 들려오더군요. 자세히 보니 공사장에서 연기가 뿜어져 나오고
있었습니다. 출구는 불길에 휩싸여 있었고요. 현장 인부 두 명이 건물 안에 갇혀
있었습니다. 다행히 몇 분도 채 지나지 않아 스무 명에 가까운 소방관들이 도착했
습니다. 소방차들은 신속하게 옥상으로 사다리를 올렸죠. 덕분에 갇혀 있던 인부
들은 무사히 구조될 수 있었습니다. 화재도 금세 진압됐습니다. 사상자는 없었고,
피해는 크지 않았습니다.

우리 인생에서 용기라 하면 고작 정치에 대해 논쟁하거나 고급 리조트에서 스

노클링을 하거나 산악자전거를 타러 가는 정도일 겁니다.

몬터레이 카운티 소방대와 구조대의 남녀 대원들이 주저함이나 불평 없이 매일 보여주는 진정한 용기에 박수를 보냅니다.

브라보!

이 포스트 밑에는 몬터레이 다운타운에 나타난 소방차의 극적인 사진을 올렸다.

"특별할 것 없어 보이는 블로그죠. 개인정보, 수다. 사람들은 이런 글을 좋아합니다."

볼링이 말했다.

댄스는 '몬터레이'라는 링크를 클릭했다.

그녀는 곧바로 '우리의 고향 : 아름답고, 역사적인 몬터레이 페닌슐라'라는 페이지로 안내됐다. 그곳은 캐너리 로우와 피셔맨스 워프 인근의 해안가와 배들을 찍은 예술적인 사진들로 꾸며졌다. 지역 관광지들도 상세히 소개했다.

또 다른 링크는 그들을 지역 지도가 마련된 페이지로 이끌었다. 댄스가 살고 있는 퍼시픽 그로브의 지도도 있었다.

볼링이 말했다.

"이건 다 잡스러운 부록일 뿐입니다. 자, 이제 블로그의 콘텐츠를 살펴볼까요? 단서가 있다면 분명 거기에 숨겨져 있을 겁니다."

그가 미간을 찌푸렸다.

"'단서'라고 하는 건가요, '증거'라고 하는 건가요?"

"범인을 잡는 데 도움만 된다면 브로콜리라고 부르셔도 됩니다."

"자, 그럼 어떤 야채가 숨어 있는지 찾아볼까요?"
볼링이 댄스에게 또 다른 주소를 불러주었다.

Http://www.thechiltonreport.com/html/june26.html

블로그의 가장 핵심적인 부분이었다. 칠턴의 미니 에세이들.
볼링이 설명했다.
"칠턴이 'OP'입니다. 오리지널 포스터라는 뜻이죠. 오리지널 갱스터
라는 뜻의 'OG'에서 파생된 겁니다. '블러드 앤드 크립스' 같은 갱단들
이 주로 쓰는 표현이죠. 뭐 아무튼 그는 자신의 논평을 업로드하고 독자
들의 반응을 기다립니다. 독자들이 그의 입장에 동의할 수도, 반대할 수
도 있습니다. 얘기가 갑자기 옆길로 새버릴 때도 있고요."
칠턴의 논평은 맨 위에 걸려 있었다. 그 밑으로는 댓글들이 길게 이어
졌다. 대부분의 독자들은 블로거의 논평에 대한 의견을 올려놓았지만 간
간이 다른 댓글들에 대한 의견도 눈에 들어왔다.
"각 논평과 관련 포스트들은 '스레드'라고 부릅니다. 스레드는 몇 달,
또는 몇 년간 계속 이어질 때도 있습니다."
볼링이 설명했다.
댄스는 빠르게 훑어나갔다. 칠턴은 '위선'이라는 주제 아래 댄스가 병
원에서 봤던 피스크 목사와 라이프 퍼스트 운동을 비판하는 글을 올려놓
았다. 언젠가 피스크는 살인마나 다름없는 낙태 전문 의사들이 자신들의
행위를 정당화하고 있다며 비판했다. 칠턴은 자신 또한 낙태를 반대하지
만 그런 주장을 펼치며 의사들을 공격하는 피스크는 문제라고 지적했다.
피스크를 옹호하는 두 독자, CrimsoninChrist와 LukeB1734는 칠턴을
맹렬히 비난했다. 앞의 독자는 블로그 주인을 십자가에 매달아 죽여야
한다고 했다. 댄스는 CrimsoninChrist가 병원에서 봤던 목사의 육중한

빨강머리 경호원일지도 모른다고 생각했다. 아이디에 진홍색crimson이라는 단어가 들어간 걸 보면.

'국민의 명령'이라는 스레드는 핵시설 기획위원회의 수장인 캘리포니아 국회의원 브랜든 클레빈저에 대한 폭로 글들로 가득 채워졌다. 칠턴은 클레빈저가 멘도시노 근처에 핵시설을 유치하기 위해 나선 개발업자와 골프를 즐긴 사실을 알아냈다. 새크라멘토 인근에 핵시설을 지을 경우 적지 않은 비용이 절감되고, 멘도시노보다 훨씬 효율적으로 운영할 수 있음에도.

'탈염脫鹽…… 그리고 파괴' 섹션에서 칠턴은 카멜 강 인근에 해수 담수화시설을 짓겠다는 계획에 대한 자신의 입장을 표명해놓았다. 그는 이 프로젝트를 기획한 아놀드 브루베이커에게 인신공격을 퍼붓기도 했다. 칠턴은 그를 애리조나 스카츠데일에서 온 침입자라고 불렀다. 또한 그의 과거가 명확히 밝혀지지 않았고, 암흑가 실세들과 긴밀한 관계를 유지하고 있다는 점도 문제 삼았다.

담수화시설 문제에 대한 댓글들 중 시민들의 입장을 제대로 짚어낸 두 개의 포스트가 댄스의 눈에 들어왔다.

ㄴ 칠턴에게 댓글, Lyndon Strickland 작성
당신의 글을 보고 이 문제에 대해 제대로 눈을 뜨게 됐습니다. 이런 일을 무모하게 밀어붙이고 있는 사람이 있었다니 놀랐습니다. 카운티 기획실에서 파일로 정리된 제안서를 보았습니다. 전 변호사라 환경 문제에 익숙하지만 그 제안서의 내용은 황당할 정도로 애매하고, 혼란스럽더군요. 이 문제에 대해 의미 있는 토론을 하기 위해서는 무엇보다 투명성이 보장돼야 할 것 같습니다.

ㄴ 칠턴에게 댓글, Howard Skelton 작성
2023년이면 미국에 담수가 바닥난다는 사실을 아시나요? 그리고 지구에 담긴 물의

97퍼센트가 바닷물이라는 건 아시고요? 이런 사실들을 외면하는 건 정말 어리석은 일입니다. 생존을 위해서는 해수 담수화시설이 반드시 필요합니다. 우리가 세계에서 가장 생산적이고, 능률적인 나라의 위치를 유지하려면 다른 대안이 없습니다.

'노란 벽돌 길' 스레드에서 칠턴은 캘리포니아 운수부의 야심찬 프로젝트인 '칼트랜스'에 대한 자신의 입장을 적어놓았다. 샐리나스에서 홀리스터까지 이어지는 1번 고속도로 자리에 새 고속도로가 만들어지고 있었다. 칠턴은 이 프로젝트에 이해할 수 없을 만큼 빨리 승인이 떨어졌다는 점을 지적하면서 새 고속도로가 특정 농부들에게만 혜택을 줄 거라고 주장했다. 모종의 뒷거래가 있었을 거라는 뜻이었다.

'그냥 싫다고 말해요' 스레드에서는 칠턴의 사회적 보수주의 입장이 가장 빛을 발했다. 그 섹션은 중학교에 성교육시간을 늘려야 한다는 제안을 비난하는 글들로 넘쳐났다(칠턴은 절제가 필요하다고 강조했다). 기혼인 주 법원 판사가 젊은 서기와 모텔을 나오다 들킨 사건을 다룬 '들켰어…… 뺑이야'라는 섹션에서도 비슷한 메시지를 볼 수 있었다. 칠턴은 사법부의 윤리위원회가 문제의 판사에게 가벼운 징계를 내렸다는 사실에 분개했다. 그는 윤리위원회가 판사의 자격을 아예 박탈해버려야 했다고 목소리를 높였다.

캐트린 댄스는 마침내 결정적인 스레드에 다다랐다. 이 섹션에는 십자가와 꽃과 동물인형들을 담은, 왠지 모르게 슬퍼 보이는 사진이 하나 실려 있었다.

도로변 십자가

칠턴 작성

얼마 전, 두 개의 도로변 십자가와 꽃다발이 놓여 있는 1번 고속도로를 지난 적이 있었습니다. 그것들은 6월 9일, 졸업파티에서 돌아오던 두 소녀가 끔찍한 사고를 당해 숨진 지점에 놓여 있었습니다. 그렇게 두 소녀는 목숨을 잃었고, 그들의 가족과 친구들은 인생의 큰 변화를 겪게 됐습니다.

문득 전 경찰이 이 사건을 수사 중이라는 소식을 거의 접하지 못했다는 걸 깨닫게 됐습니다. 그래서 직접 연락을 해봤고, 아직 범인이 잡히지 않았다는 답을 들었습니다. 그뿐 아니라 누구에게도 딱지를 뗀 사실이 없다고 하더군요.

납득이 되지 않았습니다. 딱지를 떼지 않았다는 건 이 사고가 운전자(고등학생이라 이름은 공개할 수 없습니다만)의 과실이 아니었다는 뜻이겠죠. 그럼 대체 무엇이 원인이었을까요? 고속도로를 계속 달리다 보니 바람이 강하고, 모래가 심하게 날린다는 걸 알 수 있었습니다. 차가 미끄러져 도로를 벗어난 지점에는 가로등도, 가드레일도 없었습니다. 경고 표지판은 비바람에 씻겨 밤엔 잘 보이지 않을 것 같더군요(사고는 자정쯤 발생했다고 합니다). 배수시설이 갖춰지지 않아 갓길 곳곳에 웅덩이가 파여 있었습니다. 도로 위에도 있었고요. 어째서 경찰은 사고 재현을 제대로 하지 않은 것일까요(제가 듣기로는 경찰엔 그런 작업을 전문으로 하는 인력이 따로 마련되어 있다고 합니다)? 어째서 칼트랜스는 즉시 사람을 보내 콘크리트의 입도와 무늬 등 도로면을 살펴보지 않았던 걸까요? 그런 작업이 시행됐다는 기록은 어디서도 찾아볼 수 없었습니다.

어쩌면 도로는 모두가 바라는 만큼 안전한지도 모릅니다.

하지만 어떻게 이 비극을 대충 덮고 넘어가려 할 수 있습니까? 우리가, 우리 아이들이 항상 오가는 고속도로란 말입니다. 그들의 관심은 도로변 십자가 아래 슬프게 놓인 꽃들보다도 빨리 시들어버렸습니다.

└, 칠턴에게 댓글, Ronald Kestler 작성

몬터레이 카운티와 캘리포니아의 예산 집행 상황을 보시면 그들이 경제적 위기를 탓하며 위험성 큰 고속도로에 추가 표지판 설치를 무작정 미루고 있다는 걸 확인하실 수 있을 겁니다. 저희 아들도 1번 고속도로에서 사고를 당해 세상을 떠났습니다. 급커브 표지판이 진흙으로 덮여 있지만 않았어도 막을 수 있는 사고였습니다. 주 정부가 약간의 인력을 투입해 표지판만 잘 닦아놨었어도 그런 비극은 없었을 겁니다. 그들의 관리 소홀은 절대 용납할 수 없습니다. 이 문제에 관심을 보여주셔서 감사합니다, 칠턴 씨.

└, 칠턴에게 댓글, 불안한 시민 작성

고속도로 인부들은 터무니없이 많은 돈을 챙기면서도 하루 종일 하는 일 없이 빈둥거리기만 합니다. 다들 보셨을 겁니다. 위험천만한 고속도로를 고칠 생각은 않고 그냥 도로변에서 시시덕거리기만 합니다. 시민들의 혈세가 이렇게 허비돼도 괜찮은 겁니까?

└, 칠턴에게 댓글, 캘리포니아 운수부의 Robert Garfield 작성

우선 시민 여러분의 안전이 저희 칼트랜스의 최우선 순위라는 걸 말씀드립니다. 저희는 고속도로 관리에 항상 만전을 기하고 있습니다. 말씀하신 사고지점 역시 여느 고속도로와 마찬가지로 정기적인 점검을 하고 있습니다. 그 어떤 규정도 위반하지 않았고, 불안전 요소도 발견되지 않았습니다. 명심하십시오. 안전운전은 우리 모두의 책임

입니다.

ㄴ 칠턴에게 댓글, Tim Concord 작성

당신 의견에 전적으로 공감합니다, 칠턴! 경찰은 그저 곤란한 상황에서 벗어날 궁리만 하고 있어요. 난 흑인이라는 이유만으로 68번 고속도로에서 붙잡힌 적이 있었습니다. 경찰은 날 바닥에 30분 동안 앉혀놓았습니다. 날 보내주면서도 무엇이 문제였는지 끝내 알려주지 않더군요. 고장 난 헤드라이트 하나 때문에 그런 수모를 당하다니. 정부는 무고한 시민들을 보호할 의무가 있습니다. 이렇게 시민들을 깔봐서는 안 됩니다.

ㄴ 칠턴에게 댓글, Ariel 작성

금요일에 친구랑 사고지점에 가봤어요. 십자가와 꽃을 보고 펑펑 울었죠. 우린 거기 앉아 고속도로를 내려다봤어요. 경관 하나 보이지 않더군요. 비극적인 사고가 발생한 지 얼마나 지났다고. 대체 경찰은 다 어디 있는 거죠? 경고 표지판이 없고, 길이 조금 미끄럽긴 했지만 그럭저럭 관리는 잘 되고 있는 것 같아 보였어요. 도로면에 모래가 깔려 있는 건 좀 위험해 보였지만요.

ㄴ 칠턴에게 댓글, SimStud 작성

전 사고가 난 지점을 수도 없이 지나다닙니다. 그곳이 굉장히 위험한 지점이라는 주장에는 동의할 수 없습니다. 과연 경찰이 운전자를 제대로 조사했을지 의문입니다. 전 같은 학교에 다니는 [운전자]를 알고 있습니다. 그의 운전 실력이 어떤지는 보지 않아도 알 수 있습니다.

ㄴㄴ SimStud에게 댓글, Footballrulz 작성

운전 실력? 내가 아는 [운전자]는 제정신이 아닌 친구야. 그런 녀석이 운전을 한다고? 아마 면허도 없을 걸. 경찰이 그건 조사 안 했나? 도넛과 커피 사러 다니느라 그럴 정신은 없었나 보군.

ㄴ 칠턴에게 댓글, MitchT 작성

칠턴, 당신은 항상 정부를 맹비난했고, 난 항상 당신 편에 섰습니다. 하지만 이번 사고는 길에 책임을 물을 수 없습니다. 왜냐면 길엔 아무 문제도 없으니까요. 칼트랜스 직원이 얘기한 대로입니다. 나도 그곳을 수백 번 지나다녔습니다. 그 커브에서 사고가 났다면 십중팔구 술이나 마약에 취한 상태였을 겁니다. 경찰은 [운전자]를 좀 더 제대로 조사했어야 합니다. 그는 초보가 틀림없습니다. SimStud의 말대로요.

ㄴ 칠턴에게 댓글, Amydancer44 작성

기분이 묘하네요. 부모님은 〈리포트〉 애독자이지만 전 아니거든요. 제가 여기 이런 글을 올리고 있다는 이 상황 자체가 묘해요. 학교에서 애들이 그러더군요. 여기 오면 사고 관련 글들을 많이 볼 수 있다고 말이에요. 그래서 한번 들어와봤어요. 위의 글들을 다 읽어봤는데 당신이 100퍼센트 맞는 것 같아요. 다른 글쓴이도 맞는 것 같고요. 모두가 유죄가 증명될 때까진 결백하다곤 하지만 전 아직도 경찰이 갑자기 수사를 종결해버린 이유를 모르겠어요.

[운전자]를 잘 아는 누군가가 말하기를 그는 파티 전날에도 밤을 꼬박 샜대요. 24시간 동안 쉬지 않고 컴퓨터 게임을 붙들고 있었다나요. 제 생각엔 그가 졸음운전을 했던 것 같아요. 그리고 또 한 가지. 전자오락실에서 운전 게임을 즐기는 사람들은 실제로 운전할 때도 많이 과격하더군요. 현실과 게임을 구분하지 못하는 것 같아요.

ㄴ 칠턴에게 댓글, Arthur Standish 작성

도로 관리를 위한 연방기금은 지난 몇 년 새 대폭 삭감됐습니다. 반면에 군사작전과 대외원조를 위한 기금은 4배 이상 껑충 뛰었습니다. 다른 나라 국민들보다 이 나라 국민들을 먼저 챙기는 게 순서 아니겠습니까?

ㄴ 칠턴에게 댓글, TamF1399 작성

[운전자]는 이상해요. 아니, 위험해요. 언젠가 치어리더 연습을 마치고 들어오니 우

리 로커룸 밖을 서성이고 있더라고요. 휴대폰으로 내부를 촬영하려는 것 같았어요. 난 그에게 뭘 하고 있느냐고 따져 물었고, 그는 날 죽일 것처럼 노려봤어요. 완전 사이코예요. 우리랑 같이 [삭제]에 다니는 어떤 아이는 [운전자]가 자기 가슴을 마구 주물러댔다고 했어요. 하지만 그 앤 아무에게도 그 얘길 하지 않았어요. 보복이 두렵기도 했고, 그가 홧김에 사람들에게 총을 난사해댈 수도 있으니까요. 버지니아 공대 사건처럼.

└, 칠턴에게 댓글, BoardtoDeath 작성

그를 아는 누군가에게 들었습니다. 그날 밤 파티에서 [운전가]가 술에 취해 난동을 부렸다고 하더군요. 음주운전이 바로 사고의 원인이었던 겁니다. 그가 풀려나올 수 있었던 건 경찰이 음주 측정기록을 분실했기 때문이죠. 바로 이게 진실입니다.

└, 칠턴에게 댓글, SarafromCarmel 작성

이 스레드에서 난무하는 주장들은 공정하지 못한 것 같아요. 우린 아직 진실을 모르잖아요. 사고는 끔찍한 비극이었지만 경찰은 아무도 기소하지 않았어요. 그냥 그렇게 알고 넘어가면 안 되나요? 그 [운전자]의 심정이 어떨지 생각들 해봤나요? 난 그랑 화학 수업을 같이 듣고 있어요. 누구에게 피해를 주거나 하는 친구가 아니에요. 꽤 똑똑하고, 우리 팀도 많이 도와준다고요. 숨진 아이들을 생각하면 죽고 싶은 기분일 거예요. 앞으로도 계속 그 악몽에 시달리게 될 거고요. 그걸 생각하면 그가 안쓰러워요.

└,└, SarafromCarmel에게 댓글, 익명 작성

사라, 그건 너무 설득력 없잖아. 그가 운전을 했으니 두 아이를 죽인 사실은 부인하지 못하겠지. 대체 무슨 생각으로 그가 죽인 게 아니라고 주장하는 거야? 맙소사. 너 같은 사람들 때문에 히틀러가 유대인들을 가스실로 몰아넣었고, 부시가 이라크를 못살게 군 거라고. 아예 [운전자]를 불러 같이 드라이브나 다니지 그래? 나중에 내가 네 빌어먹을 무덤에 십자가를 꽂아줄 테니까.

∟ 칠턴에게 댓글, Legend666 작성

[운전자]의 동생은 정신장애가 있어요. 그러니 경찰이 [운전자]를 체포하면 사람들이 뭐라고 하겠어요? 정치적 정당성을 운운하는 사람들만 보면 두드러기가 날 것 같아요. 경찰이 죽은 여학생들의 소지품은 제대로 조사했는지 모르겠군요. 듣기로는 구급차가 도착하기 전에 그가 여학생들의 가방에 손을 댔다고 하던데요. 그의 가족은 세탁기와 건조기조차 장만하지 못할 정도로 가난해요. 빌링스 스트리트의 빨래방에서 그와 그의 어머니와 장애가 있는 동생을 종종 보곤 하죠. 요즘 시대에 빨래방이라니. 정말 한심한 사람들 아닌가요?

∟ 칠턴에게 댓글, SexyGurl362 작성

2학년인 친한 친구가 [운전자]와 같은 [삭제]에 다니고 있어요. 그 애가 죽은 여학생들이 참석한 파티에 갔던 누군가에게 얘길 들었대요. [운전자]는 후드 차림으로 한쪽 구석에 앉아 사람들을 지켜보고 있었다는군요. 그것도 혼잣말을 하면서 말이에요. 그가 주방에 멍하니 서서 식칼을 응시하는 걸 봤다는 사람도 있었어요. 모두가 그를 이상하게 여겼다네요. 대체 여긴 왜 온 거지? 뭐 이런 분위기 있잖아요.

∟ 칠턴에게 댓글, Jake42 작성

당신 말이 맞아요, 칠턴! [운전자]가 제대로 한 건 했군요. 그 얼간이는 자타가 공인하는 실패자예요. 체육시간에도 항상 꾀병을 부리죠. 그 친구가 체육관에 가는 유일한 이유는 로커룸에서 벗은 몸들을 감상하기 위해서예요. 그가 게이라는 소문은 진작부터 돌았거든요.

∟ 칠턴에게 댓글, CurlyJen 작성

지난주에 친구들과 얘기하면서 들었어요. [운전자]가 허락도 없이 할머니의 차를 훔쳐 타고 나와 라이트하우스 스트리트 공터에서 드리프트 놀이를 하고 있는 걸 누군가가 봤대요. 그는 [삭제]에게 끈팬티 좀 보여달라고 졸랐다네요(그런 게 조른다고 되나?

나 참). 그녀가 거부하자 그는 그녀가 보는 앞에서 딸딸이를 치기 시작했대요. 운전 중에 말이죠. 보나마나 고속도로에서 사고를 냈을 때도 차 안에서 그 짓을 하고 있었을 거예요.

└, 칠턴에게 댓글, 익명 작성

나도 [삭제]에 다녀요. 2학년이고요. 학교에선 그를 모르는 사람이 없어요. 뭐 나쁜 사람은 아닌 것 같아요. 게임에 좀 빠져 살긴 하지만 그게 큰 잘못은 아니잖아요. 난 축구에 빠져 살아요. 그게 날 킬러로 만들어주나요?

└,└, 익명에게 댓글, BillVan 작성

빌어먹을 [삭제]. 네가 그렇게 잘 알아? 실명으로 댓글 달 배짱도 없으면서. 왜? 그가 널 찾아와 [삭제] 할까 봐 겁이 나?

└, 칠턴에게 댓글, BellaKelley 작성

공감합니다!!! 지난 9일 저도 친구랑 파티에 갔었습니다. 거기서 [운전자]는 [삭제]들에게 치근거렸고, 그들은 그에게 꺼지라고 했어요. 하지만 그는 멈추지 않았고, 파티를 떠나는 그들을 따라나섰어요. 그걸 그냥 지켜보고만 있었던 우리에게도 어느 정도 책임은 있다고 생각합니다. 우린 [운전자]가 음흉한 변태라는 걸 알고 있었어요. 그가 그들을 따라나섰을 때 경찰에 신고했어야 했는데. 〈고스트 위스퍼러〉에서 나오는 것처럼 불길한 예감이 들었거든요. 그런데 결국 그런 일이 터지고 말았네요.

└, 칠턴에게 댓글, 익명 작성

누군가가 총을 들고 콜럼바인이나 버지니아 공대로 향한다면 그들은 범죄자들입니다. 하지만 [운전자]가 차로 사람을 죽였는데도 책임을 묻는 사람이 없습니다. 뭔가 잘못돼도 한참 잘못된 거 아닙니까?

ㄴ 칠턴에게 댓글, WizardOne 작성

잠시 타임아웃을 가져볼 필요가 있을 것 같습니다. 어떤 글쓴이는 그가 운동을 싫어하고 게임을 즐긴다는 이유만으로 [운전자]를 악당으로 몰아가네요. 그거 좀 심한 거 아닙니까? 세상엔 운동은 싫어하지만 게임은 좋아하는 사람이 수백만 명 있습니다. 개인적으로 [운전자]는 잘 모르지만 우린 [삭제]에서 같은 반에 속해 있습니다. 그는 사람들이 생각하는 만큼 나쁜 친구가 아닙니다. 모두가 그를 비난하는 데만 열을 올리는데 그를 제대로 알고 지껄여대는 얘긴지 모르겠습니다. 한 가지 분명한 건 그가 의도적으로 사고를 내지 않았다는 겁니다. 세상엔 일부러 그런 일을 벌이고 다니는 사람들도 있지 않습니까. 아마 그도 공황상태에 빠져 있을 겁니다. 그가 법에 저촉되는 일을 저지른 게 맞다면 경찰이 진작에 그를 체포했겠죠. 안 그렇습니까?

ㄴㄴ WizardOne에게 댓글, Halfpipe22 작성

역시 같은 게이머라 옹호하는군. 아이디부터가 게임중독자라는 걸 증명해주잖아. 그냥 나가 뒈져, 위저드!

ㄴ 칠턴에게 댓글, Archenemy 작성

[운전자]는 사이코에요. 그의 학교 사물함엔 콜럼바인과 버지니아 공대 총기 난사 사건 범인들의 사진이 덕지덕지 붙어 있다고요. 나치 강제수용소에서 나온 시신들 사진도 봤고요. 그는 싸구려 후드를 걸치고 어슬렁거리길 좋아해요. 자기 딴엔 그게 쿨해 보인다고 생각하겠지만 우리들 눈엔 스테로이드 맞은 얼간이로밖에 보이지 않아요.

[운전자], 지금 요정들과 시시덕대지 않고 이 글을 읽고 있다면 잘 들어. 넌 우리에게 단단히 찍혔어. 나중에 험한 꼴 당하지 말고 그냥 직접 총으로 머리를 날려버리지 그래? 네 죽음이야말로 장대한 승리가 될 거야!

9

캐트린 댄스는 등을 의자에 붙이고 앉아 고개를 저었다.

"호르몬이 넘쳐나는군요."

그녀가 존 볼링에게 말했다.

댄스는 블로그 포스트들의 포악함이 마음에 걸렸다. 무엇보다도 대부분의 댓글이 어린 학생들에 의해 작성됐다는 사실이 거슬렸다.

볼링이 스크롤해 최초 포스트로 돌아갔다.

"무슨 일이 벌어졌나 보세요. 칠턴은 교통사고에 대한 단순한 관찰 내용을 올려두었을 뿐입니다. 그가 던진 질문은 과연 도로가 안전하게 관리되고 있는지, 그것 하나뿐이었죠. 하지만 그 포스트에 관한 댓글들을 한번 보십시오. 칠턴이 던져놓은 화두, 즉 고속도로 안전에 대해 진지한 의견을 내놓는가 싶더니 이내 정부 재정과 사고를 낸 학생에 대한 얘기로 옮겨가지 않습니까. 엄밀히 따지면 그 학생이 잘못한 건 없는데도 말입니다. 동요가 일면서 글쓴이들은 점점 난폭해져 갑니다. 그리고 결국엔 블로그 전체가 떠들썩한 싸움판이 돼죠."

"그러니까 전화기 게임처럼 말이죠? 사람들을 거칠수록 전달되는 내용이 조금씩 달라지는. '내가 들었는데……', '그걸 잘 아는 친구가 있는데……', '친한 친구가 그러는데…….'"

댄스가 다시 블로그를 훑었다.

"한 가지 흥미로운 게 있더군요. 칠턴은 누구의 의견에도 반박하지 않아요. 피스크 목사와 임신중절 반대파에 대한 포스트를 보세요."

┗, 칠턴에게 댓글, CrimsoninChrist 작성
R. 사무엘 피스크 목사님 마음속의 선량함을 헤아리지 못하는 당신은 죄인입니다. 그분은 그리스도, 그리고 자신의 일에만 일생을 바치셨습니다. 그러는 동안 당신은 사람들을 동요시켜 자기 배만 불려왔습니다. 훌륭하신 목사님의 입장을 오해하는 당신은 참으로 딱하고, 한심합니다. 십자가에 못 박혀야 할 사람은 바로 당신입니다.

볼링이 그녀에게 말했다.
"진지한 블로거들은 이런 댓글에 일일이 대응하지 않습니다. 칠턴이 조리 정연한 댓글을 올린다 해도 글쓴이들 간의 상호공격은 결국 제어 불능상태에 빠지게 될 겁니다. 그렇게 댓글들은 주제의 본질이 아닌, 상호공격에만 초점이 맞춰지게 될 거고요. 바로 그게 블로그의 가장 큰 문제입니다. 오프라인에서 만나게 되면 이렇게 다투지 못할 겁니다. 블로그에선 익명성이 보장되기 때문에 이토록 격한 싸움이 며칠, 길게는 몇 주까지 이어질 수 있습니다."
댄스는 댓글들을 유심히 살폈다.
"가해 운전자는 학생이었군요."
그녀는 태미 포스터와의 인터뷰를 떠올렸다.
"칠턴이 운전자의 이름과 학교 이름을 삭제해놨지만 보나마나 로버트 루이스 스티븐슨일 거예요. 태미가 다니는 학교죠."
볼링이 모니터를 톡톡 두드렸다.
"태미의 댓글도 있죠. 가장 먼저 운전한 남학생에 대한 의견을 올린 사람이었어요. 그걸 보고 사람들이 우르르 뛰어들게 된 거고요."
어쩌면 그 댓글은 인터뷰 중 태미가 살짝 드러내 보인 죄책감의 근원

이었는지도 몰랐다. 만약 운전한 남학생이 범인이라면 태미는 부분적으로 책임감을 느낄 수밖에 없었다. 댄스와 오닐이 짐작한 대로 태미 스스로가 자초한 일이니까. 만약 소년이 또 다른 누군가를 상대로 범행을 저지른다면 태미는 그에 따른 책임도 피하기 힘들 것이다. 그제야 댄스는 태미가 자신을 납치한 범인이 차에 자전거를 싣고 다니지 않았다고 진술한 이유를 알 것 같았다. 그래야 경찰이 훨씬 어린 용의자를 찾아보기 시작할 테니까. 태미는 여전히 그를 두려워했고, 그래서 문제의 학생 신원을 끝까지 숨기려 했던 것이다.

"그래도 이건 너무 심하네요."

댄스가 턱으로 모니터를 가리키며 말했다.

"혹시 쓰레기 소년에 대해 들어봤습니까?"

"네?"

"몇 년 전, 교토에서 벌어진 일입니다. 일본에서 말입니다. 십대 소년이 패스트푸드 포장지와 음료수 컵을 공원 바닥에 아무렇게나 던져버렸는데, 누군가가 휴대폰으로 그 장면을 촬영해 친구들에게 전송했습니다. 그 동영상은 순식간에 블로그와 소셜네트워크 사이트에 업로드됐고요. 사이버 자경단이 그를 찾아내 인터넷에 이름과 주소를 뿌렸습니다. 그 정보는 수천 개 블로그에 올려졌죠. 마녀사냥 그 자체였습니다. 사람들은 그의 집으로 찾아가 마당에 쓰레기를 던져놓고 가버렸습니다. 그 일로 그는 자살 직전까지 내몰렸습니다. 일본은 특히 명예를 중히 여기지 않습니까."

볼링의 음조와 몸짓 언어는 분노를 가득 담고 있었다.

"비평가들은 그냥 말과 사진일 뿐이라고 하지만 그것들은 무기가 될 수 있습니다. 주먹만큼이나 심각한 타격을 줄 수 있죠. 게다가 상처도 훨씬 오래 남습니다."

"댓글에 쓰인 용어 중 이해가 안 되는 게 좀 있네요."

댄스가 말했다.

그가 웃음을 터뜨렸다.

"아, 블로그와 전자 게시판, 소셜네트워크 사이트에선 일부러 철자를 틀리거나 줄여 쓰거나 신조어를 만드는 게 유행입니다. '소스source'를 '소스sauce'로, '모어more'를 '모어moar'로 쓰기도 하죠. 'IMHO'는 '제 미천한 소견으로는in my humble opinion'이라는 뜻이고요."

"그럼 '포드FOAD'는요?"

"오, 그건 정중한 고별사입니다. '나가 뒈져버려Fuck off and die'라는 뜻이죠. 대문자로 쓴 건 외친다는 의미입니다."

"그럼 'p-h-r-3-3-k'는요?"

"그건 '변태freak'의 릿스피크leetspeak입니다."

"릿스피크?"

"지난 몇 년간 십대들이 만들어낸 인터넷 속어를 의미합니다. 키보드로 입력한 텍스트에서만 볼 수 있죠. 글자 대신 숫자와 부호를 끼워 넣어 만든 단어들입니다. 철자에 변화를 준 거죠. 릿스피크는 최고, 가장 우아하다는 의미의 '엘리트'로부터 파생됐습니다. 우리처럼 나이 든 사람들은 이해조차 힘들지만 이걸 통달한 사람들끼리는 일반 영어만큼이나 쉽고 빠르게 읽고 쓸 수 있습니다."

"아이들은 왜 이런 신조어에 빠져 있는 거죠?"

"창의적이고, 비인습적이니까요. 게다가 쿨하기까지 하고. 아, 참고로 그들은 '쿨cool'을 'K-E-W-L'이라고 씁니다."

"철자법과 문법이 엉망이군요."

"그렇습니다. 하지만 그렇다고 글쓴이들을 무지한 사람들로 몰아가선 안 되겠죠. 이젠 이게 관습이 돼버렸으니까요. 속도가 무엇보다 중요한 시대입니다. 독자들만 이해한다면 글쓴이들은 마음껏 부주의해도 되죠."

"그 남학생이 누군지 궁금하네요. CHP에 연락해 칠턴이 언급한 사고에 대해 물어봐야겠어요."

"그 정도는 제가 찾아드릴 수 있습니다. 온라인 세상은 방대하지만 동시에 아주 좁은 공간입니다. 태미의 소셜네트워크 사이트를 찾아냈습니다. 태미는 아우어월드라는 곳에서 주로 활동했습니다. 페이스북과 마이스페이스보다 큰 사이트죠. 회원 수가 무려 1억 3,000만 명에 육박합니다."

"1억 3,000만 명?"

"네. 어떤 나라들의 인구보다 많은 수죠."

볼링이 눈을 가늘게 뜬 채로 키보드를 두드렸다.

"됐습니다. 태미의 계정으로 들어갔어요. 이젠 상호참조만 조금 해주면…… 자, 찾았습니다."

"벌써요?"

"네. 그 학생 이름은 트래비스 브리검입니다. 요원님이 옳았어요. 그 아이는 몬터레이에 있는 로버트 루이스 스티븐슨 고등학교 2학년에 재학 중입니다. 올가을에 졸업반으로 올라갈 거고요. 주소는 퍼시픽 그로브로 돼 있군요."

댄스와 아이들이 살고 있는 곳.

"사고와 관련된 아우어월드 포스트들을 살펴보고 있습니다. 파티를 나와 차를 몰고 가던 중에 사고를 낸 모양입니다. 그 사고로 두 소녀가 숨졌고요. 나머지 한 명은 입원해 치료를 받고 있답니다. 그 소년은 큰 부상을 입지 않았고요, 기소되지도 않았습니다. 비가 온 직후라 사고 당시 도로 상태도 좋지 않았다고 하네요."

"아, 그 사고! 기억나요."

부모들은 아이들이 희생된 교통사고 소식을 잊지 못한다. 댄스는 몇 년 전의 악몽을 떠올렸다. 고속도로 순찰대 대원이 집에서 쉬고 있는 그녀에게 전화를 걸어와 FBI 요원 빌 스웬슨의 아내가 맞는지 물었다. 그걸 왜 물으시죠? 그녀는 되물었다.

죄송합니다, 댄스 요원님. 사고가 있었습니다.

댄스는 끔찍한 악몽을 애써 지우며 말했다.

"무죄라는 게 확인됐지만 여전히 비난받고 있는 거군요."

"하지만 무죄는 따분합니다. 무죄에 대해 글을 올리는 것도 재미가 없고요."

볼링이 냉담하게 말했다. 그가 블로그를 가리켰다.

"요원님께서 보고 계신 건 '복수의 천사들'입니다."

"그게 뭐죠?"

"사이버폭력의 한 범주입니다. 복수의 천사들은 자경단입니다. 그들은 트래비스가 책임을 회피하고 있다는 믿음으로 그를 비난하는 겁니다. 사고를 내고도 체포되지 않았으니 어쩌면 당연한 반응이라고 할 수 있죠. 그들은 경찰을 신뢰하지 않습니다. 또 다른 범주로는 '힘의 갈망'이 있습니다. 학교에서 늘 볼 수 있는 집단 괴롭힘이 좋은 예죠. 그들은 지배권 장악을 위해 힘없는 상대를 괴롭힙니다. 그리고 '심술녀들.' 그들이 상대를 괴롭히는 이유는 단순히 못된 성질 때문입니다. 그들에게 짓궂은 괴롭힘은 활력소나 다름없습니다. 따분함을 걷어내기 위한 수단인 셈이죠. 사디즘과도 다르지 않습니다."

볼링의 음성에서 분노가 묻어나왔다.

"집단 괴롭힘…… 이건 정말 심각한 문제입니다. 어떻게 된 게 나날이 더 심해지고 있어요. 최근에 발표된 통계에 따르면 전체 아이들 중 35퍼센트가 괴롭힘을 당하거나 온라인에서 협박을 받은 적 있다고 합니다. 대부분 여러 번에 걸쳐 괴롭힘을 받았다고 하고요."

입을 닫은 볼링의 눈이 가늘어졌다.

"왜 그러시죠?"

"당연히 있어야 할 게 보이지 않는군요. 흥미롭습니다."

"뭔데요?"

"블로그엔 트래비스의 반박 글이 없습니다. 자신을 공격하는 이들에게 화를 낼 법도 한데 말이죠."

"이 블로그에 대해 모르는 게 아닐까요?"

볼링이 웃음을 터뜨렸다.

"오, 절 믿으세요. 칠턴 스레드에 첫 번째 포스트가 오른 지 5분도 채 되지 않아서 모든 걸 알았을 겁니다."

"댓글을 올리지 않고 있는 게 왜 흥미롭다고 하시는 거죠?"

"사이버폭력의 가장 지속적인 범주는 '얼간이들의 복수'입니다. 보복자들의 피해자들. 집단 괴롭힘을 당한 피해자들 중 반격에 나선 이들을 말하죠. 어린 나이에 괴롭힘이나 따돌림을 당하면 깊은 사회적 낙인이 남습니다. 보나마나 소년은 굉장히 분노하고 있을 겁니다. 물론 마음의 상처도 크게 입었을 거고요. 복수심에 사로잡혀 있다 해도 전혀 이상할 게 없습니다. 그 분노는 어떻게든 분출되겠죠. 이해가 되십니까?"

댄스는 알 것 같았다.

"트래비스가 태미를 공격했을 가능성이 크다는 뜻이군요."

"온라인에서 비난자들에게 보복하지 못했다면 현실에서라도 보복하려 했을 겁니다."

볼링은 불안감에 찬 눈으로 모니터를 들여다보았다.

"아리엘, 벨라켈리, 섹시걸362, 레전드666, 아치에너미. 이들 모두 트래비스를 비난하는 글을 올렸습니다. 그들 또한 소년의 표적이 될 수 있다는 뜻이죠. 그가 태미를 공격한 범인이 맞는다면."

"그들의 이름과 주소를 알아내는 건 힘들잖아요?"

"라우터와 서버를 해킹하지 않는다면 쉽지 않죠. '익명' 아이디로 글을 올린 이들은 더 찾기 힘들고요. 하지만 제가 소년의 신원을 알아냈듯 의외로 쉽게 찾는 방법도 있을 겁니다. 고등학교 졸업 앨범이나 학급 주소록이 있다면 큰 도움이 될 거고요, 아우어월드, 페이스북, 마이스페이스 같은 사이트에 접속해도 방법이 보일 거예요. 아, 물론 모두가 사랑하는 구글도 빼놓을 순 없겠죠."

그때 두 사람 위로 그림자가 드리워졌다. 조나단 볼링이 그녀 너머를 쳐다보았다.

마이클 오닐이 사무실로 들어왔다. 그를 본 댄스가 안도하며 미소 지었다. 교수는 일어났다. 댄스가 서로를 소개해 두 남자는 악수했다.

볼링이 말했다.

"덕분에 처음으로 수사관 노릇을 해봤습니다."

"못할 짓이죠?"

오닐이 미소를 흘리며 말했다.

그들은 탁자를 사이에 두고 앉았다. 댄스는 부보안관에게 두 사람이 밝혀낸 사실들을 들려주었다. 그리고 의심하고 있는 부분들도. 그녀는 태미가 블로그에서 사고를 낸 고등학생을 비난하다가 보복을 당한 것처럼 보인다고 말했다.

"보름쯤 전에 1번 고속도로에서 발생했던 사고 아니야? 카멜에서 남쪽으로 8킬로미터쯤 떨어진 지점에서 말이야."

"맞아요."

"그 학생의 이름은 트래비스 브리검입니다. 로버트 루이스 스티븐슨 고등학교에 재학 중이고요. 피해자도 그 학교 학생입니다."

볼링이 설명했다.

"그러니까 그 친구가 요주의 인물이라는 말씀이죠?"

오닐이 댄스를 돌아보았다.

"추가 범행의 가능성도 높고?"

"네. 사이버폭력은 사람들로 하여금 이성을 잃게 만듭니다. 저도 그런 경우를 여러 번 봤고요."

오닐이 두 발을 탁자에 올리고 앉은 채로 몸을 젖혔다. 2년 전, 댄스는 언젠가 그가 뒤로 넘어갈 거라는 데 10달러를 걸었다. 유감스럽게도 그녀는 아직 돈을 챙기지 못했다. 그가 댄스에게 물었다.

"목격자는?"

티제이가 첫 번째 십자가가 발견된 고속도로 인근의 감시 카메라를 살펴보고 있지만 아직 보고는 올라오지 않았다. 태미가 납치된 클럽 주변을 살피고 있는 레이 또한 아직 소식이 없었다.

오닐은 물적증거 분석결과도 실망스럽다고 했다.

"한 가닥 희망은 있어. 현장감식반이 십자가에서 회색 섬유조직을 찾아냈더군. 면이래."

오닐은 샐리나스의 연구소에서 그것과 일치하는 섬유조직을 찾아내지 못했지만, 한 가지 확실한 건 카펫이나 가구가 아니라 옷에서 나왔다는 사실이라고 덧붙였다.

"그게 전부인가요? 지문이나 타이어자국도 없고요?"

오닐이 어깨를 으쓱했다.

"둘 중 하나야. 범인이 굉장히 똑똑한 놈이거나 굉장히 운이 좋은 놈이거나."

댄스는 자신의 책상으로 다가가 영장과 각종 기록이 담긴 데이터베이스를 훑어나가기 시작했다. 그녀는 가늘게 뜬 눈으로 모니터를 응시하며 검색된 내용을 읽어 내려갔다.

"트래비스 앨런 브리검. 17세. 운전면허증 주소는 헨더슨 가 48번지."

댄스가 안경을 코끝에 걸쳤다.

"흥미롭군요. 전과가 있어요."

그녀는 고개를 저었다.

"아, 미안해요. 잘못 봤어요. 트래비스가 아니라 사무엘 브리검이네요. 주소는 같고요. 나이는 15세로 나오는군요. 소년원기록이에요. 훔쳐보기로 두 번, 가벼운 폭행으로 한 번 체포됐다고 하네요. 전부 정신과 치료

를 조건으로 취하됐고요. 남동생인 듯하네요. 트래비스는 전과가 없는
걸로 나와 있습니다."

댄스는 교통국에 등록된 트래비스의 사진을 끄집어냈다. 검은 머리,
간격 좁은 눈, 짙은 눈썹. 카메라를 응시하는 그는 굳은 표정이었다.

"사고에 대해 좀 더 알아봐야겠어."

오닐이 말했다.

댄스는 지역 고속도로 순찰대로 전화를 걸었다. 몇 분 후, 브로드스키
경사와 연결이 됐다. 그녀는 스피커폰으로 돌리고 사고에 대해 질문했다.

브로드스키는 법정에 서 있기라도 한 듯 또박또박 답변해주었다. 그의
사무적인 태도에서는 빈틈이 보이지 않았다.

"6월 9일 토요일 자정 직전이었습니다. 청소년 네 명, 여자 셋, 남자 하
나가 1번 고속도로를 타고 북쪽으로 향하고 있었습니다. 사고지점은 카
멜 하이랜즈에서 남쪽으로 5킬로미터쯤 떨어진 곳이었습니다. 가라파타
스테이트 비치 보호구역 인근이죠. 운전은 남자애가 하고 있었습니다.
차는 신형 닛산 알티마였습니다. 사고 당시 시속 70킬로미터로 달리고
있었습니다. 그 애는 커브 길에서 차를 제어하지 못했고, 결국 미끄러져
절벽 아래로 떨어지게 됐습니다. 뒷좌석에 타고 있던 두 여자애들은 안
전벨트를 착용하지 않은 상태였습니다. 그 여자애들은 현장에서 즉사했
습니다. 조수석에 타고 있던 여자애는 뇌진탕을 당했습니다. 그 여자애
는 며칠 입원 치료를 받았죠. 운전자는 조사 후 풀려났습니다."

"트래비스는 뭐라고 진술했습니까?"

댄스가 물었다.

"그냥 제어가 되지 않았다고 했습니다. 마침 비도 왔고요. 도로면은 젖
은 상태였습니다. 트래비스가 차선 변경을 시도하다가 변을 당했습니다.
그들 중 한 여학생의 차였는데, 타이어 상태가 정상이 아니었다더군요.
트래비스는 과속하지도 않았고, 알코올과 규제약물 검사결과도 음성으

로 나왔습니다. 살아남은 여학생도 그의 주장을 뒷받침해주었고요."

브로드스키의 음성이 살짝 방어적으로 변했다.

"저희는 타당한 이유로 트래비스를 기소하지 않았습니다. 어디서 무슨 말씀을 들으셨는지는 모르겠지만요."

브로드스키도 블로그를 본 모양이군. 댄스는 생각했다.

"수사를 재개하실 겁니까?"

브로드스키가 조심스레 물었다.

"아뇨. 우린 월요일 밤에 발생한 여학생 습격사건을 수사 중입니다. 여학생이 트렁크에 갇힌 사건 있지 않습니까."

"오, 그 사건 말씀이군요. 요원님께선 트래비스 짓이라고 생각하시는 겁니까?"

"그런 가능성도 배제할 순 없겠죠."

"그게 사실이라 해도 전혀 놀랍지 않습니다."

"어째서죠?"

"가끔 찾아드는 직감이랄까요. 트래비스는 위험한 친구입니다. 콜럼바인 학생들과 비슷한 눈빛을 가지고 있었습니다."

끔찍한 1999년 살인파티 킬러들의 얼굴을 어떻게 알고 있을까?

브로드스키가 덧붙였다.

"트래비스는 그들의 팬이었습니다. 콜럼바인 킬러들 말입니다. 학교 사물함에 그들의 사진을 붙여두기까지 했답니다."

직접 수사를 해서 밝혀낸 사실일까, 아니면 블로그를 통해 알게 된 사실일까? 댄스는 이 얘기가 언급된 '도로변 십자가' 스레드의 댓글을 떠올렸다.

"트래비스가 위협적인 존재로 느껴졌습니까? 심문했을 때 말입니다."

오닐이 브로드스키에게 물었다.

"네. 혹시 몰라 심문 내내 수갑을 지녔을 정도입니다. 덩치도 산 만하고요. 트래비스는 후드 차림으로 앉아 섬뜩한 눈으로 날 노려봤습니다. 소름이 돋더군요."

태미도 댄스에게 습격자가 후드 차림이었다고 했었다.

댄스는 순찰대 대원에게 고맙다고 인사한 다음 전화를 끊었다. 그녀가 볼링을 돌아봤다.

"트래비스에 대해 특별히 하실 말씀은 없나요? 포스트들을 다 보셨는데."

볼링은 잠시 생각에 잠겼다.

"한 가지 있습니다. 그들 주장대로 트래비스가 게임 마니아가 맞다면 그 사실 자체에 큰 의미를 둘 수 있을 겁니다."

"그런 게임들이 트래비스를 폭력적으로 만들어놓았다는 말씀입니까? 얼마 전에 디스커버리 채널에서 유사한 내용을 본 기억이 있습니다만."

오닐이 말했다.

하지만 볼링은 고개를 저었다.

"그건 미디어가 좋아하는 주제일 뿐입니다. 만약 트래비스가 비교적 평범한 유년기를 보냈다면 게임은 큰 영향을 끼치지 않았을 겁니다. 그래요. 오랫동안 게임에 노출된 아이들 중 일부는 폭력에 무뎌지기도 합니다. 특히 어릴 때부터 시각적 폭력에 노출되는 건 심각한 문제입니다. 하지만 폭력에 둔감해졌다고 해서 전부 위험해지는 건 아닙니다. 청소년들이 폭력적으로 변하게 되는 건 영화나 텔레비전 때문이 아니라 마음속 격노 때문입니다. 게임이 트래비스에게 어느 정도 영향을 끼쳤을지 모른다고 말씀드린 건 전혀 다른 이유 때문입니다. 유심히 관찰해보시면 청소년들에게 뚜렷한 변화가 생기고 있음을 아실 수 있을 겁니다. 청소년들에게 가상세계와 현실의 차이가 모호해져버린 것이죠."

"가상세계?"

"에드워드 카스트로노바의 책에 나온 표현입니다. 가상세계는 온라인 게임과 세컨드 라이프 같은 대체현실 웹사이트에서의 삶을 얘기하는 겁니다. 컴퓨터나 PDA 같은 디지털 장치를 통해 입장할 수 있는 판타지세계 말입니다. 우리 세대는 가상세계와 현실의 차이를 제대로 알고 있습니다. 현실은 가족과 저녁을 먹거나 소프트볼을 하거나 가상세계에서 로그아웃하고 컴퓨터를 끈 다음 데이트를 즐기는 공간입니다. 하지만 젊은 세대들, 이십대, 나아가 삼십대 초반까지도 그 차이를 구분하지 못하는 경우가 적지 않습니다. 그들에겐 가상세계가 점점 현실처럼 느껴지고 있는 겁니다. 최근 발표된 흥미로운 연구결과가 있습니다. 한 온라인 게임 이용자들의 20퍼센트가 현실을 그저 먹고 자는 곳으로만 여겼다고 합니다. 가상세계가 자신들의 진정한 거주지라고 믿는 이들이 적지 않았다는 뜻이죠."

그 설명에 댄스가 흠칫 놀랐다.

그녀의 순진한 반응을 보고 볼링이 미소를 지었다.

"대부분의 게이머들은 일주일에 30시간 이상씩 가상세계에 빠져 지냅니다. 그 두 배가 넘는 시간을 가상세계에서 보내는 이들도 적지 않고요. 습관처럼 가상세계를 드나드는 사람은 수억 명이고, 하루의 대부분을 그곳에서 보내는 사람들도 수천만 명이나 됩니다. 전 지금 〈팩맨〉이나 〈퐁〉 같은 게임을 얘기하는 게 아닙니다. 가상세계의 리얼리즘 수준은 상상을 초월합니다. 아바타 캐릭터를 통해 현실만큼이나 복잡한 세상을 사는 것이죠. 아동심리학자들은 사람들이 어떻게 아바타를 창조하는지 연구를 한 적 있습니다. 사람들은 잠재의식 속 육아 기술을 끄집어내서 자신들만의 캐릭터를 만들어갑니다. 경제학자들도 게임을 연구한 적 있었어요. 기본적으로 스스로를 부양할 줄 알아야 최소한 굶어 죽진 않을 게 아닙니까. 대부분의 게임에선 돈을 벌 수 있습니다. 게임에서만 통용되는 돈이죠. 하지만 이베이 같은 곳에선 달러나 파운드, 유로로 그런 게임 머니를 사고팔 수 있습니다. 게임 섹션에 가보시면 얼마든지 확인하실 수 있습니다. 마술지팡이, 무기, 의상, 집, 아바타 등 가상 아이템들이 거래되죠. 얼마 전, 일본에선 몇몇 게이머가 자신들의 가상세계 속 집에서 가상 아이템을 훔쳐간 해커들을 고소했습니다. 결국 승소했죠."

볼링이 몸을 앞으로 기울였다. 댄스는 번뜩이는 그의 눈을 쳐다보았다. 그의 음성에서는 의욕이 묻어났다.

"가상세계와 현실의 모호한 경계를 가장 잘 보여주는 예가 〈월드 오브 워크래프트〉라는 게임입니다. 게임 디자이너들이 디버퍼로 질병을 만들어놓았어요. 디버퍼는 캐릭터의 건강이나 기운을 감소시키는 조건입니다. 게이머들 사이에선 오염된 피라고 불리죠. 그게 강한 캐릭터들을 약하게 만들고, 약한 캐릭터들을 죽음으로 몰아갑니다. 하지만 아주 이상한 일이 생겼습니다. 아무도 이유를 모르지만 그 질병이 통제 불능상태에 빠지게 됐고, 스스로 널리 퍼져 나가기까지 했어요. 가상 전염병인 셈이죠. 디자이너들은 공황에 빠졌습니다. 감염된 캐릭터들이 죽거나 전염병에 적응하기 전까지 재앙은 끝나지 않습니다. 애틀랜타의 질병 관리본부도 그 소식을 접하고 나서 곧바로 팀을 만들어 문제의 바이러스를 조사하도록 했습니다. 그들은 이 사건을 현실 속 역학모델로 삼기까지 했어요."

볼링이 등을 의자에 붙였다.

"가상세계에 대해 좀 더 깊이 파고들자면 몇 시간 만으론 부족합니다. 아주 흥미로운 주제죠. 하지만 트래비스가 폭력에 둔감해졌든 아니든, 우리가 짚고 가야 할 가장 중요한 질문은 그가 가상세계와 현실 중 어디서 더 많은 시간을 보내는지입니다. 만약 가상세계에서 더 많은 시간을 보낸다면 트래비스는 현실과는 전혀 다른 규칙을 적용해서 살고 있다고 봐야 합니다. 물론 우린 그 규칙이 어떤 것인지 알 수 없는 상황이고요. 사이버폭력에 대한 복수. 자신에게 굴욕감을 준 이들에 대한 보복. 그 규칙은 이걸 허용하고 있을지도 모릅니다. 어쩌면 그 규칙이 이걸 부추기고 있는지도 모르고요. 피해망상적 정신분열증 환자가 사람을 죽이는 이유는 피해자가 세상에 엄청난 위협을 가할 수 있다는 믿음 때문입니다. 환자는 그게 범죄라는 사실을 모릅니다. 오히려 피해자를 죽이는 일이 영웅적인 행위라고 믿죠. 트래비스? 그 애가 무슨 생각을 품고 사는지 누가 알 수 있겠습니까? 하지만 명심하세요. 어쩌면 트래비스는 자신을 비난한 태미 포스터에 대한 공격을 파리 죽이는 것만큼이나 하찮게 여겼는지도 모릅니다."

댄스는 잠시 생각에 골똘히 잠겼다가 오닐을 돌아보았다.

"그 아이를 만나볼 수 있을까요?"

용의자의 첫 심문 시기를 결정하는 일은 항상 까다로웠다. 트래비스는 자신이 용의자로 지목됐다는 사실을 모를 것이다. 지금 접근하면 방심하고 있던 그가 당황한 나머지 자신에게 불리한 진술을 내놓을 수도 있었다. 잘하면 자백을 받아낼 수도 있고. 하지만 너무 일찍 밀어붙였다가는 증거 인멸이나 도주의 기회를 제공할 수도 있었다.

고민.

순간 댄스의 뇌리를 스치는 기억이 있었다. 태미 포스터의 눈. 보복이 두려워 잔뜩 겁을 먹은 모습. 범인이 또 다른 이를 표적으로 삼을지 모른다는 우려의 눈빛.

댄스는 서두르기로 했다.

"빨리 가서 만나보는 게 좋겠어요."

10

브리검 가족은 허름한 단층집에 살고 있었다. 앞뜰에는 분해하다 만 자동차 부품과 낡은 가전제품들이 어지럽게 널려 있었다. 초록색 쓰레기 봉투에서는 각종 쓰레기와 썩어가는 낙엽들이 넘쳐났고, 그 주변에는 고장 난 장난감과 도구들이 뒹굴었다. 꾀죄죄한 고양이 한 마리가 제멋대로 자란 생울타리 아래에서 경계하는 눈으로 그들을 지켜보았다. 통통한 회색 쥐 한 마리가 쌩하니 지나쳐 갔지만 고양이는 전혀 관심을 보이지 않았다. 너무 게을러서인지, 배가 불러서인지 알 길이 없었다. 오닐은 자갈 깔린 사유차도에 차를 세웠다. 집에서 10미터쯤 떨어진 지점이었다. 그와 댄스는 경찰 표시가 없는 MCSO 차량에서 내렸다.

두 사람은 주변을 유심히 살폈다.

싱싱한 푸른 초목, 외딴 집, 황량한 분위기. 마치 남부 시골에 와 있는 기분이 들었다. 허름한 집과 톡 쏘는 것 같은 자극적인 냄새가 멀지 않은 곳에 비효율적인 하수시설이나 늪이 있다는 걸 암시해주었다. 고가의 주택지에 이토록 고립된 공간이 있었다니 신기하기까지 했다.

댄스는 집으로 향하면서 재킷 단추를 풀고 한 손을 권총에 얹었다.

겁이 난 그녀는 경계의 끈을 놓지 않았다.

그럼에도 소년이 그들을 급습한 순간은 충격으로 다가왔다.

한쪽으로 처진 독립형 차고 옆의 축 늘어진 잔디에 발을 내딛는 순간,

댄스의 시선이 오닐에게로 돌아갔다. 그녀 너머를 살피던 부보안관의 몸이 바짝 얼어붙었다. 오닐이 한 손으로 그녀의 재킷을 움켜쥐고 힘껏 잡아 내렸다.

"마이클!"

댄스가 소리쳤다.

갑자기 날아온 돌이 그녀를 살짝 빗겨가 차고 유리창에 떨어졌다. 몇 초 후, 또 다른 돌이 날아들었다. 오닐이 잽싸게 몸을 숙여 돌을 피했다. 중심을 잃은 그가 나무 앞으로 쓰러졌다.

"괜찮아?"

오닐이 물었다.

댄스는 고개를 끄덕였다.

"어디서 날아온 거죠?"

"몰라."

그들은 울창한 생울타리 너머를 잽싸게 살폈다.

"저기예요!"

댄스가 트레이닝복과 스타킹 캡* 차림의 소년을 가리켰다. 소년은 그들을 쏘아보다가 이내 몸을 틀어 달아났다.

댄스는 빠르게 머리를 굴렸다. 그들에게는 무전기가 없었다. 이런 일이 발생하리라고는 상상도 못했다. 오닐의 차로 돌아가 상황실에 지원 요청을 하기에는 시간이 너무 촉박했다. 그들은 본능적으로 소년을 뒤쫓기 시작했다.

CBI 요원들은 기본적인 백병전 훈련을 받아야 한다. 댄스도 예외는 아니었다. 문제는 실제로 주먹다짐을 벌일 기회가 거의 없다는 사실이었다. 요원은 주기적으로 체력 테스트를 치러야 한다. 댄스는 그럭저럭 나

---

* 겨울 스포츠용으로 쓰는 술이 달린 원뿔꼴 털실 모자

쁘지 않은 편에 속했다. CBI의 트레이닝 프로그램 덕분은 아니었다. 웹사이트에 올릴 음악을 찾아 황야를 누비고 다니면서 자연스럽게 기른 체력이었다. 검은색 스커트 정장에 블라우스를 입은 댄스는 불편한 옷차림에도 마이클 오닐을 어렵지 않게 앞질렀다. 그들은 소년을 쫓아 숲으로 들어갔다.

소년은 확실히 그들보다 빨랐다.

오닐이 휴대폰을 꺼내 들고 가쁜 숨을 몰아쉬며 지원 요청을 했다.

두 사람 모두 거칠게 헉헉거리고 있었다. 댄스는 상황실 대원이 오닐의 지원 요청을 제대로 알아들을지 걱정이었다.

시야에서 소년이 사라지자 그들은 속도를 줄였다. 잠시 후, 댄스가 소리쳤다.

"저길 봐요."

약 15미터 앞 덤불 속에서 소년이 튀어나왔다.

"무기가 보이나요?"

그녀가 물었다. 소년은 검은색 물체를 쥐고 있었다.

"뭔지 모르겠는데."

총일 수도 있고, 파이프나 칼일 수도 있었다.

그 물체가 무엇이든 간에…….

소년은 다시 우거진 숲 속으로 들어갔다. 댄스의 눈에 초록색 연못이 어렴풋하게 들어왔다. 악취의 근원지인 듯했다.

오닐이 그녀를 돌아보았다.

그녀가 한숨을 내쉬며 고개를 끄덕였다. 두 사람은 동시에 글록을 뽑아들었다.

그들은 다시 걸음을 옮겨나갔다.

댄스와 오닐은 지금껏 여러 사건을 함께 수사해왔다. 이제는 눈빛만 봐도 서로의 생각을 훤히 읽을 정도가 됐다. 하지만 그들의 능력은 총질을 할 때보다 지적 퍼즐을 풀 때 더 빛을 발했다.

댄스는 속으로 되뇌었다. 방아쇠에 손가락을 걸지 마. 파트너의 총 앞에 서서도 안 되고, 파트너가 앞서 있을 땐 총구를 위로 향하게 해놓아야 해. 생명에 위협을 받았을 때만 발사하고, 주변을 살피는 것도 잊지 마. 총은 세 발씩 발사하고, 방아쇠를 당길 때마다 남은 탄약의 수를 계산해야 돼.

댄스는 이런 상황이 너무 마음에 들지 않았다.

하지만 도로변 십자가 사건 범인의 추가 범행을 막을 수 있는 기회였다. 댄스는 태미 포스터의 눈빛을 떠올리며 숲 속으로 뛰어 들어갔다.

소년은 다시 그들의 시야에서 사라졌다. 그녀와 오닐은 갈림길 앞에 멈춰 섰다. 소년은 두 길 중에서 하나를 택해 도망쳤을 것이다. 초목이 울창해 이동이 수월할 것 같지는 않았다. 오닐은 말없이 왼쪽 길을 가리켰다. 그러고는 오른쪽을 가리키며 눈썹을 추켜세웠다.

동전을 던져봐야 하나? 댄스는 생각했다. 오닐과 갈라져야 한다는 사실이 불안하고 못마땅했다. 그녀가 턱으로 왼쪽을 가리켰다.

두 사람은 각자의 길로 조심스레 들어섰다.

댄스는 투덜거리며 덤불을 헤쳐나갔다. 그녀의 세상은 말과 표현과 제스처로만 이루어진 공간이었다. 지금 같은 전술작전은 전혀 어울리지 않았다.

댄스는 사람들이 어떻게 다치는지, 어떻게 목숨을 잃는지 알고 있었다. 문제는 항상 자신에게 익숙한 공간을 벗어날 때 발생했다. 불길한 기운이 그녀를 휘감았다.

멈춰. 그녀는 속으로 외쳤다. 마이클을 찾아. 차로 돌아가 지원을 기다리는 게 낫겠어.

너무 늦었나?

그때 아래에서 부스럭 소리가 들려왔다. 댄스 옆의 낮은 덤불에서 소년이 불쑥 튀어나와 커다란 나뭇가지를 휘둘렀다. 나뭇가지는 잽싸게 뛰어넘으려는 댄스의 발에 떨어졌고, 그녀는 중심을 잃어 고꾸라졌다. 댄스는 몸을 굴려 옆으로 피했다.

덕분에 손목이 부러지는 건 막았다.

하지만 그에 따른 대가를 치러야 했다. 댄스의 손에서 떨어져 나간 검은색 글록이 덤불 속으로 사라져버렸다.

몇 초 후, 또 한 번 부스럭 소리가 들려왔다. 댄스가 혼자인 걸 확인한 소년이 다시 덤불을 뛰쳐나와 그녀에게 달려들었다.

우리가 너무 성급했어. 마이클 오닐이 이를 갈았다.

그는 댄스의 비명이 들려온 쪽으로 달려나갔다. 그녀의 정확한 위치도 모르면서.

그들은 함께 움직였어야 했다. 갈라지는 건 어리석은 작전이었다. 어쩔 수 없는 상황이었지만 총격전과 길거리 추격전 경험이 전혀 없는 캐트린 댄스를 배려하지 못한 그의 실수였다.

댄스에게 무슨 일이라도 생기면…….

멀리서 사이렌 소리가 들려왔다. 그 소리는 점점 커졌다. 지원이 도착한 것이다. 오닐이 속도를 줄이고 귀를 쫑긋 세웠다. 가까운 덤불에서 바스락 소리가 들린 것 같았다.

트래비스가 이곳 지리에 훤하다는 사실을 간과한 것도 실수였다. 이 숲은 소년의 뒤뜰이나 다름없었다. 소년은 어디에 숨어야 할지, 어디로 빠져나가야 할지 전부 알고 있을 것이다.

오닐은 무게감이 전혀 느껴지지 않는 권총을 앞세우고 소년을 찾아 주변을 유심히 살폈다.

그는 정신이 반쯤 빠져버린 상태였다.

6미터쯤 나아간 그가 더 참지 못하고 파트너를 불렀다.

"캐트린?"

속삭임에 가까운 소리였다.

무반응.

조금 더 크게.

"캐트린?"

산들바람에 나뭇가지들이 살랑거렸다.

그때였다.

"마이클, 여기예요!"

목멘 비명. 가까운 곳에서 들려온 소리였다. 오닐은 소리가 들려온 쪽으로 달리기 시작했다. 잠시 후, 바닥에 손과 무릎을 대고 엎드린 댄스의 모습이 눈에 들어왔다. 그녀는 고개를 떨구고 있었다. 오닐은 할딱이는 그녀의 숨소리를 똑똑히 들었다. 부상을 당한 건가? 트래비스가 파이프로 내리친 건가? 칼로 찔렀나?

오닐은 그녀의 상태부터 살피고 싶은 충동을 애써 눌렀다. 절차에 따라 조치를 취해야 했다. 그는 댄스 옆에 멈춰 서서 표적을 찾아 주변을 빠르게 살폈다.

멀리서 소년의 뒷모습이 사라졌다.

"도망쳤어요."

댄스가 덤불 속에서 권총을 찾아 집어들고 몸을 일으켰다.

"저쪽으로 갔어요."

"다쳤어?"

"좀 욱신거릴 뿐이에요."

댄스는 무사해 보였다. 하지만 옷에 묻은 흙을 털어내는 댄스의 모습은 정상과는 거리가 멀었다. 몸을 떨었고, 혼란스러워 하기까지 했다. 물론 그녀를 탓할 수는 없었다. 항상 당당하던 캐트린 댄스의 흔들리는 모습에 오닐은 걱정이 앞섰다. 그녀의 제스처는 이 사건이 평범한 비행청

소년 범죄나 무기 밀매사건 따위보다 훨씬 심각하다는 걸 말해주고 있었다.

"어떻게 된 일이지?"

오닐이 물었다.

"내 발을 걸어 넘어뜨렸어요. 그리고 도망쳤어요. 마이클, 트래비스가 아니었어요."

"뭐라고?"

"제대로 보진 못했지만 그는 금발이었어요."

댄스가 스커트의 찢겨진 부분을 내려다보며 인상을 찌푸렸다. 그녀는 주변 바닥을 유심히 살펴보기 시작했다.

"그가 뭔가를 떨어뜨렸어요. 아, 저기 있네요."

댄스는 물체를 집어들었다. 스프레이 페인트 캔.

"대체 뭐하는 녀석이지?"

오닐이 말했다.

댄스는 권총집에 총을 꽂아 넣고 집이 있는 쪽으로 돌아섰다.

"가서 알아보죠."

브리검의 집 앞에는 퍼시픽 그로브 순찰차 두 대가 세워져 있었다. 이 지역에서 오래 살아온 댄스는 출동한 경관들을 잘 알았다. 그녀가 먼저 손을 들고 인사했다.

경관들이 그녀와 오닐에게 다가왔다.

"괜찮아요, 캐트린?"

산발이 된 머리와 흙 묻은 스커트를 보며 한 경관이 물었다.

"네."

댄스는 경관들에게 습격과 추격에 대해 들려주었다. 한 경관이 어깨에 붙은 모토로라 무전기로 본부에 보고했다.

댄스와 오닐이 집으로 다가가려는데, 현관문 뒤에서 여자의 음성이 터져 나왔다.

"잡았어요?"

문이 열리고 여자가 걸어나왔다. 사십대로 보이는 여자는 달처럼 통통한 얼굴에 꽉 끼는 청바지와 살랑거리는 회색 블라우스 차림이었다. 블라우스에는 세모난 얼룩이 묻어 있었다. 육중한 체구 탓인지 크림색 펌프스를 신은 여자는 발을 절뚝거렸고, 뒤꿈치를 바닥에 질질 끌었다.

댄스와 오닐은 차례로 신분증을 내보였다. 여자는 트래비스의 어머니 소냐 브리검이었다.

"잡았나요?"

소냐가 다시 물었다.

"누군지 아십니까? 왜 저희를 습격했는지 아세요?"

"당신들을 습격한 게 아니에요. 보나마나 당신들을 보지 못했을 거예요. 그는 창문을 노렸어요. 이미 세 개나 그들에게 당했다고요."

소냐가 말했다.

"최근 들어 브리검 씨 댁이 기물 파괴범들의 표적이 되고 있습니다."

퍼시픽 그로브 경관 한 명이 설명했다.

"방금 '그'라고 하셨죠? 누군지 아십니까?"

댄스가 물었다.

"다 알 수가 없죠. 한둘이 아니니까."

"한둘이 아니라고요?"

오닐이 물었다.

"시도 때도 없이 찾아와요. 돌멩이나 벽돌을 던지기도 하고, 벽과 차고에 페인트로 낙서도 해놓죠. 우린 이렇게 괴롭힘을 받으며 살고 있어요."

소냐가 경멸의 표정을 지으며 소년이 사라진 쪽으로 손을 내저었다.

"트래비스가 집중포화를 맞고 나서부터 이런 일이 시작됐어요. 며칠 전엔 거실 창문으로 벽돌이 하나 날아들었어요. 하마터면 우리 둘째가 맞을 뻔했죠. 저길 한번 봐요."

소냐가 15미터쯤 떨어진 차고에 초록색 페인트로 적어놓은 낙서를 가리켰다.

KILL3R!!

릿스피크였다.

댄스는 스프레이 페인트 캔을 퍼시픽 그로브 경관에게 넘겼다. 그는 누구의 짓인지 알아보겠다고 했다. 댄스가 자신을 습격했던 소년의 인상착의를 알려주었다. 문제는 이 지역에만 그런 인상착의를 한 고등학생이 500명도 넘는다는 사실이었다. 경관들은 댄스와 오닐, 트래비스의 어머니에게 간략히 질문한 다음 차를 타고 떠났다.

"그들은 내 아들을 노리고 있어요. 우리 애는 아무 잘못도 없다고요! 무슨 큐 클럭스 클랜*도 아니고. 그들이 던진 벽돌에 우리 새미가 맞을 뻔했다고요. 그 일이 있은 후로 새미는 불안에 떨고 있어요. 정신도 좀 이상해진 것 같고. 발작을 일으키기까지 했다니까요."

복수의 천사들. 댄스는 생각했다. 가상세계에서의 괴롭힘이 현실에서도 이어지고 있다는 건 큰 문제였다.

그때 둥근 얼굴의 십대 소년이 밖으로 나왔다. 경계의 표정으로 살짝 미소를 짓는 소년은 어딘지 모르게 둔해 보였지만 눈만큼은 또렷했다.

"무슨 일이에요? 무슨 일이죠?"

소년이 다급하게 물었다.

"아무 일도 아니야, 새미. 어서 들어가. 방에 가 있어."

"이분들 누구세요?"

"방에 가 있으래두. 절대 밖으로 나오지 마. 연못에 가도 안 되고."

---

* KKK. 사회 변화와 흑인의 동등한 권리를 반대하며 폭력을 휘두르는 미국 남부 주의 백인 비밀단체

"연못에 가고 싶어요."

"지금은 안 돼. 방금 누군가가 왔었어."

소년은 느릿느릿 안으로 들어갔다.

마이클 오닐이 말했다.

"브리검 부인, 어젯밤 살인미수 사건이 있었습니다. 피해자는 문제의 블로그에 트래비스를 비난하는 댓글을 올린 사람이었습니다."

"아, 그 칠턴 어쩌고 하는 거 말씀이죠?"

소녀가 누런 이 사이로 침을 탁 뱉었다.

"모든 게 다 거기서 비롯된 거예요. 벽돌에 맞아야 하는 건 우리가 아니라 그 사람이라고요. 어떻게 된 게 모두가 우리 애만 괴롭혀대고 있어요. 트래비스가 대체 뭘 어쨌다고. 왜 다들 우리 앨 못 잡아먹어 안달인 거죠? 그들은 우리 애가 할머니 차를 훔쳐 타고 나가 라이트하우스에서 못된 짓을 했다고 했어요. 하지만 우리 어머니는 4년 전에 차를 파셨다고요. 그것도 모르는 사람들이."

소녀는 잠시 생각에 골똘히 잠겼다.

"오, 잠깐만요. 그 왜 트렁크에 갇혀 익사할 뻔했다는 아이 말이죠?"

"네."

"분명히 얘기하지만 우리 애가 벌인 짓이 아니에요. 하늘에 두고 맹세해요. 우리 앨 체포하러 온 건 아니죠?"

소녀는 공황상태에 빠지기 직전이었다.

댄스는 궁금했다. 과장된 반응. 소녀도 아들을 의심하고 있는 걸까?

"아드님을 만나고 싶습니다."

여자가 갑자기 불안해 했다.

"남편이 집에 없어요."

"부인께서 계시지 않습니까. 한 분만 계시면 됩니다."

댄스는 그녀가 적지 않은 부담을 느낀다는 걸 알 수 있었다.

"트래비스도 집에 없어요."

"언제쯤 돌아오죠?"

"베이글 익스프레스에서 파트타임으로 일해요. 용돈벌이죠. 이제 곧 근무시간이니까 제복으로 갈아입으러 올 거예요."

"지금은 어디 있는데요?"

소냐가 어깨를 으쓱했다.

"주로 비디오 게임을 하며 시간을 보내요."

그녀는 입을 닫았다. 말이 많아지면 좋을 게 없다는 걸 깨달은 모양이었다.

"남편이 곧 돌아올 거예요."

댄스는 '남편'이라는 단어가 튀어나온 순간 살짝 바뀐 소냐의 목소리 어조에 주목했다.

"어젯밤 트래비스가 밖에 나갔었나요? 자정쯤?"

"아뇨."

망설임 없는 대답이었다.

"확실합니까?"

댄스가 딱딱한 말투로 물었다. 소냐는 코를 만지작거리며 시선을 돌렸다. 처음으로 내보인 혐오의 반응이었다.

소냐는 마른침을 삼켰다.

"아마 집에 있었을 거예요. 확실하진 않아요. 어젯밤엔 빨리 잤거든요. 트래비스는 매일 밤을 꼬박 새워요. 밤에 슬그머니 빠져나갔을 수도 있지만 난 아무 소리도 못 들었어요."

"남편분은요?"

댄스는 남편에 대한 언급이 없다는 점을 수상하게 생각했다.

"자정쯤 댁에 계셨나요?"

"그 사람은 포커를 하고 있었을 거예요."

이번에는 오닐이 나섰다.

"저희는 지금⋯⋯."

그의 말이 중간에 뚝 끊겼다. 키가 큰 십대 소년이 흐느적거리며 옆뜰로 들어섰기 때문이다. 떡 벌어진 어깨의 소년은 회색의 덧댄 자국이 드러난 색 바랜 검은 청바지에 탁한 녹색 전투복 재킷, 그리고 검은색 트레이닝복 상의를 걸치고 있었다. 댄스는 트레이닝복에 후드가 붙어 있지 않다는 점을 주목했다. 멈춰 선 소년은 예기치 못한 방문자들을 보고 당황한 눈치였다. 표시 없는 CBI 순찰차라도 지난 10년간 경찰 드라마를 봐온 사람이라면 대번에 정체를 알아차릴 수 있을 터였다.

소년의 표정과 자세는 유무죄 여부와 상관없이 법집행관과 맞닥뜨렸을 때 가장 일반적으로 볼 수 있는 전형적인 반응이었다. 경계⋯⋯ 트래비스는 잽싸게 머리를 굴리고 있었다.

"트래비스, 이리 좀 와봐."

소년은 꿈쩍도 하지 않았다. 댄스는 오닐이 잔뜩 긴장했다는 사실을 알아차렸다.

다행히 두 번째 추격전은 벌어지지 않았다. 무표정한 소년이 구부정한 자세로 다가왔다.

"형사님들이야. 너 만나러 오셨대."

소년의 어머니가 말했다.

"그래요? 무슨 일로요?"

트래비스가 건성으로 말했다. 그는 긴 두 팔을 양옆으로 늘어뜨렸다. 손은 지저분했고, 손톱 밑에는 흙이 꼈다. 머리는 오늘 감은 듯했다. 나날이 늘어가는 여드름에 밀리지 않으려면 어쩔 수 없었을 것이다.

댄스와 오닐은 소년에게 인사하며 신분증을 내보였다. 소년은 신분증을 유심히 들여다보았다.

시간을 벌어보려는 수작인가? 댄스는 궁금했다.

"누군가가 또 왔었어."

소녀가 아들에게 말했다. 그녀가 턱으로 낙서를 가리켰다.

"유리창도 두 장 깨놓고 갔고."

트래비스는 전혀 놀라지 않았다.

"새미는요?"

"걘 아무것도 못 봤어."

"잠시 들어가도 되겠니?"

오닐이 물었다.

소년이 어깨를 으쓱했다. 그들은 말없이 집으로 들어갔다. 곳곳에서 곰팡이와 담배연기 냄새가 풍겼다. 잘 정리되어 있었지만 깔끔한 느낌은 없었다. 짝짝이 가구들은 전부 중고품인 듯했다. 소파 커버는 닳아 해졌고, 소나무 다리는 니스가 벗겨진 상태였다. 벽은 음울해 보이는 사진들로 뒤덮여 있었다. 대부분은 장식용이었다. 베니스의 풍경을 담은 사진 밑부분에는 〈내셔널 지오그래픽〉 잡지 로고가 찍혀 있었다. 정작 가족사진은 몇 개 없었다. 형제가 함께 찍은 사진과 소녀의 젊은 시절 사진 몇 장이 전부였다.

큰 키의 새미가 다시 불쑥 나타났다. 아이는 얼굴에 미소를 머금었다.

"트래비스 형!"

그가 형에게로 달려갔다.

"엠은 사왔어?"

"여기."

트래비스가 주머니에서 엠앤엠스M&M's 한 봉지를 꺼내 동생에게 쥐어 주었다.

"야호!"

새미가 초콜릿 봉지를 조심스레 뜯고 안을 들여다보았다. 그러고는 형을 돌아보았다.

"오늘 연못에 나가보고 싶었어."

"그래?"

"응."

새미는 초콜릿을 들고 방으로 돌아갔다.

트래비스가 말했다.

"오늘은 특히 안 좋아 보이네요. 약은 먹었어요?"

소냐는 고개를 돌렸다.

"그게……"

"약값이 올라서 아버지가 못 사오신 거죠? 그렇죠?"

"네 아버진 약이 별로 효과가 없다고 생각하셔."

"말도 안 돼요. 약이 없으면 쟤가 어떻게 되는지 엄마도 알잖아요."

댄스는 새미의 방 안을 흘끔 들여다보았다. 아이의 책상은 복잡해 보이는 전자 부품과 컴퓨터 부품, 각종 도구들로 가득했다. 나이에 맞지 않는 유치한 장난감도 몇 개 보였다. 소년은 의자에 웅크리고 앉아 일본 만화책을 보고 있었다. 새미가 고개를 돌리고 뚫어지게 댄스를 응시하다가 살짝 미소 지으며 턱으로 책을 가리켰다. 댄스는 소년의 아리송한 제스처에 그냥 미소만 지었다. 소년은 만화책으로 시선을 돌렸다. 새미의 입술이 움직이기 시작했다.

복도 테이블에는 빨랫감으로 가득 찬 바구니가 놓여 있었다. 댄스가 오닐의 팔을 톡톡 두드리며 바구니 맨 위에 얹은 회색 트레이닝복 상의를 가리켰다. 후드였다.

오닐이 고개를 끄덕였다.

"좀 어때? 사고 후유증은 없어?"

댄스가 트래비스에게 물었다.

"괜찮아요."

"끔찍한 사고였지?"

"네."

"큰 부상은 없었나 보구나."

"네. 에어백 덕분이죠. 과속했던 것도 아니고…… 트리쉬와 바네사."

소년이 얼굴을 찌푸렸다.

"걔들도 안전벨트를 하고 있었더라면 무사했을 거예요."

"남편이 곧 돌아올 거예요."

소냐가 또다시 말했다.

오닐이 사무적으로 이어나갔다.

"몇 가지만 묻고 갈 겁니다."

오닐은 거실의 한쪽 구석으로 이동했다. 심문은 댄스의 몫이었다.

그녀가 물었다.

"지금 몇 학년이지?"

"막 2학년을 마쳤어요."

"로버트 루이스 스티븐슨 고등학교에 다니지?"

"네."

"뭘 공부하지?"

"그냥 뭐, 컴퓨터, 수학, 스페인어, 다들 배우는 걸 배우죠."

"스티븐슨 고등학교는 어때?"

"뭐 괜찮아요. 몬터레이 공립이나 후니페로보단 낫잖아요."

소년은 댄스의 눈을 똑바로 쳐다보며 대답했다.

후니페로 세라 고등학교에서는 교복을 입어야 했다. 엄격한 예수회 규율이나 부담스러운 과제물보다 아이들이 기피하는 것은 복장 규정이었다.

"갱단 애들은 어때?"

"이 앤 갱이 아니에요."

소년의 어머니가 말했다.

모두가 그녀를 무시했다.

"그냥 뭐, 날 내버려두는 편이에요. 샐리나스와는 달라요."

트래비스가 대답했다.

무심코 던진 질문이 아니었다. 댄스는 소년의 행동 기선을 다져놓는 중이었다. 댄스는 몇 분간 가벼운 질문을 연달아 던지며 솔직한 대답이 나올 때 소년이 보이는 반응을 기억해두었다. 이제는 습격사건에 대해 질문할 차례였다.

"트래비스, 태미 포스터가 누군지 알지?"

"트렁크에 갇혔다는 애 아닌가요? 뉴스에서 봤어요. 걔도 스티븐슨에 다녀요. 만나서 얘기를 나눠본 적은 없지만. 1학년 때 같은 수업을 들었던 것 같기도 하고, 아닌 것 같기도 하고."

트래비스는 댄스의 눈을 똑바로 쳐다보았다. 그의 손은 연신 얼굴을 문질렀다. 댄스는 그것이 블로킹 제스처인지, 거짓말을 의미하는지, 아니면 여드름을 숨기려는 행동인지 구분해내지 못하고 있었다.

"걔〈칠턴 리포트〉에 나에 대해 댓글을 올려놨어요. 다 거짓말이었죠."

"뭐라고 올렸는데?"

이미 트래비스가 치어리더 연습 후에 여학생 탈의실을 몰래 촬영한 사실을 알고 있었지만 댄스는 모른 척 물었다.

함정일지 모른다는 우려 때문일까, 소년은 잠시 머뭇거렸다.

"걔 내가 몰래 사진을 찍었다고 했어요. 여자애들 사진 말이에요."

트래비스의 얼굴이 어두워졌다.

"하지만 난 그냥 통화를 하고 있었다고요."

"로버트가 곧 돌아올 거예요. 그때까지 그냥 기다리는 게 좋겠어요."

소녀가 끼어들었다.

하지만 댄스는 계속 밀어붙이고 싶었다. 소녀의 남편이 도착하면 더 이상의 인터뷰는 불가능할 게 뻔했다.

트래비스가 물었다.

"그 앤 괜찮나요? 태미 말이에요."

"그런 것 같아."

소년은 흠집이 많이 난 커피용 탁자를 내려다보았다. 탁자에는 지저분하게 얼룩진 재떨이가 놓여 있었다. 거실에 재떨이가 놓인 모습은 몇 년만에 처음 보는 것 같았다.

"내가 그랬다고 생각하는 건가요? 내가 걜 해치려 했다고 믿는 거예요?"

짙은 눈썹 밑 깊이 팬 트래비스의 검은 눈이 댄스를 노려보았다.

"아니. 우린 그냥 이 상황에 대해 어떤 정보라도 들려줄 수 있을 것 같은 사람들을 차례로 만나보고 있는 중이야."

"상황?"

트래비스가 물었다.

"어젯밤 어디 있었지? 11시에서 1시 사이에 말이야."

소년은 다시 손으로 머리를 쓸어넘겼다.

"10시 반쯤 '게임 쉐드'에 갔어요."

"거긴 뭐하는 곳이지?"

"비디오 게임을 하는 곳이에요. 전자오락실 같은 거죠. 거기서 주로 시간을 보내요. 어딘지 알아요? 킨코스 옆에 있어요. 예전에 극장이 있었던 곳인데, 허물고 새로 지어놓았죠. 접속상태도 별로고, 마음에 안 들지만 그래도 늦게까지 영업하는 곳이라곤 거기뿐이니 어쩌겠어요?"

댄스는 소년이 불필요한 내용까지 주절대고 있다는 사실에 주목했다.

"너 혼자 있었어?"

"다른 아이들도 있었어요. 물론 게임은 나 혼자 했고요."

"집에 있었는 줄 알았는데."

소냐가 말했다.

소년이 어깨를 으쓱했다.

"집에 있긴 했죠. 그런데 잠이 안 와서 나갔어요."

"게임 쉐드에서 온라인에 접속했지?"

댄스가 물었다.

"아뇨. 난 〈핀볼〉만 했어요. RPG는 안 했고요."

"뭘 안 했다고?"

"롤플레잉 게임 말이에요. 슈팅 게임이랑 〈핀볼〉이랑 운전 게임은 온라인에서 하는 게 아니에요."

댄스가 그 차이를 모른다는 사실에 소년은 조금 놀란 듯했다. 하지만 내색하지는 않았다.

"그러니까 인터넷에 접속하진 않았다 이거지?"

"네, 그 얘기예요."

"거기서 얼마나 있었는데?"

소년의 어머니가 심문을 이었다.

"몰라요. 한두 시간쯤?"

"게임하는 데 얼마나 들지? 몇 분에 50센트씩이야? 1달러?"

소냐는 바로 그게 궁금했던 것이다. 돈.

"잘하면 오랫동안 붙잡고 있을 수 있어요. 3달러면 밤새도록 할 수 있죠. 내가 번 돈으로 하는 거예요. 출출하면 먹을 것도 사먹고, 레드 불도 한두 개 사서 마셔요."

"트래비스, 거기서 널 본 사람이 있니?"

"글쎄요. 아마도요. 기억을 좀 더듬어봐야 할 것 같아요."

소년의 시선이 거실 바닥을 훑었다.

"그래. 집에 돌아온 건 몇 시쯤이었지?"

"1시 반쯤 됐어요. 2시였나? 확실하겐 모르겠어요."

댄스는 월요일 밤에 대해 몇 가지를 더 확인한 다음 학교와 친구들에 대한 질문으로 넘어갔다. 진술의 거짓말 여부는 아직 확인할 수 없었다. 트래비스의 답변 태도가 기선에서 크게 벗어나지 않았기 때문이다. 그녀는 가상세계에 대한 존 볼링의 설명을 떠올려보았다. 만약 트래비스가 정신적으로 현실세계가 아닌 가상세계에 들어가 있다면 기선 분석은 쓸모가 없어질 수도 있었다. 어쩌면 트래비스 브리검 같은 이들에게는 새로운 규칙을 적용해야 하는지도 모른다.

소녀의 눈이 문간 쪽으로 돌아갔다. 소년의 시선도 따라 움직였다.

댄스와 오닐도 일제히 고개를 돌렸다. 키가 크고 육중한 남자가 들어오고 있었다. 남자는 흙 묻은 작업복 차림이었다. 작업복 가슴에는 '센트럴 코스트 조경'이라고 적혀 있었다. 그는 거실을 가득 메운 사람들을 차례로 쳐다보았다. 숱 많은 갈색머리 아래에서 검은 눈이 매섭게 번뜩였다.

"로버트, 형사님들이에요."

"보험 때문에?"

"아뇨. 그게 아니라……."

"영장은?"

"그게 저……."

"저 여자에게 물어본 거야."

그가 턱으로 댄스를 가리켰다.

"캘리포니아 연방수사국의 댄스 요원입니다."

댄스가 신분증을 꺼내 보였지만 그는 눈길도 주지 않았다.

"이쪽은 몬터레이 보안관 사무실의 오닐 부보안관님이십니다. 저희는 아드님에게 사건에 대해 몇 가지 질문을 하고 있었습니다."

"사건은 없었습니다. 그건 사고였다고요. 그 애들은 사고로 죽은 겁니다. 조사하고 말고 할 것도 없어요."

"저희는 다른 일로 왔습니다. 블로그에 트래비스에 대한 댓글을 올린 누군가가 습격을 받았어요."

"오, 그 블로그 어쩌고 하는 것 때문에 오신 거군."

그가 으르렁거렸다.

"그 칠턴인가 뭔가 하는 놈은 사회의 암적인 존재입니다. 빌어먹을 독사 같은 놈이라고요."

그는 아내를 돌아보았다.

"부두에서 일하는 조이 있지? 그 친구도 나에 대해 함부로 입을 놀리다가 흠씬 두들겨 맞았어. 이상한 소문이나 퍼뜨리다가 혼이 났다고. 그놈들이 신문이나 보는 줄 알아? 그 자식들이 〈뉴스위크〉를 거들떠나 볼 것 같아? 고작 칠턴 어쩌고 하는 쓰레기 사이트에나 기웃거리는 주제에. 누가 나서서 그 자식을……."

그가 말끝을 흐리고 아들을 돌아보았다.

"변호사 고용할 때까지 아무 말 말라고 했잖아. 내 말 못 들었어? 아무에게나 입을 잘못 놀렸다간 우리가 고소당할 수도 있다고. 그렇게 집도 날아가고, 내 봉급도 날아가는 거야."

그가 목소리를 살짝 낮추었다.

"네 동생도 고아원에 들어가게 될 테고."

"브리검 씨, 저희는 사고 때문에 온 게 아니라 어젯밤 폭행사건을 수사하고 있습니다."

오닐이 말했다.

"이거나 그거나 마찬가지 아닙니까. 결국엔 다 기록으로 남게 되는 거잖아요."

그는 아들이 살인미수로 체포되는 일보다 사고에 대한 책임을 더 걱정하는 것 같았다.

댄스와 오닐을 무시한 채 그가 아내에게 말했다.

"대체 이 사람들을 왜 집에 들여보내준 거야? 여기가 나치 독일이라도 돼? 그냥 꺼지라고 하고 문을 닫아버리면 될 거 아니야."

"난 그냥……."

"정말 아무 생각 없는 사람이군. 한심해."

그가 오닐을 돌아보았다.

"이만 돌아가십시오. 다음에는 영장 없이 내 집에 발 들일 생각하지 말아요."

"아빠!"

새미가 소리치며 방에서 달려나왔다. 그 소리에 댄스가 깜짝 놀랐다.

"됐어요! 보여줄게요!"

아이는 전선이 삐쭉삐쭉 튀어나온 회로판을 번쩍 들어 보였다.

브리검의 무뚝뚝함이 순식간에 사라졌다. 그는 둘째 아들을 끌어안고 다정한 음성으로 말했다.

"나중에 저녁 먹고 같이 보자."

댄스는 동생에게 쏟아지는 아버지의 애정을 묵묵히 지켜보는 트래비스의 모습을 유심히 관찰했다.

"좋아요."

새미가 잠시 머뭇거리다가 뒷문으로 달려나갔다. 아이는 곧장 작은 헛간으로 향했다.

"너무 멀리 가지 마."

소녀가 말했다.

댄스는 그녀가 남편에게 방금 전의 기물 파손에 대해 언급하지 않았음을 깨달았다. 남편에게 나쁜 소식을 전하는 게 두려운 모양이었다. 하지만 새미에 대해서는 한마디 했다.

"아무래도 약을 주는 게 좋겠어요."

소녀의 시선은 남편을 제외한 모든 것을 차례로 훑고 지나갔다.

"그래서 바가지를 쓰자고? 내가 했던 말 잊은 거야? 게다가 하루 종일 집에만 있는데 뭐가 걱정이지?"

"하루 종일 집에만 있는 게 아니라서 문제죠. 그건……."

"트래비스가 동생만 제대로 돌봐도 문제될 건 없어."

소년은 주눅 든 모습으로 듣기만 했다. 귀가 따갑게 들어온 비판인 듯했다.

오닐이 로버트 브리검에게 말했다.

"굉장히 심각한 사건이 있었습니다. 저희는 연루된 모두를 상대로 조사하고 있습니다. 선생님의 아드님도 연루되어 있고요. 트래비스가 어젯밤에 게임 쉐드에 있었다는 걸 확인해주실 수 있습니까?"

"나도 밖에 나가 있었습니다. 하지만 그건 당신들이 참견할 일이 아니죠. 똑똑히 들어요. 우리 앤 그 사건과 아무 관련이 없습니다. 당신들이 나 무단침입 하지 말아요."

브리검은 짙은 눈썹을 실룩이며 담배에 불을 붙였다. 그러고는 손을 흔들어 불을 끈 다음 성냥을 재떨이에 떨어뜨렸다.

"그리고 너."

그가 트래비스를 쳐다보았다.

"빨리 일 나가야지."

소년은 자신의 방으로 들어갔다.

댄스는 답답했다. 유력한 용의자를 앞에 두고도 댄스는 그의 머릿속을 들여다보는 일에 실패하고 말았다.

소년이 갈색과 베이지색의 줄무늬 제복 재킷이 걸린 옷걸이를 들고 나왔다. 트래비스는 옷걸이를 돌돌 말아 배낭에 쑤셔 넣었다.

"그러지 말고 입고 가. 어머니가 다려놓은 거야. 그렇게 넣고 가면 구겨지잖아."

브리검이 큰 소리로 말했다.

"지금 입고 싶지 않아요."

"어머니 생각은 안 해? 그거 다리느라 어머니가 얼마나 고생했겠어?"

"이건 그냥 베이글가게 제복일 뿐이에요."

"그건 네 생각이고. 빨리 입어. 시키는 대로 해."

소년의 몸이 잔뜩 경직되었다. 트래비스의 얼굴을 지켜보던 댄스의 숨이 턱 멎었다. 눈이 커졌고 어깨를 들썩였다. 트래비스의 입술이 으르렁거리는 짐승처럼 말려 올라갔다. 트래비스는 아버지에게 격렬한 분노를 느끼고 있었다.

"쪽 팔리다고요. 이걸 걸치고 나가면 다들 날 보고 웃을 거예요!"

아버지가 몸을 앞으로 기울였다.

"두 번 다시 내게 그런 태도 보이지 마. 사람들 앞에서 이게 뭐하는 짓이야?"

"더 이상 웃음거리가 되고 싶지 않다고요. 절대 안 입을 거예요. 나가서 놀림받는 기분을 알기나 해요?"

소년의 허둥대는 눈이 거실을 분주히 훑다가 마침내 재떨이에 고정됐다. 충분히 무기로 쓸 수 있는 것. 댄스와 오닐은 긴장을 늦추지 않은 채 두 사람을 지켜보았다.

분노에 사로잡힌 트래비스는 이미 전혀 다른 사람으로 변해 있었다.

청소년들이 폭력적으로 변하게 되는 건 영화나 텔레비전 때문이 아니라 마음속 격노 때문입니다…….

"내가 뭘 잘못했다고!"

트래비스가 으르렁거렸다. 소년은 현관문을 거칠게 닫고 나가버렸다. 그러고는 옆뜰의 부서진 울타리에 기대어놓은 자전거를 끌고 뒤뜰 너머 숲으로 들어갔다.

"이게 다 당신들 때문입니다. 빨리 꺼져요."

댄스와 오닐은 차분하게 인사하고 밖으로 나왔다. 소녀가 미안해 하는 표정으로 두 사람을 쳐다보았다. 트래비스의 아버지는 성큼성큼 주방으

로 들어갔다. 잠시 후, 냉장고 문 열리는 소리가 들려왔다. 그리고 맥주
병 따는 소리도.

밖으로 나온 댄스가 물었다.

"했어요?"

"그래."

오닐이 회색의 작은 직물을 들어 보였다. 댄스가 심문을 하는 동안 빨
래바구니 속 트레이닝복에서 슬쩍 떼어온 것이다.

그들은 오닐의 순찰차에 올랐다. 양쪽 차 문이 동시에 닫혔다.

"피터 베닝턴에게 보내볼게."

영장 없이 가져온 샘플이라 법정에서 인정하지 않을 수도 있었다. 하
지만 이것으로 트래비스의 연루 여부가 확인된다면 만족이었다.

"일치하는 게 확인되면 감시를 시작해야겠죠?"

댄스가 물었다.

오닐이 고개를 끄덕였다.

"베이글가게에도 들러봐야겠어. 자전거 바퀴에서 흙 샘플을 채취해야
지. 바퀴의 흙이 해변 샘플과 일치하면 판사가 영장을 내줄 거야."

그가 댄스를 돌아보았다.

"직감적으로 그 애가 범인일 것 같아?"

댄스는 신중하고 싶었다.

"뚜렷한 거짓 신호를 두 차례 짚어내긴 했어요."

"언제?"

"어젯밤 게임 쉐드에 있었다고 했을 때."

"두 번째는?"

"자신은 아무 잘못 없다고 했을 때."

11

댄스는 자신의 CBI 사무실로 돌아왔다. 그녀는 존 볼링을 보고 미소를 지었다. 그도 미소로 화답했지만 그 미소는 곧 사라졌다. 볼링이 턱으로 자신의 컴퓨터를 가리켰다.

"〈칠턴 리포트〉에 트래비스에 대한 새 포스트가 올라왔습니다. 다들 그 아이를 공격하고 있어요. 그들을 공격하는 댓글도 여럿 달렸고요. 전면전이에요. 당국은 도로변 십자가 사건과 납치사건의 연결고리를 비밀에 붙이고 있지만 누군가가 그걸 짚어냈더군요."

"그걸 어떻게?"

댄스는 화가 났다.

볼링이 어깨를 으쓱하며 최근에 올라온 댓글을 가리켰다.

└ 칠턴에게 댓글, BrittanyM 작성
뉴스 봤죠??? 누군가가 십자가를 꽂아놓고 그 앨 덮친 거라고요. 오, 맙소사. 상상만으로도 끔찍하네요. 보나마나 [운전자]가 범인일 거예요!

이어지는 댓글들은 〈칠턴 리포트〉에 올린 글 때문에 트래비스가 태미를 해치려 했다는 쪽으로 몰아가고 있었다. 태미가 살아 있음에도 사람들은 이미 트래비스를 '도로변 십자가 킬러'로 부르고 있었다.

"멋지군요. 비밀에 부치려고 그토록 애썼는데, 브리타니라는 십대 소녀에게 제대로 한 방 맞았네요."

"그 앨 만나보셨나요?"

볼링이 물었다.

"네."

"그 애가 범인이라고 생각하시나요?"

"확실하진 않지만 그쪽으로 많이 기울어진 상태예요."

댄스는 현실보다 가상세계에서 더 많은 시간을 보내는 트래비스의 머릿속을 들여다보는 일은 생각처럼 쉽지 않았다고 설명했다. 게다가 소년이 자신의 동작학적 반응을 감추는 데 능해 더 힘들었다고 덧붙였다.

"분노를 가득 담고 있더군요. 저랑 같이 좀 걸으실래요? 소개드릴 분이 있어요."

몇 분 후, 두 사람은 찰스 오버비의 사무실에 도착했다. 그는 언제나 그렇듯 통화 중이었다. 오버비가 댄스와 볼링에게 들어오라고 손짓했다. 교수를 흘끔 올려다보는 그의 눈에는 호기심이 담겨 있었다.

지국장이 전화를 끊었다.

"그들이 연결고리를 찾아냈어. 기자들 말이야. 이젠 다들 '도로변 십자가 킬러'라고 부르고 있어."

BrittanyM…….

댄스가 말했다.

"지국장님, 이쪽은 조나단 볼링 교수님이십니다. 수사를 도와주고 계세요."

두 남자가 악수를 나누었다.

"그러셨군요. 전공이……?"

"컴퓨터입니다."

"주로 이런 일을 하시는 모양이죠? 컨설팅 말입니다."

잠시 어색한 침묵이 흘렀다. 댄스는 볼링이 자발적으로 도와주고 있다는 사실을 설명하려 했지만 교수의 답이 빨랐다.

"가르치는 데 주력하고 있고요. 가끔 이렇게 컨설팅도 합니다. 사실 컨설팅이 아니면 먹고살기가 힘듭니다. 학계에선 돈을 버는 게 쉽지 않지만 컨설팅을 하면 시간당 300달러까지 챙길 수 있거든요."

"아."

오버비가 흠칫 놀랐다.

"시간당 말이죠? 정말입니까?"

볼링의 표정에는 흔들림이 없었다. 그가 덧붙였다.

"하지만 이런 기관을 위해 공짜로 봉사할 때가 특히 즐겁습니다. 그러니 부담 갖지 않으셔도 됩니다."

댄스는 웃음을 참기 위해 볼 안쪽 살을 꼭 깨물 뻔했다. 볼링은 꽤 유능한 심리학자인 듯했다. 단 10초 만에 오버비를 제압해버리다니. 그것도 귀여운 농담으로 포장까지 해서. 이 광경은 댄스 혼자 구경하기 아까울 정도였다.

"일이 걷잡을 수 없이 커지고 있어, 캐트린. 킬러들이 뒤뜰로 침입했다는 신고가 줄을 잇고 있다고. 그중 몇몇은 침입자들에게 총까지 쐈대. 킬러로 오해하고 말이야. 아, 그리고 수상한 십자가를 발견했다는 신고도 몇 건 들어왔어."

그 말에 댄스는 흠칫 놀랐다.

"그래요?"

오버비가 한 손을 들어 보였다.

"확인결과 전부 추모용이었어. 지난 몇 주간 사고가 꽤 있었잖아. 그중 앞으로 다가올 날짜가 적힌 십자가는 하나도 없었어. 그런데도 언론에선 아주 난리들을 치고 있지. 이젠 새크라멘토에서도 알아버렸어."

그가 턱으로 전화기를 가리켰다. 방금 전의 통화 상대가 그들의 보스

인 CBI 국장이라는 뜻이었다. 어쩌면 국장의 보스인 법무장관이었는지
도 모르고.

"수사는 어떻게 진행되고 있지?"

댄스는 트래비스와 그의 집에서 벌어진 일들, 그리고 그에 대한 자신
의 분석결과를 차례로 들려주었다.

"요주의 인물인 것만은 분명합니다."

"그런데도 체포하지 않았어?"

"그럴 명분이 부족했습니다. 마이클이 그 아이를 현장과 연결시켜줄
물증 확보를 위해 뛰고 있어요."

"다른 용의자는 없고?"

"네."

"어떻게 어린 학생 놈이 이런 일을 벌일 수 있지? 자전거를 질질 끌고
다니면서?"

댄스는 샐리나스의 갱단들이 지난 몇 년간 지역 주민들을 떨게 만들
었으며, 개중에는 트래비스보다 어린 멤버가 적지 않다는 사실을 알려
주었다.

볼링이 덧붙였다.

"그 아이에 대해 알아낸 게 또 있습니다. 그 앤 컴퓨터 게임에 빠져 살
고 있습니다. 게임을 즐기는 아이들은 굉장히 복잡한 전투와 회피의 기
술을 쉽게 익힙니다. 군의 신병 모집자들은 항상 지원자들에게 게임을
얼마나 즐기는지 묻습니다. 같은 조건이라면 모집자들은 게이머에게 더
후한 점수를 줍니다."

"범행 동기는?"

오버비가 물었다.

댄스는 보스에게 만약 트래비스가 범인이라면 범행 동기는 사이버폭
력에 근거를 둔 복수일 거라고 설명했다.

"사이버폭력이라. 마침 나도 관련 기사를 훑던 중이었어."

오버비가 진지한 얼굴로 말했다.

"정말이세요?"

댄스가 물었다.

"그래. 지난 주말판 〈USA 투데이〉에 크게 기사가 떴어."

"요즘 인기 있는 화제로 급부상했죠."

볼링이 말했다. CBI 지국장이 그런 신문을 다 훑는다니 댄스는 믿어지지 않았다.

"고작 그런 걸로 이런 일을 벌일 수 있습니까?"

오버비가 물었다.

볼링은 고개를 끄덕였다.

"그 아이는 벼랑 끝으로 내몰린 상태입니다. 포스트와 소문들이 빠르게 퍼져 나가고 있어요. 그게 물리적 괴롭힘으로 발전하게 된 거고요. 누군가가 트래비스에 대한 동영상을 유튜브에 올렸습니다. 해피 슬래핑 비디오였어요."

"그게 뭡니까?"

"사이버폭력의 한 기술입니다. 누군가가 버거킹에서 트래비스를 거칠게 떠밀었습니다. 그리고 그가 민망한 꼴을 당하는 걸 아이들이 휴대폰으로 촬영해 올렸습니다. 지금까지 20만 명 이상이 그걸 봤고요."

그때 심각한 얼굴의 건장한 남자가 맞은편 회의실에서 걸어나와 오버비의 사무실 문간으로 들어왔다. 그는 방문자들에게 눈길조차 주지 않았다.

"찰스."

그가 바리톤 음성으로 말했다.

"아…… 캐트린, 이쪽은 로버트 하퍼. 법무장관님의 샌프란시스코 사무실에서 오셨지. 이쪽은 댄스 특별수사관입니다."

오버비가 말했다.

남자가 안으로 들어와 댄스에게 악수를 청했다. 하지만 필요 이상으로 가까이 다가서지는 않았다. 너무 가까이 서면 그녀에게 불필요한 오해를 살지 모른다고 걱정하는 듯이.

"그리고 존⋯⋯."

오버비는 그새 볼링의 이름을 잊어버린 모양이었다.

"볼링입니다."

하퍼가 산란해 보이는 시선을 교수 쪽으로 돌렸다. 하지만 아무 말도 하지 않았다.

샌프란시스코에서 왔다는 남자는 무표정한 얼굴에 완벽하게 관리한 검은 머리를 가지고 있었다. 수수한 감청색 양복에 흰색 셔츠, 빨간색과 파란색의 줄무늬 넥타이 차림이었다. 그의 접은 옷깃에는 성조기 핀이 꽂혀 있었다. 완벽하게 풀을 먹인 소매 끝동에는 회색 실 몇 가닥이 튀어 나왔다. 변호사 개업으로 큰돈을 쓸어담는 동료들과 달리 주 지방검사의 길을 가는 하퍼는 오십대 초반으로 보였다.

"몬터레이에는 무슨 일이시죠?"

댄스가 물었다.

"담당건수 평가."

이어지는 설명은 없었다.

로버트 하퍼는 침묵을 즐기는 타입인 듯했다. 그의 강렬한 인상과 임무에 대한 열성은 병원 앞에서 시위를 벌이는 피스크 목사를 연상시켰다. 댄스는 하퍼에 대해 궁금한 게 많았다.

하퍼가 댄스를 흘끔 돌아보았다. 그녀는 그런 눈길에 익숙했다. 하지만 지금껏 그런 눈길을 준 사람은 용의자들이 대부분이었다. 하퍼의 눈빛은 살짝 거슬렸다. 그는 마치 댄스가 중요한 수수께끼의 해답을 쥐고 있기라도 한 듯이 그녀를 쳐다보고 있었다.

하퍼가 오버비에게 말했다.

"몇 분 나갔다 오겠습니다. 그때까지 회의실 문을 좀 걸어주시겠습니까?"

"그러죠. 더 필요한 게 있으면 언제든 알려주십시오."

하퍼가 냉담한 얼굴로 고개를 끄덕였다. 그가 사무실을 나가자 오버비가 주머니에서 휴대폰을 꺼내 들었다.

"무슨 일로 온 거죠?"

댄스가 물었다.

"새크라멘토에서 보낸 특별검사야. 위에서 협조 좀 해달라고 연락이 왔어."

법무장관.

"우리 담당건수를 살펴보고 있는 중이야. 뭔가 큰일이 있는 것 같아. 그래서 우리가 얼마나 한가한지 확인하러 온 걸 거야. 보안관 사무실에도 불쑥 들이닥쳤었나 봐. 그쪽 선에서 정리되면 좋겠는데. 아무튼 굉장히 냉담한 친구야. 저 친구만 나타나면 할 말이 없어지는 거 있지? 아무리 농담을 던져도 반응이 없더라고."

하지만 댄스의 머릿속은 로버트 하퍼 대신 태미 포스터에 대한 생각으로 가득 차 있었다.

댄스와 볼링은 그녀의 사무실로 돌아왔다. 그녀가 책상에 앉는 순간 오닐에게 전화가 걸려왔다. 댄스의 기분이 확 좋아졌다. 보나마나 오닐은 자전거 바퀴에서 채취한 흙과 트레이닝복 상의에서 떼어낸 회색 섬유조직 샘플의 분석결과를 들려주기 위해 전화했을 것이다.

"캐트린, 문제가 좀 생겼어."

오닐의 음성이 그녀를 불안하게 만들었다.

"무슨 일인데요?"

"피터가 그러는데, 십자가에서 채취한 회색 섬유조직 있지? 그게 트래비스의 집에서 가져온 것과 일치한대."

"그럼 그 아이가 범인이네요. 치안판사가 영장을 내준대요?"

"아직 신청도 못했어. 트래비스가 사라진 것 같아서 말이야."

"네?"

"베이글가게에 가보니 없더라고. 건물 뒤편에 자전거 바퀴자국이 나 있는 걸로 봐선 가게에 일단 들어왔다가 뒷문으로 몰래 빠져나간 것 같아. 베이글 몇 개와 주방용 칼이 없어졌다더군. 동료 직원의 가방에서도 현금이 사라졌고. 그냥 그렇게 증발해버렸어. 부모에게 연락해봤는데 모른다고 하더군."

"지금 어디 계시죠?"

"사무실이야. 일단 여기랑 샐리나스, 샌베니토, 그리고 인근 카운티들에 수배를 해놔야겠어."

댄스는 화가 났다. 소년의 집을 나선 후에 감시 팀을 붙여놓지 않았던 게 화근이었다. 수상쩍은 점들을 직접 확인하고도 유유히 도망치도록 내 버려두다니.

오버비에게 보고할 일이 걱정이었다.

그런데도 체포하지 않았어?

"한 가지 더 있어. 베이글가게에 있을 때 골목 주변을 살펴봤거든. 세 이프웨이 옆에 식품점이 하나 있어."

"네, 저도 아는 곳이에요."

"그 건물 밖에 꽃을 파는 가판대가 있더라고."

"장미!"

댄스가 말했다.

"바로 그거야. 거기 주인을 만나봤어. 어제 누군가가 몰래 들어와 빨간 장미를 모조리 훔쳐갔다더군."

오닐이 심각한 음성으로 말했다.

댄스도 곧바로 사태의 심각성을 깨달았다.

"모조리요? 정확히 몇 다발이나 훔쳐갔죠?"

그가 잠시 머뭇거렸다.

"열 개도 넘어. 아무래도 이건 시작에 불과한 것 같아."

12

휴대폰이 울려 댄스는 발신자를 확인했다.

"티제이. 그렇지 않아도 연락하려고 했어."

"보안 카메라를 살펴봤는데 아무것도 찾지 못했습니다. 참, 그건 그렇고 자바 하우스에서 블루 마운틴 자메이카 커피가 세일 중입니다. 1.3킬로그램을 900그램 가격에 팔고 있더라고요. 그래도 50달러 가까이 하지만 커피의 질로 따지면 이게 최고 아닙니까."

댄스는 그의 농담에 아무 반응도 보이지 않았다. 티제이도 이내 심상치 않은 분위기를 깨달았다.

"무슨 일 있었나요, 보스?"

"작전을 새로 짜야 할 것 같아, 티제이."

그녀는 트래비스 브리검, 증거 분석결과, 그리고 도난당한 꽃다발들에 대해 알려주었다.

"그 자식이 도망쳤다고요? 거기다 추가 범행도 계획하고 있어요?"

"그래. 지금 당장 베이글 익스프레스로 가서 그 아이 친구들을 만나봐. 그 애가 어디로 갔을지 알아보라고. 같이 있을 만한 사람이나 즐겨 찾는 장소가 있는지도 알아보고."

"네, 지금 출발하겠습니다."

댄스는 레이 카라네오에게 전화를 걸었다. 카라네오는 태미 포스터가 납치된 주차장 주변에서 목격자를 찾고 있는 중이었다. 그녀는 그에게도 같은 내용을 들려준 다음 게임 쉐드로 가서 트래비스의 행방에 대한 단서를 찾아보라고 지시했다.

댄스는 전화를 끊고서 의자에 몸을 파묻었다. 무기력함을 동반한 좌절감이 찾아들었다. 그녀에게는 심문할 목격자들이 필요했다. 심문은 댄스가 특히 빛을 발하는 분야였다. 그녀는 심문에 남다른 재능이 있었고, 무엇보다도 심문을 즐겼다. 하지만 지금 사건은 증거와 추측의 세계 안에 갇혀 전혀 진전을 보이지 못하고 있었다.

댄스는 출력한 〈칠턴 리포트〉를 흘끔 쳐다보았다.

"일단 잠재적 피해자들에게 연락해 경고를 줘야겠어요. 마이스페이스, 페이스북, 아우어월드 같은 소셜네트워크 사이트에서도 트래비스에 대한 공격이 이어지고 있나요?"

그녀가 볼링에게 물었다.

"그런 곳들에선 크게 화제가 되지 않고 있습니다. 아무래도 국제적인 사이트들이라. 〈칠턴 리포트〉는 지역 사이트입니다. 트래비스에 대한 공격의 90퍼센트 이상은 그곳에서 펼쳐지고 있습니다. 한 가지 방법을 알려드리죠. 댓글 작성자들의 인터넷 주소를 알아보세요. 그게 확보되면 서비스 제공자에게 연락해 그들의 거주지 주소를 알아낼 수 있을 겁니다. 그러면 시간을 많이 아낄 수 있겠죠."

"그걸 누구에게 부탁해야 하죠?"

"칠턴이나 그의 웹마스터에게 연락하셔야 할 겁니다."

"존, 어떻게 하면 칠턴에게서 협조를 이끌어낼 수 있을지 알려줄 수 있어요? 만약 그가 망설인다면 말이에요."

"전 그의 블로그에 대해선 좀 알지만 그 사람 자체에 대해선 아는 게 없습니다. 〈칠턴 리포트〉에 간략한 소개글이 올라와 있긴 하지만 말입니다. 이번 기회에 탐정이 돼보는 것도 나쁘진 않을 것 같네요."

볼링이 대답했다. 그의 눈이 다시 번뜩였다. 그의 시선이 컴퓨터로 돌아갔다.

퍼즐…….

교수가 컴퓨터에 빠져 있는 동안 댄스는 오닐에게 걸려온 전화를 받았다. 그는 베이글 익스프레스 뒷골목을 훑던 현장감식반이 트래비스의 자전거 바퀴에서 떨어진 모래와 흙을 챙겨가서 분석했다고 알려왔다. 그것들은 태미의 차가 버려졌던 해변의 모래와 흙과 일치했다. 또한 오닐은 MCSO 팀이 주변을 샅샅이 뒤졌지만 트래비스를 봤다는 목격자는 끝내 찾아내지 못했다고 덧붙였다.

오닐은 고속도로 순찰대 대원 여섯 명과 왓슨빌에서 소년을 찾고 있다고 했다.

댄스는 전화를 끊고 다시 축 늘어졌다.

몇 분 후, 볼링은 블로그와 여러 사이트에서 칠턴에 대한 정보를 더 찾아냈다고 말했다. 그는 칠턴이 직접 작성한 소개글이 담긴 홈페이지를 불러올렸다.

Http://www.thechiltonreport.com

댄스가 스크롤하며 블로그를 훑는 동안 볼링이 말했다.

"제임스 데이비드 칠턴, 43세. 패트리샤 브리스베인과 결혼해 열 살과 열두 살짜리 아들을 두었음. 현재 카멜에 거주. 홀리스터에는 별장이 있고, 새너제이에도 땅이 조금 있군요. 몇 년 전 죽은 장인으로부터 상속받았다고 합니다. 칠턴에 대한 정보 중 가장 흥미로운 건 그의 습관입니다. 쉴 새 없이 편지를 쓴다는군요."

"편지요?"

"편집자와 국회의원들에겐 물론, 신문에 특별기고도 자주 올린답니다.

인터넷이 보급되기 전엔 일반우편을 이용했고, 그 후로는 이메일을 이용한다고 하네요. 지금껏 부친 편지만 수천 통에 달합니다. 불평, 비판, 찬사, 칭찬, 정치 논평. 가장 감명 깊게 읽은 책으로는 《허조그》를 꼽았습니다. 편지에 집착하는 남자가 등장하는 솔 벨로우의 소설이죠. 기본적으로 칠턴의 메시지는 도덕적 가치를 옹호하고, 부패를 포고하고, 좋은 정치인들을 격찬하고, 그렇지 않은 이들을 맹비난하자는 것입니다. 그의 블로그가 하고 있는 것처럼 말입니다. 사실 온라인을 뒤져보면 그런 곳이 적지 않습니다. 어쨌든 칠턴은 그렇게 블로고스피어*에 대해 알게 됐을 겁니다. 그는 5년쯤 전에 〈칠턴 리포트〉를 개설했습니다. 설명을 이어가기 전에 먼저 블로그의 역사에 대해 알아둘 필요가 있을 것 같네요."

"네."

"'웹로그weblog'를 줄여 블로그라 부르게 된 겁니다. 웹로그라는 표현은 1997년에 컴퓨터계 거물인 존 바거가 처음 썼고요. 바거는 여행 소감을 일기 형식으로 써서 자신의 사이트에 올려놓기 시작했습니다. 사람들은 이미 오래전부터 자신들의 생각을 인터넷에 기록해왔죠. 하지만 링크의 개념을 도입한 블로그는 일반 사이트들과 확실한 차이가 있었습니다. 링크. 그게 바로 블로그의 핵심 요소죠. 내용을 훑다가 밑줄이 그어졌거나 볼드체로 적힌 단어를 클릭하면 새로운 공간으로 이동하게 됩니다. 링크는 '하이퍼텍스트'라 부릅니다. 웹사이트 주소에 붙는 *H-T-T-P* 있죠? '하이퍼텍스트 트랜스퍼 프로토콜**'을 의미합니다. 링크를 만들 수 있게 해주는 소프트웨어죠. 그건 인터넷의 가장 중요한 측면 중 하나라 할 수 있습니다. 아니, 어쩌면 가장 중요한 측면인지도 모릅니다. 하이퍼텍스트가 흔해지면서 블로그들이 우후죽순처럼 생겨나기 시작했습니다. HTML, 그러니까 인터넷의 하이퍼텍스트를 표현하기 위한 언어로 코드

---

* 블로그를 통해 커뮤니티나 소셜네트워크처럼 서로 연결되어 있는 모든 블로그들의 집합
** 인터넷 데이터 통신 규약

를 쓸 수 있다면 누구나 쉽게 자신의 블로그를 만들 수 있었습니다. 점점 많은 사람들이 참여를 원했지만 모두가 기술적 지식을 충분히 갖추고 있진 못했죠. 그래서 여러 업체들이 누구나 쉽게 연계된 블로그를 만들 수 있도록 프로그램을 만들어 제공했습니다. 초창기에는 피타스, 블로거, 그룹수프 등이 있었죠. 이내 수십 개의 새로운 블로그가 생겨났고요. 지금은 구글이나 야후 같은 포털 사이트에 계정만 있으면 너무나도 손쉽게 블로그를 만들 수 있습니다. 데이터 저장을 헐값에 처리할 수 있게 되자 자연스럽게 블로고스피어가 만들어졌죠."

볼링의 설명은 활기차고 정연했다. 보나마나 학교에서도 인정받는 교수일 거라고 댄스는 생각했다.

"9/11 사건 이전까지 대부분의 블로그는 컴퓨터 관련 정보만 다뤘습니다. 기술자들에 의한, 기술자들을 위한 공간이었죠. 하지만 9/11 이후 새로운 타입의 블로그가 하나둘씩 나타나기 시작했습니다. 그것들은 전쟁 블로그라 불렸죠. 아프가니스탄과 이라크 전쟁을 다룬 블로그들이었습니다. 그 블로거들은 과학 기술에 관심이 없었습니다. 그들은 정치, 경제, 사회, 세계에 관심이 있었죠. 전 그 차이를 이렇게 정리합니다. 9/11 이전의 블로그들은 내부 지향적, 그러니까 인터넷 그 자체를 향했습니다. 전쟁 블로그들은 외향적이었고요. 전쟁 블로거들은 스스로를 저널리스트라 생각했습니다. 뉴 미디어 말입니다. 그들은 CNN과 〈워싱턴 포스트〉 기자들처럼 기자증을 원했고, 진지하게 받아들여지길 원했습니다. 제임스 칠턴은 전형적인 전쟁 블로거입니다. 그는 인터넷 그 자체나 첨단 기술 분야에 아무 관심이 없습니다. 물론 자신의 메시지를 퍼뜨리는 데 필요한 기술은 예외지만요. 칠턴은 현실에 대한 글을 써서 올립니다. 이제 오리지널 블로거와 전쟁 블로거들은 블로고스피어의 1등 자리를 놓고 끊임없이 싸우고 있습니다."

"스포츠처럼 말이죠?"

댄스가 흥미롭다는 듯 말했다.

"그들에겐 그렇습니다."

"그 둘이 공존할 순 없나요?"

"물론 가능합니다. 하지만 자존심 싸움에서 양보란 있을 수 없죠. 중요한 건 딱 두 가지입니다. 첫째, 최대한 많은 구독자를 확보하는 것. 둘째, 최대한 많은 블로그에 링크되는 것."

"결국 끼리끼리만 어울리겠다는 거군요."

"네, 아주 심하죠. 아까 어떻게 하면 칠턴으로 하여금 수사에 협조하도록 만들 수 있는지 물어보셨죠? 〈칠턴 리포트〉는 진지한 블로그입니다. 중요한 곳이고 영향력도 큽니다. '도로변 십자가' 스레드에 칼트랜스의 간부가 올려놓은 댓글을 보셨죠? 그 사람은 블로그에서 고속도로 점검 시스템을 변호했습니다. 공무원과 CEO들도 칠턴의 블로그를 즐겨 찾는다는 뜻이겠죠. 칠턴이 자신들에 대해 나쁜 얘길 적어 올릴까 늘 조마조마할 겁니다. 〈칠턴 리포트〉는 지역 현안에 집중하고 있지만, 문제는 그 지역이 광활한 캘리포니아라는 사실입니다. 지역이라는 단어가 무색해질 수밖에 없죠. 전 세계가 우리를 주목하고 있습니다. 이곳을 좋아하는 사람도 있고, 싫어하는 사람도 있지만 그 모두가 이곳 소식에 지대한 관심을 보이고 있어요. 더불어 칠턴 자신도 진지한 저널리스트로 급부상했고요. 그는 정보원을 많이 거느렸고, 글을 굉장히 잘 씁니다. 항상 합리적이고, 민감한 이슈를 잘 짚어냅니다. 칠턴은 선정주의자도 아닙니다. 혹시나 해서 브리트니 스피어스와 패리스 힐튼을 검색해봤는데 아무것도 걸리지 않더군요."

댄스는 대단하다고 생각했다.

"그렇다고 파트타임으로 운영하는 것도 아닙니다. 칠턴은 3년 전부터 풀타임으로 블로그를 운영 중입니다. 캠페인도 활발히 펼치고 있고요."

"캠페인이라면?"

볼링이 스크롤해 홈페이지의 '내부 소식' 스레드로 내려갔다.

Http://www.thechiltonreport.com

세계로 뻗어 나갑니다!

기쁜 소식입니다. 〈리포트〉가 세계 곳곳에서 극찬받고 있습니다. 수천 곳의 블로그와 웹사이트와 전자 게시판을 연결해주는 새 RSS(저흰 이걸 '정말 간단한 신디케이트 조직Really Simple Syndication'이라고 부른답니다) 피드에서 우리 사이트를 선두적인 블로그 중 하나로 선정했습니다. 이 영광을 〈리포트〉의 모든 독자분들께 돌립니다.

"RSS 또한 중요한 부분입니다. 이건 RDF 사이트 신디케이션의 약어예요. RDF는 '자원 서술 체계Resource Description Framework'를 의미하고요. 뭐 이런 것까지 자세하게 파고들 필요는 없습니다. RSS는 블로그와 웹사이트와 팟캐스트들에서 뽑아낸 최신 정보를 기호에 맞춰 관리하고 통합시키는 방법입니다. 요원님의 브라우저를 한번 보세요. 맨 위에 점과 두 개의 곡선이 담긴 작은 주황색 버튼이 있을 겁니다."

"네, 본 적 있어요."

"그게 바로 RSS 피드입니다. 칠턴은 다른 블로거와 웹사이트들의 눈에 띄기 위해 무던히 애쓰고 있어요. 그에겐 그게 가장 중요합니다. 요원님에게도 중요하고요. 그게 칠턴에 대한 뭔가를 알려줄 테니까요."

"자부심이 대단한 사람인 것 같네요."

"맞습니다. 그것도 알아두면 좋죠. 전 그의 자존심을 자극하는 것보다 비도덕적인 방법을 생각하고 있었습니다."

"비도덕적인 방법이라…… 궁금한데요."

"수사에 협조하면 블로그 홍보에 적지 않은 도움이 될 거라고 믿게 만드는 겁니다. 주요 언론에 〈리포트〉가 크게 다뤄질 거라고 말이죠. 그뿐아니라, 앞으로 CBI가 기꺼이 그의 소식통이 돼주겠다고도 해보세요."

볼링이 턱으로 모니터를 가리켰다.

"칠턴은 부정 폭로 기자입니다. CBI를 소식통으로 둘 수 있는 기회를 마다하겠습니까?"

"좋은 생각이네요. 한번 해볼게요."

볼링이 미소 지었다.

"물론 우리 뜻대로 안 될 수도 있습니다. 요원님의 요청을 저널리즘 윤리의 심각한 침해로 여기고 매몰차게 거절할지도 몰라요."

댄스는 모니터를 빤히 들여다보았다.

"이런 블로그들…… 제겐 완전히 딴 세상이에요."

"그렇죠? 지금까지 우린 그들의 힘을 아주 조금 이해했을 뿐입니다. 그들이 어떻게 정보 습득 방식을 바꾸어놓았는지, 그리고 어떻게 여론을 조성해가는지도 알게 됐고요. 현존하는 블로그 수만 6,000만 개가 넘을걸요."

"그렇게나 많나요?"

"네. 사실 우린 그들 덕을 꽤 보고 있습니다. 그들이 일차적으로 정보를 걸러주니 구글로 수백만 개의 사이트를 일일이 훑어볼 필요가 없어졌죠. 그들은 한마음으로 똘똘 뭉친 커뮤니티입니다. 재미도 있고, 창의적이기도 하죠. 〈칠턴 리포트〉처럼 사회를 감시하고 진실을 파헤치는 기능을 하기도 하고요. 물론 그 이면엔 문제도 적지 않습니다."

"소문 퍼뜨리기."

댄스가 말했다.

"그것도 그중 하나입니다. 또 다른 문제는 제가 태미에 대해 얘기했던 겁니다. 그들은 사람들로 하여금 경솔해지게 만듭니다. 사람들은 온라인과 가상세계 안에서 보호받고 있다는 기분을 느끼거든요. 아이디를 만들어 글을 올릴 수 있는 익명성 때문에 자신에 대한 정보를 부담 없이 공개하죠. 하지만 명심하세요. 인터넷에 올리는 모든 글들, 그것이 사실이든 거짓이든 간에 자신이 올리는 글들, 누군가가 자신에 대해 올리는 글들, 그 모든 건 영영 삭제되지 않습니다. 영원히 남게 돼요."

볼링이 계속 이어나갔다.

"하지만 가장 큰 문제는 사람들이 보도의 정확성에 아무 의문도 제기하지 않는다는 사실입니다. 블로그에선 진실성이 느껴집니다. 아무래도 대형 언론사가 아닌, 사람들로부터 나온 정보이다 보니 훨씬 평등하고 진실되게 여겨질 수밖에 없죠. 하지만 그걸 곧이곧대로 믿는 건 어리석은 일입니다. 사실 저도 이런 얘길 떠벌리고 다니다가 학계와 블로고스피어에서 뭇매를 좀 맞았죠. 〈뉴욕 타임스〉는 영리 목적의 기업이지만 대부분의 블로그들보다 수천 배 객관적입니다. 온라인에선 책임지는 태도를 찾아보기 힘들어요. 홀로코스트의 부정, 9/11 음모론, 인종차별. 칵테일파티에서 어떤 괴짜가 이스라엘과 CIA가 세계무역센터에 테러를 가했다고 주절댄 헛소리마저도 블로그에선 그럴듯하게 다뤄지죠."

댄스는 자신의 책상으로 돌아가 수화기를 집어들었다.

"아무래도 교수님 말씀대로 해봐야겠네요. 어떤 결과가 나올지 지켜보죠."

제임스 칠턴의 집은 카멜의 부자 동네에 위치했다. 앞뜰은 에이커 단위로 재야 할 만큼 넓었다. 다양한 풀꽃을 조잡하게 심은 정원은 전문가의 솜씨 같아 보이지 않았다. 주말마다 부부가 나와 직접 심고 관리하는 듯했다.

댄스는 부러움의 눈으로 앞뜰을 둘러보았다. 그녀는 원예에 소질이 없었다. 언젠가 매기가 말했다. 만약 꽃들에게 뿌리가 없다면 엄마가 정원에 발을 들이기 무섭게 달아나버릴 거라고.

40년쯤 돼 보이는 집은 꽤 컸다. 댄스는 최소한 여섯 개 이상의 침실이 있을 거라 추측했다. 렉서스 세단과 닛산 퀘스트는 각종 스포츠 장비들로 가득 찬 커다란 차고 안에 주차되어 있었다. 댄스의 차고에 쑤셔 박힌 장비들과 달리 전부 닳아 해진 것들이었다.

댄스는 칠턴의 두 차의 범퍼에 붙은 스티커를 보고 피식 웃었다. 그의 블로그에 걸린 표제들. 하나는 담수화 반대를, 또 하나는 성교육 확대 반대를 외치고 있었다. 좌, 그리고 우. 민주당원, 그리고 공화당원.

차고 앞에는 또 다른 차 한 대가 세워져 있었다. 토러스에 렌터카회사 스티커가 붙어 있는 걸 보니 손님이 온 듯했다. 댄스는 차를 세우고 현관으로 올라가 초인종을 눌렀다.

안에서 발소리가 가까워졌다. 현관문을 열고 사십대 초반으로 보이는 흑갈색 머리의 여자가 모습을 드러냈다. 호리호리한 그녀는 유명 브랜드 청바지에 깃을 펴 올린 하얀 블라우스 차림이었다. 두꺼운 데이비드 여 면 은제 목걸이를 했다.

무엇보다 이탈리아제로 보이는 구두가 댄스의 시선을 확 잡아끌었다.

댄스는 여자 앞으로 신분증을 내밀었다.

"아까 연락드렸죠? 칠턴 씨를 뵈러 왔습니다."

여자의 미간이 살짝 찌푸려졌다. 법집행관과 맞닥뜨렸을 때 흔히 볼 수 있는 반응이었다. 그녀의 이름은 패트리샤였다.

"제임스가 미팅을 마무리 짓고 있는 중이에요. 요원님이 오셨다고 전할게요."

"감사합니다."

그녀는 댄스를 포근한 분위기의 방으로 안내했다. 벽은 가족사진으로 빽빽이 채워져 있었다. 잠시 자리를 비웠던 패트리샤가 돌아왔다.

"곧 나올 거예요."

"감사합니다. 아이들은 어디 있나요?"

댄스가 가족사진을 가리켰다. 사진 속에서는 패트리샤와 칠턴으로 보이는 머리가 벗겨진 남자, 그리고 웨스를 연상시키는 검은머리 소년 둘이 포즈를 취했다. 그들 모두 카메라를 향해 미소 짓고 있었다. 여자가 자랑스럽게 말했다.

"짐과 쳇이에요."

칠턴의 아내는 계속해서 벽에 걸린 사진들에 대한 설명을 이어나갔다. 패트리샤가 어린 시절 카멜 비치, 포인트 로보스, 미션 등지에서 찍은 사진들이 보였다. 댄스는 그녀가 캘리포니아 출신일 거라 생각했다. 패트리샤는 그렇다고 대답했다. 그리고 바로 이 집이 유년기를 보낸 곳이라는 사실을 덧붙였다.

"아버지 혼자 여기서 몇 년 사셨어요. 3년 전 아버지가 돌아가시고 나서 제임스와 들어와 살게 됐죠."

댄스는 대대로 집을 물려준다는 아이디어가 마음에 들었다. 마이클 오닐의 부모 역시 그와 형제들이 자란 바닷가 집에서 살고 있었다. 오닐의 아버지는 치매로 고생 중이어서, 어머니는 집을 팔고 노인 전용시설로 들어가고 싶어했다. 하지만 오닐은 다른 건 몰라도 집만큼은 절대 팔 수 없다며 강경한 입장을 고수했다.

패트리샤는 계속해서 다양한 스포츠를 즐기는 식구들의 사진을 소개했다. 골프, 축구, 테니스, 철인 3종 경기. 현관 쪽에서 누군가의 음성이 들려왔다.

댄스는 그쪽으로 고개를 돌렸다. 두 남자가 눈에 들어왔다. 사진을 통해 얼굴을 익힌 칠턴은 야구 모자를 썼고, 초록색 폴로 셔츠와 치노 바지 차림이었다. 모자 밑으로 금발머리가 살짝 드러났다. 그는 키가 컸고, 탄탄한 체구였다. 벨트 위로 살짝 나온 복부만 빼면 흠잡을 데가 없었다.

칠턴은 엷은 갈색머리에 청바지와 흰색 셔츠, 갈색 스포츠 코트를 걸친 남자와 애기를 나누고 있었다. 댄스가 현관 쪽으로 나가려 하자, 칠턴이 서둘러 남자를 내보냈다. 법집행관의 방문 사실을 손님에게 들키고 싶지 않다는 듯이.

패트리샤가 말했다.

"곧 돌아올 거예요."

하지만 댄스는 그녀를 지나쳐 계속 현관으로 향했다. 웬일인지 패트리샤가 바짝 긴장하고 있는 것 같았다. 심문자는 어떤 상황에서든 신속하게 주도권을 잡아놓아야 한다. 심문의 규칙은 심문자가 정하는 것이다. 하지만 댄스가 현관에 다다랐을 때, 칠턴이 안으로 들어왔다. 렌터카는 이미 사유차도에 깔린 자갈을 으깨며 멀어지고 있었다.

댄스의 선글라스 색과 비슷한 칠턴의 초록 눈이 그녀를 응시했다. 그녀는 블로거와 악수하며 얼굴을 유심히 살폈다. 까무잡잡한 얼굴은 주근깨투성이었고, 경계심보다는 호기심과 반항의 빛이 뚜렷했다.

댄스는 신분증을 꺼내 보였다.

"조용한 곳에서 잠시 대화하고 싶습니다. 칠턴 씨."

"제 사무실로 오시죠."

칠턴은 그녀를 이끌고 작은 방으로 들어갔다. 사방에는 잡지와 신문에서 오려낸 기사와 컴퓨터로 출력한 문서들이 수북이 쌓여 있었다. 기자들의 작업 환경이 예전 같지 않다는 존 볼링의 설명 그대로였다. 이제는 집이나 아파트의 작은 방들이 신문사의 사회부 기자실을 대신하는 모양이었다. 그의 컴퓨터 옆에는 찻잔이 하나 놓여 있었고, 방 안은 캐모마일 향으로 가득 찼다. 신기하게도 모든 저널리스트들의 단짝이라 할 수 있는 담배, 커피, 위스키 따위는 보이지 않았다.

그들은 자리에 앉았다. 칠턴이 눈썹을 추켜세웠다.

"그가 불평을 한 모양이군요. 그런데 이상하네요. 왜 경찰을 끌어들였을까요? 그냥 민사소송을 걸면 될 일을."

"무슨 말씀이시죠?"

댄스는 혼란스러웠다.

등받이에 몸을 붙인 칠턴이 모자를 벗어 쥐고 벗겨진 머리를 문질러대다가 다시 썼다. 짜증이 유발한 반응이었다.

"아, 예전부터 명예훼손으로 고발하겠다고 했거든요. 하지만 모든 게 사실인데 뭐가 명예훼손이라는 거죠? 게다가 제가 올린 글이 거짓이라 해도 이 땅에서 명예훼손은 범죄가 아닙니다. 스탈린주의 러시아라면 몰라도요. 대체 경찰이 뭘 어쩌겠다는 겁니까?"

칠턴의 날카로운 눈이 번뜩였다. 그의 몸짓 언어가 점점 격렬해지고 있었다. 아무래도 최대한 서둘러야 할 것 같았다.

"아직도 무슨 말씀인지 모르겠습니다."

"아니, 브루베이커 때문에 오신 게 아닙니까?"

"아닙니다. 그게 누구죠?"

"담수 공장을 끌어들여 우리 해안을 망쳐놓으려는 사람입니다."

댄스는 담수 공장에 대한 〈칠턴 리포트〉의 비판 글을 떠올렸다. 그리고 들어오면서 봤던 범퍼 스티커도.

"그 일로 온 게 아닙니다."

칠턴의 이마에 주름이 잡혔다.

"그는 어떻게든 절 막으려 하고 있습니다. 그래서 경찰에 불평했는지 알았어요. 죄송합니다. 제가 오해를 했습니다."

경직됐던 칠턴의 얼굴이 풀어졌다.

"브루베이커…… 그 친구가 사람을 얼마나 짜증나게 하던지……."

댄스는 개발업자에 대한 칠턴의 평을 마저 들어보고 싶었다.

"실례합니다."

패트리샤가 들어와 새로 끓인 차를 남편 앞에 내려놓았다. 그녀는 댄

스에게 원하는 음료를 물었다. 미소를 짓고 있기는 했지만 패트리샤의
눈에는 여전히 의심이 담겨 있었다.

"감사합니다. 전 괜찮아요."

칠턴이 턱으로 차를 가리키며 살짝 윙크했다. 패트리샤가 문을 닫고
방을 나갔다.

"뭘 도와드릴까요?"

"블로그에 올라온 도로변 십자가 관련 글들 있죠?"

"오, 그 교통사고 말씀이죠?"

칠턴의 시선이 댄스를 유심히 훑었다. 어느새 방어적 태도가 돌아왔
다. 댄스는 그의 자세에서 스트레스를 똑똑히 읽어낼 수 있었다.

"그 소식을 유심히 봤습니다. 언론은 그 소녀가 블로그에 올린 댓글 때
문에 봉변을 당했다고 하더군요. 다른 글쓴이들도 같은 얘길 하고 있고
요. 그 남학생의 이름을 알려드릴까요?"

"아닙니다. 이미 알고 있습니다."

"그 남학생이 여학생을 익사시키려 했다는 게 사실입니까?"

"그랬던 것 같습니다."

칠턴이 빠르게 대꾸했다.

"전 그 남학생을 비난하지 않았습니다. 그저 경찰이 제대로 수사했는
지, 칼트랜스가 제대로 도로 관리를 해왔는지 의문을 제기했을 뿐이죠.
전 처음부터 그 남학생 탓이 아니라고 분명하게 못 박아놓았습니다. 그
래서 그 남학생 이름도 삭제했던 거고요."

"그래도 사람들이 용케 알아냈더군요."

칠턴의 입이 살짝 뒤틀렸다. 댄스의 대꾸를 자신이나 블로그에 대한
비판으로 받아들인 듯했다. 하지만 그는 순순히 인정했다.

"제가 무슨 수로 그들을 막겠습니까? 그건 그렇고, 뭘 도와드릴까요?"

"저희는 트래비스 브리검이 다른 악플러들을 상대로 추가 범행을 저지

를지 모른다고 생각하고 있습니다."

"정말입니까?"

"확실하진 않지만 가능성이 충분하다고 보고 있어요."

칠턴의 얼굴이 찌푸려졌다.

"그 남학생을 그냥 체포하면 되지 않습니까?"

"현재 찾고 있는 중입니다. 행방이 묘연해졌거든요."

"그렇군요."

칠턴은 어깨를 들썩였고, 목에는 빳빳하게 힘이 들어갔다. 댄스는 그가 이 상황을 무척 불편해하고 있다는 사실을 깨달았다. 그녀는 존 볼링의 조언을 떠올렸다.

"선생님의 블로그가 세계적으로 많이 알려졌더군요. 높이 평가받고 있고요. 그래서 독자가 많은 모양이에요."

그의 눈에 희미한 만족의 빛이 감돌았다. 댄스는 제임스 칠턴이 속 보이는 아첨에도 뚜렷하게 반응한다는 사실에 주목했다.

"하지만 문제는 트래비스를 공격한 글쓴이들 모두가 그의 다음 표적일 수 있다는 겁니다. 그 수는 지금도 계속 늘어가고요."

"〈리포트〉는 미국 내 최고 적중도를 자랑합니다. 캘리포니아에서 가장 많은 독자를 거느린 블로그이기도 하고요."

"당연히 그럴 거라고 생각했습니다. 저도 즐겨 찾고 있습니다."

댄스는 속내를 들키지 않으려 애썼다.

"감사합니다."

칠턴이 미소를 짓자 눈주름이 깊어졌다.

"하지만 말씀드린 대로 이건 심각한 문제입니다. '도로변 십자가' 스레드에 댓글을 다는 순간부터 누구나 표적이 될 수 있습니다. 익명으로 글을 올린 사람도 있고, 타 지역 사람들도 좀 있더군요. 하지만 문제는 이 지역에 살고 있는 사람들입니다. 트래비스가 쉽게 찾아낼 수 있으니까요."

"오."

칠턴의 얼굴에서 미소가 지워졌다. 그는 잽싸게 머리를 굴리고 있는 듯했다.

"그래서 그들의 인터넷 주소를 받으러 오신 거군요."

"그들을 보호해야 하니까요."

"주소는 내드릴 수 없습니다."

"하지만 그들은 지금 위험에 처했습니다."

"이 나라는 대중매체와 국가의 분리 원칙을 바탕으로 돌아가고 있습니다."

물론 그런 말장난에 흔들릴 댄스가 아니었다.

"한 소녀가 트렁크에 갇힌 채 익사할 뻔했습니다. 어쩌면 트래비스는 또 다른 표적을 노리고 있는지도 몰라요."

칠턴이 손가락 하나를 들어 보였다. 교사가 수다스러운 학생의 말을 끊듯이.

"이건 굉장히 민감한 문제입니다, 댄스 요원님. 실례지만 상관이 누구시죠? 맨 위에 계신 분 말입니다."

"법무장관님이십니다."

"그렇군요. 제가 요원님께 '도로변 십자가' 스레드에 댓글을 올린 이들의 인터넷 주소를 알려드린다고 치죠. 다음 달에 요원님이 또 오셔서 법무장관이 명예훼손을 이유로 해고한 내부고발자의 인터넷 주소를 요구하시면 어떻게 합니까? 아니면 댓글로 주지사를 비판한 독자의 인터넷 주소를 요구하시거나. 대통령에 대해 악플을 올린 사람도 있을지 모르고 말입니다. 이건 어떻습니까? 누군가가 알카에다를 옹호하는 댓글을 올렸다면요? 요원님께선 이렇게 말씀하시겠죠. '지난번엔 주셨는데 왜 이번엔 안 되는 겁니까?'"

"그런 일은 없을 겁니다."

"지금은 그렇게 말씀하시지만……."

칠턴은 공무원은 누구라도 믿지 못하겠다는 듯 말끝을 흐렸다.

"그 남학생이 자신이 쫓긴다는 걸 알고 있습니까?"

"네."

"그럼 이 지역을 떠났겠죠. 안 그렇습니까? 여기 남아 다른 댓글 작성자들을 노리진 않을 겁니다. 이미 경찰이 자기를 찾아 헤매고 있으니까 말입니다."

칠턴의 음성은 단호했다.

댄스는 차분하게 설득을 계속했다.

"칠턴 씨, 가끔은 타협도 필요한 법입니다."

그녀는 칠턴의 반응을 유심히 살폈다.

그는 한쪽 눈썹을 추켜세운 채 묵묵히 기다렸다.

"트래비스에게 악플을 단 이들 중 이 지역 사람들의 인터넷 주소만 주시면 됩니다. 그렇게만 해주시면…… 저희도 뭔가를 해드릴게요. 특별히 필요하신 게 있는지는 모르겠지만요."

"예를 들면, 어떤 것 말씀입니까?"

댄스는 볼링의 제안을 떠올렸다.

"공식 성명을 발표할 때 선생님께서 협조해주신 사실도 빼놓지 않겠습니다. 블로그 홍보에도 꽤 도움이 되지 않을까요?"

칠턴은 골똘히 머리를 굴렸다. 곧 그의 얼굴이 찌푸려졌다.

"아닙니다. 제가 협조를 한다면 그 사실은 절대 언급하면 안 됩니다."

댄스는 긴장을 풀었다. 협상이 시작된 것이다.

"네, 알겠습니다. 하지만 그 외에도 저희가 해드릴 수 있는 게 있을 텐데요."

"정말입니까? 어떤 것 말씀이시죠?"

댄스는 교수의 또 다른 아이디어를 떠올렸다.

"캘리포니아 연방수사국이 선생님의 소식통이 돼드릴 수도 있겠죠. 그 것도 현직 요인들이 말입니다."

칠턴이 몸을 앞으로 살짝 기울이며 눈을 번뜩였다.

"그러니까 절 매수하시겠다, 이 말씀이시죠? 그럴 줄 알았습니다. 살짝 빈틈을 보여드리니 역시 이렇게 나오시는군요. 딱 걸리셨습니다, 댄스 요원님."

댄스는 뺨이라도 한 대 얻어맞은 듯이 몸을 움츠렸다.

칠턴은 말을 계속했다.

"제 공공심을 자극하는 건 나쁘지 않은 방법이지만 이건……."

칠턴이 그녀 앞으로 손을 흔들어 보였다.

"이건 너무 불쾌합니다. 부정한 방법이에요. 제가 매일 블로그에서 이런 책략을 폭로한다는 거 모르셨습니까?"

물론 우리 뜻대로 안 될 수도 있습니다. 요원님의 요청을 저널리즘 윤리의 심각한 침해로 여기고 매몰차게 거절할지도 몰라요.

"태미 포스터는 하마터면 목숨을 잃을 뻔했습니다. 앞으로 다른 피해자가 생길지도 모르고요."

"죄송합니다만 〈리포트〉를 위태롭게 만들고 싶지 않습니다. 익명성을 보장받지 못하면 독자들은 제 블로그의 진정성에 의문을 제기할 겁니다."

"다시 한번 잘 생각해보시죠."

블로거의 얼굴에서 단호한 표정이 사라졌다.

"아까 요원님이 도착하셨을 때 저랑 같이 있었던 남자, 기억하시죠?"

댄스는 고개를 끄덕였다.

"그레고리 애쉬튼."

칠턴의 음성에 힘이 들어갔다. 그에게는 큰 의미가 있는 인물인 듯했다. 상대에게는 아무 의미도 없을지 모르지만. 칠턴은 아무 변화도 없는 댄스의 얼굴을 빤히 쳐다보았다.

"그는 블로그와 웹사이트를 모아 새 네트워크를 만들기 시작했습니다. 어쩌면 세계 최대 규모일지도 모릅니다. 전 대표 수준에서 일을 지휘하게 됐습니다. 애쉬튼은 홍보를 위해 수백만 달러를 쓰고 있습니다."

댄스는 볼링의 설명을 되새겼다. 애쉬튼이 '세계로 뻗어 나갑니다' 포스트에서 칠턴이 언급했던 RSS 피드의 배후인 모양이었다.

"그러면 〈리포트〉는 기하급수적으로 성장하게 될 겁니다. 그 후로는 세계 곳곳의 문제들을 본격적으로 다룰 수 있게 될 거고요. 아프리카의 에이즈 문제, 인도네시아의 인권침해 문제, 카슈미르의 잔혹행위 문제, 브라질의 환경재앙 문제. 하지만 제가 독자들의 인터넷 주소를 요원님께 넘겼다는 사실이 알려지면 〈리포트〉의 신성함에 큰 오점이 남을 겁니다."

댄스는 답답했지만 한때 저널리스트이기도 했던 터라 이해는 됐다. 칠턴이 이렇게 나오는 이유는 탐욕이나 자존심 때문이 아닌, 독자들을 위한 진심 어린 마음 때문이었다.

문제는 그 마음이 그녀에게 전혀 도움이 못 된다는 사실이었다.

"무고한 사람이 희생될 수도 있습니다."

댄스는 계속 물고 늘어졌다.

"이런 문제는 과거에도 있었습니다, 댄스 요원님. 블로거들의 책임 말입니다."

칠턴은 자세를 살짝 바로잡았다.

"몇 년 전, 특종 포스트를 올린 적이 있었습니다. 한 유명 작가가 다른 작가의 작품 속 몇 구절을 표절해 쓴 적이 있었죠. 그는 우연의 일치였을 뿐이라며 포스팅하지 말아달라고 애원했습니다. 하지만 전 결국 글을 작성해 올렸습니다. 그 작가는 다시 술에 손을 대기 시작했고, 그렇게 폐인이 돼버렸습니다. 제가 그걸 바랐겠습니까? 천만에요. 하지만 규칙은 규칙입니다. 저 자신이 그런 범죄를 저질렀다 해도 용서받지 못했을 겁니다. 그뿐 아니라, 언젠가 자신이 동성애자였음에도 꽤 격렬한 반동성애 운동을 지휘했던 샌프란시스코의 한 집사에 대해 글을 올린 적이 있었습니다. 그의 위선을 폭로한 것이었죠."

칠턴이 댄스의 눈을 똑바로 쳐다보았다.

"결국 그는 자살하고 말았습니다. 제가 블로그에 올린 글 때문에 말이죠. 단 하루도 그 사건을 잊은 적이 없습니다. 그게 옳은 일이었을까요? 물론입니다. 트래비스가 또 다른 누군가를 공격한다면 저 역시 마음이 편치 않을 겁니다. 하지만 우린 그보다 훨씬 큰 그림을 봐야 합니다. 이해하시겠습니까, 댄스 요원님?"

"저도 기자 출신입니다."

"정말입니까?"

"범죄 전문 기자였습니다. 저도 언론 검열에 반대합니다. 하지만 이건 전혀 다른 문제입니다. 선생님께 포스트를 수정해달라고 요청드리는 게 아닙니다. 그저 댓글을 올린 이들의 이름만 알려달라는 겁니다. 그래야 그들을 보호할 수 있으니까요."

"죄송합니다."

칠턴의 음성은 단호했다. 그가 손목시계를 들여다보았다. 댄스는 인터뷰가 끝났음을 깨달았다. 칠턴이 자리에서 일어났다.

마지막 기회.

"아무도 모를 겁니다. 그냥 다른 방법으로 알아냈다고 할게요."

칠턴이 그녀를 현관으로 안내하며 웃음을 터뜨렸다.

"블로고스피어에서 비밀이 존재할 수 있다고 생각하십니까, 댄스 요원님? 인터넷에선 소문이 광속으로 퍼진다는 거 모르십니까?"

13

고속도로를 달리며 캐트린 댄스는 존 볼링에게 전화를 걸었다.

"어떻게 됐습니까?"

그가 명랑하게 물었다.

"블로그에서 누군가가 트래비스에 대해 쓴 댓글 있었죠? '장대한' 뭐라고 했었더라······."

"오."

볼링의 음성에서 기운이 쭉 빠졌다.

"장대한 실패."

"네, 바로 그걸 경험하고 오는 길이에요. 홍보에 도움이 돼주겠다고도 했는데, 칠턴은 2번 문을 확 열어젖히더군요. 파시스트가 자유언론을 구속하려 든다고 길길이 날뛰었어요. 세상은 자기를 필요로 한다면서 말이죠."

"미안하게 됐습니다. 제 오판이었어요."

"시도해볼 만한 전략이었죠. 아무래도 우리끼리 알아보는 수밖에 없겠어요."

"그렇지 않아도 그 작업 중이었습니다. 왠지 칠턴이 까칠하게 나올 것 같더라고요. 곧 몇 명의 신원이 밝혀질 겁니다. 아, 그가 우리 얘기도 블로그에 올리겠다고 하던가요?"

댄스가 킥킥 웃었다.

"하마터면 그렇게 될 뻔했죠. 아마 이런 헤드라인이 걸렸을 거예요. 'CBI 요원에게 매수당할 뻔하다.'"

"그런 일은 없을 겁니다. 칠턴에게 이건 무척 시시한 일일 테니까요. 그래도 수십만 명의 고정 독자를 거느리고 있는 스타 블로거이니 괜히 심기를 건드릴 필요는 없겠죠."

볼링의 음성이 한층 침울해졌다.

"악플이 점점 지저분해지고 있습니다. 트래비스가 악마 숭배에 빠져 동물을 제물로 바치는 걸 본 적 있다는 사람까지 나타났습니다. 트래비스가 다른 남녀 학생들을 추행했다는 내용도 올라왔고요. 전부 거짓말이겠지만…… 그래도 수위가 점점 높아지는 건 문제입니다. 댓글 내용이 갈수록 황당해지고 있어요."

소문들…….

"어느 정도 신빙성이 있어 보이는 댓글들도 있긴 합니다. 온라인 롤플레잉 게임의 영향에 대한 내용 말입니다. 그들은 트래비스가 싸움과 죽음에 병적으로 집착했다고 주장하고 있어요. 특히 검과 칼로 상대를 난자하는 게임을 즐겼답니다."

"현실을 가상세계와 혼동한 거군요."

"그런 것 같습니다."

통화를 마친 다음 댄스는 아이팟 터치의 볼륨을 조금 높였다. 그녀는 아름다운 브라질의 기타리스트, 바디 아사드를 듣고 있었다. 이어폰을 꽂고 운전하는 건 불법이었다. 유감스럽게도 순찰차 스피커로 듣는 음악은 음질이 좋지 못했다.

지금 그녀에게는 영혼을 위로해주는 음악이 절실했다.

댄스는 수사에 진전이 없어 조바심이 났다. 하지만 그녀는 수사관이기 이전에 두 아이의 어머니였다. 댄스는 항상 두 역할에 균형을 맞추기 위

해 노력해왔다. 병원에 들러 어머니와 함께 있는 두 아이부터 데려와야
했다. 그런 다음, 부모님 집으로 가서 기다리고 있는 스튜어트 댄스에게
아이들을 맡겨놓아야 했다. 댄스의 아버지는 수족관 미팅을 마치고 집에
돌아왔을 것이다. 아이들을 맡기고 나서는 CBI 사무실로 돌아와 트래비
스 브리검을 쫓아야 했다.

댄스는 계속해서 표시 없는 CVPI, 포드 인터셉터 경찰차를 몰아나갔
다. 꼭 경주용 자동차와 탱크를 합친 기계를 모는 듯한 기분이었다. 하지
만 댄스는 거친 운전을 즐기는 타입이 아니었다. 새크라멘토에서 고속 추
격 코스를 밟기는 했지만 운전과는 거리가 멀었다. 그녀는 중부 캘리포니
아의 꾸불꾸불한 도로에서 추격전을 벌이는 자신의 모습을 상상할 수 없
었다. 갑자기 블로그에서 본 이미지가 뇌리를 스쳤다. 6월 9일, 1번 고속
도로에서 발생한 끔찍한 사고현장에 꽂혀 있던 도로변 십자가 사진.

병원에 도착한 댄스는 주차장으로 들어갔다. 건물 앞에는 캘리포니아
고속도로 순찰대 차량 몇 대와 표식 없는 순찰차 두 대가 세워져 있었다.
댄스는 사상자가 발생한 사건 소식을 들은 기억이 없었다. 차에서 내린
그녀는 가장 먼저 시위대의 달라진 분위기를 감지했다. 우선 시위자의
수가 눈에 띄게 늘었다. 최소한 서른 명 이상은 되는 것 같았다. 또한 못
보던 뉴스 팀도 두 개나 늘었다.

시위자들은 스포츠 팬처럼 플래카드와 십자가를 미친 듯이 흔들어대
고 있었다. 그들은 연신 미소를 흘리며 구호를 외쳤다. 피스크 목사는 다
가온 몇 명의 남자들과 차례로 악수를 나누었다. 그의 빨강머리 경호원
은 주차장 구석구석을 유심히 살폈다.

순간 댄스의 온몸이 바짝 얼어붙었다. 그녀의 숨이 턱 막혀버렸다.

웨스와 매기가 감청색 정장 차림의 흑인 여성에 이끌려 병원을 나서고
있었다. 흑인 여성은 아이들을 표시 없는 세단으로 데려갔다.

찰스 오버비의 사무실에서 봤던 특별검사 로버트 하퍼가 모습을 드러

냈다.

하퍼의 뒤로 댄스의 어머니가 보였다. 이디 댄스는 제복 차림의 건장한 CHP 대원 두 명에게 이끌려 걸어나오고 있었다. 그녀의 손목에는 수갑이 채워졌다.

댄스는 앞으로 달려나갔다.

"엄마!"

열두 살 웨스가 동생과 주차장을 달려오며 소리쳤다.

"잠깐, 그러면 안 돼!"

아이들을 데리고 나온 여자가 소리치며 잽싸게 달려왔다.

댄스는 무릎을 꿇고 아이들을 끌어안았다.

여자의 요란한 음성이 주차장을 쩌렁쩌렁 울렸다.

"아이들은 저희가 데려갑니다."

"누구 마음대로요?"

댄스가 으르렁거렸다. 댄스는 아이들을 돌아보았다.

"괜찮니?"

"저 사람들이 할머니를 잡아가요!"

매기가 울먹이며 말했다. 매기의 밤색머리가 어깨 위로 흘러내렸다.

"엄마가 다 알아서 처리할 거야."

댄스가 몸을 일으켰다.

"어디 다친 덴 없고?"

"없어요. 저 여자랑 경찰이 들이닥쳐서 우릴 어딘가로 데려가겠다고 했어요. 어디로 가는지는 가르쳐주지 않았고요."

어머니와 키가 엇비슷한 웨스가 떨리는 음성으로 대답했다.

"난 가고 싶지 않아요, 엄마!"

매기가 댄스에게 찰싹 달라붙었다.

"아무도 너희를 데려가지 않아. 자, 빨리 차에 타."

댄스가 말했다.

감청색 정장을 걸친 여자가 다가와 나지막이 말했다.

"죄송합니다만……."

댄스가 잽싸게 CBI 신분증과 배지를 꺼내 여자의 얼굴 앞으로 들이밀었다.

"아이들은 내가 데려갈 겁니다."

댄스가 말했다.

여자는 움찔하지 않고 신분증을 훑었다.

"저희는 지금 절차에 따라 일을 진행하고 있습니다. 이해해주십시오. 아이들을 생각하셔야죠. 조사 후 모든 게 확인되면……."

"아이들은 내가 데려갑니다."

"전 몬터레이 카운티 아동보호소에서 나온 사회복지사입니다."

그녀도 신분증을 꺼내 보였다.

댄스는 잠시 머리를 굴렸다. 그리고 이내 단호한 모습으로 뒤춤에서 수갑을 꺼내 커다란 게의 집게발처럼 펼쳐 보였다.

"내 말 잘 들어요. 난 아이들의 엄마예요. 내 신원 확인했죠? 아이들 신원도 확인했을 테고. 당장 물러서지 않으면 캘리포니아 형법 207조에 따라 체포할 겁니다."

이 광경을 지켜보던 텔레비전 기자들이 일제히 움찔했다. 유유히 다가오는 딱정벌레를 발견한 도마뱀처럼. 이내 카메라떼가 그들 쪽으로 돌아왔다.

여자가 로버트 하퍼 쪽을 돌아보았다. 하퍼는 고민에 빠진 듯했다. 그가 기자들을 근심스러운 눈으로 바라보았다. 이런 식의 조명은 받지 않느니만 못하다고 판단한 듯했다. 하퍼가 고개를 끄덕였다.

댄스는 아이들을 향해 미소 지으며 수갑을 집어넣고 자신의 차로 다가갔다.

"이젠 괜찮아. 걱정 마. 뭔가 오해가 있었던 것 같아."

댄스가 차 문을 닫고 리모컨으로 자물쇠를 걸었다. 그러고는 순찰차 뒷좌석에 오르는 어머니에게 성큼 걸어갔다. 사회복지사는 댄스를 흘겨보고 있었다.

"케이트!"

이디 댄스가 딸을 불렀다.

"엄마, 대체 이게……."

"말을 걸면 안 됩니다."

하퍼가 말했다.

댄스는 몸을 홱 돌려 하퍼를 쳐다보았다. 그의 키는 댄스와 비슷했다.

"장난하지 말아요. 어떻게 된 일인지 설명해봐요."

하퍼가 차분한 얼굴로 그녀를 쳐다보았다.

"보석심리가 있을 때까지 카운티 구치소에 수감되실 겁니다. 미란다 권리는 알려드렸고요. 당신에게 더 이상의 세부사항을 들려줄 의무는 없습니다."

카메라들은 계속해서 이 모든 일을 담아내기 바빴다.

이디 댄스가 큰 소리로 말했다.

"내가 후안 밀라를 죽였대!"

"조용히 해주십시오, 댄스 부인."

댄스는 하퍼를 노려보았다.

"담당건수 평가라고요? 이제 보니 다 거짓말이었군요."

하퍼는 대꾸하지 않았다.

댄스의 휴대폰이 울렸다. 그녀는 몇 걸음 물러 나와 응답했다.

"아빠."

"케이티, 집에 와보니 경찰이 기다리고 있더구나. 주 경찰관들이야. 지금 집 안 구석구석을 수색하고 있어. 옆집 켄싱턴 부인이 그러는데, 아까 뭐가 잔뜩 담긴 상자 두 개를 가져갔다더라."

"아빠, 엄마가 체포되셨어요."

"뭐라고?"

"안락사. 후안 밀라 말이에요."

"오, 케이티."

"아이들을 마틴네 집으로 데려갈 거예요. 이따 샐리나스 법원에서 만나요. 보석심리가 있을 거래요."

"그래. 뭘…… 뭘 어떻게 해야 할지 모르겠구나."

아버지가 떨리는 음성으로 말했다.

어떠한 곤경에도 흔들림이 없었던 아버지의 무력한 음성이 댄스의 마음을 휘저어놓았다.

"다 잘 풀릴 거예요."

댄스가 말했다. 말은 그렇게 했지만 사실 그녀도 불안하고 혼란스럽기는 마찬가지였다.

"연락드릴게요, 아빠."

그들은 전화를 끊었다.

"엄마."

댄스가 차창 너머 어머니의 암울한 얼굴을 들여다보며 말했다.

"아무 걱정 마세요. 이따 법원에서 뵐게요."

"댄스 요원, 다시 경고합니다. 어머니에게 말을 걸지 말아요."

검사가 단호한 음성으로 말했다.

댄스는 못 들은 척했다.

"누구에게도 아무 말씀 마세요."

댄스가 어머니에게 말했다.

"자꾸 이렇게 비협조적으로 나올 겁니까?"

검사가 짜증을 냈다.

댄스는 말없이 하퍼를 노려보다가 한쪽에 서 있는 CHP 대원들을 돌아보았다. 그들중 한 명은 예전에 댄스와 함께 작업했던 대원이었다. 그는 애써 댄스의 눈길을 피했다. 모두가 하퍼의 지시에 따라 움직이고 있었다.

댄스는 몸을 돌려 자신의 차로 향하다가 갑자기 사회복지사가 있는 쪽으로 방향을 홱 틀었다.

댄스가 그녀 앞으로 바짝 다가갔다.

"우리 애들에겐 휴대폰이 있습니다. 난 단축 다이얼 2번이고요. 1번은 911입니다. 보나마나 아이들이 어머니가 법집행관이라고 얘기했을 텐데요. 왜 내게 연락하지 않은 겁니까?"

여자가 눈을 깜빡이다가 뒤로 주춤 물러났다.

"말씀이 좀 지나치시네요."

"왜 연락하지 않았죠?"

"전 절차에 따랐을 뿐입니다."

"무엇보다 아이들이 우선이 돼야 하는 거 아닌가요? 이런 상황에선 가장 먼저 부모나 보호자에게 연락하는 게 상식이잖아요."

"전 그저 지시에 따라 처리했을 뿐입니다."

"이 일을 얼마나 했죠?"

"당신이 상관할 바가 아닙니다."

"답은 둘 중 하나일 겁니다. 얼마 안 됐거나 너무 오래됐거나."

"어떻게……."

하지만 댄스는 이미 돌아서버린 후였다. 그녀는 차에 올라 시동을 걸었다. 엔진에서 거슬리는 소리가 났다. 병원에 도착했을 때 시동 끄는 것을 깜빡 잊었던 모양이었다.

"엄마, 이제 할머니는 어떻게 되는 거예요?"

매기가 흐느끼며 물었다.

댄스는 아이들에게 거짓말하고 싶지 않았다. 부인하고 미루기보다는 고통과 두려움에 당당히 맞서는 편이 현명했다. 그녀는 최대한 덤덤한 음성으로 말했다.

"할머니는 판사님을 만나러 가시는 거야. 일이 잘 풀리면 금방 집에 오실 수 있단다. 그때가 되면 어떻게 된 일인지 알 수 있겠지. 조금만 더 기다려보자."

댄스는 함께 음악 웹사이트를 운영하는 친구 마틴 크리스텐슨에게 아이들을 데려갈 참이었다.

"그 아저씨가 마음에 안 들어요."

웨스가 말했다.

"누구?"

"하퍼 씨 말이에요."

"엄마도 그 사람이 싫어."

"엄마랑 같이 법원에 가고 싶어요."

매기가 말했다.

"그건 안 돼. 심리가 얼마나 오래 걸릴지 모르거든."

댄스는 고개를 돌리고 아이들에게 환히 미소를 지어 보였다.

아이들의 창백하고 멍한 얼굴을 보는 순간, 로버트 하퍼에 대한 증오가 다시 끓어올랐다.

댄스는 휴대폰의 핸즈프리 마이크를 꽂고 자신이 아는 최고의 변호사에게 전화를 걸었다. 언젠가 법정에서 조지 쉬디는 증인석에 오른 댄스를 무려 네 시간 동안이나 거칠게 몰아붙였던 적이 있었다. 당시 그는 샐리나스의 갱단 두목에게 무죄판결을 선사하기 위해 무던히 애썼다. 하지만 결국 검찰은 승리했고, 갱단 두목은 종신형을 선고받았다. 재판이 끝난 다음 쉬디는 댄스에게 악수를 청하며 증인석에서의 그녀의 활약을 극찬했다. 댄스 역시 그의 심문능력에 혀를 내둘렀음을 인정했다.

쉬디의 응답을 기다리는 동안에도 카메라들은 계속해서 수갑을 찬 채 순찰차에 앉아 있는 그녀의 어머니를 찍었다. 꼭 곤경에 처한 병사들에게 로켓탄 발사기를 쏴대는 반란군을 보는 듯했다.

뒤뜰의 침입자가 무시무시한 설인이 아니라는 걸 확인한 켈리 모건은 그제야 안심하고 머리에 온 신경을 집중시켰다.

십대 소녀라면 누구나 집착할 수밖에 없는 컬러*.

켈리는 세상에서 자신의 머리가 가장 못마땅했다. 습도만 조금 높아도 예외 없이 머리가 곱슬곱슬하게 말려 올라갔다. 짜증 나게.

켈리는 40분 후에 후아니타, 트레이, 토니와 알바라도에서 만나기로 약속한 상태였다. 10분이라도 늦었다가는 친구들에게 따돌림을 당할 게 뻔했다. 그녀는 아우어월드의 '브리의 시청' 게시판에 태미 포스터에 대한 글을 작성해 올리느라 정신이 없었다.

켈리는 고개를 들고 거울을 들여다보았다. 습한 공기가 머리를 엉망으로 만들어놓았다. 그녀는 흉하게 말려 올라간 검은머리와의 한바탕 전쟁을 위해 사이트에서 로그아웃했다.

언젠가 누군가가 지역 블로그에 익명으로 이런 글을 올린 적이 있다.

켈리 모건…… 걔 머린 왜 늘 그 모양이지?????? 무슨 버섯도 아니고 말이야. 삭발한 여자를 좋아하진 않지만 걘 좀 빡빡 밀어버릴 필요가 있겠어. 더 큰 문제는 그 애 자신이 그걸 모르고 있다는 거야.

켈리는 그 글을 읽고 나서 펑펑 울었다. 단어 하나하나가 면도날처럼

---

* 머리카락을 곱슬곱슬하게 만들기 위해 사용하는 원통형의 미용기구

그녀를 갈가리 찢어놓았다.

바로 그 댓글이 켈리로 하여금 아우어월드에서 태미를 옹호하도록 만들었다. AnonGurl 같은 악플러쯤이야 얼마든지 상대해줄 수 있었다.

자신의 머리에 대한 악플은 아직까지도 켈리의 치를 떨게 했다. 제이미는 켈리의 모든 것을 사랑한다고 했지만 이미 심각하게 과민해진 신경은 그녀도 어쩔 수 없었다. 그 문제로 얼마나 많은 시간을 허비했는지 모른다. 문제의 댓글이 올라온 4월 4일 이후로 켈리는 외출할 때마다 몇 시간을 머리와 씨름해야 했다.

꾸물거릴 시간 없어. 빨리 시작하자고.

켈리가 일어나 화장대 앞으로 다가갔다. 그리고 히트 롤러*의 플러그를 꽂았다. 뜨거운 롤러를 쓰면 머리끝이 갈라지는 부작용이 있지만, 늘 제멋대로인 머리칼을 확실히 제압하려면 어쩔 수 없었다.

켈리는 화장대 조명을 켜고 의자에 앉아 블라우스를 벗었다. 그런 다음, 브래지어 위로 빨강, 분홍, 검정, 세 가닥 끈이 붙은 탱크 탑을 걸쳤다. 롤러가 완전히 가열되려면 몇 분 더 기다려야 할 것 같았다. 그녀는 브러시로 머리를 빗기 시작했다. 너무 불공평했다. 예쁜 얼굴, 매력적인 가슴, 탄력 있는 엉덩이. 그리고 이 빌어먹을 머리.

켈리는 컴퓨터를 흘끔 돌아보았다. 친구가 보낸 인스턴트 메시지가 깜빡이고 있었다.

〈칠턴 리포트〉를 봐. 지금 당장!!!!!!!

켈리가 피식 웃었다. 트리쉬는 느낌표를 지나치게 남발하는 게 문제였다.

---

* 열을 가해 머리를 마는 기구

켈리는 〈칠턴 리포트〉를 즐겨 보지 않았다. 무엇보다 정치에 관심이 없었기 때문이다. 하지만 칠턴이 '도로변 십자가' 스레드에 6월 9일 발생한 사고에 대한 포스트를 올린 후부터 그녀는 그 블로그를 자신의 RSS 피드에 포함시켰다. 켈리는 그날 밤 파티에서 트래비스 브리검이 케이틀린과 언쟁을 벌이는 모습을 똑똑히 봤다.

그녀는 키보드 앞으로 다가가 답을 달았다.

무슨 일인데 호들갑이야?

이내 트리쉬의 답이 올라왔다.

칠턴이 이름을 삭제했는데도 사람들은 트래비스가 태미를 공격했다고 얘기하고 있어!!!

켈리도 빠르게 키보드를 두드렸다.

정말이야? 그냥 네 생각이 그렇다는 게 아니고?

그리고 답.

정말이야, 정말이라고!!!! 트래비스는 블로그에 올라온 악플을 보고 열받은 거야. 직접 읽어봐!!!! 운전자 = 트래비스. 그리고 피해자 = 태미.

켈리의 속이 울렁거리기 시작했다. 그녀는 잽싸게 〈칠턴 리포트〉에 접속해 '도로변 십자가' 스레드를 훑어나갔다. 끝부분에 문제의 댓글이 보였다.

ㄴ **칠턴에게 댓글, BrittanyM 작성**

뉴스 봤죠??? 누군가가 십자가를 꽂아놓고 그 앨 덮친 거라고요. 오, 맙소사. 상상만으로도 끔찍하네요. 보나마나 [운전자]가 범인일 거예요!

ㄴ **칠턴에게 댓글, CT093 작성**

대체 경찰은 어디서 뭘 하고 있는 거죠? 듣기로는 범인이 트렁크에 갇혔던 아이를 강간하고 몸에 십자가까지 새겨놓았다던데. 단지 [운전자]에게 악플 좀 달았다는 이유로 말이죠. 뉴스를 보니 경찰이 아직 그를 체포하지 않았다더군요. 대체 왜 꾸물거리고 있는 거죠?????

ㄴ 칠턴에게 댓글, 익명 작성
난 친구들과 [피해자]가 발견된 해변 근처에 갔었어요. 친구들이 그러는데 경찰이 십자가에 대해 얘기하는 걸 들었대요. 사람들에게 닥치고 있으라는 경고의 의미로 그걸 놓아두었다고 합니다. [피해자]는 바로 이곳에서 [운전자]를 맹비난했고, 그 일로 폭행과 강간을 당한 겁니다. 이곳에서 그에게 악플을 달면서 프록시를 쓰지 않았거나 익명으로 글을 올리지 않았다면 앞으로 어떤 험한 꼴을 당하게 될지 모릅니다. 그가 차례로 보복할 테니까요!!

ㄴ 칠턴에게 댓글, 익명 작성
난 [운전자]가 다니는 게임방에서 일하는 사람을 알고 있습니다. 그가 그러는데 [운전자]가 자신에게 악플을 단 사람들 모두에게 복수할 거라고 했다는군요. 아랍 텔레비전에서 테러리스트들이 하는 것처럼 그들의 목을 베어버리겠다나요? [운전자]가 도로변 십자가 킬러가 확실합니다!!! 빨리 가서 잡으라고요!!!

맙소사, 안 돼! 켈리는 트래비스에 대해 자신이 올린 댓글의 내용을 더 들어보았다. 그때 뭐라고 썼었더라? 트래비스가 내게도 화가 나 있을까? 그녀는 잽싸게 스크롤해 자신의 댓글을 찾아보았다.

ㄴ 칠턴에게 댓글, BellaKelley 작성
공감합니다!!! 지난 9일 저도 친구랑 파티에 갔었습니다. 거기서 [운전자]는 [삭제]들에게 치근거렸고, 그들은 그에게 꺼지라고 했어요. 하지만 그는 멈추지 않았고, 파티를 떠나는 그들을 따라나섰어요. 그걸 그냥 지켜보고만 있었던 우리에게도 어느 정도 책임은 있다고 생각합니다. 우린 [운전자]가 음흉한 변태라는 걸 알고 있었어요. 그가 그들을 따라나섰을 때 경찰에 신고했어야 했는데. 〈고스트 위스퍼러〉에서 나오는 것처럼 불길한 예감이 들었거든요. 그런데 결국 그런 일이 터지고 말았네요.

대체 왜? 내가 왜 이런 글을 써서 올렸던 거지?

태미를 내버려두라고, 온라인에서 사람을 괴롭히는 건 나쁜 일이라고. 딱 여기까지만 했어야 하는데, 괜히 트래비스에 대해 주절대 가지고선.

젠장. 트래비스는 내게도 복수하려들 거야. 아까 밖에서 들려온 소리, 혹시 트래비스였나? 어쩌면 동생이 들어오는 소리를 듣고 도망쳐버렸는지도 몰라.

켈리는 자신이 봤던 자전거 소년을 떠올렸다. 트래비스도 자전거를 타고 다니는데. 그래서 아이들은 차도 없이 다니는 트래비스를 놀려댔고.

경악, 분노, 공포…….

켈리는 모니터에 떠오른 포스트를 빤히 쳐다보았다. 그때 뒤에서 이상한 소리가 들려왔다.

딱. 아까처럼.

그리고 또 한번.

그녀가 뒤를 돌아보았다.

순간 켈리 모건의 입에서 날카로운 비명이 터져 나왔다.

얼굴. 그것도 섬뜩한 얼굴이 창밖에서 켈리를 들여다보고 있었다. 이성적인 사고가 불가능한 상황이었다. 그녀의 다리가 풀려버렸다. 다리 사이로 따뜻한 액체가 흘러내렸다. 제어력을 잃은 방광이 열린 것이었다. 켈리의 가슴에서 시작된 통증이 턱과 코, 눈으로 빠르게 퍼져 나갔다. 하마터면 켈리의 호흡이 멎을 뻔했다.

흔들림 없는 얼굴이 커다란 검은 눈으로 그녀를 응시하고 있었다. 흉터 난 피부, 작은 콧구멍, 꿰매어져 피가 맺힌 입.

유년 시절의 공포가 켈리를 엄습했다.

"안 돼, 안 돼, 안 돼!"

켈리는 아이처럼 흐느끼며 뒤로 물러났다. 벽에 부딪치면서 그녀의 몸이 카펫 깔린 바닥에 널브러졌다.

검은 눈은 계속 그녀를 노려보고 있었다.

"안 돼……."

청바지는 오줌으로 젖어 있었고, 속은 심하게 울렁거렸다. 켈리는 문을 향해 필사적으로 기어갔다.

눈, 그리고 꿰매어져 피범벅이 된 입. 설인. 제대로 다시 보니 그것은 창밖 백일홍나무에 걸린 가면이었다.

하지만 이미 점화된 공포는 사그라질 줄 몰랐다.

켈리는 이 모든 게 무슨 뜻인지 알고 있었다.

트래비스 브리검이 온 것이었다. 자기를 죽이러. 태미 포스터에게 그랬던 것처럼.

켈리는 힘겹게 몸을 일으키고 비틀거리며 문으로 향했다. 뛰어. 서둘러 여길 벗어나야 해.

복도로 나온 그녀는 곧장 현관문을 향해 내달렸다.

젠장! 문이 잠겨 있지 않아! 동생이 자물쇠를 걸지 않고 그냥 나가버린 모양이었다.

트래비스가 집 안에 들어왔어!

거실을 가로질러 뛰어나가는 게 현명한 일일까?

겁에 질려 어쩔 줄 모르고 있는 켈리 뒤로 누군가의 팔이 불쑥 튀어나와 그녀의 목을 휘감았다.

그의 총이 관자놀이에 닿자 발버둥 치던 켈리가 얌전해졌다.

켈리는 흐느꼈다.

"제발 이러지 마, 트래비스."

"변태? 호색한?"

그가 속삭였다.

"미안해. 정말 미안해. 별 뜻 없이 쓴 글이었어!"

그는 켈리를 질질 끌고 지하실 문 쪽으로 향했다. 그의 팔에는 점점 더 힘이 들어갔고, 그럴수록 켈리의 신음은 줄어들었다. 깨끗하게 닦인 거실 유리창 밖의 회색빛은 이내 칠흑 같은 검정으로 바뀌었다.

캐트린 댄스는 누구보다 미국의 사법제도에 대해 잘 알았다. 그녀는 저널리스트로, 배심원 컨설턴트*로, 그리고 법집행관으로 치안판사의 사무실과 법정을 제집 드나들 듯했다.

하지만 지금껏 한 번도 피의자의 가족 입장이 된 적은 없었다.

댄스는 병원을 나선 다음 아이들을 마틴의 집으로 데려갔다. 그리고 남편과 함께 산타바바라에 살고 있는 여동생 벳지에게 전화를 걸었다.

"벳지, 엄마에게 문제가 생겼어."

"뭔데? 무슨 일이야?"

늘 방정맞은 동생의 음성에서 모처럼 진지함이 묻어났다. 천사같이 곱실한 머리를 가진 벳지는 다양한 꽃을 시험하는 나비처럼 이 직장, 저 직장을 옮겨 다녔다.

댄스는 자신이 알고 있는 내용을 알려주었다.

"지금 엄마한테 전화해볼게."

벳지가 말했다.

"지금 구금돼 계셔. 휴대폰은 그들이 압수했을 거야. 곧 보석심리가 있을 테니 조금만 더 기다려보자."

"내가 올라갈게."

"나중에 오는 게 나을 거야."

---

* 재판을 유리한 방향으로 유도하기 위해 배심원의 선정 및 감시를 담당하는 전문가

"그래, 알았어. 오, 케이티 언니, 얼마나 심각한 거야?"

댄스는 잠시 머뭇거렸다. 그녀는 선교사를 연상시켰던 하퍼의 단호한 눈빛을 떠올렸다. 마침내 댄스가 대답했다.

"가벼운 일은 아닌 것 같아."

통화를 마친 다음 댄스는 곧장 법원의 치안판사 사무실로 향했다. 그 곳에서는 아버지가 기다리고 있었다. 마른 체형에 백발인 스튜어트는 평소보다 훨씬 창백해 보였다(해양생물학자로서 오랫동안 살인적인 자외선에 노출된 그는 어느새 자외선 차단제와 모자 중독자가 돼 있었다). 그가 딸의 어깨에 손을 얹었다.

이디가 구치소에 구금된 지 한 시간이 지났다. 댄스가 체포한 수많은 범인들이 구금됐던 바로 그곳에. 댄스는 누구보다 절차에 대해 잘 알고 있었다. 소지품 압수. 영장 확인. 정보 입력. 그런 다음에는 체포된 다른 피의자들과 함께 감방에서 순서를 기다려야 한다.

순서가 되면 이곳, 치안판사의 인간미 없고 냉랭한 방에 들어와 보석 심리를 받아야 한다. 지금 이곳은 댄스와 아버지 말고도 많은 피의자들의 가족이 몰려와 북적였다. 피의자들 대부분은 젊은 라틴계 남자들이었다. 평상복을 걸친 이들도 있었고, 빨간 몬터레이 카운티 점프수트 차림의 피의자도 몇몇 보였다. 그들이 몸에 새긴 갱단 문신 중에는 댄스의 눈에 익은 게 여럿 있었다. 뚱한 모습의 백인 피의자 몇몇은 라틴계들보다 꾀죄죄한 모습이었다. 치아와 머리상태는 특히 심각한 수준이었다. 뒤편에는 국선 변호인들이 앉아 있었다. 피의자들로부터 보석금의 10퍼센트를 챙기기 위해 온 보석 보증인들도 여럿이었다.

마침내 댄스의 어머니가 안으로 이끌려 들어왔다. 어머니의 손목에 채워진 수갑을 쳐다보는 댄스의 가슴은 찢어졌다. 이디는 점프수트 차림이 아니었다. 하지만 머리는 평소와 달리 산발이었다. 집에서 직접 만든 목걸이도 보이지 않았다. 다른 소지품과 함께 압수됐을 것이다. 물론 결혼

반지와 약혼반지도 빼놓은 상태였다. 이디 댄스의 눈은 벌겋게 충혈되어 있었다.

서성대는 변호사들 중에는 의뢰인보다 단정치 못한 이들이 몇 명 있었다. 오직 이디 댄스의 변호사만이 말쑥한 정장 차림이었다. 조지 쉬디는 중부 해안지역에서만 20년 이상 활동한 베테랑이었다. 그는 숱 많은 회색머리에 사다리꼴 체형, 넓은 어깨, 그리고 〈올드 맨 리버〉*에 잘 어울릴 것 같은 저음을 가지고 있었다.

댄스는 차에서 쉬디와 짧게 통화를 하고 나서 곧바로 마이클 오닐에게 연락했다. 오닐은 댄스가 전하는 소식을 듣고 깜짝 놀랐다. 그런 다음, 그녀는 몬터레이 카운티 검사, 알론조 '샌디' 샌도벌에게 전화를 걸었다.

"나도 방금 들었어요, 캐트린."

샌도벌이 못마땅한 듯 말했다.

"솔직히 얘기할게요. 우리도 MCSO를 통해 후안 밀라의 죽음을 조사해왔지만 하퍼가 그 일로 왔을 줄은 정말 몰랐습니다. 더군다나 공개 체포라니."

그는 잔뜩 화가 나 있었다.

"도저히 용납할 수 없습니다. 법무장관이 내게 기소를 요구했다면 당신을 통해 조용히 처리했을 겁니다."

댄스는 그의 말을 믿었다. 그녀와 샌디는 오랫동안 함께 일하며 수많은 범인을 체포했다. 상호신뢰가 있었기에 가능한 일이었다.

"미안해요, 캐트린. 몬터레이는 더 이상 이 사건에 관여할 수 없게 됐습니다. 이젠 하퍼와 새크라멘토의 손에 달린 문제가 됐어요."

댄스는 고마운 마음을 전하고 전화를 끊었다. 그나마 다행스러운 건 어머니의 보석심리가 신속하게 진행되고 있다는 사실이었다. 심리 날짜

---

* 미시시피 강의 별칭으로 흑인 배우 폴 로브슨이 불러 유명해진 노래

는 캘리포니아 주법에 따라 치안판사가 재량껏 결정할 수 있었다. 리버
사이드나 로스앤젤레스 같은 곳에서는 최소한 열두 시간 이상 유치장에
감금된 후에야 비로소 치안판사 앞에 설 수 있다. 게다가 살인사건의 경
우에는 치안판사가 보석심리 요청 자체를 받아주지 않을 때도 있었다.
그럴 때는 기소 사실 인부 절차에 따라 며칠을 기다려야 한다.

복도로 통하는 문은 열렸다 닫히기를 쉴 새 없이 반복했다. 댄스는 목
에 기자 신분증을 걸고 다니는 이들이 눈에 띄게 늘었음을 깨달았다. 카
메라는 반입 금지였지만 수첩에 기록하는 건 아무 문제없었다.

서커스…….

서기가 큰 소리로 불렀다.

"이디스 바바라 댄스."

침울한 표정의 이디가 일어났다. 손목에는 여전히 수갑이 채워졌고,
눈은 여전히 충혈되어 있었다. 쉬디는 그녀를 뒤따랐고, 유치장 간수가
두 사람을 이끌었다. 지금의 절차는 오로지 보석에만 초점이 맞춰질 터
였다. 무죄를 주장할 수 있는 기회는 나중에 기소 사실 인부 절차에 따라
주어지게 될 것이다. 하퍼는 이디의 보석 신청을 기각해달라고 판사에게
요청했다. 댄스는 전혀 놀라지 않았다. 검사의 가시 돋친 말에 그녀의 아
버지는 바짝 긴장했다. 검사는 이디가 잭 케보키언*만큼이나 위험한 인
물이며, 보석으로 풀려나면 다른 환자들을 상대로 범행을 이어 가다 결
국 캐나다로 도망칠 거라고 주장했다.

아내에 대한 검사의 악담에 스튜어트가 움찔했다.

"괜찮아요, 아빠. 검사들은 원래 다 저래요."

그의 딸이 속삭였다. 사실 댄스도 가슴이 찢어지는 듯했다.

조지 쉬디도 지지 않고 논리정연하게 변론했다. 그는 특히 이디에게

---

* 인간답게 죽을 권리를 주장하며 130여 명을 안락사시켜 '죽음의 의사'로 불리는 미국의 의사

전과가 없고, 그동안 지역사회에 공헌한 바가 크다는 점을 강조했다.

캐트린 댄스와 안면이 있는 라틴계 치안판사는 예상대로 이 상황을 몹시 부담스러워 했다. 댄스는 치안판사의 자세와 표정을 통해 그의 속내를 훤히 꿰뚫어보았다. 언제나 합리적이고 협조적인 댄스와의 친분 때문에 판사는 무척 곤란해하고 있었다. 큰 도시에서 온 하퍼, 그리고 몰려든 기자들도 판사에게 적지 않은 스트레스를 안겨주고 있을 터였다.

논쟁은 계속 이어졌다.

댄스는 법집행관의 입장이 돼서 후안 밀라 형사의 죽음을 되짚어보았다. 사실과 사실을 일치시킬 필요가 있었다. 후안 밀라가 숨질 당시 병원에서 누구를 보았었나? 범행 수법은 정확히 무엇이었나? 당시 어머니는 어디 있었나?

댄스가 고개를 들자, 이디가 그녀를 쳐다보고 있었다. 댄스는 희미하게 미소를 지어 보였다. 이디의 얼굴에는 표정이 없었다. 이디의 시선은 쉬디에게로 돌아갔다.

결국 치안판사는 타협을 이끌어냈다. 보석금은 50만 달러로 책정됐다. 살인혐의치고는 이례적인 액수였지만 지나치게 부담스럽다고도 할 수 없었다. 이디와 스튜어트는 부유하지 않았다. 하지만 그들에게는 집이 있었다. 해변에서 얼마 떨어지지 않은 카멜에 있으니 최소한 200만 달러 이상은 호가할 게 분명했다. 필요하다면 집을 담보로 내놓을 수도 있을 것이다.

하퍼는 애써 태연한 척했다. 굳은 표정에 경직된 자세였지만 불편해하는 것 같지는 않았다. 댄스는 그의 몸짓을 읽어보았다. 타격이 조금 있었지만 스트레스 반응을 전혀 찾아볼 수 없었다. 하퍼는 로스앤젤레스의 킬러, J. 도를 연상시켰다. J. 도의 심문을 맡았던 댄스는 그의 거짓말을 쉽게 짚어낼 수 없었다. 투지 넘치고, 집중력이 강한 사람들은 거짓말을 할 때 스트레스 반응을 거의 드러내지 않기 때문이다. 지금 로버트 하퍼처럼.

이디는 유치장으로 돌아갔고, 스튜어트는 보석 진행을 위해 서기를 따라갔다.

하퍼는 재킷의 단추를 채우고 문으로 향했다. 그의 얼굴은 여전히 무표정했다. 댄스가 그의 앞을 막아섰다.

"대체 왜 이러는 거예요?"

하퍼는 냉랭한 얼굴로 그녀를 쳐다봤지만 대답은 하지 않았다.

"그냥 몬터레이 카운티가 처리하도록 내버려둘 수도 있었잖아요. 샌프란시스코에서 왜 이 문제를 떠맡게 된 거죠? 대체 이유가 뭡니까?"

댄스는 기자들이 똑똑히 들을 수 있도록 큰 소리로 말했다.

하퍼는 전혀 동요하지 않았다.

"그 이유는 당신에게 알려줄 수 없습니다."

"왜 하필 우리 어머니죠?"

"더 이상 할 말 없습니다."

하퍼는 밖으로 나가 법원청사 계단을 내려갔다. 그리고 중간쯤에 멈춰서서 기자들에게 입장을 표명했다. 기자들에게는 말을 아끼지 않았다.

댄스는 딱딱한 벤치에 앉아 아버지와 어머니를 기다렸다.

10분 후, 조지 쉬디와 스튜어트 댄스가 돌아왔다.

그녀가 아버지에게 물었다.

"잘됐어요?"

"그래."

그가 허허로운 음성으로 대답했다.

"언제쯤이면 나오실 수 있죠?"

스튜어트가 쉬디를 돌아보았다. 변호사가 말했다.

"10분도 안 걸릴 겁니다."

"감사합니다."

스튜어트는 변호사와 악수했다. 댄스도 고개를 끄덕여 고마움을 표시했다. 쉬디는 사무실에 돌아가자마자 재판을 준비하겠다고 했다.

쉬디가 떠나자 댄스는 아버지에게 물었다.

"그들이 집에서 뭘 가져갔죠?"

"글쎄다. 옆집 이웃 얘길 들어보니 차고를 중점적으로 수색했다고 하더라. 일단 여기부터 나가자. 여기서 1분도 더 머물고 싶지가 않아."

부녀는 복도로 나갔다. 댄스를 발견한 기자 몇 명이 다가왔다.

"댄스 요원님, 어머니께서 살인혐의로 체포되신 사실에 대해 어떻게 생각하십니까?"

한 여성 기자가 물었다.

얄미운 질문이었다. 댄스는 빈정거리며 한마디 쏴주고 싶었다. 하지만 상대가 기자라는 사실을 잊어서는 안 되었다. 자칫하다가는 무심코 뱉은 말들이 당일 6시 뉴스나 내일 조간신문 1면을 장식하게 될지도 모른다. 댄스는 미소를 지었다.

"다 오해에서 비롯된 일입니다. 저희 어머니는 오랫동안 간호사로 일하셨습니다. 지금껏 생명을 구하는 일만을 해오신 분입니다. 그런 분이 살인이라뇨."

"어머니가 잭 케보키언과 안락사를 지지하는 탄원서에 서명하신 사실을 알고 계셨습니까?"

아니. 댄스는 모르는 일이었다. 댄스는 언론이 그 사실을 어떻게 알아냈을지 궁금했다.

"그건 어머니께 직접 여쭤보도록 하세요. 어머니는 법을 바꾸자는 탄원서에 서명을 하셨을 뿐이지 법을 어기진 않으셨습니다."

그때 휴대폰이 울렸다. 오닐이었다. 그녀는 뒤로 물러 나와 응답했다.

"마이클, 보석 신청이 받아들여졌어요."

오닐은 잠시 머뭇거렸다.

"아, 정말 다행이군."

댄스는 그가 또 다른 심각한 문제로 전화했음을 깨달았다.

"무슨 일 있어요, 마이클?"

"또 다른 십자가를 발견했어."

"진짜 기념비인가요, 아니면 범행 예고 날짜가 적힌 건가요?"

"오늘 날짜가 적혀 있어. 첫 번째 십자가와 똑같고. 나뭇가지와 꽃집 철사."

댄스는 절망에 눈을 꼭 감았다. 안 돼.

오닐이 말했다.

"목격자가 있어. 트래비스가 그걸 놓고 가는 걸 봤대. 트래비스가 어느 쪽으로 갔는지 봤거나, 은신처에 대해 알려줄 뭔가를 봤을 수도 있겠지. 자네가 인터뷰를 맡아줄 수 있겠어?"

댄스는 잠시 머뭇거렸다.

"10분 안에 갈게요."

오닐은 그녀에게 주소를 알려주었다. 그들은 전화를 끊었다.

댄스가 아버지를 돌아보았다.

"아빠, 일이 생겨서 가봐야 해요. 죄송해요."

스튜어트가 멍한 얼굴을 딸 쪽으로 돌렸다.

"무슨 일인데?"

"또 다른 십자가가 발견됐대요. 그 아이가 또 다른 표적을 찾은 모양이에요. 범행을 오늘로 예고했다네요. 다행히 이번엔 목격자가 있어서 제가 인터뷰를 해보려고요."

"그래, 빨리 가봐라."

하지만 스튜어트의 음성에서는 여전히 불안감이 묻어났다. 그는 아내만큼이나 큰 충격을 받은 상태였고, 할 수만 있다면 든든한 딸을 계속 곁에 두고 싶어할 것이다.

하지만 댄스는 머릿속에서 태미 포스터의 이미지를 지워낼 수 없었다. 물이 차오르는 트렁크 안에 누워 죽음을 기다리는 소녀의 모습을.

숱 많은 눈썹 아래에서 번뜩이던 트래비스 브리검의 차가운 눈빛도 계속 떠올랐다. 그런 섬뜩한 눈으로 아버지를 노려보던 소년은 스스로를 칼이나 검으로 무장한 게임 속 캐릭터로 여기는 듯했다. 현실로 튀어나와 아버지를 죽여야 할지를 놓고 고민하는 캐릭터.

그녀는 당장 출발해야 했다.

"죄송해요."

댄스가 아버지를 끌어안았다.

"어머니도 이해하실 거다."

댄스는 차에 올라 시동을 걸었다. 주차장을 빠져나오면서 백미러를 들여다보니, 유치장 문을 열고 나오는 어머니가 눈에 들어왔다. 이디는 멀어지는 딸을 바라보고 있었다. 이디의 눈에는 흔들림이 없었고, 무표정한 얼굴이었다.

댄스의 발이 브레이크로 슬그머니 이동했다. 하지만 곧바로 생각을 바꿔 액셀러레이터를 힘껏 밟았다. 라디에이터 그릴 점멸등도 켰다.

어머니도 이해하실 거다…….

아뇨. 이해 못하실 거예요. 댄스는 생각했다. 엄마는 절대 이해 못하실 거라고요.

14

이 지역에서 오래 살아온 캐트린 댄스도 페닌슐라의 안개에는 여전히 적응하지 못했다. 이곳 안개는 웨스가 즐겨 읽는 판타지 소설에서나 나올 법한, 형체를 자유자재로 변형시킬 수 있는 캐릭터 같았다. 어떨 때는 땅을 끌어안고 유령처럼 슬그머니 다가오는 구름 줄기 같아 보였다. 어떨 때는 땅과 고속도로에 내려앉아 모든 것을 덮어버리는 절망의 연기 같아 보였고.

하지만 수백 미터 상공에 둥둥 떠 있는 면 침대보 같아 보일 때가 많았다. 안개는 그렇게 구름 흉내를 냈고, 지상의 모든 것을 불온한 그림자로 덮어버리려 했다.

바로 오늘처럼.

댄스는 북아프리카의 타악 그룹, 라카이 앤드 케이브맨을 들으며 카멜과 퍼시픽 그로브를 연결하는 조용한 도로를 달렸다. 전혀 관리되지 않은 우거진 숲이 양옆으로 펼쳐졌다. 소나무, 참나무, 유칼립투스, 단풍나무, 얽히고설킨 덤불들. 그녀는 기자와 카메라 팀들이 진을 치고 있는 경찰 저지선을 빠르게 지나쳐 달렸다. 범죄를 취재하러 온 건가, 아니면 어머니 때문에 온 건가? 댄스는 궁금했다.

그녀는 주차를 하고 부관들에게 인사한 다음 마이클 오닐에게 다가갔다. 두 사람은 출입이 통제된 갓길로 향했다. 두 번째 십자가가 발견된 지점이었다.

"어머님은 좀 어떠셔?"

오닐이 물었다.

"좋진 못하세요."

댄스는 그가 곁에 있다는 사실만으로도 든든했다. 그녀는 격한 감정에 가슴이 부풀어 올라서 한동안 말을 잇지 못했다. 수갑을 찬 어머니의 모습과 아이들을 데려가려 했던 사회복지사의 모습이 번갈아 댄스의 뇌리를 스쳤다.

부보안관이 희미하게 미소 지었다.

"텔레비전에 나온 걸 봤어."

"텔레비전에요?"

"그 여자 누구지? 오프라 윈프리 닮은 여자 말이야. 자네가 체포하려고 했던."

댄스가 한숨을 내쉬었다.

"그게 카메라에 찍혔나요?"

"자넨……."

오닐은 적절한 단어를 찾아 머리를 굴렸다.

"꽤 인상적이었어."

"우리 애들을 사회복지과로 데려가려고 하잖아요."

오닐이 깜짝 놀랐다.

"하퍼가 벌인 일이었어요. 다 그의 작전이었어요. 하퍼 때문에 죄 없는 그 여자가 체포될 뻔했죠. 오, 그때 그냥 체포했어야 하는 건데."

댄스가 덧붙였다.

"쉬디에게 변호를 부탁했어요."

"조지? 잘했어. 그렇게 터프한 친구가 필요한 때야."

"오버비가 하퍼에게 제 파일을 뒤져보게 해줬어요. CBI에 들어와서 말이에요."

"정말?"

"증거를 감추었거나 후안 밀라 사건 파일을 조작하진 않았는지 확인하러 왔던 걸 거예요. 오버비 얘기로는 하퍼가 이미 그쪽 사무실도 수색했다더군요."

"MCSO에도 왔었다고?"

오닐이 물었다. 그는 무척 화를 냈다.

"하퍼가 자네 어머니 문제로 왔다는 걸 오버비도 알고 있었나?"

"모르겠어요. 그래도 대충 짐작은 했었어야죠. 샌프란시스코에서 온 검사가 왜 우리 파일을 뒤지는지 궁금했다면. '담당건수 평가'라고? 정말 웃기지도 않아요."

댄스도 끓어오르는 분을 애써 삭였다.

그들은 십자가가 발견된 지점으로 다가갔다. 십자가는 첫 번째 것과 비슷했다. 부러뜨린 나뭇가지를 철사로 묶어 만든 십자가에는 오늘 날짜가 적힌 판지 원판이 걸려 있었다.

그 밑에는 빨간 장미 한 다발이 놓여 있었다.

댄스는 궁금했다. 이번엔 누구 차례지?

앞으로 열 명이나 더 남았는데.

두 번째 십자가가 발견된 곳은 물에서 1.6킬로미터쯤 떨어진 인적 끊긴 포장도로였다. 이 길이 68번 고속도로로 통하는 지름길이라는 사실을 아는 이는 많지 않았다. 역설적이게도 이 길은 칠턴이 블로그에서 문제삼았던 새 고속도로로 통했다.

십자가 옆 샛길에 목격자가 서 있었다. 사십대로 보이는 회사원이었다. 댄스는 부동산 중개인이나 보험 중개인일 거라고 생각했다. 그는 통통했고, 파란색 와이셔츠로 덮인 배가 꽉 조인 허리띠 위로 불룩 튀어나왔다. 머리는 벗겨지는 중이었고 이마와 드러난 정수리에는 기미가 났다. 그의 옆에는 낡은 혼다 어코드가 세워져 있었다.

두 사람은 그의 앞에 멈춰 섰다. 오닐이 그녀에게 말했다.

"이쪽은 켄 피스터 씨."

댄스는 그와 악수를 나누었다. 부보안관은 현장을 지휘해야 한다며 자리를 피해주었다.

"무엇을 보셨는지 말씀해주세요, 피스터 씨."

"트래비스. 트래비스 브리검."

"확실합니까?"

피스터가 고개를 끄덕였다.

"30분 전에 점심을 먹으면서 인터넷을 하다가 그 아이 사진을 봤습니다. 그래서 똑똑히 알아볼 수 있었죠."

"정확히 뭘 보셨습니까? 가능하시면 시간도 알려주시고요."

"오전 11시쯤이었습니다. 카멜에서 미팅 약속이 있었거든요. 전 올스테이트 보험회사에 다닙니다."

피스터가 자랑스레 말했다.

역시 예상대로군. 댄스는 생각했다.

"전 10시 40분에 나와 몬터레이로 향했습니다. 이 길이 지름길이라 여길 지나게 됐죠. 새 고속도로가 개통되면 얼마나 더 편해지겠습니까. 안 그렇습니까?"

댄스는 성의 없는 미소를 지었다. 아니, 미소라고 할 수도 없었다.

"뭐 아무튼, 급하게 전화를 걸 일이 생겨서……."

피스터가 한쪽을 가리켰다.

"저기 옆길에 차를 잠시 세웠습니다."

그가 환히 미소 지었다.

"전 무슨 일이 있어도 운전 중에 통화를 하지 않습니다. 제 철칙이죠."

댄스는 한쪽 눈썹을 추켜세웠다. 계속하라는 신호였다.

"앞유리를 내다보니 트래비스가 갓길을 따라 걸어가는 모습이 눈에 들어오더군요. 저쪽에서 말입니다. 그 앤 절 보지 못했습니다. 발을 질질 끌면서 걸었는데 혼잣말을 하는 것 같더군요."

"뭘 입고 있던가요?"

"요즘 아이들이 즐겨 입는 후드 트레이닝복이었습니다."

아, 후드.

"무슨 색이었죠?"

"그건 기억나지 않습니다."

"재킷이 있었나요? 바지는 무슨 색이었습니까?"

"죄송합니다. 제가 주의 깊게 본 게 아니라서요. 그 순간에는 그 아이가 누구인지 몰랐습니다. 도로변 십자가에 대해서도 몰랐고요. 그냥 한 눈에도 어딘지 모르게 이상하고 섬뜩한 기분이 들더군요. 그 아이는 십자가를 들고 있었고, 죽은 동물로 보이는 것도 쥐고 있었습니다."

"동물이라고요?"

피스터가 고개를 끄덕였다.

"네. 다람쥐인지 마멋인지 모르겠지만 아무튼 목을 떼놓았더군요."

그가 손가락으로 자신의 목을 긋는 척했다.

댄스는 어떤 형태의 동물학대도 용납하지 않는 사람이었다. 하지만 상황이 상황인지라 흥분된 마음을 애써 진정시켰다.

"막 죽인 것 같았나요?"

"그런 것 같진 않았습니다. 피가 흐르거나 하진 않았거든요."

"그렇군요. 그다음엔 어떻게 됐습니까?"

"그 아이가 좌우를 살피더니 갑자기 배낭을 열고……."

"배낭을 메고 있었나요?"

"네."

"무슨 색이었습니까?"

"음, 검은색이었던 것 같습니다. 아무튼 배낭에서 작은 삽을 꺼내더군요. 그 왜 캠핑 갈 때 챙겨가는 삽 있지 않습니까. 그걸 펴서 땅을 파기 시작했습니다. 그리고 들고 있던 십자가를 꽂았어요. 그런 다음엔……아주 이상한 일이 있었습니다. 무슨 의식 같은 거였는데요. 주문 같은 걸 외면서 십자가를 세 바퀴 돌더군요."

"주문을요?"

"네. 뭔가를 연신 중얼거렸습니다. 물론 차 안에선 무슨 소린지 들을 수 없었지만요."

"그런 다음에는요?"

"다람쥐를 집어들고 십자가를 다섯 바퀴 돌았습니다. 제가 일일이 세어봤어요. 세 바퀴, 그리고 다섯 바퀴. 어쩌면 그건 메시지였는지도 몰라요. 힌트 말입니다. 나중에 누군가가 해석해야겠지만."

《다 빈치 코드》 이후 목격자들에게는 단순한 목격담을 굳이 불필요한 해석을 곁들여 장황하게 만드는 경향이 생겼다. 그저 본대로만 들려주면 되는 것을.

"그 아이가 다시 배낭을 열더니 안에서 돌과 칼을 꺼냈습니다. 그러더니 칼날을 돌에 갈기 시작했죠. 그런 다음엔 그 칼을 다람쥐 위로 번쩍 쳐들었습니다. 그 애가 다람쥐를 갈가리 찢어놓을 거라 생각했어요. 하지만 그런 일은 없었습니다. 다시 주문을 읊더니 양피지 같은 노란색 종이로 다람쥐를 조심스레 싸서 배낭에 넣더군요. 마지막으로 주문을 한 번 더 읊고 나서는 왔던 길로 되돌아갔습니다. 큰 짐승처럼 성큼성큼 걸어서 말이죠."

"그래서 선생님께선 어떻게 하셨습니까?"

"전 약속된 미팅을 마치고 사무실로 돌아갔습니다. 인터넷을 훑다가 뉴스에 그 아이가 나온 걸 보고 깜짝 놀랐죠. 그래서 곧장 경찰에 신고했습니다."

댄스가 손짓해 마이클 오닐을 불렀다.

"마이클, 아주 흥미롭네요. 피스터 씨가 큰 도움이 돼주셨어요."

오닐이 그에게 가볍게 목례했다.

"죄송하지만 오닐 부보안관님께 아까 보신 걸 들려주시겠습니까?"

"물론입니다."

피스터는 전화를 걸기 위해 갓길에 차를 세웠던 일부터 들려주기 시작했다.

"그 아이는 죽은 동물을 쥐고 있었습니다. 다람쥐 같은 거였죠. 그 앤 빈손으로 세 바퀴를 돈 후, 십자가를 꽂고 나서 또다시 다섯 바퀴를 돌았습니다. 주문 같은 걸 읊으면서 말이죠. 아주 이상했어요. 다른 나라 말 같기도 했고요."

"그다음에는요?"

"다람쥐를 양피지로 잘 싸서 그 위로 칼을 번쩍 쳐들었습니다. 이번에도 알아들을 수 없는 주문을 읊었고요. 그러고 나선 왔던 길로 돌아갔습니다."

"흥미롭군요. 자네 말대로군, 캐트린."

오닐이 말했다.

댄스가 옅은 분홍색 테 안경을 벗어 렌즈를 닦았다. 그리고 새까만 테 안경을 꺼내 얼굴에 걸쳤다.

오닐은 그녀가 '맹수 안경'으로 바꿔 쓰는 것을 보고 뒤로 살짝 물러났다. 댄스는 피스터의 앞으로 바짝 다가가 섰다. 피스터는 살짝 불편한 기색을 보였다. 피스터는 위협을 느끼고 있었고, 댄스는 그의 반응을 유심히 살폈다.

좋아.

"자, 켄. 당신이 거짓말을 하고 있다는 걸 알아요. 이젠 진실을 들려줘요."

"거짓말이라고요?"

피스터가 깜짝 놀라며 눈을 깜빡였다.

"그래요."

피스터는 노련했지만 특정한 말과 행동이 조금 수상했다. 댄스의 첫 의심은 내용 기반 분석에서 비롯된 것이었다. 중요한 건 답변 태도가 아니라 답변 내용이었다. 피스터의 답변에서는 진실이라 믿기 힘든 부분이 여럿 있었다. 그는 트래비스를 몰랐고, 도로변 십자가 사건에 대해서도 아는 바가 없었다고 했다. 매일 인터넷으로 뉴스를 확인하는 사람이 그걸 모를 수는 없었다. 트래비스가 후드를 입고 있었다는 진술도 그렇다. 이미 〈칠턴 리포트〉에 많이 올라온 내용이었다. 후드는 기억하지만 그 색은 모르겠다는 답변도 수상했다. 일반적으로 옷의 색조는 옷의 종류보다 기억하기 쉬운 것이다.

또한 피스터는 자주 머뭇거리는 모습을 보였다. 그럴듯한 거짓말을 떠올릴 때 공통적으로 보이는 반응이다. 그뿐 아니라 그는 수차례 '일러스트레이터' 제스처를 보였다. 손가락으로 목을 긋는 시늉. 사람들은 거짓말을 할 때 잠재의식적으로 그런 제스처를 사용한다.

의심이 생긴 댄스는 거짓말인지 확인하기 위해 시험을 했다. 같은 답변을 몇 번 반복해 들으면 상대의 얘기가 거짓말인지 확인할 수 있다. 진실을 얘기하는 이들은 답변 내용을 살짝 수정하거나 처음에 잊고 있었던 내용을 기억해내기도 한다. 하지만 사건들의 발생 순서만큼은 답변을 거듭해도 바뀌지 않는다. 반면에 거짓말쟁이들은 발생 순서를 쉽게 혼동한다. 아무래도 허구의 이야기이다 보니까. 피스터가 오닐에게 같은 진술을 들려주었을 때 바로 그런 일이 있었다. 트래비스가 십자가를 꽂는 부분에서.

진실인 경우, 첫 번째와 두 번째 진술 내용은 거의 모순되지 않는다. 첫 번째 진술에서 피스터는 트래비스가 뭔가를 중얼대는 모습만 보았을 뿐 직접 듣지는 못했다고 했다. 하지만 두 번째 진술에서는 알아들을 수 없는 '이상한' 주문이었다고 했다. 자신이 그 소리를 똑똑히 들었다는 뜻이었다.

댄스는 피스터가 거짓말하고 있다고 결론지었다.

평소 같았으면 훨씬 교묘한 방법으로 심문을 이어나갔을 것이다. 목격자를 함정에 빠뜨려놓고 진실을 뽑아내는 방법. 하지만 피스터는 타고난 사기꾼이었다. 그의 교활한 태도를 보니 진실을 파헤치려면 오랫동안 강도 높은 심문을 해야만 할 것 같았다. 문제는 댄스에게 그럴 시간이 없다는 사실이었다. 오늘 날짜가 적힌 두 번째 십자가. 트래비스는 지금 이 순간에도 다음 표적을 노리고 있을 것이다.

"켄, 당신은 감옥에 가게 될지도 몰라요."

"네? 그게 무슨……?"

댄스는 더블 팀 작전을 원했다. 그녀가 오닐을 쳐다보자 그가 말했다.

"진실을 털어놓지 않으면 체포될 수도 있습니다."

"오, 맙소사. 제발……."

피스터에게서는 여전히 진실이 나오지 않았다.

"난 거짓말하지 않았습니다! 정말이에요. 내가 한 모든 얘긴 다 사실입니다."

댄스는 그를 믿지 않았다. 어째서 죄 지은 사람들은 하나같이 전부 자신들이 똑똑하다고 생각하는 걸까? 그녀가 물었다.

"진술 내용 그대로를 목격한 게 사실입니까?"

피스터는 그녀의 날카로운 시선을 피했다. 그의 어깨가 축 늘어졌다.

"그건 아닙니다. 하지만 다 사실입니다. 난 안다고요!"

"어떻게 안다는 거죠?"

댄스가 물었다.

"트래비스가 그러는 걸 봤다는 사람의 글을 읽었습니다. 블로그에서요. 〈칠턴 리포트〉."

댄스의 눈이 오닐에게로 돌아갔다. 오닐의 표정은 그녀의 것과 다르지 않았다. 그녀가 물었다.

"왜 거짓말을 했습니까?"

피스터가 두 손을 들어 보였다.

"사람들에게 위험을 경고하고 싶었습니다. 사이코가 설쳐대고 있으니까 조심하라고 경고하고 싶었습니다. 특히 아이들이 있는 집에선 더 귀담아 들어야 합니다. 우리 아이들을 지켜야 합니다."

댄스는 그의 손짓에 주목했다. 그의 목은 살짝 멘 상태였다. 그녀는 피스터의 매너리즘을 완전히 꿰뚫어보았다.

"켄? 지금 장난할 시간 없어요."

오닐이 수갑을 뽑아들었다.

"안 돼요. 이러지 말아요. 난……."

마침내 피스터는 고개를 떨구었다.

"요즘 사업이 잘 안 되고 있습니다. 빚 독촉도 심해졌고요. 그래서……."

피스터가 한숨을 내쉬었다.

"그래서 영웅이 돼보려 했던 겁니까? 언론의 주목을 받고 싶어서?"

오닐은 넌더리를 내며 50미터쯤 떨어진 저지선 밖에 모여 있는 뉴스 팀을 바라보았다.

피스터가 항변을 위해 입을 열려다가 이내 두 손을 떨어뜨렸다.

"그렇습니다. 죄송합니다."

오닐이 수첩을 꺼내 무언가를 적어 내려갔다.

"검사와 얘길 해봐야겠습니다."

"오, 제발…… 죄송합니다."

"그러니까 트래비스를 보지 못했다는 거죠? 그저 트래비스가 놓고 간 십자가만 발견했을 뿐이고?"

"네, 그렇습니다. 그걸 보는 순간 그 자식일 거라고 확신했습니다."

"왜 몇 시간 기다렸다 신고한 겁니까?"

댄스가 물었다.

"난…… 난 두려웠습니다. 그 자식이 주변 어딘가에 남아서 기다리고 있을지도 모른다고 생각했어요."

이번에는 오닐이 나지막하게 물었다.

"제물의식 어쩌고 하면서 거짓말을 늘어놓으면 수사에 엄청난 차질이 빚어질 거란 생각은 안 해봤습니까?"

"당신들이 다 알고 있는 줄 알았습니다. 이미 블로그에 올라온 글이지 않습니까. 다들 그걸 사실로 받아들이는 분위기던데요."

댄스는 애써 분을 삭였다.

"좋습니다, 켄. 처음부터 다시 시작해보죠."

"알겠습니다."

"정말 미팅이 있었습니까?"

"네."

그제야 상황 파악이 됐는지 피스터는 고분고분한 태도를 보이기 시작했다. 피심문자의 감정적 반응의 마지막 단계. 하마터면 댄스는 웃음을 터뜨릴 뻔했다. 어느새 피스터는 진정한 협조자의 전형이 돼 있었다.

"어떻게 된 일인지 상세히 들려줘요."

"그러죠. 고속도로를 타고 차를 몰다가 저기 옆길에 잠깐 멈췄습니다."

피스터가 발로 한쪽을 가리켰다.

"저기서 방향을 틀었을 때만 해도 십자가는 없었습니다. 잠시 통화를 하고 교차로에서 다가오는 차가 지나가기를 기다리며 좌우를 살피는데 갑자기 저게 눈에 들어오지 뭡니까?"

그가 발로 십자가를 가리켰다.

"트래비스는 보지 못했습니다. 후드 어쩌고 했던 말은 다 블로그에서 본 내용이었습니다. 아무튼 전 갓길에서 아무도 보지 못했습니다. 그 아이는 보나마나 숲에서 튀어나왔을 겁니다. 그리고 전 그 의미를 알고 있습니다. 십자가 말입니다. 그래서 덜컥 겁이 났던 거죠. 킬러가 바로 눈앞에 있었다니!"

피스터가 쓸쓸한 미소를 지었다.

"황급히 문부터 걸어 잠갔습니다. 지금껏 어떤 일에도 용기를 내본 적이 없어요. 자원해서 소방관으로 일하셨던 아버지와는 딴판이죠."

캐트린 댄스에게는 익숙한 상황이었다. 심문과 인터뷰에서 가장 중요한 건 상대의 말을 주의 깊게 들어주는 것이다. 개인적 판단은 금물이고, 무조건 집중해야 한다. 댄스는 이런 기술을 매일 연마했다. 그래서인지 목격자와 용의자들 대부분은 그녀를 심리치료사 대하듯 했다. 불쌍한 켄 피스터 역시 순순히 자백을 해버리고 말았다.

하지만 그의 문제를 해결해주는 일은 댄스의 임무가 아니었다. 다른 전문가의 도움을 받아야 할 것이다.

오닐은 숲 쪽을 바라보았다. 경관들은 피스터의 거짓 진술에 따라 갓길을 분주히 살피고 있었다.

"숲을 수색해봐야겠어."

오닐이 피스터를 돌아보았다.

"이미 많이 늦었겠지만."

그가 경관 몇 명을 이끌고 숲을 수색하기 위해 길을 건너갔다.

"아까 다가오는 차를 기다렸다고 했죠? 그 차 운전자가 뭔가를 보지 못했을까요?"

댄스가 피스터에게 물었다.

"글쎄요. 트래비스가 저곳을 서성이고 있었다면 지나치면서 봤겠죠."

"혹시 그 차의 번호판을 봐두진 않았습니까? 어떤 차였죠?"

"밴인지 트럭인지, 아무튼 짙은색이었습니다. 관공서 차량 같더군요."

"관공서?"

"네. 뒤편에 '주STATE'라고 적혀 있었습니다."

"정확히 어떤 기관이었나요?"

"그건 모르겠어요. 정말입니다."

이 정보가 어느 정도 도움이 될 수 있을 것 같았다. 모든 캘리포니아 관공서에 연락해 그 시간에 이 지역을 지난 차량이 있었는지 확인해볼 필요가 있었다.

"좋습니다."

그제야 피스터가 안도했다.

"좋아요. 이젠 가도 좋습니다, 켄. 하지만 잊지 말아요. 우리가 당신을 완전히 용서한 건 아닙니다."

"네, 물론이죠. 압니다. 아깐 정말 죄송했습니다. 정말 수사에 차질을 빚으려고 그랬던 건 아니에요."

피스터가 허둥대며 차로 돌아갔다.

댄스도 길을 건너 숲을 수색 중인 오닐을 뒤따랐다. 한심한 회사원은 무기력한 모습으로 낡은 차에 오르고 있었다.

이미 블로그에 올라온 글이지 않습니까. 다들 그걸 사실로 받아들이는 분위기던데요.

그녀는 죽고 싶었다.

켈리 모건은 자신의 바람이 이루어지기를 소리 없이 빌었다. 매캐한 연기에 질식하기 직전이었다. 시야는 흐려졌고, 폐가 따끔거렸다. 눈과 코는 뜨겁게 달아올랐다.

고통······.

하지만 그보다 더 소름 끼치는 것은 자신에게 무슨 일이 벌어지고 있는지에 대한 깨달음이었다. 화학물질이 자신의 피부와 얼굴을 얼마나 망쳐놓았을지.

켈리의 머릿속은 흐릿해졌다. 트래비스에게 질질 끌려 계단을 내려온 기억도 없었다. 그녀가 의식을 회복한 곳은 지하실에 있는 아버지의 포도주 저장실이었다. 그녀는 그곳 파이프에 쇠사슬로 묶여 있었다. 입에는 테이프가 붙여졌고, 트래비스에게 졸린 목은 욱신거렸다.

트래비스가 바닥에 뿌려놓은 약품 때문에 호흡이 쉽지 않았다. 눈과 코와 목구멍이 타들어가는 기분이었다.

숨이 막힌다, 숨이 막힌다…….

켈리는 비명을 지르고 싶었다. 하지만 얼굴을 덮은 테이프 탓에 그조차도 쉽지 않았다. 들어줄 사람도 없었지만. 가족은 늦게까지 돌아오지 않을 것이다.

고통…….

켈리는 구리 파이프를 힘껏 차보았지만 헛수고였다. 파이프는 꿈쩍도 하지 않았다.

날 죽여줘!

켈리는 트래비스 브리검의 작전을 알고 있었다. 원했다면 그는 진작 자기를 목 졸라 죽일 수도 있었을 것이다. 몇 분 걸리지도 않는 쉬운 일이니까. 아니면 총으로 쏴 죽일 수도 있었다. 하지만 그에게 그 정도로는 부족했다. 못난이 변태는 켈리의 얼굴을 망쳐놓는 것으로 복수하고 있었다.

유독가스는 켈리의 속눈썹과 눈썹을 먹어치우고, 매끄러운 피부를 망쳐놓을 것이다. 어쩌면 머리까지 빠지게 만들지도 몰랐다. 트래비스는 그녀가 죽는 것을 원하지 않았다. 그저 켈리를 괴물로 만들어놓고 싶을 뿐이었다.

괴짜, 망가진 얼굴, 못난이, 변태……. 트래비스는 켈리를 자신처럼 만들고 싶어했다.

날 죽여줘, 트래비스. 왜 그냥 날 죽이지 않는 거지?

켈리는 가면을 떠올렸다. 그래서 그것을 나무에 걸어놓았던 것이다. 화학물질이 그녀의 얼굴을 그렇게 만들어놓을 거라는 메시지.

켈리의 고개와 팔이 축 늘어졌다. 기운 빠진 몸을 벽에 기댔다.

난 정말 죽고 싶어.

그녀는 심호흡을 시작했다. 숨을 들이쉴 때마다 콧속이 따끔거렸다. 시야는 계속 흐려져만 갔다. 통증과 생각, 숨 막힘, 따끔거리는 눈, 그리고 눈물, 모든 게 서서히 사그라지고 있었다.

조금씩 어둑해져가는 빛.

깊이, 더 깊이 들이쉬어.

독을 들이쉬란 말이야.

그래, 됐어! 바로 이거야!

고마워.

통증이 사그라지면서 걱정도 함께 사그라졌다.

의식이 사라진 곳으로 따뜻한 안도감이 스며들어 왔다. 칠흑 같은 어둠이 내려앉기 직전 마지막으로 켈리의 뇌리를 스친 것은 더 이상 공포에 떨며 괴로워할 일은 없을 거라는 확신이었다.

댄스는 도로변 십자가 옆에 서서 꽃다발을 내려다보고 있었다. 갑자기 울린 휴대폰 벨소리에 그녀는 움찔했다. 이제는 아이들 만화 주제곡이 아니라 기본 벨소리였다. 그녀는 발신자를 확인했다.

"티제이."

"보스. 두 번째 십자가가 발견됐다고요? 방금 소식 들었습니다."

"그래. 오늘 날짜가 적혀 있어."

"맙소사. 오늘이에요?"

"그래. 뭐 찾은 거 있어?"

"지금 베이글 익스프레스에 와 있습니다. 아주 이상합니다. 트래비스에 대해 뭔가를 아는 사람이 없어요. 그냥 제시간에 맞춰 모습을 나타내기만 했을 뿐이랍니다. 동료들과 어울리지도 않았고, 말도 없었다네요. 여기서 일하는 한 녀석과 가끔 온라인 게임에 대해 얘길 나누기도 했답니다. 하지만 딱 거기까집니다. 여긴 그의 행방을 알 만한 사람이 없습니다. 오, 그리고 여기 사장이 그러는데 그렇지 않아도 트래비스를 자르려고 불러왔다는군요. 블로그에 글이 올라온 후로 협박도 몇 번 받았답니다. 매출도 많이 줄었고요. 손님들이 출입을 꺼려 한다나요."

"좋아. 사무실로 돌아와. 오늘 오전에 이 지역으로 차를 보낸 주의 모든 기관에 연락해봐야겠어. 차의 모델과 번호는 모르지만 짙은색이었다니 그쪽으로 방향을 맞춰보면 될 거야."

그녀는 피스터가 목격한 내용을 들려주었다.

"공원관리부, 칼트랜스, 수산부, 환경부, 하나도 빠뜨리지 말고 알아봐줘. 그리고 트래비스에게 휴대폰이 있는지도 알아보고, 있다면 통신회사가 어디인지 알아내. 추적이 가능한지도 알아보고. 진작 했어야 하는 일인데."

그들은 전화를 끊었다. 댄스는 곧장 어머니에게 전화를 걸었다. 응답이 없었다. 이번에는 아버지에게 전화를 걸어보았다. 아버지는 두 번째 신호음이 흐른 다음 응답했다.

"케이티."

"엄마는 괜찮으세요?"

"그래. 지금 집에 있다. 그런데 빨리 짐을 싸야 할 것 같아."

"네?"

"병원에서 시위하는 사람들 있지? 그들이 우리가 사는 곳을 알아버렸어. 지금 밖에서 피켓 들고 진을 치고 있다."

스튜어트가 말했다.

"세상에!"

댄스는 화가 치밀어 올랐다.

그가 쓸쓸하게 말했다.

"이웃들이 출근하면서 우릴 살인마라 부르는 시위대를 보면 얼마나 놀랄까? 이런 포스터도 있더구나. '죽음의 댄스.' 정말 기발하지 않니?"

"오, 아빠."

"또 누군가는 현관문에 예수 포스터를 붙여놨더라. 십자가에 못 박히는 그림인데, 그 일도 네 엄마 탓으로 돌리고 있는 모양이야."

"증인 보호를 위해 이용하는 모텔에 익명으로 방을 잡아드릴 수 있어요."

"조지 쉬디가 이미 가명으로 방을 잡아줬어. 네가 어떻게 생각할진 모르지만 네 엄마는 애들부터 보고 싶어해. 경찰이 병원에 들이닥쳤을 때 충격을 받았을지도 모르니까."

스튜어트가 말했다.

"그게 좋겠네요. 마틴에게 맡겨놨어요. 제가 애들을 거기로 데려갈게요. 언제 체크인 하실 거죠?"

"20분쯤 후에."

스튜어트가 딸에게 주소를 알려주었다.

"엄마랑 얘기 좀 해도 되나요?"

"지금 통화 중이시다. 벳지랑. 애들 데려올 때 얘기할 기회가 있을 거야. 쉬디도 의논할 게 있다고 온다고 했어."

그들은 전화를 끊었다. 오닐이 숲에서 걸어나왔다. 그녀가 물었다.

"뭐 찾으셨나요?"

"발자국이 남아 있긴 한데 큰 도움은 안 될 것 같아. 회색 섬유조직도 발견했어. 우리가 채취했던 거랑 비슷해. 갈색 종잇조각도 떨어져 있더군. 베이글에서 나온 것 같은 귀리조각도 보였고. 피터가 가져갔으니 곧 분석해서 결과를 알려올 거야."

"나름 성과군요. 하지만 지금 가장 시급한 건 트래비스의 행방을 밝혀 내는 일이에요."

그리고 또 다른 질문. 다음 표적은 과연 누구인지.

댄스가 존 볼링에게 전화를 걸기 위해 휴대폰을 들었을 때 마침 벨이 울렸다. 절묘한 타이밍에 그녀는 희미하게 미소 지었다. 예상대로 발신자는 볼링이었다.

"존."

그녀가 응답했다.

볼링의 용건을 묵묵히 듣고 있는 댄스의 얼굴에서 미소가 빠르게 사라졌다.

15

켈리 모건의 집 앞에 차를 세운 캐트린 댄스는 크라운 빅토리아에서 내렸다.

몬터레이 카운티 현장감식반, 그리고 주와 읍의 법집행관 여러 명이 이미 도착해 있었다.

몰려든 기자들 대부분은 트래비스 브리검의 행방을 물었다. 어째서 CBI나 MCSO나 몬터레이 경찰이 이 문제에 손을 놓고 있는지. 콜럼바인과 버지니아 공대 킬러처럼 하고 다니는 열일곱 살 소년 하나 잡는 게 뭐 그리 힘든 일인지. 칼과 마체테*를 지니고 다니며 동물을 잡아 죽이는 기이한 의식과 고속도로변에 십자가를 꽂아놓는 기행이 이어지고 있는데, 왜 아무도 먼저 나서서 그 아이를 체포하지 않는 건지.

그 앤 컴퓨터 게임에 빠져 살고 있습니다. 게임을 즐기는 아이들은 굉장히 복잡한 전투와 회피의 기술을 쉽게 익힙니다…….

댄스는 기자들을 외면하고 경찰 저지선 안으로 들어갔다. 집 앞에는 구급차 한 대가 세워져 있었다. 잔뜩 긴장한 젊은 구급대원이 뒷문을 열고 내렸다. 검은머리를 올백으로 넘긴 그는 문을 닫은 다음 구급차 옆면을 탕탕 두드렸다.

* 날이 넓고 무거운 칼

켈리와 그녀의 어머니, 남동생을 실은 상자 모양의 차량이 응급실을 향해 달려나가기 시작했다.

댄스는 현장감식반과 함께 있는 오닐에게 다가갔다.

"피해자 학생은 좀 어때요?"

"여전히 의식이 없더군. 일단 휴대용 산소 호흡기를 채워놨어."

오닐이 어깨를 으쓱했다.

"아무 반응도 보이지 않고 있어. 당분간 좀 지켜봐야 할 것 같아."

의사들이 켈리를 살려낼 수 있다면 기적에 가까운 일이 될 것이다.

그리고 조나단 볼링에게 감사의 뜻을 표하는 것도 잊어서는 안 됐다. 두 번째 십자가가 발견됐다는 소식을 접하자마자 교수는 〈칠턴 리포트〉에 트래비스를 비판하는 글을 올린 이들의 신원을 확인하는 작업에 착수했다. 그들의 닉네임과 소셜네트워크 사이트 등에 올려놓은 각종 정보들도 빼놓지 않고 수집했다. 그뿐 아니라, 볼링은 〈리포트〉와 소셜네트워크 사이트, 고등학교 졸업앨범 등에 올라온 글들을 일일이 대조하며 그들의 문법, 단어 선택, 철자법 등을 분석해 익명의 신원을 확인했다. 볼링은 제자 몇 명과 함께 블로그에 트래비스를 비난하는 글을 올린 이들 중 이 지역에 살고 있는 열 명 남짓한 글쓴이를 찾아냈다.

30분 전, 볼링은 댄스에게 문제의 이름들을 알려주러 전화한 것이었다. 그녀는 곧바로 티제이, 레이 카라네오, 그리고 거구의 앨 스템플에게 연락해 위험에 노출된 이들을 찾아보게 했다. 그들은 확인된 글쓴이들에게 일일이 연락했는데, BellaKelley라는 닉네임을 쓰는 켈리 모건만이 응답하지 않았다. 켈리의 어머니는 딸이 친구들과의 약속에도 나오지 않았다고 했다.

스템플은 전술 팀을 이끌고 켈리의 집으로 향했다.

댄스는 현관 앞 계단에 앉아 있는 그를 돌아보았다. 육중한 체구에 머리를 박박 민 사십대의 그는 CBI에서 가장 카우보이에 가까운 대원이었다. 스템플은 모든 무기를 능숙하게 다뤘고, 특히 이런 전술적 상황을 즐겼다. 병적으로 과묵했지만 낚시와 사냥 얘기만 나오면 흥분했다(그런 이유로 그와 댄스는 말을 섞어본 적이 거의 없었다). 스템플은 육중한 몸을 현관 포치의 난간에 기대고 있었다. 그는 초록색 탱크에 연결된 산소 마스크를 차고 있었다.

현장감식반 대원 하나가 턱으로 스템플을 가리켰다.

"괜찮을 겁니다. 아주 큰일을 해냈어요. 트래비스가 그 애를 송수관에 쇠사슬로 묶어놓았습니다. 앨이 맨손으로 파이프를 뜯어냈죠. 문제는 그러는 10분 동안 유독가스를 엄청 마셨다는 사실입니다."

"괜찮아, 앨?"

댄스가 그에게 물었다.

스템플은 마스크를 쓴 채 무언가를 이야기했다. 그의 얼굴에는 따분한 표정이 떠올라 있었고, 눈에서는 짜증의 빛이 엿보였다. 범인을 잡지 못한 아쉬움 때문인 듯했다.

현장감식반 대원이 오닐과 댄스에게 말했다.

"말씀드릴 게 있습니다. 저희가 밖으로 끌어냈을 때까지만 해도 켈리에게 몇 분간 의식이 있었습니다. 켈리가 그러는데, 트래비스에겐 총이 있었답니다."

"총? 트래비스가 무장했단 말인가요?"

댄스와 오닐은 놀라 서로의 얼굴을 쳐다보았다.

"켈리가 그렇게 말했습니다. 그리고 바로 의식을 잃어버렸죠."

세상에. 정신이 불안정한 아이에게 총이 있다니. 이보다 당혹스러울 수는 없었다.

오닐은 MCSO에 연락해 이 소식을 트래비스를 수색 중인 모든 경관들에게 전달하라고 지시했다.

"정확히 어떤 물질이었죠?"

또 다른 구급차로 향하면서 댄스가 대원에게 물었다.

"아직 확인을 못했습니다. 분명한 건 유독물질이라는 사실입니다."

현장감식반이 증거를 찾아 분주한 동안, 경관들은 동네를 돌며 목격자 확보에 나섰다. 동네의 모든 주민이 큰 우려를 표했고, 피해 학생을 동정했다. 하지만 주민들은 모두 겁에 질려 있었다. 그래서인지 목격담을 풀어놓은 이는 아무도 없었다.

어쩌면 실제로는 목격자가 한 명도 없었기 때문인지도 몰랐다. 집 뒤편 협곡에 남겨진 자전거 바퀴자국을 보면 트래비스가 어떻게 들키지 않고 켈리 모건을 습격했는지 짐작할 수 있다.

한 대원이 투명한 증거 보관용 비닐봉지를 들고 나타났다. 봉지에는 섬뜩한 가면이 담겨 있었다.

"그게 뭐지?"

오닐이 물었다.

"피해 학생의 침실 창문 밖 나무에 걸려 있었습니다."

하얀색과 회색으로 칠한 수제 혼응지*였다. 이마에는 뾰족한 뿔이 붙어 있었고, 커다란 눈은 검은색이었다. 다물린 입술은 꿰매져 있었고, 핏자국이 남았다.

"켈리를 겁주려고 걸어놓았을 거예요. 창밖으로 저게 보였다고 상상해보세요. 끔찍하죠."

댄스의 몸이 바르르 떨렸다.

오닐이 어딘가로 연락하는 틈을 타서 댄스는 볼링에게 전화를 걸었다.

"존."

"그 애는 어때요?"

교수가 조바심에 찬 음성으로 물었다.

---

* 아교를 섞은 종이. 다 만들면 딱딱하게 굳어 미술재료로 많이 쓴다.

"혼수상태에 빠졌어요. 의식을 회복할 수 있을지는 더 지켜봐야 할 것 같아요. 다행스러운 건 그 애가 목숨은 건졌다는 사실이죠. 다 교수님 덕분이에요. 고마워요."

"레이에게 고마워해야죠. 우리 학생들도 고생했고."

"어떻게 고마움을 다 표시할 수 있을지 모르겠어요."

"트래비스가 흔적을 남겼나요?"

"많진 않아요."

댄스는 섬뜩한 가면에 대해서는 들려주지 않기로 했다. 그녀의 휴대폰이 진동했다. 통화대기 신호였다.

"이만 가봐야겠어요. 계속 수고해줘요, 존."

"그럴게요."

그녀는 미소를 지으며 존과의 통화를 종료했다.

"티제이."

"그 학생은 어떻게 됐습니까?"

"아직은 몰라. 좋지 않은 것만은 분명해. 뭐 찾은 거라도 있어?"

"아직 없습니다, 보스. 오늘 오전 그 지역을 지나친 주 관공서 소속 밴과 트럭, SUV, 일반 승용차는 총 열여덟 대였습니다. 하지만 제가 직접 확인한 차들은 십자가 근처에도 얼씬하지 않았습니다. 그리고 트래비스의 휴대폰 있죠? 통신회사가 추적을 포기했습니다. 배터리를 빼버렸거나 못 쓰게 훼손한 듯합니다."

"고마워. 부탁할 일이 몇 가지 더 있어. 범인이 현장에 남겨놓고 간 가면이 있거든."

"가면? 스키 마스크 같은 거 말씀입니까?"

"아니. 의식 따위에 쓸 법한 가면이야. 현장감식반에게 샐리나스로 보내기 전에 사진을 업로드해달라고 요청해놓을게. 보고 나서 그 가면을 어디서 구했는지 알아봐줘. 그리고 요원들에게 전해. 트래비스가 무장한 상태라고."

"맙소사, 보스. 일이 점점 꼬여가네요."

"카운티 내에서 총기 도난신고가 있었는지 알아봐. 트래비스 아버지나 친척에게 등록된 총기가 있는지도 알아보고. 운이 좋으면 총의 주인을 알아낼 수 있을지도 몰라."

"네…… 참, 어머님에 대해 들었습니다."

젊은 요원의 음성이 한층 진지해졌다.

"제가 뭐 도와드릴 거 없나요?"

"고마워, 티제이. 일단은 가면과 총 문제부터 처리해줘."

전화를 끊은 다음 댄스는 가면을 유심히 살펴보았다. 소문이 사실이었나? 트래비스가 이상한 의식에 빠져 있다는 소문이 사실이었던 거야? 그동안 댄스는 블로그에 댓글을 올린 이들에게 별 관심을 두지 않았다. 어쩌면 그건 치명적인 실수였는지도 몰랐다.

몇 분 후, 티제이가 다시 연락해왔다. 지난 보름간 총기 도난신고는 접수된 적이 없었다. 그는 주의 총기 데이터베이스도 훑어봤다고 했다. 캘리포니아에서는 누구든 자유롭게 권총을 구입할 수 있다. 하지만 모든 거래는 반드시 허가받은 가게에서만 이루어지고, 그 기록도 꽤 꼼꼼하게 관리된다. 트래비스의 아버지, 로버트 브리검은 38구경 콜트 연발권총을 소유하고 있었다.

전화를 끊은 다음 댄스는 멍한 얼굴의 오닐을 쳐다보았다.

그녀는 오닐에게 다가갔다.

"마이클, 왜 그러세요?"

"아무래도 사무실에 다녀와야겠어. 또 다른 사건이 터진 것 같아."

"그 국토안보국 사건 말인가요?"

댄스가 물었다. 인도네시아 컨테이너 사건.

오닐이 고개를 끄덕였다.

"지금 들어가봐야 해. 뭔가 더 밝혀지면 연락할게."

그의 표정은 심각했다.

"알았어요. 수고하세요."

오닐은 얼굴을 찌푸리며 몸을 틀고 차로 돌아갔다.

댄스는 그의 몸짓에서 근심과 공허감을 감지했다. 대체 무슨 일이기에. 그리고 왜 하필 지금이지? 그가 가장 필요한 때에.

그녀는 레이 카라네오에게 전화를 걸었다.

"볼링 교수님을 많이 도와드렸다며? 고마워. 게임 쉐드에서 뭐 알아낸건 없었고?"

"어젯밤엔 오지 않았답니다. 트래비스가 거짓말을 한 겁니다. 그곳에서 시간을 보낼 때도 다른 아이들과 어울리진 않았다고 하네요. 그냥 혼자 조용히 게임을 하다가 돌아간답니다."

"트래비스를 위해 거짓말을 하는 것 같진 않고?"

"그런 분위기는 아니었습니다."

댄스는 젊은 요원에게 켈리 모건의 집으로 올 것을 지시했다.

"알겠습니다."

"아, 그리고 레이, 부탁할 게 하나 있는데."

"네, 말씀하십시오."

"본부 비품실에서 뭐 하나 가져다줘."

"그러죠. 뭐가 필요하십니까?"

"방탄조끼. 우리 둘이 걸칠 거."

브리검의 집이 코앞으로 다가왔다. 카라네오 옆에 앉은 캐트린 댄스는 땀에 젖은 손바닥을 바지에 문질러 닦았다. 그녀는 글록의 손잡이에 손을 얹었다.

총은 정말 뽑고 싶지 않아. 아이에게 이걸 쓰고 싶진 않다고. 댄스는 생각했다.

트래비스가 이 집에 와 있을 가능성은 크지 않았다. MCSO는 소년이 베이글가게에서 사라진 직후부터 이곳을 감시했다. 물론 감시 팀의 눈을 피해 몰래 집으로 들어갔을 수도 있었다. 만약 총격전이 벌어진다면 댄스는 트래비스를 쏠 수밖에 없었다. 이유는 간단했다. 그녀는 아이들을 보호하기 위해서라면 누구든 쏴 죽일 각오가 돼 있었다. 무슨 일이 있어도 아이들이 어머니 없이 자라는 건 두고 볼 수 없었다.

방탄조끼는 거슬렸지만 댄스에게 충분한 자신감을 주었다. 그녀는 습관적으로 만지작거리던 벨크로 띠에서 손을 뗐다.

그들 뒤로는 카운티 경관 두 명이 버티고 있었다. 그들은 창문으로부터 최대한 떨어지려 애쓰며 스펀지 같은 현관 포치로 올라갔다. 브리검의 차는 사유차도에 주차되어 있었다. 호랑가시나무와 장미 덤불이 실린 조경 서비스 트럭도 보였다.

댄스는 속삭이는 말투로 카라네오와 경관들에게 트래비스의 동생, 새미에 대해 들려주었다.

"덩치가 크고, 정서적으로 불안정하지만 위험하진 않을 거야. 필요하더라도 비치명적 수단으로 대처하도록 해."

"알겠습니다."

차분한 카라네오는 경계상태로 돌입했다.

댄스는 경관들을 집 뒤편으로 보낸 다음 카라네오와 함께 현관문 양옆에 자리를 잡았다.

"그럼 시작해보자고."

댄스가 썩어가는 나무 문을 주먹으로 두드렸다.

"캘리포니아 연방수사국에서 왔습니다. 영장이 있으니 문을 열어주십시오."

댄스는 다시 문을 두드렸다.

"연방수사국에서 왔습니다. 문 열어요!"

그들은 누가 먼저랄 것도 없이 권총에 손을 얹었다.

시간이 얼마나 흘렀을까, 댄스가 다시 한번 노크를 하려는 찰나 문이 열리면서 소냐 브리검이 휘둥그레진 눈으로 걸어나왔다. 그녀는 울다 나온 것 같았다.

"브리검 부인, 트래비스가 집에 있습니까?"

"난……."

"말씀해주세요. 트래비스가 집에 있습니까? 이건 굉장히 중요한 일입니다."

"없어요. 정말이에요."

"수색영장을 받아왔습니다."

댄스는 뒷면이 파란 문서를 건네며 안으로 들어갔다. 카라네오도 그녀를 바짝 뒤따랐다. 거실은 텅 비어 있었다. 두 아이의 침실 문이 활짝 열려 있었다. 새미는 보이지 않았다. 댄스는 새미의 방 안을 흘끔 들여다보았다. 벽에는 정교하게 그린 그림들이 붙어 있었다. 새미는 일본 만화에 심취한 모양이었다.

"트래비스의 동생은 있습니까? 새미 말입니다."

"밖에서 놀고 있어요. 연못에서요. 트래비스에 대한 소식이 있나요? 우리 애를 아직도 못 찾았어요?"

그때 주방에서 삐걱 소리가 들려왔다. 댄스의 손이 권총으로 내려갔다.

로버트 브리검이 주방 문간에 나타났다. 그는 맥주 캔을 쥐고 있었다.

"또 오셨군."

그가 웅얼거렸다.

"이번엔……."

브리검은 아내의 손에서 영장을 낚아채 꼼꼼히 읽어 내려가는 척했다.

그가 식당 종업원 보듯 레이 카라네오를 쳐다보았다.

댄스가 물었다.

"트래비스한테 연락이 없었습니까?"

그녀의 눈이 거실 구석구석을 빠르게 훑었다.

"없었어요. 그 자식이 무슨 짓을 저지르고 다니든 그건 우리 탓이 아닙니다."

"트래비스는 아무 짓도 안 했어요!"

소녀가 말했다.

"오늘 습격당한 소녀가 아드님의 신원을 확인해주었습니다."

댄스가 말했다.

소녀가 반박하려다 말고 울먹였다.

댄스와 카라네오는 집 안 곳곳을 유심히 살폈다. 수색은 오래 걸리지 않았다. 트래비스가 최근에 집에 왔었던 흔적은 보이지 않았다.

"권총을 소유하고 계시죠, 브리검 씨? 혹시 분실되진 않았는지 확인해 보시겠습니까?"

브리검은 눈을 가늘게 뜨고 잠시 머리를 굴렸다.

"내 차 글러브 박스에 보관했습니다. 자물쇠로 단단히 걸어두었죠."

캘리포니아 주법에 따르면, 18세 미만의 아이가 있는 집에서는 총기를 밖에 보관해야 한다.

"장전된 상태로요?"

"물론입니다."

브리검이 방어적인 태도를 취했다.

"우린 샐리나스에서 주로 일합니다. 요즘 갱들이 극성이잖아요."

"총이 잘 있는지 확인해보시겠습니까?"

"그 자식이 내 총에 손을 댔다고요? 절대 그럴 일 없습니다. 그랬다간 나한테 죽는다는 걸 아니까요."

"그래도 한번 확인해보시죠."

브리검은 황당하다는 표정으로 댄스를 쳐다보았다. 그러고는 밖으로 나갔다. 댄스는 카라네오에게 따라가라고 신호했다.

댄스는 벽에 걸린 가족사진을 들여다보았다. 사진 속 가족은 모두 행복해 보였다. 지금보다 많이 젊어 보이는 소냐 브리검은 몬터레이 카운티 놀이공원의 부스 카운터 뒤에 서 있었다. 그녀는 빼빼 말랐고 예쁘장했다. 결혼 전에 구내매점에서 일했던 모양이었다. 어쩌면 소냐는 바로 그곳에서 브리검을 처음 만났는지도 모른다.

소냐가 물었다.

"그 여학생은 괜찮나요? 습격당했다는 그 아이?"

"아직 모릅니다."

그녀의 눈에서 눈물이 떨어졌다.

"우리 앤 문제가 좀 있어요. 가끔 욱할 때가 있죠. 하지만…… 이번엔 당신들이 잘못 짚은 거예요. 그게 확실해요!"

부정은 가장 다루기 힘든 감정적 반응 중 하나였다. 호두 껍데기만큼이나 부수기가 쉽지 않았다.

트래비스의 아버지와 젊은 요원이 거실로 돌아왔다. 로버트 브리검의 불그레한 얼굴은 침울해 보였다.

"사라졌어요."

댄스는 한숨을 내쉬었다.

"어디 다른 데 두신 건 아니고요?"

브리검이 소냐의 시선을 피한 채 고개를 저었다.

소냐가 조심스레 말했다.

"총은 가지고 있어봤자 좋을 게 없죠."

브리검은 아내의 의견을 무시해버렸다.

댄스가 물었다.

"트래비스가 어릴 적부터 즐겨 찾던 장소가 있나요?"

"없습니다. 툭하면 사라지길 좋아하긴 했는데…… 그 자식이 어딜 쏘다니고 다니는지 누가 알겠습니까?"

소년의 아버지가 대답했다.

"친구들은요?"

"친구도 많지 않습니다. 하루 종일 컴퓨터 앞에만 앉아 있으니 친구가 생기겠습니까? 그놈의 컴퓨터 때문에……."

"하루 종일. 하루 종일 게임만 해댔어요."

그의 아내가 맞장구쳤다.

"연락받으시면 전화 주세요. 자수를 권하지도 말고, 총을 빼앗으려 하지도 마십시오. 그냥 조용히 전화 주시면 됩니다. 아드님을 위해서라도 꼭 그렇게 해주셔야 해요."

"알았어요. 연락드릴게요."

소냐가 말했다.

"그 자식은 내 말이라면 거역하지 않을 겁니다. 시키는 대로 다할 거예요."

"로버트……."

"쉿!"

"트래비스의 방을 둘러보겠습니다."

댄스가 말했다.

"그래도 돼요?"

소냐가 턱으로 영장을 가리켰다.

"그냥 둘러보게 놔두라고. 그놈이 또 무슨 일을 벌이기 전에 잡아야 하잖아."

브리검이 담배에 불을 붙이고 성냥을 재떨이에 떨어뜨렸다. 재떨이에서 한 줄기 연기가 피어올랐다. 소냐는 침울한 표정을 지었다. 이제 아들의 편은 그녀 한 사람뿐이었다.

댄스는 허리에 찬 무전기를 뽑아들고 밖을 지키는 경관들을 호출했다. 한 경관이 밖에서 무언가를 찾았다고 알려왔다. 젊은 경관이 집으로 들어왔다. 라텍스 장갑을 낀 그의 손에는 자물쇠로 잠그는 상자가 들려 있었다. 상자는 우악스럽게 뜯겨진 상태였다.

"집 뒤편 덤불 속에서 찾았습니다. 이것도요."

38구경 레밍턴 탄약 상자. 역시 텅 빈 상태였다.

"저겁니다. 내 상자예요."

소년의 아버지가 말했다.

잠시 집 안에 섬뜩한 정적이 감돌았다.

요원들은 트래비스의 방으로 들어갔다. 댄스는 라텍스 장갑을 끼며 카라네오에게 말했다.

"친구들에 대해 뭔가 찾을 수 있으면 좋겠어. 주소라든지, 즐겨 찾는 곳이라든지."

두 사람은 십대 소년의 지저분한 방을 꼼꼼히 수색해 나가기 시작했다. 옷, 만화책, DVD, 일본 만화영화, 게임, 컴퓨터 부품, 노트, 스케치북. CD도 조금 있었지만 스포츠 관련 물건은 하나도 보이지 않았다.

공책을 펼친 댄스는 눈을 깜빡였다. 트래비스는 공책에 켈리 모건의 방 창밖에 걸려 있던 것과 똑같은 가면을 그려놓았다.

작은 그림이었지만 댄스는 등골이 오싹해짐을 느꼈다.

책상 서랍 안에는 클리어라실*과 여드름, 다이어트, 각종 약물, 피부 촬상법** 등에 관련된 책들이 들어 있었다. 트래비스는 또래들보다 외모에 대한 콤플렉스가 심한 듯했다. 어쩌면 그는 따돌림의 가장 큰 원인이 외모의 결함이라고 믿고 있는지도 몰랐다.

---

* 여드름 치료제
** 깊은 여드름 흉터를 박피하는 시술

댄스는 수색을 계속했다. 침대 아래에서 금고 하나가 발견됐다. 자물쇠로 잠겨 있었지만 그녀는 이미 맨 위 서랍에서 열쇠를 찾아놓은 상태였다. 그녀는 조심스레 금고를 열어보았다. 마약이나 포르노 따위를 예상했던 댄스는 내용물을 보고 흠칫 놀랐다. 돈다발들.

카라네오도 그녀의 어깨너머로 금고 안을 내려다보았다.

"흠."

4,000달러쯤 되는 것 같았다. 지폐는 모두 깨끗했고, 반듯하게 정리됐다. 마치 방금 은행이나 현금 자동인출기에서 뽑아온 것처럼. 마약 거래 따위를 통해 모은 돈은 아닌 것 같았다. 댄스는 금고를 증거로 챙겨가기로 했다. 트래비스가 도주 자금으로 쓸지 모른다는 우려 때문이기도 했지만 무엇보다 그의 아버지를 신뢰할 수 없었다.

"이것도 찾았습니다."

카라네오가 말했다. 그는 사진을 출력한 종이를 들고 있었다. 대부분 로버트 루이스 스티븐슨 고등학교 근처에서 여학생들을 몰래 찍은 사진이었다. 스커트 밑이나 탈의실, 화장실 등을 촬영한 음란한 사진은 아니었다.

밖으로 나온 댄스가 소냐에게 물었다.

"얘들을 알아보시겠어요?"

부부는 모른다고 했다.

댄스는 사진들을 들여다보았다. 사진 속 여학생들 중 한 명을 언젠가 본 적 있는 것 같았다. 6월 9일 교통사고를 다룬 뉴스. 케이틀린 가드너. 구사일생으로 살아남은 소녀. 다른 것들과 달리 어느 정도 격식을 차리고 찍은 사진이었다. 예쁘장한 소녀는 싱긋 웃으며 옆을 돌아보고 있었다. 댄스는 얇고 윤이 나는 직사각형 종이를 뒤집어 유심히 살폈다. 사진의 한쪽 구석에 스포츠 팀이 보였다. 트래비스는 졸업앨범에서 이 사진을 오려낸 것이었다.

케이틀린에게 사진을 요청했다가 거부당했던 건가? 너무 수줍어서 부탁도 못했던 건 아닐까?

요원들은 30분에 걸쳐 수색을 이어갔지만 트래비스의 행방을 알려줄 단서는 하나도 찾지 못했다. 친구들의 이름도, 전화번호도, 이메일 주소도 없었다. 주소록과 달력도 보이지 않았다.

댄스는 트래비스의 노트북을 살펴보기로 했다. 모니터를 펴자, 절전 모드에 빠져 있던 컴퓨터가 자동으로 깨어났다. 예상대로 암호가 필요했다. 댄스는 로버트 브리검에게 물었다.

"혹시 암호를 알고 계십니까?"

"그 자식이 그걸 내게 알려줬겠습니까?"

그는 컴퓨터를 가리켰다.

"그게 모든 문제의 근원이었습니다. 그걸로 하루 종일 게임만 해댔다고요. 그것도 싸우고, 죽이는 게임들만. 쉴 새 없이 쏘고, 베고……."

소냐는 한계점에 다다랐다.

"당신도 어릴 때 군인 놀이를 했잖아요. 사내아이들이 다 그렇지 않나요? 그리고 논 아이들이 다 킬러가 돼버렸나요?"

"그땐 시대가 달랐잖아. 지금보단 훨씬 건전했다고. 우린 인디언과 베트콩만 죽이는 척했지, 무고한 사람들을 표적으로 삼진 않았어."

댄스와 카라네오는 컴퓨터, 노트, 금고, 수백 장의 출력된 사진들을 챙겨서 방을 나왔다.

"이런 생각은 안 해봤나요?"

소냐가 물었다.

댄스는 걸음을 멈추고 뒤를 돌아보았다.

"우리 애가 정말 그랬다고 쳐요. 우리 애가 그 여학생들에게 그런 짓을 한 게 맞다고 치자고요. 설령 그렇다 해도 모든 걸 트래비스 탓으로 돌리는 건 심하잖아요. 사람들이 인터넷에서 얼마나 우리 애 욕을 해댔는지 알아요? 그들이 먼저 우리 애를 공격한 거라고요. 혐오스러운 말로. 그런데도 우리 트래비스는 그들에게 한마디 반박도 하지 않았어요."

소냐는 터져 나오려는 눈물을 애써 참고 있었다.

"피해자는 오히려 우리 아들이라고요."

16

고속도로를 따라 환상적인 라구나 세카 경주 트랙에서 얼마 떨어지지 않은 샐리나스로 달리던 캐트린 댄스는 일단정지 표지를 들고 있는 공사장 인부 앞에 자신의 표시 없는 포드를 멈췄다. 커다란 불도저 두 대가 붉은 먼지를 내뿜으며 그녀 앞 도로를 천천히 가로질러 나갔다.

댄스는 자신과 볼링을 위해 태미 포스터의 컴퓨터를 직접 배달해주었던 데이비드 라인홀드 경관과 통화를 하던 중이었다. 라인홀드가 소속된 샐리나스의 MCSO 과학수사대는 레이 카라네오가 전달한 트래비스의 델 컴퓨터를 분석했다.

"로그인해봤습니다. 지문도 채취했고요. 아, 그리고 불필요한 작업이었지만 혹시 몰라 질산염으로 폭발물이 담겨 있는지도 확인해봤습니다. 댄스 요원님."

라인홀드가 말했다.

가끔 컴퓨터에 함정을 설치해놓는 경우가 있었다. 무기로서의 IED*가 아닌, 파일 속 의심스러운 데이터를 없애버리는 장치.

"잘했어요, 경관."

댄스는 경관의 일처리능력이 마음에 들었다. 그녀는 기민해 보이던 라

---

* 급조 폭발물

인홀드의 파란 눈과 태미의 컴퓨터에서 배터리를 뽑은 현명한 판단을 떠올렸다.

"채취된 지문 중에는 트래비스의 것도 있었지만 다른 이의 것도 있었습니다. 전부 조사해봤는데요, 대여섯 개는 사무엘 브리검의 지문이었습니다."

젊은 경관이 말했다.

"트래비스의 동생?"

"맞습니다. 다른 지문도 몇몇 있었습니다만 AFIS*에서 일치하는 걸 찾아내지 못했습니다. 하지만 크기로 봐선 남자가 분명합니다."

댄스는 소년의 아버지를 의심했다.

라인홀드가 말했다.

"원하시면 제가 시스템을 한번 깨보겠습니다. 관련 과목을 들은 적이 있어서 어렵진 않을 겁니다."

"고마워요. 하지만 조나단 볼링 교수님께 부탁드리면 될 거예요. 저번에 내 사무실에서 만났죠?"

"네, 댄스 요원님. 그럼 그렇게 하십시오. 지금 어디십니까?"

"지금 밖에 나와 있어요. 작업 끝나면 CBI로 보내줘요. 티제이 스캔론 요원이 맡아줄 거예요. 카드에 그의 서명을 받으면 돼요. 영수증도 꼭 받아가고요."

"알겠습니다."

그들은 전화를 끊었다. 댄스는 공사장 신호 담당이 길을 내주기를 초조하게 기다렸다. 놀랍게도 눈앞 도로는 완전히 파헤쳐진 상태였다. 수십 대의 트럭과 장비들은 땅을 긁어내느라 분주히 움직였다. 댄스가 지난주에 이곳을 지났을 때만 해도 공사는 시작도 하지 않았다.

---

* Automated Fingerprint Identification System, 자동 지문 식별 시스템

칠턴이 블로그에 언급했던 바로 그 고속도로 프로젝트였다. 101고속도로로 통하는 지름길. 칠턴은 '노란 벽돌 길' 스레드에 누군가가 이 프로젝트를 통해 부당이득을 챙기고 있을지 모른다고 주장했다.

댄스는 공사장의 장비들이 페닌슐라 최대 규모를 자랑하는 클린트 에이버리 건설 소유라는 사실에 주목했다. 건장한 체구의 인부들은 땀을 뻘뻘 흘리며 작업에 열중했다. 페닌슐라 공사현장 인부들 대부분은 라틴계였지만 신기하게 이곳 인부들 대부분은 백인이었다.

한 인부가 댄스를 유심히 지켜보았다. 그녀가 몰고 온 표시 없는 CBI 세단을 알아본 것이다. 그럼에도 인부는 댄스에게 신속히 길을 내주지 않았다.

시간을 끌던 인부가 마침내 지나가도 좋다고 신호했다. 그의 시선이 댄스를 유심히 훑었다.

그녀는 대규모 공사현장을 뒤로한 채 계속 고속도로를 달렸다. 그리고 옆길로 빠져 여름학교가 막 시작된 센트럴 코스트 전문대학으로 들어갔다. 한 학생이 친구들과 피크닉 테이블에 앉아 있는 케이틀린 가드너를 가리켰다. 케이틀린은 친구들에게 둘러싸여 있었다. 마치 보호막에 파묻힌 듯이. 금발머리를 포니테일로 묶은 케이틀린은 예쁘장했다. 두 귀에는 징과 고리형 귀걸이가 여러 개가 걸려 있었다. 너무나도 평범한 모습이었다.

브리검 부부를 만나고 나온 댄스는 가드너의 집으로 전화를 걸었다. 케이틀린의 어머니는 몇 달 후에 졸업반이 될 딸이 이곳에서 몇 과목을 듣고 있다고 알려주었다. 로버트 루이스 스티븐슨 고등학교는 이곳 학점을 인정해준다나.

케이틀린의 시선이 먼 곳을 훑다가 댄스에게로 돌아왔다. 댄스를 기자로 오해한 그녀가 주섬주섬 책을 챙기기 시작했다. 그녀의 두 친구도 댄스를 돌아보며 케이틀린을 따라 일어났다.

댄스의 방탄조끼를 본 소녀들은 무척 경계하는 모습이었다.

"케이틀린."

댄스가 불렀다.

케이틀린이 걸음을 멈췄다.

댄스는 다가가서 신분증을 내밀며 자신을 소개했다.

"잠시 할 얘기가 있어."

"케이틀린은 지금 많이 피곤한 상태예요."

한 친구가 말했다.

"무척 속상하고요."

댄스가 미소 지었다. 댄스는 케이틀린에게 말했다.

"당연히 그럴 거라 생각해. 하지만 이건 굉장히 중요한 문제야. 시간 좀 내줘."

"이렇게 학교에 나와 있는 것조차도 위험한 일이에요. 트리쉬와 바네사를 생각해서라도 나오는 게 도리라 생각했어요."

또 다른 친구가 말했다.

"기특하네."

댄스는 여름학교에 다니는 게 어떻게 죽은 친구들을 위하는 일인지 궁금했다.

청소년들의 별난 우상들…….

첫 번째 친구가 단호하게 말했다.

"케이틀린은 정말로 정말로……."

댄스가 곱슬거리는 흑갈색 머리의 소녀를 휙 돌아보았다. 그런 다음, 미소를 지운 채 쏘아붙였다.

"난 지금 케이틀린에게 얘기하고 있는 거야."

소녀의 입이 딱 다물어졌다.

케이틀린이 웅얼거렸다.

"네, 그러죠."

"저쪽으로 가자."

댄스가 온화한 음성으로 말했다. 케이틀린은 댄스를 따라 잔디밭을 가로질렀다. 그들은 또 다른 피크닉 테이블에 자리를 잡고 앉았다. 소녀는 책가방을 끌어안은 채 초조한 눈빛으로 교정 주변을 훑었다. 케이틀린의 발은 연신 바닥을 토닥였고, 한 손은 귓불을 만지작거렸다.

케이틀린은 태미보다 훨씬 겁에 질린 모습이었다.

댄스는 그녀의 긴장부터 풀어주기로 했다.

"여름학교에 다니고 있었구나."

"네. 친구들이랑 같이 다녀요. 아르바이트를 하거나 집에서 빈둥거리는 것보단 낫잖아요."

말투를 들어보니 집에서 부모님과 마찰을 겪는 모양이었다.

"무슨 과목을 듣고 있지?"

"화학이랑 생물."

"여름을 망치기에 딱 좋은 과목들이네."

케이틀린이 피식 웃었다.

"그럭저럭 할만 해요. 원래부터 과학이랑 친하기도 했고."

"의대에 들어가려고?"

"그랬으면 좋겠어요."

"어느 학교?"

"오, 아직은 모르겠어요. 버클리에 들어가고 싶긴 한데…… 뭐, 두고 봐야죠."

"나도 거기서 지낸 적이 있었어. 좋은 추억을 가지고 있지."

"정말요? 뭘 공부하셨는데요?"

"음악."

댄스가 미소 지으며 대답했다.

사실 댄스는 U. C. 버클리에서 단 한 번의 강의도 들어본 적 없었다. 그녀는 버클리 캠퍼스에서 거리의 악사로 활동했다. 비록 돈을 많이 벌진 못했지만.

"어떻게 지냈어?"

케이틀린의 눈에서 생기가 쭉 빠져나갔다. 그녀가 웅얼거렸다.

"많이 괴로웠어요. 너무 끔찍한 일이었잖아요. 사고 그 자체도 그렇지만 태미와 켈리에게 벌어진 사건들도…… 너무 무서워요. 그 애는 좀 어떤가요?"

"켈리? 아직 몰라. 여전히 혼수상태에 빠져 있거든."

댄스의 대답을 엿들은 케이틀린의 친구가 말했다.

"트래비스가 인터넷에서 독가스를 샀대요. 신나치주의자들에게서요."

사실일까? 아니면 소문일까?

댄스가 말했다.

"케이틀린, 트래비스가 사라졌어. 어딘가에 숨어 있는 게 분명해. 우린 그 애가 또 무슨 일을 벌이기 전에 찾아야 한다고. 그 애랑 친했니?"

"아주 친했던 건 아니에요. 그냥 한두 과목 같이 들었을 뿐이죠. 가끔 복도에서 마주칠 때도 있었고요. 딱 그 정도였어요."

갑자기 케이틀린이 당황하며 가까이 위치한 덤불을 휙 돌아보았다. 한 남학생이 덤불을 헤치고 뛰어나왔다. 남학생은 잠시 주변을 살피다가 바닥을 뒹굴고 있는 풋볼을 집어들고 다시 덤불 속으로 사라져버렸다.

"트래비스가 널 좋아했다며?"

댄스가 물었다.

"아니에요!"

케이틀린이 말했다. 하지만 댄스는 소녀가 그 사실을 알고 있었다고 확신했다. 일단 목소리 음이 높아졌다. 기선을 벗어났는지 확인하지 않고도 거짓말을 짚어낼 수 있는 여러 이유들 중 하나였다.

"아주 조금도 그런 마음이 없었을까?"

"그랬는지도 모르죠. 하지만 그런 남학생들은 한둘이…… 무슨 뜻인지 알잖아요."

그녀의 눈이 댄스를 잽싸게 훑었다. 그 눈빛은 이렇게 말하고 있었다. 당신도 짝사랑을 받아본 적 있었잖아요. 비록 오래전 일이었겠지만.

"만나서 얘기도 하고 그랬니?"

"가끔 과제에 대해 대화를 나눴어요. 그뿐이에요."

"트래비스가 어딜 즐겨 찾는지 들려준 적은 없었고?"

"네. 구체적으로 어딜 다닌다는 소린 못 들었어요. 물가에 괜찮은 데가 있다는 얘긴 했었던 것 같아요. 해안이 자기가 좋아하는 게임 속 풍경과 비슷하다면서요."

바로 댄스가 원하던 정보였다. 바다를 좋아하는 트래비스는 해안공원 어딘가에서 숨어 지내고 있을 가능성이 높았다. 포인트 로보스 같은 곳에서. 요즘 같은 날씨라면 방수 침낭만 가지고도 얼마든지 버틸 수 있었다.

"그 애랑 같이 지낼 만한 친구들은 없고?"

"정말 걔에 대해선 아는 게 없어요. 제가 보기에 친구는 없는 것 같았어요. 하루 종일 인터넷만 해댔으니 친구가 필요 없었겠죠. 똑똑하긴 한데 학교생활엔 잘 적응 못했어요. 점심시간이나 자습시간엔 늘 컴퓨터를 챙겨서 밖으로 나가버렸죠. 신호가 잡히면 인터넷도 했고요."

"그 애가 두렵니, 케이틀린?"

"물론이죠."

그녀가 당연하다는 듯 말했다.

"하지만 〈칠턴 리포트〉나 소셜네트워크 사이트에 트래비스에 대한 나쁜 얘긴 안 올렸잖아."

"네."

이 아이는 왜 당혹해 하는 걸까? 댄스는 케이틀린의 감정을 제대로 읽어낼 수가 없었다. 공포 그 이상의 감정이었다.

"왜 트래비스에 대해 아무 의견도 올리지 않았지?"

"전 거길 즐겨 찾지 않아요. 다 쓸 데 없는 얘기들뿐이고."

"그 애에게 연민도 있을 거고."

"네."

케이틀린은 왼쪽 귀에 걸린 네 개의 징 중 하나를 연신 만지작거렸다.

"왜냐하면⋯⋯."

"왜?"

소녀는 무척 불편해 보였다. 터질 것 같은 긴장감. 배어 나온 눈물. 케이틀린이 속삭였다.

"왜냐하면 바로 저 때문에 벌어진 일이었으니까요."

"그게 무슨 뜻이지?"

"사고 말이에요. 저 때문에 벌어진 일이었어요."

"계속 얘기해봐, 케이틀린."

"파티에 한 남학생이 있었어요. 제가 좋아하는 앤데⋯⋯ 마이크 디엔젤로."

"파티에 말이지?"

"네. 마이크는 절 본체만체했어요. 브리애나의 등을 살살 문지르며 시시덕거렸죠. 바로 제 눈앞에서 말이에요. 전 질투심을 좀 심어주려고 트래비스에게 다가가 말을 걸었어요. 그리고 마이크가 보는 앞에서 트래비스에게 자동차 열쇠를 넘기고 절 집으로 데려가달라고 했죠. 트리쉬와 바네사를 내려주고 우리끼리 어디 가서 놀자고 말이에요."

"그렇게 하면 마이크가 질투할 줄 알고?"

케이틀린이 눈물을 흘리며 고개를 끄덕였다.

"너무 어리석었어요! 하지만 걔가 브리애나랑 시시덕거리는 게 너무 꼴 보기 싫어서⋯⋯."

케이틀린의 어깨는 팽팽한 긴장감으로 구부정했다.

"그러면 안 되는 거였는데. 하지만 너무 질투가 났어요. 저만 참았으면 그런 일도 없었을 텐데."

그날 밤 트래비스가 운전을 한 이유가 밝혀지는 순간이었다.

고작 또 다른 남학생을 자극하기 위해.

또한 소녀의 설명은 전혀 다른 시나리오를 떠올리게 했다. 어쩌면 트래비스는 차를 타고 돌아오는 길에 케이틀린이 자기를 이용했다는 사실을 깨달았는지도 몰랐다. 아니면 그녀가 마이크를 짝사랑하고 있다는 사실을 깨닫고 화가 났는지도. 그렇다면 의도적으로 사고를 낸 건 아닐까? 케이틀린을 죽이고, 자신도 목숨을 끊으려고? 충동적인 행동이지만 젊은 남녀 사이에서 충분히 벌어질 수 있는 일이었다.

"아마 저한테 화가 많이 났었을 거예요."

"너희 집 앞에 경관을 세워둘게."

"정말이에요?"

"물론. 여름학교 시작한 지 얼마 안 됐지? 아직 시험기간도 아니고?"

"네. 며칠 안 됐어요."

"그럼 지금 집에 돌아가."

"그러는 게 낫겠어요?"

"그래. 그리고 우리가 트래비스를 찾을 때까지 외출을 자제해줘."

댄스는 그녀의 주소를 받아 적었다.

"뭐 더 생각나는 거 있으면…… 트래비스의 행방에 대해서 말이야. 언제든 연락해줘."

"네."

소녀는 댄스의 명함을 챙겨 넣었다. 두 사람은 케이틀린의 친구들이 기다리고 있는 곳으로 향했다.

남아메리카 그룹, 우루밤바에서 플루트를 연주하는 호르헤 쿰보의 환상적인 선율이 댄스를 휘감았다. 음악은 그녀를 차분하게 만들어주었다. 몬터레이 베이 병원 주차장에 들어서면서 잠시 음악을 정지시켜야 한다는 게 유감스러울 따름이었다.

시위대는 평소의 절반 수준이었다. 피스크 목사와 빨강머리 경호원은 보이지 않았다.

어쩌면 댄스의 어머니를 추적 중인지도 모른다.

댄스는 안으로 들어갔다.

몇몇 간호사와 의사가 다가와 그녀를 위로했다. 동료의 딸을 본 간호사 두 명은 울음을 터뜨렸다.

댄스는 아래층에 자리한 경비실로 내려갔다. 사무실은 텅 비었다. 그녀는 집중치료실로 통하는 복도를 쳐다보다가 문을 열고 안으로 들어갔다.

후안 밀라가 숨을 거둔 병실을 들여다보며 댄스가 눈을 깜빡였다. 그곳은 여전히 노란색 경찰 테이프로 봉쇄됐다. 출입 금지. 현장 조사 중. 하퍼가 벌인 짓이야. 댄스는 이를 갈았다. 어리석은 짓이었다. 이곳 집중치료실에는 병실이 다섯 개뿐이었다. 그리고 그중 세 곳에서는 환자들이 치료를 받고 있었다. 이런 상황임에도 검사는 병실 하나를 봉쇄했다. 당장 위급한 환자 두 명이 동시에 들어오면 어떻게 되는 거지? 사건이 발생한 지 한 달이 넘었는데. 그동안 이 병실을 거친 수십 명의 환자는 어쩌고? 직원들도 정기적으로 꼼꼼히 청소했을 텐데. 이런 환경에서 대체 어떻게 추가증거를 찾겠다는 거지? 댄스는 황당했다.

사람들의 눈길을 끌려는 속 보이는 전략이었다.

그녀는 나가려고 몸을 틀었다.

하마터면 댄스는 후안 밀라의 형, 훌리오와 충돌할 뻔했다. 한 달 전쯤 댄스에게 달려들어 분풀이를 해댔던 사람.

짙은색 피부에 다부진 체구의 훌리오는 검은 양복 차림이었다. 그가 멈춰 서서 댄스를 쳐다보았다. 훌리오는 문서가 가득 담긴 서류철을 쥐고 있었다. 두 사람의 거리는 150센티미터도 채 되지 않았다.

댄스는 바짝 긴장한 모습으로 주춤 물러났다. 필요하다면 후추 스프레이나 수갑을 꺼낼 수 있는 공간을 확보하기 위해서였다. 훌리오가 또 공격해온다면 물러나지 않고 맞서줄 참이었다. 언론이 안락사 사건 용의자의 딸이 피해자의 형에게 후추 스프레이를 뿌려 제압한 일을 두고 무어라 떠들어대든.

하지만 훌리오는 호기심에 찬 눈으로 댄스를 빤히 쳐다볼 뿐이었다. 그의 얼굴에서는 분노나 증오의 흔적을 찾아볼 수 없었다. 오히려 이런 곳에서 마주쳤다는 사실에 무척 놀란 듯했다. 훌리오가 속삭였다.

"당신 어머니…… 어떻게 그러실 수 있죠?"

숱한 연습을 거친 대사를 읊는 것 같았다. 마치 오랫동안 이 순간을 기다려온 것처럼.

댄스에게 대꾸할 틈도 주지 않은 채 훌리오는 돌아서서 뒷문을 향해 성큼성큼 걸어나갔다.

어색한 만남은 그렇게 끝이 나버렸다.

거친 말도, 협박도, 폭력도 없이.

어떻게 그러실 수 있죠?

댄스의 심장이 쿵쾅거렸다. 그녀는 언젠가 훌리오가 이곳을 찾아왔었다는 어머니의 말을 떠올렸다. 그가 왜 다시 이곳을 찾았는지 궁금했다.

댄스는 마지막으로 노란 경찰 테이프를 돌아보고 집중치료실을 나와 경비실로 돌아갔다.

"오, 댄스 요원님."

헨리 바스콤이 눈을 깜빡이며 말했다.

댄스가 환히 미소를 지었다.

"그들이 또 테이프를 둘러놓고 갔군요."

"들어가보셨습니까?"

바스콤이 물었다.

댄스는 그의 자세와 음성이 부자연스럽다는 사실에 주목했다. 그는 연신 머리를 굴렸고, 불안한 모습이었다. 무슨 일이 있는 건가? 댄스는 궁금했다.

"봉쇄해놓은 건가요?"

"네. 그렇습니다."

댄스는 필요 이상으로 공손한 그의 태도에 피식 웃을 뻔했다. 몇 달 전, 그녀는 오닐, 바스콤, 그리고 그의 예전 동료 몇 명과 피셔맨스 워프에서 케사디야*를 안주 삼아 맥주를 마신 적 있었다. 댄스는 문제의 핵심을 파고들기로 했다.

"제겐 시간이 별로 없어요, 헨리. 이건 어머니 문제예요."

"좀 어떠신가요?"

난 당신만큼도 모르고 있어요, 헨리. 댄스는 생각했다.

"별로 좋진 않으세요."

"제가 안부 여쭌다고 전해주세요."

"그럴게요. 그건 그렇고, 후안이 사망했을 당시의 방문일지를 보고 싶어요."

"네."

하지만 기꺼이 보여주겠다는 뉘앙스는 아니었다.

"문제는 그걸 보여드릴 수 없다는 겁니다."

"어째서죠, 헨리?"

"요원님께 아무것도 보여드리지 말라는 지시가 있었거든요. 어떤 문서

---

* 넓은 밀가루 토르티야를 반으로 접어 치즈를 비롯한 내용물을 넣고 구워낸 다음 부채꼴 모양으로 3, 4등분해 먹는 요리

도 안 된다고 했습니다. 이렇게 대화를 해서도 안 된다고 했고요."

"누가 그렇게 지시했죠?"

"이사회에서 내려온 겁니다."

바스콤이 망설이다가 대답했다.

"그리고요?"

"실은 하퍼 씨의 요청이 있었습니다. 그 검사 양반 말입니다. 그가 이사회와 참모장에게 직접 얘길 했더라고요."

"하지만 그건 제가 충분히 요청할 수 있는 정보잖아요. 피고 측 변호사에게도 당연히 공개돼야 하는 건데."

"오, 저도 알죠. 하지만 하퍼는 변호사를 통하지 않으면 절대 공개할 수 없다고 했습니다."

"일지를 가져가겠다는 게 아니라 그냥 훑어보기만 하겠다는 거예요, 헨리."

방문일지를 보는 일은 전혀 불법적인 행위가 아니었다. 때가 되면 모두에게 공개될 자료였다.

바스콤이 난처한 표정을 지었다.

"저도 알고 있습니다. 하지만 안 되겠습니다. 영장 없인 곤란합니다."

하퍼가 경비실장에게 당부해놓은 모양이었다. 댄스와 그녀의 가족을 최대한 괴롭히라고.

"죄송합니다."

바스콤이 기어들어 가는 목소리로 말했다.

"아니에요. 괜찮아요, 헨리. 하퍼가 특별한 이유를 알려주던가요?"

"아닙니다."

머뭇거림 없이 대답했다. 댄스는 자신의 눈길을 피하는 그를 유심히 지켜보았다. 그의 모습은 평소 보이는 기선에서 많이 벗어나 있었다.

"하퍼가 뭐라고 했나요, 헨리?"

망설임.

댄스가 바스콤 앞으로 몸을 기울였다.

경비실장은 눈을 내리깔았다.

"그는…… 그는 요원님을 신뢰하지 않는다고 했어요. 그리고 요원님이 마음에 들지 않는다고도 했고요."

댄스는 최대한 환히 미소를 지어 보였다.

"기쁜 소식이군요. 저도 하퍼가 절 좋아하면 어쩌나 걱정하고 있었거든요."

오후 5시.

병원 주차장으로 나온 댄스는 사무실에 전화를 걸었다. 트래비스 브리검은 여전히 무소식이었다. 범인 수색은 고속도로 순찰대와 보안관 사무실이 맡아 진행하고 있었다. 우선 가출 청소년과 어린 도망자들이 선호하는 장소들을 추려 샅샅이 뒤져보는 중이었다. 학교, 친구 집, 그리고 쇼핑몰. 트래비스가 오로지 자전거로만 이동한다는 사실이 그나마 수색에 도움을 주었다.

레이 카라네오는 트래비스의 공책에 적힌 장황하고 두서없는 글과 그림들을 꼼꼼히 훑어보았지만 별 성과를 거두지 못했다. 티제이는 가면의 출처를 알아보는 동시에 블로그에 비판적 댓글을 올린 이들을 추려 일일이 연락을 취했다. 케이틀린으로부터 트래비스가 물가를 좋아한다는 정보를 뽑아낸 댄스는 티제이에게 공원관리부에도 연락해볼 것을 지시했다. 수천 평방 에이커에 달하는 공간을 샅샅이 뒤지는 일이 쉽지는 않겠지만.

"알겠습니다, 보스."

티제이가 기운 빠진 음성으로 말했다. 피로가 아닌 절망으로부터 비롯된 목소리였다.

댄스는 곧바로 존 볼링에게 전화를 걸었다.

"트래비스의 컴퓨터를 받았습니다. 라인홀드 경관이 가져왔어요. 컴퓨터에 대해 해박한 친구더군요."

"진취성이 보였어요. 앞으로 크게 성공할 것 같더군요. 그건 그렇고, 무슨 단서라도 찾으신 건가요?"

"아뇨. 트래비스는 똑똑한 아이입니다. 기본적인 암호 보호 프로그램에만 의존하지 않아요. 특허를 받은 암호화 프로그램이 드라이브를 막고 있습니다. 끝내 깨지 못할 가능성도 있습니다. 일단 학교 동료들에게 연락은 해놨어요. 그들이 못 깬다면 포기해야 합니다."

흠. 성중립적 표현이군. 댄스는 생각했다. '동료들', 그리고 '그들'. 댄스는 그 말을 '금발에 젊고 매력적이고 육감적인 여성 대학원생'으로 해석했다.

볼링은 현재 캘리포니아 산타크루스 대학교의 슈퍼컴퓨터가 업링크를 통한 억지 기법으로 보호막을 제거 중이라고 덧붙였다.

"운이 좋으면 한 시간 안에 암호를 깰 수도 있을 겁니다."

"정말이에요?"

댄스가 밝은 음성으로 말했다.

"아니면 2, 300년이 걸릴지도 모르고요. 그냥 지켜보는 수밖에 없습니다."

댄스는 고맙다고 인사한 다음 그만 들어가보라고 말했다. 볼링은 맥빠진 음성으로 어차피 특별한 계획도 없으니 그냥 위험에 처해 있을지도 모르는 댓글 작성자들이나 계속 찾아보겠다고 답했다.

댄스는 마틴의 집에서 아이들을 데려와 부모님이 머물고 있는 모텔로 향했다.

차를 모는 동안 그녀는 젊은 후안 밀라의 죽음에 대해 곰곰이 생각해보았다. 당시 댄스는 그의 죽음에 특별히 관심을 두지 않았다. 그녀의 신경은 오로지 범인 수색에만 집중됐었다. 다니엘 펠. 컬트 리더. 킬러, 그리고 잔인한 조종자. 펠과 그의 위험한 여성 파트너는 펠이 탈옥에 성공하자, 페닌슐라에 남아 새로운 피해자들을 괴롭히고 살해했다. 댄스는 오닐과 함께 쉴 새 없이 그들을 추적하느라 후안 밀라의 죽음에는 신경쓸 겨를이 없었다. 물론 약간의 회한은 남아 있었지만.

어머니가 그 사건에 이렇게 휘말리게 될 거라는 걸 그때 알았다면 댄스는 후안 밀라에게 더 많은 신경을 쏟았을 것이다.

10분 후, 댄스는 자갈이 깔린 모텔 주차장에 차를 세웠다. 매기가 말했다.

"와우."

매기는 창밖으로 모텔을 내다보며 자리에서 방방 뛰었다.

"멋지긴 하네요."

침울한 표정의 웨스가 말했다.

메인 건물 뒤편에는 열 채 남짓한 예스러운 별장식 오두막집들이 자리했다. 호화로운 카멜 모텔의 체인이었다.

"수영장도 있어요! 빨리 가서 수영하고 싶어요!"

매기가 소리쳤다.

"미안. 수영복을 안 가져왔어."

댄스는 이디와 스튜어트에게 아이들과 수영복 쇼핑을 다녀오라고 제안하려 했지만, 곧 어머니가 외출하는 건 바람직하지 않다는 판단을 내렸다. 피스크 목사와 그의 맹금들 때문이었다.

"내일 가져올게. 그리고 웨스, 여긴 테니스 코트도 있어. 할아버지랑 같이 연습해도 돼."

"네."

그들은 일제히 차에서 내렸다. 댄스는 직접 챙겨온 아이들의 여행 가방을 꺼냈다. 아이들은 할아버지, 할머니와 함께 밤을 보내게 될 것이다.

그들은 포도나무 덩굴과 긴병꽃들 사이로 난 좁은 길을 들어갔다.

"어느 오두막집이에요?"

매기가 총총 걸어나가며 물었다.

댄스가 한 오두막집을 가리키자 매기가 쪼르르 내달리기 시작했다. 매기가 초인종을 누르자 문이 열리고 이디가 나왔다. 그녀는 미소를 지으며 손주들을 안으로 안내했다.

"할머니. 정말 멋있어요!"

매기가 말했다.

"그렇지? 어서 들어와."

이디가 댄스를 돌아보며 환히 미소 지었다. 댄스는 어머니의 표정을 읽어보려 했지만 쉽지 않았다.

스튜어트가 아이들을 끌어안았다.

웨스가 물었다.

"괜찮으세요, 할머니?"

"보다시피 아무 문제도 없단다. 마틴과 스티븐은?"

"별일 없으세요."

웨스가 대답했다.

"쌍둥이들이랑 베개로 산을 만들었어요. 동굴도 만들었고요."

매기가 말했다.

"뭘 하고 놀았는지 할머니에게 다 들려줘야 한다, 알았지?"

댄스는 방 안의 손님을 돌아보았다. 변호사 조지 쉬디가 다가와 댄스와 악수를 나누었다. 그는 매력적인 저음으로 인사했다. 거실 탁자에는 서류가방이 열린 채 놓여 있었다. 노란색 노트패드와 출력한 문서들도 수북이 쌓여 있었다. 변호사는 아이들에게도 인사를 건넸다. 쉬디는 내색하지 않았지만 댄스는 그의 태도와 표정을 통해 방금 전까지 세 사람 사이에서 무척 중대한 대화가 오고 갔음을 추측했다. 웨스는 수상쩍다는 듯 쉬디를 쳐다봤다.

이디가 아이들에게 군것질거리를 한 아름 안기자, 아이들은 신이 나서 놀이터로 향했다.

"동생 잘 봐."

댄스가 말했다.

"네. 자, 가자."

웨스가 주스 팩과 쿠키를 안고 매기에게 말했다. 아이들이 밖으로 나가자 댄스는 창밖으로 놀이터가 잘 보이는지부터 확인했다. 굳게 잠긴 출입문 너머로 수영장이 보였다. 아이들을 풀어놓고 나면 한순간도 경계를 늦출 수 없었다.

이디와 스튜어트는 긴 소파로 돌아갔다. 낮은 테이블에는 커피 세 잔이 놓였다. 보나마나 쉬디가 도착하기 무섭게 댄스의 어머니가 본능적으로 만들어 내온 커피일 것이다.

변호사는 트래비스 브리검 사건과 수색 작업에 대해 물었다.

댄스는 개략적인 내용만을 들려주었다.

"켈리 모건은요?"

"아직도 혼수상태예요."

스튜어트가 고개를 저었다.

화제는 도로변 십자가 사건에서 이디 댄스 문제로 넘어갔다. 쉬디는 이디와 스튜어트를 돌아보며 눈썹을 추켜세웠다. 댄스의 아버지가 말했다.

"우리 딸에게 들려주셔도 됩니다. 말씀하세요. 전부 다."

그 말에 쉬디가 설명을 시작했다.

"우린 하퍼의 전략을 대충 파악하고 있습니다. 그는 아주 보수적이고 독실합니다. 존엄사법에 반대하는 입장을 공공연히 밝혀오기도 했고요."

존엄사법은 캘리포니아에서도 종종 발의됐다. 오리건 같은 곳에서는 의사들이 법적으로 환자의 요청에 따라 안락사를 도울 수 있었다. 낙태와 마찬가지로 논란이 많고, 찬반양론의 양극화가 심한 주제였다. 현재 캘리포니아에서 안락사를 돕는 행위는 중범죄에 해당된다.

"그래서 하퍼는 이디를 본보기로 삼으려는 겁니다. 이번 사건의 경우는 안락사에 초점을 두고 있지 않습니다. 어머님은 후안이 직접 약물을 투여할 수 있을 만한 상태가 아니었다고 하셨습니다. 하지만 하퍼는 캘리포니아 역시 자살을 돕는 행위를 중죄로 다스릴 거라는 메시지를 주고 싶어합니다. 그러니까 이런 얘길 하는 것이죠. 지방검사가 각각의 사건들을 유심히 살피고 있으니 존엄사법을 지지하지 마라. 조금이라도 범법행위가 있을 시에는 의사는 물론 자살을 도운 그 누구라도 무거운 처벌을 받게 될 것이다."

위엄 있는 음성이 계속해서 댄스에게 진지한 설명을 이어나갔다.

"한마디로 유죄답변 교섭일랑 꿈도 꾸지 말라는 겁니다. 하퍼는 어떻게든 재판으로 끌고 가려 할 테고, 법정에서 요란하게 법석을 떨어댈 겁니다. 이 경우에는 누군가가 후안을 죽였으니 당연히 살인사건으로 처리하려는 거겠죠."

"1급살인."

댄스가 말했다. 그녀는 형법을 잘 알았다. 남들이 《요리의 기쁨》을 줄줄 외우고 다니는 만큼이나.

쉬디가 고개를 끄덕였다.

"계획적인 범행이었고, 게다가 후안 밀라는 법집행관이었습니다."

"그렇다고 특별 케이스로 취급해선 안 되잖아요."

댄스는 말했다. 그녀가 어머니의 창백한 얼굴을 돌아보았다. 특별 케이스는 사형까지 선고될 수 있었다. 하지만 사형이 선고되려면 밀라가 살해될 당시 근무 중이었다는 사실을 증명해야 한다.

쉬디가 피식 웃으며 말했다.

"믿어지지 않겠지만 하퍼는 이 사건을 특별 케이스로 취급합니다."

"어떻게요? 어떻게 그게 가능하죠?"

댄스가 흥분하며 물었다.

"공식적으로 따지면 밀라는 엄연히 근무 중이었거든요."

"하퍼가 그렇게 우기나요?"

댄스의 속이 울렁거렸다.

"하퍼 그 사람, 제정신입니까?"

스튜어트가 나지막이 말했다.

"하퍼는 굉장히 독선적인 사람입니다. 제정신이 아닌 사람보다 그게 더 무섭죠. 사형이 선고되면 그는 엄청난 언론의 관심을 받게 됩니다. 바로 그걸 원하고 있는 거죠. 하지만 걱정하지 마십시오. 부인께서 특별 케이스로 유죄판결을 받을 가능성은 전혀 없습니다."

쉬디가 이디를 돌아보며 말했다.

"하지만 한 가지 분명한 건 하퍼가 거기서부터 시작할 거라는 사실입니다."

1급모살 누명은 상상만으로도 끔찍했다. 누명을 벗지 못하면 이디는 25년형까지 선고받을 수 있었다.

변호사가 설명을 계속했다.

"타당한 이유나 실수, 정당방위를 주장할 순 없을 겁니다. 판결에 영향을 주는 건 고통의 종결뿐입니다. 하지만 배심원단이 부인께서 밀라의 고통을 끝내주었다고 믿는다면 보나마나 1급살인으로 유죄평결을 내릴 겁니다. 아무리 자비를 베푸는 차원에서 행한 일이라 할지라도 말입니다."

"그렇다면 우린 오로지 사실 증명에만 집중해야겠군요."

댄스가 말했다.

"맞습니다. 우선 우리는 부검결과와 사인에 문제를 제기해야 합니다. 검시관은 모르핀 투여기가 너무 많이 열려 있었고, 누군가가 링거 백에 항히스타민제를 몰래 섞어놓았다고 했습니다. 그게 밀라의 정확한 사인이라는 거죠. 그래서 호흡기 장애가 발생했고, 결국엔 심장마비로 이어지게 됐다는 게 검시관의 결론입니다. 우린 그게 틀렸다는 걸 증명해줄 전문가를 찾아야 합니다. 화상에 의한 자연사일 뿐, 약물의 영향은 없었다는 걸 증명해야 합니다. 그런 다음에 이다가 그의 죽음과 아무 관련이 없다고 주장하는 겁니다. 다른 누군가가 의도적으로든 실수로든 문제의 약물을 주입했다고 말이죠. 우린 당시 주변에 있었을 법한 사람들을 찾아야 합니다. 그중엔 범인을 목격한 사람이 있을지도 모르거든요. 또한 그중 누군가는 범인일 수도 있고요. 어떻습니까, 이디? 후안이 숨졌을 당시 집중치료실 주변에 누군가가 어슬렁거리지 않았습니까?"

"간호사 몇 명이 있었어요. 다른 사람은 없었고요. 환자 가족은 돌아간 후였어요. 당연히 면회자는 없었고요."

이디가 대답했다.

"제가 계속 알아보겠습니다."

쉬디의 얼굴이 어두워졌다.

"자, 이제 더 중요한 문제를 의논해봅시다. 링거 백에 주입된 약물은 디펜히드라민이었습니다."

"항히스타민제."

이디가 말했다.

"부인 댁을 급습했던 경찰은 디펜히드라민 한 병을 찾아냈습니다. 그건 빈 병이었고요."

"뭐라고요?"

스튜어트가 말했다.

"차고에서 찾았다고 합니다. 넝마더미 아래 숨겨져 있었다더군요."

"말도 안 돼요."

"모르핀이 말라붙은 주사기도 찾아냈답니다. 후안 밀라의 링거 백에 주입된 것과 같은 상표의 모르핀이었다고 하네요."

"내가 가져다놓은 게 아니에요. 내가 한 게 아니라고요."

이디가 웅얼거렸다.

"우리도 알아요, 엄마."

"지문은 나오지 않았다고 합니다."

변호사가 덧붙였다.

"범인이 놔두고 갔을 거예요."

댄스가 말했다.

"바로 그걸 증명해야죠. 그 또는 그녀가 밀라를 계획적으로 살해하려 했는지, 아니면 단순히 실수를 저질렀는지. 어느 쪽이 맞든 중요한 건 범인이 부인 댁 차고에 약병과 주사기를 숨겨놓고 갔다는 사실입니다."

이디는 얼굴을 찌푸렸다. 그녀가 딸을 돌아보았다.

"이번 달 초, 후안이 숨진 직후에 내가 밖에서 이상한 소리를 들었다고 했지? 기억하니? 차고에서 들려온 소리였어. 분명 범인이 낸 소리였을 거야."

"네, 그럴 거예요."

댄스는 말했다. 사실 어머니로부터 그런 제보를 받은 기억은 없었다. 당시 그녀의 머릿속은 온통 다니엘 펠 생각뿐이었다.

"그리고……."

댄스는 잠시 생각에 잠겼다.

"네?"

"살펴봐야 할 부분이 또 있어요. 당시 제가 부모님 댁 밖에 경관 한 명을 세워두었거든요. 하퍼는 어째서 그 경관이 침입한 범인을 보지 못했는지 따져 물을 거예요."

"우리가 그 경관에게 직접 물어보는 건 어때? 혹시 침입자를 보지 못했는지 말이야."

이디가 말했다.

"그게 좋겠어요."

댄스는 잽싸게 말했다. 그녀는 쉬디에게 감시 임무를 맡았던 경관의 이름을 알려주었다.

"저도 한번 알아보겠습니다."

변호사가 덧붙였다.

"또 다른 문제는 환자가 부인께 '죽여주세요' 라고 했다는 보고서 내용입니다. 부인께선 그 얘기를 많은 이들에게 들려주셨고요. 목격자도 여러 명 있습니다."

"네."

이디가 방어적으로 말했다. 그녀의 시선은 댄스에게 돌아갔다.

순간 섬뜩한 생각이 댄스에게 찾아들었다. 나중에 증인석에 올라 어머니에게 불리한 증언을 해야 하는 순간이 오면 어쩌지? 상상만으로도 끔찍했다.

"하지만 어머니가 정말로 밀라를 살해할 의도를 가지고 계셨다면 그 얘기를 주변에 하셨겠어요?"

"맞습니다. 하지만 명심하세요. 하퍼는 어떻게든 이 문제를 크게 터뜨리려 할 겁니다. 그에겐 논리가 중요하지 않아요. 부디 하퍼가 그 문제를 조용히 지나쳐주기를 바랄 뿐이죠."

쉬디가 자리에서 일어났다.

"부검결과에 대해 유리한 증언을 해줄 수 있는 전문가부터 찾아보겠습니다. 연락드릴게요. 또 궁금하신 거 있으십니까?"

이디의 얼굴에는 아직 수천 개의 질문이 남았다는 표정이 떠올랐다. 하지만 그녀는 고개를 가로저었다.

"절망적인 상황은 아닙니다, 이디. 차고에서 발견된 증거는 골칫거리지만 찾아보면 방어할 방법이 있을 겁니다."

쉬디가 흩어진 문서를 주섬주섬 챙겨 서류가방에 집어넣었다. 그는 미소를 지으며 모두와 차례로 악수를 나누었다. 스튜어트가 그를 문까지 배웅했다. 두 사람 밑에서 바닥이 삐걱거렸다.

댄스도 일어나서 어머니에게 말했다.

"정말 애들을 맡아주실 수 있어요? 곤란하시면 다시 마틴에게 맡길 수도 있어요."

"아니야, 괜찮아. 그렇지 않아도 저 녀석들을 너무 보고 싶었어."

이디가 스웨터를 걸쳤다.

"나가서 애들이랑 놀 거야."

댄스는 어머니를 살며시 끌어안았다. 어머니의 어깨는 심하게 경직된 상태였다. 모녀의 시선이 서로에게 고정됐다. 어색해진 이디가 먼저 밖으로 나갔다.

댄스는 아버지와도 가볍게 포옹했다.

"내일 저녁에 식사하러 오세요."

"상황 봐서."

"엄마에게도, 아빠에게도, 모두에게 좋을 거예요."

"네 어머니랑 얘기해볼게."

댄스는 사무실로 돌아가 몇 시간에 걸쳐 표적이 될 만한 이들의 집과 브리검 집의 감시전략을 짰다. 주어진 인력을 효율적으로 배치하는 게 무엇보다 중요했다. 소년은 투명인간이었다. 트래비스를 위험천만한 범죄자로 만들어놓은 포악한 메시지들, 그리고 그것들을 이루는 전자電子들만큼이나 추적이 까다로웠다. 절망적인 수색작전은 점점 깊은 좌절의 수렁으로 댄스를 떠밀고 있었다.

그제야 긴장이 풀렸다.

밤 11시가 다 돼서야 퍼시픽 그로브의 집에 도착한 댄스는 몸을 바르르 떨며 안도했다. 긴 하루를 마감하고 돌아온 그녀를 집은 더 반갑게 맞아주었다.

퍼시픽 그로브 북서부에 자리한 고풍스러운 빅토리아시대풍 저택은 짙은 초록색이었고, 난간과 덧문, 테두리 장식은 회색을 띠었다. 바람 좋은 날 밖에 나와 불안전한 난간에 살짝 몸을 기대면 어렴풋하게나마 바다가 보이기도 했다.

좁은 입구 통로로 들어선 댄스는 불을 켜고 현관문을 걸어 잠갔다. 개들이 달려나와 맞아주었다. 딜런은 검은색과 황갈색을 띤 셰퍼드였고, 팻지는 털이 착 달라붙어 앙증맞은 리트리버였다. 개들의 이름은 위대한 포크록 작곡가와 컨트리 가수의 이름을 따서 지었다.

댄스는 이메일부터 확인했다. 새로운 소식은 없었다. 구식 가전제품들이 갖춰진 넓은 주방으로 들어선 그녀는 글라스에 와인을 따르고 남은 음식을 살폈다. 그나마 신선해 보이는 칠면조 샌드위치가 시선을 붙잡았다.

댄스는 개들에게 사료를 먹인 다음 뒤뜰로 내보냈다. 다시 컴퓨터 앞에 앉으려는 순간 개들이 요란하게 짖어대기 시작했다. 가끔 뒤뜰에 침입한 다람쥐나 고양이를 보고 그렇게 법석을 떨 때가 있었다. 하지만 지금 같은 늦은 밤에는 무척 드문 일이었다. 댄스는 와인글라스를 내려놓고 글록 손잡이를 만지작거리며 뒤뜰로 나갔다.

순간 댄스의 숨이 턱 막혔다.

집에서 10미터쯤 떨어진 지점에 십자가 하나가 놓여 있었다.

안 돼!

권총과 손전등을 동시에 뽑은 댄스는 개들을 불러들이고 뒤뜰 구석구석을 비춰보았다. 뒤뜰은 넓지 않았다. 울타리까지의 거리는 15미터였고, 그 안쪽으로는 물꽈리아제비, 졸참나무, 단풍나무, 과꽃, 층층이부채꽃, 감자 덩굴, 클로버, 그리고 아무렇게나 자란 잔디가 무성했다. 전부 모래흙과 응달에서 특히 잘 자라는 식물들이었다.

뒤뜰에는 아무도 없었다. 침입자가 숨어 있을 만한 곳이 몇 군데 있기는 했지만.

댄스는 황급히 계단을 내려가 바람에 흔들리는 나뭇가지들이 드리운 그림자 속을 차례로 살펴보았다.

그녀는 천천히 걸어나가며 뒤뜰을 샅샅이 뒤지고 있는 개들을 지켜보았다.

경계하는 개들의 목털은 바짝 곤두서 있었다.

댄스는 뒤뜰의 한쪽 구석으로 조심히 다가갔다. 움직임도, 소리도 없었다. 그녀는 손전등으로 바닥을 비추었다.

문제의 물체는 십자가처럼 보이기는 했지만 누군가가 계획적으로 놓고 간 것인지, 떨어진 가지들이 바람에 날려와서 자연적으로 만들어진 건지는 알 수 없었다. 철사로 묶여 있지도 않았고, 주변에 꽃다발이 놓여 있지도 않았다. 하지만 뒷문과의 거리는 몇 미터밖에 되지 않았고, 굳게 잠겨 있었다 해도 열일곱 살 소년이 뛰어넘지 못할 높이는 아니었다.

트래비스 브리검은 댄스의 이름을 알고 있었다. 트래비스가 그녀의 집을 찾는 건 어려운 일이 아니었다.

댄스는 십자가 주변을 천천히 둘러보았다. 짓이겨진 잔디는 발자국일까? 그것도 확인할 길이 없었다.

십자가가 위협용인지 알 수 없어 불안감은 더 클 수밖에 없었다.

댄스는 권총을 꽂아 넣고 집으로 들어갔다.

그녀는 문을 굳게 걸어 잠그고 거실로 들어갔다. 거실의 가구들은 트래비스 브리검의 집만큼이나 부조화스러웠다. 물론 소년의 집보다는 훨씬 깨끗하고 아늑했다. 가죽과 크롬으로 처리된 가구는 없었다. 속을 두툼하게 채운 녹색과 흙색의 가구들은 댄스가 죽은 남편과 직접 고른 물건들이었다. 소파에 풀썩 주저앉은 댄스는 자동응답기에 메시지가 남아 있다는 걸 깨달았다. 그녀는 발신자를 확인해보았다. 어머니가 아닌 존 볼링이었다.

볼링은 '동료'들이 트래비스의 암호를 깨는 데 실패했다고 알렸다. 슈퍼컴퓨터는 밤새도록 가동될 것이고, 결과는 아침에 보고하겠다고 했다. 또한 원한다면 언제든 연락해도 좋다고 덧붙였다. 늦게까지 잠자리에 들지 않을 거라면서.

댄스는 어떻게 할지 고민하다가 날이 밝기를 기다리기로 했다. 언제 어머니가 전화를 걸어올지 모르기 때문이었다. 그녀는 MCSO에 연락해 근무 중인 경관에게 십자가를 챙겨갈 현장감식반을 보내달라고 요청했다. 그녀는 십자가의 위치를 자세히 알려주었다. 경관은 아침에 사람을 보내겠다고 했다.

통화를 마친 댄스는 욕실에 들어가 샤워했다. 뜨거운 물도 바르르 떠는 그녀를 진정시키지 못했다. 켈리 모건의 집에서 발견된 섬뜩한 가면의 이미지가 뇌리를 스쳤다. 검은 눈, 그리고 꿰매어진 입.

댄스는 손이 닿는 작은 탁자에 글록을 놓아두고 침대로 기어 올라갔다. 글록은 새 탄창으로 장전한 상태였다.

피곤한 그녀는 눈을 감았지만 잠은 찾아들지 않았다.

댄스의 잠을 앗아간 건 트래비스 브리검도, 그녀의 가슴을 철렁 내려앉게 만든 오전의 사건도 아니었다. 그 빌어먹을 가면의 이미지도 아니었고.

이 극심한 불안감의 근원은 댄스의 머릿속에서 반복적으로 재생되는 짧은 한마디였다.

후안 밀라가 피살된 날 밤 집중치료실에 목격자가 있었느냐는 쉬디의 질문에 그녀의 어머니가 내놓았던 답변.

간호사 몇 명이 있었어요. 다른 사람은 없었고요. 환자 가족은 돌아간 후였어요. 당연히 면회자는 없었고요……

사건 발생 직후 댄스가 어머니에게 후안 밀라의 죽음을 알렸을 때, 이디는 깜짝 놀라는 반응을 보였다. 이디는 딸에게 소속 병동에 일이 많아서 그날 밤 집중치료실에는 내려가보지 못했다고 말했다.

만약 그날 밤 집중치료실에 내려가지 않았다면, 이디는 그곳에 사람이 없었다는 사실을 대체 어떻게 알았던 것일까?

WEDNESDAY

수요일

17

아침 8시, 캐트린 댄스는 사무실로 들어섰다. 그녀는 헐렁한 라텍스 장갑을 낀 채 트래비스의 컴퓨터 키보드를 두드리는 존 볼링을 쳐다보며 환히 미소 지었다.

"이런 것쯤이야 식은 죽 먹기죠. 난 〈NCIS〉를 즐겨 보거든요. 〈CSI〉보다 훨씬 볼만 합니다."

볼링이 씩 웃었다.

"보스, 왜 우릴 주인공으로 한 텔레비전 드라마는 없는 거죠?"

구석 책상에서 티제이가 말했다. 그는 켈리 모건의 집에서 발견된 섬뜩한 가면의 출처를 알아보는 중이었다.

"그런 게 있다면 재미있겠네요. 동작학에 대한 드라마 말입니다. 제목은 〈바디 리더Body Reader〉로 하는 게 좋겠군요. 제가 특별 게스트로 출연해도 되겠습니까?"

볼링이 말했다.

웃을 기분은 아니었지만 댄스는 그만 피식 웃어버리고 말았다.

티제이가 말했다.

"젊고 잘생긴 주인공 파트너는 제가 하겠습니다. 그 왜 항상 미모의 요원들과 시시덕거리는 캐릭터 있지 않습니까. 어디서 미모의 요원들을 좀 구해올 순 없을까요, 보스? 물론 보스가 매력적이지 않다는 얘긴 아닙니다. 무슨 뜻인지 아시죠?"

"소득 좀 있었나요?"

볼링은 슈퍼컴퓨터가 밤새 가동됐지만 트래비스의 암호를 깨는 데는 실패했다고 알려주었다.

한 시간, 아니면 300년.

"그냥 기다리는 수밖엔 없을 것 같습니다."

볼링이 라텍스 장갑을 벗고 위험에 처해 있을지 모르는 글쓴이들의 신원 확인 작업으로 돌아갔다.

"그리고, 레이?"

댄스는 말 없는 레이 카라네오를 돌아보았다. 그는 여전히 트래비스의 침실에서 가져온 공책과 스케치를 훑고 있었다.

"도무지 뭐라고 적혀 있는지 읽을 수가 없습니다."

카라네오가 말했다. 라틴계 남자의 입에서 나온 영어는 무척 부자연스러웠다.

"이해할 수 없는 언어, 숫자, 낙서, 우주선, 얼굴 달린 나무, 외계인. 갈라진 몸통, 심장과 내장들. 그 자식은 사이코가 분명합니다."

"언급된 장소는?"

"있긴 한데요, 지구상엔 없는 곳이라는 게 문제입니다."

요원이 말했다.

"여기 몇 명을 더 추려냈습니다."

볼링이 댄스에게 여섯 개의 이름과 주소가 적힌 종이 한 장을 건넸다.

주 데이터베이스에서 그들의 전화번호를 알아낸 댄스는 일일이 연락해 트래비스를 조심하라고 경고했다.

댄스의 컴퓨터에서 띵 하고 벨소리가 흘러나왔다. 이메일이 도착한 것이었다. 그녀는 이메일을 열어 내용을 확인했다. 발송자는 놀랍게도 마이클 오닐이었다. 직접 만나 얘기하는 걸 좋아하는 그가 이메일을 보내온 걸 보면 그동안 무척 정신없이 지내온 모양이었다.

캐트린, 유감스럽게도 컨테이너 사건이 쉽게 해결될 것 같지 않아. TSA*와 국토안보부가 점점 초조해하고 있어.

너무 걱정 마. 트래비스 브리검 사건엔 계속 힘을 보탤 테니까. 가서 현장조사도 직접 지휘할 거고. 하지만 당분간은 여기 발이 묶여 있어야 할 것 같아. 미안해.

— 마이클

인도네시아에서 들어온 선적 컨테이너 사건. 더 이상 그쪽 일을 미뤄둘 수 없는 모양이었다. 댄스는 기운이 빠졌다. 왜 하필 지금이지? 그녀는 긴 한숨을 내쉬었다. 살짝 외롭기도 했다. 로스앤젤레스의 J.도 살인 사건과 이곳의 도로변 십자가 사건을 함께 수사하면서 그녀와 오닐은 거의 매일 만났다. 남편이 살아 있었을 때도 댄스는 그렇게 자주 남편을 만나지 못했다.

트래비스 브리검을 찾는 일에는 오닐의 전문지식이 반드시 필요했다. 부끄러운 얘기지만, 그가 곁을 지켜주는 자체만으로 댄스는 큰 위안을 얻었다. 오닐과 대화하고, 생각과 짐작을 나누는 자체가 댄스에게는 영약이었다. 하지만 그의 사건도 이곳 사건만큼이나 중요하다는 걸 그녀도 인정해야 했다. 댄스는 곧바로 답신을 작성했다.

행운을 빌어요. 빨리 뵙기를.

댄스는 그 짧은 내용을 몇 번이나 썼다 지우기 반복했다. 그리고 결국

---

* Transportation Security Administration, 국토안보부 산하 교통안전청

만족스러운 두 마디를 완성했다.

행운을 빌어요. 연락할게요.

그렇게 그녀는 오늘의 생각을 머릿속에서 지워냈다.

댄스의 사무실에는 작은 텔레비전이 갖춰져 있었다. 텔레비전은 켜진 상태였고, 그녀는 멍하니 화면을 응시했다. 잠시 후, 댄스는 충격에 눈을 깜빡였다. 갑자기 화면에 나무 십자가가 나타났기 때문이다.

이번 사건과 관련 있는 보도인가? 또 다른 십자가가 발견된 걸까?

카메라가 방향을 획 틀어 R. 사무엘 피스크 목사를 비추었다. 어느새 댄스의 어머니에게 초점이 옮겨진 안락사 시위에 대한 보도였다. 그녀의 가슴이 철렁 내려앉았다. 십자가는 한 시위자가 들고 있었다.

댄스가 황급히 소리를 올렸다. 기자는 피스크에게 〈칠턴 리포트〉가 보도한 대로 낙태수술 전문의들의 암살을 지시한 게 사실인지 묻고 있었다. 목사는 차갑고 계산적인 눈빛으로 카메라를 노려보며 자신의 말이 진보 언론에 의해 심하게 왜곡됐다고 항변했다.

댄스는 〈리포트〉에 올라온 피스크의 인용구를 떠올렸다. 분명히 암살을 지시하는 내용이었다. 그녀는 칠턴이 후속 보도를 올리지 않았을까 궁금했다.

댄스는 텔레비전을 껐다. 그녀와 CBI 역시 언론 때문에 곤욕을 치르고 있었다. 누설된 정보와 경찰 스캐너 등을 통해 십자가는 살인의 서곡이며, 십대 소년이 용의자로 지목되었다는 사건의 세부사항을 알아낸 기자들은 지체 없이 그 내용을 보도해버렸다. 덕분에 '가면 킬러', '소셜네트워크 킬러', '도로변 십자가 킬러'에 대한 문의전화가 CBI로 쇄도하게 됐다(트래비스가 목표로 삼은 두 피해자를 실제로는 살해하지 않았음에도 불구하고. 또한 어떠한 소셜네트워크 사이트도 직접적인 관련이 없었음에도 불구하고).

문의전화는 계속 쇄도했다. 언론의 주목에 늘 목말라 있는 오버비를 비롯한 여러 CBI 간부들마저도 당혹함을 감추지 못했다.

캐트린 댄스는 앉은 채로 몸을 돌려 창밖의 울퉁불퉁하게 뒤틀린 나무의 몸통을 내다보았다. 원래 두 그루의 독립된 나무들이 점점 자라면서 화해하듯 하나로 합쳐졌고, 더 굳건하게 뿌리를 내렸다. 그녀는 종종 인상적인 옹이를 내다보며 명상을 했다.

지금 댄스에게는 한가롭게 명상이나 할 여유가 없었다. 그녀는 MCSO 과학수사대의 피터 베닝턴에게 전화를 걸었다. 두 번째 십자가가 발견된 현장과 켈리 모건의 집에서 무슨 단서라도 발견되지 않았는지 궁금했기 때문이다.

두 번째 십자가 현장에서 발견된 장미는 트래비스가 일했던 곳 근처의 식품점에서 쓰는 것과 같은 고무줄로 묶여 있었지만 범인의 흔적은 남아 있지 않았다. 마이클 오닐이 브리검의 빨래바구니 속 회색 후드 셔츠에서 뽑아온 섬유조직은 두 번째 십자가 현장 근처에서 발견된 섬유조직과도 일치했다. 켄 피스터가 가리킨 숲에서 발견된 갈색 종잇조각은 트래비스가 구입한 엠앤엠스 봉지에서 떨어져 나온 게 분명했다. 현장에서 채취된 곡물 알갱이들은 베이글 익스프레스의 귀리 베이글에서 떨어진 것들이었다. 켈리 모건의 집에서는 두 번째 십자가 현장의 꽃다발과 일치하는 빨간 장미의 꽃잎조각 외에 소년의 흔적이나 물적증거가 발견되지 않았다.

가면은 범인이 집에서 직접 만든 것이었다. 하지만 만드는 데 쓰인 풀과 종이와 잉크는 너무 흔한 종류라 추적이 불가능했다.

켈리 모건을 살해하는 데 쓰인 가스는 염소였다. 1차 세계대전 때 무기로 쓰인 것과 같은 가스였다. 댄스는 베닝턴에게 말했다.

"트래비스가 그걸 신나치주의자 사이트에서 구했다는 이야기도 있더군요."

그녀는 케이틀린의 친구에게 들은 내용을 전해주었다.

과학수사대 책임자가 낄낄 웃었다.

"아마 아닐 겁니다. 이런 건 일반 가정의 주방에서도 얼마든지 만들 수 있습니다."

"네?"

"그 아이는 가정용 세제를 사용했습니다."

베닝턴은 가스 제조에 쓸 수 있는 간단한 물질 몇 가지를 더 가르쳐주었다. 전부 식료품점이나 편의점에서 손쉽게 구할 수 있는 것들이었다.

"하지만 세제 용기 따위는 찾지 못했습니다. 그게 있어야 출처를 밝혀낼 수 있을 텐데 말이죠."

현장이나 그 주변에서 찾아낸 그 무엇도 소년의 은신처를 알려주지 못했다.

"데이비드가 아까 요원님 댁에 갔었습니다."

댄스는 잠시 기억을 더듬었다. 데이비드가 누구더라?

"데이비드라고요?"

"라인홀드 말입니다. 현장감식반 소속."

아, 그 젊고 의욕적인 경관.

"데이비드가 댁의 뒤뜰에서 나뭇가지를 챙겨왔는데요. 누군가가 계획적으로 남겨놓은 건지, 우연히 그런 모습으로 놓이게 된 건지 확인할 길이 없답니다. 다른 흔적도 없다고 하고요."

"일찍 온 모양이네요. 난 7시에 집을 나왔는데."

베닝턴이 웃음을 터뜨렸다.

"두 달 전만 하더라도 고속도로 순찰대에서 과속 딱지나 떼어주던 친구인데, 이젠 내 자리를 노리고 있는 모양입니다."

댄스는 감사의 뜻을 전하고 과학수사대 책임자와의 통화를 종료했다.

답답한 마음에 댄스는 다시 가면 사진을 들여다보았다. 보고만 있어도 소름이 돋았다. 잔인하고, 보는 사람을 불안하게 만들었다. 그녀는 수화기를 들어 병원으로 전화를 걸었다. 응답한 상대에게 자신이 누구인지 알려주고 켈리 모건의 상태가 어떤지 물었다. 간호사는 아직 차도가 없다고 했다. 여전히 혼수상태에 빠져 있다고. 목숨은 건지겠지만 의식이 회복될 가능성은 희박하다는 게 병원 직원들의 공통된 의견이라고도 덧붙였다.

캐트린 댄스는 한숨을 내쉬며 전화를 끊었다.

그녀는 화가 났다.

또다시 수화기를 든 댄스는 수첩에 적어놓은 번호를 보며 둔해진 손가락으로 버튼을 꾹꾹 눌러나갔다.

그녀의 바뀐 분위기를 감지한 티제이가 존 볼링의 팔뚝을 툭툭 치며 속삭였다.

"어, 오."

세 번째 신호음이 지나고 제임스 칠턴이 응답했다.

"캐트린 댄스입니다. 캘리포니아 연방수사국."

칠턴은 머뭇거렸다. 보나마나 그녀와의 만남을 잽싸게 떠올리며 댄스가 전화를 걸어온 이유를 짐작해보고 있을 터였다.

"댄스 요원님. 네. 저도 또 다른 사건에 대해 들었습니다."

"그렇습니다. 그래서 이렇게 연락드리는 겁니다. 피해자를 사전에 구할 수 있는 방법이 있긴 했습니다. 켈리의 이름만 제때 추적했어도 충분히 막을 수 있는 사건이었죠. 저희는 켈리의 신원과 주소를 밝혀내기 위해 많은 인력을 동원해 오랫동안 고생해야 했습니다. 결국 켈리가 위기에 빠지기 30분 전에야 부랴부랴 출동할 수 있었고요. 다행히 켈리의 목숨은 살려냈지만 그 앤 혼수상태에 빠지고 말았습니다. 의식 회복 가능성은 희박하고요."

"안 됐군요."

"문제는 범인이 계속 유사한 범행을 이어나갈 것 같다는 겁니다."

댄스는 도난당한 꽃다발들에 대해 들려주었다.

"열두 개씩이나요?"

칠턴이 깜짝 놀라며 말했다.

"트래비스는 당신 블로그에서 자신을 공격한 모든 이를 죽이려들 겁니다. 다시 여쭙죠. 그들의 인터넷 주소를 알려주시겠습니까?"

"그건 곤란합니다."

빌어먹을. 댄스의 몸이 분노로 바르르 떨렸다.

"그걸 드리는 건 배임행위입니다. 독자들을 배신할 순 없습니다."

이번에도 같은 얘기군. 댄스가 입을 열었다.

"제 말씀을 들어보세요……."

"댄스 요원님, 제 말씀부터 들어주십시오. 제가 지금 해드릴 수 있는 건…… 받아 적으세요. 제 호스팅 플랫폼은 센트럴 캘리포니아 인터넷 서비스입니다. 새너제이에 있는 회사죠."

칠턴은 주소와 연락처를 불러주었다.

"제가 지금 연락해서 요원님께 필요한 독자들의 인터넷 주소를 내드리는 데 이의가 없다고 얘기해놓겠습니다. 그들이 영장을 요구하면 그건 요원님이 알아서 처리하실 문제고요. 어쨌든 전 막지 않을 겁니다."

댄스는 잠시 머리를 굴렸다. 기술적 함의는 모르지만 칠턴은 분명히 그녀가 원하는 것을 내주기로 약속했다. 저널리스트로서 체면도 구기지 않으면서.

"감사합니다."

그들은 전화를 끊었다. 댄스는 볼링을 불렀다.

"IP 주소를 손에 넣을 수 있을 것 같아요."

"네?"

"칠턴이 마음을 바꿨어요."

"잘됐네요."

볼링이 미소를 지으며 말했다. 마치 아버지로부터 플레이오프 게임 티켓을 약속받은 아이를 보는 듯했다.

댄스는 몇 분 기다렸다가 호스팅업체로 전화를 걸었다. 칠턴이 약속대로 미리 얘기를 해두지 않았을 수도 있고, 업체가 무조건 영장을 요구할지도 모른다는 우려를 떨쳐낼 수 없었다. 하지만 놀랍게도 응답한 담당자는 꽤 협조적이었다.

"그렇지 않아도 칠턴 씨가 말씀하시더군요. 댓글 작성자들의 IP 주소를 보내드리겠습니다."

그제야 댄스는 환히 미소 지으며 업체 직원에게 이메일 주소를 알려주었다.

"곧 전송될 겁니다. 블로그를 체크하면서 새 댓글이 올라오면 작성자의 IP 주소를 알려드릴게요."

"정말 고마워요."

"악플러들에게 보복하는 그 아이 때문에 그러시는 거죠? 악마숭배자. 경찰이 그 아이의 사물함에서 생화학무기를 찾아냈다는 게 사실인가요?"

남자가 진지한 음성으로 물었다.

세상에나. 댄스는 생각했다. 소문은 몇 년 전의 미션 힐스 산불보다 더 빨리 퍼져 나가고 있었다.

"현재로선 밝혀진 게 많지 않습니다."

항상 모호한 답변.

그들은 전화를 끊었다. 몇 분 후, 댄스의 컴퓨터에서 이메일이 도착했다는 신호음이 흘러나왔다.

"들어왔어요."

댄스가 볼링에게 말했다. 볼링이 일어나 그녀의 뒤로 다가왔다. 그리고 그녀의 의자 등받이에 손을 얹고 몸을 앞으로 기울였다. 댄스는 은은한 애프터셰이브 로션 향기를 맡을 수 있었다. 기분 좋은 향기.

"좋아요. 됐습니다. 이게 처리되지 않은 컴퓨터 주소라는 거 아시죠? 이젠 서비스업체에 일일이 연락해 가입자의 이름과 주소를 알아내야 합니다. 당장 시작할게요."

댄스는 서른 명의 이름이 담긴 명단을 출력해 그에게 넘겼다. 볼링은 다시 구석자리로 돌아가 컴퓨터 앞에 앉았다.

"뭔가 걸린 것 같습니다, 보스."

티제이는 여러 사이트와 블로그에 가면 이미지를 올려놓고 출처를 묻는 작업을 해왔다. 그가 곱슬거리는 빨강머리를 손으로 쓸어넘겼다.

"잘했다고 등 좀 두드려주세요."

"뭘 찾았는데?"

"가면은 컴퓨터 게임의 한 캐릭터랍니다."

티제이가 가면 이미지를 돌아보았다.

"케찰."

"뭐?"

"그게 이름입니다. 이 캐릭터 말입니다. 눈에서 나오는 광선으로 사람을 죽이는 악마라네요. 누군가가 입을 꿰매버려서 신음밖에 내지 못한다고 합니다."

"그러니까 소통능력이 있는 사람들에게 보복하겠다는 의미라 이거지?"

댄스가 물었다.

"필 박사님*의 이론은 아직 적용해보지 못했습니다, 보스."

티제이가 말했다.

---

* 1998년부터 2002년까지 〈오프라 윈프리 쇼〉에 고정 게스트로 출연한 심리학 박사 필 맥그로

"그 정도면 됐어."

댄스가 미소 지었다.

"이 캐릭터가 등장하는 게임은 〈디멘션 퀘스트Dimension Quest〉입니다."

"모르펙Morpeg입니다."

볼링이 모니터에서 눈을 떼지 않은 채 말했다.

"네?"

"〈디멘션 퀘스트〉는 M-M-O-R-P-G입니다. 대규모 다중 사용자 온라인 롤플레잉 게임Massively Multiplayer Online Role-Playing Game이라는 뜻이죠. 전 줄여서 '모르펙'이라고 부릅니다. 〈DQ〉는 그중에서도 가장 인기가 높은 게임입니다."

"수사에 도움이 될까요?"

"글쎄요. 트래비스의 컴퓨터 안에 그 답이 있겠죠."

댄스는 교수의 자신감이 마음에 들었다. '언제'가 아닌 '만약.' 그녀는 등받이에 몸을 붙이고 휴대폰을 꺼내 어머니에게 전화를 걸었다. 여전히 응답이 없었다.

그녀는 아버지에게도 전화를 걸어보았다.

"안녕, 케이티."

"아빠. 엄만 좀 어떠세요? 통 연락을 안 주시네요."

"아."

머뭇거림.

"여전히 언짢아하지. 당분간 그 누구와도 통화하고 싶지 않을 거야."

댄스는 어젯밤 어머니가 여동생 벳지와는 얼마나 오랫동안 통화했을지 궁금했다.

"쉬디에게선 소식 없었고요?"

"아니. 그냥 뭘 좀 알아보고 있다고만 하더구나."

"아빠, 엄마가 별 말씀 없으셨죠? 체포되셨을 때."

"경찰에게 말이냐?"

"하퍼 검사에게도요."

"아니."

"다행이네요."

댄스는 어머니를 바꿔달라고 부탁하고 싶었다. 하지만 어머니가 통화를 거부할까 두려웠다. 댄스는 분위기를 바꾸고 물었다.

"오늘 밤 저녁 드시러 오실 거죠? 네?"

스튜어트는 당연히 그럴 거라고 했지만 왠지 댄스에게는 그러도록 노력해보겠다는 느낌으로 들렸다.

"사랑해요, 아빠. 엄마에게도 제가 사랑한다고 전해주세요."

"안녕, 케이티."

그렇게 통화가 종료됐다. 댄스는 한동안 휴대폰에서 눈을 떼지 못했다. 그녀는 복도로 나가 지국장의 사무실로 향했고, 도착해서는 노크도 하지 않고 안으로 들어갔다.

막 통화를 마친 오버비는 턱으로 전화기를 가리켰다.

"캐트린, 켈리 모건 사건수사엔 진전이 좀 있었나? 생화학무기 어쩌고 하던데. 〈뉴스9〉이 연락해왔었어."

댄스는 사무실 문을 닫았다. 오버비가 살짝 불안한 기색을 내보였다.

"생화학무기 따위는 없습니다. 그냥 소문일 뿐입니다."

댄스는 그동안 확보한 단서들을 차례로 설명했다. 가면, 주 관공서 차량, 트래비스가 해안을 즐겨 찾는다고 했던 케이틀린 가드너의 제보, 가정용 화학물질.

"그리고 칠턴도 협조하고 있습니다. 그가 마침내 댓글 작성자들의 인터넷 주소를 내주었습니다."

"잘됐군."

오버비의 전화가 울렸다. 그가 전화기를 쳐다보다가 비서에게 응답할 기회를 주었다.

"지국장님, 제 어머니가 체포될 걸 알고 계셨나요?"

오버비는 눈을 깜빡였다.

"난…… 아니, 당연히 몰랐지."

"하퍼가 뭐라고 했나요?"

"담당건수 평가 때문에 왔다고 했어."

경직된 음성. 오버비는 방어적인 태도를 취하고 있었다.

"어제도 얘기했잖아."

그의 말이 거짓말인지 확인하기는 쉽지 않았다. 댄스는 그 이유를 금세 깨달을 수 있었다. 자신이 동작학 심문의 가장 기본적인 규칙을 어긴 것이다. 절대 감정을 드러내지 말 것. 감정적이 돼버리면 자신이 구사하는 모든 기술이 쓸모없어진다. 댄스는 지국장이 자기를 배신했는지 확인할 방법이 없었다.

"하퍼는 내가 밀라 사건 보고서를 조작했는지 확인하기 위해 우리 파일을 들춰봤습니다."

"말도 안 돼."

사무실 안에 팽팽한 긴장감이 감돌았다.

오버비가 댄스를 안심시키려 미소를 지었다. 순간 긴장감도 눈 녹듯 사라졌다.

"아, 자넨 괜한 걱정을 너무 많이 하는 게 탈이야, 캐트린. 어차피 수사가 끝나면 원상 복귀될 일이라고. 자넨 아무 걱정하지 않아도 돼."

오버비는 뭘 알고 있을까? 댄스가 물었다.

"어째서 그런 말씀을 하시는 거죠, 지국장님?"

오버비는 흠칫 놀라는 모습이었다.

"그야 자네 모친께서 결백하다는 걸 알고 있으니까. 자네 모친은 누굴 해칠 수 있는 분이 아니셔. 자네도 알다시피."

걸스 윙으로 돌아온 댄스는 동료 요원 코니 라미레즈의 사무실로 들어 갔다. 땅딸막하고 육감적인 라틴계 요원은 항상 새까만 머리를 스프레이로 빳빳하게 올리고 다녔다. 그녀는 지국에서 가장 많은 실적을 올린 유능한 요원이었다. 어쩌면 CBI 전체에서 가장 인기 있는 요원인지도 몰랐다. 새크라멘토의 CBI 본부는 마흔한 살의 라미레즈에게 간부직을 맡아줄 것을 제안해놓은 상태였다. FBI 역시 그녀에게 눈독을 들였다. 하지만 라미레즈는 이 지역에서 상추와 아티초크를 재배하는 가족을 떠날 수 없다며 버티는 중이었다. 요원의 책상은 댄스의 것과 딴판이었다. 정리가 잘돼 있었고 깨끗했다. 벽에는 표창장을 담은 액자가 여럿 붙어 있었고, 라미레즈 부부와 건장한 세 아들이 함께 찍은 큼직한 가족사진도 보였다.

"안녕, 코니."

"어머닌 좀 어떠셔?"

"충분히 상상이 되잖아."

"정말 황당한 일이야."

라미레즈가 귀를 간질이는 음성으로 말했다.

"사실 그 문제로 왔어. 부탁이 있어서."

"내가 할 수 있는 거라면 당연히 도와야지."

"쉬디가 변호를 맡기로 했어."

"아, 경찰의 영원한 적."

"하지만 그들이 세부사항을 손에 넣을 때까지 기다리고 싶진 않아. 헨리에게 후안이 숨진 날 병동을 찾아온 방문자들의 기록을 보여달라고 했는데, 협조를 안 해주더라고."

"뭐? 헨리가? 너랑 친하잖아."

"하퍼가 단단히 겁을 준 모양이야."

라미레즈가 이해한다는 듯 고개를 끄덕였다.

"내가 한번 해볼까?"

"그래주겠어?"

"물론이지. 이 증인만 인터뷰하고 나서 한번 가볼게."

라미레즈가 중대한 마약사건 서류를 톡톡 두드렸다.

"역시 너밖에 없어."

라틴계 요원의 얼굴이 어두워졌다.

"우리 어머니였으면 어땠을까 생각해보면 네 기분이 어떨지 짐작이 가. 나였다면 당장 그 하퍼라는 인간을 반 죽여놓았을 거야."

땅딸막한 동료 요원의 말에 댄스가 희미한 미소를 지었다. 자신의 사무실로 돌아가려는데 댄스의 휴대폰이 울렸다. 발신자는 '보안관 사무실'이었다. 댄스는 오닐의 전화이기를 바랐다.

하지만 응답한 이는 그가 아니었다.

"댄스 요원님."

경관이 자신의 신원을 밝혔다.

"갑자기 연락드려 놀라셨죠? 방금 CHP의 연락을 받았습니다. 나쁜 소식이에요."

18

세상의 부정부패와 분주히 싸워야 할 시간에 제임스 칠턴은 잠시 휴식을 취했다.

그는 친구의 이사를 돕고 있었다.

MCSO와 통화를 마친 캐트린 댄스는 칠턴의 집으로 전화했다. 패트리샤는 몬터레이 교외의 수수한 베이지색 랜치 하우스*로 가보라고 했다. 댄스는 대형 유홀** 트럭 옆에 차를 세우고 귀에서 아이팟 이어폰을 뽑은 다음 차에서 내렸다.

청바지와 티셔츠 차림의 칠턴은 땀을 뻘뻘 흘리며 커다란 안락의자와 씨름 중이었다. 체인 이발소의 관리를 받는 듯한 머리에 반바지와 땀에 전 폴로 셔츠를 걸친 남자는 칠턴의 뒤에서 상자들을 수레에 차곡차곡 쌓았다. 앞뜰의 부동산 표지판에는 대각선으로 '팔렸음'이라고 적혀 있었다.

현관을 나선 칠턴이 자갈 깔린 좁은 길을 따라 걸어나왔다. 길 양옆으로는 작은 바위와 화분들이 줄지어 놓였다. 그가 이마를 훔치며 댄스에게 다가왔다. 땀과 먼지로 뒤덮인 그는 악수 대신 목례로 인사했다.

"패트리샤에게 들었습니다. 절 보고 싶다고 하셨다고요, 댄스 요원님?

* 폭은 별로 넓지 않지만 옆으로 길쭉하고 지붕의 물매가 뜬 단층집
** 미국의 트럭 렌탈업체

혹시 그 인터넷 주소 때문입니까?"

"아닙니다. 그건 다 받았습니다. 감사합니다. 오늘 여기 온 건 다른 이유 때문입니다."

또 다른 남자가 다가와 호기심에 찬 눈으로 댄스를 쳐다보았다.

칠턴이 서로를 소개했다. 남자는 도널드 호큰이었다.

귀에 익은 이름이었다. 댄스는 잽싸게 기억을 더듬었다. 칠턴의 블로그에서 봤던 이름이었다. '내부 소식'이라는 개인 섹션에서. 논쟁적 포스트 하나 없던 공간. 호큰은 샌디에이고 생활을 정리하고 몬터레이로 돌아온 것이었다.

"이사 오셨나 봐요."

댄스가 말했다.

"댄스 요원님은 〈리포트〉에 올라온 댓글들과 관련된 사건을 수사하고 계셔."

칠턴이 친구에게 설명했다.

보기 좋게 그을린 피부의 호큰이 동정적인 표정으로 미간을 찌푸렸다.

"또 다른 학생도 공격을 받았다고 들었습니다. 뉴스에서 그러더군요."

댄스는 항상 정보를 내놓기 전 신중하게 생각했다. 우려하는 시민이 상대라 해도 예외는 없었다.

칠턴은 호큰, 그리고 호큰의 첫 번째 아내와 몇 년 전부터 가까이 지내왔다고 설명했다. 여자들끼리는 디너파티를 열었고, 남자들끼리는 퍼시픽 그로브 코스에서 정기적으로 골프 모임을 가졌다고 했다. 뜨거운 날에는 페블 비치 코스에서 모였고. 호큰 가족은 3년 전쯤 샌디에이고로 떠났고, 최근에 재혼한 호큰이 회사를 정리하고 이곳으로 돌아오게 됐다고 했다.

"잠시 대화 가능하십니까?"

댄스는 칠턴에게 물었다.

호큰은 유홀 트럭으로 돌아갔고, 블로거와 댄스는 그녀의 크라운 빅토리아를 향해 걸었다. 칠턴이 고개를 삐뚜름하게 젖히고 가쁜 숨을 몰아쉬며 용건을 기다렸다.

"보안관 사무실에서 연락을 받았습니다. 고속도로 순찰대가 또 다른 십자가를 발견했답니다. 오늘 날짜가 적혀 있었고요."

칠턴의 얼굴이 어두워졌다.

"맙소사. 트래비스는요?"

"아직도 행방이 묘연합니다. 사라져버렸어요. 무장까지 하고 있는 것 같습니다."

"뉴스에서 들었습니다. 대체 총은 어떻게 손에 넣은 겁니까?"

칠턴이 인상을 찌푸린 채 말했다.

"아버지의 총을 훔쳤어요."

칠턴의 얼굴이 한층 더 일그러졌다.

"수정헌법 제2조*가 문제입니다. 제가 작년에 블로그에서 한 번 다룬 적 있었죠. 그 후로 살해 위협을 얼마나 많이 받았는지 아십니까?"

댄스는 마침내 용건을 털어놓았다.

"칠턴 씨, 블로그를 닫아주십시오."

"네?"

"트래비스를 체포할 때까지만요."

칠턴이 웃음을 터뜨렸다.

"말도 안 됩니다."

"댓글들을 읽어보셨습니까?"

"제 블로그입니다. 당연히 읽어봤죠."

"댓글 작성자들이 점점 더 과격해지고 있습니다. 더 이상 트래비스에

---

* 잘 통제된 국민군이 자유로운 주(州)의 안보에 필요하므로, 국민의 무기 보유 소지 권리는 침해되어서는 안 된다.

게 표적을 만들어 바칠 필요는 없습니다."

"절대 안 됩니다. 전 끝까지 침묵하지 않을 겁니다."

"하지만 트래비스는 블로그를 통해 피해자들의 이름을 알아내고 있습니다. 그들의 글을 빠짐없이 훑고 그들이 무엇을 두려워하는지, 어떤 약점이 있는지 파악해 나가고 있단 말입니다. 트래비스는 그들의 주소를 알아낼 거고 결국 보복할 겁니다."

"공개된 인터넷 페이지에 자신들에 대한 이야기를 주절주절 적어 올리는 자체가 문제인 거죠. 저도 언젠가 그 문제를 블로그에서 다뤄본 적 있습니다."

"하지만 누가 그들을 막을 수 있겠습니까?"

댄스는 답답한 마음을 애써 달랬다.

"부탁입니다. 협조해주세요."

"지금껏 협조해드리지 않았습니까. 이 이상은 저도 곤란합니다."

"며칠 닫아두는 게 큰 문제는 아니지 않습니까."

"그때까지 트래비스가 체포되지 않으면요?"

"그럼 다시 여시면 됩니다."

"그때 오셔선 며칠 더 닫아달라고 요청하실 게 아닌가요?"

"그럼 그 문제의 스레드에 당분간 댓글을 받지 말아주세요. 트래비스가 표적을 찾지 못하게 말이에요. 그럼 저희에게 큰 도움이 될 거예요."

"그렇게 억압한다고 성과가 있을 거라 보십니까?"

칠턴이 댄스의 눈을 똑바로 쳐다보며 말했다. 스스로를 심지 굳은 선교사 정도로 생각하는 모양이었다.

캐트린 댄스는 칠턴을 살살 달래보자는 존 볼링의 전략을 포기하기로 결심했다. 그녀가 언성을 높이며 말했다.

"헛소리를 그렇게 포장하면 좀 낫나요? 자유, 진실, 억압. 트래비스는 지금 사람을 죽이려 하고 있다고요. 딱 그 문제에만 집중해보세요. 빌어먹을 정치는 끌어들이지 말고요."

칠턴은 의외로 차분한 모습이었다.

"제가 하는 일은 여론을 담는 포럼을 열어두는 것입니다. 그건 수정헌법 제1조가 보장하고 있지 않습니까? 요원님도 저널리스트 출신이시라는 거 압니다. 요원님이라면 경찰의 요청이 있으면 기꺼이 협조하셨겠죠. 바로 그게 요원님과 제 차이입니다. 요원님은 돈을 따라 움직이셨죠. 광고주들에게 신세 지신 것도 있고. 하지만 전 누구의 눈치도 보지 않습니다."

"범죄에 대한 보도를 그만두라고 말씀드리는 게 아닙니다. 어떤 주제든 마음껏 써서 올리세요. 저희는 그저 댓글을 당분간 받지 말아달라고 부탁드리는 것뿐입니다. 더 이상 중요한 사실도 올라오지 않아요. 다들 소년을 자극하는 악플만 줄줄이 올려댈 뿐이잖아요. 사실과 다른 주장도 보이고요. 소문과 추측이 대부분입니다. 다 헛소리들이란 말입니다."

"그래서 그들의 의견이 유효하지 않다는 말씀입니까?"

칠턴이 물었다. 하지만 언성은 높이지 않았다. 오히려 토론을 즐기는 듯한 모습이었다.

"그래서 그들의 의견을 무시하자고요? 오직 논리 정연하고, 교양 있고, 온건한 의견만 받아들여야 합니까? 저널리즘의 신세계를 아직 경험 못하셨군요, 댄스 요원님. 자유로운 아이디어의 교환. 메이저 언론사, 빌 오라일리, 키스 올버먼*의 시대는 갔습니다. 이젠 국민들이 중심에 서야 합니다. 미안하지만 블로그를 닫거나 스레드를 닫아두는 일은 없을 겁니다."

칠턴은 유홀 트럭에서 또 다른 안락의자를 내리고 있는 호큰을 돌아보았다. 칠턴이 그녀에게 말했다.

---

* 각각 미국의 대표적인 보수와 진보 성향 앵커들

"이만 실례하겠습니다."

믿음과 병적 집착을 혼동하고 있는 듯한 칠턴은 총살형 집행대 앞으로 걸어나가는 순교자처럼 트럭으로 향했다.

페닌슐라의 모두가 그렇듯, 린든 스트릭랜드 역시 도로변 십자가 사건에 대해 잘 알았다.

또한 〈칠턴 리포트〉를 읽는 모두가 그렇듯 무척 화가 나 있었다.

마흔한 살의 변호사는 차에서 내려 문을 걸었다. 그는 매일 그래왔듯 점심시간을 이용해 퍼시픽 그로브와 카멜을 이어주는 27킬로미터 길을 따라 조깅을 할 참이었다. 스타 배우와 기업체 간부들의 별장이 늘어선 아름다운 조깅코스 한쪽에는 페블 비치 골프코스도 있었다.

동쪽의 샐리나스와 농지로 통하는 새 고속도로 공사현장에서 요란한 소음이 들려왔다. 공사는 빠르게 진행 중이었다. 린든 스트릭랜드는 수용권*에 따라 집을 처분해야 했던 주택 보유자 몇 명의 변호를 맡고 있었다. 그의 상대는 주 정부와 에이버리 건설, 그리고 그들이 고용한 거대 법률회사들이었다. 지난주에 스트릭랜드는 예상대로 재판에서 참패했다. 하지만 판사는 상고결과가 나올 때까지 의뢰인들의 집 철거를 연기하도록 지시했다. 샌프란시스코에서 온 상대 측 수석 변호인은 격노했다.

반면 린든 스트릭랜드는 판결이 무척 만족스러웠다.

안개가 스멀스멀 피어오르고 있었다. 서늘한 조깅코스에는 스트릭랜드 혼자뿐이었다. 그는 천천히 달리기 시작했다.

아직도 화가 풀리지 않았다.

스트릭랜드는 제임스 칠턴의 블로그에 올라온 댓글들을 눈여겨봤다. 트래비스 브리검은 콜럼바인과 버지니아 공대 킬러들을 숭배하는 미치

---

* 정부가 공공의 사용을 위하여 보상을 대가로 사유재산을 수용하는 권리

광이었다. 또한 소년은 밤마다 여학생들을 스토킹했고, 동생 새미를 질식시켜 정신지체아로 만들었으며, 몇 주 전에는 차를 몰고 가다가 계획적으로 절벽에서 추락하기까지 했다. 그 사고로 두 여학생이 목숨을 잃었다.

소년이 숱하게 내보였을 위험 신호들을 어떻게 모두가 놓칠 수 있었을까? 부모도, 교사도, 친구들도.

아침에 인터넷에서 본 가면의 이미지는 아직도 그를 소름 돋게 했다. 몸을 타고 흐르는 냉기도 축축한 공기 때문만은 아니었다.

가면 킬러…….

소년은 아직도 몬터레이 카운티 어딘가에 숨어 자신에게 악플을 달아 놓은 이들을 색출하고 있었다.

스트릭랜드는 〈칠턴 리포트〉를 즐겨 찾았다. 그 블로그는 그의 RSS 피드 맨 위에 걸려 있었다. 가끔 칠턴의 입장에 동의하지 못할 때도 있지만 블로거는 항상 합리적이었고, 탄탄하고 지적인 논거로 자신의 입장을 변호했다. 예를 들어, 칠턴은 낙태를 단호히 반대했지만 블로그에는 낙태 전문의들의 암살을 지시한 미치광이 목사 피스크를 맹비난하는 글을 올려놓았다. 가족계획연맹과 임신중절 합법화를 찬성하는 몇몇 단체를 변호한 스트릭랜드는 편파적이지 않은 칠턴의 입장을 높이 평가했다.

또한 칠턴은 스트릭랜드와 마찬가지로 담수화시설 건립을 반대했다. 스트릭랜드는 시설 건립 중단을 요구하는 환경단체들과 미팅을 가질 예정이었다. 그는 칠턴의 입장을 지지하는 댓글을 작성해 올리기도 했다.

스트릭랜드는 난 코스로 꼽히는 작은 언덕을 달려 올라갔다. 언덕 너머로는 긴 내리막길이 기다렸다. 땀이 비 오듯 쏟아졌고, 심장은 쿵쾅거렸다. 그는 운동이 주는 흥분에 흠뻑 젖어 있었다.

언덕 정상에 다다른 그의 눈에 무언가가 들어왔다. 조깅코스를 살짝 벗어난 곳에서 붉은빛이 번뜩였다. 그리고 그 옆으로 휑한 움직임도 포착됐다. 저게 뭐지? 스트릭랜드는 궁금했다. 그는 스톱워치를 멈추고 돌아선 다음 바위 사이로 천천히 내려가 진홍색의 무언가를 보았던 지점으로 다가갔다. 모래흙 한복판에는 주변 풍경과 어울리지 않는 갈색과 초록색의 식물이 얼룩처럼 남아 있었다.

스트릭랜드의 심장은 늑골을 뚫고 나올 듯이 요란하게 요동쳤다. 이제는 가쁜 숨 때문이 아닌, 알 수 없는 공포 때문이었다. 순간 그는 트래비스 브리검을 떠올렸다. 하지만 소년은 오직 블로그에서 자신을 비난한 이들만을 표적으로 삼고 있었다. 스트릭랜드는 소년에 대한 언급을 한 적이 없었다.

안심해.

스트릭랜드는 붉은 얼룩과 수상한 움직임이 포착된 지점으로 다가가며 휴대폰을 뽑아들고 911을 누를 준비에 들어갔다.

스트릭랜드는 눈을 가늘게 뜨고 빈터로 들어섰다. 저게 뭐지?

"젠장."

그가 움찔하며 속삭였다.

바닥에는 큼직한 살덩어리들과 장미 꽃잎들이 흩뿌려져 있었다. 크고 흉측한 독수리 세 마리가 살덩어리들을 게걸스럽게 먹어치우고 있었다. 한쪽에는 피로 얼룩진 뼈 하나를 놓고 까마귀 몇 마리가 조심스레 다가왔다 물러나기를 반복했다.

스트릭랜드는 몸을 숙이고 그 광경을 유심히 지켜보았다.

안 돼! 모래흙에 십자가 하나가 꽂혀 있는 모습이 눈에 들어왔다.

트래비스 브리검이 주변 어딘가에 숨어 있다는 뜻이었다. 변호사는 떨리는 가슴을 애써 진정시키며 주변의 덤불과 나무와 모래언덕들을 잽싸게 살폈다. 소년은 분명 근처 어딘가에 숨어 있었다. 린든 스트릭랜드는 수색을 포기하고 돌아가기로 했다. 어차피 소년을 비난한 적이 없으니 걱정할 일도 없었다.

소년이 현장에 남겨놓았다는 섬뜩한 가면의 이미지가 다시 그의 뇌리
를 스쳤다. 스트릭랜드는 몸을 틀어 왔던 길을 되돌아가기 시작했다.

그렇게 몇 걸음 내딛었을 때, 덤불에서 튀어나온 누군가가 그를 향해
맹렬히 달려오는 소리가 들려왔다.

19

존 볼링은 댄스 사무실의 푹 꺼진 소파에 앉아 있었다. 그는 짙은 파란색 줄무늬 셔츠의 소매를 말아 올렸다. 볼링은 두 명과 동시에 통화하며, 출력한 칠턴의 블로그 내용을 분주히 훑는 중이었다. 볼링은 호스팅 서비스업체가 제공한 인터넷 데이터를 토대로 다음 표적이 될지도 모르는 이들의 주소를 밝혀내는 작업을 하고 있었다.

삼성 휴대폰을 귀와 어깨 사이에 걸쳐놓은 그가 정보를 받아 적으며 말했다.

"하나 찾았습니다. SexyGurl은 킴벌리 랜킨입니다. 주소는 퍼시픽 그로브의 포레스트 스트리트 128번지고요."

댄스는 정보를 받아 적기가 무섭게 킴벌리에게 전화를 걸었다. 댄스는 킴벌리에게 당분간 각별히 조심해야 한다고 당부한 다음 더 이상 〈리포트〉에 글을 올리지 말 것을 주문했다. 또한 친구들에게도 댓글 작성을 자제해줄 것을 당부해달라고 부탁했다.

이젠 기분이 어때, 칠턴?

볼링은 눈앞의 컴퓨터 모니터를 응시했다. 댄스는 미간을 찌푸린 그의 얼굴을 지켜보았다.

"왜 그러시죠?"

"'도로변 십자가' 스레드에 가장 먼저 올라온 댓글의 대부분은 지역민들이 올린 겁니다. 같은 학교 학생들과 페닌슐라 주변의 주민들. 하지만 이젠 미국 전역에서 댓글이 올라와요. 외국에서 작성된 댓글들도 보이고요. 모두가 소년을 몰아붙이고 있습니다. 문제의 사고를 제대로 수사하지 않은 고속도로 순찰대와 경찰에게도 비난이 쏟아지고요. CBI를 언급한 댓글도 보입니다."

"우리를요?"

"네. 누군가가 CBI 요원이 트래비스를 만나러 집에 찾아갔는데, 체포에는 실패했다고 써놨네요."

"그들이 마이클과 제가 거기 갔었다는 걸 어떻게 안 거죠?"

볼링이 컴퓨터를 가리켰다.

"타고난 본성이죠. 정보는 결국 사방으로 퍼지게 돼 있습니다. 바르샤바, 부에노스아이레스, 뉴질랜드."

댄스는 인구가 적은 몬터레이 북부의 한적한 도로에서 발견된 또 다른 도로변 십자가에 대한 현장 보고서로 눈을 가져갔다. 목격자는 없었다. 이번 역시 트래비스를 용의자로 지목할 만한 충분한 증거가 발견되지 않았다. 그렇다고 아무 소득도 없었던 것은 아니었다. 토양 샘플 분석결과, 현장 인근에서 절대 찾을 수 없는 모래가 채취된 흙에 섞여 있었다는 사실이 확인됐다. 물론 그 모래의 출처를 찾는 것 역시 만만치 않은 일이었지만.

보고서를 훑는 내내 댄스는 다음 표적이 누구일지 궁금했다.

트래비스가 만반의 준비를 마쳤을까?

그리고 이번에는 어떤 방법으로 표적을 겁주고 살해할까? 그는 고통스럽고, 오래 끄는 죽음을 선호하는 듯했다. 그만큼 원한이 깊다는 뜻일 것이다.

볼링이 말했다.

"또 다른 후보를 찾았습니다."

댄스는 새로운 정보를 받아 적었다.

"고마워요."

그녀가 미소 지으며 말했다.

"나중에 하급요원 배지나 달아주세요."

볼링이 고개를 돌리고 메모해둔 내용으로 시선을 가져갔다. 그의 입에서 속삭임에 가까운 한마디가 흘러나왔다. 댄스가 듣기에는 저녁이나 같이 먹자는 얘기 같았다. 잘못 들은 것일 수도 있었지만.

아니야. 내가 잘못 들었을 거야. 댄스는 생각했다. 그리고 다시 수화기 쪽으로 몸을 틀었다.

볼링이 의자에 등을 붙였다.

"확인된 사람은 그들뿐입니다. 나머지 작성자들은 타 지역 사람들이거나 추적이 불가능한 주소를 가지고 있습니다. 하지만 우리가 찾지 못하면 트래비스도 찾지 못할 겁니다."

볼링이 늘어지게 기지개를 켰다.

"학교에선 이렇게 따분히 지내시진 않겠죠?"

댄스가 물었다.

"네."

볼링이 얼굴을 묘하게 일그러뜨렸다.

"법집행관의 사무실에선 늘 이렇습니까?"

"음, 아니에요."

"다행이군요."

그때 그녀의 휴대폰이 울렸다. CBI 내부 전화였다.

"티제이."

"보스……."

최근 들어 몇 번 그랬던 것처럼 젊은 요원의 불손한 태도는 오늘도 찾아볼 수 없었다.

"들으셨습니까?"

현장에서 마이클 오닐의 모습을 본 순간 캐트린 댄스의 가슴이 철렁 내려앉았다.

"바쁘셔서 못 오실 줄 알았어요."

오닐이 살짝 놀라는 반응을 보였다.

"두 사건 모두 중요하지. 그래도 범죄현장이 항상 우선이야."

그가 턱으로 펄럭이는 경찰 테이프를 가리켰다.

"고마워요."

존 볼링도 그들과 함께했다. 그는 댄스의 요청으로 현장까지 동행하게 됐다. 댄스는 마이클 오닐이 빠진 현장에서 교수의 도움을 받을 일이 있을지 모른다고 생각했었다.

"어떻게 된 일이죠?"

댄스가 물었다.

"그를 겁주려고 그럴듯하게 꾸며놨더군."

오닐이 언덕 너머를 돌아보았다.

"그런 다음에 그를 쫓아 이쪽으로 내려왔고, 여기서 그를 쐈어."

댄스는 오닐의 추가 설명을 기다렸지만 그는 입을 열지 않았다. 어쩌면 함께 있는 볼링 때문인지도 몰랐다.

"피해자는 어디 있죠?"

오닐이 한쪽을 가리켰다. 댄스가 서 있는 곳에서는 시신이 보이지 않았다.

"첫 번째 현장을 보여줄게."

오닐이 두 사람을 이끌고 조깅코스를 올라갔다. 낮은 언덕을 200미터쯤 걸어 올라가니 빈터로 이어지는 좁은 길이 나타났다. 그들은 몸을 웅크리고 노란색 테이프 아래로 들어갔다. 모래흙 바닥에는 장미 꽃잎이 흩뿌려져 있었고, 십자가 하나가 꽂혀 있었다. 그 주변에는 살점들과 혈흔이 남았다. 그리고 뼈. 사방은 독수리와 까마귀들의 발톱자국으로 뒤덮였다.

오닐이 말했다.

"현장감식반은 동물이라고 했어. 일반 슈퍼마켓에서 파는 소고기. 피해자는 저쪽 뒤편으로 올라와 이 현장을 발견했을 거야. 자세히 살펴보려고 가까이 다가왔겠지. 그러고는 겁을 집어먹고 도망치기 시작했어. 트래비스는 그를 쫓아 내려가다가 언덕 중턱에서 총을 쐈을 테고."

"피해자 이름이 뭐죠?"

"린든 스트릭랜드. 변호사야. 알아보니 인근에 살았더군."

댄스의 눈이 가늘어졌다.

"잠깐만요. 스트릭랜드? 블로그에서 그 이름을 본 기억이 나요."

볼링이 배낭에서 블로그 내용을 출력한 종이뭉치를 꺼내 들었다.

"맞습니다. 하지만 '도로변 십자가' 스레드엔 댓글을 올리지 않았습니다. 스트릭랜드는 담수화시설에 대한 칠턴의 글에만 자신의 의견을 올려놓았습니다. 칠턴의 입장을 지지하는 내용이었고요."

┗ **칠턴에게 댓글, Lyndon Strickland 작성**
당신의 글을 보고 이 문제에 대해 제대로 눈을 뜨게 됐습니다. 이런 일을 무모하게 밀어붙이고 있는 사람이 있었다니 놀랐습니다. 카운티 기획실에서 파일로 정리된 제안서를 보았습니다. 전 변호사라 환경 문제에 익숙하지만 그 제안서의 내용은 황당할 정도로 애매하고, 혼란스럽더군요. 이 문제에 대해 의미 있는 토론을 하기 위해서는 무엇보다 투명성이 보장돼야 할 것 같습니다.

댄스가 물었다.

"스트릭랜드가 여기서 조깅을 한다는 걸 트래비스가 어떻게 알았을까요? 여긴 특히 외진 곳인데."

"여긴 조깅코스입니다. 스트릭랜드는 게시판이나 블로그 어딘가에 여기서 조깅을 즐긴다는 사실을 언급해놨을 겁니다."

볼링이 말했다.

우린 온라인에서 개인정보를 너무 많이 풀어놓고 있습니다. 지나치다 싶을 정도로 말입니다……

오닐이 물었다.

"그 애는 왜 스트릭랜드를 죽인 걸까요?"

질문을 받은 볼링은 골똘히 생각에 잠겼다.

"왜 그러시죠?"

댄스가 물었다.

"트래비스가 컴퓨터 게임에 빠져 지낸다는 거 기억하죠?"

댄스는 오닐에게 트래비스가 즐겼다는 대규모 다중 사용자 온라인 롤플레잉 게임에 대해 설명했다.

교수가 설명을 이어나갔다.

"게임에서 가장 중요한 부분은 바로 성장입니다. 캐릭터를 성장시켜 더 많은 지역을 정복해야 하죠. 그게 실패하면 게임에서 살아남지 못합니다. 어쩌면 트래비스는 그 기본 패턴을 따라 표적을 점점 늘려가고 있는지도 모릅니다. 처음엔 자신을 직접적으로 공격한 이들만 노렸지만 이젠 칠턴의 입장을 지지하는 이들까지 노리는 것 같습니다. '도로변 십자가' 스레드에 글을 올리지 않아도 표적이 될 수 있다는 뜻이죠."

볼링이 모래흙에 흩뿌려진 고깃덩어리들과 새들의 발톱자국들을 내려다보았다.

"표적의 수가 기하급수적으로 늘어날 수 있습니다. 지금 이 시간에도 수십 명의 댓글 작성자들이 위험에 처한지도 모르고요. 당장 칠턴을 지지하는 댓글을 올린 이들을 추려내 인터넷 주소를 확인해봐야 합니다."

맥 빠지는 소식이었다.

"우린 시신을 살펴볼게요. 교수님은 차에서 기다리셔도 돼요."

댄스가 말했다.

"그러죠."

볼링은 시신을 보지 않아도 된다는 말에 크게 안도하는 듯했다.

댄스와 오닐은 모래언덕을 올라 시신이 발견된 지점으로 향했다.

"테러리스트 사건은 어떻게 돼가고 있죠? 컨테이너 사건 말이에요."

오닐은 애써 미소를 지었다.

"그냥 뭐. 국토안보국에 FBI, 세관까지 들러붙었어. 진창이 따로 없다니까. 이렇게 골치 아프려고 이 자리까지 온 게 아니었는데. 그냥 고속도로에서 과속 딱지나 끊어주며 지낼 때가 더 행복했던 것 같아."

"너무 유능하셔서 그런 거예요. 그리고 막상 순찰대 시절로 돌아가라고 하면 안 가실 거잖아요."

"하긴."

오닐은 잠시 머뭇거렸다.

"어머닌 좀 어떠시지?"

또 그 질문. 댄스는 오닐 앞에서까지 굳이 가식적인 밝은 모습을 보이고 싶지 않았다. 그녀가 목소리를 낮추었다.

"마이클, 어머니가 통 연락을 안 하세요. 피스터와 두 번째 십자가가 발견됐을 때, 전 법원을 막 나서려던 참이었거든요. 어머니에게 아무 설명도 없이 현장으로 달려갔는데 아마 그 일로 속이 상하셨던 것 같아요. 아니, 분명 그 일 때문일 거예요."

"자네가 페닌슐라 최고의 변호사를 붙여드렸잖아. 그 친구 덕분에 어머니는 풀려나셨고. 안 그래?"

"그렇죠."

"자넨 할 수 있는 모든 걸 다했어. 너무 걱정하지 마. 자네 일에 차질이 생기지 않도록 일부러 거리를 두시려는 건지도 모르니까."

"그럴까요?"

댄스의 반응을 지켜보던 그가 웃음을 터뜨렸다.

"내 말에 수긍이 안 된다는 거 알아. 어머니가 법원에서의 일로 자네에게 단단히 화가 나 계시다고만 생각되지?"

댄스가 어렸을 때도 어머니는 가끔 필요 이상으로 냉담한 모습을 보이곤 했다. 그럴 때마다 댄스의 아버지는 아내를 '엄한 하사'라고 불렀다.

"역시 모녀관계는 훨씬 복잡하군."

댄스의 생각을 훤히 꿰뚫어보는 듯이 오닐이 말했다.

시신이 있는 지점에 다다르자, 댄스가 턱으로 검시관 사무실에서 온 남자들을 가리켰다. 그들은 초록색 바디 백을 가져와 시신 옆에 놓아두었다. 사진사가 시신의 촬영을 마치고 물러났다. 조깅복 차림의 스트릭랜드는 피로 뒤덮인 채 바닥에 엎드려 있었다. 뒤에서 총격을 받은 것이었다. 등에 한 방, 뒤통수에 한 방.

"보여줄 게 있어."

한 대원이 시신의 트레이닝복 상의를 걷어 올리자 등에 새겨진 이미지가 드러났다. 대충 그린 얼굴. 가면 같기도 했다. 케찰. 〈디멘션 퀘스트〉에 나오는 악마. 댄스는 그제야 오닐이 볼링 앞에서 이 문제에 대한 언급을 꺼렸던 이유를 알 것 같았다.

댄스는 고개를 저었다.

"사후에 새겨놓은 건가요?"

"그래."

"목격자는요?"

"없어. 고속도로 공사현장은 여기서 800미터쯤 떨어져 있는데, 그곳 인부들이 총성을 듣고 신고를 했나 봐. 하지만 범행 순간을 목격한 사람은 없고."

한 현장감식반 대원이 오닐을 불렀다.

"쓸 만한 물증은 발견되지 않았습니다."

오닐은 고개를 끄덕였다. 그와 댄스는 차로 돌아갔다.

볼링은 자신의 아우디 앞에 서 있었다. 두 손은 앞으로 모았고, 어깨가 살짝 올라갔다. 적잖이 긴장하고 있다는 뜻이었다. 살인사건 현장에서 흔히 볼 수 있는 반응이었다.

댄스가 말했다.

"여기까지 와줘서 고마워요. 직무 범위를 훌쩍 넘어선 일이었지만 교수님 의견이 절실했어요."

"네."

볼링은 애써 차분한 척하는 것 같았다. 어쩌면 그는 지금껏 한 번도 범죄현장에 발을 들인 적이 없었는지도 몰랐다.

댄스의 휴대폰이 울렸다. 발신자는 찰스 오버비였다. 그녀는 현장으로 출동하기 전에 그에게 이번 사건에 대해 보고를 올렸다. 이제 댄스는 피해자가 사이버왕따 가해자가 아니라 무고한 구경꾼이었다는 사실을 보고해야만 했다. 이 소식이 알려지면 지역민들은 지금보다 훨씬 심각한 공황상태에 빠질 텐데.

"지국장님."

"캐트린, 지금 현장인가?"

"네. 와서 보니……."

"그 애는 체포했어?"

"아뇨. 하지만……."

"자세한 건 나중에 보고해도 돼. 문제가 터졌으니까 빨리 돌아오기나 하라고."

20

"당신이 캐트린 댄스였군요."

크고 불그스름한 손이 댄스의 손을 꽉 움켜쥐었다가 떨어졌다.

이상한데. 그녀는 생각했다. 군이 캐트린 댄스를 강조할 필요가 있었나? 그냥, 당신이 바로 그 요원이었군요, 할 수도 있었을 텐데.

의자를 보고도, 이게 바로 의자였군요, 할 건가?

하지만 댄스는 궁금증은 잠시 접어두기로 했다. 동작학적 분석이 시급한 상황이 아니었기 때문이다. 남자는 용의자가 아니었다. 그는 CBI 국장과도 친분이 있는 인물이었다. 대학 시절 라인배커*로 활약하다가 정계 또는 재계로 진출한 듯 보이는 오십대의 해밀턴 로이스는 법무장관의 새크라멘토 사무실 소속이었다. 로이스는 자신의 자리로 돌아갔다. 그들은 찰스 오버비의 사무실에 있었다. 댄스도 빈 의자를 끌어와 앉았다. 로이스는 행정감찰관 입장으로 오게 됐다고 설명했다.

댄스는 오버비를 흘끔 돌아보았다. 오버비는 눈을 가늘게 뜬 채 로이스를 응시하고 있었다. 살짝 주눅 든 오버비의 눈빛에서는 강한 호기심이 묻어나왔다. 오버비의 표정을 통해 방문자의 직책과 용건을 파악하는 일은 불가능했다.

---

* 미식축구에서 상대팀 선수들에게 태클을 걸며 방어하는 수비수

댄스는 아직도 지국장의 경솔함에 화가 단단히 난 상태였다. 로버트 하퍼 같은 사람에게 아무 제재 없이 CBI 파일을 내주다니.

그야 자네 모친께서 결백하다는 걸 알고 있으니까. 자네 모친은 누굴 해칠 수 있는 분이 아니셔. 자네도 알다시피…….

댄스는 로이스에게 시선을 돌렸다.

"새크라멘토에서도 당신에 대해 많이 듣고 있습니다. 몸짓 언어 전문가, 맞죠?"

넓은 어깨의 남자가 말했다. 검은머리를 깔끔하게 빗어 넘긴 로이스는 제복처럼 보이는 번드르르한 감청색 양복을 걸쳤다.

"전 그냥 수사관입니다. 다른 요원들보다 동작학에 조금 더 의존할 뿐이죠."

"아, 찰스. 역시 듣던 대로 겸손하군요. 당신이 얘기한 그대로입니다."

댄스는 살짝 미소 지었다. 그녀는 대체 오버비가 자신에 대해 어떤 얘기를 지껄여댔을지 궁금했다. 왠지 연봉협상을 위한 직무 평가 분위기가 강하게 났다. 그녀의 상관은 여전히 무표정한 얼굴이었다.

로이스가 유쾌한 얼굴로 이어나갔다.

"그럼 날 유심히 살펴보면 내가 무슨 생각을 하고 있는지 알 수 있겠군요. 내가 팔짱을 끼고 있는지, 시선이 어디로 향하는지, 안색이 어떤지, 뭐 그런 것들을 분석해 내 비밀을 파헤칠 수도 있을 거고요."

"그렇게 간단하지만은 않습니다."

"아."

사실 댄스는 이미 로이스의 성격유형을 대충 파악해놓은 상태였다. 그는 이지적이고, 외향적인 타입이었다. 또한 권모술수에 능할 가능성이 높았다. 따라서 댄스는 경계를 늦추지 않았다.

"아무튼 우린 당신에 대해 좋은 얘길 많이 듣고 있습니다. 이달 초에 페닌슐라를 공포에 떨게 했던 사건을 해결하는 데 큰 공을 세웠다죠? 쉽지 않은 사건이었는데 정말 대단합니다."

"운이 좋았을 뿐입니다."

"아닙니다. 운이 좋았던 게 아닙니다. 이 친구가 머리로 놈을 압도한 겁니다."

오버비가 잽싸게 끼어들었다.

순간 댄스는 '운이 좋았다'는 언급이 자신은 물론 CBI 몬터레이 지국과 오버비에게도 악영향을 끼칠 수 있다는 사실을 깨달았다.

"실례지만 무슨 일을 하십니까?"

굳이 '로이스 씨'라는 경칭을 붙여야 할 상황은 아닌 것 같았다.

"뭐 이것저것 다 하고 있습니다. 분쟁 중재자이기도 하고요. 주정부 기관이나 주지사 사무실, 의회, 법원 등지에 문제가 생기면 가서 처리하고 보고서를 작성하는 일을 합니다."

로이스가 미소를 지었다.

"작성해 올려야 할 보고서가 한둘이 아닙니다. 누가 읽어주기나 할진 모르겠지만. 그래도 혹시 모르니 대충 할 순 없죠."

댄스의 궁금증은 완전히 해소되지 않았다. 그녀는 손목시계를 들여다보았다. 로이스는 댄스의 제스처를 알아봤지만 오버비는 그러지 못했다. 예상했던 대로.

"해밀턴은 칠턴 사건 때문에 온 거야."

오버비가 새크라멘토에서 온 남자를 흘끔 돌아보았다가 그녀에게 시선을 돌렸다.

"브리핑을 부탁해."

오버비가 선장이라도 된 것처럼 지시했다.

"네, 지국장님."

댄스가 비꼬는 투로 말했다. 그녀는 오버비의 어투와 '칠턴 사건'이라는 오버비의 표현에 주목했다. 연이은 습격사건은 도로변 십자가 사건,

또는 트래비스 브리검 사건으로 부르는 게 마땅했다. '칠턴 사건'이라는 표현은 댄스로 하여금 로이스가 이곳에 온 이유를 짐작할 수 있게 해주었다.

댄스는 린든 스트릭랜드 살인사건에 대한 세부사항을 들려주었다. 범행수법, 그리고 피해자와 칠턴 블로그의 연결고리까지.

로이스가 미간을 찌푸렸다.

"그러니까 그 아이가 표적으로 삼을 대상을 대폭 늘렸다는 뜻이군요."

"그런 것 같습니다."

"증거는요?"

"조금 있지만 트래비스의 은신처를 알려줄 정도는 아닙니다. 현재 CHP, 그리고 보안관 사무실 특별수사대와 함께 수색을 진행 중입니다."

댄스가 고개를 저었다.

"유감스럽게도 소득은 별로 없습니다. 트래비스는 차가 아닌 자전거로만 이동하고 있습니다. 주로 지하에 머물고 있고요."

그녀가 로이스를 쳐다보았다.

"컨설턴트에 따르면 트래비스는 온라인 게임을 통해 익힌 도피 기술을 써먹고 있는 것 같다고 합니다."

"컨설턴트가 누구죠?"

"존 볼링입니다. 캘리포니아 산타크루스 대학 교수님이세요. 수사에 큰 도움을 주고 계시죠."

"게다가 아무 보상 없이 자원해서 수고해주고 계십니다."

오버비가 댄스의 설명에 기름이라도 치려는 듯 덧붙였다.

"그 블로그 말입니다. 대체 어떻게 된 겁니까?"

로이스가 천천히 말했다.

"몇몇 댓글이 그 아이를 자극했습니다. 사이버왕따를 당한 거죠."

댄스가 설명했다.

"그래서 결국 이성을 잃게 된 거군요."

"트래비스를 찾기 위해 최선을 다하고 있습니다. 멀리 가진 못했을 겁니다. 페닌슐라는 좁은 곳이고요."

오버비가 말했다.

로이스는 단서를 많이 내보이지 않았다. 하지만 날카로운 눈빛은 심상치 않았다. 댄스는 그가 트래비스 브리검 사건 상황을 살펴보는 것 이상의 임무를 띠고 이곳에 왔음을 짐작했다.

마침내 로이스가 용건을 털어놓았다.

"캐트린, 새크라멘토에선 이 사건을 꽤 유심히 지켜보고 있습니다. 솔직히 말하면, 모두가 바짝 긴장하고 있어요. 청소년들, 컴퓨터, 소셜네트워크. 어떻게 우려하지 않을 수 있겠습니까? 이젠 총기까지 쓴다면서요? 누구라도 버지니아 공대와 콜럼바인의 악몽을 자연스레 떠올릴 겁니다. 범인이 그 콜로라도 아이들을 우상으로 여기고 있다면서요?"

"소문일 뿐입니다. 아직 확인은 안 됐습니다. 누군가가 블로그에 올려놓은 내용입니다. 글쓴이가 트래비스를 개인적으로 알고 있는지도 확실하지 않고요."

실룩거리는 눈썹과 입술. 댄스는 그의 수에 말려들고 있었다. 해밀턴 로이스 같은 타입은 그 속을 들여다보기가 쉽지 않다.

"그 블로그…… 장관님과도 얘길 나눴습니다. 사람들이 계속 댓글을 올리면 불에 기름을 쏟아붓는 것과 같지 않겠습니까? 무슨 뜻인지 알겠죠? 눈사태처럼 말입니다. 그래서 우린 생각했습니다. 블로그를 아예 달아버리면 어떨까?"

"이미 칠턴에게 제안을 해봤습니다."

"오, 그래?"

오버비가 물었다.

"그랬더니 칠턴이 뭐라던가요?"

"절대 안 된다고 하네요. 언론의 자유 어쩌고 하면서."

로이스가 피식 웃었다.

"블로그 따위가 무슨 언론이라고. 자기가 무슨 〈크로니클〉이나 〈월스 트리트 저널〉이라도 되는 줄 아나?"

"칠턴은 그렇게 생각하지 않는 것 같습니다. 혹시 장관실에서 그에게 연락해보진 않았습니까?"

댄스가 물었다.

"아뇨. 설령 새크라멘토에서 지시가 내려온다 해도 망설일 수밖에 없을 겁니다. 함부로 접촉했다간 칠턴이 블로그에 우릴 비판하는 글을 써 올릴지 모르니까요. 거기 올라온 글은 금세 신문과 텔레비전으로 퍼져 나가지 않습니까. 탄압, 검열. 주지사나 국회의원들에게도 꽤 민감한 문제입니다. 그래서 그냥 지켜만 보고 있는 것이죠."

"아무튼 칠턴은 저희 요청을 거부했습니다."

댄스는 말했다.

"혹시……"

로이스가 천천히 운을 뗐다. 로이스의 예리한 눈빛이 댄스의 얼굴을 훑었다.

"칠턴에 대해 알아낸 거라도 있습니까? 그를 설득할 때 도움이 될 만한 정보 말입니다."

"채찍이나 당근 말씀인가요?"

댄스가 물었다.

로이스는 웃음을 터뜨렸다. 눈치 빠른 사람들을 대할 때마다 흐뭇해하는 타입인 듯했다.

"당신 얘길 들어보니 당근이 먹힐 사람 같진 않은데요."

한마디로 매수가 불가능하다는 뜻이었다. 직접 시도해본 적 있는 댄스는 누구보다 그 사실을 잘 알았다. 문제는 칠턴이 협박에도 굴할 타입이 아니라는 점이었다. 오히려 그런 것들을 즐기고도 남을 사람이었다. 물론 협박 내용을 자신의 블로그에 상세히 적어 올릴 테고.

댄스는 경험을 통해 오만하고 독선적인 상대를 위협하는 게 얼마나 어리석은 짓인지 알고 있었다. 댄스는 솔직하게 대답했다.

"아무것도 찾지 못했습니다. 제임스 칠턴이 이 사건에서 차지하는 부분은 얼마 되지 않습니다. 트래비스에 대한 글을 올려놓은 적도 없고요. 게다가 트래비스의 이름을 알아서 삭제해놓기까지 했습니다. '도로변 십자가' 스레드는 경찰과 고속도로 관리 담당부서를 비판하기 위해 만들어놓은 겁니다. 트래비스를 공격하기 시작한 건 독자들이었고요."

"그러니까 들춰낼 흠이 없다는 얘기죠? 우리가 써먹을 수 있는 무기가?"

써먹을 수…… 표현 참…….

"없습니다."

"아, 안타깝군요."

로이스는 진정으로 실망하는 모습이었다. 오버비도 실망하기는 마찬가지였다.

오버비가 말했다.

"조금만 더 수고해줘, 캐트린."

"이미 총력을 다해 범인을 쫓고 있습니다, 지국장님."

댄스가 나지막이 말했다.

"물론 알고 있어. 알다마다. 하지만 사건 자체가 워낙……"

오버비가 말끝을 흐렸다.

"워낙 어떻단 말씀이죠?"

댄스가 날카롭게 물었다. 로버트 하퍼에 대한 분노가 다시 떠오르려 했다.

흥분하면 안 돼. 그녀는 스스로에게 경고했다.

오버비가 어색한 미소를 지었다.

"칠턴을 설득해 블로그를 폐쇄시키면 모두에게 좋은 일이 될 거야. 우리에게도, 새크라멘토에도. 댓글 작성자들이 위험에 처하는 일도 없어질 테고."

"내 말이 바로 그겁니다. 추가 피해자가 나오지 않도록 해야죠."

로이스가 말했다.

틀린 말은 아니었다. 하지만 법무장관과 로이스가 진정으로 걱정하는 건 살인자를 잡는 데 최선을 다하지 않았다는 언론의 비난이었다.

서둘러 미팅을 끝내고 현장에 복귀하기 위해 댄스는 말투를 바꾸어 말했다.

"뭔가 쓸 만한 게 나오면 즉시 연락드리겠습니다, 지국장님."

로이스는 눈을 깜빡였다. 댄스가 한 말의 이중적인 의미를 완전히 놓친 오버비는 바보처럼 미소를 지었다.

"그래."

그때 댄스의 휴대폰이 진동했다. 문자 메시지가 도착했다. 그녀는 화면을 들여다보며 내용을 확인했다. 그리고 짧게 헉 소리를 내며 오버비를 올려다보았다.

로이스가 물었다.

"무슨 문제라도 생겼습니까?"

"제임스 칠턴이 습격당했다고 합니다. 아무래도 당장 가봐야 할 것 같습니다."

21

댄스는 허둥대며 몬터레이 베이 병원 응급실로 들어갔다.

어두운 얼굴로 로비 한복판을 서성이는 티제이가 보였다.

"보스."

티제이가 안도의 한숨을 내쉬며 말했다.

"그는 어때?"

"큰 부상은 아닙니다."

"트래비스는 잡았어?"

"그 애가 한 짓이 아니었습니다."

그때 응급실의 이중문이 열리고 한쪽 볼에 붕대를 감은 제임스 칠턴이 성큼성큼 걸어나왔다.

"저 사람이 날 공격했습니다!"

칠턴은 양복 차림의 남자를 가리켰다. 얼굴이 불그레한 남자는 단단한 체구의 소유자였다. 남자는 창가에 앉아 있었고, 그의 앞에는 육중한 카운티 경관이 서 있었다. 칠턴은 인사도 생략한 채 그를 가리키며 딱딱거렸다.

"저 사람을 체포하세요."

그 말에 남자가 벌떡 일어났다.

"저 사람 말입니다. 당장 감옥에 처넣으라고요!"

"브루베이커 씨, 앉으십시오."

경관이 나지막이 말했다. 남자는 잠시 머뭇거리다가 칠턴을 쏘아보며 의자에 풀썩 주저앉았다.

경관이 댄스에게 다가와 어떻게 된 일인지 설명했다. 30분 전, 아놀드 브루베이커는 현장점검 팀과 함께 자신이 제안한 담수화시설 구내에 있었다. 그는 그곳 동물 서식지를 촬영하는 칠턴을 발견하고 카메라를 빼앗으려 했다. 그 과정에서 거칠게 떠밀린 칠턴은 바닥을 나뒹굴게 됐고, 현장점검 팀의 누군가가 경찰에 신고했다.

칠턴의 부상은 별로 심각한 것 같지 않았다.

그럼에도 칠턴은 무척 흥분한 상태였다.

"저 사람이 페닌슐라를 망치고 있습니다. 우리의 천연자원을 망치고 있단 말입니다. 우리의 동식물상을. 오론 매장지는 말할 것도 없고요."

오론 인디언들은 캘리포니아 중에서도 이 지역에 가장 먼저 거주했던 원주민이다.

"담수화시설이 들어설 곳은 부족 땅이 아닙니다! 그건 소문이었을 뿐이라고요. 사실이 아닙니다."

브루베이커가 말했다.

"하지만 그곳을 드나들 차량들이……"

"우린 동물들의 안전한 이동을 위해 수백만 달러를 쏟아붓고 있습니다. 게다가……"

"두 분 다 잠시만 조용해주세요."

댄스가 말했다.

하지만 칠턴은 이미 탄력을 받은 상태였다.

"저 사람이 내 카메라를 부서뜨렸습니다. 무슨 나치도 아니고."

브루베이커가 차가운 미소를 지었다.

"제임스, 당신이 먼저 우리 사유지에 무단침입하는 것으로 법을 어기지 않았습니까? 그건 나치 같은 행동 아닌가요?"

"내겐 우리의 환경을 파괴하는 당신들을 취재해 폭로할 권리가 있습니다."

"그리고 내겐⋯⋯."

"그만들 하세요!"

댄스가 말했다.

댄스가 경관으로부터 자초지종을 듣는 동안 두 남자는 침묵을 지켰다. 자세한 내용을 확인한 그녀는 칠턴에게 다가갔다.

"사유지에 무단침입하신 건 엄연한 범죄입니다."

"전 그저⋯⋯."

"쉿. 그리고 브루베이커 씨, 칠턴 씨를 폭행하신 것도 불법입니다. 무단침입자로부터 물리적 위협을 받지 않으셨잖아요. 그땐 침착하게 경찰을 부르셨어야죠."

브루베이커는 씩씩거리면서도 고개를 끄덕였다. 그는 경미한 부상에도 호들갑을 떠는 칠턴이 영 못마땅한 모양이었다. 실제로 칠턴의 볼에 붙은 작은 붕대는 전혀 심각해 보이지 않았다.

"양측 모두 경범죄를 저질렀습니다. 어느 쪽에서든 정식으로 요청이 들어오면 제가 직접 체포하겠지만 두 분 모두 조사를 받으셔야 합니다. 무단침입과 폭행혐의로 말이죠. 그렇게 할까요?"

붉게 상기된 얼굴의 브루베이커가 먼저 우는 소리를 냈다.

"하지만 저 사람이 먼저⋯⋯."

"어떻게 하시겠습니까?"

댄스가 나지막이 묻자 브루베이커가 입을 닫았다.

칠턴은 인상을 찌푸린 채 고개를 끄덕였다.

"알겠습니다."

브루베이커도 언짢은 기색을 지우지 않았다. 브루베이커가 댄스에게 웅얼거렸다.

"좋습니다. 알았어요. 하지만 이건 부당합니다! 난 지난 한 해 동안 하루도 쉬지 않고 가뭄을 없앨 방법만 연구했습니다. 이건 내 인생을 바친 프로젝트란 말입니다. 그런데 저 사람은 하루 종일 사무실에 틀어박혀 날 헐뜯는 일만 해왔습니다. 이 사업의 장점은 다 무시해버린 채 말이죠. 사람들은 블로그에 올라온 저 사람의 주장을 철석같이 믿어버립니다. 내가 그걸 어떻게 바로잡겠습니까? 나도 따로 블로그를 하나 만들어야 합니까? 난 그렇게 한가한 사람이 아닙니다."

브루베이커가 과장되게 한숨을 내쉬며 로비를 나갔다.

그가 사라지자, 칠턴이 댄스에게 말했다.

"저 사람은 선의로 그 시설을 짓는 게 아닙니다. 그의 관심은 온통 돈에 가 있단 말입니다. 다 조사해봤다고요."

댄스의 침울한 표정을 확인한 칠턴의 음성이 뚝 끊어졌다.

"아직 소식 못 들으셨죠? 트래비스 브리검이 린든 스트릭랜드를 살해했어요."

그 말에 칠턴이 움찔했다.

"린든 스트릭랜드, 그 변호사 말씀입니까? 확실합니까?"

"네."

블로거의 눈이 초록색과 흰색 타일로 덮인 응급실 바닥을 훑기 시작했다. 걸레로 잘 닦아놓았지만 초조한 구둣발이 남겨놓은 세월의 흔적은 선명했다.

"하지만 린든은 '도로변 십자가' 스레드엔 글을 올리지 않았습니다. 담수화시설 스레드에만 글을 올려놓았다고요. 트래비스가 그를 표적으로 삼을 이유가 없습니다. 다른 사람일 겁니다. 린든에겐 적이 많았습니다. 원고 측 변호인이었으니까요. 게다가 늘 논란이 많은 사건만 맡아왔습니다."

"명백한 증거가 있습니다. 트래비스가 확실해요."

"하지만 대체 왜?"

"아마 스트릭랜드가 당신을 지지하는 글을 올렸기 때문일 겁니다. 더이상 어느 스레드의 댓글인지는 중요하지 않게 됐습니다. 트래비스는 표적을 점점 늘려가고 있어요."

칠턴은 한동안 무거운 침묵을 지켰다.

"제 입장을 지지했다는 이유만으로 그런 변을 당했다 이거죠?"

댄스는 고개를 끄덕였다.

"그래서 걱정입니다. 트래비스가 당신을 노리고 있는지도 몰라요."

"제가 왜 표적이 되겠습니까? 전 트래비스에 대해 아무 글도 올리지 않았는데요."

"트래비스는 당신 입장을 지지하는 독자를 표적으로 삼았습니다. 생각해보세요. 결국엔 당신에게까지 그 화가 미치지 않겠습니까?"

"정말 그렇게 생각하십니까?"

"그럴 가능성을 배제할 순 없겠죠."

"하지만 저희 가족은……."

"이미 댁에 차를 보내놓았습니다. 보안관 사무실 소속 경관이 밖을 감시할 겁니다."

"감사합니다. 고마워요. 패트리샤와 아이들에게 각별히 조심하라고 당부해야겠네요."

"정말 괜찮으십니까?"

댄스가 턱으로 붕대를 가리켰다.

"별거 아닙니다."

"댁까지 모셔드릴까요?"

"패트리샤가 오고 있는 중입니다."

댄스는 돌아서서 문으로 향했다.

"아, 그리고 부탁인데요. 브루베이커 씨는 그냥 놔두시죠."

칠턴의 눈이 가늘어졌다.

"그 시설이 이 지역에 어떤 영향을 끼칠지 몰라서 하시는 말씀입니까?"

칠턴이 항복하듯 두 손을 들어 보였다.

"알겠습니다. 알았어요. 앞으로 그 사람 소유지에 무단침입은 하지 않겠습니다."

"감사합니다."

댄스는 밖으로 나와 휴대폰의 전원을 켰다. 정확히 30초 후에 벨이 울렸다. 마이클 오닐이었다. 그의 번호를 확인하자 안도감이 찾아들었다.

"여보세요?"

"방금 소식 들었어. 칠턴이 습격당했다고?"

"별일 아니에요."

댄스는 자초지종을 들려주었다.

"무단침입. 꼴좋군. 사무실에 연락해봤어. 스트릭랜드 사건의 현장 보고서가 곧 도착할 거라더군. 최대한 서두르라고 했어. 그 외엔 특별한 소식이 없더라고."

"고마워요."

댄스는 목소리를 낮추고 오닐에게 해밀턴 로이스와의 조우에 대한 느낌을 털어놓았다.

"멋지군. 그 친구까지 끼어들어 소란을 피워대고 말이야."

"별의별 인간들이 달라붙어 법석을 떨어대니 정신이 하나도 없네요."

"로이스도 블로그 폐쇄를 요구했다고?"

"네. 아무래도 여론이 나빠질까 걱정이 되겠죠."

"칠턴 그 친구가 딱하게 됐군."

오닐이 말했다.

"그와 딱 10분만 대화해보세요. 생각이 달라지실 걸요."

부보안관이 킥킥 웃었다.

"그렇지 않아도 전화 드리려고 했어요. 엄마, 아빠와 저녁 먹기로 했거든요. 지금 엄마에겐 우리 모두의 도움이 절실해요. 부보안관님도 와주시면 좋겠는데. 앤과 아이들도요."

오닐이 잠시 머뭇거렸다.

"한번 노력해볼게. 컨테이너 사건에 정신이 빠져 있어서 말이야. 앤은 샌프란시스코에 가 있어. 갤러리가 앤의 최근 사진들을 걸어주기로 했다나 봐."

"정말요? 대단하네요."

댄스는 어제 어니스트 세이볼드와의 미팅을 마치고 나와서 아침을 먹으며 나누었던 앤 오닐의 출장에 대한 일방적인 대화를 떠올렸다. 댄스가 앤에게 인정하는 여러 가지 중 하나가 바로 사진작가로서의 재능이었다.

댄스는 전화를 끊고 엉켜버린 아이팟 이어폰을 풀며 차로 향했다. 지금 그녀에게는 음악이 필요했다. 음악 목록을 내리면서 그녀는 라틴음악과 켈트음악을 놓고 고민에 빠졌다. 잠시 후, 휴대폰이 울렸다. 발신자는 조나단 볼링이었다.

"여보세요."

댄스는 응답했다.

"칠턴 소식으로 CBI 전체가 시끄럽습니다. 어떻게 된 일이죠? 그 사람 괜찮습니까?"

댄스는 볼링에게 상세한 내용을 알려주었다. 심각한 부상이 아니라는 설명에 그가 안도했다. 그녀는 볼링에게 새로운 소식이 있다는 걸 눈치챘다. 댄스는 묵묵히 기다렸다.

"캐트린, 지금 사무실 근처에 있나요?"

"사무실로 돌아갈 계획은 아니었어요. 아이들을 데리러 가야 하거든요. 일은 집에 가서 마저 하려고 했어요."

댄스는 해밀턴 로이스, 그리고 오버비와 마주치고 싶지 않아 그런다는 속내는 털어놓지 않았다.

"무슨 일인데요?"

"몇 가지 있습니다. 우선 칠턴의 입장에 지지한 댓글 작성자들의 이름을 추려냈습니다. 다행인 건 그 수가 많지 않다는 것이죠. 원래 블로그엔 지지자보다 반대자가 많습니다."

"그 명단을 이메일로 보내주세요. 집에 가서 차례로 연락해볼게요. 또 다른 소식은요?"

"한 시간 안에 트래비스 컴퓨터의 암호를 깰 수 있을 것 같습니다."

"정말입니까? 오, 잘됐네요."

티파니인지, 밤비인지는 꽤 실력 있는 해커인 모양이었다.

"트래비스의 디스크를 다른 디스크로 복사할 겁니다. 요원님도 보고 싶으시겠죠?"

"물론이죠."

순간 아이디어 하나가 댄스의 뇌리를 스쳤다.

"오늘 밤에 바쁘신가요?"

"아뇨. 이 작업 때문에 빈집털이 계획을 미뤄뒀습니다."

"컴퓨터를 가지고 저희 집으로 와주실 수 있어요? 부모님과 친구 몇 명을 초대했거든요. 같이 저녁 먹을 거예요."

"저야 좋죠."

댄스가 주소와 시간을 불러주었다.

그렇게 통화는 끝이 났다.

병원 주차장으로 들어선 댄스는 퇴근하는 직원과 간호사들을 쳐다보았다. 그들 모두 그녀를 응시하고 있었다.

댄스는 그중 몇 명을 알아보고 살짝 미소를 지었다. 한두 명이 고개를
까딱였을 뿐 전체적으로는 미지근한 반응이었다. 어찌 보면 당연한 일이
었다. 그들은 분명 이렇게 생각하고 있을 테니까. 난 지금 살인용의자의
딸을 보고 있어.

22

"음식 사온 건 내가 들게요."

댄스의 패스파인더가 집 앞에 멈춰 서기 무섭게 매기가 말했다.

매기는 최근 들어 무척 자립적인 모습을 보였다. 매기가 가장 큰 봉지를 번쩍 들었다. 봉지는 모두 네 개였다. 마틴의 집에서 아이들을 데려온 다음 댄스는 세이프웨이에 들러 본격적으로 식료품을 쇼핑했다. 초대한 열 명 남짓의 손님이 모두 와준다면 꽤 성대한 저녁파티가 될 것이다. 그들 중에는 먹성 좋은 젊은이도 몇 명 있었다.

오빠답게 한 손으로 두 개의 봉지를 든 웨스가 어머니에게 물었다.

"할머니는 언제 오세요?"

"이따 오실 거야. 엄마 생각엔…… 어쩌면 못 오실지도 모르고."

"아니에요. 꼭 오신다고 했어요."

댄스는 당혹스러움을 감추며 미소 지었다.

"할머니랑 통화했니?"

"네. 할머니가 캠프로 전화하셨어요."

"나도요."

매기가 말했다.

아이들에게는 괜찮다고 전화까지 하셨으면서 왜 내겐 전화가 없으셨지? 댄스의 얼굴이 붉어졌다.

"분명 오실 거야."

그들은 봉지를 챙겨 들고 안으로 들어갔다.

댄스는 곧장 침실로 향했다. 팻지가 그녀를 뒤따랐다.

그녀는 총을 보관하는 작은 금고를 내려다보았다. 트래비스는 표적을 늘려갔고, 댄스가 자신을 맹렬히 쫓고 있다는 사실을 알고 있었다. 그녀는 어젯밤 뒤뜰에서 발견한 십자가를 잊지 않았다. 댄스는 권총을 몸에 지니고 있기로 했지만, 샤워를 하는 동안은 금고에 넣어두었다. 아이들이 있을 때는 총기 보관에 특히 더 깐깐해지는 댄스였다. 그녀는 옷을 벗고 쏟아지는 뜨거운 물줄기 속으로 들어갔다. 아무리 애를 써도 하루의 찌꺼기는 잘 씻기지 않았다.

샤워를 마치고 나온 댄스는 청바지와 헐렁한 블라우스를 걸쳤다. 허리에 꽂은 총을 감추기 위해 블라우스는 일부러 밖으로 빼 입었다. 불편했지만 마음은 편안했다. 만반의 준비를 마친 다음 그녀는 주방으로 들어갔다.

우선 개들에게 사료를 주고 아옹다옹하는 아이들을 중재했다. 아이들은 아직도 어제 일로 속상했다. 매기는 봉지에서 쇼핑한 것들을 꺼냈고, 웨스는 식탁을 정리했다. 달랑 세 명뿐임에도 집 안 분위기는 무척 어수선했다.

댄스는 네 명이 북적거리며 살아가던 때를 잠시 추억했다. 그리고 자신의 결혼사진을 흘끔 돌아보았다. 빌 스웬슨. 새치 섞인 희끗한 머리, 마른 체구, 포근한 미소. 사진 속 남편은 한 팔로 그녀를 감싼 채 카메라를 응시했다.

댄스는 작업실로 들어가 컴퓨터를 켜고 오버비에게 이메일을 썼다. 칠턴과 브루베이커 사건을 보고하기 위해서였다.

지금 기분으로는 오버비와 통화하고 싶지 않았다.

댄스는 존 볼링이 보내온 이메일을 열어 지난 몇 달간 칠턴을 지지하는 댓글을 올린 이들의 이름을 훑어보았다. 열일곱 명.

그나마 이 정도인 게 다행이었다.

댄스는 한 시간에 걸쳐 반경 160킬로미터 안에 거주하는 이들을 추려 일일이 경고전화를 걸었다. 그중 몇 명은 트래비스 브리검을 아직도 검거하지 못하는 CBI와 경찰의 무능함을 비판하기도 했다.

댄스는 〈칠턴 리포트〉에 접속해보았다.

Http://www.thechiltonreport.com/html/june27.html

댄스는 모든 스레드를 차례로 훑어나갔다. 거의 모든 스레드에 새 댓글이 달려 있었다. 피스크 목사와 담수화시설 포스트의 댓글들은 예상대로 독하고 신랄했다. 하지만 '도로변 십자가' 스레드의 댓글들에 비해서는 그 포악함이 덜했다. 그곳 댓글들은 여전히 서로를, 그리고 트래비스를 무자비하게 헐뜯고 있었다.

내용이 모호한 댓글도 있었고, 정보를 캐묻는 댓글도 있었으며, 노골적인 협박으로밖에 볼 수 없는 댓글도 있었다. 댄스는 댓글들 곳곳에 트래비스의 행방에 대한 단서가 숨어 있을지 모른다고 생각했다. 어쩌면 트래비스의 다음 표적에 대한 힌트가 숨어 있을지도 몰랐고. 트래비스가 다른 독자의 아이디를 도용하거나, '익명'이라는 공동 아이디를 사용해 글을 올려온 건 아닐까? 그녀는 좀 더 유심히 댓글들을 살폈다. 하지만 단서로 보이는 건 짚어낼 수 없었다. 내뱉어진 말을 분석하는 것은 식은 죽 먹기였지만 소리 없는 외침과 중얼거림은 도무지 그 숨은 의미를 파악할 수 없었다.

마침내 댄스는 블로그에서 로그아웃했다.

마이클 오닐의 이메일이 도착해 있었다. 오닐은 J.도 사건의 기소면제 심리가 금요일로 연기됐다는 실망스러운 소식을 전했다. 어니스트 세이볼드 검사는 판사의 의욕과 피고 측의 연기 요청을 나쁜 징조로 보고 있었다. 댄스는 전화로 이 소식을 듣지 못한 점이 못내 아쉬웠다. 오늘 밤 아이들을 데리고 참석하겠다는 답도 없었고.

댄스는 본격적인 식사 준비에 들어갔다. 그녀는 요리에 소질이 없었다. 그리고 누구보다 그 사실을 잘 알았다. 다행히 댄스는 어느 슈퍼마켓의 조리식품 코너가 괜찮은지 훤히 꿰고 있었다. 덕분에 오늘 밤 식사 준비는 문제없었다.

웨스의 방에서는 비디오 게임의 기계음이, 매기의 방에서는 키보드 선율이 흘러나왔다. 댄스는 뒤뜰을 멍하니 내다보며 어제 어머니의 모습을 떠올렸다. 두 번째 도로변 십자가 현장에 가봐야 한다며, 자신을 두고 떠나는 딸을 지켜보던 표정을.

어머니도 이해하실 거다.

아뇨, 이해 못하실 거예요.

댄스는 양지머리, 깍지콩, 시저 샐러드*, 연어, 두 번 구운 감자가 담긴 용기들을 내려다보며 3주 전 바로 이 주방에 서서 집중치료실의 후안 밀라 소식을 전하던 어머니 모습을 떠올렸다. 이디는 괴로워하며 딸에게 그가 속삭인 한마디를 들려주었다.

죽여주세요…….

불온한 생각들을 순식간에 잠재운 건 적시에 들려온 초인종 소리였다.

댄스는 누가 왔는지 궁금했다. 그녀의 친구와 가족들은 초인종을 누르지 않고 뒷문을 통해 주방으로 들어왔다. 댄스는 현관문을 열었다. 포치에는 존 볼링이 서 있었다. 그는 작은 쇼핑백과 커다란 노트북 가방을 든 채 온화한 미소를 흘렸다. 볼링은 검은색 청바지에 검은색 줄무늬 셔츠 차림이었다.

---

* 양상추와 구운 빵조각에 오일, 레몬주스, 달걀 등을 넣은 샐러드

"어서 오세요."

볼링이 고개를 끄덕이며 그녀를 따라 주방으로 들어갔다.

개들이 달려나와 볼링을 맞았다. 볼링은 웅크리고 앉아 한동안 개들과 교감을 나누었다.

"그만하면 됐어. 나가!"

댄스가 명령했다. 그녀가 밀크 본 개껌 몇 개를 뒷문 밖으로 던져주자, 개들이 간식을 쫓아 잽싸게 튀어 나갔다.

볼링이 일어나 축축해진 얼굴을 훔치며 웃음을 터뜨렸다. 그러고는 쇼핑백에 손을 넣고 잠시 뒤적였다.

"선물로 설탕을 가져왔습니다."

"설탕?"

"두 가지 버전이 있습니다. 발효된 것."

볼링이 케이머스 코넌드럼 화이트와인을 꺼냈다.

"멋지네요."

"그리고 구운 것."

이번에는 쿠키가 나타났다.

"요원님 비서가 절 살찌우려고 사무실로 가져온 쿠키를 갈망의 눈빛으로 쳐다보시더군요."

"그걸 놓치지 않고 보셨군요."

댄스는 웃음을 터뜨렸다.

"교수님도 동작학 분석능력이 아주 뛰어나신 것 같아요. 관찰력도 남다르시고."

그 말에 볼링이 아이처럼 기뻐했다.

"보여드릴 게 있습니다. 일단 좀 앉죠."

댄스는 그를 거실로 안내했다. 볼링이 브랜드를 알 수 없는 또 다른 노트북을 꺼냈다.

"어브가 해냈습니다."

"어브?"

"어빙 웨플러. 제가 이야기했던 동료 말입니다. 제가 가르치는 대학원생."

티파니나 밤비가 아니었군.

"트래비스의 컴퓨터에 담겨 있던 모든 걸 복사해왔습니다."

볼링이 키보드를 두드리기 시작했다. 잠시 후, 모니터가 번뜩였다. 댄스는 컴퓨터의 반응 속도에 새삼 놀랐다.

밖에서는 매기의 서툰 키보드 연주가 이어지고 있었다.

"미안해요."

댄스가 당혹스러워하며 말했다.

"C 샵."

볼링이 모니터에서 눈을 떼지 않은 채 말했다.

댄스는 흠칫 놀랐다.

"음악도 하세요?"

"아닙니다. 그냥 절대음감만 자랑할 뿐이죠. 사실 그것도 요행에 불과할 뿐입니다. 그런 능력이 있어도 어디에 써야 할지 몰라요. 이것 외엔 음악적 재능은 제로입니다. 요원님과는 다르죠."

"저요?"

댄스는 자신의 취미를 알려준 적이 없었다.

볼링이 어깨를 으쓱했다.

"요원님에 대해 공부를 좀 했습니다. 구글로 검색해보니 형사로서의 정보만큼이나 노래 발굴자로서의 정보도 많더군요. 오, 형사라고 불러도 됩니까?"

"정치적으로 왜곡된 표현은 아니에요."

댄스는 포크송 가수의 꿈은 이루지 못했지만, 마틴 크리스텐슨과의 프로젝트로 음악적 구원을 받고 있다고 설명했다. 현재 1970년대 컨트리 음악을 환기시키는 폴 사이먼의 노래 제목에서 이름을 딴 〈아메리칸 튠스〉라는 웹사이트를 운영한다고도 덧붙였다. 그 사이트는 업무로 인해 잦은 우울증에 시달리는 댄스에게 구세주나 다름없었다. 범죄자들의 섬뜩한 세상에서 허우적대는 그녀를 지켜주는 건 오직 음악뿐이었다.

댄스는 일반적으로 '노래 발굴자'라 부르지만, 엄밀히 따지면 '민속학자'인 셈이라고 설명했다. 이 분야에서 가장 유명한 앨런 로맥스는 20세기 중반, 의회도서관을 위해 미국의 내륙지방을 방랑하며 전통음악을 수집했다. 댄스 역시 틈날 때마다 전국 구석구석을 돌아다니며 음악을 수집했다. 로맥스와 달리 그녀의 관심은 블루스와 블루그래스*에만 집중됐다. 오늘날의 미국의 토착 음악은 아프리카, 아프리카 팝, 케이준**, 라틴, 카리브, 노바스코샤, 동인도, 아시아 음악이었다.

음악가들은 〈아메리칸 튠스〉를 통해 저작권을 챙기고 온라인에서 자신들의 곡을 판매했다.

볼링은 댄스의 설명에 큰 관심을 보였다. 그도 한 달에 한두 번씩 황야를 하이킹한다고 했다. 또한 한때 암벽등반의 매력에 흠뻑 빠져 지낸 적도 있다고 덧붙였다. 비록 그만둔 지 오래되기는 했지만.

"중력과는 협상이 불가능하니까요."

볼링이 말했다. 볼링은 턱으로 음악이 흘러나오는 아이의 침실을 가리켰다.

"아들인가요, 딸인가요?"

"딸이에요. 아들 녀석과 친한 현은 테니스 라켓뿐이죠."

"실력이 좋은데요."

"고마워요."

* 기타와 밴조로 연주하는 미국의 전통 컨트리음악
** 블루스와 포크음악이 혼합된 형태

댄스의 음성에서 뿌듯함이 묻어나왔다. 그동안 매기의 피아노 레슨을 위해 많은 시간과 노력을 쏟아부었던 그녀였다. 시간 날 때마다 연습을 도왔고, 레슨과 연주회가 있을 때마다 기사 노릇을 충실히 해왔다.

볼링이 키보드를 더 두드리자, 화려한 페이지가 노트북 화면에 떠올랐다. 갑자기 그의 몸짓 언어가 바뀌었다. 볼링은 그녀의 어깨너머로 문간을 돌아보았다.

댄스는 30초 전에 키보드 소리가 멎은 사실을 깨닫지 못했다.

볼링의 얼굴에 환한 미소가 떠올랐다.

"안녕. 난 존이야. 엄마랑 같이 일하는 아저씨란다."

야구 모자를 거꾸로 돌려 쓴 매기가 문간에 서 있었다.

"안녕하세요."

"엄마가 집에선 어떻게 해야 한다고 했지?"

댄스가 말했다.

아이가 모자를 벗어 쥐고 볼링 앞으로 성큼 다가왔다.

"전 매기예요."

볼링과 악수를 나누는 열 살배기 매기는 수줍음이 없는 아이였다.

"힘이 아주 좋은데. 키보드를 칠 땐 아주 부드럽던데."

교수가 매기에게 말했다.

매기가 환히 웃었다.

"아저씨도 악기 다룰 줄 아세요?"

"그냥 CD 듣고 음원 다운로드하는 정도."

댄스는 문간으로 고개를 돌렸다. 어느새 열두 살 웨스도 들어와 있었다. 문간에 삐딱하게 선 웨스의 얼굴에는 미소가 없었다.

댄스의 가슴이 철렁 내려앉았다. 아버지가 세상을 떠난 뒤로 웨스는 엄마가 사교적으로 만나는 모든 남자를 못마땅해 했다. 댄스의 심리치료사는 웨스가 남자들을 가족의 적으로, 그리고 아버지의 기억에 큰 위협으로 여기고 있을 거라고 했다. 웨스가 좋아하는 유일한 남자는 마이클 오닐이었다. 의사는 부보안관의 기혼 사실을 그 이유로 꼽았다.

미망인으로 살아온 지난 2년 동안 댄스는 아들의 눈치를 보느라 제대로 연애 한번 해보지 못했다. 가끔 새 사람을 만나 데이트를 하는 건 아이들에게도 좋을 거라 생각했지만 그럴 때마다 웨스는 시무룩하고 우울했다. 댄스는 무슨 일이 있더라도 웨스와 매기의 의견이 항상 최우선적으로 고려될 거라고 다짐했다. 남자친구가 생길 때마다 아들의 승인을 받기 위해 모든 수단을 총동원했고, 가끔은 더 이상 그런 태도를 용납하지 않겠다고 으름장을 놓기도 했다. 하지만 다 소용없었다. 가장 최근에 데려와 소개했던 남자 역시 웨스의 적개심을 샀다. 그리고 결국에는 웨스의 통찰력이 그녀보다 훨씬 나았다는 게 확인됐다. 그 후로 댄스는 아이들의 의견에 더 귀를 기울이기로, 그리고 아이들의 반응을 더 유심히 살피기로 결심했다.

그녀가 손짓해 아들을 불렀다. 웨스가 그들에게 다가왔다.

"볼링 씨야."

"안녕, 웨스."

"안녕하세요."

그들은 악수를 나누었다. 언제나 그렇듯 웨스는 낯선 남자와의 인사에 어색했다.

댄스는 웨스가 이상한 상상을 하기 전에 일 때문에 볼링을 초대했을 뿐이라고 설명하려 했다. 하지만 웨스의 눈은 이미 컴퓨터 화면에 고정된 상태였다.

"와, 〈DQ〉네요!"

댄스의 시선이 〈디멘션 퀘스트〉의 화려한 홈페이지로 돌아갔다. 볼링이 트래비스의 컴퓨터에서 뽑아온 것이었다.

"이거 지금 하시는 거예요?"

웨스의 얼굴에는 여전히 놀라는 표정이 떠올라 있었다.

"아니. 그냥 어머니에게 뭔가를 보여드리고 있었단다. 너도 모르펙이 뭔지 알지, 웨스?"

"당근이죠."

"웨스."

댄스는 나지막이 경고했다.

"네, 당연하죠. 엄만 제가 '당근'이라고 하는 걸 싫어하세요."

볼링이 환한 미소를 지었다.

"너도 〈DQ〉를 해봤니? 아저씬 잘 모르는데."

"아뇨. 마법을 쓰고, 뭐 그러는 게임이잖아요. 전 〈트리니티〉만 해요."

"맙소사."

볼링이 아이처럼 탄성을 내질렀다.

"그거 그래픽이 짱인데."

볼링은 댄스를 돌아보았다.

"그건 SF예요."

댄스는 무슨 뜻인지 이해하지 못했다.

"네?"

"엄마, 공상과학Science fiction 게임이라는 뜻이에요."

"사이파이Sci-fi."

"틀렸어요. 그렇게 얘기하면 안 돼요. SF라고 해야 돼요."

웨스가 눈을 굴리며 바로잡았다.

"미안."

웨스의 얼굴이 다시 진지해졌다.

"하지만 〈트리니티〉를 제대로 하려면 최소한 2기가짜리 램이랑 비디오카드가 필요해요. 그게 갖춰지지 않으면 빔을 쏘려고 할 때마다 화면이 뚝뚝 끊어지죠. 완전 최악이에요."

"사무실에서 해킹한 컴퓨터가 있는데, 거기 램이 몇 기가였는지 아니?"

볼링이 물었다.

"3기가?"

웨스가 말했다.

"5기가짜리였어. 비디오카드는 4기가였고."

웨스가 놀라 기절하는 척했다.

"말도 안 돼! 정말 끝내주겠네요. 용량은요?"

"2T."

"정말이에요? 2테라바이트라고요?"

댄스는 안도의 웃음을 터뜨렸다. 그들 사이에서는 어떠한 긴장감도 느껴지지 않았다. 그녀가 말했다.

"웨스, 엄만 네가 〈트리니티〉를 하는 걸 본 적이 없는데. 집에서 한 건 아니지?"

댄스는 아이들이 컴퓨터로 무슨 게임을 하는지, 어떤 웹사이트에 접속하는지 꽤 꼼꼼히 지켜보며 감독하는 타입이었다. 문제는 아이들이 컴퓨터로 무엇을 하는지 하루 24시간 감독만 하고 있을 수는 없다는 현실이었다.

"아니에요. 엄마가 못하게 하시잖아요."

웨스의 대답에는 숨은 의미도, 억울함도 담겨 있지 않았다.

"마틴 아줌마 집에서 해봤어요."

"쌍둥이들이랑?"

댄스는 깜짝 놀랐다. 마틴 크리스텐슨과 스티븐 카힐의 아이들은 웨스와 매기보다 어렸다.

웨스가 웃음을 터뜨렸다.

"엄마!"

그러고는 억울하다는 듯 말했다.

"스티븐 아저씨랑 한 거예요. 아저씨께 모든 패치와 코드가 있거든요."

납득이 갔다. 스티븐은 〈아메리칸 튠스〉의 기술적인 모든 부분을 책임졌다.

"폭력적인 게임인가요?"

댄스는 웨스가 아닌, 볼링에게 물었다.

교수와 아이가 공모하는 듯한 표정을 주고받았다.

"네?"

그녀는 다시 물었다.

"별로요."

웨스가 대답했다.

"그게 정확히 무슨 뜻이지?"

어느새 댄스는 법집행관 모드로 돌아와 있었다.

"그냥 우주선과 행성들을 날려버리는 정도입니다."

볼링이 대답했다.

"하지만 아주 폭력적이진 않아요."

웨스가 잽싸게 덧붙였다.

"맞습니다. 〈레지던트 이블〉이나 〈맨헌트〉 같은 게임과는 전혀 다르지요."

교수가 말했다.

"〈기어스 오브 워〉랑도 다르고요. 그 게임에선 전기톱으로 사람을 죽일 수도 있어요."

웨스가 말했다.

"뭐라고? 너도 그걸 해본 거야?"

댄스는 깜짝 놀랐다.

"아뇨! 빌리 소잭이 가지고 있어요. 걔한테 들은 거예요."

신뢰성이 의심되는 음성으로 웨스가 대답했다.

"넌 절대 해선 안 돼. 알았지?"

"알았어요. 하라고 해도 안 할 거예요."

웨스가 대답했다. 그리고 볼링을 흘끔 돌아보았다.

"전기톱이 너무 잔인하면 다른 무기를 쓰면 된다고요."

"그래도 하지 마. 볼링 씨가 언급한 다른 게임들도 안 돼."

어머니로서의 단호한 명령이었다.

"알았어요. 맙소사, 엄마."

"약속해?"

"네."

웨스는 볼링을 흘끔 돌아보았다. 웨스의 눈빛은 이렇게 말하고 있었다. 가끔 우리 엄마가 이러세요.

한동안 두 남자 사이에 댄스가 알아들을 수 없는 게임 관련 대화가 흘렀다. 하지만 그녀는 예상 외의 분위기에 행복했다. 볼링은 그녀의 연인이 아니었다. 하지만 댄스는 우려했던 갈등을 피했다는 사실에 감사했다. 특히 오늘 같은 밤에. 이미 충분히 신경 쓰이는 밤이었다. 볼링은 웨스를 얕보지도 않았고, 웨스에게 호감을 사려고 애쓰지도 않았다. 세대를 초월한 그들은 그렇게 오랫동안 즐거운 대화를 이어나갔다.

소외감을 느낀 매기가 불쑥 끼어들었다.

"볼링 아저씨, 아이들은 있으세요?"

"매기, 처음 뵌 분에겐 그런 걸 묻는 게 아니야."

댄스가 나무랐다.

"괜찮습니다. 아니, 아이는 없단다, 매기."

매기가 알았다고 고개를 끄덕였다. 댄스는 매기가 놀이 친구에 대한 기대 때문에 그런 질문을 던진 게 아니라는 걸 알고 있었다. 매기는 그저 볼링의 혼인 여부가 궁금했던 것이다. 매기는 사무실의 메리엘렌 크레스

바크보다도 어머니의 재혼을 갈망했다.

그때 주방에서 인기척이 들려왔다. 이디와 스튜어트가 도착했다. 부부는 댄스와 아이들이 있는 거실로 들어왔다.

"할머니!"

매기가 이디에게 달려갔다.

"안녕하세요."

이디의 얼굴에 환한 미소가 떠올랐다. 댄스에게는 거의 진심이 담긴 미소로 보였다. 밝아진 표정의 웨스도 할머니에게 달려갔다. 요즘 들어 어머니에게 포옹이 인색했던 웨스였지만 할머니에게는 작정하고 달려가 안겼다. 웨스는 병원에서의 일을 특히 마음에 두고 있었다.

"케이티, 미치광이 흉악범들을 쫓느라 바쁠 텐데 언제 이렇게 저녁을 준비했니?"

스튜어트가 말했다.

"그래도 누군가는 해야 할 일이잖아요."

댄스가 미소를 머금으며 대답했다. 그녀의 시선은 쓰레기통 뒤에 숨겨 놓은 세이프웨이 쇼핑백들로 돌아갔다.

행복에 찬 댄스가 어머니를 와락 끌어안았다.

"좀 어떠세요?"

"난 괜찮다, 애야."

애야…… 불길한 징조였다. 하지만 어머니가 식사 초대에 응해준 것만으로도 댄스는 만족했다.

이디는 이내 몸을 틀고 아이들에게 방금 보고 온 텔레비전 프로그램에 대해 신나게 들려주기 시작했다. 집의 파격적인 변신에 관한 프로그램이었다. 댄스의 어머니는 불편한 분위기를 확 바꾸어놓는 일에 남다른 재능이 있었다. 지금도 병원에서의 일은 일절 언급하지 않은 채 하찮은 수다만을 이어갈 뿐이었다.

댄스는 부모님께 존 볼링을 소개했다.

"전 그저 필요에 의해 고용된 인부일 뿐입니다. 캐트린은 제게 조언을 구하는 실수를 저질렀고, 그래서 아직까지 절 떼어버리지 못하고 있어요."

그들은 볼링에게 산타크루스 어디쯤 사는지, 그 지역에서 얼마나 오래 살았는지, 어느 학교에서 가르치는지 등을 물었다. 볼링은 스튜어트가 유명한 몬터레이 베이 수족관에서 파트타임으로 일한다는 사실을 무척 흥미로워했다. 교수는 자주 그곳을 찾았고, 얼마 전에도 조카들을 데리고 갔었다고 말했다.

"나도 강단에 선 적이 있었습니다. 상어 연구를 오래 해와서인지 상어 같은 사람들이 득실대는 학교에도 적응이 잘 되더군요."

스튜어트 댄스가 말했다.

그 말에 볼링이 큰 소리로 웃음을 터뜨렸다.

그들은 볼링이 가져온 코넌드럼 화이트와인부터 땄다.

잠시 후, 이상 기류를 감지한 볼링이 컴퓨터로 돌아갔다.

"숙제를 마치기 전엔 먹지도 말라더군요. 잠시 실례하겠습니다."

"테라스에 나가서 하셔도 돼요. 저도 곧 나갈게요."

댄스가 뒤뜰을 가리키며 말했다.

볼링이 컴퓨터를 챙겨 들고 나가자 이디가 입을 열었다.

"좋은 사람 같구나."

"큰 도움이 돼주고 계세요. 교수님 덕분에 소중한 생명도 살릴 수 있었고요."

댄스는 남은 와인을 냉장고에 넣었다. 냉장고 문이 닫힘과 동시에 북받쳐 오르는 감정이 그녀를 무너뜨리고 말았다. 댄스가 나지막이 어머니에게 말했다.

"법원에서 그렇게 떠나버려서 죄송했어요, 엄마. 경찰이 또 다른 도로변 십자가를 발견했거든요. 제가 급히 인터뷰해야 할 목격자가 있었어요."

"난 아무렇지도 않았어, 케이티. 당연히 시급하고 중요한 일이었겠지. 오늘 변을 당한 변호사 있지? 린든 스트릭랜드. 유명한 사람이었잖아."

그녀의 어머니는 빈정대지 않고 대답했다.

"네, 그랬죠."

그렇게 또 한번 화제가 급하게 바뀌었다.

"주 정부를 상대로 소송을 많이 제기했었는데. 소비자 운동가였잖아."

"엄마, 쉬디가 뭐라고 안 했어요?"

이디 댄스가 눈을 깜빡였다.

"오늘 밤엔 그런 얘긴 안 했으면 좋겠구나, 케이티."

"네. 원하시는 대로 해드릴게요."

댄스는 꾸지람 들은 아이가 된 기분이었다.

"마이클도 올 거니?"

"노력해보겠다고 했어요. 앤이 지금 샌프란시스코에 갔거든요. 그래서 애들을 봐야 할지 몰라요. 수사 중인 중요한 사건도 있고요."

"그래? 올 수 있으면 좋겠는데. 참, 앤은 요즘 어떻대?"

이디가 냉랭하게 물었다. 이디는 오늘 아내의 양육법에 문제가 많다고 믿었다. 이디에게 있어 세상의 모든 경범죄는 중죄나 다름없었다.

"잘 지내는 것 같아요. 저도 오랫동안 못 봤어요."

댄스도 과연 마이클이 와줄지 궁금했다.

"벳지랑 통화해보셨어요?"

댄스가 어머니에게 물었다.

"그래. 이번 주말에 온다더라."

"우리 집에서 머물면 되겠네요."

"뭐 네가 불편하지만 않다면야."

"제가 왜 불편하겠어요?"

"늘 바쁘잖아. 중대한 사건을 맡았으니까. 일이 우선이잖니. 자, 케이티, 이제 친구에게 가봐. 여긴 매기랑 내가 알아서 할게. 매기, 주방에서 할머니 좀 도와줄래?"

"네, 할머니!"

"그리고 스튜어트가 DVD를 가져왔다. 웨스가 좋아할 것 같아서. 스포츠 실수 장면을 모은 거야. 남자들은 저쪽에 가서 그거나 보고 있어요."

스튜어트가 평면 텔레비전 앞으로 다가가며 웨스를 불렀다.

댄스는 두 손을 허리에 얹은 채 손녀와 주방으로 들어가는 어머니를 말없이 지켜보다가 테라스로 나갔다.

볼링은 뒷문 근처의 삐걱대는 테이블에 앉아 있었다. 그가 황색 불빛을 받으며 주위를 돌아보았다.

"아주 멋진데요."

"그냥 테라스일 뿐인 걸요 뭐."

집에 있을 때 댄스는 주로 테라스에 나와 시간을 보냈다. 혼자 있을 때는 물론이고, 아이들이나 개들, 가족, 친구들과 함께일 때도 그랬다.

압력 약품으로 처리한 목재로 지은 회색 구조물은 가로 6미터에 세로는 9미터였고, 높이는 2.5미터 정도였다. 테라스는 불안정한 접이식 의자, 라운저*, 테이블들로 가득 찼다. 크리스마스 조명과 벽 램프, 황색의 구체 조명이 충분한 불빛을 뿌려주었다. 한쪽을 살짝 기울인 널빤지들 위로는 싱크대와 테이블과 커다란 냉장고가 놓여 있었다. 장식이라고는 깨진 화분에 심은 흐느적거리는 꽃들과 새 모이통, 오래전 체인점 정원 섹션에서 사온 금속과 세라믹 벽걸이 장식물들이 전부였다.

댄스가 없어도 그녀와 친한 CBI나 MCSO, 고속도로 순찰대 소속 동

* 길게 드러눕는 의자

료들은 편하게 들어와 낡은 냉장고에서 음료수를 꺼내 마시곤 했다. 아이들이 공부할 때나 가족이 자고 있을 때만큼은 테라스 출입이 통제됐다.

댄스는 뒤뜰의 테라스를 좋아했다. 아침식사를 하고, 저녁파티를 열기에 안성맞춤인 공간이었다. 그녀는 바로 이곳에서 결혼식을 올렸다.

남편의 추도식도 이 회색의 뒤틀린 나무 테라스에서 열렸고.

댄스는 볼링 옆에 놓인 2인용 고리버들 안락의자에 앉았다. 그는 몸을 웅크린 채 커다란 노트북을 들여다보고 있었다. 볼링이 그녀를 돌아보며 말했다.

"저희 집에도 테라스가 있습니다. 하지만 이곳 테라스가 메이저리그라면 저희 집 것은 마이너리그예요."

그녀는 웃음을 터뜨렸다.

볼링이 턱으로 컴퓨터를 가리켰다.

"이 지역과 트래비스의 친구들에 대한 내용은 많지 않습니다. 평범한 십대 아이들의 컴퓨터와는 다르더군요. 주로 가상세계에 빠져 지내는 친구라 쓸 만한 정보가 없습니다. 각종 웹사이트와 블로그, 전자 게시판을 드나든 흔적뿐입니다. 물론 모르펙도 여럿 깔려 있고요."

댄스는 몹시 낙담했다. 트래비스의 컴퓨터를 해킹하려고 그토록 고생했건만 막상 파헤쳐보니 건질 게 없었다.

"트래비스가 가상세계에서 보낸 시간의 대부분은 〈디멘션 퀘스트〉를 하는 데 쓰였습니다."

볼링은 턱으로 모니터를 가리켰다.

"조사를 좀 해봤어요. 세계 최대의 온라인 롤플레잉 게임이더군요. 가입자만 1,200만 명에 달한답니다."

"뉴욕 인구보다 많군요."

볼링에 의하면, 가상의 삶을 살 수 있는 〈디멘션 퀘스트〉는 〈반지의 제왕〉과 〈스타워즈〉, 세컨드 라이프를 합쳐놓은 게임이라 할 수 있었다.

"트래비스는 하루에 짧게는 네 시간, 길게는 열 시간씩 〈DQ〉에 빠져 지낸 것으로 확인됐습니다."

"하루에요?"

"오, 모르펙 플레이어들에겐 그 정도가 보통입니다."

볼링이 킥킥 웃었다.

"이보다 심한 경우도 얼마든지 있습니다. 〈디멘션 퀘스트〉 중독자들을 치료하기 위한 열두 단계짜리 프로그램도 있는 걸요."

"정말이에요?"

"그럼요."

볼링은 몸을 앞으로 기울였다.

"컴퓨터를 샅샅이 뒤져봤지만 트래비스의 행방이나 친구들에 대한 정보는 하나도 뽑아내지 못했습니다. 하지만 도움이 될 만한 뭔가를 건지긴 했습니다."

"그게 뭔데요?"

"그 친구."

"누구 말씀이시죠?"

"트래비스."

23

댄스는 눈을 깜빡이며, 농담이었다는 실토를 기다렸다.

하지만 존 볼링은 진지했다.

"그 애를 찾으셨어요? 어디서요?"

"애테리아에서요. 〈디멘션 퀘스트〉 속 가상의 공간입니다."

"트래비스가 온라인에 접속해 있나요?"

"지금은 아닙니다. 하지만 최근에 접속한 흔적이 남아 있습니다."

"그 정보로 트래비스의 현실 속 은신처를 알아낼 순 없나요?"

"그건 불가능하죠. 추적할 방법이 없습니다. 영국에 있는 게임업체에 연락해서 그곳 간부들과 통화를 해봤어요. 〈디멘션 퀘스트〉의 서버는 인도에 있고, 항상 100만 명 이상이 온라인에 접속해 있다고 하더군요."

"자기 컴퓨터가 우리에게 있으니 그 앤 친구 컴퓨터를 빌려 게임을 하겠군요."

댄스는 말했다.

"아니면 공공 터미널에서 접속했거나 훔친 컴퓨터를 사용했을 수도 있습니다. 요즘은 어디서든 와이파이로 접속이 가능하니까요."

"하지만 트래비스가 접속해 있는 동안은 이동하고 있지 않다는 뜻이잖아요. 그 틈을 노려 잡아야 할 것 같은데요."

"이론적으로는 맞는 말씀입니다."

"대체 왜 아직까지 그걸 하고 있을까요? 우리가 모니터링 중이라는 걸 알면서도 말이에요."

"게임에 중독됐으니까요."

댄스는 턱으로 컴퓨터를 가리켰다.

"트래비스가 확실해요?"

"네. 게임 속 폴더를 열고 트래비스가 사용해온 아바타 리스트를 살펴 봤습니다. 그리고 제자들에게 그 아이디들로 검색해보라고 했어요. 트 래비스는 오늘 분명히 접속했습니다. 캐릭터 이름은 스트라이커stryker입 니다. i 대신 y를 썼죠. 트래비스는 썬더라는 카테고리에 속해 있습니 다. 전사죠. 킬러. 제자들 중 여학생이 한 명 있는데, 몇 년간 〈디멘션 퀘 스트〉에 빠져 살았답니다. 그 여학생이 한 시간쯤 전에 트래비스를 찾아 냈습니다. 전원지대를 배회하며 사람들을 죽이고 있었답니다. 제자가 그러는데, 트래비스가 어느 집 일가족을 몰살하는 걸 봤다더군요. 남자, 여자, 아이들 할 것 없이 전부 다. 그런 다음엔 시체 캠핑까지 했대요."

"그게 뭐죠?"

"게임에서 상대를 죽이면 그 캐릭터는 힘과 포인트를 잃게 됩니다. 하 지만 그들은 완전히 죽은 게 아닙니다. 몇 분 지나면 다시 아바타가 살아 나죠. 하지만 잃어버린 힘을 되찾을 때까진 기운이 빠져 있습니다. 시체 캠핑은 피해자를 죽이고 나서 되살아날 때까지 주변에서 기다리는 걸 의 미합니다. 피해자가 되살아나면 가서 또다시 죽이는 거죠. 아직 방어력 이 없으니까요. 아주 비겁한 작전이고, 대부분의 플레이어들은 쓰지 않 습니다. 전장에서 부상 입은 적군을 죽이는 것과 다르지 않거든요. 하지 만 트래비스는 그 작전을 즐겨 쓰는 모양입니다."

댄스는 〈디멘션 퀘스트〉 홈페이지를 빤히 들여다보았다. 안개 낀 협 곡, 우뚝 솟은 산들, 판타지영화에서 튀어나온 듯한 도시들, 요동치는 바 다, 신화 속 괴물과 전사와 영웅과 마법사들. 물론 악당들도 있었다. 뾧

족한 얼굴과 꿰매진 입을 가진 악마 케찰이 화면 속에서 매서운 눈빛으로 댄스를 노려보았다.

이 악몽 같은 이미지가 현실에, 그것도 댄스의 관할지역에 등장하다니.

볼링이 허리에 걸친 휴대폰을 톡톡 두드렸다.

"어브가 게임을 모니터링하고 있습니다. 봇*을 이용해서 스트라이커가 언제 접속하는지 확인할 겁니다. 트래비스가 접속하는 즉시 휴대폰이나 메신저로 연락하기로 했습니다."

댄스는 주방을 흘끔 돌아보았다. 그녀의 어머니가 창밖을 내다보고 있었다. 이디는 주먹을 꼭 쥐고 있었다.

"온라인에 접속한 트래비스를 지켜보면 정보를 뽑아낼 수 있을 겁니다. 어디 있는지, 누굴 아는지."

볼링이 말했다.

"어떻게요?"

"트래비스의 인스턴트 메시지를 엿보면 됩니다. 〈DQ〉에선 플레이어들끼리 그렇게 소통하거든요. 하지만 트래비스가 다시 로그온할 때까진 우리가 할 수 있는 일이 없습니다."

볼링이 몸을 등받이에 붙였다. 그들은 말없이 와인을 홀짝였다.

그때 웨스가 문간에 나와 그녀를 불렀다.

"엄마!"

댄스는 흠칫 놀라며 아들을 돌아보았다.

"우리 언제 먹어요?"

"마틴과 스티븐이 도착하면 시작할 거야."

아이는 텔레비전으로 돌아갔다. 댄스와 볼링도 와인과 컴퓨터를 챙겨 들고 안으로 들어갔다. 교수가 컴퓨터를 가방에 넣고 주방에 놓인 프레

---

* 특정 작업을 반복 수행하는 프로그램

첼* 사발을 집어들었다.

볼링은 사발을 들고 거실로 들어가 웨스와 스튜어트에게 내밀었다.

"남자들의 비상식량입니다. 일단 이걸로 버텨보죠."

"야호!"

웨스가 프레첼을 한 움큼 집어들며 소리쳤다.

"할아버지, 방금 그 장면 다시 돌려주세요. 볼링 아저씨는 못 보셨잖아요."

댄스는 어머니와 딸을 도와 뷔페식으로 상을 차렸다.

그녀와 이디는 날씨와 개들과 아이들과 스튜어트에 대해 대화를 나누었다. 모녀는 수족관과 주민투표를 비롯한 대여섯 개의 하찮은 화제에 대해서도 의견을 교환했다. 두 사람 모두 이디 댄스의 체포에 대한 언급은 일절 하지 않았다.

댄스는 거실에 나란히 앉아 화면 속 스포츠 쇼에 집중한 웨스, 존 볼링, 아버지를 지켜보았다. 그들은 리시버와 충돌한 게토레이 탱크에서 쏟아지는, 음료수 세례를 받는 카메라맨을 볼 때마다 큰 소리로 웃음을 터뜨렸다. 세 남자는 저녁식사를 포기했는지 쉴 새 없이 프레첼을 우적거렸다. 모처럼의 편하고 아늑한 분위기에 댄스는 연신 미소를 흘렸다.

그녀는 휴대폰을 내려다보며 마이클 오닐에게 연락이 없다는 사실에 낙담했다.

댄스가 테라스에 나가 식사 준비를 하고 있을 때 다른 손님들이 도착했다. 마틴 크리스텐슨과 그녀의 남편 스티븐 카힐, 그리고 그들의 아홉 살배기 쌍둥이 아들들이 계단을 올라왔다. 웨스와 매기가 달려나와 쌍둥이와 레이라는 털이 긴 황갈색 강아지를 데리고 들어왔다.

* 매듭. 막대 모양의 짭짤한 비스킷

부부는 이디 댄스와 반갑게 인사를 나누었다. 하지만 도로변 십자가나 이디 관련 사건에 대해서는 언급하지 않았다.

"안녕, 친구."

긴 머리의 마틴이 윙크를 하며 위험해 보이는 초콜릿 케이크를 댄스에게 건넸다.

남편을 잃고 깊은 실의에 빠져 지내던 댄스에게 손을 내밀어준 사람이 바로 마틴이었다. 그 후로 두 사람은 단짝으로 지내왔다.

어떻게 보면 댄스 또한 가상세계에서 현실로 되돌아온 경험을 해본 셈이었다.

긴 머리를 포니테일로 묶은 스티븐은 댄스와 포옹을 나눈 다음 버켄스탁 슬리퍼를 질질 끌며 남자들이 모인 거실로 향했다.

어른들은 와인을 마셨고, 아이들은 뒤뜰에서 즉흥적으로 도그 쇼를 열었다. 레이는 팻지와 딜런을 중심으로 뒤뜰을 빙빙 돌며 벤치를 뛰어넘는 등 그동안 갈고닦은 여러 기술을 선보였다. 마틴은 레이가 애견 조련 클래스에서도 스타로 통한다고 귀띔해주었다.

매기가 다가와 팻지와 딜런도 클래스에 데려가고 싶다고 말했다.

"그래, 생각 좀 해보고."

댄스는 말했다.

잠시 후, 초에 불이 켜졌고 테이블에 둘러앉은 모두에게 스웨터가 한 장씩 주어졌다. 그렇게 몬터레이의 가을 저녁파티가 시작됐다. 대화는 와인이 줄어가는 속도만큼이나 빠르게 오고 갔다. 웨스는 쌍둥이에게 무언가를 속닥거렸고, 두 아이는 연신 키득거렸다. 이야기가 재미있기 때문이 아니라 형이 자신들과 시간을 보내주는 게 마냥 좋아서였다.

마틴이 나지막이 던진 한마디에 이디가 웃음을 터뜨렸다.

캐트린 댄스는 이틀 만에 처음으로 마음이 가벼워지는 걸 느꼈다.

트래비스 브리검, 해밀턴 로이스, 제임스 칠턴…… 그리고 다크 나이트 로버트 하퍼. 그런 생각들이 복잡한 머릿속에서 서서히 걷혀가기 시작했다.

존 볼링은 예상 외로 무척 사교적인 사람이었다. 그는 처음 보는 사람들과 어색함 없이 어울렸다. 컴퓨터 프로그래머인 스티븐과는 특히 대화가 잘 통했고, 웨스도 틈날 때마다 그들 대화에 끼어들었다.

모두가 이디의 문제를 언급하지 않으려 각별히 신경 썼다. 덕분에 시사와 정치 이야기만 넘쳐났다. 칠턴이 블로그에 적어 올린 문제들도 화제로 떠올랐다. 담수화시설과 샐리나스로 통하는 새 고속도로.

스티븐, 마틴, 이디는 담수화시설을 단호히 반대했다.

"우리 모두 여기서 오래 살았잖아요."

댄스가 말했다. 그녀의 시선이 부모님 쪽으로 살짝 돌아갔다.

"가뭄이 지긋지긋하지 않으세요?"

마틴은 담수화시설에서 생산된 물이 큰 도움을 주지 못할 거라고 말했다.

"보나마나 나중에 애리조나나 네바다의 부자 도시들에 팔릴 거예요. 누군가는 수십억 달러를 손에 쥐겠지만 우리에겐 한 푼도 돌아오지 않을 거라고요."

다음으로 논쟁의 도마에 오른 것은 고속도로였다. 이 문제에 대해서도 손님들은 양쪽으로 갈라졌다. 댄스는 말했다.

"CBI와 보안관 사무실엔 좋은 소식이에요. 샐리나스 북부를 오갈 일이 많으니까요. 하지만 초과비용 문제는 어떻게든 해결해야겠죠."

"초과비용이라니?"

스튜어트가 물었다.

댄스는 모두가 초과비용 문제에 대해 모르고 있다는 사실에 놀랐다. 그녀는 〈칠턴 리포트〉를 통해 알게 된 주 정부의 부정행위 가능성을 알려주었다.

"난 처음 듣는데. 그동안 도로변 십자가 기사들만 들고파느라 그쪽으로론 전혀 신경을 쓰지 못했어. 오늘부터 본격적으로 살펴봐야겠는데. 그 블로그도 한번 훑어보고."

마틴이 말했다. 그녀는 댄스의 친구들 중 가장 정치적이었다.

식사를 마친 다음 댄스는 매기에게 키보드를 가져오게 했다.

손님들은 거실로 들어가 와인을 마셨다. 볼링은 깊은 안락의자에 파묻혀 있었고, 브리아르* 레이가 그의 곁을 맴돌았다. 덩치가 있는 레이를 작은 애완용 강아지 취급하는 교수의 모습에 마틴이 웃음을 터뜨렸다.

매기가 진지한 표정으로 키보드의 전원을 켰다. 그러고는 스즈키 3번 교본에 실린 네 곡을 차례로 연주했다. 모차르트와 베토벤과 클레멘티의 곡들을 쉽게 편곡한 것이었다. 매기는 단 한 번의 실수도 없이 연주를 마쳤다.

모두가 갈채를 보냈다. 그들은 케이크와 커피와 와인을 곁들여 파티를 계속했다.

9시 30분이 되자 스티븐과 마틴이 아이들을 재울 시간이라며 먼저 일어났다. 매기는 이미 딜런과 팻지를 레이의 클래스에 등록할 계획을 세워놓은 상태였다.

이디가 어색한 미소를 머금었다.

"우리도 이만 가봐야겠어. 좀 피곤하구나."

"엄마, 조금만 더 있다 가세요. 와인 한잔 더 하시고요."

"아니다. 피곤해서 좀 쉬어야겠어, 케이티. 우리 가요, 스튜어트. 집에 가고 싶어요."

댄스는 어머니와 어색하게 포옹을 나누었다. 아까의 위안이 빠르게 사그라졌다.

* 프랑스산 양치기 개

"나중에 전화 주세요."

낙담한 댄스는 부모님의 차가 시야에서 사라질 때까지 시선을 거두지 못했다. 집으로 들어온 그녀는 아이들을 불러 볼링에게 작별인사를 시켰다. 교수는 미소를 지으며 아이들과 차례로 악수했다. 댄스는 아이들을 방으로 보냈다.

몇 분 후, 웨스가 DVD 하나를 들고 나타났다. 컴퓨터가 중요 캐릭터로 등장하는 일본의 공상과학 만화영화, 〈공각 기동대〉였다.

"여기요, 볼링 아저씨. 정말 재밌는 거예요. 원하시면 빌려드릴게요."

댄스는 낯선 남자와 스스럼없이 소통하는 아들의 모습에 적잖이 놀랐다. 어쩌면 웨스는 볼링이 정말로 어머니의 연인이 아닌, 업무 파트너일 뿐이라는 사실을 깨달았는지도 몰랐다. 그동안 어머니의 직장 동료들에게조차 항상 방어적인 태도를 취해왔던 아이였는데.

"고맙구나, 웨스. 아저씨도 예전에 일본 만화영화에 대해 글을 쓴 적 있어. 하지만 이건 아직 못 본 거야."

"정말이세요?"

"그렇다니까. 잘 보고 돌려줄게."

"네. 안녕히 가세요."

웨스가 그들을 남겨둔 채 안으로 쏙 들어갔다.

잠시 후, 이번에는 매기가 선물을 들고 나타났다.

"제 연주회를 녹음한 거예요."

매기가 CD가 든 케이스를 볼링에게 건넸다.

"저녁 먹으면서 했던 얘기 말이지? 모차르트를 연주하는데, 스톤 씨가 트림을 했다던 그 연주회?"

볼링이 물었다.

"맞아요!"

"내가 빌려가도 되겠어?"

"가지셔도 돼요. 수백만 개도 넘게 있으니까요. 엄마가 만들어주셨어요."

"고맙다, 매기. 아이팟에 넣어 듣고 다닐게."

그 말에 매기가 얼굴을 살짝 붉혔다. 이 또한 흔히 볼 수 있는 현상이 아니었다. 매기는 안으로 뛰어 들어갔다.

"그러지 않으셔도 돼요."

댄스는 속삭였다.

"오, 아닙니다. 그러고 싶어요. 아주 귀여운 아이네요."

볼링은 CD를 컴퓨터 가방에 집어넣고, 웨스가 빌려준 만화영화를 흘끔 들여다보았다.

댄스는 목소리를 낮추었다.

"몇 번이나 보셨어요?"

볼링이 킥킥 웃었다.

"〈공각 기동대〉 말씀이죠? 스무 번인가 서른 번인가…… 속편들까지 다 봤어요. 세상에. 선의의 거짓말도 짚어내시는군요."

"아무튼 감사합니다. 덕분에 웨스가 신이 났어요."

"네, 정말 좋아하더군요."

"아직 아이가 없으시다니 놀랐어요. 아이들을 아주 좋아하시는 것 같은데."

"뭐 노력은 해봤는데 잘 안 됐습니다. 아이를 원하면 같이 만들 수 있는 여자가 필요하잖아요. 전 여자들이 특히 조심해야 할 남자입니다. 여자들이 그런 얘길 하지 않나요?"

"조심해야 한다니요? 어째서요?"

"결혼도 안 하고 마흔을 넘긴 남자랑 사귀지 마라."

"요즘엔 그런 거 없잖아요."

"그냥 지금껏 결혼하고 싶은 상대를 만나지 못했을 뿐입니다."

댄스는 실룩이는 그의 눈썹과 가볍게 흔들리는 목소리에 주목했다. 하지만 진지한 관찰이 필요한 순간은 아니었다.

볼링이 입을 열었다.

"요원님은……?"

그의 시선이 댄스의 왼손으로 떨어졌다. 댄스는 손가락에 회색 진주 반지를 끼고 있었다.

"전 과부예요."

"오, 이런. 죄송합니다."

"교통사고였어요."

댄스가 말했다. 익숙한 비애가 스멀스멀 다가오기 시작했다.

"저런."

캐트린 댄스는 남편과 사고에 대해 더 이상 설명을 이어가지 않았다.

"그러니까 독신남이신 거죠?"

"네. 거의 한 세기 가깝게 쓰이지 않은 단어죠."

댄스는 주방으로 들어가 와인을 가지고 나왔다. 본능적으로 골라 든 건 마이클 오닐이 좋아하는 레드와인이었다. 순간 댄스는 볼링이 화이트와인을 좋아한다는 사실을 기억해냈다. 그녀는 두 개의 글라스를 반씩 채웠다.

그들은 페닌슐라에서의 삶, 그리고 볼링이 즐긴다는 산악자전거와 하이킹에 대해 대화를 나누었다. 볼링은 교수라는 직업에 별로 집착하지 않는다고 했다. 게다가 요즘도 틈만 나면 낡은 소형 오픈트럭을 몰고 산이나 주립공원으로 향한다고 덧붙였다.

"이번 주말에도 자전거나 탈까 합니다. 복잡해진 머리를 식히는 데 자전거만 한 게 없죠."

볼링은 예전에 언급했던 가족 모임에 대해서도 들려주었다.

"나파에서 모인다고 하셨죠?"

"네."

볼링의 미간에 살짝 주름이 잡혔다. 묘하게도 귀엽고 매력적인 표정이었다.

"저희 가족은…… 음, 뭐랄까……."

"그냥 가족이죠."

"바로 그겁니다."

그가 웃음을 터뜨렸다.

"두 분 모두 건강하시고, 형제끼리 사이도 좋은 편입니다. 물론 전 제형제들보다 조카들을 훨씬 더 좋아하지만요. 삼촌과 숙모들도 여럿 오실겁니다. 굉장할 거예요. 와인과 음식도 넘쳐날 테고. 며칠씩 이어지는 행사는 아니에요. 다행히도. 길어봤자 이틀 보고 헤어지는 거죠. 아무튼 주말은 그렇게 보내게 될 것 같습니다."

그들 사이에 다시 침묵이 찾아들었다. 하지만 어색한 침묵은 아니었다. 댄스는 침묵을 깨려 허둥대지 않았다.

평화로운 순간은 볼링의 휴대폰 벨소리에 깨져버렸다. 그가 발신자를 확인했다. 순간 볼링의 몸이 움찔했다.

"트래비스가 접속했답니다. 가서 봅시다."

24

볼링이 키보드를 두드리자, 〈디멘션 퀘스트〉 홈페이지가 떠올랐다. 화면이 바뀌고 환영 메시지가 나타났다. 그 아래에는 ESRB*라는 기관이 매긴 등급이 나왔다.

13세 이상

피

선정적 테마

술

폭력

존 볼링이 다시 키보드를 두드리니, 애테리아가 등장했다.

기이한 경험이었다. 이상야릇한 괴물과 인간의 형상을 한 아바타들이 나무로 우거진 숲 속 곳곳을 어슬렁거렸다. 캐릭터들의 머리 위 풍선에는 그들의 이름이 적혀 있었다. 그들 대부분은 싸움을 벌이고 있었고, 정처 없이 배회하거나 어디론가 달려나갔고, 말이나 다른 생명체들을 타고 다니는 캐릭터들도 보였다. 어떤 캐릭터들은 하늘을 날아다녔다. 댄스는

---

* Entertainment Software Rating Board, 게임 등급위원회

모두가 민첩하게 움직이고 있다는 사실과 캐릭터들의 표정이 실사와 굉장히 닮았다는 사실에 놀랐다. 그래픽은 실로 놀라운 수준이었다. 영화라 해도 믿을 만큼이었다.

전투와 잔인하고 과도한 유혈사태는 현실과 구분이 안 될 정도로 참혹했다.

몸을 앞으로 기울인 채 앉아 있는 댄스의 한쪽 무릎이 무의식적으로 덜덜거렸다. 전형적인 스트레스 반응이었다. 한 전사가 그들의 눈앞에서 적의 목을 베어버렸다. 순간 댄스의 숨이 턱 막혔다.

"게이머들이 저 캐릭터들을 조종하고 있는 거죠?"

"몇몇은 NPC입니다. '플레이어 외의 캐릭터nonplayer character'를 의미하죠. 게임회사가 만들어낸 캐릭터들입니다. 대부분의 캐릭터들은 게이머들이 직접 조종하는 아바타들이고요. 케이프타운, 멕시코, 뉴욕, 러시아. 세계 전역에 게이머들이 분포되어 있습니다. 성별을 보면 남성이 압도적으로 많지만 여성 게이머의 수도 적진 않습니다. 게이머들의 평균 연령은 요원님이 예상하시는 것보다 높습니다. 십대에서 이십대 후반 사이가 대부분이지만 나이 많은 게이머도 의외로 많습니다. 청소년일 수도 있고, 중년일 수도 있고, 흑인이나 백인일 수도, 장애를 가졌거나 운동선수이거나 변호사이거나 식당에서 설거지하는 사람일 수도 있습니다. 가상 세계에서는 누구든 될 수 있죠."

화면 속 또 다른 전사가 손쉽게 적을 해치웠다. 간헐천처럼 피가 사방으로 튀었다. 볼링의 입에서 신음이 터져 나왔다.

"모두가 동등한 입장에서 싸우는 게 아닙니다. 누가 얼마나 연습했는지, 누가 어느 정도의 힘을 가졌는지에 따라 승패가 갈리게 되죠. 그 힘은 숱한 싸움과 살인을 거치면서 조금씩 모아가는 겁니다. 말 그대로 악순환이죠."

댄스는 눈에 잘 띄는 곳에 서 있는 한 여성 아바타의 뒷모습을 손가락으로 톡톡 두드렸다.

"이게 교수님이신가요?"

"제자의 아바타입니다. 그녀의 계정으로 로그인했거든요."

그녀 위에 적힌 이름은 '그린리프'였다.

"저기 있습니다!"

볼링이 몸을 앞으로 기울이며 말했다. 그의 어깨가 댄스와 살짝 스쳤다. 볼링이 트래비스의 아바타, 스트라이커를 가리켰다. 스트라이커와 그린리프의 거리는 30미터쯤이었다.

스트라이커는 거칠어 보이는 근육질의 남성 캐릭터였다. 다른 아바타들은 턱수염을 길렀거나 불그레하고 거친 얼굴을 가졌지만, 트래비스의 아바타는 잡티 하나 없는 아기 피부였다. 댄스는 트래비스가 여드름으로 스트레스를 받고 있다는 사실을 떠올렸다.

가상세계에서는 누구든 될 수 있죠…….

'썬더러'인 스트라이커는 한눈에 봐도 이곳의 지배적인 전사였다. 그를 발견한 캐릭터들은 진행 방향을 바꿔 달아나기 바빴다. 몇몇 캐릭터는 용기를 내어 그에게 달려들었다. 두 명이 한꺼번에 달려드는 경우도 있었다. 하지만 스트라이커는 손쉽게 적들을 처치했다. 트롤을 연상시키는 거구의 아바타도 그의 광선 공격을 받고 맥없이 쓰러졌다. 트래비스의 아바타는 쓰러진 적에게 다가가 적의 가슴에 반복적으로 칼을 쑤셔댔다.

댄스의 숨이 다시 턱 막혔다.

스트라이커가 웅크리고 앉아 시체 안으로 손을 쑤셔 넣었다.

"뭘 하려는 건가요?"

"시체를 약탈하는 겁니다."

볼링이 댄스의 주름진 미간을 쳐다보았다.

"다들 저럽니다. 또 그럴 수밖에 없고요. 시체에 뭔가 쓸 만한 게 숨겨져 있을지도 모르니까요. 상대를 처치하면 그럴 권리를 누릴 수 있는 겁니다."

가상세계에 이토록 빠져 지냈으니 현실에서도 그럴 수밖에. 댄스는 생각했다.

그녀는 궁금했다. 트래비스는 대체 현실 속 어디에 숨어 있는 걸까? 선글라스에 후드를 뒤집어쓰고 와이파이가 갖춰진 스타벅스에서 게임을 할까? 여기서 10킬로미터 떨어진 곳에서? 아니면 1킬로미터?

감시 팀이 철통같이 지키고 있는 게임 쉐드가 아닌 것만은 분명했다.

트래비스의 아바타는 계속 싸움을 벌였고, 매번 손쉽게 승리를 따냈다. 그는 여자, 남자, 짐승 할 것 없이 닥치는 대로 학살했다. 댄스는 본능적으로 아바타의 동작을 분석하기 시작했다.

물론 그녀는 컴퓨터 소프트웨어가 스트라이커의 움직임과 자세를 통제한다는 사실을 알고 있었다. 그럼에도 댄스는 소년의 아바타의 움직임이 물 흐르듯 점점 우아해진다는 사실에 주목했다. 싸움을 할 때도 스트라이커는 다른 캐릭터들과 달리 흥분하지 않았다. 서두르지 않고 상대의 빈틈을 노려 날카롭게 파고들었다. 그가 주먹이나 칼을 몇 번 휘두르면 상대는 예외 없이 뻗어버렸다. 스트라이커는 한순간도 경계를 늦추지 않고 주위를 꼼꼼히 살폈다.

그것은 소년의 인생전략을 알려주는 단서였다. 습격을 꼼꼼히 계획하고, 표적에 대한 모든 것을 파악해놓은 다음 신속하게 처치하는 것.

컴퓨터 아바타의 몸짓 언어까지 분석해야 하다니. 정말 알 수 없는 사건이야. 댄스는 생각했다.

"그와 대화하고 싶어요."

"트래비스와요? 아니, 스트라이커와요?"

"네. 이젠 그래도 되지 않겠어요?"

볼링은 망설였다.

"조종 명령어는 잘 모르지만 한번 해보죠."

"네, 시작하죠."

볼링이 키패드로 그린리프를 조종해, 방금 죽인 괴물의 시체 위로 몸을 웅크리고 있는 스트라이커에게 다가가게 했다.

공격이 가능한 거리에 접어들자 스트라이커가 댄스의 아바타를 홱 돌아보았다. 그는 한 손에 검을, 또 다른 손에는 정교한 디자인의 방패를 쥐고 있었다. 스트라이커의 눈이 번뜩였다.

그의 눈은 악마 케찰의 눈만큼이나 날카로웠다.

"메시지는 어떻게 보내나요?"

볼링이 스크린 아랫부분의 어느 버튼을 클릭하자 상자가 열렸다.

"인스턴트 메시지와 같습니다. 메시지를 입력하시고 '리턴'을 클릭하시면 됩니다. 기왕이면 약어와 릿스피크를 많이 섞어 쓰시는 게 좋습니다. 가장 쉬운 방법은 e자리에 숫자 3을 넣고, a자리에 숫자 4를 넣는 겁니다."

댄스는 심호흡을 한 번 했다. 킬러의 흥분된 얼굴을 응시하는 그녀의 손이 가볍게 떨렸다.

"스트라이커, 아주 잘하는데."

그린리프의 머리 위 풍선에 메시지가 떠올랐다.

"누구지?"

스트라이커가 검을 내민 채 주춤 물러났다.

"그냥 너 같은 얼간이 게이머일 뿐이야."

"잘하고 계세요. 하지만 문법과 구두법을 명심해요. 대문자도 안 되고, 마침표도 안 돼요. 물음표는 괜찮습니다."

볼링이 말했다.

댄스는 계속 메시지를 작성했다.

"싸우는 걸 봤어. 잘하던데."

댄스의 호흡이 조금씩 가빠졌다. 그녀 안에서는 긴장감이 팽창하고 있었다.

"좋습니다."

볼링이 속삭였다.

"*어디 소속이지?*"

"이게 무슨 뜻이죠?"

댄스가 당혹스러워하며 물었다.

"요원님이 속해 계신 나라나 길드를 묻는 것 같습니다. 모르긴 해도 백 개 이상 있을 겁니다. 전 이 게임을 안 해봐서 잘 모릅니다. 그냥 뉴비라고 하세요."

볼링이 철자를 알려주었다.

"초보 게이머를 뜻하는 단어입니다."

"*그냥 뉴비야. 재미 삼아서 하고 있어. 너 같은 고수에게 한 수 배울 수 있으면 영광이겠는데.*"

잠시 침묵이 흘렀다.

"*그냥 n00b라고?*"

"저건 무슨 뜻이죠?"

"뉴비는 그냥 초보자를 뜻합니다. n00b는 자기중심적이고, 무능한 얼간이를 뜻하고요. 한마디로 모욕이죠. 트래비스도 온라인상에서 n00b라고 숱하게 불려봤을 겁니다. 그냥 아니라고 대답하세요. 한 수 배우고 싶을 뿐이라고."

"*하하. 아니. 그냥 한 수 배우려는 것뿐이야.*"

"*섹시해?*"

"지금 제게 추파를 던지는 건가요?"

댄스는 볼링에게 물었다.

"모르겠어요. 이런 상황에서 던지기엔 부자연스러운 질문인데요."

"뭐 사람들은 그렇다고 하는데."

"좀 이상한데."

"젠장. 대답이 늦은 걸 수상하게 생각하고 있는 모양입니다. 빨리 화제를 바꿔야겠어요."

"정말 한 수 배우고 싶다니까. 내게 뭘 가르쳐줄 수 있지?"

머뭇거림.

"한 가지."

"그게 뭔데?"

댄스는 신속히 대꾸했다.

다시 머뭇거림.

잠시 후, 트래비스 아바타의 머리 위 풍선에 대답이 떠올랐다.

"죽는 것."

댄스는 본능적으로 방향키를 누르거나 터치패드를 문질러 아바타의 손을 올리려고 했지만 그럴 여유조차 주어지지 않았다.

트래비스는 눈 깜짝할 사이에 치고 들어왔다. 그가 들고 있는 검을 그녀에게 반복해서 휘둘렀다. 화면의 왼쪽 상단에 작은 상자가 열리고 새하얀 형체 둘이 나란히 떠올랐다. 왼쪽은 '스트라이커', 오른쪽은 '그린 리프'였다.

"안 돼!"

댄스는 속삭였다. 트래비스의 공격은 멈출 줄 몰랐다.

그린리프의 하얀 속이 빠르게 비워졌다. 볼링이 말했다.

"요원님의 생명력이 빠져나가고 있는 겁니다. 반격하세요. 손에 검을 쥐고 있잖아요. 저기!"

볼링이 화면을 톡톡 두드렸다.

"커서를 여기 놓고 마우스를 클릭하세요."

댄스는 당혹감을 감추지 못하고 다급히 클릭을 시작했다.

스트라이커는 어렵지 않게 댄스 아바타의 무차별 공격을 막아냈다.

그린리프의 파워 게이지가 빠르게 줄어갔다. 마침내 그녀의 아바타가 무릎을 꿇었다. 그리고 그녀의 손에서 검이 떨어졌다. 바닥에 뻗어버린 그린리프의 사지에서 피가 뿜어져 나왔다. 소생 가능성은 없었다.

댄스는 마치 그것이 현실 속에서 벌어지는 일이라도 되는 듯 어쩔 줄 몰라 했다.

"파워가 얼마 남지 않았습니다. 이제 요원님이 하실 수 있는 건 없어요."

볼링이 말했다. 파워 게이지는 거의 바닥난 상태였다.

스트라이커의 공격이 멎었다. 스트라이커가 가까이 다가와 컴퓨터 모니터를 들여다보았다.

"*당신 누구야?*"

인스턴트 메시지가 떠올랐다.

"*그린리프. 네가 날 죽인 거야?*"

"*누구냐고!*"

"대문자로 썼군요. 고함을 치고 있는 겁니다. 화가 난 거예요."

볼링이 말했다.

"*제발?*"

댄스의 손은 심하게 떨렸고, 가슴은 답답해졌다. 이 모든 게 가상세계가 아닌 현실에서 벌어지고 있는 일들 같았다. 댄스는 가상세계에 완전히 몰입한 상태였다.

트래비스는 스트라이커를 조종해 그린리프의 복부에 검을 찔러넣었다. 다시 피가 뿜어져 나왔고, 화면 좌측 상단의 게이지에는 '*당신은 사망했습니다*'라는 메시지가 떠올랐다.

"오."

댄스는 신음했다. 땀에 전 그녀의 손은 덜덜 떨렸고, 호흡이 가빠졌으며, 입술은 바짝 말랐다. 트래비스의 아바타가 화면을 매섭게 노려보았다. 그러고는 휙 돌아서서 숲을 향해 달리기 시작했다. 그는 한 치의 머뭇거림도 없이 검을 휘둘러 등을 보이고 있는 괴물 캐릭터의 머리를 베어버렸다.

그리고 숲 속으로 사라졌다.

"트래비스는 시체를 훼손하지 않았습니다. 그냥 도망쳐버렸어요. 최대한 빨리 여길 뜨려는 겁니다. 눈치챈 것 같아요."

볼링이 댄스 옆으로 다가왔다. 이번에는 그들의 다리가 살짝 스쳤다.

"확인 좀 해봐야겠습니다."

볼링이 키보드를 두드리기 시작했다. 이내 또 다른 상자가 나타났다.

'스트라이커는 로그아웃했습니다.'

냉기가 댄스의 척추를 타고 온몸으로 퍼져 나갔다.

등받이에 몸을 붙인 그녀의 어깨가 존 볼링의 몸에 닿았다. 댄스는 잽싸게 머리를 굴렸다. 트래비스가 로그아웃했다면 온라인에 접속해 있는 동안 머물렀던 곳에서도 사라졌다는 뜻인데.

이번엔 어디로 갔을까?

숨으러?

아니면 현실 속에서 계속 사냥을 이어가려고?

댄스는 자정이 다 돼서야 침대에 누웠다.

바람에 침실 밖 나뭇가지가 흔들렸고, 얼마 떨어지지 않은 아실로마와 러버스 포인트에서는 연신 거센 파도가 밀려와 부딪쳤다.

그녀의 다리에는 온기가, 목덜미에는 부드러운 입김이 느껴졌다.

하지만 달콤한 잠은 찾아들지 않았다. 캐트린 댄스의 정신은 오히려 또렷했다. 자정이 아니라 정오인 것처럼.

여러 생각들이 꼬리를 물고 뇌리를 스쳐갔다. 하나가 지나가면 기다렸다는 듯 다음 생각이 잽싸게 뒤따랐다. 운명의 회전반*처럼. 가장 많이 떠오르는 건 역시 트래비스 브리검 생각이었다. 오랫동안 범죄 전문기자와 배심원 컨설턴트, 법집행관으로 살아온 댄스는 인간이 사악해지는 경향은 바로 유전자에서 그 원인을 찾을 수 있다고 믿었다. 그녀가 얼마 전까지 쫓았던 컬트 리더, 다니엘 펠의 경우처럼. 하지만 로스앤젤레스의 J.도처럼 나이가 어느 정도 든 후에야 살의를 품게 되는 경우도 있었다.

댄스는 트래비스가 어느 쪽에 속하는지 궁금했다.

트래비스는 문제가 많고 위험한 아이였다. 하지만 동시에 평범해지기를 갈망하는 십대 소년이기도 했다. 깨끗한 피부를 부러워하고, 학교 퀸카와 사귀고 싶어하는. 트래비스가 이런 분노에 찬 인생을 살게 된 건 순전히 운명 때문일까? 폭력적인 아버지, 정상이 아닌 동생, 흐느적거리는 몸, 외톨이 신세, 심각한 여드름, 그런 환경과 악조건이 소년을 그렇게 변화시켜놓은 것은 아닐까?

오랫동안 댄스 안에서 연민과 혐오가 균형을 유지했다.

댄스는 트래비스의 아바타가 그녀를 노려보며 검을 휘둘렀던 모습을 떠올렸다.

정말 한 수 배우고 싶다니까. 내게 뭘 가르쳐줄 수 있지?

죽는 것…….

댄스 옆에서 따뜻한 몸이 살짝 움직였다. 잠을 방해한 긴장감이 서서히 걷히는 것 같았다. 그녀는 미동도 하고 싶지 않았다. 하지만 그게 불가능한 일이라는 건 동작학 전문가인 그녀가 누구보다 잘 알았다. 잘 때나 깨 있을 때나 뇌가 기능을 하면 몸은 움직이게 돼 있다.

그렇게 회전반은 계속해서 돌아갔다.

그녀의 어머니, 그리고 안락사 사건. 댄스는 어머니에게 모텔에 도착하는 대로 전화를 달라고 했지만 이디는 끝내 연락하지 않았다. 마음은

* 회전식 수레바퀴 모양의 도박 장치

아팠지만 놀라운 일은 아니었다.

회전반은 또다시 돌았고, 이번에는 로스앤젤레스의 J. 도 사건에서 멈추었다. 기소면제 심리는 어떻게 될까? 다시 연기되는 건 아닐까? 최종 결과는? 어니스트 세이볼드는 능력 있는 검사지만 과연 그 능력만으로 충분할까?

댄스는 확신할 수 없었다.

그런 생각들이 자연스레 마이클 오닐을 떠올리게 했다. 댄스는 오늘 밤 그가 오지 못한 이유를 알고 있었다. 하지만 전화 한 통 없었다는 건 이상했다.

또 다른 사건⋯⋯.

댄스는 질투에 사로잡힌 자신의 모습에 피식 웃음을 터뜨렸다.

그녀는 종종 오닐과 결혼해 함께 사는 모습을 상상해보곤 했다. 물론 오닐이 날씬하고 이국적인 앤과 결혼하지 않았다는 가정을 하고. 그런 상상은 어렵지 않았다. 두 사람은 수사를 위해 함께 보내는 시간이 많았다. 대화는 물 흐르듯 이어졌고, 우스갯소리도 곧잘 나누었다. 물론 가끔 뜻이 맞지 않을 때도, 서로에게 화를 낸 적도 있었다. 하지만 그런 격정적인 언쟁은 두 사람 사이를 더 끈끈하게 만들어주었다.

그래서 어쩌겠다는 건지.

생각은 꼬리를 물고 이어졌다.

클릭, 클릭, 클릭⋯⋯.

마침내 조나단 볼링 교수의 얼굴이 떠올랐다.

그녀 옆에서 들려오던 부드러운 숨소리가 조금씩 거칠어졌다.

"됐어, 이제."

댄스가 반대쪽으로 돌아누웠다.

"팻지!"

나지막이 코를 골던 사냥개가 눈을 뜨고 베개에서 머리를 뗐다.

"바닥에서 자."

댄스는 말했다.

음식이나 가지고 놀 공이 보이지 않자, 팻지는 딜런이 엎드린 낡은 양탄자로 내려갔다. 그제야 댄스는 침대에 홀로 남게 됐다.

존 볼링. 댄스는 적당한 선을 넘어 그를 떠올리는 건 좋지 않다고 생각했다.

아직은 때가 아니었다.

침대 옆 총과 함께 놓아둔 댄스의 휴대폰이 울렸다. 순간 머릿속을 가득 채우고 있던 생각들이 일제히 달아났다.

그녀는 재빨리 램프를 켜고 안경을 코끝에 걸쳤다. 발신자를 확인하는 순간 자기도 모르게 웃음이 터졌다.

"교수님."

"요원님. 늦은 시간에 전화 드려 죄송합니다."

볼링이 말했다.

"괜찮아요. 깨어 있었어요. 무슨 일이시죠? 스트라이커 문제인가요?"

"아뇨. 그게 아니라 다른 문제입니다. 〈칠턴 리포트〉에 한번 가보세요. 지금 당장이요."

개들이 지켜보는 가운데 트레이닝복 차림의 댄스는 불 꺼진 거실에 앉았다. 창으로 새어 들어온 달빛과 가로등 불빛이 소나무 바닥에 푸르스름한 얼룩을 남겨놓았다. 트레이닝복 바지 허리밴드에 꽂은 묵직한 글록이 그녀의 등뼈를 쿡쿡 찔러댔다.

컴퓨터가 짜증나도록 오래 걸리는 부팅을 마쳤다.

"됐어요."

"가장 최근에 올라온 포스트를 한번 봐요."

볼링이 웹페이지 주소를 알려주며 말했다.

Http://www.thechiltonreport.com/html/june27update.html

댄스는 깜짝 놀라며 눈을 깜빡였다.

"이게……?"

"트래비스가 〈리포트〉를 해킹했습니다."

볼링이 설명했다.

"어떻게요?"

교수가 피식 웃었다.

"십대잖아요. 그래서 가능한 거죠."

내용을 훑어나가는 댄스의 몸이 바르르 떨렸다. 트래비스는 6월 27일 포스트에 흔적을 남겨놓았다. 왼쪽에는 〈디멘션 퀘스트〉에 등장하는 악마 케찰의 대충 그린 이미지가 떠올라 있었다. 소름 돋는 얼굴, 꿰매 봉한 피문은 입술, 그리고 수수께끼 같은 숫자와 단어들. 그 옆에는 문자 메시지가 크고 굵은 글자로 적혀 있었다. 반은 영어, 나머지 반은 릿스피크인 메시지는 케찰의 이미지보다 훨씬 섬뜩했다.

난 당신들 모두를 지배할 거야!

나 = 승리, 당신들 = 패배!!

다 죽었어

당신들 전부

—TravisDQ 작성

번역이 필요 없는 메시지였다.

그 밑으로 또 다른 그림이 하나 보였다. 십대 소녀인지 성인 여성인지 알 수 없는 여자가 바닥에 누워 비명을 지르는 그림이었다. 위에서 튀어나온 검이 그녀의 가슴 깊이 박혀 있었다. 뿜어져 나온 피는 높이 솟구쳐

오르고 있었다.

"저 그림…… 너무 섬뜩하네요."

교수는 잠시 침묵을 지켰다.

"요원님. 뭐 떠오르는 거 없습니까?"

볼링이 나지막이 물었다.

소름 돋는 그림을 유심히 들여다보던 댄스의 숨이 턱 막혔다. 피해자의 갈색머리는 포니테일로 묶여 있었다. 여자는 하얀색 블라우스에 검은색 스커트 차림이었다. 벨트에는 권총집으로 보이는 검은 물체를 차고 있었다. 어제 트래비스를 만났을 당시 댄스의 옷차림이었다.

"전가요?"

댄스는 속삭였다.

교수는 대답하지 않았다.

오래전에 그려둔 그림일까? 과거에 자신을 무시했던 소녀나 성인 여성의 죽음을 상상하면서 그렸을 수도 있잖아.

아니면 오늘 급하게 그려서 올려놓은 것인지도 몰랐다. 경찰에 쫓기는 와중에도.

댄스는 연필과 크레용을 분주히 놀리며 가상세계의 죽음을 그려나가는 소년의 섬뜩한 모습을 떠올렸다.

몬터레이 페닌슐라는 바람이 많은 곳이다. 항상 상쾌한 바람이 분다. 가끔 느껴질 듯 말 듯한 은근한 바람도 불지만 단 한순간도 바람이 멎은 적은 없다. 낮에도 밤에도, 바람은 회청색 바다를 쉴 새 없이 휘젓는다.

이 지역에서 특히 바람이 거센 곳은 차이나 코브인데, 포인트 로보스 주립공원의 남쪽 끝 부분에 자리하고 있다. 바다가 내뿜는 차갑고 한결같은 바람이 하이킹을 즐기는 이들의 피부를 얼얼하게 만든다. 이런 날 피크닉용 종이접시와 컵을 사용하는 건 어리석은 일이다. 바람이 심한 날에는 바닷새들도 제대로 날지 못한다.

자정이 가까운 시간, 변덕스런 바람에 회색 바닷물이 사방으로 튄다.

바람에 졸참나무가 바스락거린다.

소나무가 휜다.

잔디가 납작 눌린다.

하지만 오늘 밤 이런 바람에 끄떡도 하지 않는 게 하나 있다. 1번 고속도로의 해변 갓길에 놓인 작은 인공물.

검은 나뭇가지로 만든 높이 60센티미터의 십자가. 그것에는 파란색 펜으로 내일 날짜를 적어놓은 찢어진 판지 원판이 붙어 있다. 돌을 쌓아 고정한 십자가 밑부분에는 빨간 장미 한 다발이 놓였다. 가끔 꽃잎들이 바람에 떨어져 나가 고속도로를 뒹굴기도 한다. 하지만 십자가는 흔들리지도, 구부러지지도 않는다. 누군가가 도로변 모래흙에 있는 힘껏 박아놓았기 때문이다. 거센 바람에도 반듯하게 서 있을 수 있도록. 그래서 지나는 모두가 그것을 똑똑히 볼 수 있도록.

THURSDAY
목요일

25

캐트린 댄스, 티제이 스캔론, 그리고 존 볼링은 댄스의 사무실에 모여 있었다. 오전 9시. 그들이 사무실에 나온 지 두 시간이 훌쩍 지났다.

칠턴은 스레드에서 트래비스의 협박 메시지와 섬뜩한 그림들을 삭제한 상태였다.

하지만 볼링은 다운로드해 출력해놓았다.

다 죽었어.

당신들 전부.

그리고 그림들.

존 볼링이 말했다.

"포스트를 추적해볼 수도 있을 겁니다."

그가 얼굴을 찌푸렸다.

"칠턴만 협조해준다면 말이죠."

"케찰 그림에 적힌 숫자와 암호는 어떻게 됐죠? 수수께끼가 풀렸나요?"

볼링은 보나마나 게임 관련 암호일 거라고 했고, 오래전에 만들어놓은 것 같다고 덧붙였다. 퍼즐 전문가인 그에게도 해독이 어려운 암호였다.

사무실의 나머지 요원들은 댄스를 연상시키는 여자가 난자당하는 그림에 대해 어떠한 의견도 내놓지 않았다.

댄스가 블로거에게 연락을 해보려는 찰나 전화벨이 울렸다. 발신자를 확인한 그녀가 웃음을 터뜨렸다.

"네, 칠턴 씨?"

볼링이 호기심에 찬 눈으로 그녀를 쳐다보았다.

"혹시 그거 보셨는지……."

"다 봤습니다. 트래비스가 블로그를 해킹했더군요."

"보안이 철저한 서버를 뚫다니 보통 아이가 아닌 것 같습니다."

칠턴이 잠시 머뭇거렸다.

"저희가 좀 알아봤습니다. 트래비스는 스칸디나비아의 프록시 사이트를 이용하고 있습니다. 그쪽에 아는 친구들이 있어 연락해봤는데요. 어느 회사인지 대충 감이 온다고 합니다. 이름과 주소를 알아냈어요. 전화번호도 있고요. 스톡홀름 외곽에 위치한 회사입니다."

"그들이 협조해줄까요?"

"프록시 서비스는 영장 없이 협조를 잘 안 해줍니다. 그래서 사람들이 즐겨 이용하는 거고요."

칠턴이 대답했다.

국제영장을 받아내는 건 최소한 2, 3주가 걸리는, 절차적으로 악몽에 가까운 일이었다. 게다가 가끔 해당 국가 당국에서 국제영장 자체를 인정해주지 않는 경우도 있었다. 그렇다고 부딪쳐보기도 전에 포기할 수는 없었다.

"알려주세요. 한번 조사해볼게요."

칠턴이 정보를 불러주었다.

"감사합니다."

"아, 용건은 또 있습니다."

"뭔데요?"

"지금 블로그에 접속해 계십니까?"

"당장 접속이 가능합니다."

"제가 몇 분 전에 올려놓은 포스트를 보십시오."

댄스는 시키는 대로 했다.

Http://www.thechiltonreport.com/html/june28.html

가장 먼저 칠턴이 독자들에게 띄우는 겸손한 사과 메시지가 눈에 들어왔다. 그 밑에는 트래비스에게 띄우는 공개편지도 있었다.

트래비스 브리검을 위한 공개편지

이건 개인적인 간청이다, 트래비스. 이미 네 이름이 만천하에 공개된 상태라 이렇게 본명을 써도 괜찮을 거라 본다.

나는 소식을 전하고, 질문을 던지는 일을 한다. 그 사건들에 엮이는 건 원치 않는다. 하지만 지금 이 문제만큼은 예외로 해야 할 것 같다.

부탁이다, 트래비스. 그동안 할 만큼 해오지 않았나? 문제를 더 악화시키지 마라. 모든 걸 정리해라. 아직 늦지 않았다. 네 가족과 미래를 생각해라. 제발…… 경찰에 자수해라. 널 돕길 원하는 사람이 많다.

댄스는 말했다.

"아주 좋은 아이디어네요, 칠턴 씨. 트래비스가 공개편지를 보고 연락해올지도 모르겠어요."

"스레드는 잠가놨습니다. 아무도 댓글을 달 수 없게 조치해놨어요."

칠턴이 잠시 머뭇거렸다.

"그 그림…… 정말 끔찍하더군요."

이제야 문제의 심각성을 깨달았나, 칠턴?

댄스는 고맙다고 인사한 다음 전화를 끊었다. 그러고는 '도로변 십자가' 스레드에 달린 최근 댓글들을 훑어보기 시작했다. 해외에서 작성해 올린 댓글들도 보였다. 그녀는 아직도 댓글들에 트래비스의 행방이나 다음 표적에 대한 단서가 숨어 있을지 모른다고 생각했다. 하지만 수수께끼 같은 댓글들을 일일이 해독하는 데 아까운 시간을 허비할 수는 없었다.

블로그에서 나온 댄스는 티제이와 볼링에게 칠턴의 공개편지에 대해 들려주었다.

볼링은 별 효과가 없을 거라며 회의적인 입장을 보였다. 그는 소년을 이성적으로 다루는 일은 무의미하다고 했다.

"그래도 희망은 가져야겠죠."

댄스는 두 사람에게 과제를 내주었다. 티제이는 커피용 탁자로 돌아가 스칸디나비아의 프록시 사이트에 연락을 시도했고, 볼링은 자신의 자리에서 다음 표적 후보들을 추려냈다. 이제는 '도로변 십자가' 외의 다른 스레드들까지 살펴봐야 했다. 볼링은 열세 명의 후보를 추가로 걸러냈다.

정치인 같은 파란색 양복에 하얀 와이셔츠를 걸친 찰스 오버비가 댄스의 사무실로 불쑥 들어왔다.

"캐트린…… 그 애가 협박 메시지를 올려놨다며?"

"네, 지국장님. 지금 어떤 경로로 해킹했는지 알아보는 중입니다."

"벌써 기자 여섯 명이 전화를 걸어왔어. 내 집 전화번호를 알아낸 놈도 있더군. 가까스로 뿌리치긴 했는데 얼마나 버틸 수 있을지 모르겠어. 20분 후에 기자회견이 있을 거야. 공개 가능한 새로운 정보라도 있나?"

"그냥 계속 수사 중이라고 하세요. 샌베니토에서 수색 작업을 돕고 있다고 하시고요. 목격자가 있었지만 행방은 아직도 묘연하다고 덧붙이시면 될 것 같습니다."

"해밀턴에게서도 연락이 왔었어. 굉장히 언짢아하더군."

새크라멘토의 해밀턴 로이스. 새파란 양복, 예리한 눈빛, 불그레한 얼굴.

오버비 지국장은 꽤 파란만장한 오전을 보낸 모양이었다.

"정보가 더 없어?"

"칠턴이 블로그 스레드를 닫아놨습니다. 트래비스에게 자수를 권하는 공개편지도 올려놨고요."

"기술적인 부분 말이야."

"트래비스가 업로드한 내용을 추적할 수 있도록 칠턴이 협조하고 있습니다."

"좋아. 그래도 뭔가 하고 있다는 인상은 줄 수 있겠군."

최소한 황금시간대 시청자들 앞에서 체면은 지킬 수 있게 됐다는 사실에 오버비는 꽤 만족하는 것 같았다. 그에게는 지난 48시간 동안 집중 조명된 무능하고 무기력한 경찰의 이미지를 씻어내는 일이 급선무였다. 댄스와 볼링의 시선이 마주쳤다. 지국장의 말에 교수도 조금 놀란 듯했다. 두 사람은 오버비에게 들키기 전에 잽싸게 시선을 거두었다.

오버비가 손목시계를 들여다보았다.

"좋아. 이젠 내가 통 속에 들어갈 차례군."

오버비는 기자회견을 위해 사무실을 나섰다.

"저 분…… 그 표현이 어떤 뜻인지 알고 얘기하는 건가요?"

볼링이 그녀에게 물었다.

"통 어쩌고 하는 얘기 말씀인가요? 사실 저도 잘 몰라요."

티제이가 큰 소리로 웃음을 터뜨렸다. 그러고는 볼링을 흘끔 돌아보며 미소 지었다. 볼링이 말했다.

"오랫동안 항해하는 선원들이 성욕이 발동할 때 쓰던 표현입니다."

"좋은 정보 감사합니다."

댄스가 책상으로 다가가서 의자에 풀썩 주저앉았다. 그런 다음, 커피를 곁들여 도넛을 반쯤 먹었다.

"트래비스, 아니, 스트라이커가 다시 접속했나요?"

그녀는 존 볼링에게 물었다.

"아뇨. 어브에게서 아무 소식이 없었습니다. 재접속하는 즉시 알려줄 거예요. 게임 모니터링 하느라 밤을 새웠을 겁니다. 혈관에 레드 불이 흐르고 있을지도 몰라요."

댄스는 수화기를 들고 MCSO 과학수사대의 피터 베닝턴에게 전화를 걸었다. 베닝턴은 트래비스를 살인죄로 체포할 충분한 증거가 확보됐지만 여전히 행방을 밝혀내는 게 문제라고 했다. 또한 트래비스가 남겨놓고 간 토양 샘플과 의욕에 찬 보안관 사무실의 젊은 경관, 데이비드 라인홀드가 트래비스의 집 주변에서 모아온 샘플이 일치하지 않아 난처하게 됐다고도 했다.

모래흙…… 그게 일치한다 해도 전혀 기뻐할 수 없었다. 아름다운 해변과 모래언덕이 무려 25킬로미터에 걸쳐 펼쳐진 지역이다 보니.

기자회견에서 CBI가 '기술적인 부분에서 어느 정도 성과를 냈다'고 자랑스레 밝힌 찰스 오버비는 기자들에게 무참히 짓밟히고 있었다.

댄스는 사무실에 마련된 텔레비전을 통해 그 모습을 생방송으로 지켜보았다.

댄스가 오버비에게 보고한 내용에는 아무 문제가 없었다. 비록 빠진 작은 내용이 하나 있기는 했지만.

"오버비 지국장님, 또 다른 십자가가 발견됐는데 당국에선 지역사회를 보호하기 위해 어떤 조치를 취해놓고 있습니까?"

한 기자가 물었다.

오버비의 얼굴에 헤드라이트 불빛을 보고 깜짝 놀라는 사슴과 같은 표정이 떠올랐다.

"저런."

티제이가 속삭였다.

댄스 역시 당혹감을 감추지 못한 채 잠시 볼링을 돌아보았다가 텔레비전으로 시선을 돌렸다.

기자는 30분 전쯤 경찰 스캐너를 통해 카멜의 차이나 코브 근처 1번 고속도로변에서 오늘 날짜, 즉 6월 28일이 적힌 또 다른 십자가가 발견됐다는 소식을 들었다고 말했다.

오버비가 더듬거리며 답변했다.

"기자회견 직전에 담당 요원에게 브리핑을 받았습니다만 그 소식을 듣지 못했습니다."

댄스는 CBI 몬터레이 사무실 소속 요원들 중 그가 얘기한 '담당 요원'이 누구인지 알고 있었다.

이 개자식, 오버비.

또 다른 기자가 물었다.

"오버비 지국장님, 페닌슐라 전 지역이 공포에 빠져 있습니다. 한 시민이 뜰에 들어온 무고한 행인을 총으로 쏜 사건도 있었고요. 그 점에 대해 하실 말씀이 있으신지요?"

머뭇거림.

"유감스러운 일입니다."

오, 맙소사……

댄스는 텔레비전을 껐다. 그리고 MCSO에 연락해 차이나 코브 인근에서 오늘 날짜가 적힌 또 다른 십자가가 발견됐다는 사실을 확인했다. 이번에도 십자가 밑에는 빨간 장미 한 다발이 놓여 있었다고 했다. 담당자는 현장감식반이 주변 지역을 샅샅이 살피는 중이라고 덧붙였다.

"목격자는 없었습니다, 댄스 요원님."

경관이 말했다.

댄스는 전화를 끊은 다음 티제이를 돌아보았다.

"스웨덴에선 뭐래?"

티제이는 두 차례에 걸쳐 프록시 서비스업체에 연락해 긴급 메시지를 남겨놓았다. 스톡홀름에서도 영업을 하는 날이었지만 아직도 연락이 없었다. 점심시간이 훌쩍 지났음에도.

5분 후, 오버비가 사무실로 성큼 들어왔다.

"또 다른 십자가라고? 또 발견됐어? 어떻게 된 일이지?"

"저도 방금 확인했습니다, 지국장님."

"그놈들이 어떻게 먼저 알아낸 거지?"

"기자들 말씀인가요? 스캐너도 있고, 도처에 정보원도 있고요. 기자들이 항상 한 걸음씩 빠르다는 거 아시잖아요."

오버비가 햇볕에 그을린 이마를 문질러대자 각질이 우수수 떨어졌다.

"그 수사가 어떻게 진행되고 있지?"

"마이클 쪽 사람들이 현장을 살피고 있답니다. 증거가 발견되는 대로 연락을 주겠다고 했습니다."

"증거가 나오기나 할까?"

"트래비스는 십대 소년입니다. 프로가 아니고요. 곧 우릴 은신처로 이끌어줄 증거가 나올 겁니다."

"그 애가 십자가를 놓고 갔다면 오늘 또 다른 피해자가 생길 수도 있다는 뜻이잖아."

"다음 표적 후보로 꼽히는 댓글 작성자들에게 일일이 연락해 경고하고 있습니다."

"컴퓨터 추적은? 진전 좀 있었나?"

이번에는 티제이가 나섰다.

"업체가 아직도 연락을 주지 않고 있습니다. 필요할지 몰라 국제영장은 신청해놓은 상태고요."

지국장의 얼굴이 일그러졌다.

"멋지군. 프록시업체가 어디지?"

"스웨덴에 있습니다."

"그나마 불가리아가 아닌 게 다행이군. 하지만 답을 듣는 데만 한 달 이상이 걸리면 어쩌지? 아무튼 계속 협조를 요청해봐. 지금 우리에겐 허비할 시간이 없다고."

오버비가 말했다.

"알겠습니다."

오버비가 주머니에서 휴대폰을 꺼내 들고 사무실을 나갔다.

댄스도 수화기를 들고 레이 카라네오와 앨버트 스템플을 사무실로 호출했다. 두 사람이 도착하자 그녀는 말했다.

"더 이상 방어만 할 순 없어요. 위험에 가장 많이 노출된 표적 후보들 중 대여섯 명을 추리죠. 트래비스에게 가장 자극적인 댓글을 남긴 이들, 그리고 칠턴의 입장에 가장 동조하는 이들 중에서 말이에요. 그들을 당분간 이 지역에서 멀리 떨어져 있도록 조치하고 그들의 집이나 아파트에 감시 팀을 붙여놓을 겁니다. 새 표적을 골라 현장에 유유히 나타나면 기다리고 있다가 체포하자는 거죠. 자, 빨리 시작합시다."

26

"그는 좀 어때요?"

릴리 호큰이 남편 도널드에게 물었다.

"제임스? 말은 없지만 마음고생이 심할 거야. 패트리샤도 그럴 테고."

부부는 몬터레이에 마련한 새 집의 서재에 있었다.

짐 정리, 짐 정리, 짐 정리……

자그마한 금발의 여자는 서재 중앙에 다리를 살짝 벌리고 서서 두 개의 비닐봉지에 담긴 커튼을 내려다보았다.

"어떤 것 같아요?"

호큰은 커튼 따위에 신경 쓸 정신이 없었다. 하지만 자신을 위해 기꺼이 샌디에이고 생활을 포기해준, 지난 9개월, 그리고 3일 동안 함께 살아온 아내를 생각해야 했다. 그래서 호큰은 커피용 탁자 조립을 위해 들고 있던 공구를 바닥에 내려놓고 빨간색과 녹색의 커튼을 번갈아 쳐다보았다.

"왼쪽."

틀린 답일 경우를 대비해 말을 완전히 맺지 않았다.

하지만 제대로 고른 모양이었다.

"사실 나도 왼쪽으로 마음이 기울었었어요. 참, 경찰이 제임스의 집을 감시하고 있다면서요? 그 애가 제임스를 표적으로 삼을 수도 있다고 생각하는 모양이죠?"

릴리가 말했다.

호큰은 다시 탁자를 조립해나갔다. 이케아. 젠장, 뭐가 이리도 복잡해?

"그는 안 그럴 거라고 하는데…… 당신도 제임스를 알잖아. 걱정이 돼도 절대 내색 안 하는 타입이라는 거."

하지만 그는 곧 릴리가 제임스 칠턴을 잘 알 리 없다는 사실을 깨달았다. 그녀는 아직 칠턴을 만나본 적이 없었다. 지금껏 릴리는 오직 남편의 설명을 통해서만 칠턴이라는 사람을 이해할 수 있었을 뿐이었다.

호큰 또한 대화와 힌트와 추론을 통해서만 릴리의 인생을 엿봤다. 두 사람 모두 재혼이었다. 그는 첫 번째 아내와 사별했고, 릴리는 지겨운 법정공방 끝에 이혼에 성공했다. 두 사람은 친구들의 소개로 만나게 됐고, 본격적으로 연애를 시작했다. 처음에는 둘 모두 신중한 입장이었다. 하지만 오래가지 않아 자신들이 애정에 얼마나 굶주려 있는지 깨닫게 됐다. 재혼은 꿈도 꾸지 못했던 호큰은 만난 지 6개월 만에 샌디에이고 다운타운에 자리한 W호텔의 옥상 술집에서 릴리에게 청혼했다. 더 적합한 장소를 물색하느라 아까운 시간을 허비하고 싶지 않았기 때문이다.

다행히 릴리는 지금껏 그토록 로맨틱한 이벤트는 처음이었다고 말했다. 앵커 스팀 맥주병 목에 하얀 리본으로 걸어놓은 큼직한 다이아몬드 반지도 도움이 됐다.

그렇게 그들은 새 출발을 하게 됐고, 고심 끝에 몬터레이로 돌아왔다.

도널드 호큰은 행복했다. 친구들은 그에게 첫 번째 아내와 사별한 후의 재혼은 확실히 다를 거라고 했다. 홀아비들은 예외 없이 근본적인 변화를 겪는다고. 몸속 깊이 스며드는 청춘기의 느낌에 둔해질 거라고. 교제 기회가 올 것이고, 다시 열정적인 감정이 찾아들 거라고. 하지만 그런 관계는 결국 우정, 그 이상도, 이하도 아닐 거라고.

다 틀렸다.

청춘기의 느낌, 그 이상이었다.

도널드 호큰은 관능적이고, 아름답고, 누구나 열의를 다해 사랑할 수밖에 없는 사라와 후회 없는 결혼생활을 했었다.

하지만 릴리에 대한 사랑도 못지않았다.

그리고 이제야 인정하는 사실이지만 릴리와의 섹스가 훨씬 편하고 좋았다. 사라와 침대를 뒹구는 일은, 좋게 말하자면 만만치 않은 일이었다 (호큰은 그때 생각을 떠올릴 때마다 자신도 모르게 미소를 흘렸다).

그는 릴리가 제임스와 패트리샤 칠턴에게 어떤 인상을 받을지 궁금했다. 호큰은 아내에게 그들과는 오랜 친구 사이며 자주 만나 시간을 보냈다고 들려주었다. 아이들 졸업식, 스포츠 경기 관람, 잦은 파티와 바비큐에 대해서도 충분히 설명했다. 그의 과거에 대해 듣고 난 릴리는 미소를 살짝 흐렸다. 호큰은 자신에게도 제임스 칠턴이 낯선 이로 여겨질 때가 있다고 덧붙였다. 사라가 세상을 떠난 후부터 호큰은 극심한 우울증에 시달리며 거의 모든 친구들과 연락을 끊고 지내왔다.

하지만 이제 호큰은 새 출발을 위한 준비를 완벽히 마쳐놓았다. 그와 릴리는 짐 정리를 마무리하고 나서 아이들을 데리러 갈 계획이었다. 아이들은 엔시니타스의 조부모 집에 머물고 있었다. 그토록 그리웠던 페닌슐라에서의 아늑한 삶이 현실로 되돌아왔다. 그는 제임스 칠턴과의 관계를 회복할 것이고, 컨트리클럽에 재가입할 것이며, 그동안 연락을 끊고 지냈던 친구들을 모두 되찾게 될 것이다.

이곳으로 돌아오기로 한 건 현명한 판단이었다. 하지만 문제가 한 가지 있었다. 작고 일시적이기는 했지만 신경에 거슬리는 건 어쩔 수 없었다.

몬터레이는 호큰이 사라와 함께 가정을 꾸리고 살았던 곳이다. 이곳으로 되돌아온 것은 어떻게 보면 사라의 일부를 부활시킨 것이나 다름없었다. 수많은 추억들이 불꽃처럼 터져 나왔다.

이곳 몬터레이에서 사라는 친절한 안주인이었고, 열정적인 미술품 수집가였으며, 기민한 사업가였다.

관능적이고, 정력적이며, 격정적인 연인이기도 했고.

이곳에서 사라는 겁도 없이 잠수복을 걸치고 거친 바다로 뛰어들었다. 한동안 물속을 누비다가 가쁜 숨을 몰아쉬며 유유히 걸어나왔다. 하지만 라 호야 인근에서의 마지막 물놀이는 악몽이었다. 사라는 끝내 살아서 물을 나오지 못했다. 파도에 떠밀려 기슭으로 나온 사라의 몸은 축 늘어졌다. 눈은 뜨고 있었지만 초점은 잃은 지 오래였다. 또한 차가운 물에 흠뻑 젖은 피부는 창백했다.

당시 생각을 하니 호큰의 심장박동이 빨라졌다.

그는 심호흡을 몇 번 하며 악몽 같은 기억을 떨쳐냈다.

"도와줄까?"

호큰이 커튼과 씨름 중인 릴리를 돌아보았다.

그의 아내는 하던 일을 멈추고 커튼을 바닥에 내려놓았다. 릴리가 다가와 호큰의 손을 잡았다. 그리고 자신의 목에 그의 손을 얹었다. 릴리가 먼저 진하게 키스했다.

부부는 서로를 쳐다보며 미소 지었다. 릴리는 창가로 돌아갔다.

호큰은 유리와 크롬으로 이루어진 탁자를 마저 조립하고 긴 소파 앞으로 끌고 갔다.

"여보?"

뒤창을 내다보던 릴리의 손에서 줄자가 떨어졌다.

"응?"

"밖에 누가 있는 것 같아요."

"어디? 뒤뜰에?"

"우리 뜰인지는 모르겠는데, 아무튼 울타리 반대편에 있어요."

"그럼 뒷집 뒤뜰일 거야."

타지에서 가져온 돈으로는 비싼 캘리포니아 중부 해안의 땅을 마음껏 사들일 수 없다.

"누군가가 우리 집을 쳐다보고 있어요."

"보나마나 록 밴드나 마약쟁이가 이사 온 건 아닌지 확인하려고 나왔을 거야."

릴리가 사다리에서 내려왔다.

"그냥 멀뚱히 서 있어요. 좀 섬뜩한 기분이 들어서요."

호큰은 창가로 다가가 뒤창을 내다보았다. 잘 보이지는 않았지만 덤불 뒤에 한 형체가 서 있는 것만은 분명했다. 그 사람은 후드 달린 회색 트레이닝복 상의를 걸치고 있었다.

"이웃집 아이인가 보지 뭐. 누가 이사 왔는지 궁금해서 나왔을 거야. 또래 아이들이 있는지 보려고 말이지. 나도 어릴 때 그랬거든."

릴리는 말이 없었다. 호큰은 그녀의 불편한 마음을 똑똑히 감지했다. 그녀는 여전히 눈을 가늘게 뜬 채 밖을 응시했다. 릴리의 금발머리는 이삿짐용 판지 상자들에서 떨어진 먼지로 덮여 있었다.

기사도 정신을 발휘할 시간이었다.

호큰은 주방으로 들어가 뒷문을 열어젖혔다. 더 이상 형체는 보이지 않았다.

그는 밖으로 나갔다. 그때 안에서 릴리의 부름이 들려왔다.

"여보!"

깜짝 놀란 호큰이 황급히 안으로 들어왔다.

사다리에 올라선 릴리가 또 다른 창밖을 가리켰다. 형체는 어느새 옆뜰로 들어와 있었다. 그들의 땅에 무단침입한 것이다. 형체는 여전히 덤불 뒤에 숨어 있었다.

"빌어먹을. 대체 누구지?"

호큰이 전화기를 돌아보았다. 하지만 경찰에 신고는 하지 않기로 했다. 정말로 이웃집 아이일 수도 있기 때문이다. 자칫하다가는 이사 온 첫날부터 이웃과 마찰을 빚을 수도 있었다.

호큰이 창밖을 내다보았을 때, 형체는 또다시 사라지고 없었다.

릴리가 사다리에서 내려왔다.

"어디로 갔죠? 눈앞에서 사라져버렸네요."

"글쎄."

부부는 계속 창밖을 살폈다.

형체는 보이지 않았다.

보이지 않는다는 사실이 더 섬뜩했다.

"아무래도……."

갑자기 터져 나온 릴리의 비명에 호큰은 깜짝 놀랐다.

"총이에요. 그가 총을 가지고 있어요, 도널드!"

릴리는 앞쪽 창문을 내다보고 있었다.

호큰이 잽싸게 수화기를 집어들고 아내에게 소리쳤다.

"현관문! 빨리 걸어 잠가!"

릴리가 반사적으로 튀어 나갔다.

하지만 이미 늦어버렸다.

현관문은 이미 벌컥 열어젖혀진 상태였다.

릴리는 비명을 질렀다. 도널드 호큰은 아내를 바닥으로 잡아끌고 몸을 날려 보호막을 쳐주었다. 하지만 그의 숭고한 행동도 그녀를 제때 구하지는 못했다.

27

오페라의 우리 것 ours of opera······.

캐트린 댄스의 사무실에 홀로 남은 조나단 볼링은 암호 해독을 위해 트래비스 브리검의 컴퓨터를 샅샅이 뒤지는 중이었다.

오페라의 우리 것······.

볼링은 구부정한 자세로 앉아 빠르게 키보드를 두드렸다. 동작학 전문가인 댄스가 함께 있었다면 볼링의 자세와 번뜩이는 눈빛을 보고 어렵지 않게 그의 상태를 꿰뚫어보았을 것이다. 먹이의 냄새를 맡는 개.

존 볼링은 뭔가 걸려들었음을 확신했다.

댄스와 나머지 요원들은 감시 팀 관리를 위해 현장에 나갔다. 볼링은 그녀 사무실에 남아 소년의 컴퓨터를 살피고 또 살폈다. 단서를 하나 발견한 볼링은 암호 해독에 필요한 추가 정보를 찾기 위해 샅샅이 뒤지고 있었다.

오페라의 우리 것······.

이게 무슨 뜻이지?

컴퓨터라는 플라스틱과 금속 안에는 유령들이 담겨 있다. 컴퓨터 하드 드라이브는 메모리로 이르는 비밀통로와 복도들의 네트워크나 다름없다. 비록 쉽지는 않지만 그 통로에서 유령들을 쫓아내는 건 가능한 일이다. 하지만 우리가 만들어내고, 취득한 거의 모든 정보는 영원히 컴퓨터에 남게 된다. 아무리 보이지 않고, 파괴되었다 해도.

볼링은 한 제자가 해킹해준 프로그램으로 그 통로들을 살펴보았다. 흉가에 사는 유령들처럼 통로의 구석진 공간에 숨어 있는 데이터조각들을 일일이 찾아내 훑었다.

컴퓨터 속 유령들을 생각하니, 어젯밤 캐트린 댄스의 아들이 빌려준 DVD가 떠올랐다. 〈공각 기동대〉. 볼링은 그녀의 집에서 보낸 오붓한 시간을 잊지 못했다. 댄스의 친구들과 가족을 만나본 것도 좋은 기억으로 남아 있었다. 아이들과의 만남은 특히 즐거웠다. 귀엽고 익살스러운 매기는 보나마나 어머니만큼 멋진 여자로 성장하게 될 것이다. 매기와 달리 웨스는 느긋했다. 대화가 잘 통했고 똑똑했다. 볼링은 종종 캐시와 결혼해 아이를 만들었다면 그 아이가 어떨지 상상해보곤 했다.

볼링은 캐시가 부디 중국에서 잘 살고 있기를 바랐다.

그는 캐시가 떠나기 몇 주 전의 일을 떠올렸다.

그리고 캐시가 아시아에서 잘 지내기를 바라는 마음을 이내 거둬들였다.

볼링은 캐시의 생각을 떨쳐내고, 컴퓨터 속 유령 사냥에 온 신경을 집중시켰다. 그는 '오페라의 우리 것'이라고 해석된 2진 코드에 숨은 중요한 단서를 파헤치기 직전이었다.

퍼즐을 즐기는 그는 그 수수께끼 같은 단어들이 '운영시간hours of operation'의 일부일 거라 결론지었다. 트래비스는 사라지기 직전에 온라인에서 그 구句를 마지막으로 보았다. 어쩌면 이 단서로 소년의 행방을 찾아낼 수 있을지 몰랐다.

하지만 컴퓨터는 관련 데이터를 같은 공간에 저장하지 않는다. '오페라의 우리 것'이라는 암호가 지하실의 으스스한 벽장에서 발견됐다면, 그 의미는 다락의 통로에서 발견될지 모른다. 물리적 주소의 일부는 한곳에, 나머지는 또 다른 곳에 각각 저장돼 있을 수도 있다. 컴퓨터의 뇌는 끊임없이 데이터를 어떻게 부수고, 그 조각들을 어디에 저장할지 결정한다. 컴퓨터에게는 그것들의 저장 공간이 타당하다 여겨지겠지만 비전문가들에게는 이해가 되지 않을 수도 있다.

그래서 볼링은 데이터의 흔적을 따라 유령들로 가득 찬 어두운 복도를 걸어나갔다.

그가 특정 작업에 이토록 몰두하는 건 몇 달, 아니 몇 년 만의 일이었다. 조나단 볼링은 학교 일을 무척 즐겼다. 그는 천성적으로 호기심이 많았고, 연구와 저술의 도전, 동료 교수들이나 의욕적인 제자들과의 고무적인 토론을 좋아했다. 특히 배움에 열의를 보이는 제자들을 가르칠 때는 희열까지 느꼈다.

하지만 지금 이 순간, 그런 만족과 승리는 하찮게 느껴졌다. 자신에게는 사람의 생명을 살리는 임무가 주어졌기 때문이다. 지금 암호를 해독하는 것보다 중요한 일은 없었다.

오페라의 우리 것…….

볼링은 흉가의 또 다른 저장실을 살펴보았다. 예상대로 무질서한 데이터조각들뿐이었다. 또 하나의 막다른 길.

그는 계속 키보드를 두드렸다.

하지만 헛수고였다.

볼링이 기지개를 켜자 관절에서 요란한 소리가 터져 나왔다. 트래비스, 대체 왜 이곳에 집착한 거지? 대체 여기 뭘 숨겨놨기에.

아직도 거길 드나드나? 거기서 일하는 친구가 있어? 그곳 선반과 진열함에서 뭘 사들이는 거야?

그렇게 10분이 더 흘렀다.

포기해?

절대 아니지.

볼링은 흉가의 또 다른 부분을 걸었다. 잠시 후, 그가 눈을 깜빡이며 웃음을 터뜨렸다. 퍼즐의 마지막 조각이 끼워지듯, '오페라의 우리 것'이라는 암호의 답이 눈앞에 나타났다.

그곳의 이름을 확인하는 순간 트래비스 브리검과의 관계가 명확하게 드러났다. 교수는 디지털 단서 없이 답을 추론하지 못했던 자신을 질책했다. 볼링은 주소에서 눈을 떼지 못한 채 벨트에서 휴대폰을 뽑아 캐트린 댄스에게 전화를 걸었다. 네 번의 신호음이 흐르고 나서 음성 메시지로 연결됐다.

메시지를 남기려던 볼링이 멈칫했다. 그곳은 댄스의 사무실에서 얼마 떨어지지 않았다. 15분이면 충분히 도착할 수 있는 거리.

볼링은 휴대폰을 접고 자리에서 일어나 재킷을 걸쳤다.

그의 시선이 자동적으로 사진 속의 댄스와 그녀의 아이들, 개들에게로 돌아갔다. 댄스의 사무실에서 나온 볼링은 CBI 건물 정문으로 향했다.

가상세계를 벗어나와 현실 속에서 계속 수색을 이어나가는 건 어리석은 일이었고, 볼링도 그걸 잘 알고 있었다.

"아무도 없습니다."

레이 카라네오가 캐트린 댄스에게 보고했다. 댄스는 도널드, 그리고 릴리 호큰과 거실에 서 있었다. 댄스는 권총을 쥔 채 창밖과 작은 집의 방들을 차례로 살펴보았다.

근심 어린 얼굴의 부부는 새로 장만한 듯한 긴 소파에 앉아 있었다. 소파에는 아직도 비닐이 덮여 있었다.

댄스는 글록을 권총집에 꽂아넣었다. 소년이 집 안에 들어왔을 가능성은 희박했다. 트래비스는 옆뜰에 숨어 있다가 경찰이 도착한 걸 확인하고 도망쳤을 것이다. 하지만 트래비스가 〈디멘션 퀘스트〉를 통해 전투 기술을 익혀왔다는 사실은 무시할 수 없었다. 어쩌면 도망치는 척하면서 집 안으로 침투해 들어왔을 수도 있었다.

그때 문이 벌컥 열리고 육중한 앨버트 스템플이 고개를 불쑥 내밀었다.

"없어. 도망쳤군."

스템플은 숨을 헐떡이고 있었다. 집 주변을 서둘러 살피느라 그랬겠지만 그보다 켈리 모건의 집에서 흡입한 유독가스의 후유증일 가능성이 더 컸다.

"경관이 골목 구석구석을 살피고 있어. 경찰차 대여섯 대가 추가로 출동했고. 후드 달린 트레이닝복 차림의 남자가 자전거를 타고 다운타운 쪽으로 향하는 모습을 본 목격자가 있어. 그래서 상황실에 그렇게 보고했지만……."

스템플이 어깨를 으쓱했다. 덩치 큰 요원은 다시 밖으로 사라졌다. 그가 묵직한 부츠를 계단에 내딛을 때마다 쿵쿵 소리가 났다.

댄스, 카라네오, 스템플, 그리고 MCSO 소속 경관은 10분 전에 현장에 도착했다. 다음 표적 후보들을 차례로 만나오면서 댄스는 존 볼링의 이론을 자연스레 떠올렸다. 어쩌면 트래비스는 글을 올리지는 않았어도 칠턴의 블로그에서 호의적으로 언급된 이들 모두를 표적으로 삼는지도 몰랐다.

댄스는 또다시 블로그에 접속해 댓글들을 유심히 살펴보았다.

Http://www.thechiltonreport.com

그중 가장 먼저 그녀의 눈에 띈 이름은 도널드 호큰이었다. '내부 소식' 섹션에 언급됐던 제임스 칠턴의 오랜 친구. 어쩌면 1번 고속도로에서 발견된 십자가가 예고한 표적은 호큰이었는지도 몰랐다. 트래비스의 다음 표적.

그래서 그들은 호큰의 집으로 달려왔다. 호큰과 그의 아내를 대피시키고, 감시 팀을 세워놓기 위해.

하지만 도착과 동시에 댄스는 총을 쥔 채 옆뜰 덤불 뒤에 숨어 있는 후드 쓴 형체를 발견했다. 그녀는 앨버트 스템플과 MCSO 경관을 보내 그를 쫓도록 했다. 그런 후에 자신은 레이 카라네오와 집으로 들어갔다. 총까지 뽑아든 채로.

부부는 여전히 두려움에 몸을 떨었다. 그들은 총을 앞세우고 들이닥친 사복 차림의 카라네오를 살인자로 오해하기까지 했었다.

댄스의 모토로라 무전기가 치직 소리를 냈다. 이번에도 스템플이었다.

"뒤뜰에 나와 있어. 놈이 흙바닥에 십자가를 그려놓고 갔군. 장미 꽃잎도 뿌려놓았고."

"알았어, 앨."

릴리는 눈을 감고 남편의 어깨에 이마를 기댔다.

댄스 일행이 몇 분만 늦게 도착했어도 부부는 아마 살아 있지 못했을 것이다.

"왜 하필 우리죠? 우리가 그 애에게 뭘 어쨌다고. 블로그에 글을 올린 적도 없고, 그 아이에 대해 알지도 못하는데요."

호큰이 말했다.

댄스는 소년이 무차별적으로 표적을 늘려가고 있다고 설명했다.

"그러니까 블로그에 언급만 된 사람들도 위험에 처했다는 건가요?"

"그런 것 같습니다."

수십 명의 경관이 주변을 샅샅이 뒤졌지만 달아난 트래비스는 찾지 못했다.

자전거를 끌고 어떻게 도망친 거지? 댄스는 궁금했다. 소년은 홀연히 사라져버렸다. 대체 어디로? 누군가의 지하실로? 인적 끊긴 공사장에?

지붕에 위성접시를 단 방송국 차량들이 속속 도착했다. 차에서 내린 카메라맨들은 곧바로 장비 준비에 들어갔다.

불난 집에 기름을 끼얹은 격이었다.

경관의 수도 빠르게 늘어갔다. 자전거 순찰대에서도 지원을 보내왔다.

댄스는 호큰에게 물었다.

"샌디에이고에 집이 있으신가요?"

대답은 릴리가 했다.

"매물로 내놓았는데, 아직 팔리지 않았어요."

"그럼 일단 거기 가 계시는 게 좋겠습니다."

"가구도 없이 썰렁한데요. 다 유료 창고에 가져다 놓았거든요."

호큰이 말했다.

"지인께 며칠 신세를 지실 순 없나요?"

"부모님 댁에 가 있으면 돼요. 도널드의 아이들도 지금 거기 머물고 있거든요."

"그럼 트래비스가 체포될 때까지 거기 계시죠."

"아무래도 그래야 할 것 같네요."

릴리가 말했다.

"당신 혼자 가. 난 제임스를 두고 갈 수 없어."

호큰이 아내에게 말했다.

"여기 계셔도 칠턴 씨를 위해서 하실 수 있는 일이 없습니다."

댄스가 말했다.

"있어요. 그 친구에게 정신적 지원을 해줄 겁니다. 지금 많이 힘들어하고 있을 거예요. 그에겐 곁을 지켜줄 친구가 필요합니다."

"물론 의리도 중요합니다. 하지만 오늘 당하신 일을 생각해보세요. 그 아인 이 집을 알고 있고, 선생님을 해치려 하고 있습니다."

"30분도 안 돼서 그 아이가 잡힐지도 모르지 않습니까."

"그럴 수도 있고, 아닐 수도 있죠. 제발 그렇게 해주십시오, 호큰 씨."

하지만 호큰의 고집도 보통이 아니었다.

"전 그 친구를 두고 갈 수 없습니다."

그러고는 한층 부드러워진 음성으로 덧붙였다.

"제 설명을 들어보세요."

호큰은 아내를 흘끔 돌아보았다.

"제 첫 번째 아내, 사라는 2년 전에 세상을 떠났습니다."

"유감입니다."

호큰이 무시하듯 어깨를 으쓱했다. 댄스에게도 익숙한 반응이었다.

"제임스는 모든 걸 제쳐두고 한 시간도 안 돼 제게 와주었습니다. 그리고 일주일간 저와 제 아이들 곁을 지켜주었습니다. 저희 가족과 사라의 가족을 끝까지 챙겨주었죠. 음식, 장례식 준비, 집안일과 빨래까지 다 처리해줬어요. 그때 저는 마비상태였습니다. 아무것도 할 수 없는 무기력한 상태였지요. 그런 절 제임스가 살려준 겁니다. 덕분에 제가 정신을 온전히 되찾을 수 있었던 거고요."

댄스는 자신도 모르게 남편이 세상을 떠났을 때를 떠올렸다. 칠턴이 그랬던 것처럼 마틴 크리스텐슨도 그녀 곁을 지켜주었다. 아이들을 남겨놓고 스스로 목숨을 끊을 댄스는 아니었지만, 마틴이 없었다면 진작 미쳐버리고 말았을 것이다.

그녀는 도널드 호큰의 입장을 이해할 수 있었다.

"전 떠나지 않겠습니다. 그러니 더 얘기하지 마십시오."

그가 단호하게 말했다. 그러고는 아내를 살며시 끌어안았다.

"일단 당신 혼자 가도록 해. 그게 좋겠어."

"싫어요. 당신과 같이 있을래요."

한 치의 머뭇거림도 없이 릴리가 말했다.

댄스는 호큰의 표정을 유심히 살폈다. 흠모, 만족, 결의…… 댄스의 마음도 아려왔다. 호큰은 첫 번째 아내를 잃고도 회복해서 새 사랑을 찾았잖아.

충분히 가능한 일이야. 잘 보라고. 댄스는 생각했다.

그녀는 우선 눈앞의 일부터 처리하기로 했다.

"좋습니다. 하지만 지금 당장 이 집을 떠나주십시오. 호텔에 방을 잡아 당분간 조용히 숨어 지내셔야 합니다. 어디 계시든 저희가 감시 팀을 보내 지켜드리겠습니다."

"알겠습니다."

바로 그때 밖에서 차 한 대가 급히 멈춰 서는 소리가 들려왔다. 그녀와 카라네오는 잽싸게 현관을 뛰쳐나갔다.

"괜찮아."

앨버트 스템플이 남부 악센트와는 또 다른 늘어지는 말투로 말했다.

"칠턴이야."

블로거가 친구의 소식을 듣고 한걸음에 달려온 것이다. 칠턴이 허둥대며 계단을 올라왔다.

"무슨 일입니까?"

칠턴이 겁에 질린 얼굴로 물었다. 지난번처럼 분노와 옹졸함과 오만함의 흔적을 찾아볼 수 없었다.

"그들은 무사한가요?"

"네. 트래비스가 왔었습니다. 하지만 호큰 부부는 무사합니다."

댄스가 말했다.

"어떻게 된 일입니까?"

블로거의 재킷 깃은 삐뚜름했다.

호큰과 릴리가 밖으로 나왔다.

"제임스!"

칠턴이 달려가 친구를 부둥켜안았다.

"괜찮아?"

"그래, 그래. 경찰이 제때 나타나줬어."

"트래비스를 잡았습니까?"

칠턴이 댄스에게 물었다.

"아뇨."

댄스는 대답했다. 그녀는 칠턴이 소년을 잡지 못한 당국의 무능함을 맹렬히 비판할 거라 생각했다. 하지만 칠턴은 오히려 댄스의 손을 꼭 붙잡았다.

"감사합니다. 정말 감사합니다. 요원님이 이들을 구하셨습니다. 감사합니다."

댄스는 어색하게 고개를 끄덕이며 그에게서 손을 뗐다. 칠턴이 릴리를 돌아보며 미소 지었다.

두 사람이 서로를 실물로 처음 본 순간이었다. 호큰이 서로를 소개했다. 칠턴이 다가가 릴리와 포옹했다.

"정말 죄송합니다. 친구 부부가 제 문제로 고통받게 될 줄은 정말 몰랐습니다."

"누가 이런 일이 벌어질 거라 예상할 수 있었겠어?"

호큰이 말했다.

칠턴이 친구를 돌아보며 후회하는 듯한 미소를 지었다.

"몬터레이 페닌슐라를 이런 식으로 소개하게 되다니. 이곳에서 정이 떨어졌다 해도 할 말이 없어. 내일 샌디에이고로 돌아간다 해도 말릴 수 없을 것 같네."

릴리가 희미하게 미소 지었다.

"그러고 싶지만 이미 이 집에 어울리는 커튼을 사놨어요."

릴리는 턱으로 집을 가리켰다.

칠턴이 웃음을 터뜨렸다.

"유머감각이 대단하신데, 도널드. 그냥 자네만 샌디에이고로 돌아가는 건 어떤가?"

"안 됐지만 우리 둘 다 여기 머물기로 했네."

그 말에 칠턴의 표정이 어두워졌다.

"범인이 잡힐 때까지 여길 떠나 있는 게 좋을 것 같아."

"저도 그렇게 말씀드렸습니다만……."

댄스는 말했다.

"우린 여기 남을 거야."

"도널드……."

칠턴이 말했다.

호큰이 웃음을 터뜨리며 댄스를 가리켰다.

"경찰이 허락했어. 요원님이 그러라고 하셨다고. 우린 호텔에 숨어 지낼 거야. 보니와 클라이드*처럼 말이지."

"하지만……."

"됐네, 이 친구야. 이미 이렇게 도착해버렸으니 우릴 쫓아낼 생각일랑 말게."

칠턴이 다시 입을 열려다 말고 쓴웃음을 짓는 릴리를 돌아보았다. 릴리가 말했다.

"우리 결정을 존중해주세요, 제임스."

블로거가 웃음을 터뜨렸다.

"알겠습니다. 고마워요. 호텔에 가서 며칠 푹 쉬세요. 며칠 안에 다 해결될 겁니다."

"여길 떠난 후로 패트리샤와 아이들을 못 봤군. 벌써 3년이 넘었어."

호큰이 말했다.

댄스는 블로거의 얼굴을 유심히 살폈다. 확실히 달라진 모습이었다. 칠턴은 처음으로 자신의 인간적인 면을 댄스에게 내보이고 있었다. 마치 이 비극에 가까운 사건이 가상세계 속의 그를 현실로 끄집어내기라도 한

---

* 1930년대의 남녀 2인조 갱이며, 동명의 영화로 유명하다.

듯이.

비록 일시적일지 모르나 단호한 사회 운동가의 모습은 칠턴에게서 찾아볼 수 없었다.

댄스는 추억담을 나누는 그들을 남겨두고 집 뒤편으로 돌아갔다. 갑자기 덤불 속에서 들려온 음성이 그녀를 깜짝 놀라게 했다.

"안녕하세요."

그녀의 고개가 그쪽으로 홱 돌아갔다. 젊은 경관 데이비드 라인홀드였다.

"경관."

그가 씩 웃었다.

"데이비드라고 편히 불러주십시오. 트래비스가 여기 나타났었다는 소식을 들었습니다. 거의 잡을 뻔하셨다면서요?"

"아슬아슬하게 놓쳤어요."

라인홀드는 MCSO-CSU라고 새긴 낡은 금속가방 몇 개를 들고 있었다.

"죄송합니다. 요원님 댁 뒤뜰에서 가져온 십자가를 자세히 살펴봤지만 단서가 될 만한 건 찾지 못했습니다."

"애초부터 큰 기대를 할 수 없었잖아요. 그냥 바람에 날려온 것일 수도 있고요. 내가 제때 나뭇가지를 정리해뒀다면 그런 일도 없었을 거예요."

라인홀드의 반짝이는 눈이 댄스에게 돌아왔다.

"집이 아주 멋있던데요."

"고마워요. 뒤뜰은 좀 어수선하지만."

"아니에요. 아주 아늑해 보였어요."

"집이 어디죠, 데이비드? 몬터레이에 사나요?"

댄스가 경관에게 물었다.

"여기 살았었죠. 룸메이트랑 같이 지냈는데, 그 친구가 여길 떠버렸습니다. 그래서 저도 마리나로 이사했죠."

"그렇군요. 아무튼 수고했어요. 마이클 오닐에게 이야기 잘해놓을게요."

"정말이십니까, 요원님? 감사합니다."

그가 환히 웃으며 말했다.

라인홀드가 돌아서서 뒤뜰에 저지선을 쳐나가기 시작했다. 댄스는 사다리꼴로 두른 노란색 경찰 테이프 중앙을 들여다보았다. 흙바닥에 그려진 십자가와 흩뿌려진 꽃잎들.

댄스의 시선이 몬터레이 고원을 훑다가 바다가 살짝 드러난 만 쪽으로 돌아갔다.

아름다운 전경이었다.

하지만 오늘은 〈디멘션 퀘스트〉의 악마 케찰의 가면만큼이나 불안하게 느껴졌다.

어딘가에 숨어 있겠지, 트래비스?

대체 거기가 어디야?

28

경찰 놀이.

잭 바우어가 테러리스트들을 쫓듯 트래비스를 쫓는 기분.

존 볼링은 단서를 잡았다. 트래비스가 가면 그림과 캐트린 댄스를 연상시키는 여자를 끔찍하게 난도질하는 그림을 블로그에 올려놓은 곳. 소년이 〈디멘션 퀘스트〉에 접속했던 곳.

볼링이 트래비스의 컴퓨터 속 으스스한 복도에서 찾아낸 '운영시간'이라는 암호. 그것은 뉴 몬터레이에 자리한 비디오/컴퓨터 게임 센터, 라이트하우스 아케이드와 관련이 있었다.

소년은 위험을 무릅쓰고 공공장소를 들락거릴 것이다. 그를 잡으려고 대대적인 수색 작업이 진행되고 있으니. 하지만 이동 경로를 잘 고르고, 텔레비전 보도에서 언급된 후드 달린 트레이닝복 대신 선글라스와 모자로 잘 무장한다면 충분히 자유롭게 나다닐 수 있을 것이다.

온라인 게임과 모르페과 중독된 이상 어느 정도의 위험은 감수할 수밖에 없었다.

볼링은 아우디를 몰고 고속도로를 달려 델 몬트로 향했다. 그곳 라이트하우스 스트리트에 도착해서는 곧장 아케이드가 자리한 동네를 찾아갔다.

머리 쓰는 일만 하며 살아온 마흔한 살의 교수는 묘하게도 이 흥분된 상황을 즐기고 있었다. 그동안 용기가 부족한 삶을 살아오지는 않았다. 한때 암벽등반, 스쿠버다이빙, 활강 스키 등을 즐기며 살았던 그였다. 하지만 언제부터인가 경력과 명예와 만족에 더 무게를 두고 살아가게 됐다. 동료 교수들과 필사적으로 경쟁했고, 트래비스처럼 인터넷에서 무차별 공격을 받기도 했다. 물론 볼링을 겨눈 악성 댓글들은 철자법과 문법과 구두법이 칠턴의 블로그 댓글들보다 훨씬 나은 수준이었지만. 최근에 볼링은 저작권보호 자료의 파일 공유에 대한 자신의 입장 때문에 공격을 받았다.

그토록 포악한 공격을 받게 될 줄은 미처 몰랐다. 결국 그는 완파당하고 말았다. 졸지에 '빌어먹을 자본주의자'와 '대기업의 매춘부'로 전락했다. 볼링이 특히 마음에 들어 했던 별명은 '대량살상 교수'였다.

몇몇 동료는 등을 돌려버리기까지 했다.

하지만 캐트린 댄스와 동료 요원들이 매일 겪는 위험한 일들에 비하면 그런 비난쯤은 아무것도 아니었다.

그리고 지금 볼링은 그들처럼 위험을 무릅쓰고 있었다.

경찰 놀이……

그동안 볼링은 캐트린을 비롯한 여러 법집행관들에게 적지 않은 도움을 주었다. 그는 그런 자신이 자랑스러웠고, 당국의 인정에도 만족했다. 이번 사건에 힘을 보태면서 급박하게 돌아가는 상황을 목격했고, 중요한 정보가 오가는 통화 내용을 엿들었으며, 필요한 정보를 받아 적으며 무의식적으로 검은 권총을 만지작거리는 결연한 얼굴의 캐트린 댄스를 지켜봤다. 그리고 어느 순간부터 직접 발로 뛰며 수사를 돕고 싶다는 갈망이 싹트기 시작했다.

또 다른 이유는 없고, 존? 그가 자신에게 비꼬듯이 물었다.

그래, 좋아. 그녀에게 점수를 따고 싶기도 해.

우스운 일이지만 사실이었다. 댄스와 마이클 오닐의 관계를 지켜보며 살짝 질투심에 사로잡혔던 순간도 있었다.

무슨 십대 소년도 아니고.

하지만 댄스에 대한 무언가가 그의 가슴에 불을 당겨놓았다. 말로는 설명이 불가능한 감정이었다. 누가 이런 감정을 감히 형언할 수 있겠는가. 솔직히 너무 빠른 진행에 머리가 핑핑 돌 지경이었다. 댄스는 싱글이었고, 그도 마찬가지였다. 그는 캐시를 잊었다(아니, 거의 잊었다고 보는 게 맞을 것이다). 캐트린도 새 사람을 만나볼 준비가 돼 있을까? 볼링은 그렇다고 판단했다. 하지만 그가 무얼 알겠는가. 댄스처럼 상대의 몸짓 언어를 읽는 능력이 있는 것도 아니고.

더 중요한 사실은 볼링이 남자라는 것이다. 유전적으로 끊임없이 망각하기 좋아하는 종種.

볼링은 라이트하우스 아케이드에서 얼마 떨어지지 않은 옆 골목에 회색 아우디 A4를 세워놓았다. 퍼시픽 그로브 북부에 자리한 으슥한 동네였다. 그는 줄지어 늘어선 작은 상점과 아파트들로 채워진 뉴 몬터레이가 미니 헤이트-애시베리라고 불렸던 시절을 기억했다. 한때 요란한 군부대 주둔 도시였고, 유명한 종교 요양소도 있었다(퍼시픽 그로브의 러버스 포인트는 예수의 연인이라는 사람들이 붙인 이름이었다). 이제 이곳은 오마하나 시애틀의 스트립몰들처럼 특징 없는 곳이 돼버렸다.

라이트하우스 아케이드는 어둡고, 허름하고, 쾨쾨한 냄새를 풍기는 전형적인 오락실이었다.

볼링은 비현실적인 공간을 찬찬히 둘러보았다. 플레이어들 대부분이 남자아이들이었다. 그들은 각자의 터미널에 앉아 모니터를 응시하며 조이스틱을 분주히 놀리거나 키보드를 맹렬히 두드렸다. 플레이스테이션은 곡선으로 된 높은 벽으로 둘러져 있었다. 방음시설은 잘돼 있었고, 가죽으로 된 등받이 높은 의자들은 편해 보였다.

디지털 체험을 위한 모든 게 갖춰졌다. 컴퓨터와 키보드는 기본이고,

소음 방지 헤드폰, 마이크, 터치패드, 자동차 핸들이나 비행기 조종간 같은 입력장치, 3D 고글, 그리고 USB와 파이어와이어* 등을 위한 소켓들도 완벽히 구비했다. 한쪽 구석에는 위wii 게임기도 마련되어 있었다.

볼링은 게임의 최근 추세에 대해 기고한 적이 있었다. 일본에서 개발된 게임 캡슐에 관한 글이었다. 아이들이 혼자 들어가 현실과 완전히 단절된 채로 몇 시간 동안 게임에만 몰두할 수 있도록 만들어진 어둡고 답답한 공간. 어쩌면 짧게는 몇 달, 길게는 몇 년씩이나 방에 틀어박혀 사회생활을 거부하는 은둔형 폐인, '히키코모리'가 심각한 문제로 떠오른 일본에서만 개발이 가능한 것인지도 몰랐다.

사방에서 터져 나오는 소음이 볼링의 정신을 산란하게 만들었다. 디지털 방식으로 만들어진 소음들의 불협화음. 폭발음, 총성, 짐승들이 울부짖는 소리, 으스스한 비명과 웃음소리, 마이크에 대고 세상 어딘가에 있을 상대 플레이어들에게 연신 알아들을 수 없는 메시지를 전하는 아이들의 웅얼거림, 스피커에서 흘러나오는 상대 플레이어들의 대꾸, 게임에서 죽었거나 치명적인 전술적 실수를 저질렀을 때마다 내뱉어지는 절규와 욕설.

평범하기 짝이 없는 라이트하우스 아케이드는 가상세계로 빠져들기 직전에 거치게 되는 전초기지였다.

볼링의 허리에서 진동이 느껴졌다. 그는 휴대폰을 내려다보았다. 제자어브의 메시지였다.

스트라이커가 5분 전에 〈DQ〉에 접속했습니다!!

깜짝 놀란 볼링이 주위를 살펴보았다. 트래비스가 여기 있었나? 칸막이 때문에 한 번에 두 칸 이상의 터미널을 살펴보는 일은 불가능했다.

카운터에 멍한 얼굴로 앉아 있는 장발의 종업원이 눈에 들어왔다. 그

---

* 애플 컴퓨터에서 개인용 컴퓨터, 디지털 오디오, 디지털 비디오용으로 만든 인터페이스 규격

는 공상과학 소설을 읽고 있었다. 볼링은 그에게 다가갔다.

"십대 소년을 찾고 있습니다."

종업원이 피식 웃으며 눈썹을 추켜세웠다.

숲에서 나무를 찾는다는 얘기나 다를 게 없겠지.

"누군데요?"

"아마 〈디멘션 퀘스트〉를 하고 있을 겁니다. 5분 전쯤에 접속한 사람이 있었습니까?"

"카운터를 통해 접속하는 게 아닙니다. 토큰만 있으면 되죠. 토큰은 카운터나 기계에서 살 수 있고요."

종업원이 볼링의 얼굴을 유심히 살폈다.

"아들을 찾으러 오신 건가요?"

"아뇨. 그냥 좀 찾아야 할 이유가 있습니다."

"서버를 살펴봐드릴 순 있어요. 누가 〈DQ〉에 접속해 있는지 알고 싶으시면."

"그래요?"

"네."

"잘됐군요."

하지만 젊은 종업원은 꿈쩍도 하지 않았다. 그는 커튼처럼 드리운 지저분한 머리 너머로 볼링을 빤히 쳐다보았다.

아, 알았어. 협상을 하자는 거군. 좋아. 꼭 탐정이 된 기분인데. 볼링은 생각했다. 잠시 후에 볼링이 건넨 20달러 지폐 두 장이 종업원의 지저분한 청바지 주머니 속으로 사라졌다.

"그의 아바타 이름은 스트라이커입니다. 이게 도움이 될지는 모르겠지만."

볼링이 말했다.

종업원이 들릴 듯 말 듯 신음을 토했다.

"곧 돌아올게요."

종업원은 아케이드 뒤편의 사무실로 들어갔다.

5분 후, 그가 카운터로 돌아왔다.

"스트라이커라는 아이디를 쓰는 플레이어가 〈DQ〉를 하고 있습니다. 방금 전에 접속했더군요. 43번 컴퓨터입니다. 저쪽."

"고마워요."

종업원은 다시 소설을 집어들었다.

볼링은 고민에 빠졌다. 이젠 어떻게 해야 하지? 종업원을 시켜 아케이드를 봉쇄시켜야 하나? 아니야. 트래비스가 눈치챌 수도 있어. 911에 신고할까? 하지만 그전에 먼저 트래비스가 혼자 있는지부터 확인해야지. 총을 지니고 있을 수도 있고.

볼링은 자연스럽게 지나치는 척하다가 잽싸게 트래비스의 벨트에서 총을 뽑아들고, 경찰이 도착할 때까지 붙들어두는 자신의 모습을 상상해 보았다.

아니야. 어리석은 짓이야.

볼링의 손바닥은 땀으로 흥건했다. 볼링은 43번 컴퓨터 쪽으로 천천히 걸음을 옮겼다. 모퉁이에 다다라서는 트래비스의 자리를 흘끔 돌아보았다. 모니터에는 애테리아의 풍경이 떠올라 있었지만 자리는 비었다.

통로에는 아무도 없었다. 44번 컴퓨터는 비었지만, 42번에서는 짧은 초록색 머리의 소녀가 무술 게임을 하고 있었다.

볼링은 소녀 앞으로 다가갔다.

"잠깐 실례할게."

소녀는 상대에게 강력한 펀치를 꽂아넣고 있었다. 마침내 괴물이 쓰러졌다. 소녀의 아바타가 시체 위로 올라가 괴물의 머리를 우악스럽게 뜯어냈다.

"네? 왜요?"

소녀는 볼링을 올려다보지 않았다.

"옆자리에서 〈DQ〉를 하고 있던 남자애 말이야. 어디로 갔는지 아니?"

"몰라요. 지미가 와서 뭐라고 속닥이니까 조용히 일어나던데요. 방금 전에요."

"지미가 누군데?"

"카운터 보는 직원이요."

빌어먹을! 40달러도 잃고 트래비스도 놓치다니. 역시 경찰은 아무나 하는 게 아니야.

볼링이 종업원을 쏘아보았다. 종업원은 아무 일도 없었다는 듯 소설에만 집중했다.

교수는 황급히 밖으로 뛰어나갔다. 어둠에 적응된 그의 눈이 따끔거렸다. 볼링은 골목에 멈춰 서서 눈을 가늘게 뜨고 좌우를 살폈다. 한 소년이 고개를 숙인 채 달아나는 모습이 눈에 들어왔다.

어리석은 짓일랑 마. 볼링이 스스로에게 경고했다. 그는 서둘러 블랙베리 휴대폰을 뽑아들었다.

달아나는 소년은 점점 속도를 높였다.

잠시 고민하던 존 볼링은 소년을 뒤따라 내달리기 시작했다.

29

법무장관의 새크라멘토 사무실에서 온 행정감찰관 해밀턴 로이스는 전화를 끊었다. 방금 전의 통화 내용을 떠올리는 그의 몸은 축 늘어졌다. 완곡한 표현으로 잘 포장된 정치와 비즈니스 관련 대화였다.

로이스는 CBI 건물 로비를 서성이며 골똘히 생각에 잠겼다.

마침내 그는 찰스 오버비의 사무실로 돌아갔다.

지국장은 늘어진 모습으로 의자에 앉아 컴퓨터로 사건 관련 보도를 지켜보고 있었다. 언론은 당국이 블로거의 친구 집에서 킬러를 잡을 뻔했다가 놓친 일을 두고 신랄하게 비판했다. 기자들은 무능한 경찰 때문에 애꿎은 몬터레이 페닌슐라 주민들만 공포에 떨게 됐다고 입을 모았다.

제때 출동한 경찰이 블로거의 친구 부부를 구한 소식은 안중에도 없는 모양이었다.

오버비가 키보드를 두드리자, 또 다른 방송국의 뉴스가 재생됐다. 앵커는 트래비스를 가면이나 도로변 십자가와 엮지 않고 그냥 '비디오 게임 킬러'라고 불렀다. 그는 소년이 피해자를 붙잡아 잔인하게 괴롭힌 다음 살해한다고 설명했다.

지금까지 살해된 피해자는 단 한 명뿐이고, 그 피해자도 특별한 괴롭힘 없이 뒤통수에 총을 맞아 숨졌다는 사실에는 아무도 관심이 없었다.

마침내 로이스가 말했다.

"찰스, 장관님도 걱정이 많으십니다."

로이스가 불시 단속 중에 신분증을 내밀어 보이듯 자신의 휴대폰을 살짝 들었다.

"걱정이야 모두가 하고 있죠. 페닌슐라 전체가 공포에 떨고 있습니다. 그래서 저희도 수사에 모든 인력을 쏟아붓고 있는 게 아니겠습니까. 혹시 새크라멘토에서 저희 수사방식에 불만을 갖고 계시나요?"

오버비의 얼굴에는 어두운 그림자가 드리워졌다.

"뭐 특별히 그런 건 아닙니다만."

로이스의 애매모호한 대답이 오버비를 더 불안하게 만들었다.

"저희는 할 수 있는 모든 걸 다하고 있습니다."

"난 그 요원이 마음에 들더군요. 댄스."

"오, 댄스는 최고입니다. 무엇 하나 대충 흘리는 법이 없죠."

로이스는 고개를 끄덕였다.

"장관님은 피해자들을 무척 유감스럽게 생각하고 계십니다. 나 역시 마찬가지고요."

로이스의 음성에서는 연민이 묻어나왔다. 그는 마지막으로 이토록 침울했던 적이 언제였는지 기억을 더듬어보았다. 어쩌면 딸이 응급실로 실려가 맹장수술을 받았을 때였는지도 몰랐다. 당시 그는 정부와 함께 침대에서 뒹굴던 중이었다.

"비극입니다."

"고장 난 레코드판같이 굴어 미안합니다만, 난 아무리 봐도 그 블로그가 문제인 것 같습니다."

"맞습니다. 그게 바로 태풍의 눈이죠."

오버비가 맞장구쳤다.

태풍의 눈에선 오히려 고요한 파란 하늘만 보일 뿐이라고, 이 친구야. 로이스는 속으로 바로잡았다.

CBI 지국장이 입을 열었다.

"캐트린의 압력에 칠턴이 소년에게 띄우는 공개편지를 올려놓았습니다. 그리고 서버에 대한 정보도 순순히 내놓았고요. 스칸디나비아의 프록시업체 말입니다."

"압니다. 하지만…… 그 블로그가 폐쇄되지 않으면 당국이 할 수 있는 모든 조치를 취했다고 자신할 수는 없겠죠."

그래. 바로 당신들 탓이란 말이야.

"자꾸 그 칠턴이라는 친구가 거슬립니다."

"캐트린이 눈을 부릅뜨고 계속 지켜보겠다고 했습니다."

"그녀는 바쁘지 않습니까. 내 생각엔 그녀가 이미 밝혀낸 사실 속 어딘가에 중요한 단서가 숨어 있을 것 같습니다만. 물론 댄스 요원이 최선을 다해 수사 중이라는 건 압니다. 그래도 혹시 모르니 내가 한번 살펴보면 어떨까 하는데 어떻습니까?"

"직접 말씀이십니까?"

"그래도 괜찮겠죠, 찰스? 네? 사건 파일만 살짝 훑어볼게요. 내 시각에서 보면 뭔가 걸러질 수도 있을 테고 말입니다. 난 왠지 캐트린이 너무 무른 게 아닌가 하는 생각이 듭니다."

"너무 무르다고요?"

"당신이 그녀를 뽑은 건 굉장히 잘한 일입니다, 찰스."

지국장은 뜻밖의 칭찬에 기분이 좋아졌다. 물론 로이스는 캐트린 댄스가 이미 4년차 요원일 때, 오버비가 CBI 지국장으로 부임했다는 사실을 알고 있었다. 그가 계속 말했다.

"아주 현명한 판단이었어요. 우리 같은 늙은 냉소주의자들 틈엔 그런 젊은 해독제가 필요합니다. 하지만 젊다는 건 그만큼…… 순진하다는 뜻이기도 하죠."

"그러니까 캐트린이 칠턴에 대한 단서를 확보해두었으면서도 그 사실을 모르고 있다는 말씀입니까?"

"그럴지도 모르죠."

오버비가 살짝 긴장했다.

"캐트린을 대신해 사과드리겠습니다. 그 친구, 요즘 정신 산란한 일이 많아서 말이죠. 어머니 일로 골치가 많이 아플 겁니다. 아무래도 집중이 잘 안 되겠죠. 물론 최선을 다하고는 있겠지만."

해밀턴 로이스는 무자비한 사람이었다. 하지만 지금껏 이 같은 비판으로 자신의 충성스런 팀 멤버에게 등을 돌려본 적은 없었다. 인간 본성의 가장 어두운 면 세 가지를 뚜렷하게 확인하는 순간이었다. 비겁함, 옹졸함, 그리고 배신.

"지금 사무실에 있습니까?"

"한번 알아보겠습니다."

오버비가 그녀의 사무실로 전화했다. 잠시 댄스의 비서와 대화를 나누던 그가 전화를 끊었다.

"아직도 호큰의 집에 있다는군요."

"그럼 살짝 들어가서 보고 나오면 되겠군요."

로이스는 고민에 빠진 듯했다.

"물론 방해 없이 훑어볼 수 있다면 더할 나위 없이 좋겠습니다만."

"그럼 이렇게 해보죠. 제가 비서를 불러내 심부름을 시키겠습니다. 보고서를 한 아름 안겨주고 복사를 부탁하면 될 겁니다. 요즘 업무량과 근무시간에 대해 의견을 물어보면 아마 뜨끔해서 군말 없이 복사기로 달려갈 걸요. 아무튼 파일 훑으시는 데 방해는 되지 않을 겁니다."

오버비의 사무실을 나온 로이스는 기억을 더듬어 복도를 걷다가 댄스의 사무실을 코앞에 두고 멈춰 섰다. 그는 유능해 보이는 비서가 오버비의 전화에 응답하는 모습을 지켜보았다. 메리엘렌은 오버비의 지시사항을 듣고 당혹해 인상을 찌푸렸다. 잠시 후, 자리에서 일어난 그녀는 서둘러 복도를 걷기 시작했다. 이제 해밀턴 로이스의 약탈을 막을 사람은 아무도 없었다.

골목 끝에 다다른 존 볼링은 멈춰 서서 트래비스가 사라진 오른쪽 옆길을 살펴보았다. 그 길을 따라 내려가면 작은 단독주택, 베이지색과 황갈색의 아파트, 그리고 우거진 지표식물로 빽빽이 채워진 몬터레이 베이에 이르게 될 것이다. 지나온 라이트하우스 스트리트는 교통량이 많았지만 안쪽 골목은 조용했다. 자욱한 안개가 주변을 회색으로 물들였다.

결국 놓치고 말았군. 캐트린에겐 뭐라고 하지? 체면이 말이 아니군.

볼링은 911에 전화를 걸어 트래비스 브리검을 목격했다고 제보한 다음 위치를 알려주었다. 상황실 대원은 5분 안에 순찰차가 아케이드에 도착할 거라고 말했다.

어린애 같은 짓은 이걸로 끝내자고. 앞으론 만만한 강의와 지적 분석에만 나서야지. 볼링이 속으로 말했다.

액션보다는 아이디어로.

볼링은 방향을 틀고 순찰차를 맞기 위해 아케이드로 돌아갔다. 하지만 순간적으로 뇌리를 스치는 생각이 있었다. 소년을 쫓는 일이 마냥 무모하지만은 않다는 생각. 어쩌면 자신은 천성적으로 위험을 즐기는 타입인지도 몰랐다. 그저 그 사실을 깨닫지 못한 채 지금껏 의문을 갖고, 수수께끼와 퍼즐을 푸는 일에만 집착해왔을 뿐. 사회, 그리고 인간의 정신과 마음을 이해하는 일.

한 블록만 더 쫓아가볼까? 손해 볼 거 없잖아. 어차피 경찰도 오고 있고. 그 아이가 골목에 세운 차에 오르거나, 빈집을 찾아 몰래 들어가는 모습을 목격한 주민을 만나게 될지도 모르니까.

교수는 오른쪽 옆길 쪽으로 방향을 돌리고 물가를 향해 모래 깔린 골목을 내달리기 시작했다. 머지않아 캐트린을 다시 볼 수 있게 되기를 바라면서.

댄스의 초록색 눈이 볼링의 머릿속을 가득 채우고 있을 때, 갑자기 대형 쓰레기 컨테이너 뒤에서 소년이 튀어나와 교수의 목에 억센 팔뚝을 걸었다. 땀에 찌든 소년의 옷에서는 쾨쾨한 냄새가 풍겼다. 어둠 속에서 번뜩이는 은색 칼날이 서서히 교수의 목을 향해 올라왔다.

30

휴대폰을 귀에 댄 캐트린 댄스는 맹렬히 차를 몰아 카멜에 자리한 제임스 칠턴의 집에 도착했다. 차를 세우며 그녀가 전화를 걸어온 사람에게 말했다.

"고마워요."

전화를 끊고 차에서 내린 댄스는 몬터레이 카운티 보안관 사무실 순찰차가 있는 곳으로 올라갔다. 차 안에는 감시 임무를 수행 중인 경관이 있었다.

댄스가 그에게로 다가갔다.

"안녕, 미겔."

"댄스 요원님, 안녕하세요. 여긴 조용합니다."

"다행이네요. 칠턴 씨가 돌아오셨죠?"

"네."

"부탁 하나만 할게요."

"뭐든지요."

"차에서 내려줄래요? 차 문에 기댄 채 서 있어줘요. 사람들이 당신을 똑똑히 볼 수 있도록 말이에요."

"무슨 일이 있나요?"

"아직은 모르겠어요. 그냥 여기 서 있기만 하면 돼요. 무슨 일이 있어도 절대 움직여선 안 돼요."

잠시 망설이던 미겔이 차에서 내렸다.

댄스는 현관으로 올라가 초인종을 눌렀다. 마지막 소리는 살짝 밋밋했다.

칠턴이 문을 열고 나와 눈을 깜빡였다.

"무슨 일이라도 생겼습니까?"

어깨너머를 흘끔 돌아본 댄스가 수갑을 뽑아들었다.

칠턴의 시선이 수갑으로 떨어졌다.

"이게 대체……?"

그는 말을 잇지 못했다.

"돌아서서 두 손을 뒤로 내밀어요."

"대체 왜 이러는 겁니까?"

"빨리요! 시키는 대로 해요."

"이건……."

댄스가 칠턴의 어깨를 쥐고 돌아서게 했다. 칠턴이 다시 입을 열려고 하자 그녀가 말했다.

"쉿."

그러고는 칠턴의 손목에 수갑을 채웠다.

"당신을 사유지 무단침입 혐의로 체포합니다."

"뭐라고요? 누구 사유지를 무단침입했다는 겁니까?"

"아놀드 브루베이커의 사유지. 담수화시설 공사현장 말입니다."

"잠깐만요. 어제 일 때문에 이러는 겁니까?"

"그래요."

"날 풀어줘요!"

"어젠 경황이 없어서 체포하지 못했어요."

댄스는 미란다 권리를 읊어주었다.

그때 검은 세단 한 대가 맹렬히 달려와 집 앞 자갈 깔린 사유차도에 멈췄다. 댄스는 그 차가 고속도로 순찰대 차량이라는 걸 알았다. 앞좌석의 덩치 큰 남자 두 명이 호기심에 찬 눈으로 댄스를 내다보며 차에서 내렸다. 그들은 카운티 보안관 사무실 순찰차와 미겔 헤레라를 흘끔 돌아보았다. 미겔은 차에 기대 선 채, 허리춤의 무전기를 만지작거렸다.

두 사람이 댄스와 칠턴에게 다가왔다. 그들의 시선이 칠턴의 손목에 채운 수갑으로 돌아갔다.

댄스는 당혹스러운 듯 물었다.

"누구시죠?"

"CHP입니다. 그쪽은 누구십니까?"

고참으로 보이는 대원이 말했다.

댄스는 가방에서 지갑을 꺼내 신분증을 보였다.

"캐트린 댄스입니다. CBI예요. 여긴 무슨 일로 오셨죠?"

"제임스 칠턴을 체포하러 왔습니다."

"내 범인을요?"

"당신 범인?"

"그래요. 우리가 방금 체포했습니다."

댄스는 헤레라를 돌아보았다.

"잠깐만요."

칠턴이 불쑥 끼어들었다.

"조용히 해요."

댄스가 말했다.

"우린 제임스 칠턴의 체포영장을 가져왔습니다. 그의 컴퓨터와 파일과 업무기록도 챙겨가야 합니다. 〈칠턴 리포트〉와 관련된 모든 걸 압수해오라는 지시가 있었습니다."

고참 대원이 영장을 내보이며 말했다.

"말도 안 돼. 대체 무슨 일로 이러는 겁니까?"

칠턴이 말했다.

"조용히 하라니까요."

댄스가 다시 말하고 대원들을 돌아보았다.

"무슨 혐의로 체포하려는 거죠?"

"무단침입."

"아놀드 브루베이커의 사유지 말인가요?"

"그렇습니다."

댄스는 웃음을 터뜨렸다.

"나도 같은 혐의로 체포했는데요."

두 대원이 댄스를 빤히 쳐다보다가 칠턴을 돌아보았다. 이런 경우를 처음 겪어보는지, 그들은 적잖이 당혹스러워했다.

"우리에겐 영장이 있습니다."

또 다른 대원이 말했다.

"압니다. 하지만 칠턴 씨는 이미 우리가 체포했습니다. 관련 파일과 컴퓨터를 조사하는 것도 우리 CBI에게 관할권이 있고요. 그것들은 이따가 우리가 챙겨갈 겁니다."

"이런 황당한 경우가 있나."

칠턴이 불평했다.

"조용히 계십시오."

덩치 큰 젊은 대원이 지시했다.

칠턴의 입이 닫혔다.

캐트린 댄스는 눈을 가늘게 뜨고 살짝 미소를 지었다.

"잠깐만요. 영장을 신청한 사람이 누구죠? 혹시 해밀턴 로이스였나요?"

"그렇습니다. 법무장관의 새크라멘토 사무실에서 신청했습니다."

"역시."

댄스는 긴장을 풀었다.

"미안해요. 뭔가 오해가 있었던 것 같습니다. 사실 어제 체포했어야 하는데, 진술서에 문제가 생겨서 오늘 이렇게 오게 됐습니다. 해밀턴에게도 그렇게 얘기했고요. 아마 내가 도로변 십자가 사건으로 바쁠 거라 생각해서……."

"그 가면 킬러 사건, 그걸 수사하고 계십니까?"

"그래요."

"섬뜩하던데요."

"네, 그렇죠. 해밀턴은 내가 그 사건으로 정신이 없을 줄 알고 무단침입 사건을 자신이 직접 처리하려고 한 모양이에요."

댄스가 깔보는 듯한 표정으로 칠턴을 가리켰다.

"사실 칠턴 씨 때문에 약이 많이 올라 있었습니다. 그래서 직접 체포하러 왔죠."

마치 공모하는 것 같은 댄스의 미소에 대원들도 덩달아 미소를 흘렸다. 그녀가 말했다.

"아무튼 다 내 탓이에요. 해밀턴 로이스에게 미리 귀띔을 해주었어야 했는데. 지금 연락해볼게요."

댄스는 벨트에서 휴대폰을 뽑아 버튼을 눌렀다. 그녀는 고개를 삐뚜름하게 기울였다.

"댄스입니다."

그녀는 방금 도착해 제임스 칠턴을 체포했다고 보고했다. 댄스는 한동안 상대의 대꾸에 귀를 기울였다.

"체포는 했고요…… 필요한 서류는 사무실에 있습니다…… 네."

댄스는 고개를 끄덕였다.

"알겠습니다."

현재 기온이 13도이며, 내일 몬터레이 페닌슐라 전역에 비가 내릴 거라는 여자의 안내가 끝나자 댄스는 전화를 끊었다.

"다 됐습니다. 우리가 데려갈게요."

미소.

"뭐 샐리나스 구치소에서 네 시간 정도 쉬었다 가고 싶으면 그쪽에서 체포하셔도 되고요."

"아닙니다. 괜찮습니다, 댄스 요원님. 차에 태우는 걸 도와드릴까요?"

덩치 큰 대원이 제임스 칠턴을 흘끔 돌아보았다. 마치 블로거가 수갑을 우악스럽게 뜯고 달아날지 모르는 괴력의 소유자라도 되는 듯이.

"아닙니다. 우리끼리 충분히 할 수 있어요."

두 대원은 목례를 하고 돌아섰다. 그러고는 차에 올라 사유차도를 미끄러지듯 빠져나갔다.

"내 말 좀 들어봐요."

칠턴이 상기된 얼굴로 으르렁거렸다.

"이건 말도 안 되는 일입니다. 당신도 알잖아요."

"흥분하지 말아요."

댄스는 그에게 다가가 수갑을 풀어주었다.

"대체 어떻게 된 일입니까? 날 체포하러 왔다면서요."

칠턴이 손목을 문지르며 말했다.

"그랬죠. 하지만 마음을 바꿨습니다."

"지금 나랑 장난하자는 겁니까?"

"아뇨. 오히려 당신을 구해주고 있는 겁니다."

댄스는 수갑을 집어넣었다. 그러고는 미소를 지으며 황당한 표정의 헤레라를 향해 손을 흔들었다. 헤레라가 고개를 끄덕였다.

"당신은 덫에 걸릴 뻔했어요, 제임스."

이곳에 오기 전 댄스는 비서에게 연락을 받았다. 메리엘렌은 찰스 오버비로부터 두 차례 연락을 받았다고 말했다. 한번은 댄스가 사무실로 돌아왔는지 확인하기 위해서였고, 또 한번은 직무 만족도 의논을 위한 호출이었다. 지금껏 단 한번도 직무 만족도를 묻기 위해 직원을 호출한 적 없었던 지국장이.

이상한 생각이 든 메리엘렌은 오버비의 사무실로 향하는 길에 걸스 윙 한쪽 구석에 숨어 잠시 복도를 지켜보았다. 해밀턴 로이스가 기다렸다는 듯 나타나 댄스의 사무실로 들어갔고, 약 5분 후에 다시 나와 휴대폰으로 누군가에게 연락했다. 메리엘렌은 몰래 다가가 통화를 엿들었다. 로이스는 친분 있는 새크라멘토의 치안판사와 통화 중이었다. 그는 판사에게 칠턴의 체포영장을 부탁했다. 무단침입 어쩌고 하면서.

메리엘렌은 심상치 않은 분위기를 감지하고 곧장 댄스에게 연락해 그 소식을 전했다. 그러고 나서 태연하게 오버비의 사무실을 찾아갔다.

댄스는 칠턴에게 요약판 사정을 들려주었다. 하지만 로이스의 이름은 언급하지 않았다.

"대체 배후가 누굽니까?"

칠턴이 씩씩대며 물었다.

배후를 알게 되면 블로거는 보나마나 자신의 사이트에 오늘 겪은 황당한 일을 가감 없이 공개하고, 배후의 인물을 신랄하게 비난할 터였다. 댄스는 일이 걷잡을 수 없이 커지는 걸 원치 않았다.

"그건 얘기할 수 없습니다. 아무튼 누군가가 트래비스의 덜미가 잡힐 때까지 당신 블로그를 폐쇄하기 위해 수작을 부리고 있다는 것만큼은 분명합니다."

"하지만 왜?"

댄스는 단호한 표정을 지었다.

"내가 블로그 폐쇄를 요청했던 것과 같은 이유겠죠. 사람들이 댓글을 달수록 트래비스의 표적만 늘어나게 되니까요."

댄스는 입가에 옅은 미소를 머금었다.

"게다가 당국은 이미 대중으로부터 심한 질타를 받고 있지 않습니까. 그러니 블로그 폐쇄를 서두르려 할 수밖에요."

"블로그를 폐쇄하는 게 대중을 위하는 일입니까? 난 부정부패와 문젯거리들을 폭로하고 있습니다. 그런 짓들을 권장하는 게 아니라고요."

칠턴은 흥분을 가라앉혔다.

"그들이 날 체포해가는 걸 막기 위해 연기했던 거군요."

"네."

"이젠 어떻게 되는 거죠?"

"둘 중 하나일 겁니다. 아까 왔던 고속도로 순찰대 대원들은 본부로 돌아가 보스에게 영장 집행을 못했다고 보고하겠죠. 당신이 이미 체포된 상태였으니까. 어쩌면 거기서 일이 정리될 수도 있어요."

"두 번째 가능성은요?"

상상도 하고 싶지 않은 악몽. 댄스는 속으로 대답했다. 그녀는 말없이 어깨만 으쓱했다.

칠턴도 그 의미를 알고 있는 듯했다.

"날 위해 위험을 무릅쓴 거군요. 왜 그랬죠?"

"당신에게 진 빚이 있으니까요. 우리가 적극적인 협조를 받고 있지 않습니까. 물론 다른 이유도 있습니다. 당신의 정치적 입장을 지지하지 않지만, 당신이 블로그에서 마음껏 의견을 내놓을 권리는 인정합니다. 문제가 있으면 소송을 당할 것이고, 판결은 법원이 내리겠죠. 하지만 당신의 접근 방식이 마음에 안 든다는 이유로 블로그를 폐쇄시키려는 자경단식 움직임은 옳지 않다고 봐요."

"고마워요."

칠턴의 눈에서는 진심이 느껴졌다.

두 사람은 악수했다. 칠턴이 말했다.

"들어가서 블로그에 접속해봐야겠습니다."

댄스는 골목으로 나와 여전히 당혹스러워 하는 미겔 헤레라에게 감사를 표한 다음 차로 돌아갔다. 그녀는 티제이에게 해밀턴 로이스의 배경을 꼼꼼히 조사해보라는 지시사항을 메시지로 남겨놓았다. 맞서기 전에 상대에 대해 알아보는 건 당연한 일이었으니까.

이제야 궁금증이 하나씩 풀려나갈 기미가 보였다. 댄스의 휴대폰이 진동했다. 발신자를 확인하니 오버비였다.

젠장. 기가 막힌 타이밍이었다.

"지국장님."

"캐트린, 문제가 좀 생겼어. 스피커폰으로 해놨으니까 해밀턴 로이스와 얘기해봐."

댄스는 귀에서 휴대폰을 떼고 싶은 충동을 느꼈다.

"댄스 요원, 당신이 칠턴을 체포했다고 들었습니다. CHP가 영장 집행을 못했다던데요."

"다른 방법이 없었습니다."

"방법이 없었다고요? 그게 무슨 뜻입니까?"

댄스는 흥분하지 않으려 애썼다.

"블로그를 폐쇄하는 건 반대합니다. 우린 트래비스가 접속해 올라온 내용을 훑는다는 걸 알고 있습니다. 칠턴은 트래비스에게 자수를 권유했고요. 트래비스가 그걸 봤다면 칠턴에게 연락해올지 모릅니다. 자수를 조건으로 협상을 제안할 수도 있고요."

"캐트린, 그래도 새크라멘토에선 블로그를 폐쇄하는 쪽이 낫다고 보고 있어. 거기에 전혀 동의하지 못한다는 거야?"

오버비의 음성에서는 절박한 기색이 묻어나왔다.

"네, 지국장님. 그건 그렇고, 로이스 씨, 제 파일을 몰래 훑으셨죠?"

잠시 침묵이 흘렀다.

"이미 공개된 자료만 살펴봤을 뿐입니다."

"그건 중요하지 않습니다. 윤리법 위반이에요. 범죄란 말입니다."

"캐트린, 내 말 좀 들어봐."

오버비가 끼어들었다.

"댄스 요원."

차분한 로이스에게 오버비는 안중에도 없었다. 댄스가 숱한 심문을 거치면서 깨달은 사실. 평정을 잃지 않는 상대가 가장 위험한 법이다.

"무고한 사람들이 피해를 보고 있습니다. 그런데도 칠턴은 신경도 안 써요. 맞습니다. 강제로 블로그를 폐쇄시키면 모양새가 좋지 않겠죠. 찰스는 물론, CBI와 새크라멘토, 모두의 이미지에 타격을 입을 수 있습니다. 솔직히 까놓고 말하면 그렇다는 겁니다."

댄스는 로이스의 주장의 본질에는 아무 관심이 없었다.

"로이스 씨, 앞으로 이런 일이 또 있으면 그땐 법무장관님과 주지사님께 직접 항의하겠습니다. 영장이 있든 없든 말입니다. 물론 언론에도 알릴 거고요."

이번에는 오버비가 나섰다.

"로이스 씨, 이 친구 말은 그러니까……."

"제 얘기는 똑똑히 이해하셨을 겁니다, 지국장님."

댄스의 휴대폰이 삐삐 울렸다. 마이클 오닐의 문자 메시지가 도착했다.

"이만 끊겠습니다."

그녀는 일방적으로 전화를 끊은 후에 곧바로 메시지를 확인했다.

캐트린, 뉴 몬터레이에서 트래비스가 목격됐어. 경찰이 놓쳤다더군. 또 다른 피해자가 있었는데 숨졌다나 봐. 카멜이야. 사이프러스 힐스 스트리트 서쪽. 지금 그쪽으로 가는 중이야. 거기서 볼까?

—마이클

댄스는 알겠다고 답 문자를 보냈다. 그리고 곧장 차로 달려나갔다.

댄스는 가끔 그 존재조차 잊고 지내는 경광등을 꺼내 차 지붕에 붙였다. 그녀 같은 수사관들은 경광등을 쓸 일이 거의 없었다. 댄스는 오후의 어스레하게 보이는 길을 헤치고 맹렬히 차를 몰았다.

또 다른 피해자…….

보나마나 트래비스는 도널드 호큰과 그의 아내를 해코지하지 못한 분풀이로 다른 표적을 찾아 나섰을 것이다. 댄스가 예상했던 대로.

출구를 찾은 댄스는 급하게 브레이크를 밟고 구불구불한 시골길로 들어섰다. 우거진 초목은 우중충한 날씨 탓에 선명하던 색이 전부 침출된 상태였다. 댄스는 꼭 내세에 갇힌 듯 묘한 기분을 느꼈다.

〈디멘션 퀘스트〉의 배경인 애테리아에 와 있기라도 한 듯.

댄스는 검을 들고 서 있는 스트라이커의 모습을 떠올렸다.

정말 한 수 배우고 싶다니까. 내게 뭘 가르쳐줄 수 있지?

죽는 것…….

칼날이 자신의 가슴을 파고드는 소년의 조잡한 그림도 떠올렸다.

그때 번쩍이는 섬광이 댄스의 눈에 들어왔다. 하얀빛과 색깔 있는 빛들.

댄스는 조금 더 나아가 몬터레이 카운티 보안관 사무실 소속 순찰차들과 과학수사 팀의 밴 옆에 차를 세웠다. 댄스는 차에서 내려 대혼란 속으로 들어갔다.

"안녕하세요."

마이클 오닐을 발견하고 말했다. 그를 보는 순간 댄스에게 안도감이 찾아들었다. 비록 일시적인 만남이었지만.

"현장을 둘러보셨나요?"

댄스가 물었다.

"나도 방금 도착했어."

두 사람은 시신이 누워 있는 지점으로 다가갔다. 시신은 짙은 초록색

방수포로 덮였다. 현장에는 노란색 경찰 테이프가 둘러져 있었다.

"누군가가 발견한 건가요?"

댄스는 MCSO 경관에게 물었다.

"그렇습니다, 댄스 요원님. 뉴 몬터레이에서 911로 신고가 접수됐습니다. 저희가 출동했을 땐 범인과 신고자가 이미 사라진 후였습니다."

"피해자 신원은?"

오닐이 물었다.

"아직 확인하지 못했습니다. 피해자의 상태는 아주 참혹했습니다. 이번엔 트래비스가 칼을 사용했더군요. 총 대신에. 아주 난도질을 해놨습니다."

경관이 대답하고 도로에서 15미터쯤 떨어진, 잔디로 덮인 부분을 가리켰다.

댄스와 오닐은 모래로 덮인 길을 따라 더 들어갔다. 채 2분도 되지 않아 테이프를 두른 현장에 도착했다. 제복 경관과 사복 형사 대여섯 명이 어슬렁댔고, 현장감식반 대원 하나는 초록색 방수포로 덮인 시신 옆에 몸을 웅크리고 앉아 있었다.

그들은 라틴계 MCSO 경관과 인사를 나누었다. 과거에 댄스를 몇 번 도운 적 있는 경관이었다.

"피해자의 신분증을 확인했나요?"

댄스가 물었다.

"지갑을 찾아 알아보고 있습니다. 지금까지 확인된 사실은 피해자가 남성이고 사십대라는 것뿐입니다."

경관이 시신을 가리키며 말했다.

댄스는 주변을 돌아보았다.

"여기서 살해된 것 같진 않죠?"

주변에는 주택도, 어떠한 건물도 보이지 않았다. 피해자가 이곳에서 하이킹이나 조깅을 했을 가능성도 적었다. 코스 자체가 마련돼 있지 않았으니까.

"네. 혈흔도 거의 없습니다. 범인이 피해자를 차에 싣고 와서 이곳에 던져두고 간 것 같습니다. 모래홈에 타이어자국이 남아 있었습니다. 저희는 트래비스가 피해자의 차를 훔쳐 타고 왔을 것으로 보고 있습니다. 살해한 다음에 트렁크에 실었겠죠. 그 첫 번째 피해 여학생 때처럼 말입니다. 태미 포스터 말이에요. 물론 이번엔 밀물 때를 기다리지 않고 그냥 칼로 찔러 살해했지만요. 피해자의 신원이 확인되는 즉시 수배가 내려질 겁니다."

경관이 말했다.

"트래비스의 짓이라고 확신하나요?"

댄스는 물었다.

"분명히 그놈 짓일 겁니다."

"피해자에게 고문의 흔적이 남아 있었나요?"

"그런 것 같습니다."

그들은 시신으로부터 3미터쯤 떨어진 경찰 테이프 앞에 멈춰 섰다. 우주 비행사를 연상시키는 점프수트 차림의 현장감식반 대원이 줄자를 분주히 놀렸다. 그가 고개를 들고 댄스 일행을 올려다보며 인사했다. 고글 안에서 그의 눈썹이 올라갔다.

"가까이에서 보고 싶으신가요?"

대원이 말했다.

"네."

댄스는 대답했다. 어쩌면 대원은 여자가 보기에 시신의 상태가 너무 참혹한 수준이라고 생각했는지도 모른다. 지금 시대가 어느 땐데.

댄스는 마음을 독하게 먹었다. 산 자들을 다루는 일을 하는 그녀는 아직도 죽음의 이미지에 완전히 면역되지 않은 상태였다.

대원이 방수포를 들추려고 하는데, 댄스 뒤에서 음성이 들려왔다.

"댄스 요원님?"

댄스는 돌아서서 천천히 다가오는 또 다른 제복 경관을 쳐다보았다. 그는 손에 무언가를 쥐고 있었다.

"네?"

"조나단 볼링이라는 사람을 아십니까?"

"조나단? 네."

댄스는 경관이 쥐고 있는 명함을 내려다보았다. 순간 신원 확인을 위해 피해자의 지갑을 가져갔다는 보고가 떠올랐다.

섬뜩한 생각이 그녀의 뇌리를 스쳤다. 저 피해자가 조나단인가?

댄스의 머리 회전이 빨라지기 시작했다. A에서 B에서 X로. 내가 사무실을 비웠을 때, 교수가 트래비스의 컴퓨터에서 뭔가를 찾아낸 걸까? 그래서 혼자 그 애를 뒤쫓기로 결심했고?

제발 아니길!

댄스가 겁에 질린 눈으로 오닐을 돌아보았다. 그러고는 곧바로 시신을 향해 달려나갔다.

"이봐요! 들어오면 안 됩니다!"

현장감식반 대원이 소리쳤다.

댄스는 경고를 무시하고 방수포를 걷어냈다.

순간 그녀의 숨이 턱 막혔다.

안도와 공포가 동시에 찾아들었다.

시신은 볼링이 아니었다.

야윈 체구에 턱수염을 기른 남자는 헐렁한 바지에 하얀 셔츠를 걸쳤다. 난도질당한 시신은 한쪽 눈을 반쯤 떴다. 시신의 이마에는 십자가가 새겨졌고, 몸에는 빨간 장미잎들이 흩뿌려졌다.

"그럼 이건 어디서 가져온 거죠?"

댄스는 턱으로 볼링의 명함을 가리켰다. 그녀의 음성은 가볍게 떨렸다.

"그걸 말씀드리려던 찰나였습니다. 지금 저쪽 바리케이드에 있습니다. 요원님을 뵙게 해달라는군요. 급한 일이랍니다."

"가슴 좀 진정시키고 나서요."

댄스는 심호흡을 하며 떨리는 가슴을 달랬다.

또 다른 경관이 피해자의 지갑이 든 비닐봉지를 들고 다가왔다.

"신원이 확인됐습니다. 마크 왓슨. 은퇴한 엔지니어입니다. 몇 시간 전에 가게에 다녀온다고 나갔었다네요."

"누구지? 왜 트래비스의 표적이 된 거지?"

오닐이 물었다.

댄스는 재킷 주머니에서 블로그를 꼼꼼히 훑으며 작성한 표적 후보 명단을 꺼냈다.

"블로그에 댓글을 올린 적이 있어요. '국민의 명령' 스레드. 핵시설에 관한 내용이었죠. 시설 위치에 대한 칠턴의 입장을 지지하지도, 반대하지도 않았던 중립적인 댓글이었어요."

"그러니까 이젠 블로그와 연관된 모두가 위험에 처했다는 거지?"

"그런 것 같네요."

오닐은 잠시 댄스를 응시했다. 그리고 그녀의 팔뚝에 살며시 손을 얹었다.

"괜찮아?"

"그냥…… 좀 무섭네요."

댄스는 무의식적으로 존 볼링의 명함을 만지작거렸다. 그녀는 볼링을 보고 오겠다며 언덕을 내려갔다. 뛰는 가슴은 많이 진정된 상태였다.

도로변으로 나온 댄스는 문이 열린 차 옆에 서 있는 교수를 발견했다. 그녀는 미간을 찌푸렸다. 차의 조수석에는 뾰족하게 세운 머리의 십대 소년이 앉아 있었다. 소년은 에어로스미스 티셔츠와 짙은 갈색 재킷 차림이었다.

볼링은 그녀를 향해 손을 흔들었다. 그답지 않은 심각한 표정이 댄스를 불안하게 만들었다.

그럼에도 그가 무사하다는 사실은 댄스에게 충분한 안도감을 안겨주었다.

댄스의 시선이 이내 볼링이 바지 허리밴드에 걸쳐놓은 무언가에 고정됐다. 확실하지는 않았지만 커다란 칼이 담긴 자루 같아 보였다.

31

댄스, 볼링, 그리고 십대 소년은 댄스의 CBI 사무실에 있었다. 열일곱 살의 제이슨 케플러는 카멜 사우스 고등학교에 다니는 학생이었다. 트래비스라고 믿었던 스트라이커의 진짜 주인.

트래비스는 몇 년 전에 자신이 만든 아바타를 엄청난 양의 평판, 생명 포인트, 자원과 함께 제이슨에게 팔아치웠다.

그것들이 뭔지는 모르겠지만.

댄스는 플레이어들이 온라인상에서 아바타와 각종 장비들을 자유롭게 사고팔 수 있다고 했던 볼링의 설명을 떠올렸다.

교수는 트래비스의 데이터에서 찾아낸 암호가 알고 보니, 라이트하우스 아케이드의 영업시간이었다는 사실을 알려주었다.

댄스는 볼링의 눈부신 수사능력에 다시 한번 감탄했다(물론 소년이 아케이드에 있다는 사실을 알아내고도 911에 신고하지 않고 직접 뒤를 쫓아갔던 일에 대해서는 나중에 강하게 질책하겠지만). 그들 뒤 댄스의 책상에는 증거물 봉투가 놓여 있었다. 봉투에는 제이슨이 볼링을 위협하기 위해 사용한 주방용 칼이 들어 있었다. 엄밀히 따지면 흉기였고, 소년은 공갈폭행죄를 범한 것이었다. 하지만 볼링이 부상을 입지 않았고, 소년도 순순히 교수에게 칼을 넘겼다고 하니 댄스는 그냥 훈방조치로 마무리 지을 참이었다.

볼링은 어떻게 된 일인지 상세히 설명해주었다. 앞에 앉아 있는 소년의 함정에 보기 좋게 걸려든 것이었다고.

"나한테 들려준 얘기 있지? 요원님께도 들려드려."

"트래비스가 걱정됐어요. 블로그에서 내 식구가 그렇게 공격당하는 걸 보니 화가 많이 났어요."

제이슨이 눈을 크게 뜨고 말했다.

"식구?"

"네. 게임에서요. 〈DQ〉에서 우린 형제였어요. 실제로 만난 적은 없지만 그래도 그 친구에 대해선 속속들이 알고 있죠."

"한 번도 만난 적 없어?"

"네. 그냥 애테리아에서만 봤을 뿐이에요. 그 앨 돕고 싶었어요. 그러려면 그 친구부터 찾아야 했고요. 전화도 해보고 메신저로도 말을 걸어봤지만 아무 응답이 없었어요. 그래서 아케이드에 나가 갤 찾아보기 시작했어요. 거기서 만나게 되면 자수하라고 설득해보려 했었죠."

"칼로 말이야?"

댄스는 물었다.

소년의 어깨가 한 번 들렸다가 푹 꺼졌다.

"혹시 몰라서 가져갔던 거예요."

소년은 야윈 체구에 환자 같은 창백한 피부를 가지고 있었다. 여름방학이었지만 어쩔 수 없이 등교해야 하는 가을과 겨울보다 외출 횟수가 적은 것 같았다.

볼링이 배턴을 이어받았다.

"제가 라이트하우스 아케이드에 도착했을 때, 제이슨은 그곳에 있었습니다. 종업원에게 스트라이커라는 아이디를 쓰는 플레이어를 찾는다고 했더니 뒤편 사무실로 들어가 뭔가를 살펴보는 척하더군요. 하지만 그는 이 녀석의 친구였습니다. 몰래 가서 제이슨에게 제 얘길 했더군요."

"그건 미안하게 됐어요. 아저씨를 찌르거나 할 생각은 없었어요. 그냥 누군지만 보고 싶었을 뿐이라고요. 트래비스의 행방 정도만 물으려고 했죠. 아저씨가 연방수사국 어쩌고 하는 곳에서 나왔을 줄은 꿈에도 몰랐어요."

연방수사국 요원 흉내를 냈던 사실이 밝혀지자 볼링이 멋쩍게 미소를 지었다. 그는 댄스가 먼저 만나보고 싶어할 것 같아 경찰을 기다리지 않고 소년을 이곳으로 데려왔다고 덧붙였다.

"차에 올라 티제이에게 연락했습니다. 티제이가 요원님이 어디 계신지 알려주더군요."

현명한 판단임에는 틀림없었다. 미미하게 불법적인 방법이기는 했지만.

댄스는 말했다.

"제이슨, 우리도 트래비스에게 무슨 일이 생기는 걸 원치 않아. 그 애가 무고한 사람들을 해치고 다니는 것도 원치 않고. 트래비스의 행방에 대해 아는 게 있으면 얘기해줘."

"저도 몰라요. 워낙 머리가 좋은 녀석이라. 숲 속에서 살아남는 법도 알고 있어요. 생존법에 대해선 전문가 수준이죠."

소년은 혼란스러운 그들의 얼굴을 유심히 살폈다.

"〈DQ〉는 게임이에요. 하지만 현실과 크게 다르지 않아요. 서던 마운 틴은 기온이 영하 45도까지 떨어지죠. 거기서 얼어 죽지 않으려면 몸을 데워 살아남는 법을 배워야 해요. 식량이랑 물도 구해야 하고요. 어떤 식물과 동물은 먹어도 되는지 알아야 하고, 조리법과 저장법도 알아야 하죠. 조리법도 실제 적용이 가능해요. 게임에서도 조리법에 정확히 따라야만 먹을 수 있어요. 대충 만들어 먹다간 탈이 난다고요."

소년이 피식 웃었다.

"뉴비들은 그저 트롤과 악마랑 싸우는 데만 정신이 팔려 있죠. 그러다 대부분 굶어 죽고 말아요. 스스로를 챙기는 법을 모르니까요."

"다른 플레이어들과 게임할 때도 있지? 그들 중에 트래비스가 있지 않을까?"

"가족에게 트래비스의 행방을 물어봤는데 다들 모른다고 했어요."

"가족이 모두 몇 명이지?"

"우리 가족은 열두 명이에요. 그중에서도 캘리포니아의 플레이어는 우리 둘뿐이고요."

소년의 설명에 댄스는 큰 흥미를 느꼈다.

"다들 같이 살아? 애테리아에?"

"네. 전 현실 속 형제보다 그들을 더 잘 알아요."

소년의 미소는 어딘지 모르게 암울했다.

"그리고 애테리아에선 누구도 날 때리거나 내 돈을 훔쳐가지 않아요."

댄스는 갑자기 궁금해졌다.

"부모님은 계시니?"

"현실에서요?"

소년이 어깨를 으쓱했다. '뭐 그렇다고 봐야죠' 라는 제스처였다.

댄스가 말했다.

"아니, 게임에서 말이야."

"그런 가족도 있긴 해요. 우리 가족은 아니고요."

소년이 아쉬운 표정을 지었다.

"우린 지금 이런 상태로가 좋아요."

댄스는 미소 지었다.

"너랑 나랑은 저번에 만난 적 있어, 제이슨."

소년의 시선이 떨어졌다.

"네, 알아요. 볼링 씨께 들었어요. 저 때문에 돌아가실 뻔했죠. 죄송해요. 트래비스 때문에 우릴 디스하러 온 뉴비인 줄 알았어요. 사실 그동안 트래비스 때문에 우리 가족과 길드가 왕따를 당해왔거든요. 요즘 들어선 더 심해졌어요. 북부의 공격조가 우릴 치기 위해 크리스털 아일랜드에서부터 찾아오는 경우도 있어요. 우린 죽을 각오로 싸워 놈들을 막아냈죠. 하지만 모리나는 전사하고 말았어요. 모리나는 우리 식구예요. 나중에 되살아오긴 했지만 이미 자원을 전부 잃은 후였어요."

빼빼 마른 소년이 어깨를 으쓱했다.

"학교에서 괴롭힘을 많이 받아요. 그래서 전사인 썬더러를 아바타로 선택한 거예요. 게임 안에서라도 강해지고 싶어서죠. 게임에선 누구도 제게 덤벼들지 못해요."

"제이슨, 우릴 좀 도와줘. 트래비스의 공격전략을 알려주면 수사에 큰 도움이 될 거야. 트래비스가 어떻게 표적을 스토킹하는지, 어떤 무기를 쓰는지. 트래비스를 잡으려면 그 애의 생각부터 따라잡아야 해."

하지만 소년은 불안한 기색을 보였다.

"트래비스에 대해 아는 게 별로 없으시군요. 그렇죠?"

충분히 많은 걸 안다고 대꾸하려던 댄스는 멈칫했다. 소년에게 인터뷰의 주도권을 잠시 내줄 때가 왔다는 판단 때문이었다. 그녀는 볼링을 흘끔 처다보며 말했다.

"그래. 별로 없어."

"보여드릴 게 있어요."

제이슨이 일어나며 말했다.

"어디서?"

"애테리아에서요."

댄스는 완전히 부활한 그린리프 아바타로 다시 게임에 접속했다.

제이슨이 키보드를 두드리자, 캐릭터가 숲 속 빈터에 나타났다. 지난번처럼 풍경은 아름다웠고, 그래픽은 놀랍도록 선명했다. 수십 명의 캐릭터가 곳곳을 서성였다. 무장한 이들도 있었고, 손에 가방 따위를 든 이들도 있었으며, 동물을 끌고 나온 이들도 있었다.

"여긴 오토비우스예요. 트래비스랑 제가 주로 시간을 보내는 곳이죠. 멋지지 않나요? 메시지 좀 보낼게요."

소년이 키보드 위로 몸을 숙였다.

"편하게 해."

댄스는 말했다.

소년이 메시지를 띄우자 곧장 답이 떠올랐다.

"*키아루야 님은 로그오프 상태입니다.*"

"젠장."

"누구에게 보냈지?"

볼링이 물었다.

"제 아내요."

"뭐?"

댄스는 열일곱 소년에게 물었다.

소년이 얼굴을 붉혔다.

"두 달 전에 결혼했어요."

댄스는 경이롭다는 표정을 지으며 웃음을 터뜨렸다.

"작년에 게임하다가 그 애를 만났어요. 서던 마운틴 출신인데 굉장히 쿨해요. 그 먼 곳에서부터 혼자 왔다더군요. 단 한 번도 죽지 않은 채 말이죠. 우린 첫눈에 서로에게 반했어요. 그때부터 함께 원정을 다녔죠. 그러다 제가 청혼했어요. 아니, 엄밀히 말하면 그 애가 먼저 했다고 봐야죠. 아무튼 저도 원하고 있던 터라 지체 없이 결혼식을 올렸어요."

"정확히 누군지 알아?"

"한국에 사는 여학생이에요. 학교에서 성적이 안 좋다고 하는데……."

"현실 속 학교에서 말이지?"

볼링이 물었다.

"네. 그래서 당분간 컴퓨터를 쓸 수 없대요."

"그럼 이혼한 거야?"

"아뇨. 그냥 결혼생활이 보류되고 있는 것뿐이죠. 수학 성적을 B까지 올리면 부모님이 컴퓨터를 쓸 수 있게 해준다고 하셨대요."

제이슨이 덧붙였다.

"웃기죠? 〈DQ〉에서 결혼한 대부분 커플들은 이혼을 안 해요. 현실은 전혀 다르잖아요. 실제로 부모님이 이혼하신 플레이어들이 적지 않아요. 그 애가 빨리 돌아왔으면 좋겠어요. 너무 보고 싶어요."

소년이 손가락으로 모니터 화면을 가리켰다.

"아무튼 이제 집으로 들어가보죠."

제이슨의 지시에 따라 댄스의 아바타가 수십 명의 캐릭터와 괴물들을 지나 숲을 가로질렀다.

제이슨은 그린리프를 절벽으로 이끌었다.

"저쪽으로 돌아갈 수도 있지만 시간이 많이 걸릴 거예요. 페가수스를 타려면 금이 필요한데, 요원님껜 금이 하나도 없어요. 하지만 제가 이동 포인트를 드릴 수 있어요."

소년이 키보드를 두드렸다.

"아버지의 마일리지를 빌려 쓰는 것과 같은 경우죠."

소년은 계속해서 암호를 입력했다. 아바타가 날개 달린 말에 올라탔고, 그들은 함께 날아올랐다. 비행은 숨 막힐 정도로 짜릿했다. 그들은 그림 같은 풍경과 구름 위를 우아하게 날아갔다. 푸른 하늘에는 두 개의 태양이 이글거렸고, 가끔 날아다니는 괴물들이 그들을 추월했다. 비행선과 기이하게 생긴 비행기들도 보였다. 댄스는 까마득히 작은 도시와 마을들을 내려다보았다. 자세히 보니 화재가 난 곳들도 있었다.

"전투가 벌어지고 있는 거예요. 정말 방대하죠?"

제이슨이 맥 빠진 음성으로 말했다. 내려가서 적들의 머리를 신나게 베지 못하는 상황이 무척 아쉬운 모양이었다.

1분쯤 후, 그들은 해안에 도착했다. 바다는 눈부신 초록색이었다. 그들은 요동치는 바다가 내려다보이는 완만한 비탈에 사뿐히 내려앉았다.

댄스는 케이틀린이 했던 말을 떠올려보았다. 트래비스가 게임 속 풍경을 연상시킨다는 이유로 해안을 좋아한다는 말.

제이슨이 댄스에게 말에서 내리는 방법을 보여주었다. 말에서 내린 그린리프는 제이슨이 가리키는 작은 집으로 향했다.

"저 집이에요. 우리가 함께 지었죠."

1800년대에 지어진 헛간 같군. 댄스는 생각했다.

"하지만 돈과 재료는 트래비스가 댔어요. 공사는 트롤들에게 맡겼죠."

소년이 덧붙였다.

댄스의 아바타가 문에 다다르자, 제이슨이 말로 읊어야 하는 암호를 가르쳐주었다. 댄스가 컴퓨터 마이크에 대고 암호를 읊자 문이 스르르 열렸다. 그들은 함께 안으로 들어갔다.

댄스는 깜짝 놀랐다. 실내는 아름답고 널따랬다. 곳곳에 수스 박사의 그림책에서나 나올 법한 기이하면서도 아늑해 보이는 가구들이 널려 있었다. 여러 방으로 통하는 통로와 계단들, 기이한 형태의 창문들, 커다란 벽난로, 분수, 큼직한 수영장도 보였다.

염소와 도롱뇽을 섞어놓은 듯한 우스꽝스러운 잡종 애완동물들이 집 안을 어슬렁거리며 깩깩댔다.

"멋진데, 제이슨. 아주 멋있어."

"그렇죠. 애테리아의 집은 최대한 쿨하게 만들었어요. 현실 속 집이 워낙 후져서 말이죠. 뭐 아무튼 제가 보여드리려 했던 건 바로 여기 있어요. 저쪽으로 가보세요."

댄스는 소년의 안내에 따라 아른아른 빛나는 초록색 물고기들이 헤엄치는 작은 연못을 지나 커다란 금속 문 앞에 멈춰 섰다. 문에는 자물쇠가 몇 개 걸려 있었다. 제이슨은 댄스에게 암호를 알려주었고, 모든 자물쇠가 풀리자 삐걱 소리와 함께 문이 열렸다. 그린리프는 문간을 지나 계단을 내려갔다. 응급실과 약국을 합쳐놓은 듯한 공간이 나타났다.

제이슨이 미간을 찌푸리고 있는 댄스를 돌아보았다.

"이해가 되시나요?"

"아니."

"그건 트래비스에 대해 아직 잘 모르고 계시다는 뜻이에요. 그 친구는 무기와 전투전략 따위에는 별로 관심 없어요. 트래비스가 가장 애착을 갖고 있는 건 바로 이거예요. 치유의 방."

"치유의 방?"

댄스는 물었다.

"트래비스는 싸움을 싫어해요. 처음 이 게임을 시작했을 때 트래비스는 스트라이커를 전사 캐릭터로 만들었어요. 하지만 바로 후회했죠. 그래서 그 캐릭터를 제게 팔아 치운 거였어요. 그 애는 치유자예요. 전사가 아니라고요. 치유자도 보통 치유자가 아니라 레벨 49의 치유자예요. 한마디로 최고란 뜻이죠. 최고 중의 최고."

소년이 설명했다.

"치유자?"

"그게 그 친구 아바타의 이름이에요. 메디쿠스. 어느 나라 언어인지는 모르겠지만 아무튼 '의사'라는 뜻이래요."

"라틴어야."

볼링이 말했다.

"고대 로마요?"

제이슨이 물었다.

"그래."

"와우. 뭐 아무튼 트래비스가 하는 또 다른 일은 약초를 재배하고, 묘약을 만드는 거예요. 여긴 치유가 필요한 사람들이 오는 곳이에요. 병원이나 다름없죠."

"의사?"

댄스가 일어나 트래비스의 방에서 가져온 종이뭉치를 집어들었다. 레이 카라네오가 옳았다. 소년이 그려놓은 건 몸에서 잘라낸 여러 부위들이었다. 하지만 그것들은 범죄 피해자들의 몸에서 나온 게 아니라, 수술 중인 환자들에게서 떼어낸 것이었다. 그림은 의학적으로 정확했다.

제이슨의 설명이 이어졌다.

"애테리아에서 수많은 캐릭터들이 그 친구를 만나려고 찾아와요. 게임 디자이너들도 트래비스를 알 정도라니까요. 그들은 NPC를 만들 때도 트래비스에게 조언을 구했죠. 한마디로 전설이에요. 각종 묘약과 완충제와 생명 재생기와 파워를 높이는 마법 주문을 만들어서 수천 달러를 벌기도 했고요."

"진짜 돈을?"

"그럼요. 트래비스는 그런 것들을 이베이에 올려놓고 팔아요. 저도 이베이에서 스트라이커를 샀고요."

댄스는 트래비스의 침대 아래에서 발견한 금고를 떠올렸다. 그러니까 이렇게 돈을 벌어왔던 거로군.

제이슨이 화면을 톡톡 두드렸다.

"오, 그리고 저기 보이시죠?"

소년은 한쪽 구석에 놓인 유리 상자를 가리켰다. 상자 안에는 금 막대에 얹은 크리스털 공이 담겨 있었다.

"저건 치유의 홀笏이에요. 트래비스가 쉰 번 이상의 원정을 통해 손에 넣은 거죠. 〈DQ〉가 생긴 이래 저걸 획득한 사람은 그 친구가 유일해요."

제이슨이 움찔했다.

"언젠가 저걸 잃을 뻔한 적 있었죠."

소년의 얼굴에 경이에 찬 표정이 떠올랐다.

"아주 끔찍했던 밤이었어요."

소년은 마치 현실 속 비극적 사건을 애기하듯 말했다.

"무슨 뜻이지?"

"메디쿠스와 저와 우리 식구 몇 명이 서던 마운틴으로 원정을 떠난 적 있어요. 해발 5,000미터의 높은 산인데 굉장히 위험해요. 우린 마법나무를 찾고 있었어요. 통찰의 나무. 그걸 찾던 중에 운 좋게도 엘프 여왕 이아나의 집을 발견하게 됐죠. 모두가 들어본 적은 있지만 본 적은 없는 캐릭터예요. 아주 유명하죠."

"그 캐릭터도 NPC겠지?"

볼링이 물었다.

"네."

"플레이어 외의 캐릭터 말입니다. 게임회사에서 자체적으로 만들어낸 캐릭터들."

볼링이 댄스에게 다시 알려주었다.

제이슨은 그의 묘사가 거슬리는 모양이었다.

"하지만 알고리즘이 기가 막히잖아요! 아마 교수님이 지금껏 봐오신 봇과는 차원이 다를 걸요."

교수가 사과하듯 고개를 끄덕였다.

"아무튼 우린 거기서 이아나와 많은 얘길 나눴어요. 이아나는 통찰의 나무에 대해 많은 걸 알려줬고, 어떻게 손에 넣을 수 있는지도 가르쳐줬어요. 그런데 갑자기 노던 포스의 공격조가 우릴 급습했어요. 그래서 모두가 싸움에 말려들게 됐죠. 어떤 얼간이가 특수화살을 여왕에게 쏘더라고요. 그걸 맞은 여왕은 죽어갔고, 트래비스가 재빨리 손을 써봤지만 치유가 되지 않았어요. 그래서 트래비스는 시프트를 시도하기로 했죠. 우린 제발 그러지 말라고 말렸어요. 물론 그 친구는 우리 말을 듣지 않았고요."

소년의 열띤 설명에 댄스는 몸을 앞으로 기울였고, 다리를 덜덜 떨었다. 볼링도 소년의 얼굴을 뚫어지게 응시했다.

"그게 뭐지, 제이슨? 계속 해봐."

"네. 그게 뭐냐면요. 가끔 누군가가 죽어갈 때, 높은 왕국의 독립체들에게 자신의 생명력을 내줄 수 있거든요. 이걸 시프팅이라고 해요. 독립체들은 그 생명력을 빨아들여 죽어가는 캐릭터에게 주입해주죠. 운이 좋으면 생명력이 다 뽑혀나가기 전에 죽어가던 이가 살아날 수도 있어요. 하지만 생명력을 다 내주고도 살리지 못하는 경우가 있죠. 그렇게 되면 둘 다 죽고 마는 거예요. 시프팅을 통해 사망에 이르게 되면 그 캐릭터는 모든 걸 잃게 돼요. 그동안 쌓아온 업적과 포인트, 자원, 평판, 전부 다 말이죠. 만약 그때 트래비스가 죽었다면 집에 모셔둔 홀도 잃고 말았을 거예요. 그동안 모은 금과 날아다니는 말까지도…… 그렇게 되면 뉴비가 돼서 처음부터 시작할 수밖에 없어요."

"그래서 그렇게 됐어?"

제이슨이 고개를 끄덕였다.

"정말 아슬아슬했어요. 트래비스의 생명력이 거의 바닥났을 때 기적적으로 여왕이 살아났죠. 여왕은 메디쿠스에게 키스를 해주었어요. 말 그대로 전설이었다니까요! 아무튼 우린 요정들과 힘을 합쳐 노던 포스 놈들을 박살냈어요. 정말 끝내주는 밤이었죠. 장대한 승리였어요. 플레이어들 사이에선 아직도 그 얘기가 돌아요."

댄스는 고개를 끄덕였다.

"좋아, 제이슨. 고마워. 이젠 로그오프해도 돼."

"더 안 하실 거예요? 이제 어느 정도 손에 익으셨을 텐데."

"나중에 하지 뭐."

소년이 키보드를 두드리자 게임이 종료됐다.

댄스는 손목시계를 들여다보았다.

"존, 제이슨을 집에 태워다주시겠어요? 전 만나볼 사람이 있어서요. *A*에서 *B*에서 *X*로…….

32

"케이틀린을 만나러 왔습니다."

"누구……?"

6월 9일의 교통사고에서 살아남은 소녀의 어머니, 버지니아 가드너가 물었다.

댄스는 신분증을 보였다.

"며칠 전 여름학교에서 따님을 만났었어요."

"아, 그 여형사 분이셨군요. 케이틀린의 병실과 저희 집에 경관을 보내주셨죠?"

"그렇습니다."

"트래비스는 찾으셨나요?"

"아뇨. 그게……."

"그 애가 아직도 가까이 머물러 있나요?"

여자가 숨을 죽이고 주위를 살피며 물었다.

"아뇨. 그렇진 않습니다. 따님에게 몇 가지 물어볼 게 있어서 왔어요."

여자는 댄스를 안으로 안내했다. 카멜에서 흔히 볼 수 있는 현대식 집의 실내는 꽤 컸다. 댄스는 좋은 의과대학에 진학할 거라고 했던 케이틀린의 말을 떠올렸다. 부모가 무슨 일을 하는지는 몰라도 등록금을 마련하는 데는 아무 문제없을 것 같았다.

댄스는 널찍한 거실을 찬찬히 둘러보았다. 벽에는 삭막한 추상화가 세 점 걸려 있었다. 큼직하고 뾰족뾰족한 검은색과 노란색 그림 두 점, 그리고 새빨간 얼룩들이 찍힌 그림 한 점. 그림들을 들여다보고 있노라니 자기도 모르게 불안해졌다. 댄스는 〈디멘션 퀘스트〉 속 트래비스와 제이슨의 집의 아늑한 분위기와 큰 차이가 있다는 사실에 주목했다.

애테리아의 집은 최대한 쿨하게 만들었어요. 현실 속 집이 워낙 후져서 말이죠…….

잠시 사라졌던 여자가 조금 있다가 케이틀린과 함께 나타났다. 케이틀린은 청바지와 녹색을 띤 노란색 셔츠와 몸에 딱 붙는 하얀 스웨터 차림이었다.

"안녕하세요."

십대 소녀가 어물어물 인사했다.

"안녕, 케이틀린. 기분은 좀 어때?"

"괜찮아요."

"잠깐만 시간 내줄 수 있겠니? 궁금한 게 몇 가지 떠올라서 말이야."

"네."

"어디 앉아서 얘기할까?"

"일광욕실이 좋겠네요."

가드너 부인이 말했다.

그들은 사무실을 지나쳐 걸어갔다. 열린 문틈으로 벽에 걸린 U.C. 버클리 대학교 졸업장이 살짝 들여다보였다. 의과대학. 케이틀린의 아버지.

모녀는 긴 소파에, 댄스는 등받이가 똑바른 의자에 각각 자리를 잡고 앉았다. 댄스가 먼저 입을 열었다.

"그동안 무슨 일이 있었는지 들려드릴게요. 오늘 살인사건이 또 발생했습니다. 혹시 들으셨나요?"

"오, 아뇨."

케이틀린의 어머니가 속삭였다.

소녀는 말없이 눈을 감았다. 축 늘어진 금발머리가 케이틀린의 안색을 더 창백해 보이게 만들었다.

"넌 어떻게 그런 애랑 어울려 다닐 생각을 했니?"

소녀의 어머니가 속상한 듯 나지막이 말했다.

"엄마, 어울려 다니다뇨. 전 트래비스와 어울린 적 없어요. 제가 왜 그런 애랑 같이 다녀요?"

케이틀린이 억울하다는 듯 대답했다.

"난 그저 그 애가 위험하다는 얘길 하고 있는 거야."

"케이틀린."

댄스가 티격태격하는 모녀의 대화를 끊으며 말했다.

"우린 그 앨 절박하게 찾고 있어. 안타깝게도 성과는 별로 없었어. 그래서 트래비스의 친구들을 통해 정보를 수집하고 있지. 하지만……."

그때 소녀의 어머니가 또 끼어들었다.

"그 콜럼바인 학생들."

"부탁입니다, 가드너 부인."

그녀는 기분 상한 표정을 지었지만 더 이상 입은 열지 않았다.

"지난번에 제가 아는 전부를 들려드렸어요."

"그냥 몇 가지만 더 물어볼게. 오래 걸리지 않을 거야."

댄스가 의자를 끌고 앞으로 조금 다가갔다. 그리고 수첩을 꺼내 조심스레 몇 장 넘겼다.

수첩을 본 케이틀린이 바짝 긴장했다.

댄스는 미소를 지으며 소녀의 눈을 응시했다.

"자, 케이틀린, 파티가 있었던 날 밤의 기억을 더듬어봐."

"네."

"흥미로운 게 있어서 말이야. 트래비스가 도주하기 전에 그 애를 만나

인터뷰한 적이 있었어. 그때 몇 가지 적어둔 게 있거든."

댄스는 턱으로 무릎에 얹은 수첩을 가리켰다.

"그래요? 걜 만나보셨어요?"

"그래. 너랑 다른 사람들을 만나보고 나서야 문득 떠오른 생각이 있었어. 주어진 단서들을 잘 맞춰 끼워보면 그 애가 어디 숨어 있는지 알아낼 수 있을 것 같아."

"그 앨 찾는 게 뭐 그리 어렵다고……."

케이틀린의 어머니가 참지 못하고 다시 끼어들었다. 하지만 댄스의 매서운 눈빛을 보고는 이내 입을 닫아버렸다.

요원은 계속 이어나갔다.

"그날 밤 트래비스랑 얘길 좀 나눴지?"

"아뇨."

댄스는 미간을 살짝 찌푸린 채 수첩을 몇 장 더 넘겼다.

소녀가 덧붙였다.

"파티를 떠날 즈음에 몇 마디 나누긴 했어요. 그 앤 파티 내내 혼자 어슬렁거렸고요."

"차를 타고 집에 오면서는?"

댄스는 수첩을 톡톡 두드리며 물었다.

"네, 조금요. 기억은 잘 나지 않아요. 사고 때문인지 가물가물해요."

"아무래도 그럴 거야. 진술 내용을 조금 읽어줄 테니 들어보고 부족한 부분을 채워주겠니? 들으면서 사고가 나기 전에 트래비스가 했던 말이 떠오르면 알려주고."

"네."

댄스는 수첩을 들여다보았다.

"좋아. 이게 첫 번째야. '집은 아주 멋있었는데 사유차도를 보고 깜짝 놀랐어요.'"

댄스가 수첩에서 눈을 떼고 고개를 들었다.

"트래비스에게 고소공포증이 있었던 모양이지?"

"네, 그 얘기도 했어요. 사유차도가 비탈에 있었거든요. 트래비스는 높은 곳이 싫다고 했어요. 거기 사유차도를 보고 왜 가드레일을 안 쳐두었는지 이해할 수 없다고도 했고요."

"좋아. 도움이 될 것 같아."

댄스가 미소를 짓자 케이틀린도 미소로 화답했다. 댄스는 수첩을 또다시 들여다보았다.

"그리고 이건 어때? '난 보트가 제일 좋아요. 늘 보트를 갖고 싶다는 생각을 해왔어요.'"

"오, 그 얘기요? 네. 우린 피셔맨스 워프에 대해 얘기했어요. 트래비스는 배를 타고 산타크루스까지 가고 싶어했어요."

소녀가 시선을 돌렸다.

"나한테 같이 가자고 얘기하려는 것 같았는데, 수줍어서 끝내 말을 못 꺼내더라고요."

댄스는 미소 지었다.

"그럼 보트에 숨어 있을 수도 있겠네."

"네, 그럴 가능성도 있겠죠. 그때 몰래 보트를 훔쳐 타고 떠날 수 있으면 얼마나 좋을까 하는 얘기도 들었던 것 같아요."

"좋아…… 여기 또 하나 있어. '그 앤 나보다 친구가 많아요. 내겐 한두 명뿐이고요.'"

"네, 그 얘기도 들은 기억이 나요. 친구가 많지 않다니 좀 안 됐다는 생각이 들었죠. 그 애는 꽤 오랫동안 그 얘길 했었어요."

"친구의 이름을 언급하진 않았고? 지금 트래비스와 같이 있을 만한 친구 말이야. 한번 기억을 더듬어봐. 무척 중요한 일이야."

십대 소녀는 눈을 가늘게 뜨고 한 손으로 무릎을 문질렀다. 잠시 후,

케이틀린은 한숨을 내쉬었다.

"이름은 언급하지 않았어요."

"괜찮아, 케이틀린."

"죄송해요."

소녀가 입술을 삐죽거리며 말했다.

댄스는 계속해서 미소를 흘렸다. 하지만 그녀는 마음을 단단히 먹고 있는 중이었다. 지금부터가 중요했다. 소녀와 어머니, 그리고 댄스 자신에게도 쉽지 않은 일이었지만 선택의 여지가 없었다.

댄스가 몸을 앞으로 기울였다.

"케이틀린, 넌 지금 거짓말을 하고 있어."

소녀가 눈을 깜빡였다.

"네?"

"어떻게 우리 딸에게 그런 소리를 할 수 있죠?"

버지니아 가드너가 나지막이 말했다.

"트래비스는 이런 진술을 한 적 없어. 다 내가 꾸며낸 얘기야."

댄스는 무덤덤하게 말했다.

"당신이 거짓말을 했다고요?"

소녀의 어머니가 말했다.

엄밀히 말하면 거짓말은 아니었다. 이게 트래비스 브리검이 실제로 한 진술이었다는 얘기는 한 적 없었으니까.

소녀의 얼굴이 창백하게 변했다.

버지니아가 으르렁거렸다.

"이게 뭐죠? 지금 우릴 상대로 함정수사를 하는 건가요?"

그렇다. 함정수사였다. 댄스는 자신이 떠올린 이론이 맞는지, 틀린지 확인해볼 필요가 있었다. 무고한 이들이 추가로 피해를 보기 전에.

댄스는 못 들은 척 케이틀린에게 말했다.

"하지만 넌 마치 트래비스가 차 안에서 네게 그런 얘기를 했던 것처럼 태연하게 답변했어."

"난…… 난 그저 수사에 도움이 되고 싶었을 뿐이에요. 아는 게 별로 없어서 안타까웠다고요."

"아니야, 케이틀린. 넌 차 안에서 트래비스와 그런 대화를 나눴다고 생각한 거야. 하지만 넌 아무 기억도 하지 못해. 술에 잔뜩 취한 상태였을 테니까."

"아니에요!"

"이만 나가주세요."

소녀의 어머니가 성을 내며 말했다.

"아직 안 끝났습니다."

댄스도 지지 않고 받아쳤다.

댄스는 잽싸게 머리를 굴렸다. 과학에 대한 배경지식과 이런 가정 분위기에서 조금씩 터득해왔을 생존 기술. 마이어스-브릭스 지표에 의하면 케이틀린은 이지적이고, 지각적인 성격유형의 소유자였다. 외향적이기보다는 내향적일 가능성이 컸고, 상황에 따라 자연스럽게 거짓말을 구사할 줄 아는 타입이었다.

자기보호를 위한 거짓말.

댄스에게 충분한 시간이 있었다면 소녀로부터 아주 천천히 진실을 뽑아낼 수 있었을 것이다. 하지만 마이어스-브릭스 지표와 케이틀린의 적응자 성격유형은 댄스에게 공격적인 접근이 필요하다고 말해주었다. 조심스레 접근했던 태미 포스터의 경우와는 반대로.

"파티에서 술을 마셨지?"

"난……."

"케이틀린, 거기서 널 본 사람들이 있어."

"몇 잔 안 했어요."

"여기 오기 전에 파티에 갔던 학생 몇 명을 만나봤어. 마이크가 브리애나와 함께 있는 걸 보고 나서 너랑 바네사하고 트리쉬가 테킬라를 꽤 마셨다고 하던데."

"그게 어때서요?"

"넌 열일곱 살이야. 그게 어떠냐니!"

소녀의 어머니가 큰 소리로 말했다.

댄스는 차분하게 이어나갔다.

"손해사정 서비스에 연락해놨어, 케이틀린. 그 사람들이 경찰이 관리 중인 네 차를 살펴볼 거야. 좌석 높이와 백미러의 각도 등을 확인하면 운전자의 키를 대충 알 수 있거든."

순간 소녀의 몸이 바짝 얼어붙었다. 케이틀린의 턱은 덜덜 떨리기 시작했다.

"케이틀린, 이젠 진실을 털어놓을 시간이야. 무고한 사람들의 생명이 달린 아주 중요한 문제라고."

"진실이라뇨?"

소녀의 어머니가 속삭이듯 물었다.

댄스의 시선은 소녀에게서 떨어지지 않았다.

"그날 밤 차를 몰았던 사람은 케이틀린이었습니다. 트래비스가 아니었어요."

"말도 안 돼!"

버지니아 가드너가 울부짖었다.

"그렇지, 케이틀린?"

소녀는 1분간 말이 없었다. 케이틀린은 고개를 떨구었고, 어깨가 축 늘어졌다. 댄스는 아이의 몸에서 고통과 패배의 신호를 뚜렷이 읽을 수 있었다. 소녀의 동작학 메시지가 그렇다고 말하고 있었다.

케이틀린이 떨리는 음성으로 말했다.

"마이크는 그녀를 부둥켜안은 채 밖으로 나갔어요. 그녀 손은 마이크의 바지 뒷주머니에서 떨어질 줄 몰랐고요. 난 두 사람이 마이크의 방에서 무슨 짓을 하려는지 알고 있었어요. 그래서 그들을 쫓아가……."

"됐어. 그만해."

소녀의 어머니가 말했다.

"제발 가만히 좀 계세요!"

소녀가 어머니에게 빽 소리친 다음 훌쩍이기 시작했다. 케이틀린은 댄스를 돌아보았다.

"그래요. 내가 운전했어요!"

마침내 케이틀린의 안에서 죄책감이 폭발한 것이다.

댄스가 말했다.

"사고가 난 후, 트래비스는 널 조수석에 태우고 자신은 운전석으로 들어가 앉았어. 자기가 운전을 했던 것처럼 꾸미기 위해서 말이지. 널 위해 자신을 희생한 거라고."

댄스는 트래비스와의 인터뷰를 떠올려보았다.

내가 뭘 잘못했다고!

댄스는 그 주장을 태미 폭행사건에 대한 거짓말로 받아들였다. 하지만 그 말은 태미 사건이 아닌, 그날 밤 누가 운전을 했는지에 대한 거짓말이었다.

애테리아의 트래비스, 아니 메디쿠스와 가족의 집을 둘러보던 중에 댄스의 뇌리를 스치는 생각이 있었다. 소년은 〈디멘션 퀘스트〉를 하면서 보내는 시간 내내 스트라이커 같은 킬러가 아닌, 의사와 치유자로 활동했다. 그 사실은 댄스로 하여금 폭력에 대한 트래비스의 경향을 의심하도록 만들었다. 그리고 그의 아바타가 스스로를 희생해 엘프 여왕을 살려냈다는 얘기를 듣고서는 트래비스가 현실에서도 같은 결심을 했을 가능성이 충분하다고 생각하게 됐다. 짝사랑하는 소녀가 감옥에 가지 않기 위해서 자신이 사고를 낸 것처럼 꾸몄을 가능성.

케이틀린의 감은 눈에서는 하염없이 눈물이 흘러내렸다. 소녀의 몸은 긴장으로 빳빳이 굳었다.

"난 이성을 잃었어요. 많이 취한 상태였고, 화도 나 있었어요. 그냥 마이크를 찾아가 실컷 욕을 해주고 싶었을 뿐이에요. 트리쉬와 바네사는 나보다도 상태가 나빴죠. 그래서 결국 내가 핸들을 잡게 된 거였어요. 날 따라나온 트래비스는 그런 날 말리려고 애썼어요. 내 손에서 열쇠를 빼앗으려고도 했죠. 하지만 난 열쇠를 내주지 않았어요. 너무 화가 났거든요. 트래비스는 트리쉬와 바네사가 앉은 뒷좌석에 올라타서 계속 사정했어요. '차 세워, 케이틀린, 제발. 그런 상태로 운전해선 안 돼.' 하지만 어리석게도 그냥 무시해버렸죠. 그리고 계속 차를 몰아나갔어요. 그러고는…… 정확히 기억은 안 나지만…… 우린 도로를 벗어나버렸어요."

케이틀린의 음성이 떨렸다. 캐트린 댄스는 지금껏 그토록 애처로운 표정을 본 적이 없었다. 소녀가 속삭였다.

"내가 친구들을 죽인 거예요."

케이틀린의 어머니 얼굴은 창백했다. 당혹스러운 표정으로 어쩔 줄 몰라 하던 그녀가 천천히 딸의 어깨를 감싸 안았다. 어머니의 손이 닿자 소녀가 움찔했다. 하지만 이내 격하게 흐느끼며 어머니의 품에 얼굴을 파묻었다.

몇 분 후, 딸을 부둥켜안고 울던 여자가 댄스를 돌아보았다.

"이젠 어떻게 되는 건가요?"

"남편분과 상의해서 변호사를 선임하세요. 곧바로 경찰에도 연락하시고요. 자수는 최대한 빠를수록 좋습니다."

케이틀린이 얼굴을 훔쳤다.

"그렇게 거짓말을 하고 나니 마음이 너무 불편했어요. 기회를 봐서 다

털어놓으려 했어요. 정말이에요. 하지만 갑자기 사람들이 트래비스를 공격하기 시작했고…… 난 두려웠어요. 진실을 밝혔다간 그들이 날 공격할 게 뻔했으니까요."

소녀가 고개를 떨궜다.

"그래서 진실을 얘기할 수 없었어요. 사람들이 나를 향해 내뱉을 말들…… 블로그에 영원히 남게 되잖아요."

친구들의 죽음보다 자신의 이미지가 더 중요했다는 뜻이었다.

하지만 댄스는 소녀에게 속죄의 기회를 주려고 온 것이 아니었다. 트래비스가 케이틀린을 위해 죄를 뒤집어썼다는 자신의 이론을 확인했으니 목표는 달성한 셈이었다. 댄스는 자리에서 일어나 모녀에게 짧은 인사를 남기고 밖으로 나왔다.

차로 향하면서 댄스는 3번 단축번호 버튼을 눌렀다. 마이클 오닐.

두 번의 신호음이 흐르자 오닐이 응답했다. 그의 다른 사건이 통화를 허락하다니, 기적이었다.

"안녕."

오닐이 피로에 전 음성으로 말했다.

"마이클."

"무슨 일 있어?"

그의 목소리가 갑자기 진지해졌다. 댄스의 음성이 심상치 않게 들렸던 모양이었다.

"눈코 뜰 새 없이 바쁘시다는 거 알아요. 하지만 잠깐 와주실 수 있어요? 같이 머리를 짜낼 동지가 필요해요. 뭔가 중요한 실마리를 찾은 것 같아요."

"실마리라니?"

"트래비스 브리검은 도로변 십자가 킬러가 아니에요."

댄스와 오닐은 샐리나스에 위치한 몬터레이 카운티 보안관 사무실에서 만났다.

오닐의 사무실 창밖으로 법원과 스무 명 남짓한 라이프 퍼스트 시위대가 내려다보였다. 목살이 늘어진 피스크 목사의 모습도 보였다. 스튜어트와 이디 댄스의 빈집 앞에서의 시위가 따분했는지, 그들은 언론의 관심을 조금이라도 끌 수 있는 법원으로 몰려왔다. 피스크는 건장한 빨강머리 경호원과 대화를 나누고 있었다.

창가에서 떨어져 나온 댄스는 살짝 흔들거리는 회의용 테이블로 돌아갔다. 사무실 곳곳에는 수많은 서류들이 반듯하게 쌓여 있었다. 그녀는 이 중 어떤 것이 인도네시아 컨테이너 사건에 관련된 서류인지 궁금했다. 오닐이 앉은 채로 몸을 젖히자 나무 의자가 두 다리로만 세워졌다.

"어디 한번 들어볼까?"

댄스는 그동안의 일들을 빠짐없이 들려주었다. 제이슨, 〈디멘션 퀘스트〉, 그리고 트래비스가 자신을 위해 억울한 누명을 썼다는 케이틀린 가드너의 자백.

"사랑의 열병?"

오닐이 물었다.

"네, 일부는 그것 때문이었을 거예요. 하지만 다른 이유도 있었어요. 케이틀린은 의과대학 진학을 목표로 하고 있었죠. 트래비스에겐 그게 중요해요."

"의과대학?"

"의술, 치유. 트래비스가 빠져 있는 〈디멘션 퀘스트〉라는 게임에서 트래비스는 유명한 치유사로 활동해요. 제 생각엔 그 사실이 트래비스로 하여금 케이틀린을 보호하게 만든 것 같아요. 트래비스의 아바타는 메디쿠스예요. 의사. 트래비스는 케이틀린을 진심으로 걱정한 거예요."

"그건 좀 억지스럽지 않아? 그냥 게임일 뿐인데."

"아니에요. 마이클. 게임 그 이상이에요. 트래비스 같은 사람들은 현실과 가상세계를 잘 구분하지 못해요. 〈디멘션 퀘스트〉에서 존경받는 치유사로 활동 중이라면, 현실에서 앙심 품은 살인자일 수가 없어요."

"그러니까 트래비스가 케이틀린을 보호하기 위해 자신이 사고를 낸 것처럼 꾸몄고, 세상의 주목을 원치 않는 그 애가 블로그에 자신을 비난하는 글들이 줄줄이 올라온다는 사실만으로 악플러들을 해치고 다닐 이유가 없다는 얘기지?"

"바로 그거예요."

"하지만 켈리…… 그 아이는 의식을 잃기 직전에 구급대원에게 트래비스가 자기를 공격했다고 말했잖아."

댄스는 고개를 저었다.

"켈리가 습격자를 제대로 봤을지 의문이에요. 보나마나 트래비스였을 거라고 넘겨짚었을 거예요. 자신도 블로그에 트래비스를 비난하는 글을 올린 적 있고, 창밖에는 〈디멘션 퀘스트〉 캐릭터의 가면이 걸려 있었으니까요. 트래비스가 악플러 습격사건의 범인이라는 소문도 한몫했을 테고요. 하지만 진짜 살인자는 가면을 쓰고 나타났거나 켈리를 뒤에서 덮쳤을 거예요."

"그럼 물증은? 누군가가 몰래 놔두고 갔단 말이야?"

"네. 블로그엔 트래비스에 대한 정보가 많이 올라와 있어요. 누군가가 그 애를 미행했을 수도 있고요. 트래비스가 베이글가게에서 일하고, 항상 자전거로만 이동하며, 하루 종일 〈DQ〉에만 빠져 지낸다는 사실을 알아내는 건 전혀 어렵지 않아요. 살인자는 직접 가면을 만들었을 테고, 로버트 브리검의 트럭에서 총을 훔쳤을 거예요. 베이글가게엔 흔적증거를 남겨뒀고, 동료들이 한눈을 팔고 있을 때 주방에서 칼을 훔쳤을 거고요. 아, 그리고 또 있어요. 현장에서 발견된 포장지 쪼가리 있죠? 엠앤엠스?"

"그래."

"그건 누군가가 몰래놓고 간 게 확실해요. 트래비스는 초콜릿을 먹지 않거든요. 동생에게 주려고 사온 걸 봤어요. 하지만 그 애 자신은 여드름 때문에 먹지 않아요. 그 애 방에서 가져온 책에는 여드름 환자들이 피해야 하는 음식들이 소개돼 있었어요. 진짜 살인자는 그 사실을 몰랐겠죠. 그냥 트래비스가 엠앤엠스를 사는 걸 보고 초콜릿을 즐겨 먹는다고 넘겨짚었을 거예요. 그래서 현장에 포장지 쪼가리를 남겨놓고 갔을 테고요."

"그럼 트레이닝복에서 나온 섬유조직은?"

"〈리포트〉에 브리검 가족이 너무 가난해서 세탁기와 건조기조차 없이 산다는 댓글이 올라왔었어요. 어느 빨래방을 이용하는지도 공개됐고요. 보나마나 진짜 살인자가 그 글을 보고 미리 가서 기다렸을 거예요."

오닐이 고개를 끄덕였다.

"옷 주인이 잠깐 나가거나 한눈을 팔고 있을 때 후드 달린 트레이닝복을 훔친 거군."

"네. 또 블로그에 트래비스의 이름으로 올라온 그림들이 있었어요."

댄스는 그림을 보지 못한 오닐을 위해 상세히 설명해주었다. 하지만 두 번째 그림 속 피해자가 자신을 닮았다는 사실은 비밀로 해두었다. 댄스는 설명을 계속했다.

"아주 조잡하게 그려놨어요. 누가 봐도 십대 소년이 그려놓은 것 같아 보이죠. 하지만 전 트래비스가 직접 그린 그림을 봤어요. 수술로 떼어낸 장기들을 그린 것이었죠. 그 아이는 그림에 재능이 있어요. 그러니 블로그에 올라온 그림은 다른 사람이 그린 게 분명해요."

"그래서 그동안 진짜 살인자를 찾지 못했던 거로군. 엄청난 인력을 투입해 그토록 찾아 헤맸는데도. 표적을 골라 공격할 땐 후드를 걸쳤을 테고, 범행 후엔 옷과 자전거를 차 트렁크에 실어놨을 거야. 그러고는 아무 일도 없었다는 듯 차를 몰고 유유히 사라졌겠지. 어쩌면 쉰 살 먹은 중년 남자일 수도 있고, 범인이 여자일 가능성도 배제할 순 없어."

"제 말이요."

부보안관은 잠시 침묵을 지켰다. 놀랍게도 오닐의 생각은 댄스와 일치했다.

"그 친구, 죽었겠지? 그렇지? 트래비스 말이야."

오닐이 물었다.

댄스는 안타까움에 한숨을 내쉬었다.

"그럴 가능성도 있어요. 부디 아니길 빌고 있지만요. 제 생각엔 어딘가에 붙잡혀 있을 것 같아요."

"불쌍한 녀석. 재수가 없었던 거야."

오닐은 의자를 앞뒤로 살살 흔들었다.

"그러니까 진짜 범인을 찾으려면 의도된 표적이 누구인지부터 알아봐야 한다는 얘기군. 트래비스에 대해 악플을 올린 사람은 분명 아닐 테고. 악플러들은 그저 우리를 혼란에 빠뜨리기 위해 이용된 사람들일 뿐이야."

"제 이론대로일까요?"

오닐이 살짝 미소 지으며 댄스를 쳐다보았다.

"범인이 진짜로 노리는 사람이 칠턴이라는 거 말이지?"

"네. 범인은 단계적으로 일을 벌여나가고 있어요. 처음엔 트래비스를 비난하는 이들을 공격했고, 그다음엔 칠턴을 지지하는 이들을 공격했어요. 그리고 마침내 칠턴을 표적으로 삼겠죠."

"칠턴의 블로그에서 다뤄지는 걸 원치 않는 인물이겠지?"

"아니면 과거에 올라왔던 포스트에 대한 복수인지도 모르고요."

"그럼 이제부턴 제임스 칠턴을 노릴 만한 사람들을 찾아봐야겠군."

마이클 오닐이 말했다.

댄스는 피식 웃었다.

"칠턴에게 아무 감정도 없는 사람을 찾는 게 훨씬 쉬울 걸요."

"제임스?"

잠시 침묵이 흘렀다. 마침내 블로거가 말했다.

"댄스 요원님."

칠턴의 음성에서 피로가 느껴졌다.

"나쁜 소식이 또 있습니까?"

"십자가를 놓고 다니는 게 트래비스가 아니라는 증거가 나왔습니다."

"뭐라고요?"

"백 퍼센트 확실하진 않습니다만 우린 그를 희생양으로 보고 있습니다. 누군가가 트래비스에게 누명을 씌웠다는 얘기죠."

"그럼 그 애는 애초부터 무고했단 말입니까?"

칠턴이 속삭이듯 물었다.

"그렇습니다."

댄스는 6월 9일에 사고를 낸 사람이 트래비스가 아니었다고 설명했다. 또한 누군가가 몰래 증거를 현장에 놓고 갔을 가능성도 높다고 덧붙였다.

"범인의 최후 표적은 당신일 겁니다."

댄스가 말했다.

"나 말입니까?"

"당신은 블로그를 개설한 이후로 선동적인 포스트를 많이 올려왔습니다. 요즘도 논쟁적인 주제로 꾸준히 글을 올리지 않습니까. 그런 당신을 탐탁지 않게 보는 이들도 분명 있을 겁니다. 블로그 때문에 협박을 받은 적도 있었죠?"

"한두 번이 아니었죠."

"블로그를 훑으면서 지금껏 당신에게 협박을 했던 이들을 정리해봐요. 그중엔 당신에게 복수를 다짐한 이들도 있을 테고, 당신이 자신들의 문제를 건드릴까 봐 걱정하는 이들도 있을 겁니다. 가장 그럴듯한 용의자들을 걸러내야 합니다. 지난 몇 년간의 포스트를 꼼꼼히 살펴봐야 할 거예요."

"그러죠. 명단을 만들어보겠습니다. 정말 내가 위험에 처해 있다고 믿습니까?"

"네."

칠턴은 다시 침묵에 빠졌다.

"패트리샤와 아이들이 걱정입니다. 우리도 당분간 집을 떠나 있는 게 좋을까요? 홀리스터에 있는 별장에 머무르면 안전할까요? 아니면 호텔이 나을까요?"

"아마 호텔이 나을 겁니다. 범인은 당신의 별장에 대해서도 알고 있을 테니까요. 원한다면 우리가 증인들에게 제공하는 모텔을 소개해줄 수도 있어요. 물론 가명을 써야 할 거고요."

"고마워요. 몇 시간만 줘요. 패트리샤에게 짐을 꾸리라고 해야겠어요. 예정된 미팅만 끝나면 곧바로 떠나겠습니다."

"알겠습니다."

댄스가 전화를 끊으려는 찰나 칠턴이 말했다.

"잠깐만요. 댄스 요원님."

"네?"

"누가 그 명단 맨 위에 오를지 대충 감이 옵니다."

"받아 적을 준비는 됐어요."

"펜과 종이는 필요 없습니다."

칠턴이 말했다.

댄스와 레이 카라네오는 아놀드 브루베이커의 호화로운 저택을 향해 천천히 다가갔다. 제임스 칠턴은 담수화시설이 몬터레이 페닌슐라의 자연을 파괴할 거라 주장했고, 브루베이커는 바로 그 담수화시설을 이곳으로 들여온 장본인이었다.

칠턴은 가장 유력한 용의자로 브루베이커를 지목했다. 브루베이커 자신이든지, 그가 고용한 누군가이든지. 댄스도 그럴 가능성이 높다고 생각했다. 그녀는 차에 설치된 컴퓨터로 블로그에 접속한 다음 6월 28일, '탈염······그리고 파괴' 스레드에 올라온 글들을 훑어보았다.

Http://www.thechiltonreport.com/html/june28.html

칠턴은 브루베이커가 라스베이거스의 한 조직범죄단과 친밀한 관계를 유지하면서 불법적으로 부동산을 거래해온 사실을 폭로해놓았다.

"준비됐어?"

댄스는 블로그에서 로그오프하고 카라네오에게 물었다.

젊은 요원이 고개를 끄덕였다. 그들은 차에서 내렸다.

그녀는 현관문을 두드렸다.

불그레한 얼굴의 사업가가 문을 열고 나왔다. 얼굴의 홍조는 술이 아니라 햇볕 때문인 듯했다. 두 사람을 보자 브루베이커는 흠칫 놀랐다. 할 말을 잃은 그는 잠시 눈만 깜빡였다.

"병원에서 봤었죠? 당신은······?"

"댄스 요원입니다. 이쪽은 카라네오 요원입니다."

브루베이커의 시선이 댄스의 어깨너머를 빠르게 훑었다.

지원이 있는지 확인하려는 걸까? 댄스는 궁금했다.

댄스의 지원? 브루베이커 자신의 지원?

순간 댄스는 두려워졌다. 돈을 위해 사람을 죽이는 이들이 가장 무자비한 법이다.

"칠턴 씨와의 사건에 관해 여쭙고 싶은 게 있어서 왔습니다."

"뭐요? 그 얼간이가 기어이 날 고소한 겁니까? 그때 병원에서……."

"아닙니다. 고소하지 않았습니다. 잠시 들어가도 되겠습니까?"

남자는 의심의 눈빛을 거두지 않았다. 그는 댄스의 시선을 애써 피하며 두 사람을 안으로 안내했다.

"그 친구는 미쳤습니다. 정상이 아니란 말입니다."

댄스는 애매하게 미소 지었다.

브루베이커는 밖을 다시 살핀 다음 문을 걸어 잠갔다.

그들은 인간미 없는 집 안으로 들어갔다. 가구 하나 보이지 않는 방도 여럿 있었다. 가까운 방에서 삐걱 소리가 들려왔다. 또 다른 방에서도 같은 소리가 들렸다.

집이 내는 소리일까, 사람이 내는 소리일까?

비서? 경호원?

그들은 각종 문서와 청사진, 그림, 사진, 법률 서류 등으로 가득 찬 사무실로 들어섰다. 한쪽 테이블에는 정교하게 만든 담수화시설의 축적모형이 놓여 있었다.

브루베이커는 의자에서 보고서 뭉치를 치우고 두 요원에게 앉으라고 권했다. 그 자신도 커다란 책상 뒤로 돌아가 앉았다.

댄스는 벽에 줄줄이 걸린 자격증들을 올려다보았다. 브루베이커가 영향력 있어 보이는 정치인이나 기업가들과 함께 찍은 사진들도 있었다.

심문자들은 사무실 벽을 좋아한다. 자격증과 사진들은 해당 인물에 대한 많은 정보를 제공한다. 댄스는 사무실에 걸린 자격증들을 통해 브루베이커가 똑똑하고(학위와 전문가 과정 수료증), 정치적 상식이 많은(여러 도시와 카운티에서 수여한 명예상과 기념 열쇠들) 사람이라는 걸 알 수 있었다. 게다가 브루베이커는 터프하기까지 했다. 브루베이커의 회사는 멕시코와 콜롬비아에도 담수화시설을 지어놓았다. 사진들 대부분은 선글라스를 낀 경호원들에 에워싸인 브루베이커의 모습을 담고 있었다. 해당 국가의 정부가 제공한 경호원이 아닌 그의 개인 경호원들이었다. 한 경호원은 기관총을 들고 있었다.

연신 들려오는 바닥의 삐걱거리는 소리도 브루베이커의 경호원들이 내는 소리일까? 조금 더 가까운 곳에서 또다시 같은 소리가 들려왔다.

댄스는 담수화시설에 대해 질문했고, 브루베이커는 시설이 도입하게 될 최첨단 기술에 대한 장황한 설명을 시작했다. 여과니 차단막이니 담수 탱크니 하는 단어들이 속속 튀어나왔다. 브루베이커는 두 사람에게 탈염 과정을 경제적으로 처리할 수 있는 새로운 시스템의 저렴한 비용에 대해서도 상세히 설명해주었다.

댄스는 흥미롭게 듣는 척하며 그의 행동의 기선을 다져나갔다.

브루베이커는 두 요원을 보고도 크게 동요하지 않았다. 물론 하이 막스* 타입은 인간관계에 크게 흔들리지 않는다. 평정은 그들의 가장 큰 무기였고, 그들이 위험한 이유였다.

천천히 기선 정보를 수집하면 좋겠지만 댄스에게는 그럴 여유가 없었다. 댄스는 그의 장광설을 끊고 물었다.

"브루베이커 씨, 어제 오후 1시, 그리고 오늘 오전 11시에 어디 계셨습니까?"

---

* High Machs. 어떤 수단을 사용하든 좋은 결과를 보이면 된다는 성향이 짙은 성격

린든 스트릭랜드와 마크 왓슨의 사망 추정시간.

"그건 왜 묻습니까?"

미소. 하지만 댄스는 의미를 알 수 없었다.

"저희는 칠턴 씨에게 협박을 가한 범인을 찾고 있습니다."

사실이지만 그게 사건의 전말은 아니었다.

"오, 칠턴에게 명예훼손을 당한 게 죄라도 됩니까?"

"그런 게 아니니까 염려 마십시오, 브루베이커 씨. 일단 여쭤본 부분에 대해 답변해주시겠습니까?"

"내가 그래야 할 의무가 없죠. 내 집에서 나가달라고 요구할 권리는 있어도."

브루베이커의 말이 옳았다.

"협조를 거부하셔도 상관은 없지만 그러지 않아주시길 바랄 뿐입니다."

"당신들이 뭘 바라든 내가 신경 쓸 바 아닙니다."

그가 의기양양하게 미소 지으며 말했다.

"어떻게 된 일인지 대충 감이 오는군요. 당신들은 처음부터 잘못 짚은 겁니다. 그렇죠? 범인은 사이코 소년이 아니었어요. 누군가가 그 아이를 이용해 범행을 저질렀고, 제임스 칠턴을 죽인 다음엔 모든 걸 그 아이에게 뒤집어씌우려 하고 있단 말입니다. 틀렸습니까?"

보기보단 예리한데. 댄스는 생각했다. 하지만 브루베이커가 말한 '누군가'는 그 자신도 될 수 있는 것 아닌가.

카라네오가 댄스를 흘끔 돌아보았다.

"범인에게 보기 좋게 당한 모양이군요."

인터뷰와 심문에는 중요한 규칙이 너무 많았다. 그중 단연 첫 번째로 꼽을 수 있는 건 바로 이것이었다. 절대 인신공격에 휘둘리지 마라.

댄스는 차분하게 말했다.

"중범죄가 연이어 발생했습니다, 브루베이커 씨. 저희는 모든 가능성을 열어놓고 수사에 임하고 있습니다. 선생님께선 제임스 칠턴에게 원한을 품고 계십니다. 그리고 이미 그를 한 번 폭행한 적 있으시고요."

"세상이 지켜보는 가운데 비밀리에 죽이려 했던 사람과 치고받고 싸우는 게 과연 현명한 일일까요?

브루베이커가 말했다.

아주 어리석거나 현명하거나. 댄스는 속으로 대꾸했다. 그녀가 물었다.

"말씀드린 시간에 어디 계셨습니까? 답변을 거부하시면 저희가 계속 파헤치는 수밖에 없습니다."

"당신은 칠턴만큼이나 어리석습니다. 아니, 오히려 그보다 더하군요, 댄스 요원. 그 잘난 배지 뒤에 숨어서 이게 뭐하는 짓입니까?"

카라네오는 흥분하지 않으려 애쓰고 있었다.

댄스도 입을 닫고 기다렸다. 그에게 답을 듣든지, 쫓겨나든지.

아니야. 댄스는 이내 깨달았다. 세 번째 가능성. 이 빈집에 발을 들여놓은 순간부터 곳곳에서 들려온 기분 나쁜 삐걱거림.

브루베이커는 이미 무기가 있는 쪽으로 이동 중이었다.

"더는 못 참겠습니다."

브루베이커가 속삭였다. 그의 커다란 눈 속에서 분노의 불길이 화르르 타올랐다. 그가 책상 맨 위 서랍을 열고 한 손을 그 안에 집어넣었다.

댄스의 뇌리에 아이들과 남편과 마이클 오닐의 얼굴이 차례로 스쳐갔다.

부디 제게 민첩함을 주소서. 댄스는 속으로 빌었다.

"레이, 뒤를 맡아줘!"

브루베이커가 고개를 들었을 때, 댄스의 글록 총구는 이미 그의 눈앞으로 불쑥 내밀어진 상태였다. 카라네오는 지시에 따라 뒤편 사무실 문을 겨누었다.

두 요원은 몸을 웅크리고 있었다.

"맙소사. 왜들 이러는 겁니까?"

브루베이커가 소리쳤다.

"아무도 보이지 않습니다."

카라네오가 말했다.

"가서 살펴봐."

댄스가 지시했다.

젊은 요원이 문 앞으로 다가가 발로 문을 살며시 열었다.

"없습니다."

카라네오가 잽싸게 몸을 돌려 브루베이커를 보았다.

"손을 천천히 올려요."

댄스가 말했다. 그녀의 글록은 여전히 그를 겨누고 있었다.

"손에 무기가 있다면 당장 떨어뜨려요. 들어 보이지도 말고, 내려놓지도 말고, 그냥 떨어뜨리라고요. 지시에 따르지 않으면 쏠 겁니다. 아시겠어요?"

아놀드 브루베이커는 숨을 헐떡였다.

"총은 없어요."

무기가 떨어지는 소리는 들리지 않았다. 그가 천천히 두 손을 올렸다.

댄스와 달리 브루베이커의 손은 전혀 떨리지 않았다.

개발업자의 불그레한 손에는 명함이 하나 쥐어져 있었다. 브루베이커가 경멸하듯 명함을 앞으로 내밀었다. 요원들은 총을 권총집에 꽂아넣고 앉았다.

댄스는 명함을 들여다보았다. 사무실 분위기는 견디기 힘들 정도로 어색했다. 명함에는 법무부의 독수리 인장이 선명하게 찍혀 있었다. 그녀는 FBI 요원의 명함을 잘 알았다. 댄스의 집에는 아직도 남편의 명함이 한 상자 가득 보관되어 있다.

"당신이 방금 언급했던 어제 그 시간에 난 에이미 그라베를 만나고 있었습니다."

FBI 샌프란시스코 지국장.

"우린 이곳 현장에서 미팅을 가졌습니다. 오전 11시부터 오후 3시까지 말입니다."

오.

브루베이커가 말했다.

"담수화시설과 물 기반시설 프로젝트들은 테러리스트들의 표적입니다. 난 그동안 이 프로젝트들을 지키기 위해 국토안보국과 FBI의 협조를 받아왔습니다. 완벽한 보안 없인 시작할 수 없는 사업들입니다."

브루베이커가 차분하지만 경멸적인 눈으로 댄스를 쳐다보았다. 그의 혀끝이 입술을 한 번 핥았다.

"연방 요원들이라면 안심할 수 있습니다. 지역 경찰대는 믿을 수가 있어야죠."

캐트린 댄스는 그에게 사과할 마음이 없었다. 브루베이커 진술의 사실 여부는 에이미 그라베 지국장과 얘기해보면 확인될 것이다. 댄스는 그라베를 잘 알았다. 가끔 의견 충돌이 있었지만 댄스는 그녀를 진심으로 존경했다. 알리바이가 확실하다고 해서 폭력배를 고용해 범행을 저질러온 그의 죄가 사해지는 건 아니었다. 물론 FBI, 국토안보국과 친밀한 관계를 유지하며 사업을 일구어온 그가 사람을 죽였을 가능성은 높지 않아 보였지만. 게다가 브루베이커가 보이는 모든 행동은 그가 진실을 말한다고 확인해주었다.

"좋습니다, 브루베이커 씨. 그 부분에 대해선 저희가 따로 확인해보겠습니다."

"꼭 그렇게 하십시오."

"바쁘신데 시간 내주셔서 감사합니다."

"나가는 길은 아시죠?"

그가 차갑게 말했다.

카라네오가 그녀를 돌아보았고, 댄스는 과장된 표정으로 눈을 굴렸다.

두 요원이 현관에 다다랐을 때, 브루베이커가 불러세웠다.

"잠깐만요."

두 요원이 그를 돌아보았다.

"내 추측이 맞았습니까?"

"맞다니요?"

"누군가가 소년을 죽이고, 칠턴을 살해하려는 계획까지 덮어씌워 그 아이를 희생양으로 만들려 했을 가능성 말입니다."

댄스는 빠르게 머리를 굴렸다. 인정해도 문제 될 거 없잖아. 댄스는 생각했다.

"충분히 가능한 일로 보고 있습니다."

댄스가 대답했다.

"받아요."

브루베이커가 쪽지에 무언가를 적어 그녀에게 건넸다.

"이 친구를 한번 조사해봐요. 나만큼이나 블로그와 칠턴에게 원한이 많은 사람이니까."

댄스는 건네받은 쪽지를 들여다보았다.

왜 진작 이 생각을 못했을까? 댄스는 통탄스러웠다.

34

댄스는 몬터레이에서 북쪽으로 8킬로미터쯤 떨어진 마리나라는 작은 마을의 먼지 자욱한 길에 차를 세워놓았다. 크라운 빅토리아에 혼자 앉은 그녀는 티제이와 통화했다.

"브루베이커에 대해선 좀 알아봤어?"

댄스가 물었다.

"전과는 없습니다."

티제이가 대답했다. 브루베이커의 일과 알리바이는 FBI를 통해 확인했다.

그가 사람을 고용해 범행을 저질렀을 가능성은 여전히 남아 있었지만, 유력한 용의자로 지목해두기에는 무리가 있었다.

이제는 브루베이커가 지목한 남자에게로 시선을 돌릴 차례였다. 그가 쪽지에 적어준 이름은 클린트 에이버리였다. 댄스는 100미터쯤 떨어져서서 체인링크 울타리* 너머로 에이버리를 지켜보았다. 울타리 위에는 레이저 와이어**가 얹어져 있었다. 에이버리의 건설회사 사옥은 규모가 엄청났다.

지금껏 수사를 해오면서 에이버리의 이름은 단 한번도 표면화된 적이

---

* 굵은 철사를 다이아몬드 모양으로 엮은 울타리
** 날카로운 칼날 같은 것이 뾰족뾰족 붙어 있는 철선

없었다. 그도 그럴 것이, 이 건축업자는 블로그에 글을 올린 적이 없었고, 칠턴도 〈리포트〉에서 그를 언급하지 않았다.

'노란 벽돌 길' 스레드는 에이버리의 이름을 구체적으로 언급하지 않았다. 하지만 새 고속도로를 만들기로 한 정부의 결정에 문제를 제기했다. 입찰 과정의 문제점을 꼬집은 글이었으니, 도급업자에 대한 간접적인 비판인 셈이기도 했다. 댄스는 그 도급업자가 에이버리 건설일 거라고는 미처 생각하지 못했다. 이틀 전, 케이틀린 가드너의 여름학교로 향하는 길에 이 회사의 고속도로 건설현장을 분명히 지났음에도. 당시만해도 에이버리는 모두의 레이더 밖에 놓여 있었다.

티제이 스캔론의 보고가 이어졌다.

"클린트 에이버리는 5년 전, 불량 자재를 사용한 혐의로 조사를 받던 회사와 깊은 관련이 있었습니다. 당국은 제대로 된 수사 한번 못해보고 사건을 접었다더군요. 어쩌면 칠턴의 폭로로 수사가 재개될 수도 있었겠는데요."

블로거를 제거해야 할 충분한 이유가 될 수도 있다는 데 댄스는 동의했다.

"고마워, 티제이. 수고했어. 참, 칠턴으로부터 용의자 명단 받았어?"

"네."

"눈에 확 들어오는 이름은 없고?"

"아직은요. 그저 칠턴처럼 적이 많지 않다는 사실이 다행스러울 뿐입니다."

댄스는 피식 웃었다. 통화는 그렇게 끝났다.

댄스는 계속해서 먼발치의 클린트 에이버리를 지켜봤다. 그동안 뉴스와 신문을 통해 그를 여러 번 봤다. 인상적인 이미지를 가졌지만 백만장자답지 않게 늘 자신이 부리는 인부들과 같은 차림으로 다녔다. 파란색 셔츠, 가슴 주머니에 꽂아둔 펜, 헐렁한 황갈색 바지, 작업용 부츠. 걷어

붙인 소매 아래로 문신을 새긴 억센 팔뚝이 보였다. 손에는 노란색 안전모를 쥐고 있었다. 허리춤에는 큼직한 워키토키가 걸려 있었다. 혹시 6연발 권총이 꽂혀 있었다 해도 댄스는 놀라지 않았을 것이다. 콧수염을 기른 우락부락한 에이버리의 얼굴이 서부영화 속 총잡이를 연상시켰으니까.

댄스는 차에 시동을 걸고 정문으로 향했다. 에이버리가 눈을 가늘게 뜨고 그녀의 차를 바라보았다. 정부 차량임을 깨달은 그가 가죽 재킷 차림 남자와의 대화를 황급히 마무리 지었다. 남자는 잽싸게 돌아서서 도망치듯 걸어갔다.

댄스는 차를 세웠다. 에이버리 건설은 오로지 건설 관련 사업에만 전념했다. 울타리 안쪽으로 수북이 쌓인 건축 자재와 불도저, 캐터필러, 굴착기, 트럭, 지프들이 보였다. 한쪽에는 콘크리트로 지은 시설이 자리했다. 금속과 목재 가공 작업장인 듯했다. 작업 차량들을 위한 커다란 디젤 탱크와 퀀셋*과 창고들도 보였다. 본사는 기능성이 낮은 건물이었다. 눈에 확 들어오는 그래픽 디자인도, 잘 꾸며진 뜰도 없었다.

댄스는 신분증을 꺼내 보였다. 사장은 환히 웃는 얼굴로 그녀에게 악수를 청했다. 댄스의 신분증을 들여다보는 에이버리의 눈 주위에는 잔주름이 가득했다.

"에이버리 씨, 협조를 부탁드리려고 왔습니다. 최근 페닌슐라에서 발생한 사건들에 대해 알고 계시죠?"

"가면 킬러 말입니까? 물론 알죠. 오늘 또 다른 피해자가 살해됐다고 들었습니다. 끔찍한 일입니다. 그런데 제가 뭘 도울 수 있겠습니까?"

"킬러는 도로변에 살인을 예고하는 기념비를 남겨놓고 있습니다."

에이버리가 고개를 끄덕였다.

* 벽과 지붕이 반원형으로 연이어진 조립주택

"뉴스에서 봤습니다."

"수사를 하던 중에 흥미로운 사실을 깨달았습니다. 범인이 남기고 간 십자가 몇 개가 사장님 회사의 공사현장 인근에서 발견됐습니다."

"그래요?"

그가 미간을 찌푸렸다. 너무 과장된 반응 같은데. 댄스는 생각했다. 에이버리의 고개가 천천히 돌아가다가 이내 멈추었다. 본능적으로 가죽 재킷의 동료에게 시선을 돌리려다가 멈춘 것이었다.

"뭘 도와드릴까요?"

"직원분들께 작업 중에 뭔가 목격한 게 없는지 여쭤보고 싶습니다."

"구체적으로 어떤 것들 말씀입니까?"

"수상한 행인이나 특이한 물체, 공사현장 주변에서 발자국이나 자전거 바퀴자국 따위를 발견한 적은 없는지. 저희가 집중하고 있는 현장들을 적어왔습니다."

댄스가 차에서 적어온 목록을 건넸다.

목록을 훑는 에이버리의 얼굴에 어두운 그림자가 드리워졌다. 그가 목록을 셔츠 주머니에 집어넣고 팔짱을 꼈다. 그 반응에서 동작학적 의미를 뽑아내는 일은 쉽지 않았다. 분석을 위한 기선이 마련되지 않은 상태였기 때문이다. 하지만 팔짱을 끼거나 다리를 꼬는 것은 방어적 제스처였다. 에이버리는 적잖이 불편해하고 있었다.

"사건 발생 당시부터 해당 현장에서 작업한 직원들 명단을 드릴까요?"

"네. 수사에 큰 도움이 될 겁니다."

"최대한 빨리 드리는 게 좋겠죠?"

"네."

"그럼 그렇게 준비하도록 하겠습니다."

댄스는 고맙다고 인사한 다음 차로 돌아갔다. 그러고 나서 빠르게 차를 몰아 주차장을 빠져나갔다. 댄스는 가까운 곳에 주차된 짙은 파란색 혼다 어코드 옆에 차를 세웠다. 그녀와 레이 카라네오의 간격은 불과 60센티미터밖에 되지 않았다. 와이셔츠 차림에 넥타이를 하지 않는 카라네오는 혼다의 운전석에 앉아 있었다. 댄스가 이렇게 편한 차림의 카라네오를 본 적은 과거에 딱 두 차례뿐이었다. 수사국 피크닉에서 한 번, 무척 어색했던 찰스 오버비의 집 바비큐파티에서 또 한 번.

"에이버리가 미끼를 받았어. 부디 꼭 물어주면 좋겠는데 말이야."

댄스는 말했다.

"반응이 어땠습니까?"

"잘 모르겠어. 기선을 마련할 충분한 시간이 없었거든. 하지만 침착한 척하느라 무척 애쓰는 것 같았어. 안 그런 척했지만 누가 봐도 긴장한 모습이었지. 에이버리의 동료 한 명도 수상하던데."

댄스는 가죽 재킷 남자의 인상착의를 들려주었다.

"둘 중 누구라도 여길 뜨면 놓치지 말고 미행해봐."

"알겠습니다."

패트리샤 칠턴이 문을 열고, 남편이 최고의 블로거라고 부르는 그렉 애쉬튼을 맞았다.

"안녕하세요, 패트리샤."

애쉬튼이 말했다. 두 사람은 악수를 나누었다. 고급 황갈색 바지와 스포츠 코트 차림의 호리호리한 남자가 턱으로 밖의 순찰차를 가리켰다.

"저기 경관 말입니다. 무슨 일이냐고 물어도 대답이 없더군요. 보나마나 그 살인사건 때문이겠죠?"

"혹시 몰라서 경관을 세워둔 거예요."

"기사를 통해 들었습니다. 신경이 많이 쓰이죠?"

패트리샤는 씁쓸하게 미소 지었다.

"신경을 쓰는 정도만이겠어요? 이건 악몽이라니까요."

속내를 털어놓은 그녀는 후련함을 느꼈다. 제임스 앞에서는 쉽게 할 수 없는 일이었다. 패트리샤는 남편을 무조건 지지했지만, 가차 없는 그의 폭로 기사들은 항상 그녀를 불안하게 만들었다. 물론 남편이 하는 일이 얼마나 중요하고 필요한 일인지는 잘 알았지만, 그의 블로그에는 정이 잘 붙지 않았다.

그리고 지금…… 위험에 빠진 가족은 떠밀리듯 호텔로 도망을 쳐야 했다. 오늘 아침 패트리샤는 대학 시절 술집에서 기도로 일했던 동생에게 연락해 아이들을 데이 캠프에 데려가고, 또 끝나면 집으로 데려와달라고 부탁해놓았다.

그녀는 현관문을 단단히 걸어 잠갔다.

"뭐 마실 거라도 가져올까요?"

패트리샤가 애쉬튼에게 물었다.

"아뇨, 괜찮습니다. 고마워요."

패트리샤는 그를 남편의 사무실로 안내했다. 걸음을 옮기는 동안에도 그녀의 시선은 커다란 창문 밖으로 펼쳐진 뒤뜰을 분주하게 훑었다.

순간 가슴이 철렁 내려앉았다.

뒤편 덤불 속에서 뭔가가 보였던 것 같은데. 사람인가?

패트리샤는 걸음을 멈추었다.

"왜 그러죠?"

애쉬튼이 물었다.

그녀의 가슴이 쿵쾅거렸다.

"그게…… 아무것도 아니에요. 그냥 사슴일 거예요. 아무래도 노이로제에 걸린 것 같네요."

"아무것도 안 보이는데요."

"사라졌어요."

패트리샤가 말했다. 하지만 정말 그럴까? 불안감은 가시지 않았지만 손님을 걱정하게 만들고 싶지 않았다. 게다가 집의 모든 창문과 문은 굳게 잠겨 있지 않은가.

그들은 제임스 칠턴의 사무실 앞에 다다랐다.

"여보, 그렉이에요."

"아, 시간을 정확히 맞췄군요."

두 남자는 악수를 나누었다.

패트리샤가 말했다.

"그렉은 마실 게 필요 없대요. 당신은요?"

"나도 괜찮아. 차를 더 마셨다간 미팅 내내 화장실을 들락거리게 될 거라고."

"그럼 난 계속 짐을 꾸릴게요."

호텔로 가야 한다는 사실에 그녀는 다시 언짢아졌다. 패트리샤는 어떤 이유에서든 집을 떠나는 걸 좋아하지 않았다. 그나마 아이들이 이 모든 일들을 재미있는 모험으로 여기고 있어 다행이었다.

애쉬튼이 그녀를 불러세웠다.

"잠깐만요, 패트리샤. 제임스가 작업하는 모습을 동영상에 담아 내 사이트에 올리려고 하거든요. 당신도 같이 소개하고 싶은데, 그래도 괜찮죠?"

애쉬튼은 가져온 서류가방을 테이블에 내려놓았다.

"나도요?"

패트리샤가 흠칫 놀랐다.

"오, 아니에요. 머리도 엉망이고, 화장도 못했어요."

"내 눈엔 썩 괜찮아 보이는데요. 게다가 난 진실성이 무엇보다 중요하다고 생각해요. 내 블로그는 머리 스타일과 메이크업에 관해 논하는 공간이 아니거든요. 이런 동영상을 수십 편 제작했어요. 지금껏 카메라 앞에 선 사람들 모두 민낯으로 촬영에 임했습니다."

"그렇다면야……."

패트리샤의 정신은 여전히 산란했다. 뒤뜰에서 포착된 움직임. 그녀는 잊지 않고 나중에 집 앞에 진을 친 경관에게 알려주기로 결심했다.

애쉬튼이 웃음을 터뜨렸다.

"그래봤자 허접한 웹캠입니다. 화질도 썩 좋은 편이 못 되고요."

그가 작은 비디오카메라를 들어 보였다.

"날 인터뷰할 건 아니죠?"

패트리샤는 인터뷰에 절대 응하지 않을 작정이었다. 제임스의 블로그에만 수십만 명의 독자가 있었다. 그렉 애쉬튼 블로그의 독자 수는 그보다 훨씬 많을 테고.

"무슨 말을 해야 할지 몰라서요."

"그냥 인상적인 한마디만 딸 거예요. 블로거 남편을 둔 소감 정도면 돼요."

그 말에 그녀의 남편이 웃음을 터뜨렸다.

"아마 나에 대해 할 말이 많을 걸요."

"잘 편집해줄 테니까 부담 갖지 말고요."

애쉬튼이 사무실 한쪽 구석에 삼각대를 놓고, 그 위에 카메라를 고정시켰다.

칠턴은 데스크톱을 반듯하게 정리하고, 수북이 쌓인 학술지와 신문은 한쪽으로 치워놓았다. 애쉬튼이 손가락을 흔들며 웃었다.

"진실성이 중요하다니까요, 제임스."

칠턴이 다시 웃음을 터뜨렸다.

"알았어요, 알았어."

칠턴은 치웠던 것들을 원위치로 옮겨놓았다.

패트리샤는 벽에 걸린 작은 장식용 거울을 들여다보며 손으로 머리를 정리했다. 아니야. 아무리 그래도 이런 꼴로 카메라 앞에 설 순 없어. 그녀는 애쉬튼에게 자신의 결정을 알려주기 위해 몸을 돌렸다.

패트리샤에게는 눈을 한 번 깜빡일 여유밖에 주어지지 않았다. 애쉬튼의 주먹이 광대뼈를 파고드는 순간에도 그녀는 방어를 위해 손가락 하나 까딱할 수조차 없었다. 어느새 그녀는 바닥을 뒹굴었다.

칠턴이 휘둥그레진 눈으로 그에게 달려들었다.

하지만 애쉬튼의 총구가 얼굴에 겨누어지자 칠턴은 바짝 얼어붙었다.

"안 돼요! 그이를 해치지 말아요!"

패트리샤가 몸을 일으키며 소리쳤다.

애쉬튼이 패트리샤에게 강력 접착테이프를 쥐어주며, 남편의 두 손을 등 뒤로 묶어놓으라고 지시했다.

그녀는 망설였다.

"빨리 해!"

패트리샤의 손은 덜덜 떨렸고, 눈에서는 눈물이 쉴 새 없이 흘러내렸다. 그녀는 애쉬튼의 지시대로 했다.

"여보, 무서워요."

남편의 손을 의자 뒤로 묶으며 그녀가 속삭였다.

"그냥 시키는 대로 해."

칠턴이 말했다. 그가 애쉬튼을 노려보았다.

"이게 무슨 짓이야?"

애쉬튼은 못 들은 척하며 패트리샤의 머리채를 움켜쥐고 한쪽 구석으로 끌고 갔다. 그녀는 눈물을 쏟으며 비명을 질렀다.

"안 돼요…… 이러지 말아요. 아프단 말이에요. 제발!"

애쉬튼은 그녀의 손도 꽁꽁 묶어놓았다.

"당신 누구야?"

칠턴이 나지막이 물었다.

하지만 패트리샤 칠턴은 이미 그 답을 알고 있었다. 그렉 애쉬튼이 바로 도로변 십자가 킬러였다.

애쉬튼이 창밖을 내다보는 칠턴에게 말했다.

"그 경관 말이야? 그 친구는 죽었어. 당신들을 도와줄 사람은 아무도 없어."

애쉬튼이 비디오카메라를 겁에 질려 창백해진 칠턴의 얼굴로 향했다. 칠턴의 눈가는 촉촉이 젖어 있었다.

"〈리포트〉가 더 주목받길 원하나, 칠턴? 소원대로 해주지. 기록적인 방문자 수를 기대해도 좋을 거야. 지금껏 블로거가 죽는 모습을 웹캠에 담아 올린 경우는 없었으니까."

35

캐트린 댄스는 CBI 본부에 돌아와 있었다. 조나단 볼링이 산타크루스로 돌아갔다는 소식에 그녀는 실망했다. 하지만 이미 스트라이커 등 굵직한 단서를 여럿 찾아내는 데 큰 공을 세웠으니 더 이상 붙잡아두는 건 대단히 미안한 일이 될 터였다. 비록 스트라이커는 트래비스가 아닌 제이슨으로 확인됐지만.

레이 카라네오가 흥미로운 소식을 알려왔다. 그는 클린트 에이버리가 10분 전에 회사를 떠났다고 보고했다. 에이버리는 하늘목장의 구불구불한 도로를 따라 한참을 달렸다. 하늘목장은 전설적인 작가, 존 스타인벡이 푸르고 비옥한 페닌슐라의 어느 지역에 붙여준 이름이다. 에이버리는 갓길에 차를 두 번 멈췄다. 그는 정차할 때마다 미리 와서 기다리고 있던 사람들과 접촉했다. 한번은 소형 오픈트럭을 타고 온 카우보이 차림의 거무칙칙한 남자 두 명과, 또 한번은 캐딜락을 타고 온 말쑥한 양복 차림의 백발 남자와. 두 차례의 만남 모두 수상해 보였다. 에이버리는 무척 긴장한 모습이었다. 카라네오는 두 차량의 번호판을 조회했다.

에이버리는 현재 카멜로 향하는 중이었고, 카라네오는 바짝 붙어 미행하고 있었다.

댄스는 낙담했다. 그녀는 당황한 에이버리가 증거들을 숨겨놓은 은신처나 트래비스에게로 그들을 이끌어주기 바랐다.

하지만 그는 댄스의 기대를 저버렸다.

에이버리가 그 사람들을 고용해 살인을 지시했는지도 몰랐다. 댄스는 조만간 받게 될 교통국의 답이 단서를 제공해줄 거라 믿었다.

티제이가 문을 열고 고개를 불쑥 내밀었다.

"보스, 해밀턴 로이스에게 아직도 흥미가 있으신가요?"

댄스를 끌어내리기 위해 이 순간에도 발악하고 있을 사람.

"1분짜리 프레이시precis로 해줘."

"네?"

티제이가 물었다.

"개요. 요약. 간명한 정리."

"그걸 프레이시라고 하나요? 매일 새로운 걸 하나씩 배워가네요⋯⋯ 좋습니다. 로이스는 전직 변호사 출신입니다. 아주 갑자기, 불가사의하게 변호사 일을 그만뒀죠. 그는 터프가이입니다. 예닐곱 개의 각기 다른 부서에서 활동 중이고, 공식 직함은 행정감찰관입니다. 비공식적으로는 해결사이고요. 〈마이클 클레이튼〉이라는 영화 보셨죠?"

"조지 클루니 나오는 거 말이야? 물론이지. 두 번이나 봤어."

"두 번씩이나요?"

"조지 클루니잖아."

"아. 아무튼 그게 바로 로이스가 하는 일입니다. 최근 들어서는 부지사 사무실 실세들과 주로 일을 한다더군요. 주의 에너지위원회, 환경보호국, 의회의 재정위원회에서도 하나씩 역할을 맡고 있고요. 어디서든 문제가 생기면 로이스가 출동하는 겁니다."

"문제라면?"

"위원회의 내부적 마찰, 스캔들, 홍보, 정보 유출, 계약 분쟁. 추가 정보가 곧 입수될 겁니다."

"뭐 쓸 만한 걸 건지면 보고해줘."

"어디에 쓸 만한 것 말씀입니까?"

"로이스와의 관계가 틀어졌어."

"그래서 협박하시게요?"

"그건 표현이 좀 격하고. 그냥 내 일자리를 지키기 위해서라고만 알고 있어."

"저도 보스가 계속 그 자리에 계시기를 원합니다. 제가 살인을 저질러도 너그렇게 용서해주실 분이잖아요. 그건 그렇고, 에이버리 문제는 어떻게 됐습니까?"

"레이가 미행 중이야."

"저는 그런 표현이 좋습니다. '그림자처럼 따라다닌다'는 표현도 좋고요."

"칠턴이 준 용의자 명단은?"

티제이는 추적 작업이 무척 더디게 진행 중이라고 말했다. 이사를 갔거나, 전화번호부에 올라 있지 않은 경우도 있었고, 이름을 바꾼 이들도 있다고 했다.

"나랑 반씩 나눠서 해. 도와줄게."

젊은 요원이 그녀에게 명단을 넘겼다.

"조금만 부탁드릴게요. 제가 보스를 격하게 아끼니까요."

댄스는 명단을 훑으며 어떤 방법으로 접근할지 생각해보았다. 존 볼링의 말이 그녀의 뇌리를 스쳤다. 우린 온라인에서 개인정보를 너무 많이 풀어놓고 있습니다. 지나치다 싶을 정도로 말입니다.

공식 데이터베이스의 도움이 절실했다. 전국 범죄정보 센터, 강력범죄자 체포 프로그램, 캘리포니아 영장관리소, 통합된 교통국.

하지만 지금 당장은 구글에 의존하는 수밖에 없었다.

그렉 쉐이퍼는 겁에 질린 피투성이의 제임스 칠턴을 유심히 쳐다보았다.

쉐이퍼는 칠턴에게 접근하기 위해 그렉 애쉬튼이라는 가명을 써왔다.

'쉐이퍼'라는 이름을 썼다면 블로거가 바짝 긴장했을 게 뻔했으니까.

아닐 수도 있었고. 칠턴이 자신의 블로그 때문에 피해를 본 사람들을 일일이 기억하지 못한다 해도 놀라운 일은 아니었다.

그런 생각을 하니 쉐이퍼는 더 화가 났다. 칠턴이 식식거리며 말했다.

"대체 왜……?"

쉐이퍼가 다시 한번 그를 내리쳤다.

블로거의 머리가 뒤로 젖혀지면서 책상 의자 윗부분에 부딪쳤다. 칠턴의 입에서 신음이 터져 나왔다. 하지만 그의 얼굴에 떠오른, 겁에 질린 표정은 여전히 쉐이퍼를 만족시킬 수준이 아니었다.

"애쉬튼! 대체 왜 이러는 거야?"

쉐이퍼가 몸을 앞으로 숙여 칠턴의 멱살을 움켜쥐었다. 그가 속삭였다.

"넌 성명서를 읽게 될 거야. 진심이 느껴지지 않거나 자책의 분위기가 충분히 나지 않으면 네 아내가 목숨을 잃게 돼. 아이들도 마찬가지고. 애들이 곧 캠프에서 돌아오지? 그동안 애들도 지켜봤어. 녀석들의 스케줄도 훤히 꿰고 있다고."

그는 칠턴의 아내를 돌아보았다.

"당신 동생과 함께 있지? 덩치가 좋던데. 하지만 총 앞에서도 용감할 수 있을까?"

"세상에, 안 돼요!"

패트리샤가 흐느끼기 시작했다.

"부탁이에요!"

그제야 칠턴의 얼굴에 진정한 공포의 빛이 떠올랐다.

"안 돼. 가족은 건드리지 마! 제발, 제발…… 시키는 건 다할게. 가족만은 해치지 말아줘."

"진심을 다해 성명서를 읽어."

쉐이퍼가 경고했다.

"그렇게만 하면 가족은 무사할 거야. 분명히 말하지만, 칠턴, 난 네놈 가족이 안쓰러워. 너 같은 인간쓰레기와 한집에 사는 건 분명 유쾌한 일은 아닐 거야."

"시키는 대로 할게. 하지만 그전에 당신이 누군지 말해줘. 대체 왜 이러는지도 가르쳐주고. 최소한 그 정도는 알아야 하잖아."

블로거가 말했다.

그 말에 쉐이퍼는 격노했다.

"최소한 그 정도는 알아야 해? 내가 너에게 그런 배려까지 해야 하는 거야? 이 오만한 인간!"

쉐이퍼가 으르렁거리며 주먹으로 칠턴의 얼굴을 가격했다.

"넌 알 자격조차 없어."

그는 칠턴 앞으로 몸을 기울였다.

"내가 누구냐고? 내가 누구냐고? 너 때문에 인생을 망친 사람들을 기억하고 있나? 아니, 당연히 기억 못하겠지. 왜? 현실에서 수백만 킬로미터 떨어진 이곳에 숨어 하고 싶은 말을 다 쏟아내기 때문이지. 하루 종일 키보드를 두드려대느라 '책임'이라는 단어의 의미를 되짚어볼 여유나 있겠어? '대가'라는 단어의 의미는 알고 있나?"

"난 최대한 정확한 소식을 전하려고 애쓰고 있어. 만약 사실과 다른 부분이 있었다면……."

"눈뜬장님이 따로 없군. 넌 사실상 옳더라도 틀릴 수 있다는 걸 이해하지 못해. 왜 세상의 모든 비밀을 폭로하지 못해 안달인 거지? 아무 이유 없이 무고한 사람들의 인생을 그토록 무참히 짓밟아버려야 했나? 너에겐 대중의 지지 외엔 그 무엇도 중요하지 않은 거야?"

쉐이퍼가 흥분하며 말했다.

"제발!"

"앤소니 쉐이퍼라는 이름, 기억하나?"

순간 칠턴의 눈이 질끈 감겼다.

"오."

다시 뜬 그의 눈에서는 이해의 빛이 번뜩였다. 약간의 회한도 엿보였다. 하지만 쉐이퍼는 흔들리지 않았다.

칠턴은 자신 때문에 인생을 망친 남자를 기억하고 있었다.

패트리샤가 물었다.

"그게 누구죠? 대체 누구냐고요, 제임스?"

"대답해, 칠턴."

블로거가 한숨을 내쉬었다.

"몇 년 전, 내 폭로에 충격을 받고 자살한 동성애자야. 그런데 그 사람이……?"

"우리 형이야."

쉐이퍼가 갈라지는 음성으로 말했다.

"미안해."

"미안?"

쉐이퍼가 코웃음 쳤다.

"그 일에 대해선 사과할게. 나 역시 그가 죽기를 바라지 않았어! 당신도 알잖아. 나도 마음이 아팠다고."

쉐이퍼가 패트리샤를 돌아보았다.

"도덕적 목소리라는 당신 남편은 교회 집사가 게이라는 사실을 용납할 수 없었던 거야."

"그것 때문이 아니었어. 앤소니 쉐이퍼는 캘리포니아의 대규모 반동성애 결혼 캠페인을 이끌었다고. 난 그의 위선과 부도덕적 행위를 비판했을 뿐 성적 성향을 비판한 게 아니었어. 그는 결혼했고, 아이들도 있었지. 하지만 출장을 떠날 때마다 몸 파는 게이들을 불러 난잡하게 놀았어. 그는 바람을 피웠고, 어떨 땐 하룻밤에 세 명의 남자와 침대에서 뒹굴기도 했다고!"

칠턴이 말했다.

블로거의 언성이 높아지자 쉐이퍼가 한 번 더 가격했다. 강하고 빠르게.

"앤소니 형은 신이 내주신 길을 찾으려고 바둥거렸어. 그러다가 몇 번 미끄러지기도 했었지. 그런 형을 당신은 괴물로 만들어버렸어! 해명할 기회도 주지 않은 채. 신이 형의 길을 찾을 수 있도록 형을 돕고 있었단 말이야."

"신이 게을렀던 모양이군. 만약……."

주먹이 또 한번 칠턴의 얼굴을 파고들었다.

"제임스, 아무 말하지 말아요. 제발!"

칠턴의 고개가 푹 떨어졌다. 마침내 그의 얼굴에 자포자기의 표정이 떠올랐다. 비애와 두려움.

칠턴의 얼굴에서 절망의 빛을 확인한 쉐이퍼는 흥분을 가라앉혔다.

"성명서나 읽어."

"좋아. 시키는 대로 하겠어. 읽겠다고. 하지만 우리 가족은…… 제발."

쉐이퍼에게 칠턴의 괴로움은 향 좋은 와인과도 같았다.

"약속하지."

쉐이퍼가 말했다. 하지만 패트리샤는 남편보다 딱 2초쯤 더 오래 살게 될 것이다. 인도적인 차원에서. 어차피 그녀도 남편 없이는 살고 싶지 않을 테니까. 게다가 그녀는 제거할 수밖에 없는 목격자였다.

하지만 아이들은 살려줄 생각이었다. 그 애들은 한 시간 후에나 돌아올 테고, 그때쯤이면 쉐이퍼는 이미 멀리 달아나 있을 것이다. 또한 쉐이퍼는 세상의 연민을 원했다. 아이들을 해치는 일은 블로거와 그의 아내를 죽이는 것과 차원이 다른 문제였다.

쉐이퍼는 아침에 직접 작성한 성명서를 카메라 밑에 테이프로 붙여놓았다. 가슴 뭉클한 내용이었다. 그는 누구도 자신의 범행에 엮이지 않도록 꼼꼼히 준비를 해놓은 상태였다.

칠턴이 헛기침을 한 번 하고 성명을 읽어나가기 시작했다.

"이 성명은……."

그의 목소리가 갈라졌다.

환상적이야! 쉐이퍼는 촬영에 집중했다.

칠턴이 다시 시작했다.

"이 성명은 오랫동안 제 블로그, 〈칠턴 리포트〉를 사랑해주신 독자 여러분들을 위한 것입니다. 사람에게 명예보다 더 중요한 것은 세상에 없습니다. 저는 선하고 정직한 많은 사람들의 명예를 불필요하게, 그리고 마구잡이로 훼손하는 데 제 일생을 바쳐왔습니다."

칠턴은 흔들림 없이 읽어내려갔다.

"싸구려 컴퓨터와 웹사이트와 블로그 소프트웨어만 있으면 단 5분만에 개인적인 의견을 마음껏 올려놓을 수 있는 공간이 만들어집니다. 세계 각지에서 수백만 명이 들여다보는 공간 말입니다. 그 공간은 사람을 권력에 취하게 합니다. 그 권력은 힘들게 얻은 게 아니라 손쉽게 훔친 것이죠. 그동안 저는 한낱 소문에 지나지 않는 이야기들을 아무렇지 않게 블로그에 올려왔습니다. 그 소문들은 삽시간에 퍼져 나갔고, 사람들은 그 거짓말을 진실로 받아들였습니다. 제 블로그 때문에 트래비스 브리검이라는 소년의 인생이 망가졌습니다. 트래비스에게는 더 이상 살아야 할 이유가 남아 있지 않습니다. 저 역시 마찬가지고요. 트래비스는 자신을 공격한 이들에게 복수하고 있습니다. 친구들이 저 때문에 피해를 보고 있습니다. 이제 트래비스는 저를 상대로 복수를 준비하고 있습니다. 제게 자신의 인생을 망쳐놓은 책임을 묻겠다는 것이죠."

눈물이 칠턴의 얼굴에서 탁 흘러내렸다. 쉐이퍼는 날아갈 듯한 기분을 느꼈다.

"이제 저는 트래비스를 비롯한 많은 이들의 명예를 경솔하게 훼손한 잘못에 대해 책임지려고 합니다. 고의로든 아니든 같은 범죄를 저질러온 이들에게는 확실한 경종이 될 것입니다. 진실은 성스러운 것입니다. 소문은 진실이 아니고요. 모두들 안녕히 계십시오."

칠턴은 깊은 숨을 들이쉬며 아내를 돌아보았다.

쉐이퍼는 무척 만족했다. 그가 웹캠을 끄고 화면을 들여다보았다. 프레임 안에는 칠턴만 담겨 있었다. 그의 아내는 보이지 않았다. 쉐이퍼는 패트리샤의 죽음까지 동영상에 담고 싶지 않았다. 블로거의 죽음만으로 족했다. 그는 칠턴의 상체가 프레임에 다 잡히도록 카메라를 살짝 뒤로 뺐다. 이제는 총을 칠턴의 심장에 겨누고 방아쇠를 당기는 일만 남았다. 촬영된 동영상은 여러 소셜네트워크 사이트와 블로그에 일제히 업로드될 것이다. 그로부터 2분쯤 지나면 동영상이 유튜브에 올라갈 것이고, 담당자가 삭제하기 전까지 수백만 명의 사람들이 끔찍한 살인 장면을 보게 될 것이다. 해적 소프트웨어도 동영상을 캡처해 암세포처럼 세계 각지로 뿌릴 테고.

"그들이 당신을 찾아낼 거야. 경찰 말이야."

칠턴이 웅얼거렸다.

"그들은 날 찾지 않을 거야. 계속 트래비스 브리검만 추적할 거라고. 게다가 당신에겐 적이 많잖아. 안 그래, 칠턴?"

쉐이퍼가 권총의 공이치기를 당겼다.

"안 돼요!"

패트리샤 칠턴이 미친 듯이 비명을 질러댔다. 쉐이퍼는 그녀를 먼저 쏘고 싶다는 충동을 애써 억눌렀다.

쉐이퍼는 총구를 표적에 겨누었다. 칠턴의 얼굴에는 체념의 미소가 머금어져 있었다.

쉐이퍼가 카메라의 녹화 버튼을 누르고 방아쇠를 천천히 당기기 시작했다.

바로 그때였다.

"꼼짝 마!"

음성은 열린 사무실 문 밖에서 들려왔다.

"무기 버려. 당장!"

쉐이퍼가 움찔하며 뒤를 돌아보았다. 소매를 걷어 올린 하얀 셔츠 차림의 호리호리한 라틴계 남자가 쉐이퍼에게 총을 겨누었다. 그의 벨트에는 배지가 걸려 있었다.

안 돼! 어떻게 날 찾았지?

쉐이퍼는 블로거에게 겨눈 총을 거두지 않은 채 경찰에게 소리쳤다.

"너부터 버려!"

"총 버려. 이게 마지막 경고야."

경찰이 차분하게 말했다.

쉐이퍼가 으르렁거렸다.

"날 쏘면 이 친구를……."

쉐이퍼의 눈앞에서 노란 섬광이 번쩍였다. 머리에 엄청난 충격이 느껴짐과 동시에 세상은 칠흑 같은 어둠에 잠겨버렸다.

36

죽은 자는 실려 나왔고, 산 자는 걸어나왔다.

흔들리는 들것에 실려 나온 그렉 애쉬튼, 아니 그렉 쉐이퍼의 시신은 앞뜰을 가로질러 검시관의 밴에 실렸다. 제임스와 패트리샤 칠턴은 구급차를 향해 천천히 걸어갔다.

또 다른 사상자도 있었다. 그동안 칠턴의 가족을 지켜주었던 MCSO 경관, 미겔 헤레라.

쉐이퍼는 애쉬튼 행세를 하며 헤레라의 차 앞에 멈춰 섰다. 경관은 패트리샤에게 알렸고, 그녀는 손님이 맞다고 확인해주었다. 쉐이퍼는 헤레라의 재킷에 총구를 대고 방아쇠를 두 번 당겼다. 총구를 덮은 경관의 몸이 총성을 줄여주었다.

열 명 남짓한 경관을 이끌고 현장을 찾은 헤레라의 MCSO 직속 상관은 크게 충격을 받은 모습이었다. 그는 부하의 죽음에 격분했다.

다행스러운 건 범인의 표적이었던 칠턴이 생각보다 크게 부상을 입지 않았다는 사실이었다.

댄스는 레이 카라네오를 지켜보았다. 가장 먼저 현장에 도착한 그는 숨진 경관을 발견하고 신속하게 지원을 요청한 다음 곧바로 집으로 뛰어들어갔다. 칠턴을 쏘려는 쉐이퍼를 보고 규칙에 따라 경고했지만, 상대가 협상작전으로 나오자 카라네오는 그의 머리에 총을 두 발 발사했다.

총을 든 범인과 협상을 벌이는 일은 오직 영화나 텔레비전 드라마에서만 볼 수 있다. 그것도 형편없는 작품에서만. 경찰은 절대 총을 거두거나 내려놓지 않는다. 또한 불가피한 상황에 몰리면 위협을 제거하는 데 망설이지 않는다.

첫 번째, 두 번째, 그리고 세 번째 규칙은 바로 이것이다. 쏴라.

카라네오는 규칙대로 표적을 제거했다. 표면적으로 젊은 요원은 별 문제가 없어 보였다. 프로답게 강직한 몸짓 언어도 평소와 다르지 않았다. 하지만 그의 눈은 전혀 다른 말을 했다. 아마 머릿속에서는 같은 말이 빙빙 맴돌고 있을 터였다. *나는 사람을 죽였어. 나는 사람을 죽였어.*

댄스는 현장 수습 후, 카라오네에게 얼마간의 유급휴가를 주기로 했다.

차 한 대가 달려와 멈췄다. 차에서 내린 사람은 마이클 오닐이었다. 댄스를 발견한 그가 성큼 다가왔다. 오닐의 얼굴에서는 미소를 찾아볼 수 없었다.

"죄송해요, 마이클."

댄스가 그의 팔뚝을 붙잡았다. 미겔 헤레라는 지난 몇 년간 오닐 밑에서 일했다.

"그냥 무식하게 쏴 죽인 거야?"

"네."

오닐의 눈이 잠시 감겼다.

"말도 안 돼."

"부인이 있나요?"

"아니, 이혼했어. 하지만 장성한 아들이 있지. 이미 소식을 전해놓긴 했어."

한없이 차분하고 냉정하기로 유명한 오닐도 그렉 쉐이퍼의 시신이 담긴 초록색 시체운반 백을 보자 조금씩 흔들리기 시작했다. 그의 얼굴에 오싹한 증오의 표정이 떠올랐다.

그때 누군가의 기운 빠진 음성이 들려왔다.

"감사합니다."

그들은 목소리의 주인공을 휙 돌아보았다. 제임스 칠턴이었다. 짙은색 바지에 하얀 티셔츠, 감청색 브이넥 스웨터 차림의 블로거는 최전선의 대학살을 지켜보고 주눅이 들어버린 사제를 연상시켰다. 칠턴의 옆에는 아내가 서 있었다.

"괜찮으세요?"

댄스는 부부에게 물었다.

"네, 괜찮습니다. 그냥 몇 대 얻어맞았어요. 살짝 긁히고, 멍들었을 뿐입니다."

패트리샤 칠턴도 심각한 부상이 아니라고 덧붙였다.

오닐이 고개를 끄덕이며 칠턴에게 물었다.

"범인이 누구였습니까?"

"앤소니 쉐이퍼의 동생이었습니다."

댄스가 대신 대답했다.

칠턴이 흠칫 놀라며 눈을 깜빡였다.

"어떻게 아셨습니까?"

댄스는 오닐에게 애쉬튼의 본명에 대해 설명해주었다.

"인터넷이 흥미로운 이유 중 하나죠. 롤플레잉 게임과 사이트들. 세컨드 라이프 같은 겁니다. 누구나 새로운 신원을 만들어 활동할 수 있죠. 쉐이퍼는 지난 몇 달간 '그렉 애쉬튼'이라는 이름으로 인터넷을 누볐습니다. 블로그와 RSS 전문가인 척하면서요. 그러고는 가짜 신원을 앞세워 칠턴 씨에게 조금씩 접근했습니다."

"몇 년 전, 블로그에서 그의 형, 앤소니가 게이라는 사실을 폭로한 적 있었습니다. 댄스 요원님을 처음 만났을 때도 그에 대한 얘기를 했었죠. 블로그를 운영하면서 겪은 가장 유감스러웠던 일이었다고 말입니다. 결국 앤소니 쉐이퍼는 자살했습니다."

칠턴이 설명했다.

오닐이 댄스에게 물었다.

"그에 대해선 어떻게 알아냈지?"

"티제이와 제가 반씩 나눠서 용의자들을 조사했어요. 아놀드 브루베이커가 킬러일 가능성은 높지 않았죠. 전 먼저 클린트 에이버리를 의심했어요. 고속도로 프로젝트의 배후에 있는 인물이죠. 하지만 물증이 없었어요. 그래서 제임스에게 협박을 가한 적 있는 이들의 명단을 집중적으로 살펴보기 시작했어요."

짧은 명단……

칠턴이 말했다.

"앤소니 쉐이퍼의 아내도 그 명단에 있었습니다. 몇 년 전에 절 협박한 적이 있었거든요."

댄스의 설명이 이어졌다.

"인터넷으로 그녀에 대한 정보를 수집했어요. 그녀의 결혼사진도 찾았고요. 그들 부부의 결혼식 때 신랑 들러리를 섰던 사람이 바로 그렉이었어요. 앤소니의 동생. 지난번 칠턴 씨 집에서 그 사람을 본 적 있었거든요. 그래서 대번에 알아볼 수 있었죠. 조사해보니까 그렉이 보름 전에 오픈티켓으로 이곳에 왔다고 나오더군요."

그 사실을 알아내자마자 댄스는 미겔 헤레라에게 연락했지만 연결이 되지 않았다. 그래서 레이 카라네오를 이곳으로 보낸 것이다. 마침 클린트 에이버리를 미행하던 카라네오 요원은 칠턴의 집에서 얼마 떨어지지 않은 곳에 있었다.

오닐이 물었다.

"쉐이퍼가 트래비스에 대해 언급하진 않았고?"

댄스는 비닐봉투에 담긴 육필 성명서를 보였다. 트래비스가 언급된 성명은 소년에게 누명을 씌우기 위한 쉐이퍼의 음모였다.

"그 아이, 죽었겠지?"

오닐과 댄스는 눈빛을 교환했다. 댄스는 말했다.

"아직 단정 짓긴 일러요. 물론 쉐이퍼는 그 아이를 죽이려 했을 거예요. 하지만 아직 계획을 실행에 옮기지 못한 상태인지도 몰라요. 트래비스가 칠턴을 살해하고 나서 자살한 것처럼 꾸미려 했는지도 모르고요. 그렇게 되면 모든 게 깔끔하게 정리될 테니까요. 그렇다면 그 애는 아직 살아 있을 가능성이 높아요."

부보안관은 걸려온 전화를 받았다. 멀찍이 떨어진 오닐은 헤레라가 무참히 살해된 MCSO 순찰차 쪽을 물끄러미 쳐다보고 있었다. 그의 통화는 금세 끝났다.

"이만 가봐야겠어. 목격자를 만나봐야 하거든."

"부보안관님이요? 인터뷰를요?"

댄스는 책망하듯 물었다. 마이클 오닐이 구사하는 인터뷰 기술은 무표정한 얼굴로 상대를 응시하며 같은 질문을 지겹도록 반복해 던지는 것뿐이었다. 그 방법 역시 효과적일 수 있지만, 절대 능률적인 방법은 아니었다. 게다가 오닐은 인터뷰 자체를 좋아하지 않았다.

오닐은 손목시계를 들여다보았다.

"부탁이 있어."

"말씀하세요."

"앤이 샌프란시스코에서 돌아오는데 비행기가 지연됐다나 봐. 난 중요한 인터뷰가 있고. 자네가 나 대신 보육원에서 아이들을 데려와주면 좋겠는데."

"물론이죠. 어차피 저도 웨스하고 매기를 데리러 캠프에 가봐야 하거든요."

"5시에 피셔맨스 워프에서 만나기로 하지."

"알겠어요."

오닐은 마지막으로 헤레라의 순찰차를 돌아본 다음 자신의 차로 향했다.

칠턴이 아내의 손을 꼭 붙잡았다. 그 역시 나약한 인간일 뿐이었다. 댄스는 첫 만남 당시의 오만하고 독선적인 칠턴의 모습을 떠올렸다. 지금과는 딴판인 모습이었다. 그녀는 도널드 호큰과 그의 아내가 큰 변을 당할 뻔했을 때 칠턴이 보였던 부드러운 모습도 떠올렸다. 그때도 지금과 같이 무른 모습이었다.

칠턴이 씁쓸한 미소를 지었다.

"감쪽같이 속았습니다. 내 자만심을 역이용했어요."

"제임스……."

"정말이야. 제대로 한 방 맞은 거라고. 따지고 보면 이건 다 내 잘못이야. 쉐이퍼는 트래비스를 선택했어. 내 블로그를 훑으면서 희생양으로 적합한 후보를 골라왔던 거라고. 날 죽이고 나서는 열일곱 살 소년에게 모든 걸 뒤집어씌우려고 했던 거고. 만약 내가 '도로변 십자가' 스레드를 만들지 않았다면 쉐이퍼는 애초부터 그 아이를 쫓을 이유가 없었을 거야."

칠턴이 옳았다. 하지만 캐트린 댄스는 '만약'이라는 게임을 좋아하지 않았다.

"그랬다면 다른 사람을 표적으로 삼았겠죠. 어떻게든 당신에게 복수하려 들었을 겁니다."

하지만 칠턴은 댄스의 말이 들리지 않는 모양이었다.

"그냥 빌어먹을 블로그를 폐쇄시켜버리는 게 나을지도 모르겠습니다."

댄스는 그의 눈에서 결의와 좌절과 분노를 읽을 수 있었다. 공포도 살짝 엿보였다. 칠턴이 단호하게 말했다.

"폐쇄하겠습니다."

"뭐라고요?"

패트리샤가 물었다.

"폐쇄하겠다고. 더 이상 〈리포트〉는 없어. 무고한 이들이 나 때문에 피해 보는 일은 없어야 하잖아."

"제임스."

패트리샤의 음성은 부드러웠다. 그녀가 소매에 묻은 흙을 털어냈다.

"우리 애가 폐렴에 걸렸을 때, 당신은 침대 옆에 앉아 이틀 밤을 꼬박 샜잖아요. 도널드의 아내가 세상을 떠났을 때는 마이크로소프트 본사 미팅 중에 회의실을 박차고 나와 친구에게 달려갔고요. 당신은 친구를 위해 10만 달러짜리 계약도 포기했어요. 우리 아버지가 위독하셨을 때도 호스피스들보다 훨씬 성의껏 간호해드렸죠. 당신은 좋은 사람이에요, 제임스. 당신 블로그도 세상을 위해 좋은 일을 하고 있고요."

"난……."

"쉿. 내 얘기 아직 안 끝났어요. 도널드 호큰이 도움을 필요로 했을 때, 당신은 열 일 제쳐두고 달려갔어요. 아이들이 부를 때도 당신은 망설이지 않고 달려갔고요. 세상도 당신을 필요로 하고 있어요. 그런데도 모른 척할 건가요?"

"패트리샤, 무고한 사람들이 죽어나가고 있잖아."

"그래도 너무 성급하게 결정하지 않겠다고 약속해줘요. 지난 이틀간 황당하고 끔찍한 일들이 너무 많아서 다들 이성을 잃은 것 같아요."

칠턴은 한동안 침묵을 지켰다.

"생각해볼게."

그가 아내를 살며시 끌어안았다.

"하지만 잠시 공백기를 가져보는 건 좋을 것 같아. 이 모든 것들로부터 잠깐 떠나 있고 싶어. 일단 내일 홀리스터로 가보자고. 도널드, 릴리와 주말을 같이 보내면서 머릴 좀 식혀야겠어. 당신은 아직 릴리를 만나본 적 없잖아. 애들도 데려가서 바비큐도 하고…… 하이킹도 하고."

패트리샤의 얼굴에 미소가 떠올랐다. 그녀가 남편의 어깨에 머리를 살짝 얹었다.

"그게 좋겠어요."

칠턴이 댄스를 돌아보았다.

"그동안 생각해온 게 있습니다."

댄스는 눈썹을 추켜세웠다.

"많은 사람들이 날 잡아먹지 못해 안달이라는 거 압니다. 그들이 왜 그러는지도 알고요. 하지만 당신은 달랐습니다. 당신이 날 좋아하지 않는다는 거 알아요. 내가 하는 일을 못마땅해 한다는 것도. 하지만 당신은 날 옹호했습니다. 그건 진리에 충실한 마음이었을 겁니다. 쉽지 않은 일이었을 거예요. 고마워요."

뜻밖의 칭찬에 댄스는 수줍게 웃었다. 비록 한때는 그를 잡아먹지 못해 안달이었지만.

칠턴 부부는 집으로 들어가 모텔에 가져갈 짐을 마저 꾸렸다. 패트리샤는 쉐이퍼의 피가 완전히 지워질 때까지 집으로 돌아오지 않겠다고 했다. 댄스는 그녀의 심정을 이해했다.

댄스는 MCSO 현장감식반 책임자에게 다가갔다. 태평스러운 중년의 그는 지난 몇 년간 댄스와 여러 사건을 함께 수사했다. 댄스는 트래비스가 아직 살아 있을 가능성이 있다고 설명했다. 여전히 은신처에 숨어 지내고 있을지 모른다고. 그게 사실이라면 식량과 물이 거의 바닥난 상태일 터였다. 댄스는 최대한 빨리 트래비스를 찾아내야 했다.

"시신에서 방 열쇠 따위가 나오지 않았나요?"

"나왔어요. 사이프러스 그로브 모텔."

"그 방과 쉐이퍼의 옷과 차를 꼼꼼히 살펴봐줘요. 트래비스를 어디에 숨겨놓았는지 알려줄 단서가 분명 나올 겁니다."

"알았어요, 캐트린."

댄스는 차로 향하며 티제이에게 전화를 걸었다.

"놈을 잡으셨다고요?"

"그래. 이젠 그 애만 찾아내면 돼. 아직 살아 있다면 앞으로 이틀 이상 버티기 힘들 거야. 식량과 물이 진작 바닥났을 테니까. 동원할 수 있는 모든 인력을 투입해야겠어. MCSO는 칠턴의 집과 쉐이퍼가 묵었던 사이프러스 그로브를 살피고 있거든. 피터 베닝턴에게 연락해서 현장으로 당장 가보라고 해줘. 필요하다면 마이클에게도 연락하고. 오, 그리고 사이프러스 그로브 투숙객들 중 목격자가 있는지도 알아봐줘."

"알겠습니다, 보스."

"그다음에 CHP, 카운티와 시 경찰국에 연락해. 마지막 도로변 십자가를 찾아봐야겠어. 칠턴의 죽음을 예고하기 위해 쉐이퍼가 어딘가에 꽂아뒀을 거야. 발견하면 즉각 피터에게 넘겨 분석하게 하고."

그때 댄스의 뇌리를 스치는 생각이 있었다.

"참, 저번에 그 주 정부 기관 차량 있지? 그것과 관련해서 보고는 없었고?"

"아, 그 피스터인지 뭔지 하는 사람이 봤다는 차 말씀이군요."

"그래."

"아직 어디서도 연락을 주지 않고 있습니다. 우선순위에서 밀린 걸 수도 있고요."

"다시 알아봐. 급한 일이라고 독촉도 하고."

"지금 들어오실 겁니까, 보스? 병적으로 고압적인 오버비가 보스를 찾는 것 같던데요."

"티제이."

"죄송합니다."

"나중에 들어갈 거야. 볼일이 하나 더 남았거든."

"도움이 필요하십니까?"

댄스는 괜찮다고 대답했다. 죽어도 혼자 하고 싶지 않은 일이었음에도.

37

사유차도에 멈춘 댄스는 브리검 가족의 작은 집을 응시했다. 기울어진 홈통, 구부러진 지붕널, 앞뜰에 흩뿌려진 산산조각 난 장난감과 연장들. 온갖 잡동사니들로 가득 찬 차고에는 보닛의 절반 정도만 간신히 넣을 공간밖에 남아 있지 않았다.

댄스는 크라운 빅토리아의 운전석에 앉아 로스앤젤레스의 어느 그룹이 그녀와 마틴에게 보내온 CD를 듣고 있었다. 코스타리카 출신 음악가들로 이루어진 그룹이었다. 그들의 음악은 생기가 넘쳤으며, 야릇하고 신비한 느낌도 있었다. 기회가 된다면 그들에 대해 자세히 알아보고 싶었다. 나중에 J.도 살인사건 처리를 위해 마이클과 함께 로스앤젤레스에 가게 되면 그들을 만나볼 생각이었다.

하지만 지금은 그럴 생각을 할 겨를이 없었다.

댄스 뒤에서 자갈이 짓이겨지는 소리가 들려왔다. 그녀는 백미러를 보았다. 소냐 브리검의 차가 회양목 생울타리를 지나 사유차도로 들어서고 있었다.

앞좌석에는 소냐가, 뒷좌석에는 새미가 탔다.

그들은 차에서 내리지 않은 채 댄스의 차만 빤히 내다보았다. 마침내 소냐는 차를 천천히 몰아 댄스를 지나쳤다. 그러고는 집 앞에 멈춰 서서 시동을 껐다.

다시 댄스를 흘끔 돌아본 소냐가 차에서 내려 뒷좌석의 빨래바구니와 큰 통에 담긴 타이드 세제를 꺼냈다.

그의 가족은 세탁기와 건조기조차 장만하지 못할 정도로 가난해요. 요즘 시대에 빨래방이라니. 정말 한심한 사람들 아닌가요?

블로그에 올라온 그 댓글이 쉐이퍼에게 어디에 가면 트래비스에게 누명을 씌우는 데 필요한 트레이닝복을 찾을 수 있는지 알려준 것이었다.

댄스도 차에서 내렸다.

새미가 뚫어져라 그녀를 쳐다보았다. 첫 만남 때의 호기심은 더 이상 엿보이지 않았다. 지금은 불안한 기색을 보였다. 아이의 눈은 섬뜩할 만큼 성숙했다.

"트래비스 형에 대해 알고 계신 게 있나요?"

새미가 물었다. 지난번과는 다른 또렷한 말투였다.

댄스에게 대답할 기회도 주지 않은 채 소냐는 아들을 뒤뜰로 보냈다.

새미는 잠시 망설이며 댄스를 쳐다보다가 주머니를 뒤적이며 못 이기는 척 뒤뜰로 향했다.

"너무 멀리 가진 마, 새미."

댄스는 소냐의 창백한 겨드랑이에 낀 세제 통을 받아들고 그녀를 따라 집으로 들어갔다. 소냐의 입은 굳게 닫혔고, 눈은 정면만을 응시했다.

"브리검 부인······."

"이것부터 치워야 해요."

소냐 브리검이 퉁명스럽게 말했다.

댄스는 그녀를 위해 문을 잡아주었다. 소냐는 주방으로 들어가 세탁해 온 옷들을 분류하기 시작했다.

"그냥 이렇게 내버려두면······ 주름이 생겨요."

소냐가 티셔츠를 손으로 살살 문질러 펴며 말했다.

여자 대 여자.

"이걸 세탁하면서 트래비스에게 갖다줄 수 있으면 얼마나 좋을까 생각했어요."

"브리검 부인, 알려드릴 게 있습니다. 6월 9일 밤, 트래비스는 운전을 하지 않았습니다. 그냥 모든 걸 자신이 뒤집어쓴 거였어요."

"뭐라고요?"

소냐의 분주한 손이 순간 멎었다.

"트래비스는 그날 밤 운전을 했던 여학생을 짝사랑했습니다. 그 여학생은 술을 마시고 핸들을 잡았죠. 트래비스는 여학생에게 차를 세우라고 설득했어요. 운전은 자신에게 맡기라면서 말이에요. 하지만 여학생은 고집을 부렸고, 결국 사고를 내버렸어요."

"오, 세상에!"

소냐가 들고 있던 셔츠로 얼굴을 감쌌다. 마치 그렇게 하면 쏟아지려던 눈물이 멎기라도 할 것처럼.

"그리고 트래비스는 살인자가 아니었습니다. 도로변에 십자가를 놔두지도 않았고요. 누군가가 그 애에게 누명을 씌운 겁니다. 트래비스가 십자가를 놔두고 그들을 죽인 것처럼 꾸민 거였죠. 범인은 제임스 칠턴에게 원한이 있었던 사람이었습니다. 저희가 사살했어요."

"그럼 트래비스는요?"

소냐가 물었다. 셔츠를 움켜쥔 그녀의 손가락은 하얗게 변해 있었다.

"트래비스를 어디다 숨겨 두었는지 아직 알아내지 못했어요. 사방 구석구석을 뒤지고 있지만 행방은 여전히 오리무중이에요."

댄스는 그렉 쉐이퍼와 그의 복수 계획에 대해 간략히 들려주었다.

소냐는 눈물에 젖은 둥근 볼을 훔쳐냈다. 자세히 보니 예쁘장한 얼굴이었다. 몇 년 전, 주 박람회에서 찍은 듯한 사진 속의 그녀 모습에서도 미모의 흔적을 찾아볼 수 있었다. 소냐가 속삭였다.

"트래비스는 사람을 해칠 아이가 아니에요. 저번에도 얘기했잖아요."

네. 그랬죠. 그때 당신의 몸짓도 그 말이 진실임을 알려주었어요. 하지만 난 그걸 외면했어요. 직감에 귀를 기울여야 할 때 논리에만 귀를 기울였던 거예요. 댄스는 생각했다. 오래전 댄스는 마이어스-브릭스 검사로 자신을 분석해본 적 있었다. 자신의 본성에서 너무 많이 벗어나면 곤경에 빠질 수도 있다는 게 분석결과였다.

소냐는 움켜쥔 셔츠를 놓고 또다시 살살 문질러 펴기 시작했다.

"우리 앤 죽은 건가요?"

"아직 그렇다는 증거는 없습니다."

"하지만 그렇게 생각하시잖아요."

"쉐이퍼에겐 트래비스를 죽일 이유가 없습니다. 논리적으로 따져보면 그렇다는 거죠. 저희는 트래비스를 구해내기 위해 최선을 다하고 있습니다. 그래서 제가 이렇게 찾아온 거고요."

댄스가 교통국에서 보내온 그렉 쉐이퍼의 사진을 꺼내 보였다.

"이 남자를 보신 적 있습니까? 부인을 미행한 적이 있다든지, 이웃과 대화하는 걸 보셨다든지."

소냐가 낡은 안경을 꺼내 걸치고 사진 속 얼굴을 한동안 들여다보았다.

"아뇨. 못 본 것 같은데요. 그러니까 이 사람이 범인이라는 거죠? 사람들을 죽이고, 우리 아들을 데려간 바로 그 사람?"

"네."

"얘기했잖아요. 그 블로그가 문제라고."

소냐의 시선이 옆뜰로 돌아갔다. 새미가 금방이라도 주저앉을 듯한 헛간으로 사라졌던 곳이다. 그녀가 한숨을 내쉬었다.

"만약 트래비스가 죽었다면 새미는…… 오, 큰 충격을 받게 될 거예요. 난 두 아이를 한꺼번에 잃게 되는 거고요. 이제 빨래를 정리해야겠어요. 이만 돌아가주세요."

댄스와 오닐은 난간에 몸을 기댄 채 부두에 서 있었다. 안개는 걷혔지만 바람은 아직 거셌다. 몬터레이 베이에서는 안개가 자욱하게 끼거나 바람이 거세게 불거나, 둘 중 하나였다. 예외는 없었다.

"트래비스의 어머니 말이야. 그 심정이 어떨지 상상이 안 되는군."

오닐이 큰 소리로 말했다.

"세상에 그보다 더한 고통은 없겠죠."

댄스는 말했다. 강한 바람에 그녀의 머리가 사방으로 휘날렸다. 그녀가 물었다.

"인터뷰는 어떻게 됐죠?"

인도네시아 사건.

굉장히 중요하다고 했던.

"잘됐어."

댄스는 오닐이 그런 중대 사건을 맡게 돼 다행이라고 생각했다. 한때 질투했던 자신이 민망했다. 테러는 모든 법집행관들의 잠을 앗아가는 최악의 범죄였다.

"도움이 필요하시면 언제든 말씀하세요."

오닐의 시선은 만에서 떨어지지 않았다.

"앞으로 24시간만 더 버티면 해결될 것 같아."

두 사람의 아래 모래밭에는 그들의 아이들이 놀고 있었다. 물가 탐험은 매기와 웨스가 주도했다. 아무래도 해양생물학자의 손주들이다 보니.

펠리컨과 갈매기떼가 허공을 맴돌았다. 갈색 해달 한 마리가 물에 드러누운 채 유유히 헤엄치는 모습이 보였다. 바위를 찾아 올라간 해달은 가슴으로 중심을 잡고 서서 이름 모를 연체동물로 저녁식사를 시작했다. 오닐의 딸 아만다와 매기도 흥미로운 눈으로 그 모습을 지켜보았다. 마치 해달을 데려가 애완동물로 키우고 싶다는 듯이.

댄스는 오닐의 팔뚝에 손을 얹으며 열 살배기 타일러를 가리켰다. 아이는 채찍 모양의 긴 켈프* 옆에 웅크리고 앉아 쿡쿡 찔러대고 있었다. 외계 생명체가 꿈틀거리는 순간 잽싸게 도망칠 만반의 준비를 한 상태로. 웨스는 그런 타일러를 보호하려는 듯 가까운 곳에 서서 지켜보았다.

오닐은 미소를 지었지만 댄스는 그의 자세와 힘이 잔뜩 들어간 팔뚝을 통해 무언가가 그를 고민하게 만든다는 사실을 알았다.

댄스의 생각을 읽기라도 한 듯 오닐이 거센 바람에 대고 설명했다.

"로스앤젤레스에서 연락이 왔어. 피고 측이 또 기소면제 심리를 연기해달라고 요청했다더군. 보름 후로."

"맙소사. 보름씩이나요? 대배심이 시작될 무렵이잖아요."

"세이볼드는 단호한 반대 의사를 전달하겠다고 했는데 희망적이진 않은 것 같아."

"소모전으로 간다는 거군요. 우리가 지칠 때까지 시간을 끌려는 수작이에요."

댄스는 인상을 찌푸렸다.

"그런지도 모르지."

"우린 지치지 않을 거예요. 문제는 세이볼드 쪽 사람들이죠."

오닐은 잠시 생각에 잠겼다.

"이건 중요한 사건이지만 그들에겐 이보다 중요한 사건도 많아."

댄스는 몸을 바르르 떨며 한숨을 내쉬었다.

"추워?"

댄스는 오닐의 몸에 살며시 팔을 얹었다.

그녀는 고개를 저었다. 갑작스럽게 떠오른 트래비스 생각이 자기도 모르게 몸을 떨게 했던 것이다. 만을 바라보는 댄스는 어쩌면 자신이 소년의 무덤을 바라보고 있는지도 모른다고 생각했다.

* 해초의 일종

갈매기 한 마리가 그들 앞을 맴돌았다. 갈매기의 날개는 풍속에 따라 자유자재로 조절됐다. 새는 멈춘 듯 허공에 둥둥 떠 있었다.

댄스가 말했다.

"그 아이를 킬러로 몰고 갔을 때도 전 트래비스에게 연민을 느꼈어요. 그 애의 가정생활, 사회적 부적응자라는 사실, 거기다 온라인에서까지 따돌림을 당했잖아요. 존이 그러더군요. 블로그는 빙산의 일각에 불과하다고 말이에요. 사람들은 인스턴트 메시지, 이메일, 각종 게시판으로 그 아이를 공격해댔어요. 일이 이렇게까지 커져버리다니 마음이 너무 아파요. 그 애는 아무 죄도 없는데 말이죠."

오닐은 한동안 침묵을 지켰다.

"아주 예리한 친구 같더군. 볼링 말이야."

"네. 피해자들의 이름을 알아낸 것도 그렇고, 트래비스의 아바타를 찾아낸 것도 그렇고요."

오닐이 웃음을 터뜨렸다.

"미안. 나도 모르게 자꾸 자네가 컴퓨터 게임 속 캐릭터를 잡겠다며 오버비에게 영장을 내달라고 조르는 이미지가 떠올라서."

"오, 기자회견장에서 자기 이미지를 띄울 수 있는 일이라면 열 일 제쳐두고 영장을 내줄 사람이에요. 아무튼 홀로 아케이드를 찾아간 건 정말 어리석은 일이었어요."

"영웅이 되고 싶었나 보지."

"그러게요. 아마추어들 때문에 일을 그르치는 경우가 많죠."

"결혼은 했지? 가족이 있다고 하던가?"

"존 말씀인가요? 아뇨."

댄스가 피식 웃었다.

"독신남이래요."

거의 한 세기 가깝게 쓰이지 않은 단어죠⋯⋯.

두 사람은 침묵에 빠졌다. 그들의 시선이 해변 탐험에 여념이 없는 아이들에게 돌아갔다. 매기가 한 손을 번쩍 들고 무언가를 가리켰다. 오닐의 아이들에게 자신이 발견한 조가비의 이름을 알려주는 듯했다.

웨스는 물이 밀려드는 갯벌에 홀로 서 있었다. 아이의 발밑에서 거품이 일었다.

댄스는 아들을 지켜보며 남편이 있는 게 아이들에게도 훨씬 좋을 것 같다는 생각을 새삼스레 해보았다.

물론 훌륭한 아버지감이 있다면.

문제는 항상 그것이었다.

두 사람 뒤에서 여자의 음성이 들려왔다.

"실례합니다. 저 아이들 부모 되시나요?"

그들은 동시에 고개를 돌려 여자를 쳐다보았다. 기념품가게 쇼핑백을 든 걸 보니 관광객인 듯했다.

"그런데요?"

댄스는 대답했다.

"부부 금실도 좋아 보이고, 아이들도 아주 예쁘네요. 결혼하신 지 얼마나 되셨나요?"

"오, 좀 됐어요."

잠시 뜸을 들이던 댄스가 대답했다.

"너무 보기 좋네요. 행복하세요."

여자는 기념품가게를 나온 노신사에게 다가가 그의 팔뚝을 붙잡았다. 두 사람은 한쪽에 세운 대형 관광버스를 향해 걸어갔다.

댄스와 오닐은 웃음을 터뜨렸다. 인근 주차장에 막 멈춘 은색 렉서스한 대가 그녀의 눈에 들어왔다. 차 문이 열림과 동시에 댄스에게서 오닐의 몸이 슬그머니 떨어졌다.

부보안관이 미소를 지으며 렉서스에서 내린 아내에게 손을 흔들었다.

키가 큰, 금발머리의 앤 오닐은 가죽 재킷, 수수한 블라우스, 긴 스커트, 짤랑거리는 금속 벨트를 걸쳤다. 앤이 미소 지으며 다가왔다.

"안녕, 허니."

앤은 오닐에게 안기며 그의 볼에 입을 맞추었다. 그러고는 댄스를 돌아보았다.

"캐트린."

"안녕, 앤. 잘 다녀왔어요?"

"비행은 최악이었어요. 갤러리에서 너무 늦게 나와 가방 부칠 시간도 없었죠. 탑승도 아슬아슬하게 했어요."

"난 인터뷰가 있었어. 캐트린이 타일러와 아만다를 데려와줬지."

오닐이 아내에게 말했다.

"오, 고마워요. 마이클이 그러는데 사건이 종결됐다고요? 도로변 십자가 사건 말이에요."

"몇 시간 됐어요. 짜증 나는 서류 작업이 남긴 했지만."

댄스는 잽싸게 화제를 바꾸었다.

"사진 전시회 준비는 어떻게 돼가고 있어요?"

"거의 다 됐어요."

앤 오닐이 대답했다. 바람에 산발이 된 그녀의 머리를 보니 암사자가 떠올랐다.

"사진을 찍는 것보다 큐레이터 노릇이 몇 배 더 힘든 것 같아요."

"어느 갤러리에서 하죠?"

"소마*의 제리 미첼 갤러리예요."

앤이 겸손한 말투로 대답했다. 하지만 댄스는 그곳이 유명한 갤러리임을 눈치로 알 수 있었다. 앤은 자랑 따위는 할 줄 모르는 여자였다.

---

* South of Market의 줄임말로, 미국 캘리포니아 주 샌프란시스코에 위치한 거주지역을 지칭한다.

"축하해요."

"오프닝 때 반응을 봐야죠. 전시회가 끝나면 리뷰도 쏟아질 거고요."

앤의 매끈한 얼굴이 어두워졌다. 앤이 나지막이 말했다.

"어머니 일은 유감이에요, 캐트린. 무슨 그런 황당한 일이 다 있죠? 지금은 좀 어떠신가요?"

"많이 언짢아하고 계세요."

"서커스를 보는 것 같았어요. 그곳 신문에도 났더군요."

210킬로미터 밖까지 그 소식이 퍼져 나갔단 말이지? 로버트 하퍼 검사의 미디어 게임이 효과를 거둔 모양이었다. 댄스는 전혀 놀라지 않았다.

"좋은 변호사를 선임했어요."

"도움이 필요하면 언제든 얘기해요."

강한 바람에 앤의 금속 벨트 끝이 풍경처럼 짤랑댔다.

오닐이 해변에 대고 소리쳤다.

"엄마가 왔어. 빨리 올라와!"

"조금만 더 놀다 가면 안 돼요, 아빠?"

타일러가 졸랐다.

"안 돼. 집에 가야지. 어서 올라와."

아이들은 터벅터벅 갯벌을 걸어나왔다. 매기는 모아 쥔 조가비들을 아이들에게 하나씩 나눠주었다. 언제나 그렇듯 좋은 것들은 오닐의 아이들과 오빠에게 넘어갔다.

웨스와 매기는 댄스의 패스파인더에 올랐다. 댄스의 부모가 묵고 있는 모텔까지는 얼마 걸리지 않았다. 아이들은 이디와 스튜어트의 방에서 하룻밤 신세를 질 것이었다. 범인은 죽었고, 더 이상의 위협은 없었다. 하지만 너무 늦기 전에 트래비스를 찾아내야 했다. 보나마나 댄스는 밤늦게까지 일을 하게 될 터였다.

모텔로 향하는 길에 댄스는 웨스가 평소와 달리 조용하다는 사실을 깨달았다.

"이봐, 아들. 무슨 일 있어?"

"그냥 좀 궁금해서요."

댄스는 주저하는 아이들로부터 자세한 내용을 뽑아내는 방법을 알고 있었다. 중요한 건 인내심이었다.

"뭐가 궁금한데?"

댄스는 분명 할머니에 대한 문제일 거라 확신했다.

하지만 추측은 보기 좋게 빗나갔다.

"볼링 아저씨가 또 놀러오신댔어요?"

"존? 왜?"

"그냥요. 내일 TNT에서 〈매트릭스〉 하거든요. 아저씨가 아직 못 보셨을 것 같아서요."

"아마 보셨을걸."

아이들은 자신들의 첫 경험을 이전 세대가 누려보지 못했을 거라 넘겨 짚는 경향이 있다. 어른들은 모두 무지와 결핍의 우울한 세상에서만 살았을 거라는 단순한 억측. 어쨌든 댄스는 아들의 질문에 살짝 놀랐다.

"볼링 씨가 마음에 드니?"

댄스는 물었다.

"아뇨…… 뭐, 나쁘진 않아요."

"그 아저씨가 좋다고 했잖아! 마이클 아저씨만큼이나 점잖아서 좋다고 했으면서!"

매기가 이내 반박했다.

"내가 언제?"

"그랬잖아!"

"매기, 거짓말 마!"

"이제 그만."

댄스가 아이들을 말렸다. 하지만 남매의 실랑이가 마냥 듣기 싫지만은 않았다. 격동의 나날을 보내면서 이런 순간조차 없었다면 그녀는 미쳐버렸을 것이다.

그들은 모텔에 도착했다. 시위대가 아직도 이곳을 찾아내지 못했다는 사실에 댄스는 안도했다. 그녀는 웨스와 매기를 이끌고 부모님의 방으로 향했다. 아버지가 달려 나와 맞아주었다. 댄스는 아버지 품에 안기며 방 안을 흘끔 들여다보았다. 어머니는 수화기를 붙잡고 심각한 얼굴로 누군가와 통화 중이었다.

댄스는 동생 벳지와의 통화일 거라 짐작했다.

"쉬디에게선 무슨 얘기 없었고요, 아빠?"

"없었어. 죄상 인부는 내일 오후에 있을 거라던데."

스튜어트가 무심코 숱 많은 머리를 살살 쓸어넘겼다.

"살인자를 잡았다고? 그 아이는 애초부터 결백했다며?"

"지금 그 애를 찾고 있어요."

아이들이 들을까 싶어 댄스는 목소리를 낮추었다.

"솔직히 말씀드리면, 그 아이는 이미 죽었을 가능성이 높아요. 하지만 희망을 가지고 끝까지 찾아봐야죠."

댄스는 다시 아버지를 끌어안았다.

"저는 또 돌아가봐야 해요."

"행운을 빈다."

댄스는 돌아서기 전 어머니에게 손을 흔들었다. 이디는 희미한 미소를 지으며 달려오는 아이들을 와락 끌어안았다.

10분 후, 댄스는 자신의 사무실에 도착했다. 메시지가 기다렸다.

찰스 오버비의 퉁명스러운 메모.

칠턴 블로그 사건 보고서를 보내주겠어? 언론에 최소한의 성의는 보

여야 할 테니 꼼꼼하게 작성해주면 고맙겠어. 한 시간 안에 꼭 보내줘. 수고해.

사건은 해결됐고, 범인은 죽었으며, 추가 피해자는 없었다. 보고할 사항은 이것뿐이었다.

오버비는 해결사 해밀턴 로이스에게 굽실거리기를 거부한 댄스를 여전히 못마땅하게 생각하고 있었다.

영화 속 조지 클루니의 절반만이라도 닮았더라면.

최소한의 성의…….

댄스는 곧바로 그렉 쉐이퍼가 밝힌 범행의도, 그의 정체를 밝혀낸 경위, 그리고 그를 사살한 이유 등을 빼곡히 적어 내려갔다. 칠턴의 집 앞에서 경비를 섰던 MCSO 경관 미겔 헤레라의 죽음과 모든 인력을 투입한 트래비스 수색작전에 대한 세부사항도 빼놓지 않았다.

댄스는 보고서를 이메일에 실어 전송했다. 마우스를 클릭하는 그녀의 손가락에 평소보다 많은 힘이 들어갔다.

티제이가 문을 열고 고개를 불쑥 내밀었다.

"들으셨습니까, 보스?"

"뭘 말이야?"

"켈리 모건이 의식을 회복했답니다. 이젠 안심해도 된대요."

"오, 좋은 소식이네."

"병실을 지키고 있는 경관이 그러는데, 일주일 정도 치료를 받으면 퇴원할 수 있답니다. 그 가스가 폐를 엉망으로 만들어놨지만 치료만 잘 받으면 회복할 수 있대요. 다행히 뇌손상도 없고요."

"범인이 트래비스였다는 주장에 대해선 뭐라고 했어?"

"뒤에서 덮쳤답니다. 목을 조르면서 왜 블로그에 그런 댓글을 올렸냐고 속삭였다네요. 그 직후에 켈리는 실신했고, 지하실에서 의식을 되찾았답니다. 막연히 트래비스였을 거라고 확신해버린 셈이죠."

"그렇다면 쉐이퍼가 의도적으로 켈리를 살려뒀다는 뜻이겠군. 얼굴을 보이지 않았으니 당연히 켈리는 트래비스의 소행일 거라 믿었을 테고."

"그런 것 같네요, 보스."

"쉐이퍼와 칠턴의 집에선 뭔가 나온 게 없었고?"

"아직은요. 사이프러스 그로브에선 목격자가 없었다네요."

댄스는 한숨을 내쉬었다.

"계속 수고해줘."

어느새 오후 6시가 넘었다. 댄스는 점심식사를 걸렀다는 사실을 깨달았다. 사무실을 나온 그녀는 구내식당으로 향했다. 커피 생각이 간절했다. 집에서 구운 쿠키나 도넛 생각도 났다. 걸스 윙에서도 메리엘렌의 우물은 말라버린 지 오래였다. 댄스에게 주어진 유일한 대안은 신경질적인 자동판매기에 구겨진 1달러 지폐를 쑤셔 넣고 땅콩버터 크래커나 오레오 쿠키를 빼먹는 것이었다.

구내식당에 들어선 댄스는 눈을 깜빡였다. 아, 다행이다.

부스러기가 뿌려진 종이접시에 오트밀 건포도 쿠키 두 개가 놓여 있었다.

더 기적적인 건 커피가 예상 외로 신선하다는 사실이었다.

댄스는 커피에 2퍼센트 저지방 우유를 섞고 쿠키 하나를 집어들었다. 그러고는 테이블을 골라 털썩 주저앉았다. 그녀는 기지개를 켜고 주머니에서 아이팟을 꺼냈다. 이어폰을 귀에 꽂고 화면을 내려 브라질 기타리스트, 바디 아사드의 곡을 선택했다.

댄스는 재생 버튼을 누르고 나서 쿠키를 한 입 베어 물었다. 그녀가 커피를 향해 손을 뻗었을 때, 그림자 하나가 갑자기 그녀를 덮쳤다.

해밀턴 로이스가 그녀를 내려다보고 있었다. 그의 셔츠에는 임시 신분증이 붙어 있었고, 두꺼운 팔뚝은 양쪽으로 늘어뜨렸다.

기가 막힌 타이밍이군. 댄스는 소리 없이 탄식했다.

"댄스 요원. 같이 앉아도 되겠습니까?"

댄스는 빈 의자를 가리켰다. 반기는 기색은 보이지 않았지만 예의상 귀에서 이어폰은 뽑았다.

육중한 로이스가 앉자 플라스틱과 금속으로 된 의자가 삐걱거렸다. 그는 팔꿈치를 테이블에 얹어놓고 상체를 앞으로 기울였다. 두 손은 앞에 가지런히 포개놓았다. 노골적인 접근 방식을 의미하는 자세였다. 댄스는 그의 양복을 훑어보았다. 파란색은 어울리지 않았다. 조금 더 짙었어야 했다. 아니면 짓궂은 생각이지만, 빛나는 챙이 붙은 수병모를 썼다면 그럭저럭 어울렸을 것 같았다.

"소식 들었습니다. 사건이 해결됐다죠? 맞습니까?"

"범인을 사살했습니다. 지금은 실종된 소년을 찾고 있고요."

"트래비스 말입니까?"

로이스가 흠칫 놀라며 물었다.

"네."

"하지만 그 아이는 죽었을 텐데요."

"아닐 겁니다."

"오."

로이스가 잠시 뜸을 들였다.

"정말 유감입니다. 무고한 아이가 이런 일을 겪다니."

댄스의 분석에 의하면 적어도 이 말은 진심에서 우러나온 것이었다.

그녀는 대꾸하지 않았다.

로이스가 입을 열었다.

"내일이나 모레쯤 새크라멘토로 돌아갈까 합니다. 여기 와서 당신과 마찰이 좀 있긴 했지만…… 그냥 단순한 의견 충돌이었죠. 아무튼 당신에게 사과하고 싶습니다."

이번에도 충분한 진심이 느껴졌다. 그렇다고 댄스가 품고 있는 의심이 완전히 걷힌 건 아니었지만. 댄스는 말했다.

"시각차가 좀 있었을 뿐이에요. 기분 나쁘게 받아들이지 않았으니 괜찮아요."

물론 앙금이 전혀 없다고는 할 수 없다. 그렇게 날 엿 먹이려 하다니. 댄스는 생각했다.

"새크라멘토에서 압력을 엄청 넣었습니다. 어쩔 수 없었어요. 나도 모르게 그 분위기에 휩쓸렸던 겁니다."

로이스가 부끄러운 듯 시선을 돌렸다. 기만적인 제스처이기도 했다. 로이스가 충분히 유감스러워 하고 있지 않다는 게 댄스의 분석이었다. 그래도 노력하는 모습은 가상했다. 그가 계속 이어나갔다.

"이런 상황이 익숙하지 않죠? 칠턴처럼 인기 없는 사람을 보호해야 하는 상황 말입니다."

로이스는 댄스의 대답을 기다리지 않았다. 그가 공허하게 웃음을 터뜨렸다.

"그거 알아요? 난 그 친구에게 감탄했습니다."

"칠턴에게 말인가요?"

로이스는 고개를 끄덕였다.

"칠턴의 입장엔 전혀 동의하지 않습니다만 도덕적으로 큰 흠이 없다는 건 인정합니다. 요즘엔 그런 사람을 보기 힘들죠. 살해 위협이 있었지만 그는 끝까지 소신을 굽히지 않았습니다. 앞으로도 계속 그 한길만을 걸어나갈 테고요. 안 그렇습니까?"

"그렇겠죠."

댄스는 〈칠턴 리포트〉가 폐쇄될지 모른다는 소식을 굳이 털어놓지 않았다.

그건 그녀 소관도, 로이스의 소관도 아니었으니까.

"내가 또 무슨 생각을 했는지 압니까? 칠턴에게도 사과하고 싶어졌습니다."

"정말입니까?"

"칠턴의 집으로 전화를 걸어봤습니다. 응답이 없더군요. 그가 어디 있는지 혹시 압니까?"

"내일 홀리스터에 있는 별장으로 갈 거라고 했어요. 오늘 밤은 호텔에서 묵을 거라고 했고요. 어느 호텔인진 나도 몰라요. 칠턴의 집은 범죄현장이에요. 당연히 감식반 대원들 외엔 아무도 없겠죠."

"그럼 칠턴의 블로그에 나와 있는 이메일 주소로 한번 연락을 해봐야겠군요."

과연 그럴 수 있을까? 댄스는 궁금했다.

잠시 침묵이 흘렀다. 내가 먼저 일어나야겠어. 댄스는 생각했다. 그녀는 마지막 쿠키를 냅킨으로 조심스레 싸서 자리에서 일어나 구내식당 문으로 향했다.

"조심히 가세요, 로이스 씨."

"그동안 미안했습니다, 댄스 요원. 나중에라도 기회가 되면 같이 일해보고 싶군요."

댄스는 그의 마지막 말에 거짓말이 두 개나 담겨 있음을 어렵지 않게 알 수 있었다.

38

CBI 본부 로비로 들어선 조나단 볼링은 곧장 댄스에게 다가갔다. 그녀가 볼링에게 임시 출입증을 건넸다.

"와주셔서 감사합니다."

"그렇지 않아도 이곳이 그리워지려 하던 차였습니다. 그때 일로 잘린 줄 알았어요."

댄스는 미소를 지었다. 그녀가 산타크루스의 볼링에게 연락했을 때, 그는 여름학교 클래스 시험지를 채점하고 있었다(사실 댄스는 데이트 준비에 바쁜 그를 상상했다). 연락을 받은 볼링은 채점을 미뤄두고 한걸음에 몬터레이로 달려왔다.

사무실로 들어온 댄스는 그에게 마지막 과제를 내려주었다. 그렉 쉐이퍼의 노트북 컴퓨터.

"트래비스를 빨리 찾아야 해요. 죽었다면 시신이라도 찾아야 하고요. 컴퓨터를 뒤져보면 그 아이의 행방에 대한 단서가 나올지도 몰라요. 특정 장소를 언급한 부분이나 길 안내가 된 부분, 지도 따위 말이에요."

"알겠습니다. 암호로 보호돼 있나요?"

볼링이 도시바 노트북을 가리켰다.

"이번엔 아니에요."

"잘됐군요."

볼링이 노트북을 열고 키보드를 두드리기 시작했다.

"지난 2주간의 파일 액세스나 작성 날짜부터 살펴봐야겠네요. 괜찮겠죠?"

"네."

댄스는 애써 미소를 참으며 몸을 앞으로 기울인 채 그를 지켜보았다. 볼링의 손가락이 피아니스트처럼 키보드 위를 누볐다. 잠시 후, 그가 등받이에 몸을 붙였다.

"자신의 목적을 위해 사용한 흔적은 없습니다. 블로그와 RSS 피드를 주로 검색했고요, 친구, 사업 파트너들과 이메일을 주고받은 게 전부입니다. 이메일에도 칠턴을 죽이려는 음모는 없었고요. 하지만 삭제되지 않은 기록이라 큰 의미는 둘 수 없을 것 같습니다. 쉐이퍼는 지난주 내내 많은 파일과 웹사이트 접속기록을 삭제해왔어요. 그것들을 살펴보면 답이 나올 것 같은데 말입니다."

"그렇겠죠. 그것들을 복원할 순 없나요?"

"인터넷에서 어브의 봇을 다운로드받으면 될 거예요. 그게 C 드라이브의 빈 공간을 샅샅이 훑으면서 최근에 삭제된 파일들을 복구할 겁니다. 그중엔 일부만 남겨진 것도 있을 테고, 심하게 훼손된 것들도 있겠죠. 하지만 대부분의 파일은 90퍼센트 이상 복구될 겁니다."

"다행이네요, 존."

5분 후, 어브의 봇이 쉐이퍼의 컴퓨터 구석구석을 훑으며 삭제된 파일들의 흔적을 찾아나갔다. 복구된 파일들은 볼링이 만들어놓은 새 폴더로 들어갔다.

"얼마나 걸릴까요?"

댄스는 물었다.

"두 시간쯤 걸릴 것 같네요."

볼링이 손목시계를 들여다보며 저녁이라도 먹고 오는 게 어떻겠냐고 제안했다. 볼링은 아우디를 몰고 CBI 본부에서 얼마 떨어지지 않은 레스토랑으로 향했다. 레스토랑은 공항과 그 너머의 몬터레이, 그리고 만이 내려다보이는 언덕 정상에 자리했다. 두 사람은 테라스로 나가 테이블을 골랐다. 곳곳에서 프로판 난로가 열기를 뿜어냈다. 그들은 비오니에 화이트와인을 주문해 마셨다. 떨어지는 해가 강렬한 주황색 빛을 쏟아내며 태평양에 녹아들고 있었다. 두 사람은 말없이 그 광경을 감상했다. 옆 테이블의 관광객들은 연신 카메라 셔터를 눌러대며 즐거워했다. 하지만 아무리 잘 찍었다 해도 포토샵의 도움 없이는 이 장엄한 광경을 제대로 살려낼 수 없을 것이다.

두 사람은 댄스의 아이들, 자신들의 유년기에 대해 이야기를 나누었다. 서로의 출신지에 대한 궁금증도 풀었다. 볼링은 중부 해안지역 사람들 중 진정한 캘리포니아 토박이는 고작 20퍼센트밖에 되지 않을 거라고 했다.

다시 어색한 침묵이 찾아들었다. 댄스는 그의 어깨가 살짝 올라가 있다는 사실에 주목했다. 무언가 할 얘기가 있는 듯했다.

"뭐 하나 물어봐도 되나요?"

"그럼요."

이 말은 진심이었다.

"남편 분이 언제 세상을 떠났습니까?"

"2년쯤 됐어요."

2년, 2개월, 그리고 3주. 댄스는 정확한 날짜와 시간까지 답할 수 있었다.

"난 지금껏 누굴 그렇게 잃어본 적이 없습니다."

볼링의 음성에서 안타까움이 묻어나왔다. 그의 눈꺼풀이 바람에 날리는 베니션 블라인드*처럼 깜빡거렸다.

---

* 납작한 가로대를 엮어서 만든 햇빛 가리개

"어떻게 된 일이었는지 물어봐도 될까요?"

"물론이죠. 빌은 FBI 요원이었어요. 인근 지국 소속이었죠. 하지만 일을 하다가 숨진 건 아니었어요. 1번 고속도로에서 사고를 당한 거죠. 트럭. 운전사가 졸음운전을 했어요."

댄스의 입에서 피식 웃음이 새어 나왔다.

"지금까지 잊고 있었는데…… 그때 남편의 동료 요원들과 친구들도 도로변에 꽃다발을 놓아두곤 했어요. 사고가 난 지 1년쯤 지났을 때."

"십자가는요?"

"그냥 꽃다발만 놓아두었어요."

댄스는 고개를 저었다.

"난 그게 싫었어요. 자꾸 악몽을 상기시키니까. 한동안 그곳을 피해 다니느라 멀리 돌아가곤 했었죠."

"어떤 기분이었을지 이해가 가네요."

댄스는 사교적인 자리에서의 동작학적 분석을 별로 좋아하지 않았다. 가끔 아이들의 생각을 읽거나 데이트 상대의 몸짓 언어를 분석해본 적은 있었지만. 언젠가 웨스의 거짓말을 짚어냈을 때 아이는 말했다.

"꼭 슈퍼맨과 같이 있는 것 같아요, 엄마. 혹시 엑스선 거짓말탐지기라도 있어요?"

볼링의 얼굴에서는 연신 동정적인 미소가 흘렀지만 몸짓 언어는 미묘하게 변해갔다. 와인글라스를 쥔 그의 손에는 힘이 잔뜩 들어갔다. 또 다른 손은 주먹을 쥐었다 펴기를 반복했다. 댄스는 그 행동이 무의식적 반응이라는 걸 알고 있었다.

댄스는 살짝 부추겨보기로 했다.

"존, 이젠 당신 얘길 들을 차례예요. 독신남 신분에 대해 좀 더 명확하게 설명해줘요."

"오, 당신 같은 극적인 사연은 없습니다."

볼링은 아픔을 최소화하려 하고 있었다. 볼링의 심리치료사는 아니었지만 댄스는 포화 속을 함께 뒹군 동지로서 무엇이 그를 불편하게 하는지 알고 싶었다. 댄스가 그의 팔뚝에 손을 얹었다.

"얘기해봐요. 사람을 심문하는 건 내 직업이에요. 아무리 뒤로 빼도 소용없다고요."

"첫 데이트에서 날 고문하려는 상대는 별로인데요. 나름대로 매력은 있지만."

조나단 볼링은 재담을 무기로 쓰는 사람이었다.

"아마 이건 당신이 들어본 연애담 중 최악일 겁니다. 실리콘밸리를 떠난 후에 만난 여자가 있었습니다. 산타크루스에서 서점을 운영했었죠. 베이 비치 서점."

"가본 적 있는 것 같아요."

"우린 죽이 잘 맞았어요. 캐시와 나. 함께 야외활동도 많이 했죠. 여행도 많이 다녔고. 캐시는 우리 가족과도 잘 어울렸어요. 하긴 우리 가족과 잘 어울리지 못하는 사람은 나 하나뿐이죠."

그는 잠시 뜸을 들였다.

"우린 웃음이 헤펐어요. 그게 힌트입니다. 무슨 영화를 좋아하죠? 우린 주로 코미디영화를 봤어요. 캐시는 별거상태였죠. 이혼한 게 아니라. 법적 별거. 캐시는 처음부터 그 부분에 대해 솔직했어요. 나도 모든 걸 알고 시작했고요. 그녀는 이혼에 필요한 서류를 준비하고 있었어요."

"아이들은요?"

"둘 있었습니다. 당신처럼 아들과 딸, 하나씩 있었죠. 착한 아이들이었어요. 캐시와 전남편이 번갈아 맡아 키웠습니다."

엄밀히 말하면 전남편은 아니죠. 댄스는 속으로 바로잡았다.

볼링이 차고 톡 쏘는 와인을 한 모금 더 넘겼다. 산들바람이 불어와 열기를 살짝 식혀주었다.

"캐시의 전남편은 폭력적인 사람이었습니다. 물리적 폭력은 쓰지 않았다더군요. 그녀나 아이들에게 폭력을 쓴 적은 없지만 항상 모욕을 주었답니다."

볼링은 믿어지지 않는다는 듯 웃음을 터뜨렸다.

"캐시는 똑똑했고, 친절했고, 사려 깊었어요. 그런 아내를 그는 끊임없이 헐뜯고 짓밟았죠. 사실 어젯밤에도 그 생각을 했어요."

볼링이 말끝을 흐렸다. 이 부분까지는 밝히고 싶지 않았던 모양이었다.

"그는 감정적 연쇄살인범이었습니다."

"적절한 표현이네요."

"하지만 결국 캐시는 그 자식에게 돌아갔습니다."

볼링의 얼굴이 딱딱하게 굳어졌다. 우리의 가슴을 따끔하게 찌르는 것은 항상 예리한 기억의 작은 조각들이다. 마침내 그의 얼굴에 희미한 미소가 돌아왔다.

"그는 중국으로 발령을 받아 캐시와 아이들을 데리고 떠났습니다. 캐시는 떠나기 전에 미안하다고 했어요. 항상 날 사랑했다고. 하지만 그에게 돌아가야 했답니다. 남녀관계의 의무적인 부분은 아직도 이해가 안 돼요. 살기 위해선 당연히 숨을 쉬어야 하고, 밥을 먹어야 하지만…… 얼간이에게서 헤어나오지 못하는 건 대체 뭡니까? 왜 반드시 그래야 하죠? 뭐 아무튼…… 그냥 내 '장대한' 오판이었습니다. 당신의 경우는 진짜 비극이었지만."

댄스가 어깨를 으쓱했다.

"살인이든 고살이든 범죄적 과실에 의한 살인이든, 죽음은 죽음입니다. 사랑도 마찬가지예요. 떠나고 나면 예외 없이 아파오죠. 그 이유가 무엇이든지."

"어쨌든 임자 있는 상대와 사랑에 빠진 건 큰 실수였습니다."

아멘. 캐트린 댄스는 생각했다. 하마터면 웃음이 터져 나올 뻔했다. 그녀는 글라스에 와인을 조금 더 따랐다.

"흥미롭군요."

볼링이 말했다.

"뭐가요?"

"짧은 시간 동안 각자의 지극히 개인적이고 우울한 이야기를 엄청 쏟아냈잖아요. 정식 데이트가 아니라 천만다행입니다."

그가 씩 웃으며 말했다.

댄스가 메뉴를 펼쳐 들었다.

"자, 이제 식사를 주문하죠. 여긴……."

"오징어버거가 유명하죠."

댄스는 웃음을 터뜨렸다. 그녀가 하려던 말이었다.

컴퓨터 검색은 실패로 끝났다.

오징어버거와 샐러드로 배를 채운 댄스와 교수는 사무실로 돌아와 어브의 봇이 거둔 성과를 확인했다. 볼링이 자리에 앉아 파일을 훑다가 한숨을 내쉬었다.

"꽝이네요."

"아무것도 못 건졌나요?"

"쉐이퍼는 공간 확보를 위해 이메일과 파일을 삭제했을 뿐입니다. 은폐가 목적은 아니었어요."

좌절감이 물밀 듯 파고들었지만 더 이상은 방법이 없었다.

"고마워요, 존. 맛있는 저녁을 먹었으니 위로가 되네요."

"미안합니다."

볼링은 더는 도움을 줄 수 없다는 사실에 무척 실망하고 있었다.

"돌아가서 채점이나 마저 해야겠네요. 짐도 꾸려야 하고."

"참, 주말에 가족 모임이 있다고 했죠?"

볼링이 고개를 끄덕였다. 그리고 살짝 미소를 지으며 말했다.

"우후!"

과장된 의욕.

댄스는 웃음을 터뜨렸다.

"돌아와서 연락할게요. 여기 상황이 어떤지 궁금할 거예요. 트래비스도 꼭 찾길 바랍니다. 그 애가 무사했으면 좋겠어요."

"고마워요, 존."

댄스는 볼링의 손을 꼭 움켜쥐었다.

"무엇보다 칼에 찔려 죽지 않아줘서 고마워요."

미소. 그가 천천히 돌아섰다.

댄스가 복도를 걸어나가는 볼링의 뒷모습을 바라보고 있을 때, 뒤에서 여자의 음성이 들려왔다.

"안녕, 케이."

댄스는 뒤를 홱 돌아보았다. 코니 라미레즈가 다가오고 있었다.

"코니."

라미레즈가 주위를 살피고 나서 턱으로 댄스의 사무실을 가리켰다. 그들은 안으로 들어가 문을 닫았다.

"네가 관심 있어 할 것 같아서 정보를 좀 가져왔어. 병원에서 찾아낸 거야."

"오, 고마워, 코니. 어떻게 찾아냈지?"

라미레즈가 잠시 뜸을 들였다.

"당연히 위계를 썼지."

"역시."

"배지를 들이밀면서 맡고 있는 다른 사건의 이야기를 들려줬어. 그 의료사기 사건 말이야."

CBI는 금융범죄도 수사했다. 라미레즈가 언급한 사건은 중대한 보험

사기 사건이었다. 범인들이 사망한 의사들의 식별번호를 이용해 그들의 이름으로 허위청구를 한 사건.

칠턴이라면 신이 나서 블로그에 폭로할 법한 사건이었다. 코니의 판단은 적중했다. 그 사건의 피해자는 병원 직원들이었고, 덕분에 직원들은 누구보다 수사에 협조적이었다.

"직원들에게 방문일지를 보여달라고 했어. 그것도 한 달치를. 그래야 헨리가 수상하게 생각하지 않을 테니까. 예상대로 순순히 내놓더군. 그걸 훑다가 찾아냈어. 후안 밀라가 숨진 날 방문한 의사가 한 명 있었어. 아마 병원의 평생교육 강의 때문에 왔을 거야. 구직자도 여섯 명이나 왔었는데, 그중 둘은 관리직, 하나는 구내식당, 그리고 나머지 셋은 간호사 자리에 지원했어. 그 사람들의 이력서 사본도 확보됐어. 훑어보니 수상한 점은 없었어. 자, 이젠 흥미로운 사실을 알려줄게. 그날 예순네 명의 방문자가 병원을 찾았어. 그들의 이름과 그들이 면회한 환자들을 일일이 체크해봤지. 수상한 사람이 딱 하나 걸리더군."

"그게 누군데?"

"이름을 알아보기 힘들어. 또박또박 쓴 것도 그렇고, 서명은 더더욱 그렇고. 내 눈엔 호세 로페즈로 보이는데."

"그가 누구를 면회하고 갔지?"

"방문일지에는 그냥 '환자'라고만 적혀 있어."

"병원이니 당연히 환자를 만나고 갔겠지."

댄스는 쓴웃음을 지었다.

"그런데 그 사람이 왜 수상해?"

"누군가가 후안 밀라를 죽이려 했다면 보나마나 예전에도 한두 번 병원을 찾았을 거야. 그냥 방문자로 왔었든, 병원의 보안상태를 살펴보려고 왔었든 간에. 그래서 지금껏 후안 밀라를 면회하고 간 모든 이를 꼼꼼히 훑어봤어."

"아이디어가 좋은데. 물론 그들의 필적도 대조해봤겠지?"

"물론. 문서감정이 내 전문은 아니지만 후안 밀라를 여러 차례 만나고 떠난 방문자를 짚어내는 건 어렵지 않았어. 일지기록을 통해 필적이 호세 로페즈와 정확히 일치한다는 걸 확인했고."

댄스의 몸이 앞으로 기울었다.

"그게 누구였어?"

"훌리오 밀라."

"후안의 형?"

"90퍼센트 이상 확실해. 필요한 자료는 다 복사해놨어."

라미레즈가 댄스에게 관련 자료를 넘겼다.

"코니, 정말 대단해."

"행운을 빌어. 더 필요한 게 있으면 언제든 얘기하고."

사무실에 홀로 남겨진 댄스는 골똘히 생각에 잠겼다. 훌리오가 동생을 죽인 걸까?

처음에는 불가능한 일로만 여겨졌다. 그동안 그가 보인 동생에 대한 애정을 생각하면 누구라도 그렇게 느꼈을 것이다. 하지만 범인이 누구든 후안을 죽인 일이 자비로운 행위라는 사실에는 의심의 여지가 없었다. 댄스는 두 형제가 은밀히 나누었을 대화를 상상해보았다. 몸을 숙인 훌리오에게 마지막 간청을 속삭이는 후안.

날 죽여줘······.

그게 아니라면 훌리오가 왜 방문일지에 가명을 적어놓았을까?

하퍼와 주의 수사관들은 어떻게 그 단서를 놓칠 수 있었던 거고? 댄스는 화가 났다. 그들은 모든 걸 알고 있었을 것이다. 하지만 로버트 하퍼는 그 사실을 묻어두고 주 법집행관의 어머니를 물고 늘어지는 것으로 언론의 관심을 끌어내려 했다. 명백한 직권남용이었다.

댄스는 조지 쉬디에게 전화를 걸어 코니 라미레즈가 밝혀낸 사실을 메시지로 남겨놓았다. 그러고 나서 이 소식을 직접 전하기 위해 어머니에게 전화했다. 이디는 응답이 없었다.

젠장. 발신자를 확인하고 가려 받으시는 건가?

댄스는 수화기를 내려놓고 등받이에 몸을 기댄 채 트래비스를 생각했다. 아직 살아 있다면 앞으로 얼마나 더 버틸 수 있을까? 물이 없으니 오래 버틸 수는 없을 것이다. 이대로 숨진다면 그 얼마나 비참한 죽음이 되겠는가.

또 다른 그림자가 그녀의 사무실 문간에 드리워졌다. 티제이 스캔론이었다.

"보스."

척 봐도 다급한 일이라는 걸 알 수 있었다.

"현장에서 뭐 발견된 거라도 있어?"

"아뇨. 계속 몰아붙이고 있습니다. 이건 다른 소식입니다. MCSO에서 보고가 올라왔어요. 십자가 사건에 대한 익명의 제보자가 있었답니다."

순간 댄스의 허리가 빳빳하게 펴졌다.

"내용이 뭔데?"

"제보자는 해리슨 스트리트와 파인 그로브 길 인근에서 뭔가를 봤다고 했습니다. 카멜에서 남쪽으로 조금 떨어진 곳에서요."

"구체적으로 얘기하진 않았고?"

"네. 그냥 '뭔가'를 봤다고만 했습니다. 제가 직접 그곳 교차로를 알아봤어요. 바로 그 옆에 인적 끊긴 공사현장이 있더군요. 제보자는 공중전화를 사용했습니다."

댄스는 잠시 생각에 잠겼다. 그녀의 시선이 앞에 놓인 종이로 떨어졌다. 〈칠턴 리포트〉에 새로 올라온 글들이었다. 그녀는 자리에서 일어나 재킷을 걸쳤다.

"거기 가보시게요?"

티제이가 물었다.

"그래. 난 그 애를 빨리 찾고 싶어. 지푸라기라도 잡아봐야지."

"좀 위험한 지역이던데요, 보스. 같이 가드릴까요?"

댄스는 미소를 지었다.

"그럴 필요까진 없을 것 같아."

범인은 이미 몬터레이 카운티 시체안치소에 누워 있으니까.

지하실 천장은 검게 칠해져 있었다. 열여덟 개의 서까래도 모두 검은 색이었다. 싸구려 페인트로 칠한 하얀 벽은 거무칙칙했다. 총 892개의 콘크리트 블록으로 이루어진 벽이었다. 벽 앞에는 캐비닛 두 개가 놓여 있었다. 하나는 회색의 금속 캐비닛, 또 하나는 표면이 울퉁불퉁한 하얀 나무 캐비닛이었다. 그 안에는 통조림, 파스타, 탄산음료, 와인, 각종 연장, 못, 치약, 방취제 등이 가득 들어 있었다.

네 개의 금속 기둥이 어둑한 천장을 떠받쳤다. 그중 세 개는 가까이 붙어 있었고, 나머지 하나는 멀리 떨어져 있었다. 짙은 갈색으로 칠했지만 심하게 녹이 슬어 어느 부분에서 페인트가 끝나는지 구분할 수 없을 정도였다.

바닥은 콘크리트였다. 곳곳에 갈라져 생긴 금들을 오랫동안 응시하면 여러 형체가 보인다. 앉아 있는 판다, 텍사스 주, 트럭.

한쪽 구석에는 먼지 덮인 낡은 화로가 있었다. 천연가스를 사용하는 화로는 아주 드물게 가동됐다. 화로가 돌아도 온기는 지하실까지 미치지 못했다.

지하실은 가로 11미터, 세로 9미터 크기였다. 가로 30센티미터, 세로 23센티미터인 콘크리트 블록의 수만 꼼꼼하게 세어봐도 알 수 있었다. 물론 그 사이사이에 채워진 모르타르의 두께도 잊어서는 안 됐다.

벌레도 많다. 특히 거미. 확인 가능한 거미 가족의 수만 일곱이었다.

다들 영역 표시에 여념이 없었다. 상대 가족들을 자극하지 않기 위해. 그들에게 잡혀 먹지 않기 위해. 딱정벌레와 지네도 있었다. 가끔 모기와 파리도 눈에 띄었다.

큼직한 쥐 한 마리가 나타나 지하실 한쪽 구석에 쌓인 음식과 음료에 큰 흥미를 보이기도 했다. 하지만 소심함 때문인지 어디론가 사라져서는 다시 나타나지 않았다.

쥐약을 먹고 죽었는지도 모르고.

한쪽 벽에 난 높은 창문으로 불투명한 빛이 흘러들어왔지만 밖을 내다볼 수는 없었다. 유리창이 황백색 페인트로 칠해져 있었기 때문이다. 밤 8시나 9시쯤 된 것 같았다. 창밖이 어두운 걸 보면.

갑자기 위층에서 들려온 발소리가 묵직한 정적을 산산조각 내버렸다. 잠시 후, 현관문이 열렸다가 곧 닫히는 소리가 들려왔다.

마침내.

유괴범이 집을 나선 것이었다. 트래비스 브리검은 긴장을 풀었다. 트래비스는 지난 며칠 동안 억류자의 움직임을 유심히 분석했다. 범인은 밤에 집을 나서면 날이 밝을 때까지 돌아오는 법이 없었다. 트래비스는 몸을 웅크린 채 침대에 누워 지저분한 담요로 몸을 데웠다. 하루 일과의 절정. 잠.

적어도 자는 동안만큼은 절망에 휘둘리지 않아도 된다.

39

댄스가 고속도로를 벗어나 구불구불한 해리슨 스트리트로 들어섰을 때도 안개는 자욱하게 내려앉아 있었다. 포인트 로보스와 빅서로 향하는 길에 반드시 거쳐야 하는 이 지역은 카멜의 남쪽에 위치했다. 언덕이 많은 이곳은 인적이 끊긴 상태였다. 사방은 우거진 숲과 농지뿐이었다.

이곳은 아놀드 브루베이커가 담수화시설을 지으려 하는 오론 인디언 매장지에서도 얼마 떨어지지 않은 지역이었다. 물론 우연의 일치겠지만.

댄스는 소나무와 유칼립투스 향기를 맡으며 천천히 차를 몰았다. 안개 때문에 하향등을 켜둔 채였다. 가끔 어둠에 묻힌 사유차도들 끝에서 희미하게 번뜩이는 빛의 점들이 보이곤 했다. 반대차선에서 몇 대의 차가 댄스를 지나쳐갔다. 댄스는 제보자가 이곳을 지나는 운전자였을지, 아니면 이곳에 사는 주민이었을지 궁금했다.

뭔가…….

해리슨 스트리트는 카멜 배리 스트리트로 통하는 지름길이었다. 제보자의 신원을 찾는 일은 불가능해 보였다.

파인 그로브 길에 다다른 댄스는 갓길에 차를 세웠다.

제보자가 언급한 공사현장은 반쯤 짓다 만 호텔단지였다. 메인 건물이 의문의 화재로 타버린 뒤로 공사가 무기한 연기됐다. 처음에는 보험사기로 몰아가는 분위기였지만, 나중에 주변 땅이 각종 개발사업으로 훼손되는 걸 반대하는 환경운동가들의 소행으로 밝혀졌다(녹색 테러리스트들의 역설적인 오판. 그들이 지른 불은 그들이 그토록 지키려 했던, 오염되지 않은 수백 에이커의 땅을 망쳐놓았다).

불에 탔던 황무지는 원래의 모습을 회복했지만 호텔 프로젝트는 여러 가지 이유로 지금껏 연기됐다. 버려진 건물들과 깊게 파인 토대들이 차지한 땅만 수 에이커에 달했다. 공사장에는 '위험', '출입 금지' 따위의 표지판이 곳곳에 붙은 체인 링크 울타리가 둘러져 있었지만, 1년에 한두 번씩 몰래 들어간 십대 아이들이 마리화나를 피우거나 술을 마시다가 구덩이에 빠지는 등의 사고를 당했다. 언젠가는 이 불편하고, 낭만적이지 않은 곳에서 섹스하다가 수북이 쌓인 자재들 속에 갇혀버린 아이들도 있었다.

아무튼 굉장히 섬뜩한 공간이었다.

댄스는 글러브 박스에서 손전등을 꺼내 들고 크라운 빅토리아에서 내렸다.

습한 바람이 맨살에 닿자 몸이 바르르 떨렸다.

긴장하지 마.

댄스는 피식 웃으며 손전등을 켜고 천천히 걸음을 옮기기 시작했다. 그녀의 마그나 라이트 불빛이 주변의 덤불들을 꼼꼼히 훑어나갔다.

차 한 대가 고속도로를 따라 빠르게 달려갔다. 젖은 아스팔트에서 타이어 미끄러지는 소리가 들려왔다. 차가 모퉁이를 도는 순간 소음이 거짓말처럼 사라졌다. 마치 또 다른 차원으로 빨려 들어가기라도 한 듯이.

댄스는 익명의 제보자가 봤다고 주장한 '뭔가'가 제임스 칠턴의 죽음을 예고하는 마지막 도로변 십자가일 수도 있다는 생각을 하고 있었다.

하지만 그녀의 시야에는 십자가를 비롯한 어떤 수상한 물체도 보이지 않았다.

대체 뭘 봤다는 거지?

트래비스를 목격하거나 그의 소리를 들었다는 걸까?

소년을 숨겨놓기에 완벽한 곳이기는 했다.

댄스는 잠시 멈춰 서서 정적에 귀를 기울였다.

바람에 오크나무와 소나무 가지가 살랑대는 소리뿐이었다.

오크나무…… 댄스는 즉석에서 대충 만들어놓은 도로변 십자가를 떠올렸다. 그녀의 집 뒤뜰에서 발견된 십자가도 생각했다.

본부에 연락해 본격적인 수색을 지시하는 게 좋을까? 아니야, 아직은. 계속 살펴봐.

댄스는 제보자가 함께 있지 않은 이 상황이 영 못마땅했다. 주저하는 목격자라도 필요 이상의 정보를 제공할 수 있었다. 태미 포스터의 경우처럼. 태미의 비협조적인 태도도 수사에 별 영향을 주지는 못했다.

태미의 컴퓨터. 거기에 답이 있을 거예요. 우리가 찾던 답은 아니더라도…….

하지만 지금은 제보자가 곁에 없었다. 댄스에게는 손전등과 소름 끼치는 공사현장뿐이었다.

'뭔가'를 찾아서.

댄스는 체인 링크 울타리 곳곳에 난 문들 중 하나를 골라 안으로 들어갔다. 수년에 걸쳐 들락거린 무단침입자들 때문에 금속 울타리는 한쪽으로 심하게 휘어졌다. 그녀는 조심스럽게 걸음을 옮겼다. 메인 건물은 화재로 완전히 붕괴된 상태였다. 창고, 차고, 호텔 등의 나머지 건물들은 판자로 둘러쳐져 있었다. 토대를 위해 파놓은 구덩이 대여섯 개도 위험하게 방치된 채였다. 주황색 경고 표지판이 세워져 있었지만 자욱한 안개에 묻혀 잘 보이지 않았다. 발을 헛디뎌 구덩이에 빠질 수도 있다는 생각에 댄스는 걷는 속도를 조금 줄였다.

댄스는 공사장 바닥을 유심히 살피며 발자국을 찾아보았다.

제보자는 대체 뭘 봤던 걸까?

그때 멀리서 아득하게 들려오는 소리가 있었다. 툭. 그리고 또 한 번.

그녀는 바짝 얼어붙었다.

사슴일 거야. 원래 사슴이 많이 출몰하는 지역이잖아. 댄스는 생각했다. 하지만 다른 동물일 수도 있었다. 지난해, 인근지역에서 퓨마가 조깅 중이던 관광객을 물어 죽인 사건이 발생했다. 퓨마는 불쌍한 여성 관광객을 갈가리 찢어놓고 사라졌다. 댄스는 재킷 단추를 풀고 글록에 손을 얹었다.

다시 툭, 그리고 삐걱.

낡은 문의 경첩에서 나는 소리 같았다.

댄스는 덜컥 겁이 났다. 도로변 십자가 킬러가 죽었을 뿐이지, 이 지역의 마약중독자나 비행청소년들이 모두 사라진 건 아니었다.

하지만 그녀는 돌아가고 싶지 않았다. 트래비스는 분명 이곳 어딘가에 붙잡혀 있어. 계속 찾아봐.

그렇게 10미터쯤 더 들어간 댄스는 소년이 감금돼 있을 만한 구조물을 찾아보기 시작했다. 보나마나 맹꽁이자물쇠를 채웠을 테고, 주변에 발자국도 나 있을 것이다.

이번에는 신음 비슷한 소리가 들려왔다. 댄스는 소년의 이름을 불러보려다 말았다. 본능이 그래서는 안 된다고 경고했다.

갑자기 댄스의 걸음이 멈췄다.

10미터쯤 앞 자욱한 안개 속에서 사람의 형체가 희미하게 드러났다. 누군가가 웅크리고 앉아 있었다.

댄스의 숨이 턱 막혔다. 그녀는 잽싸게 손전등을 끄고 총을 뽑았다.

댄스는 다시 고개를 들었다. 누군가, 아니 뭔가는 이미 자취를 감춰버린 후였다.

헛것을 본 건 아니었다. 분명히 남자의 형체였다.

이제 발소리는 뚜렷하게 들려왔다. 나뭇가지 부러지는 소리와 나뭇잎

바스락거리는 소리도 들렸다. 남자는 댄스 오른쪽에서 움직였다 멈춰 서기를 반복했다.

댄스는 주머니 속 휴대폰을 만지작거렸다. 하지만 지원 요청은 할 수 없었다. 목소리가 새어 나가면 자신의 위치가 들통 나기 때문이었다. 축축하고, 안개 낀 이런 밤에 이런 음산한 곳을 서성이는 사람이라면 분명 악의를 품고 있을 게 뻔했다.

돌아가. 차로 돌아가라고. 당장. 댄스는 속으로 말했다. 트렁크에는 훈련생 시절 딱 한 번 쏴본 적 있는 산탄총이 있었다.

댄스는 돌아서서 빠르게 걸어나가기 시작했다. 발을 내딛을 때마다 낙엽 밟히는 소리가 요란하게 났다. 나 여기 있어. 나 여기 있다고.

그녀는 걸음을 멈췄다. 형체는 계속 움직이고 있었다. 남자는 낙엽을 밟고 댄스의 오른쪽 덤불 밑으로 들어갔다. 어두운 안개 속으로.

잠시 후, 남자의 발소리도 멎었다.

멈춰 선 건가? 아니면 낙엽 없는 땅을 걷는 건가? 날 덮치려고 다가오는 건 아닐까?

아무 생각 말고 빨리 차로 돌아가. 산탄총으로 무장하고 지원을 요청하면 돼.

체인 링크 울타리까지는 20미터도 채 남지 않았다. 안개에 스며든 달빛이 은은하게 길을 비춰주었다. 댄스는 주변을 재빨리 살폈다. 낙엽이 덜 깔린 부분도 있었지만 소리 없이 이동하는 건 불가능했다. 그렇다고 걸음을 멈출 수도 없는 일이었다.

하지만 스토커는 아직도 조용했다.

숨어 있는 건가?

여길 떠났나?

아니면 울창한 나뭇잎들 뒤에 몸을 숨긴 채 내게 다가오고 있는 건가?

다급해진 댄스는 몸을 휙 돌려봤다. 하지만 유령 같은 건물과 나무, 반쯤 묻힌 녹슨 대형 탱크들 외에는 보이는 게 없었다.

댄스는 몸을 웅크렸다. 관절에서 날카로운 통증이 느껴졌다. 지난번 트래비스의 집에서 용의자를 쫓다가 다친 곳이었다. 그녀는 울타리를 향해 최대한 빨리 걸었다. 뛰고 싶은 충동도 강하게 일었지만 꾹 참았다. 공사장이라 장애물이 많았기 때문이다.

울타리까지 8미터.

가까운 곳에서 툭 소리가 들려왔다.

댄스는 걸음을 멈추고 무릎을 꿇고 앉아 권총을 앞으로 겨누었다. 왼손에 쥔 손전등을 켜려다가 본능의 지시대로 꾹 참았다. 이런 안개 속에서 불을 켜면 시야는 줄어들 테고, 침입자에게는 완벽한 표적을 제공하게 될 것이다.

저만치 앞에서 너구리 한 마리가 잽싸게 달려가는 게 보였다. 침입자들의 발소리에 짜증이 난 모양이었다.

댄스는 몸을 일으키고 울타리를 향해 나아가기 시작했다. 낙엽을 밟으며 연신 어깨너머를 돌아보았다. 추격자는 보이지 않았다. 마침내 울타리를 벗어나온 그녀는 차를 향해 내달렸다. 왼손으로는 휴대폰을 꺼내 화면을 켰다.

그때 뒤에서 음성이 들려왔다.

"움직이지 마."

남자의 음성이었다.

"내겐 총이 있어."

바짝 얼어붙은 댄스의 가슴이 쿵쾅거렸다. 남자는 또 다른 문을 통해 소리 없이 빠져나온 모양이었다.

댄스는 재빨리 머리를 굴렸다. 무장한 남자가 자기를 죽이려 했다면 이미 싸늘한 시체가 돼 있었을 것이다. 어쩌면 자욱한 안개와 칠흑 같은 어둠 속에서 남자는 댄스가 손에 쥔 총을 보지 못했을 수도 있었다.

"바닥에 엎드려. 어서."

댄스는 천천히 몸을 돌렸다.

"돌아보지 마! 엎드리라고!"

하지만 댄스는 계속 몸을 틀어 침입자를 돌아보았다. 남자는 한 손을 앞으로 길게 뻗고 있었다.

빌어먹을. 그녀가 우려했던 대로 남자는 무장한 상태였다. 그의 총이 댄스를 겨누었다.

댄스의 시선이 남자의 얼굴로 올라갔다. 그녀는 눈을 깜빡였다. 남자는 몬터레이 카운티 보안관 사무실 제복 차림이었다. 댄스는 남자를 알아볼 수 있었다. 그녀를 몇 번 도와준 적 있는 파란 눈의 젊은 경관, 데이비드 라인홀드였다.

"캐트린?"

"여기서 뭐하는 거죠?"

라인홀드가 고개를 저었다. 그는 입가에 희미한 미소를 머금고 대답 없이 주위를 돌아보았다. 라인홀드는 총을 내렸지만 권총집에 꽂아넣지는 않았다.

"당신이었나요? 저 안에서?"

그가 공사장을 돌아보며 물었다.

댄스는 고개를 끄덕였다.

라인홀드는 계속 주위를 살폈다. 그는 여전히 긴장을 풀지 않았다.

그때 그녀 쪽에서 작은 음성이 흘러나왔다.

"보스, 듣고 계십니까? 제게 전화하신 거예요?"

그 소리에 라인홀드가 눈을 깜빡였다.

댄스가 휴대폰을 들어 보이며 말했다.

"티제이, 듣고 있지?"

침입자가 등 뒤로 다가왔다는 걸 깨달은 순간, 댄스는 통화 버튼을 눌렀던 것이다.

"네, 보스. 무슨 일이시죠?"

"해리슨 스트리트의 공사현장이야. 여기서 보안관 사무실의 라인홀드 경관을 만났어."

"뭐 찾으신 거 있나요?"

젊은 요원이 물었다.

댄스의 다리가 후들거렸다. 가슴은 계속 쿵쾅거렸다.

"아직. 또 연락할게."

"알겠습니다, 보스."

그들은 전화를 끊었다.

라인홀드가 마침내 권총을 꽂아넣었다. 그는 천천히 깊은 숨을 들이쉬었다가 길게 내쉬었다.

"놀라 까무러치는 줄 알았습니다."

"여긴 무슨 일이죠?"

댄스가 물었다.

라인홀드는 한 시간 전에 MCSO로 파인 그로브와 해리슨 교차로에서 '뭔가'를 봤다는 제보전화가 걸려왔다고 설명했다.

댄스를 이곳으로 끌어들인 바로 그 제보.

라인홀드는 이미 이번 사건의 수사에 힘을 보태온 자신이 직접 나가 살펴보겠다고 자원한 사실을 들려주었다. 이곳에 도착해 공사장을 둘러보다가 손전등 불빛을 보고 자세히 살펴보기 위해 댄스를 추격하게 됐다고 했다. 안개 때문에 댄스를 알아보지 못했으며, 처음에는 그저 마약중독자나 마약 중개상일 거라 생각했다고도 덧붙였다.

"트래비스가 이곳에 붙잡혀 있다는 걸 확인해줄 만한 단서를 찾았나요?"

"트래비스? 아뇨. 그 애는 왜요, 캐트린?"

라인홀드는 천천히 물었다.

"왠지 납치한 피해자를 감금해놓기에 완벽한 장소 같아서 말이죠."

"샅샅이 살펴봤지만 그런 흔적은 없었습니다."

젊은 경관이 말했다.

"그래도 마저 꼼꼼하게 살펴봐야겠죠."

댄스는 말했다. 그러고는 다시 티제이에게 전화를 걸어 수색 팀을 보내달라고 요청했다.

마침내 그들은 익명의 제보자가 무엇을 보고 연락했는지 알아내는 데 성공했다.

그것을 발견한 건 댄스나 라인홀드가 아니라 CHP, MCSO, CBI 요원들을 우르르 몰고 나타난 레이 카라네오였다.

그 '뭔가'는 바로 도로변 십자가였다. 십자가는 해리슨 스트리트가 아니라 파인 그로브에 꽂혀 있었다. 교차로에서 30미터쯤 떨어진 지점에.

하지만 그 기념비는 그렉 쉐이퍼나 트래비스 브리검, 블로그 댓글과는 아무 상관이 없었다.

댄스는 이를 갈며 한숨을 내쉬었다.

이번 십자가는 다른 것들에 비해 깨끗했고, 꽤 공들여 만든 티가 났다. 그리고 그 아래 놓인 꽃은 장미가 아니라 데이지와 튤립이었다.

이번 십자가에는 이름 두 개가 적혀 있었다는 것도 차이점이었다.

이디스 댄스에게 살해된
후안 밀라, 고이 잠드소서!

라이프 퍼스트의 누군가가 놓고 간 것이 틀림없었다. 익명의 제보자 소행일 수도 있었고.

댄스가 십자가를 뽑아 한쪽으로 휙 내던졌다.

수색할 곳도, 분석할 증거도, 인터뷰할 목격자도 없었다. 캐트린 댄스는 터벅터벅 걸어 차로 돌아갔다. 그리고 오지 않을 잠을 걱정하며 집으로 향했다.

FRIDAY
금요일

40

아침 8시 20분, 댄스는 포드 크라운 빅토리아를 몰고 몬터레이 카운티 법원의 주차장으로 들어섰다.

그녀는 쉐이퍼 사건의 현장 보고서와 트래비스의 감금 장소에 대해 티제이와 MCSO가 알아낸 추가 정보를 확인하러 온 것이다. 하지만 댄스의 정신은 전혀 다른 곳에 팔려 있었다. 아침 일찍 걸려온 로버트 하퍼의 전화. 그는 댄스에게 자신의 사무실로 와줄 것을 요청했다.

7시에 사무실에서 전화를 건 특별검사는 평소와 다르게 상냥한 음성이었다. 댄스는 그가 쉬디를 통해 훌리오 밀라 소식을 들었을 거라 생각했다. 댄스는 어머니 사건의 기각과 훌리오의 기소를 기대했다. 그녀는 하퍼가 자신의 체면을 살릴 수 있는 처리 방법을 제안해올 거라 예상했다. 어쩌면 하퍼는 오늘 당장 공소를 취하해줄지도 몰랐다. 기소 과정에서 드러난 검찰의 문제점을 댄스가 언론에 공개하지만 않는다면.

댄스는 청사 뒤편에 차를 세우고 나와서 주차장 주변의 공사현장을 찬찬히 돌아보았다. 컬트 리더, 다니엘 펠의 여성 파트너가 그의 탈옥을 돕기 위해 불을 질렀던 곳이다. 후안 밀라는 그 화재로 치명적인 화상을 입어 결국 숨을 거두었다.

댄스는 주차장으로 나온 법원과 보안관 사무실 직원들과 가볍게 인사를 나누었다. 청사로 들어서서 경비에게 로버트 하퍼의 사무실 위치를 물었다. 그의 사무실은 2층 법률도서관 근처에 자리했다.

몇 분 후에 도착한 댄스는 사무실의 소박한 분위기에 살짝 놀랐다. 비서실조차 없었다. 특별검사 사무실의 복도 맞은편에는 남자 화장실이 있었다. 하퍼는 커다란 책상에 홀로 앉아 있었다. 사무실에서는 어떠한 장식의 흔적도 찾아볼 수 없었다. 회색 금속 책상과 창가의 둥근 테이블에는 컴퓨터 두 대와 법률서들, 문서를 수북이 쌓아 만든 탑 여러 개가 놓여 있었다. 블라인드를 내려 동쪽으로 펼쳐진 상추밭과 산을 내다볼 수는 없었다.

하퍼는 잘 다린 하얀 셔츠에 폭이 좁은 빨간 넥타이를 맸다. 헐렁한 바지는 짙은색이었고, 양복 재킷은 사무실 구석의 코트걸이에 걸려 있었다.

"댄스 요원. 이렇게 와줘서 고맙습니다."

하퍼가 읽고 있던 문서를 책상에 뒤집어놓고 작은 서류 가방을 닫았다. 가방이 닫히기 직전에 댄스는 안에 담긴 낡은 법률서를 똑똑히 볼 수 있었다.

어쩌면 성서인지도.

그가 자리에서 일어나 댄스와 악수했다. 하퍼는 그녀와 적당한 거리를 유지하려 애썼다.

댄스가 의자에 앉자, 하퍼의 가운데로 몰린 눈이 그녀 옆의 테이블을 잽싸게 훑었다. 마치 그녀가 봐서는 안 되는 것들이 널브러져 있지는 않나 확인하려는 듯이. 잠시 후, 하퍼의 얼굴에 만족의 표정이 떠올랐다. 그의 시선이 이번에는 댄스의 감청색 정장을 빠르게 훑었다. 맞춤 재킷과 주름진 스커트와 하얀 블라우스. 댄스는 심문용 복장을 하고 있었다. 안경은 검은테였다.

맹수 안경.

어머니의 사건만 기각된다면 댄스는 어떠한 조건이라도 받아들일 준비가 돼 있었다. 그렇다고 무조건 저자세로 나갈 마음은 추호도 없었지만.

"훌리오 밀라와 얘기를 해봤나요?"

댄스는 물었다.

"누구요?"

"후안의 형."

"아. 네, 아까 통화했습니다. 그런데 그걸 왜 묻는 거죠?"

댄스의 심장 박동이 빨라졌다. 살짝 움직이는 다리. 스트레스 반응이었다. 그에 반해 하퍼는 미동도 하지 않았다.

"후안이 형에게 죽여달라고 애원했던 것 같아요. 훌리오는 방문일지에 가명을 적어놓고 들어가서 동생이 원하는 대로 해주었어요. 그것 때문에 오늘 보자고 한 게 아니었나요?"

"오."

하퍼가 고개를 끄덕였다.

"조지 쉬디가 그 문제로 전화를 걸어오긴 했습니다. 방금 전에요. 그런데 당신에겐 미처 연락을 못한 모양이군요."

"무슨 뜻이죠?"

하퍼가 책상 가장자리에서 서류철을 끌어와 펼쳤다. 완벽하게 다듬은 그의 손톱이 댄스의 시선을 잡아끌었다.

"동생이 숨진 날 밤에 훌리오 밀라가 병원에 있었던 건 맞습니다. 하지만 그 시간에 훌리오는 몬터레이 베이 병원의 경비실 직원 두 명을 만나고 있었습니다. 우리가 확인했어요. 훌리오는 캘리포니아 연방수사국을 상대로 소송을 준비하고 있었고, 그 문제로 직원들과 의논했던 겁니다. 무책임한 CBI가 경험이 많지 않은 후안을 보내, 그 위험한 범인을 감시하도록 했다는 게 그의 주장이었죠. 또한 훌리오는 일부러 소수민족 경관에게 위험한 임무를 맡겼다면서 당신을 고소할 계획도 가지고 있었습니다. 당신이 무모한 심문으로 동생의 상태를 악화시킨 사실도 문제 삼았고요. 아무튼 후안이 숨을 거둔 바로 그 시간에 훌리오는 경비실 직원들과 함께 있었습니다. 그가 방문일지에 가명을 적어놓은 이유는 자신이 소송을 준비하고 있다는 걸 당신에게 들키고 싶지 않았기 때문이었죠. 당신이 알게 되면 자신과 가족이 협박을 당할 수도 있다고 생각했답니다."

차분하게 전달된 내용에 댄스의 가슴이 철렁 내려앉았다. 그녀의 호흡이 빨라졌다. 하퍼는 시집이라도 읽는 듯 차분한 모습이었다.

"훌리오 밀라의 결백은 확인됐습니다, 댄스 요원."

하퍼는 미간을 살짝 찌푸렸다.

"사실 나도 훌리오를 가장 유력한 용의자들 중 하나로 점찍어놨었어요. 내가 그를 의심 없이 지나쳤을 거라 생각했습니까?"

댄스는 말없이 등받이에 몸을 붙였다. 모든 기대가 물거품처럼 사라져 버렸다.

마침내 하퍼가 용건을 털어놓기 시작했다.

"오늘 이렇게 보자고 했던 이유는……."

하퍼가 또 다른 문서를 찾아서 집어들었다.

"잘 봐요. 당신이 작성해 보낸 이메일이 맞죠? 주소는 일치하지만 이름이 나와 있질 않아서요. 추적해보면 확인이 되겠지만 그러기엔 시간이 너무 아깝습니다. 그래서 이렇게 직접 물어보는 게 낫겠다 싶었습니다. 당신이 쓴 게 맞죠?"

댄스는 문서를 들여다보았다. 몇 년 전, FBI 세미나 참석을 위해 로스앤젤레스에 가 있던 남편에게 그녀가 띄운 이메일이었다.

거긴 어때요? 그렇게 별렀던 차이나타운은 가봤어요?

웨스가 영어 시험에서 만점을 받아왔어요. 하루 종일 이마에 금색 별 스티커를 붙이

고 다녔죠. 그게 떨어지면 새로 사와서 또 붙였고요. 매기는 그동안 모은 헬로 키티 장난감들을 자선단체에 기증하기로 했어요. 전부 다요(야호!!!!).

엄마가 많이 슬퍼하세요. 키우던 고양이 윌리에게 더 이상 가망이 없대요. 신부전이래요. 엄마는 수의사에게 맡기지 않고 직접 윌리를 안락사시키셨어요. 주사로요. 그 후로 기분이 많이 나아지셨어요. 엄마는 고통받는 윌리를 지켜보느니 차라리 잃는 게 낫겠다고 하셨어요. 암으로 세상을 떠난 조 삼촌을 지켜볼 때도 많이 힘드셨대요. 누구든 그런 고통을 겪어서는 안 된다는 게 엄마 생각이에요. 아직 안락사법이 통과되지 않고 있는 게 안타까울 뿐이에요.

기쁜 소식도 있어요. 웹사이트를 복구했고, 마틴하고 이네즈의 원주민 그룹의 곡들을 여럿 업로드해놨어요. 거기서도 가능하면 한번 접속해봐요. 정말 환상적이에요!

오, 그리고 오늘 빅토리아 시크릿 매장에서 쇼핑을 했어요. 오늘 사온 건 당신 마음에 쏙 들 거예요. 돌아오면 모델 노릇을 톡톡히 해볼게요!! 잘 다녀와요!

댄스의 얼굴이 화끈 달아올랐다. 충격과 분노에 몸이 후들거렸다.
"이건 어디서 찾았죠?"
"모친 댁의 컴퓨터에서 찾았습니다. 수색영장이 나와서 가져왔어요."
댄스는 그때 일을 떠올렸다.
"그건 내가 옛날에 쓰던 컴퓨터예요. 내가 쓰다가 어머니에게 드린 거라고요."
"어쨌든 지금은 모친의 소유가 아닙니까. 우린 그저 영장을 법대로 집행했을 뿐입니다."
"저걸 제출할 순 없어요."
댄스는 출력한 이메일을 가리켰다.

"어째서죠?"

하퍼가 인상을 쓰며 물었다.

"이 사건과 무관하니까요."

댄스의 머릿속은 대혼란 그 자체였다.

"게다가 이건 부부 사이의 비밀 정보예요."

"전혀 무관하지 않습니다. 안락사에 대한 모친의 입장을 확인할 수 있는 결정적인 단서입니다. 또한 당신과 부군은 기소 대상이 아니기 때문에 문제 될 게 없어요. 문제가 된다면 판사가 지적해줄 겁니다."

하퍼는 살짝 놀라는 모습이었다. 댄스라면 당연히 알고 있었을 거라 믿었다는 듯이.

"이 메일, 당신이 작성한 게 맞죠?"

"그 질문에 대답할 의무는 없어요."

"좋습니다."

댄스의 비협조적인 태도에 그는 실망한 기색이 역력했다.

"당신이 이번 사건을 수사하는 건 적절치 않다고 봅니다. 아무래도 이해 충돌을 피할 수 없을 테니까 말입니다. 특별수사관 코니 라미레즈에게 다리품을 팔게 했다는 사실 또한 우리가 충분히 문제 삼을 수 있죠."

그건 어떻게 알았지?

"이 사건은 CBI 관할이 아닙니다. 계속 수사를 진행한다면 법무장관실에 윤리고발장을 올리겠습니다."

"우리 어머니 일이라고요."

"당연히 이 상황을 감정적으로 받아들일 수밖에 없겠죠. 하지만 현재 적극적인 수사가 진행 중이고, 기소 또한 적극적으로 처리될 겁니다. 당신이 훼방을 놓도록 좌시할 수만은 없습니다."

분노에 몸을 떨던 댄스가 자리에서 벌떡 일어나 문 쪽으로 몸을 홱 돌렸다.

하퍼가 잽싸게 덧붙였다.

"댄스 요원. 당신 이메일을 증거로 쓰기 전에 빅토리아 시크릿인지 뭔지 하는 란제리 쇼핑 관련 내용은 삭제하겠습니다. 그 부분이야말로 이번 사건과 무관하니까요."

검사는 뒤집어놓았던 문서를 집어들고 내용을 찬찬히 훑어 내려가기 시작했다.

사무실로 돌아온 캐트린 댄스는 창밖의 비비 꼬인 나무줄기들을 내려다보며 분을 삭였다. 댄스는 어머니에게 불리한 증언을 해야 하는 상황을 상상해보았다. 증언을 거부하면 법정모독죄로 구금될 것이다. 증언 거부는 범죄다. 더 이상 법집행관으로 일할 수도 없게 된다.

갑자기 티제이가 불쑥 들어왔다.

티제이는 무척 지쳐 보였다. 밤새도록 현장감식반과 그렉 쉐이퍼가 묵었던 사이프러스 그로브 모텔의 방을 수색했다고 한다. 쉐이퍼의 차와 칠턴의 집도 빼놓지 않았고, 그의 손에는 MCSO 보고서가 들려 있었다.

"수고했어, 티제이. 잠은 좀 잤어?"

댄스가 그의 빨갛고 게슴츠레한 눈을 쳐다보며 물었다.

"네? 그게 뭐죠? 세상에 '잠'이라는 것도 있었나요?"

"하."

티제이가 현장감식 보고서를 넘겼다.

"그 친구에 대한 정보도 더 캐내왔습니다."

"누구?"

"해밀턴 로이스."

그 사람은 괜찮아. 이미 사과를 받았으니까. 댄스는 속으로 대꾸했다. 하지만 궁금하긴 했다.

"무슨 정보인데?"

"최근에 핵시설 기획위원회와 작업해온 것으로 확인됐습니다. 이곳에 오기 전까지 일주일에 60시간 이상씩 일했더군요. 보수도 꽤 두둑이 받아 챙겼고요. 그건 그렇고, 저도 봉급 좀 인상해주세요, 보스. 최소한 여섯 자리 액수는 받아야 하지 않겠습니까?"

댄스는 미소 지었다. 티제이의 유머감각이 점점 회복되고 있다는 건 다행스러운 일이었다.

"일곱 자리 액수도 부족하지, 티제이."

"사랑합니다, 보스."

갑자기 댄스의 뇌리를 스치는 생각이 있었다. 새로 입수된 정보는 그녀로 하여금 출력해놓은 〈칠턴 리포트〉를 다시 읽게 만들었다.

"빌어먹을."

"왜 그러시죠?"

"로이스는 블로그를 폐쇄시키려 했어. 의뢰인을 위해서 말이야. 봐."

댄스가 출력한 내용을 톡톡 두드렸다.

국민의 명령

칠턴 작성

브랜든 클레빈저 의원…… 이 이름을 들어본 적 있습니까?
아마 없을 겁니다.

북부 캘리포니아의 높으신 분들을 챙기는 데만 혈안이 돼 있는 주 대표는 불필요한 주목을 반기지 않습니다.

하지만 그건 그의 바람일 뿐이죠.

클레빈저 의원은 캘리포니아 핵시설 기획위원회의 수장으로 활동 중입니다. 원자로라는 작은 장치에 대한 모든 결정은 그가 내리게 돼 있습니다.

원자로에 대해 흥미로운 사실을 알고 싶나요?

환경 운동가들에겐 미안한 얘기지만 난 핵에너지에 대해 별 반감이 없습니다. 에너지 자립화는 굉장히 중요한 문제니까요. 내가 문제 삼는 건 바로 이겁니다. 시설에 쏟아붓는 비용이 어느 정도 선을 넘어가면 원자력은 그 장점을 잃게 됩니다.

클레빈저 의원은 최근에 하와이와 멕시코에서 새로 사귄 친구, 스티븐 랠스턴과 사치스러운 골프 여행을 다녀왔습니다. 그거 알고 있나요? 랠스턴이 멘도시노 북부에 들어설 핵시설 입찰에 참여하고 있다는 사실.

멘도시노…… 아름다운 곳이죠. 땅값도 장난 아니게 비싸고요. 그곳에 들어설 시설에서 필요한 곳으로 전력을 보내는 비용 또한 만만치 않을 겁니다(또 다른 개발업자는 훨씬 싸고, 지리적으로 효율적인 새크라멘토 남부에 시설을 짓겠다고 나선 상태입니다). 하지만 제가 정보원을 통해 입수한 핵시설 기획위원회의 1차 보고서에 의하면, 랠스턴이 멘도시노에 시설을 들여올 가능성이 굉장히 높다고 합니다.

클레빈저가 불법을 저질렀거나 잘못한 게 있냐고요?
난 예, 아니오로 대답하려는 게 아닙니다. 그저 질문을 던지고 있을 뿐이죠.

"지금껏 거짓말을 해온 거군요."

티제이가 말했다.

"그러게 말이야."

그럼에도 댄스는 로이스의 이중성에 집중할 수 없었다. 이 시점에서 그를 협박해 얻을 수 있는 건 아무것도 없었다. 어차피 하루나 이틀 후면 집으로 돌아갈 사람이니까.

"수고했어."

"그저 맡은 바 임무에 충실했을 뿐입니다."

티제이가 사무실을 나가자 그녀는 MCSO 보고서를 펼쳐 들었다. 어젯 밤 댄스와 한바탕 술래잡기를 벌였던, 늘 의욕에 찬 데이비드 라인홀드 가 직접 가져오지 않았다는 사실이 조금 놀라웠다.

From: 피터 베닝턴, MCSO 과학수사대

To: 캐트린 댄스 특별수사관, 캘리포니아 연방수사국—서부 지부

Re: 6월 28일 제임스 칠턴의 집(캘리포니아 카멜, 퍼시픽 하이츠 코트 2939번지) 에서 발생한 살인사건

캐트린, 여기 증거물 목록이 있습니다.

그렉 쉐이퍼의 시신

크로스 브랜드 지갑 한 개. 캘리포니아 운전면허증, 신용카드, AAA* 회원 카드, 모두 그레고리 사무엘 쉐이퍼의 이름으로 돼 있음.

현금 329.52달러.

포드 토러스 열쇠 두 개. 캘리포니아 등록증 ZHG128.

* 미국 자동차 서비스협회

사이프러스 그로브 모텔, 146호실 열쇠 한 개.

BMW 539 열쇠 한 개. 캘리포니아 등록증 DHY783, 그레고리 S. 쉐이퍼의 이름으로 돼 있음. 캘리포니아 글렌데일, 홉킨스 드라이브 20943번지.

로스앤젤레스 국제공항 장기 주차장 차량 보관증 한 개. 6월 10일 날짜가 찍혀 있음.

각종 레스토랑과 상점 영수증.

휴대폰 한 개. 제임스 칠턴과 여러 레스토랑에 연락한 기록이 남아 있음.

구두에 묻은 모래흙은 지난번 도로변 십자가 현장의 것과 일치했음.

손톱 분석결과는 결정적인 증거가 될 수 없을 것 같음.

사이프러스 그로브 모텔, 146호실, 그렉 쉐이퍼의 이름으로 등록

각종 옷과 세면도구.

1리터들이 다이어트 콜라 한 병.

로버트 몬다비 센트럴 코스트 샤르도네 와인 두 병.

먹다 남은 중국 음식, 3인분.

각종 식료품.

도시바 노트북 컴퓨터와 파워 팩(캘리포니아 연방수사국 증거 관리 담당자에게 전달).

휴렛패커드 데스크젯 프린터 한 개.

38구경 원체스터 스페셜 탄약 상자 한 개. 25개들이 상자에 13개만 남아 있었음.

각종 사무용품.

올해 3월부터 지금까지 출력해놓은 〈칠턴 리포트〉.

약 500페이지에 달하는 인터넷, 블로그, RSS 피드 관련 문서들.

제임스 칠턴의 집에서 발견된 그레고리 쉐이퍼의 소지품

소니 디지털 캠코더 한 개.

스테디샷 카메라 삼각대 한 개.

USB 케이블 세 개.

홈 디포 브랜드 덕트테이프 한 개.

38구경 스미스 앤드 웨슨 회전식 연발권총. 탄약 여섯 발이 장전돼 있었음.

여섯 개의 추가 탄약이 담긴 작은 투명 비닐봉지 한 개.

제임스 칠턴의 집에서 반 블록 떨어진 지점에 주차된 허츠 포드 토러스, 캘리포니아 등록증 ZHG128

반쯤 남은 오렌지맛 비타민워터 한 병.

허츠 렌터카 계약서 한 장. 임차인은 그레고리 쉐이퍼로 돼 있음.

맥도널드 빅맥 포장지 한 개.

허츠에서 제공한 몬터레이 카운티 지도 한 개. 지도에는 아무 표시도 돼 있지 않음(적외선 검사결과도 음성으로 나옴).

비어 있는 세븐일레븐 커피 컵 다섯 개. 쉐이퍼의 지문만 검출됨.

댄스는 목록을 두 번에 걸쳐 꼼꼼히 훑었다. 흠을 찾을 수 없는 완벽에 가까운 보고서였다. 문제는 트래비스 브리검이 잡혀 있는, 또는 소년의 시신이 묻혀 있을 장소를 알려줄 만한 단서가 어디에도 보이지 않는다는 사실이었다.

댄스의 시선은 창밖의 나무껍질로 덮인 굵은 매듭으로 돌아갔다. 두 그루의 독립된 나무가 하나로 합쳐지는 부분이었다. 그 부분을 지나서는 다시 두 줄기로 갈라져 하늘을 향해 뻗어 있었다.

오, 트래비스. 캐트린 댄스는 속으로 불러보았다.

댄스는 소년의 기대를 저버렸다는 생각을 떨쳐낼 수가 없었다.

마침내 그녀의 눈에서 눈물이 떨어지기 시작했다.

41

잠에서 깬 트래비스 브리검은 침대 옆에 놓인 양동이에 소변을 본 다음 생수병을 따서 손을 닦았다. 발목에 채워진 족쇄와 벽의 묵직한 볼트를 연결하는 쇠사슬이 짤랑거렸다.

트래비스는 자신도 모르게 그 빌어먹을 영화를 떠올렸다. 〈쏘우〉, 그 영화에서도 쇠사슬로 구속된 두 남자가 등장했다. 지금 자신의 처지처럼. 톱으로 자기 다리를 절단하지 않고서는 절대 탈출할 수 없는 절망적인 상황.

트래비스는 비타민워터와 그래놀라 바로 허기진 배를 대충 채운 후, 필사적으로 머리를 굴리기 시작했다. 자신에게 무슨 일이 있었는지, 왜 이곳에 붙잡혀 있어야 하는지, 풀어야 할 수수께끼가 많았다.

대체 누가 이런 끔찍한 짓을 저지르고 있는 건지.

트래비스는 며칠 전 일을 떠올렸다. 경찰인지, 요원인지 하는 사람들이 집으로 찾아왔을 때. 아버지는 평소와 다름없이 얼간이 짓을 했고, 어머니 역시 평소처럼 눈물을 찔끔대며 약한 모습을 보였다. 제복을 챙긴 트래비스는 자전거를 타고 형편없는 일터로 향했다. 집 뒤편 숲으로 들어서자마자 그는 폭발해버렸다. 자전거를 한쪽에 팽개쳐둔 채 커다란 오크나무 옆에 주저앉아 펑펑 울기 시작했다.

역시 난 가망이 없어! 아무도 날 좋아하지 않는다고.

애테리아를 연상시키는 오크나무 아래는 트래비스가 가장 좋아하는 장소였다. 트래비스가 코를 풀고 있을 때, 뒤에서 빠르게 다가오는 누군가의 발소리가 들렸다.

뒤를 돌아볼 틈도 없이 트래비스의 시야가 노랗게 물들면서 목부터 발가락까지 몸의 모든 근육이 일제히 수축됐다. 숨이 턱 막혀버린 트래비스는 그대로 의식을 잃고 말았다. 시간이 얼마나 흘렀을까. 의식을 회복한 트래비스는 바로 이곳 지하실에서 눈을 떴다. 극심한 두통은 가실 줄 몰랐다. 누군가가 테이저 총으로 기절시켰던 것이다. 트래비스는 언젠가 유튜브를 통해 테이저 총의 위력을 확인한 적이 있었다.

혹시 성폭행을 당한 건 아닐까 걱정했지만 바지 앞과 뒤를 조심스레 더듬어본 결과 다행히 아니라는 결론을 내릴 수 있었다. 아무도 자기를 '그런 식'으로 건드리지는 않았다. 그럼에도 불안감은 걷힐 줄 몰랐다. 차라리 강간을 당했다면 이런 상황이 이해되겠지만, 아무 이유 없이 스티븐 킹 소설 속 주인공처럼 이런 곳에 갇혀 있어야 하는 건 대체 어떻게 받아들여야 할까?

트래비스는 조금씩 움직일 때마다 심하게 요동치는 싸구려 접이침대에 긴장한 모습으로 앉아 있었다. 트래비스는 지저분한 지하실을 둘러보았다. 자신의 감방. 곰팡이와 휘발유 냄새가 진동했다. 트래비스는 유괴범이 놓고 간 음식과 음료를 내려다보았다. 감자칩과 크래커. 오스카 메이어 스낵 박스는 햄과 칠면조가 번갈아 나왔다. 음료는 레드 불과 비타민워터, 콜라였다.

악몽. 이달 들어 자신에게 벌어진 모든 일들이 견디기 힘든 악몽이었다.

1번 고속도로 인근 언덕에 자리한 집에서 있었던 졸업파티가 그 시작이었다. 트래비스가 그곳에 간 이유는 케이틀린이 자기를 파티에서 보고 싶어한다는 몇몇 여학생의 주장 때문이었다. 걔들은 케이틀린이 정말, 정말 그걸 원하고 있다고 했다. 그래서 트래비스는 히치하이크로 가라파

타 주립공원까지 갔던 것이다.

파티가 열린 집으로 들어서는 순간 트래비스는 깜짝 놀랐다. 사방이 온통 쿨한 사람들뿐이었다. 자기와 같은 얼간이나 게이머는 단 한 명도 찾아볼 수 없었다. 마치 가수 마일리 사이러스의 파티에 초대받아 온 듯한 기분이었다.

엎친 데 덮친 격으로 케이틀린은 자신을 알아보지도 못했다. 트래비스를 파티로 이끈 여학생들은 각자의 남자친구에게 바짝 붙은 채로 트래비스를 지켜보며 킥킥댔다. 이내 모두의 시선이 트래비스에게 집중됐다. 얼간이 자식이 여기는 웬일인지 모두들 의아한 눈초리였다.

트래비스는 짓궂은 여학생들의 꾐에 빠진 것이었다.

지옥이 따로 없었다.

하지만 트래비스는 돌아서서 도망치지 않았다. 그럴 수는 없었다. 백만 장은 돼 보이는 CD를 천천히 구경했고, 느긋하게 텔레비전을 봤으며, 맛있는 음식을 실컷 먹었다. 하지만 아무리 애를 써도 비참한 기분은 떨쳐지지 않았다. 그래서 소년은 집으로 돌아가기로 했다. 자정이 가까운 시간이었다. 누구의 차를 얻어 타고 가야 할지 걱정이었다. 트래비스는 케이틀린을 지켜보았다. 마이크 디엔젤로가 브리애나와 집을 나서자 화가 난 케이틀린은 테킬라를 연거푸 들이켰다. 언뜻 봐도 심하게 취한 상태였다. 케이틀린은 그 두 사람을 쫓아가겠다며 자동차 열쇠를 찾아 가방을 뒤적였다.

순간 트래비스의 뇌리를 스치는 아이디어가 있었다. 영웅이 될 수 있는 기회였다. 열쇠를 빼앗아 케이틀린을 집까지 안전하게 데려다주기만 하면 되는 일이었다. 케이틀린은 자신의 제안을 거부할 입장이 아니었다. 트래비스가 얼간이든, 얼굴이 빨간 여드름으로 뒤덮여 있든.

언젠가는 케이틀린이 자신의 마음을 알아줄 때가 올 거라고, 그날이 오면 케이틀린이 자신을 사랑하게 될 거라고 확신했다.

하지만 케이틀린은 무모하게 운전석에 올랐다. 케이틀린의 친구들은 뒷좌석을 차지했다. 트래비스는 냅다 조수석으로 들어가 케이틀린을 설득하기 시작했다.

영웅…….

하지만 케이틀린은 못 들은 척 맹렬히 차를 몰아 1번 고속도로로 들어섰다. 열쇠를 넘기라는 트래비스의 애원은 듣는 둥 마는 둥 했다.

"제발 부탁이야, 케이틀린. 차 세워!"

하지만 케이틀린의 귀에는 아무 소리도 들리지 않았다.

"케이틀린, 이러지 마! 제발!"

그리고…….

허공에 붕 뜬 차는 도로를 벗어났다. 금속과 돌이 충돌하는 소리, 비명…… 트래비스는 지금껏 그토록 끔찍하고 요란한 소리를 들어본 적이 없었다.

트래비스는 영웅이 되기를 포기하지 않았다.

"케이틀린, 내 말 들어. 내 말이 들리긴 해? 경찰에겐 내가 차를 몰았다고 해. 난 술을 마시지 않았어. 경찰에겐 그냥 차가 갑자기 조종 불능 상태에 빠졌다고 할 거야. 그럼 쉽게 해결될 거라고. 네가 운전했다는 걸 알면 넌 감옥에 가게 될 거야."

"트리쉬, 바네사……? 쟤들은 왜 아무 말 없는 거지?"

"내 말 듣고 있는 거야, 케이틀린? 조수석으로 와. 어서! 경찰이 금방 도착할 거야. 운전은 내가 했어. 내 말 들리지?"

"오, 젠장, 젠장, 젠장!"

"케이틀린!"

"그래, 그래. 운전은 네가 했어…… 오, 트래비스. 고마워!"

케이틀린은 트래비스를 와락 끌어안았다. 순간 짜릿한 기분이 트래비스의 온몸을 타고 흘렀다.

케이틀린은 날 사랑해. 우린 커플이 된 거야!

하지만 단꿈은 오래가지 않았다.

그 일이 있은 후에 두 사람은 대화를 조금 나누었고, 가끔 스타벅스에서 커피를 마시거나 서브웨이에서 점심을 먹었다. 하지만 만남이 지속될수록 분위기는 점점 어색해져만 갔다. 언제부터인가 케이틀린은 침묵을 지키며 트래비스의 시선을 자꾸 피하려 했다.

그리고 결국 트래비스의 전화를 받지 않는 지경에까지 이르게 됐다.

케이틀린은 트래비스의 기사도 정신을 확인하기 전보다도 트래비스를 멀리하기 시작했다.

문제는 더 커져서 페닌슐라, 아니 세상의 모두가 트래비스에게 등을 돌려버렸다.

실망시켜서 미안하지만 [운전자]는 변태에 얼간이야…….

하지만 트래비스는 희망을 놓지 않았다. 태미 포스터가 습격을 당했던 날 밤, 케이틀린을 생각하며 잠을 설쳤다. 아무리 애써도 잠이 올 것 같지 않자 트래비스는 케이틀린의 집으로 가보았다. 케이틀린은 괜찮은지 확인해보기 위해서였지만 한편으로는 케이틀린이 뒤뜰을 거닐고 있거나 현관에 나와 홀로 앉아 있기를 은밀히 바랐기 때문이기도 했다. 케이틀린은 자신을 발견하고 이렇게 말할 것이다.

"오, 트래비스. 그동안 내가 너무 무심했지? 정말 미안해. 트리쉬와 바네사의 빈자리 때문에 그랬던 것 같아. 하지만 널 사랑한다고!"

하지만 케이틀린의 집은 불이 모두 꺼진 상태였다. 하는 수 없이 트래비스는 자전거를 끌고 집으로 돌아왔다. 그때가 새벽 2시였다.

다음 날, 경찰이 집으로 찾아와 전날 밤 어디 있었는지 물었다. 트래비스는 본능적으로 거짓말을 했다. 게임 쉐드에 갔었다고. 그 거짓말은 오래가지 않아 탄로 났다. 이제 트래비스는 태미를 습격한 유력한 용의자 신세가 되기까지 했다.

모두가 날 잡아먹지 못해 안달이야…….

트래비스는 테이저 총을 맞고 의식을 잃은 다음 이곳에서 깨어났다. 정신을 차리고 보니 육중한 남자가 앞에 우뚝 서 있었다. 누구지? 사고로 죽은 여학생들 중 한 명의 아버지인가?

트래비스는 누구냐고 물었다. 하지만 남자는 임시 변기로 쓰일 양동이, 음식과 음료를 말없이 가리킬 뿐이었다. 그리고 그는 경고했다.

"동료들과 항상 널 감시할 거야, 트래비스. 그러니까 입 열지 말고 얌전히 있어. 만약 시키는 대로 하지 않으면……."

그가 납땜용 인두를 들었다.

"무슨 뜻인지 알겠지?"

트래비스는 흐느끼며 물었다.

"대체 누구세요? 대체 내가 뭘 어쨌다고 이러는 거죠?"

남자가 벽의 콘센트에 인두의 플러그를 꽂았다.

"안 돼요! 미안해요. 입 닫고 있을게요! 약속할게요!"

남자가 플러그를 뽑았다. 그러더니 계단을 잽싸게 올라갔다. 지하실 문에는 다시 자물쇠가 채워졌고, 잠시 위층에서 쿵쾅거리는 발소리가 들리더니 현관문이 열렸다가 거칠게 닫혔다. 차에 시동이 걸렸다. 그리고 트래비스는 홀로 남겨졌다.

그 후로 며칠간의 기억은 희미했다. 트래비스는 깊은 환각의 늪에 빠졌다. 지루함과 광기를 쫓기 위해 머릿속으로 〈디멘션 퀘스트〉에 접속했다.

지금, 위층에서 또다시 현관문 열리는 소리가 들려왔다. 쿵쾅거리는 발소리도.

억류자가 돌아온 것이다.

트래비스는 두 팔로 어깨를 감싸 쥔 채 울지 않으려 이를 악물었다. 소리 내면 안 돼. 규칙을 알지? 테이저 총을 생각해. 인두를 생각하라고.

트래비스는 천장을 올려다보았다. 자신의 천장, 억류자의 바닥. 남자는 계속해서 위층 구석구석을 들쑤시고 다녔다. 5분 후, 위층 남자의 움직임의 패턴을 읽었다. 트래비스는 바짝 긴장했다. 트래비스는 그 소리가 무엇을 의미하는지 알고 있었다. 남자가 내려오는 것이었다. 트래비스의 예상대로 몇 초 후에 지하실 문의 자물쇠가 풀렸다. 남자의 발이 계단을 디딜 때마다 삐걱 소리가 들렸다.

남자가 성큼성큼 다가왔고, 침대 위의 트래비스는 몸을 웅크렸다. 여느 때처럼 빈 양동이를 가져다놓고 배설물로 가득 찬 양동이를 거둬가야 했지만 오늘 그의 손에는 종이봉투 하나만이 들려 있을 뿐이었다.

트래비스는 덜컥 겁이 났다. 저 안에 뭐가 들었지?

인두?

아니면 그보다 더 끔찍한 것?

침대로 바짝 다가와 선 남자가 트래비스를 예리한 눈으로 내려다보았다.

"기분이 좀 어때?"

너라면 어떨 것 같아, 이 개자식아.

"괜찮아요."

"기운이 없어?"

"조금."

"하지만 식사는 거르지 않았잖아."

트래비스는 고개를 끄덕였다. 대체 왜 이러는지 묻진 마. 아무리 그러고 싶어도 물어선 안 돼. 모기에 물린 자리라고 생각해. 긁고 싶어 미치겠지만 그래선 안 되는. 남자에겐 인두가 있다는 걸 잊지 말라고.

"걸을 수 있겠어?"

"네."

"좋아. 네게 여길 떠날 수 있는 기회를 주려고 해."

"떠날 수 있는 기회? 네, 제발 기회를 주세요! 제발 집에 갈 수 있게 해주세요!"

트래비스의 눈에서 눈물이 흘러내렸다.

"하지만 그런 자유를 거저 줄 순 없지."

"네? 뭐든 다할게요. 뭐든 다."

"대답이 너무 빠르군. 조건을 듣고 나선 자유를 원치 않을 수도 있을 텐데."

남자가 기분 나쁜 음성으로 말했다.

"하지만……."

"쉿. 네겐 들어보고 거절할 자유가 있어. 물론 거절하면 굶어 죽을 때까지 여기 갇혀 지내야겠지만. 네가 치러야 할 대가는 그것뿐만이 아니야. 너희 부모님과 동생도 살아남지 못할 거야. 지금 누군가가 너희 집 밖에서 감시하고 있어."

"제 동생 무사하죠?"

트래비스가 속삭이듯 물었다.

"네 동생은 무사해. 적어도 아직까진."

"저희 식구들을 해치지 마세요! 제발 그러지 마세요!"

"그건 내가 알아서 할 거야. 언제든 그럴 수 있으니까 걱정 마, 트래비스."

"뭐든 다할게요."

남자가 트래비스를 빤히 내려다보았다.

"누굴 좀 죽여줘야겠어."

농담이겠지.

하지만 억류자의 얼굴에서는 미소의 흔적을 찾아볼 수 없었다.

"무슨 뜻이죠?"

트래비스가 속삭였다.

"누구를 좀 죽여줘야겠다고. 네가 〈디멘션 퀘스트〉에서 항상 하는 것처럼."

"왜요?"

"그건 알 거 없어. 이거 하나만 명심하면 돼. 내 지시에 따르지 않으면 넌 여기서 굶어 죽게 될 테고, 내 동료는 네 가족을 죽이게 될 거야. 간단하다고. 자, 선택해. 할 거야, 말 거야?"

"하지만 전 사람을 어떻게 죽이는지 모르는데요."

남자가 종이봉투 안으로 손을 넣어 작은 투명 비닐봉지로 싼 권총을 꺼내 들었다. 그러고는 권총을 침대에 떨어뜨렸다.

"잠깐만요! 이건 우리 아버지 총이잖아요! 이걸 어떻게 손에 넣었죠?"

"그의 트럭에서."

"우리 가족은 무사하다고 했잖아요."

"그건 사실이야, 트래비스. 난 네 아버지를 해치지 않았어. 그저 이틀 전에 이 총을 훔쳐왔을 뿐이야. 네 가족이 잠들어 있을 때. 총은 쏠 줄 알겠지?"

트래비스가 고개를 끄덕였다. 사실 진짜 총을 쏴본 적은 없었다. 하지만 아케이드에서 슈팅 게임은 질리도록 했다. 텔레비전에서 총 쏘는 장면도 숱하게 봤고. 〈와이어〉나 〈소프라노스〉를 본 적 있는 사람이라면 누구나 총 다루는 법을 알고 있을 것이다. 소년이 웅얼거리듯 대꾸했다.

"시키는 대로 해도 나랑 내 가족을 죽일 거잖아요."

"아니. 절대 그런 일은 없을 거야. 네가 살아주는 게 내게도 좋거든. 넌 그냥 내가 알려주는 사람을 죽이고 총을 버린 다음 도망치기만 하면 돼. 어디로 도망치든 그건 내가 알 바 아니고. 일만 잘 처리되면 동료에게 연락해 네 가족을 내버려두라고 할 거야."

이치에 닿지 않는 부분이 많았다. 하지만 트래비스는 제대로 머리를 굴릴 수 없을 정도로 얼떨떨했다. 하겠다고 하기도 두렵고, 못하겠다고

하기도 두려웠다.

트래비스는 동생을 떠올렸다. 그리고 어머니도. 환히 미소 짓는 아버지의 모습까지 덩달아 떠올랐다. 트래비스가 아닌, 새미를 향한 미소였지만 아무래도 상관없었다. 미소는 미소였으니까. 그 미소로 새미가 행복하다면 그것으로 족했다.

트래비스 형, 엠은 사왔어?

새미⋯⋯.

트래비스 브리검이 촉촉해진 눈을 깜빡이며 말했다.

"알았어요. 할게요."

42

샤르도네를 많이 마시지는 않지만, 도널드 호큰은 지나치게 감상적
이 돼 있었다.

하지만 신경 쓰지 않았다.

그는 릴리와 함께 앉아 있었던 긴 소파에서 일어나 화이트와인 몇 병
을 챙긴 다음, 자신의 홀리스터 별장 거실로 들어서는 제임스 칠턴을 와
락 끌어안았다.

칠턴이 살짝 얼굴을 붉히며 그의 등을 토닥였다. 릴리가 남편을 나무
랐다.

"도널드."

"미안, 미안, 미안."

호큰이 웃음을 터뜨렸다.

"나도 어쩔 수 없었어. 악몽은 끝났고, 자넨 너무 큰일을 겪었잖아."

"나만 그랬나? 자네 부부도 마찬가지였지."

칠턴이 말했다.

뉴스는 사이코에 대한 보도를 중점적으로 다루었다. 가면 킬러는 용의
자로 지목됐던 소년이 아니라, 몇 년 전 칠턴이 블로그에 올린 포스트에
대해 복수의 칼을 갈아온 어떤 미치광이 남자였다고.

"그자가 자네를 쏴 죽이는 장면을 촬영하려고 했다 이거지?"

칠턴이 한쪽 눈썹을 추켜세웠다.

"하느님, 맙소사."

릴리가 창백한 얼굴로 말했다. 호큰이 흠칫 놀랐다. 아내는 불가지론자라 공언하는 사람이 아니었던가. 하지만 릴리 역시 남편만큼이나 적잖이 취한 상태였다.

"그 아이가 안 됐군. 무고한 희생자였잖아. 어쩌면 가장 슬픈 희생자인지도 모르지."

호큰이 말했다.

"그 아이, 아직 살아 있을까요?"

릴리가 물었다.

"그럴 가능성은 희박하다고 봐야겠죠. 쉐이퍼가 진작 죽였을 겁니다. 흔적을 남기고 싶지 않았을 테니까요. 아무튼 그 애 생각만 하면 나도 몸서리가 쳐집니다."

칠턴이 침울한 얼굴로 말했다.

호큰은 샌디에이고로 돌아가라는 댄스 요원의 지시 아닌 지시를 거부하길 잘했다고 생각했다. 절대 받아들일 수 없었던 제안. 그는 사라가 죽고 나서 칠턴이 자신의 곁을 지켜주었던 우울한 나날들을 떠올렸다.

이제는 자신이 친구의 곁을 지켜줄 차례였다.

축 가라앉은 분위기를 바꾸기 위해 릴리가 말했다.

"좋은 생각이 있어요. 내일 다 같이 피크닉을 가는 게 어때요? 음식은 패트리샤와 내가 준비할게요."

"좋죠. 마침 가까운 곳에 아름다운 공원이 있습니다."

칠턴이 말했다.

하지만 호큰은 여전히 취기를 이기지 못한 모습이었다. 그는 샤르도네 와인이 담긴 글라스를 살짝 들었다.

"우정을 위하여."

"우정을 위하여."

두 친구는 일제히 와인을 한 모금씩 넘겼다. 곱슬거리는 금발의 예쁘장한 릴리가 물었다.

"패트리샤와 아이들은 언제 오죠?"

칠턴이 손목시계를 보았다.

"15분 전에 출발했어요. 캠프에서 아이들을 데리고 곧장 오기로 했으니 금방 도착할 겁니다."

호큰은 흥미로운 사실을 발견했다. 칠턴 가족이 사는 곳은 세계에서 가장 아름다운 해안가 중 하나였다. 하지만 그들의 별장은 오히려 내륙으로 45분 이상 들어가야 하는 언덕의 볼품없는 낡은 집이었다. 주변 언덕들도 전부 칙칙한 갈색을 띠었다. 물론 조용하고 평화롭기는 했지만.

외지 사람들로 북적대는 여름철 카멜을 벗어났다는 사실만으로 만족이었다.

"더 기다릴 수 없어."

호큰이 말했다.

"뭘 말이야?"

칠턴이 당혹한 표정으로 물었다.

"내가 가져온다는 거 있었잖아."

"아, 그 그림 말이야? 도널드, 그럴 필요 없다고 했잖아."

"내가 원해서 그러는 거야."

호큰이 손님방으로 들어가 작은 캔버스 하나를 들고 나왔다. 짙은 파란색 배경 속의 파란 백조. 죽은 아내 사라가 샌디에이고인지, 라 호야인지에서 사온 인상주의 그림이었다. 제임스 칠턴이 큰일을 겪은 친구의 곁을 지키기 위해 남부 캘리포니아로 내려왔을 때, 호큰은 친구가 찬탄하는 눈길로 이 그림을 감상하는 모습을 유심히 지켜보았다.

호큰은 나중에 기회가 되면 친구에게 이 그림을 선물하겠다고 다짐했다. 괴로운 나날들을 버티게 해준 친구에게 감사의 뜻으로 꼭 선물하고 싶었다.

세 사람은 수면을 박차고 날아오르는 새를 말없이 들여다보았다.

"아름다운데."

칠턴이 말했다. 그는 그림을 벽난로 선반에 기대놓았다.

"고마워."

호큰이 글라스를 들고 다시 건배를 제의하려는 찰나, 주방에서 문이 삐걱대는 소리가 들려왔다.

"오."

호큰은 미소를 지었다.

"패트리샤가 왔나 보군."

칠턴은 미간을 찌푸렸다.

"이렇게 빨리 도착할 리가 없는데."

"하지만 분명 문소리를 들었는데. 자넨 못 들었어?"

블로거가 고개를 끄덕였다.

"그래, 나도 들었어."

릴리가 문간 쪽으로 몸을 틀었다.

"누군가가 들어온 게 분명해요. 발소리가 들렸다고요."

그녀도 미간을 찌푸리며 말했다.

"어쩌면……."

릴리의 비명에 칠턴의 말이 뚝 끊어졌다. 몸을 홱 돌리는 호큰의 손에서 와인글라스가 떨어졌다. 글라스는 요란한 소리를 내며 산산조각 나버렸다.

산발을 한 십대 후반의 여드름투성이 소년이 문간에 서 있었다. 소년은 마약에 취한 듯 보였다. 무척 심란해 보이는 소년이 눈을 깜빡이며 주위를 돌아보았다. 소년은 손에 권총을 쥐고 있었다. 빌어먹을. 문을 걸어놓는 걸 깜빡하다니. 호큰은 생각했다. 소년은 그들을 털기 위해 들어온 것이었다.

갱. 갱 단원이 분명했다.

"원하는 게 뭐지? 돈? 돈이라면 내주지."

호큰이 나지막이 말했다.

소년은 눈을 가늘게 뜨고 세 사람을 응시했다. 소년의 시선이 제임스 칠턴에게 고정됐다.

순간 도널드 호큰의 숨이 턱 막혔다.

"블로그에 나온 그 아이야! 트래비스 브리검!"

소년은 텔레비전에서 공개한 사진 속 모습보다 마르고 창백한 상태였다. 의심의 여지가 없었다. 트래비스는 살아 있었던 것이다. 대체 이 상황을 어떻게 해석해야 할까? 한 가지 분명한 건 소년이 그의 친구, 제임스 칠턴을 죽이러 왔다는 사실이었다.

릴리가 남편의 팔을 붙잡았다.

"안 돼! 쏘지 마, 트래비스!"

호큰이 애원했다. 그는 당장이라도 칠턴의 앞을 막아설 기세였다. 문제는 그의 팔뚝을 움켜잡고 있는 아내의 억센 손이었다.

트래비스는 칠턴 앞으로 한 걸음 다가갔다. 트래비스가 눈을 한 번 깜빡이더니 호큰과 릴리 쪽으로 시선을 돌렸다. 트래비스는 기어들어 가는 음성으로 말했다.

"이 사람들을 죽이면 되는 거죠?"

이게 지금 어떻게 돌아가는 상황이지?

제임스 칠턴이 속삭였다.

"그래, 트래비스. 아까 다짐했던 거 잊지 않았지? 어서 저들을 쏘라고."

눈부신 햇빛이 소금처럼 트래비스 브리검의 눈을 따갑게 했다. 트래비스는 부부를 응시했다. 30분 전, 지하실에서 억류자가 죽이라고 했던 표적들. 도널드와 릴리. 억류자는 그들이 곧 이 집에 도착할 거라고 말했다. 위층에 있을 거라고. 트래비스가 지난 며칠간 감금된 지하실 바로 위층에.

트래비스는 억류자가 왜 그들을 죽이려 하는지 이해할 수 없었다. 하지만 그런 건 아무래도 상관없었다. 가족을 살리려면 그들을 죽이는 수밖에 없었다.

트래비스 형, 엠은 사왔어?

트래비스는 권총을 쥔 손을 들어 부부를 겨누었다.

부부가 계속 고함을 쳤지만 트래비스는 못 들은 척 권총을 쥔 손이 떨리지 않게 하는 데만 신경 썼다. 손에 힘을 주는 일조차 쉽지 않았다. 며칠간 침대에 쇠사슬로 묶여 있던 트래비스는 기력이 많이 떨어진 상태였다. 계단을 오르는 일조차 두려운 일이었다. 권총이 흔들리기 시작했다.

"제발, 이러지 마!"

누군가가 울부짖었다. 남자인 것 같기도 했고, 여자인 것 같기도 했다. 눈부신 햇빛이 트래비스를 혼란스럽게 했다. 트래비스의 눈은 심하게 따끔거렸다. 트래비스는 남자와 여자를 총으로 겨누고 있는 상황에서도 궁금하기만 했다. 이 사람들은 누구지? 도널드와 릴리? 지하실에서 남자는 말했다.

"그들을 네가 즐기는 게임 속 캐릭터라고 생각해. 〈디멘션 퀘스트〉 말이야. 도널드와 릴리는 아바타들이야. 그뿐이라고."

하지만 지금 트래비스 앞에서 흐느끼는 부부는 아바타가 아니었다. 진짜 사람들이었다.

그리고 그들은 억류자의 친구들이었다.

"이게 어떻게 된 일이죠? 제발 우리를 해치지 말아요. 제임스, 부탁이에요!"

릴리가 말했다.

하지만 제임스라는 남자는 계속해서 차가운 눈으로 트래비스를 응시할 뿐이었다.

"어서 쏴!"

"제임스, 안 돼! 지금 무슨 소릴 하는 거야?"

트래비스는 정신을 가다듬고 도널드 쪽으로 총구를 돌렸다. 소년이 공이치기를 당기기 시작했다.

릴리가 비명을 질렀다.

순간 트래비스의 뇌리를 스치는 생각이 있었다.

제임스?

블로그에 나온 그 아이야.

도로변 십자가.

트래비스가 눈을 깜빡였다.

"제임스 칠턴?"

이 사람이 바로 그 블로거?

"트래비스."

억류자가 트래비스의 뒤로 다가서며 말했다. 남자는 뒷주머니에서 권총을 뽑아 든 상태였다. 그가 트래비스의 뒤통수에 총을 갖다 댔다.

"어서 쏘라고. 아무 말도 하지 말고, 아무것도 묻지 말고, 그냥 방아쇠만 당기라고 했잖아!"

"이 사람이 제임스 칠턴인가요?"

트래비스가 호큰에게 물었다.

"그래."

호큰이 속삭이듯 대답했다.

이게 어떻게 된 일이지? 트래비스는 생각했다.

칠턴이 총구로 트래비스의 머리를 짓이겼다. 극심한 통증이 찾아들었다.

"쏴. 쏘지 않으면 네가 죽는 거야. 네 가족이 죽는 거라고."

소년은 총을 내렸다. 트래비스가 고개를 저었다.

"우리 집에 동료를 보내 감시하도록 했다는 말 믿지 않아요. 거짓말인 걸 안다고요. 이 사람들을 죽이고 싶으면 당신 혼자 해요."

"시키는 대로 하지 않으면 널 죽이고, 네 집으로 가서 네 가족도 죽일 거야. 맹세코 그렇게 하겠어."

그때 호큰이 절규했다.

"제임스! 이게 대체…… 세상에, 지금 무슨 짓을 하고 있는 거야?"

그 옆에서 릴리가 격하게 흐느꼈다.

트래비스 브리검은 그제야 깨달았다. 그들을 죽이든 살리든, 자신은 이미 죽은 목숨이라는 것을. 자신의 가족은 무사할 것이다. 애초부터 칠 턴은 그들에게 관심이 없었으니까. 하지만 트래비스는 죽을 운명이었다. 소년의 입에서 피식 웃음이 새어 나왔다. 눈물이 소년의 눈을 한층 따갑 게 만들었다.

트래비스는 케이틀린을 떠올렸다. 케이틀린의 아름다운 눈과 미소를.

어머니 생각도 났다.

새미 생각도.

블로그에 올라온 자신에 대한 악플들.

자기는 아무 잘못도 한 게 없는데. 트래비스의 인생은 전혀 특별하지 않았다. 조용히 학교에 다니고, 좋아하는 게임을 실컷 하고, 동생과 최대 한 많은 시간을 함께 보내고, 자신의 성격과 외모에 반감을 갖지 않는 여 학생과 사귀어보고. 트래비스가 원한 건 그뿐이었다. 트래비스는 지금껏 살아오면서 누군가를 의도적으로 괴롭히거나 경멸하거나 그들에 대해 악플을 달아본 적이 없었다.

그런데도 세상은 자신에게 등을 돌렸다.

여기서 자살을 한다고 해서 달라질 건 없었다.

그 누구도 눈 하나 깜빡하지 않을 것이다.

트래비스는 결심했다. 트래비스가 총구를 자신의 턱에 갖다 붙였다.

저 얼간이를 좀 봐. 세상에 저런 실패자는 또 없을 거야!!!

트래비스가 방아쇠에 손가락을 걸고 천천히 당겼다.

총성은 고막을 찢을 듯이 컸다. 유리창이 진동했고, 매캐한 연기가 실내를 가득 채웠다. 벽난로 위 선반에 놓인 자기로 만든 고양이가 툭 떨어져 난로 안에서 산산이 부서졌다.

43

캐트린 댄스의 차는 흙으로 덮은 긴 사유차도로 올라갔다. 그 끝에는 제임스 칠턴의 홀리스터 별장이 있었다.

댄스는 어떻게 그 사실을 잘못 짚을 수 있었는지 아직도 이해가 되지 않았다.

그렉 쉐이퍼는 도로변 십자가 킬러가 아니었다.

자기만 속은 게 아니었다는 사실도 그녀에게 위안을 주지 못했다. 댄스는 지금껏 쉐이퍼가 범인이고, 그가 트래비스 브리검을 죽였을 거라 확신했다. 범인이 죽었으니 더 이상의 습격은 없을 거라고.

댄스는 제대로 잘못 짚었다.

그녀의 휴대폰이 울렸다. 누구의 전화일지 궁금했지만 끝내 발신자를 확인하지 않고 계속 구불구불한 길을 올라갔다. 길 양옆은 급경사면이었다.

그렇게 45미터쯤 더 올라가니 마침내 별장이 댄스의 시야에 들어왔다. 캔자스에나 어울릴 것 같은 낡은 농가였다. 별장을 에워싼 주변의 많은 언덕만 아니었다면 영락없는 캔자스였다. 잔디가 고르지 않은 뜰은 오랫동안 관리를 받지 못한 듯했다. 꺾인 회색 가지들, 제멋대로 자란 정원. 장인으로부터 적지 않은 재산을 물려받은 제임스 칠턴에게 어울리지 않는 별장이었다. 카멜에 있는 그의 집과도 대조적이었고.

햇볕을 받으면서도 음산한 기운을 내뿜고 있었다.

어쩌면 안에서 무슨 일이 벌어졌는지 알고 왔기 때문인지도 몰랐다.

어떻게 어느 한 부분도 눈치를 채지 못했던 걸까?

길이 곧게 펴졌다. 댄스는 조수석에 놓은 휴대폰을 들고 화면을 들여다보았다. 방금 전화를 걸어온 사람은 조나단 볼링이었다. 하지만 메시지 표시는 없었다. 그녀는 '마지막 부재중 전화'를 연결할지를 놓고 잠시 고민에 빠졌다. 하지만 볼링 대신 마이클 오닐의 단축번호 버튼을 누르고야 말았다. 네 번의 신호음이 지나고 음성 메시지가 흘러나왔다.

그 다른 사건 때문에 많이 바쁠 거야.

아니면 아내 앤과 통화 중이든지.

댄스는 휴대폰을 조수석에 던져놓았다.

별장 앞에는 이미 순찰차 대여섯 대가 세워져 있었다. 구급차도 두 대나 출동한 상태였다.

샌베니토 카운티 보안관이 댄스를 발견하고 손짓해 불렀다. 두 사람은 수사를 위해 자주 뭉치는 사이였다. 경관들이 물러나 그녀에게 길을 내주었다. 댄스는 보안관이 서 있는 자리까지 차를 몰고 올라갔다.

댄스는 들것에 누운 트래비스 브리검을 창밖으로 내다보았다. 소년의 얼굴은 시트로 덮여 있었다.

댄스는 차를 세우고 내려와 곧장 소년에게로 달려갔다. 그녀의 시선이 소년의 맨발로 떨어졌다. 창백한 발목에는 부은 자국이 남아 있었다.

"트래비스."

댄스는 속삭였다.

소년이 움찔했다. 마치 깊은 잠에서 깨어나기라도 한 것처럼.

트래비스가 멍든 얼굴에서 젖은 수건과 얼음 주머니를 걷어냈다. 그리고 눈을 깜빡이며 그녀를 올려다보았다.

"어, 경관님…… 난…… 그게, 성함이 기억나질 않아요."

"댄스."

"죄송합니다."

트래비스는 진심으로 미안해 했다.

"전혀 죄송할 일이 아니야."

캐트린 댄스는 소년을 와락 끌어안았다.

구급대원은 소년이 금세 회복할 거라고 말했다.

소년이 입은 가장 큰 부상은 샌베니토 특수기동대가 칠턴의 별장에 들이닥친 순간, 거실의 벽난로 선반에 이마를 심하게 찧으면서 다친 것이었다.

그들은 댄스가 도착하기를 기다리며 별장을 감시하던 도중 총을 들고 거실로 들어서는 소년을 발견했다. 제임스 칠턴도 총을 뽑은 상태였다. 그리고 어떻게 된 일인지 트래비스가 갑자기 자살을 기도했다.

특수기동대 지휘관은 대원들을 안으로 들여보냈다. 대원들은 섬광탄을 거실로 던져넣었고, 섬광탄이 터지면서 충격을 받은 칠턴은 바닥으로 고꾸라졌다. 소년은 중심을 잃고 쓰러지며 벽난로 선반에 이마를 부딪쳤다. 대원들은 거실로 뛰어 들어가 두 사람의 손에서 무기를 빼앗았다. 칠턴에게 수갑을 채워 밖으로 끌고 나온 대원들은 도널드 호큰과 아내의 상태를 확인한 다음 곧바로 트래비스를 구급대원들에게 넘겼다.

"칠턴은 어디 있죠?"

댄스는 물었다.

"저쪽에 있습니다."

보안관이 턱으로 순찰차를 가리키며 말했다. 수갑을 찬 블로거는 고개를 떨군 채였다.

나중에 그를 언제든지 만나볼 수 있을 것이다.

댄스는 칠턴의 닛산 퀘스트를 돌아보았다. 앞문과 뒷문이 열려 있었고, 현장감식반은 차에 실린 것들을 분주히 꺼내놓았다. 가장 눈에 띄는 것은 도로변에 꽂아놓을 십자가와 빨간 장미 한 다발이었다. 장미는 이미 갈색으로 변해버린 상태였다. 칠턴은 호큰 부부를 살해한 다음 그것들을 인근 도로변에 놓아둘 계획이었을 것이다. 차의 열린 뒷문 안으로 트래비스의 자전거가 보였다. 투명한 증거 보관용 봉지에는 칠턴이 훔쳐 입고 범행에 나섰던 회색 후드가 들어 있었다. 칠턴은 그 옷에서 떼어낸 섬유조직들을 현장에 뿌리고 다녔던 것이다.

댄스는 구급대원에게 물었다.

"호큰 부부는요? 상태가 어떤가요?"

"충격을 심하게 받았습니다. 바닥을 뒹굴면서 가벼운 타박상을 좀 입었는데, 다행히 크게 우려할 정도는 아닙니다. 지금 현관 앞에 있습니다."

"넌 괜찮겠어?"

댄스는 트래비스에게 물었다.

"네."

소년이 대답했다.

그녀는 그게 얼마나 어리석은 질문인지 이내 깨달았다. 당연히 괜찮을 리 없지. 제임스 칠턴에게 붙잡혀 감금됐고, 도널드 호큰과 그의 아내를 죽이지 않으면 가족을 죽이겠다는 협박까지 받았으니.

그래서 트래비스는 스스로 목숨을 끊는 것으로 모든 걸 수습하려 했던 것이다.

"부모님이 곧 도착하실 거야."

댄스는 말했다.

"정말요?"

그 말에 소년이 갑자기 신중한 모습을 보였다.

"네 걱정을 많이 하셨어."

트래비스가 고개를 끄덕였다. 하지만 댄스는 소년의 얼굴에 드리운 회의의 그림자를 똑똑히 볼 수 있었다.

"어머니가 많이 우셨어. 내 소식을 들려드리니 무척 좋아하시더라."

사실이었다. 트래비스 아버지의 반응이 어땠는지는 알지 못했지만.

경관이 소년에게 음료수를 가져다주었다.

"감사합니다."

트래비스가 벌컥벌컥 콜라를 들이켰다. 며칠간 감금되어 지냈지만 소년의 몸상태는 양호한 편이었다. 구급대원은 피부가 벗겨진 소년의 발목에 항생제 연고를 바르고 붕대로 잘 덮어주었다. 족쇄가 남겨놓은 상처였다. 그걸 보는 순간 댄스의 가슴속에서 뜨거운 분노가 치밀어올랐다. 그녀는 칠턴을 쏘아보았다. 샌베니토 순찰차에서 내린 칠턴은 몬터레이 카운티 순찰차로 갈아타는 중이었다. 블로거의 눈은 여전히 바닥에 고정되어 있었다.

"어떤 스포츠를 좋아해?"

콜라를 가져다준 경관이 소년에게 물었다. 트래비스의 긴장을 풀어주기 위해서였다.

"전 주로 게임만 해요."

"알아. 그래서 묻는 거야."

짧은 머리의 젊은 경관이 말했다. 섬광탄 때문에 소년의 청력이 일시적으로 떨어졌다고 판단한 그가 목소리를 한층 높였다.

"무슨 게임을 특히 좋아하지? 축구, 풋볼, 농구?"

소년은 파란 제복 차림의 젊은 남자를 올려다보며 눈을 깜빡였다.

"그런 것들도 가끔 하고요."

"멋진데."

경관은 위wii와 게임 컨트롤러가 스포츠 장비로 쓰이고, 경기장도 대각선으로 45센티미터 정도밖에 되지 않는다는 사실을 깨닫지 못했다.

"처음부터 무리하진 마. 근육이 많이 뭉친 상태일 테니까 트레이너의 도움을 받아보는 게 좋을 거야."

"그럴게요."

낡은 빨간색 닛산 한 대가 흙으로 덮인 차도를 올라왔다. 차가 멈추고 브리검 가족이 내렸다. 눈가가 촉촉해진 소냐가 뜰을 가로질러 아들을 끌어안았다.

"엄마."

트래비스의 아버지도 다가왔다. 그들 앞에 멈춰 선 브리검은 굳은 얼굴로 아들을 훑어보았다.

"더 마르고, 창백해졌구나. 어디 다친 덴 없고?"

"괜찮을 겁니다."

구급대원이 말했다.

"새미는 어때요?"

트래비스가 물었다.

"할머니 댁에 갔어. 조금 불안해하긴 했는데 이젠 괜찮아."

소냐가 말했다.

"당신이 찾아냈군요. 당신 덕분에 우리 애가 살았습니다."

여전히 굳은 얼굴인 소년의 아버지가 댄스에게 말했다.

"모두가 애쓴 덕분이죠."

"그놈이 널 이 집 지하실에 가둬놓았던 거야?"

브리검이 아들에게 물었다.

소년이 부모와 눈을 맞추지 않은 채 고개를 끄덕였다.

"아주 불편하진 않았어요. 조금 추웠던 것만 빼면요."

"케이틀린이 모두에게 진실을 털어놓았어."

소년의 어머니가 말했다.

"정말요?"

"괜한 짓해서 일을 이 지경으로 만들다니."

소년의 아버지가 참지 못하고 툭 내뱉었다.

"쉿."

소년의 어머니가 남편의 말을 막았다. 브리검은 얼굴을 일그러뜨렸지만 더 이상 말을 잇지는 않았다.

"이제 걘 어떻게 되는 거죠? 케이틀린 말이에요."

트래비스가 물었다.

"우리가 신경 쓸 일이 아니야. 우린 우리 쪽 일만 잘 수습하면 돼."

소냐가 대답했다. 그녀는 댄스를 돌아보았다.

"이젠 집에 가도 되나요? 빨리 여길 뜨고 싶어요."

"진술서는 나중에 작성해도 돼요."

"감사합니다."

트래비스가 댄스에게 말했다.

브리검도 인사하며 댄스와 악수를 나누었다.

"오, 트래비스. 이거."

댄스가 소년에게 쪽지 하나를 건넸다.

"이게 뭐죠?"

"이 친구가 네 전화를 기다리고 있어."

"누가요?"

"제이슨 케플러."

"그게 누군데요……? 오, 스트라이커!"

트래비스가 눈을 깜빡였다.

"그 친구를 아세요?"

"그 애도 널 찾았어. 네가 실종됐을 때. 널 찾는 데 큰 도움을 줬어."

"그 친구가요?"

"그렇다니까. 널 실제로 본 적이 없다고 하던데."

"네. 실제로 만난 적은 없었어요."

"너희 집에서 8킬로미터 떨어진 곳에 살고 있더구나."

"정말요?"

트래비스가 깜짝 놀라며 미소 지었다.

"나중에 기회 되면 꼭 한번 만나보고 싶다고 했어."

트래비스는 호기심에 찬 얼굴로 고개를 끄덕였다. 현실에서 가상세계의 친구를 만난다는 아이디어가 어색한 모양이었다.

"자, 가자. 집에 가서 저녁 맛있게 만들어줄게. 새미도 형이 보고 싶다고 난리야."

소년의 어머니가 말했다.

소냐와 로버트 브리검, 그들의 아들은 차를 향해 천천히 걸음을 옮겼다. 아버지의 한쪽 팔이 번쩍 들렸다. 팔은 아들의 어깨를 살짝 감쌌다가 이내 툭 떨어졌다. 캐트린 댄스는 그 어정쩡한 접촉에 주목했다. 댄스는 신의 구원이 아닌, 딱한 우리 인간들만이 서로를 구제할 수 있다는 명제를 믿었다. 환경과 의향이 제대로 맞아떨어질 때. 그 잠재력의 증거는 아주 하찮은 제스처 안에서 찾을 수 있다. 예를 들면, 앙상한 어깨에 얹은 멋쩍은 큼직한 손도 그 좋은 예다.

제스처는 말보다 훨씬 솔직하다.

"트래비스?"

댄스가 불렀다.

트래비스가 그녀를 돌아보았다.

"나중에 만나면 아는 척 좀 해줘…… 애테리아에서."

트래비스가 팔 하나를 가슴에 붙이고 손바닥을 밖으로 펼쳐 보였다. 소년의 길드 주민들 인사법인 모양이었다. 캐트린 댄스는 같은 방법으로 화답하고 싶은 충동을 애써 억눌렀다.

44

댄스는 뜰을 가로질러 도널드와 릴리 호큰에게 다가갔다. 그녀의 알도 구두가 바닥의 흙과 잡초를 짓이겼다. 깜짝 놀란 메뚜기들이 사방으로 튀어 올랐다.

부부는 칠턴의 별장 앞 계단에 앉아 있었다. 호큰의 표정은 비통했다. 무엇보다 믿었던 친구에게 배신당했다는 사실에 큰 충격을 받은 듯했다.

"이게 다 제임스가 벌인 일입니까?"

호큰이 속삭였다.

"네."

그가 몸을 바르르 떨었다.

"맙소사. 아이들까지 함께 있었으면 정말 큰일 날 뻔했군요. 아이들이 있었어도 그 친구가……?"

호큰은 질문을 차마 끝맺지 못했다.

그의 아내는 먼지 날리는 뜰을 멍하니 바라보며 눈썹의 땀방울을 훔쳐 냈다. 홀리스터는 바다에서 많이 떨어졌다. 많은 언덕에 갇힌 이곳의 여름 공기는 정오가 가까워지면서 굉장히 뜨겁게 데워졌다.

댄스가 말했다.

"사실 이건 당신들을 살해하기 위한 칠턴의 두 번째 시도였습니다."

"두 번째? 그럼 그날 집에서…… 우리가 이삿짐을 정리하고 있을 때도 제임스가 왔었다는 건가요?"

릴리가 나지막이 말했다.

"네. 제임스 칠턴이었습니다. 트래비스의 후드를 걸치고 그 아이인 척했던 거죠."

"하지만…… 그 친구가 미치지 않고서야 우릴 죽이려들 이유가 없지 않습니까."

호큰이 얼떨떨한 얼굴로 말했다.

이런 상황에서는 오히려 진실을 털어놓는 편이 낫다는 게 댄스의 지론이었다.

"백 퍼센트 확실하진 않지만 당신의 전 아내를 살해한 사람도 아마 제임스 칠턴이었을 겁니다."

호큰의 눈이 휘둥그레졌다.

"뭐라고요?"

릴리도 고개를 들고 댄스를 돌아보았다.

"하지만 사라는 사고로 죽었는걸요. 라 호야 근처에서 수영하던 중에."

"샌디에이고 지국과 해안경비대에서 관련 자료를 보내주었습니다. 유감스럽지만 제 생각이 맞을 거예요."

"그럴 리 없어요. 사라와 제임스는 아주……."

호큰의 말끝이 흐려졌다.

"가까운 사이였다고요?"

댄스가 물었다.

그는 고개를 저었다.

"아니에요. 그럴 리 없습니다."

그러고는 갑자기 성난 음성으로 물었다.

"두 사람이 눈이 맞아 바람을 피웠단 말입니까?"

댄스는 잠시 뜸을 들였다.

"그랬던 것 같습니다. 며칠 안에 자세한 내용이 더 들어올 겁니다. 여행기록, 통화기록."

릴리가 남편의 어깨에 손을 얹었다.

"여보."

그녀가 속삭였다.

"모일 때마다 두 사람의 죽이 꽤 잘 맞았던 게 기억나. 내겐 그토록 깐깐하게 굴던 사람이. 난 출장을 많이 다녔어. 일주일에 2, 3일은 집을 비웠지. 사라는 가끔 내가 자길 너무 방치한다고 투덜댔어. 농담하듯이 말이야. 그래서 나도 심각하게 받아들이지 않았지. 하지만 농담이 아니었던 것 같아. 내가 비운 자리는 제임스가 대신 채워버린 거고. 사라라면 충분히 그러고도 남았을 거야."

댄스는 사라의 성적 불만족이 결정적인 문제였음을 짐작했다. 적어도 호큰의 말투는 그렇게 주장하고 있었다.

댄스는 덧붙였다.

"사라는 제임스 칠턴에게 패트리샤를 버리고 자신과 결혼하자고 했던 것 같아요."

쓴웃음.

"그런데 제임스가 거부했다는 건가요?"

댄스는 어깨를 으쓱했다.

"그냥 제 짐작일 뿐이에요."

호큰은 잠시 머리를 굴렸다. 그가 기운 빠진 음성으로 말했다.

"사라는 자존심이 센 여자였습니다."

"타이밍에 대해 생각해봤습니다. 당신은 3년 전에 샌디에이고로 떠났습니다. 패트리샤의 아버지가 세상을 떠났을 즈음이었죠. 패트리샤는 아버지로부터 많은 재산을 상속받았습니다. 덕분에 칠턴은 풀타임으로 블로그 운영에 매달릴 수 있었던 거고요. 세상을 구하는 임무에 충실하려면 패트리샤의 돈에 의지할 수밖에 없었을 겁니다. 그래서 사라와의 관계를 청산해버린 거죠."

"패트리샤를 버리고 나오지 않으면 자신과 바람피운 걸 폭로하겠다고 사라가 협박했던 거군요."

호큰이 말했다.

"사라는 이 땅의 도덕적 목소리라고 큰소리쳐온 제임스 칠턴이 절친한 친구의 아내와 바람을 피웠다는 사실을 폭로하려고 했을 거예요."

댄스는 칠턴이 사라에게 아내와 이혼하겠다고 거짓말을 했을 거라 믿었다. 간신히 사라를 달래는 데 성공한 칠턴은 샌디에이고에서 그녀를 만났고, 라 호야의 인적 드문 작은 만으로 그녀를 데려갔다. 낭만적인 피크닉으로 꾸며서. 사라는 아름다운 해안에서 수영했고, 칠턴은 그 기회를 틈타 사라를 살해했다. 둔기로 머리를 내리쳤거나 물속으로 잡아끌어 익사시켰을 것이다.

"그럼 칠턴은 왜 우릴 죽이려 했던 거죠?"

릴리가 별장을 돌아보며 물었다.

댄스는 도널드 호큰을 쳐다보았다.

"오랫동안 칠턴과 연락을 끊으셨죠?"

"사라가 세상을 떠난 후부터 극심한 우울증에 시달렸습니다. 자연스럽게 옛 친구들과의 연락도 끊어지게 됐죠. 거의 모든 시간을 아이들 돌보는 데 쏟아부었습니다. 그렇게 은둔자처럼 지내다가…… 릴리를 만나게 됐죠. 릴리 덕분에 다시 세상으로 나올 수 있었습니다."

"그리고 되돌아올 결심을 하신 거죠?"

"그렇습니다. 회사를 정리하고 돌아왔습니다."

호큰의 얼굴에 깨달음의 표정이 떠올랐다.

"릴리와 난 제임스와 패트리샤를 비롯한 이곳의 오랜 친구들을 차례로 만나볼 계획을 가지고 있었습니다. 그들과 오순도순 추억담을 나눌 생각에 부풀어 있었죠. 제임스는 사라가 세상을 뜨기 전에 남부 캘리포니아에 종종 내려왔습니다. 패트리샤에게는 거짓말을 했겠죠. 언젠가는 꼬리가 잡힐 일이었습니다."

호큰의 시선이 별장으로 돌아갔다. 갑자기 그의 눈이 휘둥그레졌다.

"*파란 백조…… 그래!*"

댄스는 한쪽 눈썹을 추켜세웠다.

"제임스에게 사라가 가장 좋아했던 그림을 선물하고 싶다고 했습니다. 사라가 죽고 나서 나랑 지낼 때, 제임스가 그 그림에 꽤 관심을 보였었거든요."

그는 피식 웃었다.

"보나마나 제임스가 샀던 그림일 겁니다. 몇 년 전에 사둔 걸 사라가 보고 달라고 했겠죠. 제임스는 패트리샤에게 그림을 팔아버렸다고 둘러댔을 겁니다. 만일 패트리샤가 봤다면 그 그림이 어떻게 사라의 손에 들어가게 됐는지 궁금해 했겠죠."

칠턴이 살인까지 불사하려 했던 이유가 풀린 셈이었다. 세상에 도덕을 강조해온, 도덕적으로 흠이 없는 블로거가 죽은 여자와 불륜을 저지른 사실이 폭로되면 독자들은 그에게 등을 돌릴 것이다. 당국의 수사를 피해갈 수도 없을 테고. 칠턴의 인생에서 가장 중요한 블로그 또한 나락에 빠지게 될 터였다. 그래서 너무 늦기 전에 위협 요소를 제거하려 한 것이다.

전 〈*리포트*〉를 위태롭게 만들고 싶지 않습니다…….

릴리가 물었다.

"하지만 그 쉐이퍼라는 사람이 제임스에게 성명서를 읽게 만들었잖아요. 트래비스가 언급된."

"쉐이퍼는 처음부터 트래비스에게 관심이 없었을 겁니다. 그는 형이 죽은 후로 줄곧 칠턴에게 복수할 생각만 해왔을 거예요. 하지만 도로변 십자가 사건에 대해 알고 나서 미리 써둔 성명서를 수정하게 된 거죠. 트래비스의 이름도 그때 넣었을 거고요. 그래야 자신이 의심을 면할 수 있게 될 테니까."

"쉐이퍼가 아니라 제임스가 범인이라는 건 어떻게 알아낸 겁니까?"

호큰이 물었다.

댄스는 티제이가 가져온 현장 보고서에 빠진 부분들이 의심스러웠기 때문이라고 설명했다.

"빠진 부분들이라뇨?"

호큰이 물었다.

"우선 칠턴의 살인을 예고하는 십자가가 없었어요. 지금껏 킬러는 범행 전에 항상 공공장소에 십자가를 놓아두었거든요. 하지만 이번엔 없었어요. 둘째, 범인은 트래비스의 것이나 자신의 자전거를 범행에 이용했습니다. 현장에 바퀴자국을 남겨 소년에게 모든 걸 뒤집어씌우려 했죠. 하지만 쉐이퍼에겐 자전거가 없었어요. 그리고 칠턴을 위협할 때 쓴 총 있죠? 그건 트래비스의 아버지로부터 훔쳐온 콜트가 아니었습니다. 스미스 앤드 웨슨이었어요. 마지막으로, 쉐이퍼의 차와 모텔 방에선 꽃이나 꽃집 철사가 발견되지 않았습니다. 그래서 그렉 쉐이퍼가 도로변 십자가 킬러가 아닐 가능성을 진지하게 생각하게 됐죠. 쉐이퍼는 운 좋게 이 사건에 엮이게 됐고, 이 사건을 최대한 이용하려고 했습니다. 하지만 쉐이퍼가 십자가를 놓아두고 다닌 게 아니었다면 대체 누가 그랬던 걸까요?"

그래서 댄스는 용의자 명단을 다시 한번 훑어보았다. 피스크 목사와 그의 섬뜩한 경호원도 떠올렸다. 광신도인 그들은 블로그에 글을 올려 칠턴을 협박한 적 있었다. 티제이는 피스크와 경호원, 그리고 그들 그룹의 몇몇 주요 멤버를 차례로 만났는데, 모두 완벽한 알리바이를 내놓았다.

댄스는 새크라멘토에서 온 해결사 해밀턴 로이스도 의심해보았다. 핵시설 기획위원회에 비판적인 포스트가 올라온 칠턴의 블로그를 폐쇄시키는 게 로이스의 임무였으니까. 그럴듯한 이론이었지만 깊게 생각할수록 신빙성이 떨어졌다. 로이스는 너무 빤한 용의자였다. 로이스가 범인이었다면 주 경찰을 앞세워 공개적으로 블로그를 폐쇄시키려 하지는 못했을 것이다.

건설회사 대표 클린트 에이버리 역시 의심스러운 구석이 있었다. 하지만 댄스가 수상하게 여겼던 에이버리의 갓길 미팅의 상대들은 고용평등법 전문 변호사와 일용 노무자 알선업체 사람들로 밝혀졌다. 주로 불법 체류자들을 고용하는 이 지역 대부분의 고용주들과 마찬가지로 에이버리 역시 소수민족 인력을 너무 적게 쓴다는 이유로 고소를 당할까 두려워했다. 그는 댄스 앞에서 무척 불안한 모습을 보였다. 라틴계 인부들을 차별해온 에이버리는 댄스를 신고를 받고 온 형사로 오해했던 것이다.

댄스는 트래비스의 아버지도 용의자로 지목한 적 있었다. 로버트 브리검의 정원사라는 직업이 현장의 장미와 어느 정도 연관성이 있었기 때문이다. 한 발 더 나아가 댄스는 새미까지 의심했다. 정신지체가 있었지만 서번트*일 가능성을 배제할 수 없었기 때문이다. 마음만 먹는다면 충분히 교활해질 수 있다는 뜻이었다. 또한 어떤 이유에서든 형에게 분한 마음을 갖고 있었는지도 모르는 일이었다.

하지만 그렇게 따지면 세상에 문제없는 가족이 어디 있겠는가. 게다가 소년의 아버지와 동생에게는 완벽한 알리바이가 있었다.

댄스는 어깨를 으쓱하며 호큰에게 말했다.

"그렇게 차례로 지워나가니 결국엔 용의자가 한 명도 남지 않더군요. 수사가 또다시 미궁에 빠졌을 때, 갑자기 제임스 칠턴이 뇌리를 스쳤습니다."

---

* 전반적으로는 정상인보다 지적능력이 떨어지지만 특정 분야에 대해서만은 비범한 능력을 보이는 사람

"어째서죠?"

호큰이 물었다.

A에서 B에서 X로……

"저희 컨설턴트가 블로그에 대해 들려준 얘기가 떠올랐습니다. 그분은 블로그의 위험성에 대해 설명해주었죠. 그래서 저 스스로에게 이런 질문을 던져봤습니다. 만약 칠턴이 누군가를 죽이고 싶어한다면? 그렇다면 〈리포트〉를 무기로 쓸 수도 있겠지? 소문을 만들어 퍼뜨리고, 악플러들에게 신나게 즐길 수 있는 공간을 만들어주면 나중에 피해자가 이성을 잃더라도 누구 하나 이상하게 생각하지 않을 테니까. 그래서 전 칠턴을 유력한 용의자로 지목하게 됐습니다."

"하지만 제임스는 블로그에서 트래비스를 언급한 적이 없지 않습니까?"

호큰이 말했다.

"그건 굉장히 기발한 작전이었어요. 아무도 칠턴을 의심하지 않았잖아요. 그리고 애초부터 그는 트래비스를 언급할 필요가 없었습니다. 칠턴은 인터넷의 습성을 누구보다 잘 알고 있었으니까요. 트래비스의 잘못에 대한 힌트만 살짝 던져주면 복수심에 불타는 독자들이 우르르 달려들어 알아서 문제를 키워주거든요. 만약 칠턴이 범인이었다면 누가 의도된 희생자였을까요? 그에겐 두 소녀, 태미와 켈리를 죽일 이유가 전혀 없었습니다. 린든 스트릭랜드와 마크 왓슨도 마찬가지고요. 물론 당신들 부부는 그 후보에 올라 있었습니다. 전 이번 사건에 대해 알게 된 모든 걸 되짚어봤습니다. 뭔가 이상한 점이 떠오르더군요. 당신은 칠턴이 사라가 세상을 뜨고 나서 불과 한 시간도 채 지나지 않아 샌디에이고로 와주었다고 했습니다. 당신과 아이들의 곁을 지켜주기 위해서 말이죠."

"그렇습니다. 그 친구는 마침 로스앤젤레스에서 미팅을 갖고 있었습니다. 소식을 듣자마자 다음 비행기를 타고 왔더군요."

"하지만 칠턴은 아내에게 사라가 숨졌다는 소식을 들었을 때, 자신은 시애틀에 있었다고 했습니다."

댄스는 말했다.

"시애틀?"

호큰은 이해할 수 없다는 표정을 지었다.

"마이크로소프트 본사*에서 미팅 중이었다고 했습니다. 하지만 사실이 아니었죠. 그때 칠턴은 샌디에이고에 있었습니다. 애초부터 그곳에 있었던 거죠. 사라를 익사시킨 후에도 샌디에이고를 뜨지 않고 있었던 겁니다. 당신의 연락을 기다렸다가 소식을 듣고 당신의 집으로 갔던 거예요. 그럴 수밖에 없었던 이유가 있었거든요."

"그럴 수밖에 없었던 이유라뇨? 그게 뭡니까?"

"당신은 칠턴이 당신 가족 곁을 지키면서 청소도 해주었다고 했죠?"

"네."

"칠턴은 사라의 소유물을 훑으며 불륜의 증거가 될 만한 것들을 전부 없애려 했을 겁니다."

"세상에나."

호큰이 중얼거렸다.

댄스는 칠턴과 사건들 사이의 다른 연결고리들도 차근차근 설명했다. 칠턴은 아마추어 철인 3종 선수였다. 자전거를 꽤 능숙하게 다룬다는 뜻이었다. 댄스는 칠턴의 차고 안에 수북이 쌓여 있던 각종 스포츠 장비들을 떠올렸다. 그중에는 자전거도 몇 대 포함되어 있었다.

"그리고 흙."

댄스는 어느 도로변 십자가 현장에서 발견된, 일치하지 않는 흙 샘플에 대해 설명했다.

* 마이크로소프트 본사는 시애틀에 있음

"현장감식반이 그렉 쉐이퍼의 신발에서 같은 흔적을 찾아냈습니다. 하지만 그 흙의 궁극적인 원천은 바로 칠턴의 집 앞뜰 정원이었죠. 쉐이퍼가 그 집에서 묻혀온 겁니다."

댄스는 블로거의 집에 처음 갔을 때, 앞뜰의 정원을 유심히 살펴봤던 기억을 떠올렸다.

"또한 칠턴의 밴, 닛산 퀘스트도 있습니다."

댄스는 목격자 켄 피스터가 십자가 주변에서 주 정부 차량으로 보이는 밴을 봤다고 진술한 사실을 들려주었다. 그녀의 얼굴에 살짝 미소가 떠올랐다.

"하지만 운전은 칠턴 자신이 했습니다. 두 번째 십자가를 꽂아놓고 자리를 뜨던 중이었죠."

댄스가 한쪽에 세운 블로거의 밴을 가리켰다. 범퍼에는 그녀가 칠턴의 집을 처음 찾았을 때 봤던 스티커가 여전히 붙어 있었다. "담수화는 황폐화DEVASTATE입니다."

켄 피스터가 봤던 건 바로 스티커의 마지막 음절이었다. *STATE*.

"치안판사를 찾아가서 목격자의 진술을 들려주고 영장을 받아냈어요. 그리고 곧장 카멜에 있는 칠턴의 집으로 경관들을 보냈죠. 그는 이미 증거 대부분을 없애버렸지만 다행히 빨간 장미 꽃잎 몇 개와 십자가에 붙어 있던 것과 비슷한 판지를 찾아낼 수 있었습니다. 칠턴에게서 당신들과 이곳에 올 거라는 얘길 들은 기억이 떠올라 샌베니토 카운티 보안관 사무실에 전술작전 팀을 급파하라고 지시했고요. 다른 건 예상이 가능했지만 칠턴이 트래비스를 시켜 당신들을 죽이게 할 줄은 정말 몰랐습니다."

댄스는 손목시계를 들여다보는 척하며 호큰의 야단스러운 감사를 간신히 끊었다. 호큰은 애써 울음을 참고 있었다.

"이만 가봐야겠습니다. 두 분도 이제 돌아가셔서 쉬세요."

릴리는 댄스와 포옹했다. 호큰은 두 손으로 댄스의 손을 잡았다.

"뭐라 감사의 말을 해야 할지 모르겠습니다."

그들로부터 떨어져 나온 댄스는 제임스 칠턴이 앉아 있는 몬터레이 카운티 보안관 사무실 순찰차로 다가갔다. 칠턴의 숱 없는 머리는 땀에 절었다. 그는 침울한 얼굴로 다가오는 댄스를 내다보고 있었다. 칠턴의 입이 뿌루퉁해졌다.

댄스가 뒷문을 열고 몸을 숙였다.

그가 씩씩거렸다.

"발에 족쇄를 채울 것까진 없잖아요. 이런 꼴을 당하다니. 이런 모멸은 처음입니다."

댄스는 칠턴을 구속하고 있는 쇠사슬을 내려다보며 만족스런 표정을 지었다.

칠턴은 계속 말했다.

"경관 몇 명이 달려들어 이걸 채워놓고 갔습니다. 실실 웃으면서 말이죠! 내가 그 애에게 족쇄를 채워놨다나. 그런 황당한 모함이 어디 있습니까? 뭔가 큰 오해가 있는 겁니다. 난 누명을 쓴 거라고요."

댄스는 하마터면 웃음을 터뜨릴 뻔했다. 증거도 증거지만 그가 범인이라는 걸 증명해줄 목격자가 세 명이나 있었다. 호큰, 그의 아내, 그리고 트래비스.

댄스는 그에게 미란다 권리를 읊어주었다.

"아까 다른 사람이 들려줬습니다."

"당신이 제대로 이해했는지 의문이 들어서요. 이해가 되나요?"

"내 권리 말입니까? 물론이죠. 내 말 좀 들어봐요. 저 안에서…… 그래요. 내가 총을 쥐고 있었어요. 하지만 그동안 살해 위협을 숱하게 받아왔는데, 호신용으로 하나 지니고 다니는 게 뭐가 문제입니까? 누군가가 날 함정에 빠뜨린 겁니다. 당신 말대로 내가 블로그에 올린 글로 피해를 본 사람이 꾸민 짓이라고요. 난 트래비스가 거실로 들어오는 걸 보고 총을 뽑았을 뿐입니다. 날 노리는 사람이 있다고 당신이 경고해줬지 않습니까. 그 얘길 듣고 총을 지니고 다녔단 말입니다."

댄스는 그의 장황한 주장을 못 들은 척했다.

"우린 당신을 몬터레이 카운티로 데려갈 거예요, 제임스. 거기서 아내분이나 변호사에게 연락하면 돼요."

"내가 방금 한 얘기 못 들었습니까? 이건 모함이라니까요. 그 앤 제정신이 아닙니다. 난 알면서도 망상에 사로잡힌 그 애 얘길 다 들어줬어요. 물론 도널드와 릴리의 목숨이 위험해지면 주저 않고 걜 쏠 생각이었죠."

댄스는 치밀어오르는 분노를 애써 누르고 몸을 앞으로 기울였다.

"태미와 켈리는 왜 노렸던 거죠, 제임스? 그 두 아이는 당신에게 아무 짓도 안 했잖아요."

"난 결백합니다."

칠턴이 웅얼거렸다.

이번에도 그녀는 못 들은 척했다.

"왜 그들을 습격한 거죠? 요즘 아이들 태도가 마음에 안 들었나요? 무례한 언어로 당신 블로그를 오염시키는 게 싫었던 거죠? 일부러 문법을 틀리게 써서 올린 글들도 거슬렸고요?"

칠턴은 대꾸하지 않았다. 하지만 댄스는 순간적으로 번뜩인 그의 눈을 똑똑히 보았다. 그녀는 계속 밀어붙였다.

"린든 스트릭랜드는요? 그리고 마크 왓슨은 왜 죽인 거죠? 그들이 본명으로 글을 올렸기 때문이겠죠? 그들의 주소를 쉽게 알아낼 수 있었으니까? 아닌가요?"

칠턴은 고개를 돌렸다. 마치 자신의 눈이 진실을 드러내고 있다는 걸 아는 것처럼.

"제임스, 당신이 트래비스인 척하고 블로그에 올린 그림들, 당신이 직접 그린 거 맞죠? 〈리포트〉에 나온 소개글이 기억났어요. 대학 시절 당신은 그래픽 디자이너와 미술감독이었잖아요."

그는 여전히 말이 없었다.

분노는 점점 격해졌다.

"내가 난자당하는 모습을 그리면서 즐거웠나요?"

역시 침묵.

댄스는 허리를 펴고 섰다.

"나중에 직접 당신을 심문할 기회가 있을 거예요. 원한다면 변호사를 옆에 앉혀놔도 돼요."

칠턴이 애원하는 얼굴로 그녀를 돌아보았다.

"딱 한 가지만 부탁할게요, 댄스 요원님. 제발."

그녀가 한쪽 눈썹을 추켜세웠다.

"꼭 필요한 게 있습니다. 아주 중요한 거예요."

"그게 뭐죠, 제임스?"

"컴퓨터."

"네?"

"컴퓨터가 필요해요. 아주 급하게. 오늘 꼭 써야 해요."

"유치장에서 전화 한 통은 허용돼요. 하지만 컴퓨터는 안 됩니다."

"하지만 〈리포트〉는…… 내 사연을 올려야 한단 말입니다."

이번에는 댄스도 터져 나오는 웃음을 막지 못했다. 아내나 아이들보다 블로그 걱정이 먼저라니.

"안 돼요, 제임스. 절대 들어줄 수 없어요."

"정말 필요해요. 내겐 중요한 일이란 말입니다!"

발광하는 그의 모습을 지켜보던 캐트린 댄스는 마침내 제임스 칠턴을 이해하게 됐다. 독자들은 그의 안중에도 없었다. 칠턴은 두 피해자를 아무렇지도 않게 살해했고, 필요에 따라 얼마든지 더 죽일 수 있는 사람이었다.

칠턴에게 진실은 아무 의미가 없었다. 그의 인생 자체가 거짓이었다.

아니, 답은 그보다 더 간단했다. 〈디멘션 퀘스트〉를 즐기는 플레이어들처럼, 가상세계에 빠져 사는 수많은 사람들처럼, 제임스 칠턴 역시 중독자였다. 세상을 바꾸는 사명에, 세상에 자신의 뜻을 퍼뜨리는 유혹적인 권력에 중독된 것이었다. 자신의 사색 내용과 불평, 찬사를 읽는 독자가 늘어날수록 칠턴이 느끼는 황홀감도 커져갔다.

댄스는 몸을 숙여 그의 앞으로 얼굴을 가져갔다.

"제임스. 당신이 어느 교도소로 보내지든 두 번 다시 컴퓨터에 손을 댈 수 없도록 조치해놓을 겁니다. 그러니 헛된 희망일랑 버려요."

이내 칠턴의 안색이 바뀌었다. 그가 비명을 지르기 시작했다.

"이러지 말아요! 내게서 블로그를 앗아갈 순 없어요. 독자들이 날 필요로 하고 있어요. 이 나라가 날 필요로 하고 있다고요! 제발 이러지 말아요!"

댄스는 차 문을 닫고 운전석의 경관에게 고개를 끄덕였다.

45

개인 업무를 위해 경광등을 켜는 건 규정위반이었지만 댄스는 개의치 않았다. 홀리스터와 샐리나스를 이어주는 68번 고속도로를 제한속도의 두 배로 질주하는 지금, 이런 비상 장비의 사용은 현명한 판단이었다. 이디 댄스는 20분 후에 기소인정 여부 절차를 밟게 돼 있었고, 캐트린은 맨 앞자리에서 그 모습을 지켜보고 싶었다.

댄스는 어머니의 공판이 언제쯤에나 시작될지 궁금했다. 누가 증인석에 서게 될지. 어떤 증거들이 나올지.

그녀는 불안해졌다. 그들이 날 증인으로 신청하면 어쩌지?

그리고 어머니에게 유죄판결이 내려지면 어떻게 하지? 댄스는 캘리포니아 교도소들의 환경이 어떤지 잘 알았다. 수감자들 대부분은 문맹에 폭력적이었고, 마약이나 술로 정신이 망가졌거나 날 때부터 그랬던 이들이었다. 그런 곳에 수감되는 건 영혼에 내려지는 극형이었다.

댄스는 빌에게 그런 내용의 이메일을 띄운 자신을 질책했다. 병든 애완동물을 직접 안락사시키겠다고 나섰던 어머니의 사연은 보나마나 법정에서 불리한 증거로 쓰이게 될 것이다. 몇 년 전에 무심코 내뱉었던 한마디가 어머니의 운명을 가르게 될 줄이야.

그녀는 〈칠턴 리포트〉를 떠올렸다. 트래비스 브리검에 대한 모든 글들. 전부 사실과는 다른, 잘못 짚은 내용들이었지만…… 서버에, 그리고 독자들의 컴퓨터에 영원히 남게 될 터였다. 5년, 10년, 20년 후, 어쩌면 100년 후에도 꺼내 읽을 사람이 있을지 모르고. 진실은 알지 못한 채.

댄스가 여러 생각들로 산란해져 있을 때 휴대폰이 진동했다.

아버지가 보내온 문자 메시지였다.

네 어머니랑 병원에 왔다. 지금 빨리 와주겠니?

댄스의 숨이 턱 멎었다. 도대체 무슨 일이지? 기소인정 여부 절차는 15분 후에 시작될 예정이었다. 이디 댄스가 병원에 있다면 이유는 한 가지였다. 아프든지, 다쳤든지.

댄스는 아버지의 휴대폰으로 전화를 걸었다. 하지만 신호음도 없이 곧바로 음성 메시지가 흘러나왔다. 병원이라 휴대폰을 꺼둔 모양이었다.

습격을 당하신 건가?

아니면 자살 기도?

댄스는 액셀러레이터를 힘껏 밟았다. 그녀의 머릿속이 핑핑 돌기 시작했다. 이디 댄스가 자살을 기도했다면, 아마도 로버트 하퍼가 결정적인 증거를 확보했기 때문일 것이다.

정말 어머니가 살인을? 댄스는 후안 밀라가 숨질 당시 집중치료실 복도 분위기에 대해 어머니가 들려주었던 말을 떠올렸다.

간호사 몇 명이 있었어요. 다른 사람은 없었고요. 환자 가족은 돌아간 후였어요. 당연히 면회자는 없었고요…….

댄스는 샐리나스, 라구나 세카, 공항을 차례로 지나쳐 달렸다. 20분 후, 그녀는 병원 앞 원형차도에 들어섰다. 장애인 전용 주차공간에 미끄러지듯 차를 세운 댄스는 곧장 정문으로 달려갔다. 어찌나 마음이 급했던지, 자동문이 완전히 열리기도 전에 무리해서 안으로 비집고 들어갔다.

접수데스크의 직원이 깜짝 놀라며 말했다.

"캐트린, 어쩐 일······?"

"어머니, 어디 계시죠?"

댄스가 숨을 헐떡이며 물었다.

"아래층에······."

댄스는 벌써 문간을 지나 계단을 달려 내려가고 있었다. 아래층. 집중
치료실. 후안 밀라가 숨겼던 곳. 이디가 그곳에 있다면 적어도 아직 살아
있다는 뜻이었다.

계단을 마저 내려온 댄스가 집중치료실로 뛰어 들어가는 순간, 구내식
당 안 풍경이 눈에 들어왔다.

댄스는 가쁜 숨을 몰아쉬며 급하게 멈춰 섰다. 그 바람에 옆구리가 심
하게 결렸다. 그녀는 열린 문간 안을 들여다보았다. 네 명이 테이블에 모
여 앉아 커피를 마시고 있었다. 병원 임원, 경비실 책임자 헨리 바스콤,
댄스의 아버지, 그리고······ 이디 댄스. 그들은 테이블에 놓인 문서를 훑
으며 무언가를 의논 중이었다.

스튜어트가 고개를 들고 미소 지으며 검지를 폈다. 잠시만 기다리라는
제스처였다. 댄스의 어머니도 무표정한 얼굴로 잠시 문밖을 내다보다가
이내 병원 임원에게 시선을 돌렸다.

"안녕."

댄스 뒤에서 남자의 음성이 들려왔다.

댄스는 고개를 홱 돌렸다. 마이클 오닐이 우뚝 서 있었다. 깜짝 놀란
그녀는 잠시 눈을 깜빡였다.

"마이클, 어떻게 된 일이에요?"

댄스는 숨을 헐떡이며 물었다.

미간을 찌푸리며 그가 말했다.

"메시지 못 받았어?"

"빨리 병원으로 오라는 아버지 메시지만 받았어요."

"한창 수사 중인 자넬 방해하고 싶지 않았어. 오버비에게 자세한 내용을 들려줬는데. 자네가 현장 업무를 마치면 그가 연락하기로 했거든."

이번 일은 배려심 없는 상관을 탓할 문제가 아니었다. 기소인증 여부 절차에만 정신이 팔려 칠턴의 체포를 지국장에게 보고하지 못한 자신의 잘못이었다.

"홀리스터 일은 잘 해결됐다고 들었는데."

"네, 다들 무사해요. 칠턴은 유치장으로 보냈고, 트래비스는 머리를 좀 찢었을 뿐이에요."

하지만 댄스의 머릿속에 도로변 십자가 사건은 없었다. 그녀는 다시 구내식당 안을 들여다보았다.

"어떻게 된 거죠, 마이클?"

"자네 모친에 대한 고소가 취하됐어."

"뭐라고요?"

오닐은 멋쩍어 하며 잠시 머뭇거렸다.

"자네에겐 얘기 못했어, 캐트린. 어쩔 수 없었다고."

"뭘 말씀이세요?"

"내가 맡아 수사한 사건 말이야."

그 다른 사건…….

"사실 그건 컨테이너 사건과 아무 상관이 없었어. 그 사건은 여전히 보류 중이지. 난 자네 모친 사건을 독립적으로 수사해왔던 거야. 내가 맡고 싶다고 했더니 위에서 그러라고 하더군. 우리에겐 하퍼를 막는 것 외엔 방법이 없었어. 하퍼가 유죄판결을 이끌어낸다면…… 항소심에서 평결이 뒤집힐 가능성이 희박하다는 건 자네도 알지?"

"왜 제겐 말씀 안 하셨어요?"

"어쩔 수 없었어. 책임자는 나였지만 자네에겐 알릴 수 없었다고. 내가 뭘 하는지 자네가 몰랐다는 걸 법정에서 증언하려면 말이야. 그걸 무시했다면 이해의 충돌이 생기겠지. 자네 부모님조차 모르고 계셨어. 사건에 대해 대화는 나눴지만 어디까지나 비공식적인 의견 교환일 뿐이었지. 두 분도 지금껏 모르고 계셨어."

"마이클."

댄스는 눈이 따끔거려 오는 걸 느꼈다. 그녀는 오닐의 팔뚝을 붙잡고 그의 눈을 쳐다보았다. 두 사람의 갈색과 초록색 눈이 마주쳤다.

오닐이 미간을 찌푸리며 말했다.

"자네 어머니가 결백하시다는 걸 처음부터 알고 있었어. 그분이 누군가의 목숨을 끊어놓았다고? 미치지 않고서야 어떻게 그런 주장을 할 수 있나?"

그가 씩 웃었다.

"요즘 들어 내 문자 메시지와 이메일이 부쩍 늘었다는 걸 느꼈지?"

"네."

"자넬 앞에 두고 거짓말을 할 자신이 없었기 때문이야. 자네가 대번에 간파해버릴 테니까."

댄스는 웃음을 터뜨렸다. 그동안 마이클이 컨테이너 사건에 대해 모호한 태도를 보여온 이유가 밝혀진 것이다.

"그럼 후안을 죽인 건 누구죠?"

"다니엘 펠."

"펠?"

댄스는 깜짝 놀라며 속삭였다.

오닐은 후안을 죽인 사람은 펠 자신이 아니라 그의 여성 파트너들 중 한 명이었다고 설명했다. 어제 아이들을 데리고 부모님의 은신처로 향하는 동안 댄스가 떠올렸던 바로 그 파트너.

"그녀는 여전히 자네를 위협 요소로 여기고 있었어, 캐트린. 그래서 어떻게든 자네를 막으려 했던 거야."

"어떻게 그녀를 의심하게 되셨죠?"

"아닌 것 같은 용의자를 차례대로 배제해 나갔지. 자네 어머니는 범인이 아니라는 확신이 있었어. 훌리오 밀라도 완벽한 알리바이가 있었기 때문에 배제시켰고. 당시 이곳엔 후안의 부모도, 동료 경관들도 없었어. 그래서 나 스스로에게 질문을 던져봤지. 자네 어머니를 모함해서 이득을 챙길 만한 사람이 누구인지. 바로 펠이 떠오르더군. 자넨 그를 추적 중이었고, 그는 코너에 몰린 상태였잖아. 자네 어머니가 체포되면 심란해진 자네가 수색작전에서 손을 떼게 될 거라고 생각했던 거지. 그 자신이 직접 일을 벌일 수 없었을 테니 당연히 파트너를 시켜 후안을 죽이도록 했을 테고."

오닐은 여자가 구직자인 척하면서 집중치료실로 몰래 들어왔다고 설명했다.

"구직자라면……"

댄스는 코니가 알아봐준 정보를 떠올리며 고개를 끄덕였다.

"방문일지에 남은 구직자들은 밀라와 아무 관련이 없어서 눈여겨보지 않았죠."

"목격자들은 그녀가 간호사 제복 차림이었다고 했어. 다른 병원에서 교대 근무를 마치고 구직 신청서를 제출하기 위해 몬터레이 베이 병원에 왔는지 알았다나 봐. 난 그녀의 컴퓨터를 압수해 검사해봤고, 그녀가 구글로 약물 상호작용을 검색한 사실을 확인했어."

"차고에서 나온 증거는요?"

"그녀가 거기 놔두고 간 거였어. 피터 베닝턴에게 차고 안을 샅샅이 살펴보라고 지시했거든. 현장감식반이 모발을 찾아냈어. 하퍼 쪽 사람들이 그걸 놓쳤더군. 분석결과, 그녀의 머리카락으로 밝혀졌어. DNA가 일치했지. 보나마나 유죄답변 교섭에 응하게 될 거야."

"그런 줄도 모르고 난 어머니가……"

댄스는 차마 그 말을 입 밖에 낼 수 없었다.

"어머니는 후안이 죽여달라고 했다는 사실을 들려주면서 무척 침울해하셨어요. 그리고 후안이 숨질 당시에 본인은 집중치료실에 없었다고 주장하셨죠. 하지만 어머니는 집중치료실에 계시지도 않았으면서 그곳에 몇몇 간호사가 남아 있었다는 사실을 알고 계셨다고요."

"집중치료실 의사 한 명이 자네 어머니에게 방문자가 모두 돌아가고 간호사들만 남았다고 알려줬어. 자네 어머니는 애초부터 집중치료실에는 가지도 않으셨던 거야."

오해와 추정. 수사관으로서 부끄러워해야 할 일이었다.

"그럼 하퍼는요? 계속 사건을 밀고 나가겠대요?"

"아니. 그 친구는 새크라멘토로 돌아갈 준비를 하고 있어. 사건은 샌디에게 넘어갔고."

"뭐라고요?"

댄스는 충격에 휩싸였다.

그녀의 반응을 본 오닐이 웃음을 터뜨렸다.

"그래. 정의 구현엔 관심이 없는 친구잖아. 세간의 이목을 끄는 사건이 아니면 거들떠보지도 않는다고."

"오, 마이클."

댄스는 다시 그의 팔뚝을 붙잡았다. 오닐도 그녀의 손을 살며시 잡았다. 그의 시선이 천천히 돌아갔다. 댄스는 그의 얼굴을 유심히 살폈다. 무엇이 보이지? 취약함? 공허함?

오닐이 입을 열려다 말았다.

어쩌면 댄스에게 거짓말을 하고 수사 내용을 비밀에 붙였던 것에 대한 사과를 하려 했는지도 모른다. 오닐은 손목시계를 들여다보았다.

"마무리 지어야 할 일이 좀 있어."

"정말 괜찮으신 거 맞아요?"

"그냥 좀 피곤할 뿐이야."

댄스는 불안해졌다. 남자들은 이유 없이 피곤해 하지 않는다. 그 말은 무언가 문제가 있지만 얘기하고 싶지 않다는 뜻이다.

오닐이 말했다.

"오, 깜빡할 뻔했군. 어니스트에게 연락을 받았어. 그 로스앤젤레스 사건 있지? 판사가 기소면제 심리의 연기를 허락하지 않았다더군. 30분 후에 시작될 거야."

댄스는 손가락을 들어 꼬았다.

"제발 그렇게 되길 빌어요."

그리고 그의 품에 와락 안겼다.

댄스에게서 떨어져 나온 오닐은 주머니에서 자동차 열쇠를 찾아들고 계단을 뛰어 올라갔다. 엘리베이터를 기다릴 여유조차 없다는 듯이.

댄스는 구내식당을 들여다보았다. 어머니가 보이지 않았다. 그녀의 어깨가 축 늘어졌다. 젠장. 어느새 사라지셨군.

바로 그때 댄스 뒤에서 여자의 음성이 들려왔다.

"케이티."

옆문으로 나온 이디 댄스는 잠자코 서서 오닐이 떠나기를 기다렸던 모양이었다.

"마이클에게 들었어요, 엄마."

"고소가 취하되자마자 날 지지해준 사람들을 만나러 병원으로 달려왔어. 감사 인사를 하려고."

날 *지지해준 사람들*……

잠시 어색한 침묵이 흘렀다. 천장 스피커에서는 알아들을 수 없는 안내 방송이 흘러나왔다. 어딘가에서 아기가 울었다. 잠시 후, 울음소리가 그쳤다.

캐트린 댄스는 이디의 표정을 통해 지난 며칠간의 말 못할 갈등이 대부분 녹아 사라진 상태라는 걸 확인했다. 모녀 사이의 갈등은 며칠 전 법원청사에서의 일 때문에 빚어진 게 아니었다. 문제는 그보다 훨씬 근본적인 것에 있었다. 댄스가 불쑥 말했다.

"처음부터 엄마를 믿었어요. 정말로요."

이디 댄스가 미소를 지었다.

"아, 동작학 전문가가 그런 얘길 하니 믿어야 할지 모르겠구나. 거짓말을 짚어내는 방법을 알려주겠니?"

"엄마……."

"케이티, 넌 내가 그 젊은이를 죽이는 일이 가능할지도 모른다고 생각했어."

댄스는 한숨을 내쉬었다. 영혼 속 공백이 버거울 만큼 크게만 느껴지는 순간이었다. 그녀는 차마 부인할 수 없어 떨리는 음성으로 말했다.

"그건 사실이에요, 엄마. 인정할게요. 하지만 그렇다고 엄마를 보는 눈이 달라졌던 건 절대 아니에요. 엄마를 사랑하는 마음엔 변함이 없었다고요. 하지만 한때 그런 가능성을 배제하지 않았던 건 사실이에요."

"보석심리 때 네 얼굴을 봤어. 네가 그런 생각을 하고 있다는 게 표정에서 읽히더구나."

"죄송해요."

댄스는 속삭였다.

이디 댄스가 딸의 어깨를 꼭 쥐었다. 전혀 그녀답지 않은 행동이었다. 어릴 적에도 댄스는 그렇게 어깨를 잡혀본 기억이 없었다.

"그런 말 마."

어머니가 나무라듯 말했다.

댄스가 눈을 깜빡이며 입을 열려 했다.

"쉿, 케이티. 엄마 말 들어. 보석심리를 마치고 돌아와 밤을 꼬박 샜어. 법정에서 본 네 눈빛을 떠올리면서. 네가 무슨 의심을 하고 있을지 생각하면서. 잠깐. 엄마가 마저 얘기할게. 그날 밤 난 마음이 너무 아팠어. 화도 났고. 하지만 갑자기 깨달음이 찾아들더구나. 그리고 난 뿌듯해졌어."

이디의 얼굴에 따뜻한 미소가 떠올랐다.

"정말 뿌듯했어."

댄스는 혼란스러웠다.

어머니가 설명을 계속했다.

"그거 아니, 케이티? 아무리 노력해도 턱없이 부족하기만 한 게 바로 부모 노릇이야. 그건 너도 동의할걸."

"오, 당연하죠."

"부모는 자식들이 필요로 하는 자원을 성실히 챙겨줄 뿐, 대신 나서서 싸워줄 순 없어. 그냥 뒤에서 응원하고, 기도만 하는 거야. 현명한 선택을 가르치고, 스스로 일어날 수 있게 도와주면 되는 거라고."

눈물이 댄스의 볼을 타고 흘러내렸다.

"벌어진 일들을 분석하고, 의심을 품는 네 모습을 지켜보면서 정말 뿌듯했어. 널 눈뜬장님으로 키우지 않았다는 걸 확인했으니까. 편견은 사람의 눈을 멀게 해. 그리고 난 편견으로 눈이 먼 사람을 좋아하지 않아. 그런데 넌 모든 걸 꿰뚫어 진실을 들여다보려 애썼어."

그녀의 어머니가 피식 웃었다.

"결국 네가 잘못 짚었다는 게 확인되긴 했지만. 그래도 엄마는 널 칭찬하고 싶어."

모녀는 서로를 더욱 힘껏 끌어안았다. 이디 댄스가 말했다.

"자, 아직 근무시간이 끝나지 않았잖니. 사무실로 돌아가봐. 난 아직도 화가 풀리지 않았어. 하지만 하루 이틀이면 다 풀려버릴 테니까 걱정 마. 같이 쇼핑도 하고, 카사노바에서 저녁도 먹자꾸나. 오, 그리고 케이티, 계산은 다 네가 할 거야."

46

　캐트린 댄스는 자신의 CBI 사무실로 돌아와 사건에 대한 최종 보고서를 작성했다.

　그녀는 메리엘렌 크레스바크가 챙겨준 커피를 홀짝이며, 비서가 쿠키 접시 옆에 가지런히 모아놓은 분홍색 전화 메시지 메모를 차례로 훑어보았다.

　응답전화는 하지 않았지만 쿠키는 전부 먹어치웠다.

　댄스의 휴대폰이 삐삐 울렸다. 오늘의 문자 메시지가 도착했다.

　캐트린, 판사가 로스앤젤레스에서 판결을 내렸어. 몇 시간 안에 발표될 거야. 계속 기도하자고. 오늘 정말 많은 일들이 있었지? 조만간 차분히 얘기할 기회가 있을 거야.

　　　　　　　　　　　　　　　　　　　　　　　　─마이클

　제발, 제발, 제발…….

　커피를 마저 비운 댄스는 오버비에게 제출할 보고서를 출력해 들고 그의 사무실로 향했다.

　"보고서 가져왔습니다, 지국장님."

　"아, 고마워. 사건이 이렇게 정리될 줄 몰랐어. 깜짝 놀랐다고."

　오버비는 댄스의 보고서를 빠르게 훑어 내려갔다. 그의 책상 뒤편에 놓인 운동 가방과 테니스 라켓, 작은 여행 가방이 눈에 들어왔다. 금요일 늦은 오후. 오버비는 사무실을 떠나 곧장 주말을 보낼 어딘가로 향하려는 모양이었다.

댄스는 오버비의 자세에서 약간의 싸늘함을 짚어낼 수 있었다. 해밀턴 로이스 문제로 그녀에게 아직도 화가 나 있는 듯했다.

댄스는 지국장이 어떤 처분을 내릴지 궁금했다. 상관의 맞은편 의자에 앉은 그녀가 말했다.

"로이스에 대해 마지막으로 드릴 말씀이 있습니다."

"해봐."

오버비가 고개를 들고 그녀의 보고서를 살살 문지르기 시작했다. 마치 먼지를 털어내듯이.

댄스는 로이스의 임무에 대해 티제이가 밝혀낸 사실을 들려주었다. 로이스가 블로그를 폐쇄시키려 했던 이유는 피해자가 늘어나는 걸 막기 위해서가 아니라 하원의원이 핵시설 개발업자에게 접대를 받아왔다는 사실을 폭로한 칠턴의 입을 막기 위해서였다고.

"로이스가 우릴 이용한 겁니다, 지국장님."

"아."

오버비는 계속해서 보고서를 만지작거렸다.

"핵시설 기획위원회로부터 보수를 받고 그 일을 벌였던 거라고요. 그곳 위원장은 바로 칠턴이 블로그의 '국민의 명령' 스레드에서 폭로한 문제의 의원이었고요."

"그랬군. 로이스, 흠."

"법무장관에게 메모를 보냈으면 합니다. 로이스가 범죄를 저지른 건 아니지만 비윤리적인 행동이었다는 건 부인할 수 없지 않습니까. 제가 이용당하고, 우리 모두가 이용당했단 말입니다. 로이스는 파면당해 마땅해요."

여전히 만지작만지작. 오버비는 골똘히 생각에 잠겨 있었다.

"제가 메모를 보내도 되겠습니까?"

댄스는 물었다. 물론 그녀는 오버비가 그 제안을 탐탁지 않게 여기고 있다는 사실을 알고 있었다.

"글쎄."

댄스는 웃음을 터뜨렸다.

"왜 안 되는 거죠? 로이스는 제 책상을 허락도 없이 뒤졌다고요. 메리 엘렌도 그걸 봤고요. 그뿐 아니라 주 경찰도 그에게 이용만 당했어요."

오버비의 눈이 책상에 놓인 보고서로 떨어졌다.

"우리의 시간과 자원을 너무 잡아먹을 거야. 좀…… 어색하기도 할 거고."

"어색할 거라고요?"

"관계 부처 간의 갈등은 가급적 피하는 게 좋지 않을까?"

관계 부처 간의 갈등을 풀지 않은 채 넘어가자는 황당한 말이었다.

잠시 어색한 침묵이 흘렀다. 갑자기 오버비의 눈썹이 추켜 올라갔다. 머릿속에 무언가가 떠오른 모양이었다.

"자네에겐 그럴 여유가 없잖아."

"시간은 얼마든지 낼 수 있습니다, 지국장님."

"하지만 문제는……."

오버비는 캐비닛에서 문서철을 하나 꺼냈다. 그 안에는 두툼한 문서가 담겨 있었다.

"그게 뭐죠?"

"법무장관실에서 내려온 거야."

그가 문서를 댄스 앞으로 밀어냈다.

"자네에게 항의가 들어왔어."

"제게요?"

"카운티 공무원에게 인종차별 발언을 했다며?"

"말도 안 돼요."

"아, 뭐 아무튼 그 소문이 새크라멘토까지 퍼진 모양이야."

"항의한 사람이 누구죠?"

"샤란다 에번스. 카운티 사회복지사야."

"그런 사람은 만나본 적도 없어요. 뭔가 오해가 있었던 모양이네요."

"자네 모친이 체포됐던 날 자네 아이들을 챙기러 몬터레이 베이 병원에 갔었다는데."

아, 병원 놀이터에서 웨스와 매기를 데려가려 했던 여자.

"지국장님, 그 여자는 아이들을 '챙기러' 왔던 게 아닙니다. 제게 한마디 말도 없이 아이들을 데려가려다 딱 걸린 거였다고요."

"그녀는 자네가 인종차별 발언을 했다고 주장하고 있어."

"맙소사, 지국장님. 전 그저 그녀의 일처리가 잘못됐다는 걸 지적해줬을 뿐이라고요."

"그녀가 그렇게 받아들이지 않았다는 게 문제지. 자넨 평판이 좋고, 과거에 이런 문제를 일으킨 적이 없었기 때문에 장관님은 정식 고소로까지 번지지 않게 하라고 지시하셨어. 그렇다고 그냥 넘길 수도 없는 일이니."

오버비는 딜레마에 빠져 있었다.

하지만 아주 고민하는 모습은 아니었다.

"현장으로부터 진행 상황을 보고받겠다고 하셨어."

오버비 자신이 직접 챙기겠다는 뜻이었다. 댄스는 상황 파악에 들어갔다. 댄스는 로이스 앞에서 오버비를 무안하게 만들었다. 어쩌면 행정감찰관은 지국장이 부하 요원 하나 제대로 휘어잡지 못한다는 인상을 받았는지도 몰랐다. CBI가 로이스의 행태를 문제 삼으면 결국 오버비의 리더십에 의문이 제기될 수밖에 없었다.

"당연히 자넨 인종차별주의자가 아니야. 하지만 그녀가 저렇게 난리를 치고 있잖아. 그 에번스라는 여자 말이야."

오버비는 부검사진을 들여다보듯이 댄스 앞으로 내민 문서를 내려다 보았다.

이 일을 얼마나 했죠? 답은 둘 중 하나일 겁니다. 얼마 안 됐거나 너무 오래됐거나……

캐트린 댄스는 지국장이 협상 중이라는 사실을 깨달았다. 댄스가 로이스의 부적절한 행동을 문제 삼지 않는다면, 오버비는 법무장관에게 사회복지사 문제를 덮어달라고 요청하게 될 것이다.

댄스가 로이스를 끝까지 물고 늘어진다면, 그녀는 직장을 잃게 될지도 몰랐다.

두 사람은 잠시 서로의 표정을 살폈다. 오버비는 놀랍게도 스트레스 반응을 보이지 않았다. 오히려 댄스의 발이 피스톤처럼 까닥거렸다.

나무가 아닌 숲을 봐야겠지. 댄스는 냉소적으로 생각했다. 다행히 그 생각은 말로 튀어나오지 않았다.

그녀는 고민에 빠졌다.

숙고.

오버비가 항의서를 손가락으로 톡톡 두드렸다.

"이런 일이 생겨 유감이야. 그렇지 않아도 일이 많아 정신이 없을 땐데."

도로변 십자가 사건, 로스앤젤레스의 J. 도 사건, 그녀의 어머니 사건. 댄스에게는 더 이상 싸울 힘이 남아 있지 않았다. 게다가 로이스는 상대할 만한 가치도 없었다.

"제가 해밀턴 로이스에 대해 문제 삼은 게 신경 쓰이시면 이제 그만두겠습니다."

"그래, 그게 현명하지. 일이 산더미처럼 쌓여 있잖아. 이런 일로 아까운 시간을 허비할 순 없어. 이것도 없었던 일로 하고."

오버비가 항의서를 챙겨 문서철에 넣었다.

정말 속 보이는군요, 찰스.

그는 미소를 지었다.

"더 이상 이런 일로 방해받는 일은 없도록 하자고."

"일에만 집중해도 모자라니까요."

댄스가 말했다.

"잘 생각했어. 시간이 많이 늦었군. 주말 잘 보내라고. 그리고 사건을 깔끔하게 처리해줘서 고마워, 캐트린."

"그럼 먼저 일어나겠습니다, 지국장님."

댄스는 자리에서 일어나 사무실을 나왔다. 그녀는 그 역시 자신만큼이나 찝찝해 하고 있을지 궁금했다.

오버비가 그럴 사람이 아니라는 걸 알면서도.

걸스 윙으로 돌아온 댄스가 사무실로 들어서려는 찰나, 뒤에서 누군가의 음성이 들려왔다.

"캐트린?"

댄스는 뒤를 돌아보았다. 처음에는 남자의 얼굴을 알아보지 못했다. 그러다 갑자기 이름이 떠올랐다. 데이비드 라인홀드. 보안관 사무실 소속의 젊은 경관이었다. 그는 제복 대신 청바지와 폴로 셔츠, 재킷 차림이었다. 그가 미소를 지으며 말했다.

"비번입니다."

라인홀드가 그녀 앞으로 바짝 다가와 섰다.

"도로변 십자가 사건에 대해선 들었습니다."

"정말 깜짝 놀랐어요."

댄스는 말했다.

라인홀드는 두 손을 주머니에 찔러넣었다. 라인홀드는 살짝 긴장한 상태였다.

"저도 놀랐습니다. 그 아이는 괜찮습니까?"

"괜찮을 거래요."

"칠턴은요? 자백했고요?"

"자백까진 필요 없어요. 이미 충분한 증인과 물증이 확보됐으니까요."

댄스가 턱으로 자신의 사무실을 가리키며 한쪽 눈썹을 추켜세웠다. 들어가자는 신호였다.

"볼일이 있어서 왔습니다. 아까 왔을 땐 자리에 안 계시더군요."

라인홀드는 어딘지 모르게 초조한 모습이었다. 그의 몸짓 언어는 스트레스를 뚜렷이 드러내 보였다.

"요원님과 함께 작업할 수 있어서 영광이었습니다."

"많은 도움이 됐어요. 고마워요."

"요원님은 아주 특별한 분이십니다."

라인홀드가 더듬거리며 말했다.

이런. 대화가 어디로 흘러가는 거지?

라인홀드는 그녀의 눈을 애써 피했다. 그가 헛기침을 한 번 했다.

"요원님께서 절 잘 모르신다는 거 압니다."

나보다 열 살은 어린 것 같은데. 아직 애송이잖아. 댄스는 생각했다. 댄스는 웃지 않으려, 모성본능을 너무 노골적으로 드러내지 않으려 애썼다. 한편으로는 라인홀드가 어디서 데이트를 하자고 청할지 궁금하기도 했다.

"그러니까 제가 드리고 싶은 말씀은……."

라인홀드는 말을 끝맺지 못하고 주머니에서 봉투를 꺼내 그녀에게 건넸다.

"CBI에 들어오고 싶어서 지원서를 가져왔습니다. 보안관 사무실의 고참들은 별로 좋은 멘토가 아닙니다. 하지만 요원님은 다르세요. 정말 많은 걸 배웠습니다."

댄스는 터져 나오려는 웃음을 간신히 참아냈다.

"데이비드, 고마워요. 현재 새 인력을 뽑고 있진 않아요. 하지만 자리가 나면 당신을 후보 명단 맨 위에 올려놓을게요."

"정말이세요?"

그의 얼굴이 밝아졌다.

"물론이죠. 좋은 밤 보내요, 데이비드. 수사에 협조해줘서 고마워요."

"감사합니다. 요원님이 최고세요."

나이 든 사람치고는……

댄스는 미소를 흘리며 사무실로 들어갔다. 의자에 풀썩 주저앉아 창밖의 비비 꼬인 나무를 내려다보았다. 휴대폰이 울렸다. 이런 기분으로는 누구와도 통화하고 싶지 않았다. 그녀는 화면을 들여다보며 발신자를 확인했다.

벨이 세 번 울릴 때까지 고민에 고민을 거듭하던 댄스는 결국 통화 버튼을 누르고 말았다.

47

울타리를 따라 날아가던 나비 한 마리가 이웃집 뜰로 사라졌다. 때마다 이주하는 나비목이 많아 '미국의 나비 마을'이라 불리는 퍼시픽 그로브였지만, 제왕나비가 날아다닐 계절은 아니었다. 캐트린 댄스는 나비의 종種이 궁금했다.

댄스는 테라스에 나와 앉아 있었다. 늦은 오후의 안개 덕분에 테라스의 표면은 반들반들해져 있었다. 조용했고, 그녀는 혼자였다. 아이들과 개들은 부모님 집에 가 있었다. 댄스는 색 바랜 청바지에 초록색 트레이닝복 상의 차림이었고, 발에는 브라운 컴퍼니의 퍼기 라인 중 하나인 위시 구두를 신고 있었다. 구두는 사건을 해결한 기념으로 구입한 것이다. 댄스는 화이트와인을 홀짝였다.

댄스 앞에는 노트북 컴퓨터가 놓여 있었다. 댄스는 제임스 칠턴의 파일에서 찾아낸 임시관리자 계정의 암호로 〈칠턴 리포트〉에 접속했다. 그녀는 그동안 읽은 책에서 발췌한 내용을 블로그에 올렸다.

Http://www.thechiltonreport.com/html/final.html

댄스는 올린 내용을 읽으며 희미하게 미소 지었다.
그런 다음, 블로그에서 나왔다.

측면 계단을 올라오는 무거운 발소리가 들려왔다. 마이클 오닐이었다.

"안녕."

오닐이 미소를 지었다.

그렇지 않아도 댄스는 로스앤젤레스 치안판사의 판결을 궁금해하던 차였다. J. 도 사건이 정상적으로 처리될 수 있을지. 병원에서 워낙 분주한 모습을 보였던 오닐이기에 이렇게 집으로 찾아오리라고는 상상도 하지 못했다. 어쨌든 마이클 오닐은 언제나 환영이었다. 댄스는 그의 표정부터 살폈다. 표정을 읽는 것은 그녀의 특기였다. 하지만 오닐의 포커페이스는 흔들림이 없었다.

"와인?"

"좋지."

댄스는 주방에서 새 글라스를 가져와 그가 가장 좋아하는 레드와인을 따라주었다.

"오래 머물진 못해."

"네."

댄스는 조바심에 차 있었다.

"어떻게 됐죠?"

오닐의 얼굴에서 미소가 사라졌다.

"우리가 이겼어. 20분 전에 발표됐지. 판사가 피고 측을 완전히 박살 내버렸어."

"진짜예요?"

댄스는 십대 소녀의 말투로 물었다.

"그래."

댄스는 벌떡 일어나 그의 품으로 달려들었다. 오닐도 그녀의 어깨를 꼭 감싸 안았다. 그들은 서로에게서 떨어져 글라스를 부딪쳤다.

"어니스트가 2주 후에 대배심에 서게 될 거야. 다 잘 풀릴 테니 걱정

하지 않아도 돼. 화요일 아침 9시에 모여 증언전략을 짜기로 했어. 팬찮
겠지?"

"당연하죠!"

오닐은 난간으로 다가갔다. 그는 오래전 강풍에 떨어져 뒤뜰을 뒹굴고
있는 풍경을 응시하며 침묵에 빠졌다.

뭔가 할 얘기가 있는 모양이네. 댄스는 생각했다.

그녀는 불안했다. 대체 무슨 얘기이기에. 심각한 병이 발견됐나?

이사를 가기로 한 건가?

마침내 오닐의 입이 열렸다.

"그게 말이야……."

댄스는 묵묵히 기다렸다. 그녀의 호흡이 빨라졌다. 글라스에 담긴 와
인이 요동치는 태평양처럼 흔들렸다.

"미팅은 화요일이지만 로스앤젤레스에 며칠 더 머물 수 있을까? 관광
도 좀 하고. 언젠간 반드시 먹어보겠다고 별러온 에그 베네딕트 맛도 보
고. 아니면 웨스트 할리우드의 스시 집에 가도 되고. 사람 구경하는 것도
재미있을 것 같은데. 검은 셔츠를 걸치고 가면 꽤 있어 보일 거야."

그는 횡설수설했다.

마이클 오닐답지 않게.

댄스는 눈을 깜빡였다. 그녀의 심장은 진홍색 모이통 주변을 맴도는
벌새의 날갯짓만큼이나 빠르게 뛰고 있었다.

"전……."

오닐이 웃음을 터뜨리며 어깨를 늘어뜨렸다. 댄스는 지금 자신의 표정
이 어떨지 상상이 되지 않았다.

"맞아. 자네에게 할 말이 있어서 온 거야."

"네."

"앤이 떠나겠대."

"네?"

댄스의 숨이 턱 막혔다.

마이클 오닐의 얼굴에서 여러 감정을 동시에 읽을 수 있었다. 희망, 불안, 괴로움. 하지만 무엇보다 뚜렷하게 보이는 감정은 어리둥절함이었다.

"샌프란시스코로 갈 거야."

순간 수백 개의 질문이 댄스의 뇌리를 스쳐갔다. 그녀는 첫 번째 질문부터 던졌다.

"아이들은요?"

"내가 맡기로 했어."

그 사실은 별로 놀랍지 않았다. 세상에 마이클 오닐보다 아이들에게 헌신적인 아버지는 또 없었다. 댄스는 그동안 앤의 육아기술에 많은 우려를 가져왔다. 앤은 아이들보다 일을 중히 여기는 사람이었다.

바로 이 문제 때문이었군. 댄스는 깨달았다. 병원에서 오닐이 그토록 불안했던 이유를. 댄스는 그의 멍한 눈을 떠올렸다.

오닐은 덤덤한 말투로 설명을 이어나갔다. 남자들은 확실히 여자들과 달랐다. 그는 아이들과 양가 가족들의 반응, 변호사, 샌프란시스코에서 앤이 하게 될 일 등을 차분히 설명했다. 댄스는 말없이 그의 설명에만 집중했다.

'그 갤러리 주인', '샌프란시스코에 사는 앤의 친구', 그리고 '그'와 같은 단어들이 유독 댄스의 신경을 잡아끌었다. 그녀는 어떻게 된 일인지 대충 알 것 같았다. 댄스는 오닐에게 지울 수 없는 상처를 안긴 앤이 미웠다.

큰 충격을 받았음에도 오닐은 내색하지 않았다.

그럼 나는? 이 상황에서 나는 어떤 반응을 보여야 하지? 댄스는 생각했다.

하지만 지금은 그런 것에나 신경 쓸 때가 아니었다.

오늘은 꼭 8학년 댄스파티를 앞두고 여학생에게 파트너가 돼달라고 청하는 남학생 같아 보였다. 댄스는 그가 두 손을 주머니에 찔러넣은 채 구두 끝만 물끄러미 내려다보았다 해도 전혀 놀라지 않을 것 같았다.

"다음 주에 나랑 같이 며칠 더 보내줄 수 있겠어?"

이제부턴 어떻게 해야 하지? 댄스는 생각했다. 할 수만 있다면 지금 자신이 보이고 있는 몸짓 언어를 분석해보고 싶었다. 뜻밖의 소식에 큰 충격을 받았지만 한편으로는 도로변의 수상한 물체를 향해 조심스레 접근해 나가는 교전지역 병사가 된 듯한 기분도 들었다.

마이클 오닐과의 여행은 당연히 거부할 수 없는 유혹이었다.

그럼에도 대답은 '네'가 될 수 없었다. 지금은 오닐이 아이들과 감정을 추슬러야 할 때였다. 어쩌면 아이들은 지금껏 부모의 문제에 대해 한 번도 들어본 적이 없었는지도 모른다. 어느 정도 눈치는 챘겠지만. 아이들의 직관력은 기본적인 자연의 힘이다.

하지만 댄스와 오닐이 로스앤젤레스에서 시시덕거릴 수 없는 이유는 또 있었다.

그리고 마치 연출된 것처럼 그 이유가 그들 앞에 나타났다.

"계십니까?"

옆뜰 쪽에서 남자의 음성이 들렸다.

댄스는 마이클 오닐의 눈에 시선을 고정시킨 채 살짝 미소 지었다.

"여기에요. 뒤로 돌아오면 돼요."

계단에서 발소리가 들렸고, 잠시 후 조나단 볼링이 모습을 드러냈다. 볼링은 오닐에게 미소를 지으며 인사했고, 두 남자는 악수를 나누었다. 댄스와 마찬가지로 볼링도 청바지 차림이었다. 랜즈 엔드 스포츠 재킷 안의 니트 셔츠는 검은색이었다. 볼링은 하이킹 부츠를 신었다.

"너무 일찍 왔나요?"

"괜찮아요."

오닐은 똑똑한 사람이었다. 댄스는 그가 대번에 상황 파악을 마쳤다는 걸 알고 있었다. 본의 아니게 댄스를 난처하게 만든 오닐은 마음이 편치 않았다.

오닐이 진심을 담은 사과의 눈빛을 그녀에게 보냈다.

댄스의 눈이 사과는 필요 없다고 말했다.

오닐은 환한 미소를 지었다. 작년, 그들이 함께 차에서 라디오로 손드 하임의 곡, 〈어릿광대를 보내주오〉를 들었을 때도 그는 지금과 같은 미소를 보였다. 참고로 그 곡은 더 많은 시간을 함께하지 못해 아쉬워하는 연인에 대한 곡이었다.

무엇보다 타이밍이 중요하다는 걸 그들은 잘 알고 있었다.

댄스는 차분히 말했다.

"주말에 조나단과 나파에 가기로 했어요."

"부모님 댁에서 조촐한 가족 모임이 있거든요. 전 매번 손님을 데려가 식구들을 놀래주죠."

볼링은 애써 태연하게 말했다. 교수 역시 머리가 좋기는 마찬가지였다. 그는 댄스와 오닐이 함께 있는 걸 본 적 있었다. 어쩌면 볼링도 댄스를 난처하게 만들었다는 생각에 스스로를 질책하고 있는지 몰랐다.

"아주 아름다운 곳이죠."

오닐이 말했다.

댄스는 그와 앤이 와인 컨트리의 케이크브레드 포도원 인근 모텔로 신혼여행을 떠났었다는 사실을 떠올렸다.

아이러니는 이걸로 족해. 더 얘기할 필요 없다고. 댄스는 생각했다. 그녀의 얼굴은 소녀처럼 발그레해졌다.

오닐이 물었다.

"웨스는 부모님 댁에 갔어?"

"네."

"이따 연락해봐야겠어. 내일 8시에 출항할 거야."

댄스는 골치 아픈 일이 많음에도 일부러 시간을 내서 웨스를 데리고 낚시 데이트를 떠나주는 오닐이 늘 고마웠다.

"고마워요. 그렇지 않아도 웨스가 무척 기대하고 있어요."

"로스앤젤레스에서 판결문이 도착하면 이메일로 보내줄게."

"이메일보단 목소리로 듣는 게 좋아요, 마이클. 전화 주세요."

댄스는 말했다.

"그러지."

오닐은 댄스의 말이 J.도 사건이 아닌, 자신과 앤의 임박한 별거에 대해 얘기하고 싶다는 의미라는 걸 알고 있었다.

그리고 댄스 역시 자신이 볼링과 함께 있는 동안에는 그가 절대 연락하지 않을 거라는 걸 알고 있었다. 오닐은 그런 사람이었다.

댄스는 그를 끌어안고 싶은 충동을 느꼈다. 동작학 분석에 특별한 기술이 없음에도 오닐은 그녀의 마음을 훤히 꿰뚫어보고 있었다. 오닐이 몸을 돌려 계단을 내려갔다.

"아이들을 데리러 가야 해. 같이 피자 먹기로 했거든. 또 봅시다, 존. 수사에 협조해줘서 고마웠어요. 큰 도움이 됐습니다."

"나중에 주석으로 된 배지나 달아주세요."

볼링이 씩 웃으며 말했다. 그러고는 댄스에게 차에 실을 건 없는지 물었다. 댄스는 음료수, 생수, 간식거리, 그리고 CD가 가득 담긴 쇼핑백을 가리켰다.

와인글라스를 가슴에 붙인 댄스는 계단을 내려가는 오닐을 지켜보며 과연 그가 돌아볼지 궁금했다.

아주 잠시였지만 오닐은 댄스를 돌아보았다. 그들은 다시 미소를 교환했고, 그는 이내 사라져버렸다.

Roadside Crosses

옮긴이의 말
/

《잠자는 인형》이 촉망되는 새 시리즈의 인상적인 프롤로그였다면 《도로변 십자가》는 캐트린 댄스 시리즈의 진수를 제대로 보여준 첫 작품이라 할 수 있다.

《도로변 십자가》는 제프리 디버의 특기라 할 수 있는 미스디렉션의 향연이다. 흥미롭게도 그는 이 작품에서 유효성이 증명된 플롯의 요소보다 현실적이고, 흥미진진한 수사과정에 더 의존하고 있다. 블로깅과 온라인 게임에 익숙지 않은 독자라면 이 소설을 읽고 그 두 세계에 대해 두 눈을 번쩍 뜨게 될 것이다.

디버는 이 작품에서 블로깅의 윤리적 영향을 포함한 많은 이슈를 건드리고 있다. 특히 블로깅을 통해 소문이 퍼져 나가는 무시무시한 속도와 그런 소문들이 초래하는 막대한 피해는 독자들에게 적지 않은 충격을 안겨준다.

만약 《도로변 십자가》를 읽은 후에도 페이스북이나 트위터 같은 소셜 네트워크 사이트를 통해 얼마나 많은 개인정보가 만천하에 공개되는지 진지하게 따져보지 않는다면, 늘 상존하는 신원 도용과 사이버 스토킹의 가능성이 조금도 신경 쓰이지 않는다면, 그건 우리의 눈이 장밋빛 유리 뒤에서 순진하게 감겨 있다는 뜻일 것이다.

《도로변 십자가》는 현대 기술을 소재 삼아 풀어낸 훌륭한 스릴러다.

디버는 스토리의 기술적인 면을 다룰 때도 리얼리즘의 한도를 넘지 않는 노련함을 보인다. 그의 장인정신은 이 작품에서도 빛을 발하고, 그가 쏟아내는 블로깅과 온라인 게임에 대한 방대한 지식은 꽤 유익할 뿐만 아니라 대단히 흥미롭기까지 하다.

　제프리 디버는 나쁜 책을 쓸 능력이 없는 작가다. 매년 쏟아지는 신작은 항상 모든 면에서 전작을 훌쩍 뛰어넘는다. 《도로변 십자가》도 예외는 아니다.

　이 책은 당신의 생각을 바꿔놓을 것이다. 앞으로 소셜네트워크 사이트나 온라인 게임에 접속할 때마다 《도로변 십자가》를 뇌리에서 떨쳐낼 수 없을 것이다.

　만약 《도로변 십자가》로 제프리 디버를 처음 알게 됐다면 지금 당장 책장을 넉넉히 비워두기를 권한다. 앞으로 끊임없이 그를 찾게 될 게 분명하니까.

　캐트린 댄스는 《XO》라는 작품으로 독자들과 또다시 만나게 될 예정이다.

2012년 여름
최필원